soy esta noche

**BLUE ISLAND
PUBLIC LIBRARY.**

Adivina quién soy esta noche

Megan Maxwell

Planeta

Obra editada en colaboración con Editorial Planeta – España

Los personajes, eventos y sucesos presentados en esta obra son ficticios. Cualquier semejanza con personas vivas o desaparecidas es pura coincidencia.

© de la imagen de portada, Shutterstock
© de la fotografía de la autora: Archivo de la autora

© 2014, Megan Maxwell
© 2014, Editorial Planeta, S.A. – Barcelona, España

Derechos reservados

© 2015, Editorial Planeta Mexicana, S.A. de C.V.
Bajo el sello editorial PLANETA M.R.
Avenida Presidente Masarik núm. 111, Piso 2
Colonia Polanco V Sección
Deleg. Miguel Hidalgo
C.P. 11560, México, D.F.
www.planetadelibros.com.mx

Primera edición impresa en España: junio de 2014
ISBN: 978-84-08-13027-7

Primera edición impresa en México: julio de 2015
ISBN: 978-607-07-2851-8

No se permite la reproducción total o parcial de este libro ni su incorporación a un sistema informático, ni su transmisión en cualquier forma o por cualquier medio, sea éste electrónico, mecánico, por fotocopia, por grabación u otros métodos, sin el permiso previo y por escrito de los titulares del *copyright*.
La infracción de los derechos mencionados puede ser constitutiva de delito contra la propiedad intelectual (Arts. 229 y siguientes de la Ley Federal de Derechos de Autor y Arts. 424 y siguientes del Código Penal).

Impreso en los talleres de Litográfica Ingramex, S.A. de C.V.
Centeno núm. 162-1, colonia Granjas Esmeralda, México, D.F.
Impreso en México – *Printed in Mexico*

Nunca hay que olvidar que el amor es como el café.
A veces fuerte, otras dulce,
en ocasiones solo, otras acompañado,
pero nunca debe ser frío.

Un besazo y espero que disfruten la novela.

MEGAN MAXWELL

Tragedia

El sonido del silencio es intimidador.

El rechinido de las llantas aún me angustia.

¡Estoy viva!

¡Viva!

Oigo la voz de Dylan. Quiero contestar. Siento sus pasos rápidos acercándose, pero estoy paralizada de miedo, tirada en la calle y apenas puedo respirar.

Tiemblo y mis ojos se encuentran con los de Tifany, la mujer de Omar. Está en el suelo a mi lado. Nos miramos. Ambas respiramos con dificultad, pero estamos vivas.

—Cuqui, ¿estás bien? —pregunta ella con un hilo de voz.

Asiento sin poder despegar los labios, pero su pregunta hace que todo regrese a mi mente. El coche acercándose a toda velocidad. El miedo. La mano de Tifany jalándome. Cómo las dos caemos con brusquedad tras el coche de Omar. Un frenazo increíble y luego silencio.

Pero ese silencio se rompe de golpe para plagarse de gritos. Rechinidos aterrorizados. Omar se agacha con gesto descompuesto e, instantes después, la voz de Dylan llega hasta nosotras diciendo:

—¡No las muevas, Omar! Llama a una ambulancia.

Pero yo me muevo. Me pongo boca arriba y suelto un gemido. Me duele el hombro.

¡Carajo, cómo me duele!

Mis ojos se encuentran con los de mi amor, que, con el rostro desencajado, se inclina sobre mí y, sin apenas tocarme para no moverme, murmura desesperado:

—Yanira, Dios mío, cariño... ¿Estás bien?

No termina de abrazarme. Necesito su calor, su cariño, sus palabras bonitas tanto como siento que él me necesita a mí, y respondo para tranquilizarlo:

—Estoy bien... no te preocupes... estoy bien.

—Bichito, estoy mareada —se queja Tifany, incorporándose.

—Calma, cielo... No te muevas —la tranquiliza Omar.

De repente, me encuentro con la mirada de Tifany y, emocionada por lo que esta chica ha hecho por mí, musito:

—Gracias.

La joven y rubia esposa de Omar, que yo pensaba que tenía menos cerebro que Calamardo, el amigo de Bob Esponja, sonríe. Me acaba de salvar de morir arrollada por el coche, arriesgándose a irse ella también al otro lado. Se lo agradeceré eternamente. Eternamente.

Dylan me toca el brazo sin querer y yo doy un grito agónico.

¡Carajo, qué dolor!

Me mira asustado y, con la respiración de nuevo acelerada, susurra:

—No te muevas, cariño.

—Me duele... me duele...

—Lo sé... lo sé... Tranquila —insiste con gesto preocupado.

Con las lágrimas a punto de brotarme como un manantial por el insoportable dolor que siento, veo que Dylan llama a un médico amigo suyo, que viene corriendo hacia nosotros.

—Pide hielo en el bar. ¡Necesito hielo urgentemente!

Me muevo y vuelvo a gritar de dolor. Dylan me mira y, quitándose el saco, dice:

—Creo que te has dislocado el hombro en la caída.

En ese instante no sé lo que es «dislocado» ni lo que es «el hombro», pero el gesto de mi chico es sombrío. Muy sombrío y eso me asusta mientras me quejo:

—Carajo..., ¡cómo me dueleeeeeeeeeeee!

Cuando aparece su amigo con una bolsa de hielo, Dylan blasfema y, mirándolo, le comenta:

—Fran, necesito tu ayuda.

Me colocan boca arriba en la acera manejándome como a una muñeca y veo que el tal Fran me sujeta la cabeza. Me pongo nerviosa. ¿Qué me van a hacer?

—Me duele, Dylan... Me duele mucho.

Mi amor se sienta en el suelo y pone un pie a un lado de mi torso.

—Lo sé, cariño..., pero pronto pasará todo. Voy a tomarte la mano con fuerza y jalarla hacia mí.

—¡No... no me toques! ¡Me muero de dolor! —grito asustada.

Él entiende mi miedo. Estoy aterrorizada. Dylan intenta tranquilizarme y, cuando lo consigue, vuelve a colocarse como antes y murmura:

—Tengo que recolocarte el hombro, cariño. Esto te va a doler.

Y sin darme tiempo ni a parpadear, veo que el tal Fran y él se miran y entonces Dylan hace un movimiento seco que provoca que vea las estrellas del firmamento entero, mientras grito con desconsuelo.

—Por Dios, ¡qué dolorrrrrrrrrrrrrrrrr!

Las lágrimas brotan de mis ojos a borbotones. Lloro como una tonta. Odio hacerlo delante de toda esta gente, pero no lo puedo evitar. Me duele tanto que no puedo pensar en nada más.

—Ya está... ya está, cariño —me acuna él para tranquilizarme.

Nos quedamos así un rato y noto cómo le voy empapando la camisa de lágrimas. Dylan no me suelta. No se separa de mí. Sólo me mima y me susurra maravillosas palabras de amor, mientras alguna gente pasa a nuestro lado.

Cuando me tranquilizo, deja de abrazarme con cuidado, cubre el hielo con su saco y, poniéndomelo sobre el hombro, dice, al ver que lo miro con los ojos enrojecidos por las lágrimas:

—Tranquila, mi vida. La ambulancia no tardará.

Intento calmarme, pero no puedo. Primero, porque casi me atropellan. Segundo, porque el brazo me duele horrores. Y tercero, porque el nerviosismo de Dylan me pone nerviosa a mí.

—Dime que estás bien —insiste él.

—Sí... sí... —consigo balbucear.

Mi respuesta lo calma, pero entonces se levanta del suelo hecho una furia, se aleja de mí y lo oigo gritar con fiereza:

—¡¿Cómo has podido hacerlo?!

Asustada al oírlo tan furioso, me incorporo un poco a pesar de mi dolor y lo veo caminar hacia el coche que ha estado a punto de atropellarme. Dentro está Caty, con la cabeza sobre el volante.

¡Perra, mala víbora!

Mira a Dylan y la veo llorar. Gemir. Suplicar. Mi chico, ofuscado, abre la puerta del coche con tal furia que casi la arranca y la saca de él gritando como un poseso.

Yo observo la escena mientras la gente se arremolina alrededor. Caty llora y Dylan grita y maldice como un loco. El hombre al que he visto acompañar antes a Caty se acerca a ellos con gesto descompuesto al imaginarse lo ocurrido.

—Omar —susurro dolorida—. Ve y tranquiliza a Dylan, por favor.

Él, tras asentir, se acerca a su hermano con cara de enojo e intenta mediar, pero Dylan está alterado. Muy alterado.

Finalmente, entre Omar y otro hombre consiguen separarlo de Caty y los tranquilizan a los dos. Yo no puedo dejar de mirarla a ella. Está a cinco escasos metros de mí y veo que me dice entre lágrimas:

—Lo siento... lo siento.

—¡Qué poca vergüenza tiene! Casi te mata y ahora te viene con lloriqueos —cuchichea Tifany a mi lado, al ver hacia adónde miro.

Efectivamente. Esa mujer no tiene vergüenza. Por otra parte, no sé cómo tomarme ese «Lo siento», si será sincero o fingido.

Lo ocurrido me tiene alucinada. Una cosa es que esté enamorada de Dylan y otra muy diferente que llegue a los límites a los que ha llegado. Sin duda alguna no está bien de la cabeza.

Carajo, ¡que casi me mata!

—Tranquilas, chicas —oigo decir a Omar, acercándose a su mujer y a mí—. Las ambulancias ya están llegando.

—Me he roto dos uñas, bichito.

Adivina quién soy esta noche

—Mañana te las pones nuevas, cielo —contesta él sonriendo.

El estridente sonido de varias ambulancias y coches de policía lo llena todo. Rápidamente, acordonan el lugar y retiran a los curiosos, mientras unos médicos nos atienden a Tifany y a mí. Me inmovilizan el brazo y el cuello.

Como si fuera una pluma, me levantan y me ponen en una camilla y veo que me llevan hacia una ambulancia. Miro a Tifany, que está en mi misma situación. Pobrecilla. Desde la camilla, giro la cabeza y vuelvo a mirar a Caty. Sigue llorando, mientras su acompañante niega con la cabeza y mira al suelo.

Omar no da abasto. Corre de la camilla donde está su mujer a la camilla en la que estoy yo. Cuando me meten en la ambulancia, oigo que Dylan afirma:

—Iré con ella.

Los dos hombres y la mujer de la ambulancia se miran y esta última dice sonriendo:

—Ya sabe que no le vamos a decir que no, doctor Ferrasa, pero aquí nosotros tenemos que trabajar.

Él, molesto, cierra los ojos un momento y luego les explica lo que ha hecho para atenderme, pero dispuesto a no interferir, finalmente asiente y las puertas se cierran. Pocos segundos después, oigo cómo se cierran las puertas de delante también y, haciendo sonar su aguda sirena, la ambulancia arranca.

Quiero estar con Dylan. Tengo ganas de llorar, pero debo ser fuerte, no una niñita caprichosa y consentida que llora porque no tiene a su novio cerca.

La mujer y uno de los hombres comienzan a atenderme y ella me pregunta en inglés:

—¿Recuerdas tu nombre?

Todavía aturdida, la entiendo, pero respondo en español.

—Me llamo... me llamo Yanira Van Der Vall.

La mujer asiente, toma una jeringa, la llena de un líquido transparente y, pinchándola en la vía intravenosa que segundos antes me ha puesto, sonríe y dice también en español:

—Tranquila, Yanira. Pronto estaremos en el hospital Ronald Reagan.
—¿Y Dylan? ¿Dónde está?
Comienzo a marearme cuando le oigo decir:
—Estoy aquí, cariño.
Como puedo, muevo la cabeza y miro hacia arriba. Por una ventanilla puedo ver a Dylan sentado en la parte delantera de la ambulancia y sonrío.

Mi medicina

En el hospital, tras hacerme radiografías e inmovilizarme el brazo con un cabestrillo, un enfermero empuja la silla de ruedas donde voy sentada. Se para ante una puerta y al abrirla me encuentro con Dylan.

—Hola, mi vida —dice al verme.

Se lo ve preocupado. El que empujaba mi silla me ayuda a sentarme en una cama y luego se va, dejándonos solos. Cariñoso, Dylan me da un rápido beso en los labios, me acaricia la mejilla y me pregunta si me duele mucho.

Noto una pequeña molestia, pero nada que ver con el dolor que tenía antes.

—Es soportable —le contesto. Entonces, consciente de todo lo que ha pasado, añado en voz baja—: ¿Y Tifany cómo está?

—Tiene una luxación en una costilla y magulladuras en las piernas y en los brazos, como tú. Pero, tranquila, sobrevivirá y le sacará a mi hermano ese anillo que tantas ganas tenía de comprarse y seguramente algo más.

Ambos sonreímos.

—¿Quieres que llamemos a tus padres? —me pregunta.

Lo pienso un momento, pero finalmente niego con la cabeza. Sé lo mucho que se preocuparán a tantos kilómetros de distancia. Prefiero que no lo sepan. Estoy bien y no quiero que sufran por mí.

Cierro los ojos. Estoy molida. Como si me hubieran dado una paliza, pero aun así digo:

—¿Caty está bien?

Tras un incómodo silencio, Dylan asiente.

—Sí. —Y con un profundo suspiro, añade—: Cuando se recupere, tendrá un gran problema con nosotros y con la ley. Te aseguro que lo que ha hecho no va a quedar impune. He hablado con mi padre y él nos representará. Me encargaré de que pague lo que ha hecho. Lo que ha intentado hacer la...

—Dylan, no —lo corto—. No puedo hacerlo.

—¿Cómo que no puedes hacerlo? Ha estado a punto de matarte, cariño.

Asiento. Lo sé. Sé que lo que Caty quería hacer en ese instante era eso, pero continúo:

—Tranquilízate y piensa. Por favor... Si alguien odia a esa mujer con ganas, ésa soy yo, pero no puedo olvidar que sufre por amor. Te quiere. Se volvió loca, bebió de más y... y además, yo cruzaba por donde no debía. También tengo parte de culpa, ¿no lo ves?

—Yanira —dice él con voz grave—. Te ha podido matar. Si hubiera cumplido su propósito, tú y yo ahora no estaríamos aquí, hablando, ¿no te das cuenta?

Vuelvo a asentir. Claro que me doy cuenta, sin embargo, insisto:

—Pero lo estamos, Dylan. Estoy aquí contigo y voy a seguir estándolo mañana y al otro y al otro. —Intento sonreír, sin éxito, cuando prosigo—: No voy a denunciarla, cariño. Lo siento pero no puedo. Creo que bastantes problemas tiene ya con superar lo ocurrido.

—Eres demasiado buena, demasiado, y creo que...

—No. He dicho que no —sentencio.

Me mira boquiabierto y cuando asume que no me va a hacer cambiar de opinión, murmura:

—Nunca pensé que Caty pudiera hacer algo así. Nunca. No sé cómo pedirte perdón por ello y...

—Dylan —lo corto—. Tú no tienes que pedirme disculpas porque tú no tienes la culpa de nada, cariño. Se ha vuelto loca; ¿qué tienes tú que ver en ello?

—Me siento culpable. Debería haber sido más previsor.

—¡¿Previsor?!

Adopta una expresión compungida y explica:

—Caty padece depresión desde hace años. Se medica y...

◈ *Adivina quién soy esta noche* ◈

—Carajo...

—Un amigo del hospital me comentó el otro día que vendió su clínica pediátrica al año de desaparecer yo. Ya no es la dueña. Sólo trabaja allí unas horas y yo... yo debí haber imaginado que podría pasar algo así.

Recuerdo que esa misma noche, mientras cenábamos, ella nos había hablado de su clínica y pregunto:

—Y sabiendo la verdad, ¿por qué no has dicho nada durante la cena?

—¿Cómo lo iba a decir, Yanira? No podía ser tan cruel. Además, no sé qué le ha contado de su vida al hombre que la acompañaba y no quería meter la pata. Tampoco quería preguntarle por su enfermedad. No era el momento ni el lugar, cariño. Deseaba hablar con ella, llamarla un día para ver cómo estaba. Por eso hoy, al verla, la he invitado a cenar con nosotros sin pensarlo. Merecía ser bien recibida por nosotros dos, por la familia Ferrasa. Siempre ha sido una buena amiga, aunque ella pensara...

—Ella pensaba que era algo más para ti, ¿verdad?

Dylan asiente y, tras resoplar, añade:

—Siempre he sido sincero con ella. Cientos de veces le he dicho que nunca habría nada serio entre los dos, pero Caty se empeñaba en continuar a mi lado y yo, egoístamente, lo aceptaba. Lo creas o no, no sólo lo hice por mí, sino también por ella. La veía feliz, con su problema controlado, y eso me bastaba. Pero ahora me doy cuenta de que lo que he hecho no ha estado bien.

—No te angusties, cariño.

—Por eso digo que es mi culpa, Yanira —prosigue él—. Sin querer, yo he provocado lo ocurrido. Yo soy el culpable, ¿no lo ves?

Al notar la desesperación en sus ojos, respondo:

—No, mi vida, tú no lo has provocado. Es cierto que has jugado con sus sentimientos sin pensar en el dolor que le podías ocasionar a ella, pero tú no la has obligado a ponerse al volante, a apretar el acelerador y a lanzar el coche contra mí. —Dylan no responde y yo continúo—: Y ahora, sabiendo lo que sé, ¿cómo pretendes que la denuncie? Si antes no podía, ahora menos.

Mi moreno no contesta y, dispuesta a dejarlo todo claro, afirmo:

—Lo que no voy a permitir es que te culpabilices de todo lo que sucede a tu alrededor. Las cosas pasan porque tienen que pasar y punto. ¿O acaso eres también responsable de lo de la capa de ozono? ¿O del hambre del Tercer Mundo? —Consigo que me mire y concluyo—: Que te quede claro, señor Dylan Ferrasa, que para mí sólo serás culpable de lo que puedas hacerme directamente, ¿entendido?

No se mueve. Sólo me mira.

Incrédula, veo que igual que con su madre, el sentimiento de culpa no lo deja vivir. ¿Por qué se siente así?

Pero yo no estoy dispuesta a que viva con esa angustia e insisto:

—No pienso dirigirte la palabra hasta que me digas que me has entendido y que tú no tienes la culpa de lo que ha ocurrido, ¿okey, amor mío?

Asiente con la cabeza y, tras unos tensos segundos, sonríe y contesta:

—Sólo para que me llamaras «amor mío», ha valido la pena escucharte.

—¡Dylan! —protesto.

Él sonríe y finalmente accede.

—De acuerdo, caprichosa. Te he entendido y yo no tengo la culpa.

—¡Bien!

Cuando me abraza con cuidado, oímos que se abre la puerta de la habitación. Es Tifany en una silla de ruedas, acompañada de Omar y una guapa enfermera morena.

Cuando llega a mi lado, Tifany me toma la mano. En ese momento me entra la lloradera tonta y digo entre sollozos:

—Tifany, dime que estás bien o...

—Ay, amorrrr, no lloresssss. ¡Arriba esas pestañas! —bromea, con su cara de pizpireta.

—Siento mucho lo que te ha pasado.

—Tranquila, Yanira —interviene Omar sonriendo, tras guiñarle un ojo a la enfermera que ha entrado con ellos—. Te aseguro que mi mujercita sacará provecho de su heroicidad una vez salga del hospital.

—Bichitooooo... —se queja ella divertida—. No digas eso, tontuelo.

Veo cómo Omar y la enfermera se miran hasta que ésta sale de la habitación.

¡Qué descaro!

Si Dylan hace eso delante de mí, como poco le arranco los ojos.

Cuando mi cuñado se acerca a su hermano para comentarle algo, Tifany baja la voz y me dice:

—La semana que viene nos vamos de compras, ¿okey?

Me entra la risa y asiento divertida. Entonces, ella añade:

—Esa listilla no me ha dado buena espina y creo que te lo he hecho saber con la mirada durante la cena, cuando he visto cómo se derretía cada vez que contemplaba a Dylan. Y en el bar, ¡oh, en el bar!, cuando ha empezado a contar ciertas intimidades, me he ido porque estaba a punto de gritarle «Guapa, ¡haz clic y minimízate!», pero no quería ser ordinaria.

Como siempre, su manera de hablar me gusta. ¡Tifany no podría ser ordinaria ni queriendo!

—No sé cómo darte las gracias.

Ella sonríe y, bajando la voz, contesta:

—Vamos, cuqui, ¿acaso tú no habrías hecho lo mismo por mí?

Asiento. Sin duda lo habría hecho.

—Te superquiero —concluye Tifany con una bonita sonrisa.

Yo sonrío también. Le agradezco sus muestras de cariño en un momento como éste. Casi no nos conocemos, pero creo que la he juzgado demasiado rápido y que se merece otra oportunidad. Y me alegra que piense que yo habría hecho lo mismo por ella.

Los hermanos Ferrasa nos miran divertidos y Omar dice:

—Hermano, al final papá va a tener razón con eso de que las rubias sólo dan problemas.

Eso me hace reír, pero Tifany protesta:

—Bichitooooooooooo, no digas eso, tontuelo.

Los cuatro nos quedamos esa noche en el hospital. Dylan se niega a que nos den el alta a Tifany y a mí, y nosotras decidimos claudicar.

¡Menudo fin de fiesta y llegada a mi nuevo hogar!

De madrugada, cuando me despierto, veo que Dylan está sentado en la butaca que hay frente a la cama, leyendo un libro. Lo observo entre las pestañas. Él no me ve. Como siempre, está guapo y sexy y aún más con ese gesto tan serio y con la camisa abierta. Sé que se martiriza por lo ocurrido. Lo veo en sus ojos y en el rictus de su boca. Se preocupa por mí.

Ay, mi niño.

Durante un rato, me dedico a observarlo y a disfrutar de las vistas, pero en cuanto ve que me muevo, deja el libro sobre una mesita, se levanta y rápidamente se acerca a mí.

—¿Qué ocurre, cariño?

Su voz me reconforta. Su presencia me da seguridad e, incapaz de callarme, murmuro:

—Sólo quería decirte que te quiero.

Sonríe. Me toca la frente y, con expresión cómica, cuchichea:

—Me parece que el golpe ha sido más fuerte de lo que creía en un principio. ¿Me tengo que preocupar?

Su humor y su gesto guasón me hacen sonreír. ¡Menuda vena romántica la mía! Durante unos segundos ambos nos reímos, hasta que de pronto digo:

—Quiero casarme contigo mañana mismo.

Sorprendido, mi amor clava sus bonitos ojos color castaño en mí.

—¿Estás segura? —pregunta.

—Vayámonos a Las Vegas tú y yo —contesto—. Hagamos una boda loca, diferente y...

—Cariño —me corta él—, nos casaremos cuando tú quieras, pero en Las Vegas no.

—¿Por qué?

—Porque quiero casarme contigo ante los ojos de Dios.

Vaya... ¿Desde cuándo es tan creyente?

Hago una mueca, él sonríe y finalmente yo también sonrío. Pero ¡qué facilona soy con este hombre...!

Dylan me besa y afirma:

—Yo me ocuparé de todo.

—Okey, pero te pido una cosa.

—¿Qué?

—Quiero una fiesta muy divertida.

—Te lo prometo —responde abrazándome.

Yo no te pido la Luna

Al día siguiente ya estoy en casa.

Debo tener el brazo inmovilizado una o dos semanas, hasta que deje de dolerme. También tengo que tomar antiinflamatorios.

Anselmo, el padre de Dylan, nos llama por teléfono. Habla con su hijo y luego conmigo, pero yo no cambio de opinión. No voy a denunciar a esa mujer.

Le comentamos lo de la boda y me da la sensación de que se alegra y mucho. ¿Es posible que ahora me quiera tanto?

Wilma, la mujer que viene a limpiar la casa y que es un encanto, desde el minuto uno se desvive porque me encuentre perfectamente, aunque al enterarse de lo de la inminente boda, decide hacer una limpieza general. ¡Lo que me faltaba!

Al final, Dylan me hace llamar a mi familia para comentarles lo ocurrido. Se lo suavizo. No les cuento toda la verdad, sólo que crucé por donde no debía. Como es de esperar, todos me regañan y me llaman loca.

Yo aguanto y sonrío y luego remato con la noticia de que la boda se adelanta. Mi padre rápidamente me pregunta si estoy embarazada. Divertida, lo saco de su error. Antes de colgar, me aseguran que pedirán los papeles que necesito para el enlace.

Pasan diez días, en los que toreo a Dylan y a Wilma como puedo para no tomar leche. ¡Qué pesaditos están con lo del calcio! Y por fin me puedo liberar del cabestrillo. Me lo habría podido quitar antes, pero tener a un médico cerca es matador.

Dylan también hizo venir a un fisioterapeuta a casa a atenderme. Según él, no estaba de más prevenir problemas futuros, y la verdad es que me ha ido muy bien.

Pero el día en que doy por finalizados todos los cuidados, me siento feliz. ¡Vuelvo a ser yo!

Quedan dos semanas para la boda. Está programada para el 21 de diciembre y aún no puedo creer que me vaya a casar. Tanto Dylan como yo somos unos antibodas y aquí estamos, dispuestos a pasar por la iglesia, con cura, convite, bailecito romántico y partida de pastel.

Mi chico está un poco apurado porque no tendremos luna de miel. Después de casarnos, se reincorporará al hospital tras su larga ausencia y no va muy bien que ahora nos vayamos de viaje. Lo posponemos. A mí no me importa mucho. Sólo quiero estar con él donde sea. Nada más.

Yo no me ocupo de nada del enlace y Dylan lo hace todo. Dice que espera sorprenderme. Confío en él. No me queda otra.

Pero tengo un problema. Un gran problema.

Odio el sitio donde vivimos. Todo lo que me rodea me recuerda a ella. A Caty. A la mujer que casi me manda al otro lado y que, en su momento, ayudó a Dylan a decorar su casa.

Cuando le cuento a él lo que me pasa, me entiende e insiste en que redecoremos la casa. El problema es que está tan ocupado con la boda que ahora es complicado hacerlo.

Plan A: redecoro incluso con el lío de la boda.

Plan B: espero que pase la boda.

Sin lugar a dudas, creo que lo más acertado es el plan B. Esperaré.

Tifany me busca el vestido de novia. Ella fue diseñadora de moda para una marca que adora, pero al conocer a Omar lo dejó. Lo abandonó todo por amor. Por su bichito.

Una tarde, junto con sus amigas, me lleva al mundo de las novias glamourosas. Ni que decir tiene que me pruebo los mejores vestidos del mundo mundial y, aunque me cueste aceptarlo, estoy divina con ellos.

No hay vestido que me quede mal. Estoy cuqui. ¿Me estaré volviendo una creída?

Al final, me decido por uno de corte romántico, con falda de tul y lazo gris en la cintura, de la diseñadora Vera Wang, que me encanta y a Tifany, como dice ella, le rechifla. Dice que es del estilo del que llevó Kate Hudson años atrás en la película *Guerra de novias*.

Con él puesto, escojo un bonito velo. Un tul sedoso que me colocan en una especie de chongo bajo y, cuando me miro al espejo con toda la parafernalia, me quedo sin habla.

Pero ¡si hasta parezco buena!

Sonrío al imaginar a Dylan o a mi familia cuando me vean así. Sé que los voy a sorprender, ¡porque la primera sorprendida soy yo!

Pregunto el precio varias veces. No me cabe la menor duda de que todo esto cuesta una barbaridad, pero no me lo dicen. Tifany se niega. Es su regalo y el de Omar por nuestra boda. Al final acepto. No me queda otra.

—Ahora debes elegir otro vestido para la fiesta —dice una de sus amigas.

Al oírla las miro y respondo:

—Ni de broma.

Tifany y las demás dan un paso atrás y se llevan las manos a la boca asustadas. Carajo. Ni que les hubiera dicho que voy a asaltar la tienda y a matarlas.

—Debes hacerlo —insiste Ashley volviendo en sí—. Es obligatorio tener más de un modelito que lucir. Uno para la ceremonia y quizá un par de ellos para la fiesta posterior.

¡¿Cómo?!

¡Yo alucino!

¿Cómo que más de un vestido? ¿Desde cuándo?

Mi madre sólo tuvo un vestido de novia. ¡Uno! ¿Por qué ahora yo tengo que tener dos o más? No. Me niego.

Y enfrentándome al esnobismo que me quieren imponer, les aclaro con convicción:

—Sólo quiero un vestido. Este traje no me lo volveré a poner nunca más y quiero disfrutarlo al máximo.

—Pero lo *cool* es cambiarse de vestido y...

—Lo que se lleve a mí me importa un pepino —interrumpo a Tifany, que se queda con la boca abierta. Sólo quiero este vestido. Ni uno más.

Al final, a regañadientes, ella y sus amigas se dan por vencidas. Deben de pensar que estoy como una cabra, pero me da igual. Ese día quiero bailar y disfrutar con mi único vestido puesto. Ese que un día miraré, como hace mi madre cuando saca el suyo del baúl, y sonreiré al recordar los bonitos momentos que pasé con él.

Cuando esa noche llego a casa estoy muerta. Tifany y sus amigas van a acabar teniendo razón cuando dicen que salir de compras es agotador. Nunca me había probado tantos vestidos, y menos de novia.

El 16 de diciembre estoy esperando a mi familia emocionadísima en el aeropuerto. Al verlos salto y grito, mientras corro para recibirlos. Ellos hacen lo mismo y pocos minutos después nos besamos y abrazamos como locos.

Dylan los recibe tan contento como yo, y nos dirigimos en un par de coches hacia la que ya es mi casa.

En el camino, mi madre me dice que Arturo y Luis me envían millones de besos. Qué pena no tenerlos aquí para que me griten eso de «¡Tulipana!». Yo ya sabía que no iban a venir por trabajo. Lo sabía, pues lo hablé con ellos por teléfono y me apena mucho. Me habría encantado verlos, pero tal como está la situación laboral en España, mejor no pedir nada, no sea que te den el finiquito.

Mamá me comenta también que envió todas mis cosas en barco y que ha escondido entre mis pertenencias varios paquetitos de jamón de bellota y fuet del que me gusta. ¡Yo aplaudo contenta!

Mi hermano Argen y Patricia deciden ir a un hotel cercano. Quieren intimidad, y Dylan y yo los entendemos. Pero mis padres, mis otros dos hermanos y mis abuelas se alojan en nuestra casa.

Y Coral, mi loca Coral, ha decidido acampar en la sala. No quiere dormir con mis abuelas. Dylan la mira extrañado, como siempre, y yo me río. Su familia no es tan ruidosa como la mía, pero la casa está a rebosar de vida y alegría, y eso me encanta.

Como es lógico, mi Gordicienta particular exige mi despedida de soltera. ¡Faltaría más! Y Tifany, que conoce mejor que yo Los Ángeles, organiza una cena de chicas. Eso sí, en el sitio más fresa de toda la ciudad. La cara de Coral cuando conoce a Tifany y a sus amigas es para verla.

¡Me meo de risa!

A la despedida vienen Ashley, Cloe y Tifany, junto con mis abuelas, mi madre, Coral y yo. El restaurante donde cenamos es muy pero que muy bonito y la comida está buenísima. El problema es que las cantidades son tan mínimas, tan escasas, tan *light* que todo nos sabe a poco.

—Vamos a ver —cuchichea Coral, mirando a Tifany y a sus amigas—; pero ¿de dónde han salido estás Topladies?

Me río sin poderlo remediar.

—Cállate y no armes un lío —le advierto.

—¿Que no arme un lío? Pero ¿tú has visto que especímenes? ¡Éstas en el *National Geographic* no tienen precio!

Me río de nuevo e, intentando mantener un equilibrio entre las Topladies y la Gordicienta de mi amiga, le digo, también en voz baja:

—Coral, ellas son como son y tú eres como eres. Simplemente hay que aceptar a cada persona y...

—Pero dicen todo el rato idioteces como «¡Es cuquiiiiii!», «¡Me superencantaaaaaaaaaaaa!» o «¡Amorrrrrrrrrrrrrr!». Y ya no te digo cuando se despiden de sus amiguis con eso de «Chaíto. Besitos de caramelito».

Me vuelvo a reír y ella continúa:

—¿Cómo pueden partir un langostino en cachitos y superencantarles? Carajo... a mí que me traigan una docena y entonces los saborearé. Pero ¡con uno solo...!

Coral tiene razón. Nos han traído una ensalada de lo más chic y *fashion* con un solo langostino encima. ¡Uno! Y antes de que yo pueda decirle nada, añade:

—Si te vuelves como ellas, te juro, Yanira Van Der Vall, que te arranco las orejas.

Adivina quién soy esta noche

Me tapo la boca para no reírme a carcajadas. Sin duda alguna, nunca seré como Tifany y sus amigas. Primero, porque yo misma no me lo voy a permitir, y segundo, porque quiero conservar mis orejas.

Una vez salimos del restaurante, Coral propone que vayamos a un local de striptease masculino. Quiere ver carne fresca, pero las chicas se niegan y al final vamos a tomar un coctel a un lugar llamado Fashion and Look. Cuando llegamos, es lo que me imaginaba: un sitio glamouroso y lleno de gente guapa, donde miran a mis abuelas como bichos raros. Nos quedamos ahí una horita, hasta que mamá y la abuela Nira dicen que se quieren ir. Están cansadas y tanta música, gente y ruido las agobia.

Pero la abuela Ankie no se quiere ir a dormir todavía y Coral tampoco. ¡Qué personajes! Al final, cuando mamá y la abuela Nira se van en un taxi, mi amiga me mira y pregunta:

—¿Qué tal si vamos a una hamburguesería? Estoy muerta de hambre y necesito una grasienta y enorme hamburguesa doble con queso.

Mi carcajada lo dice todo y la cara de horror de Tifany y sus amigas, también. Al final, como con Coral no hay quien pueda, ¡todas al *burger*!

Cuando nos acabamos nuestras grasientas y dobles hamburguesas con aros de cebolla y papas fritas, Coral insiste en que vayamos a un sitio de *boys*, pero al ver la poca aceptación que tiene su idea por parte de las Topladies, como las ha bautizado Gordicienta, mi abuela Ankie propone ir al Cool and Hot de su amigo Ambrosius.

De repente, recuerdo las veces que la he oído hablar de él. Fue un novio que tuvo antes de casarse con mi abuelo. Sorprendida, le pregunto:

—Pero ¿sigues en contacto con él?

Ankie asiente y dice:

—Y más desde que existen Facebook y las redes sociales.

¡Vaya con mi abuela!

Desde que he llegado a Los Ángeles, nunca he ido al Cool and Hot, pero sólo con ver las caras de las tres Topladies ya sé que el sitio es de todo menos glamouroso, lo que se confirma cuando Ashley dice:

—Cuquita... ese lugar es antiestético y feote.

Mi abuela, que las ha ubicado hace rato, responde sonriendo:

—No siempre lo más puesto y decorado es lo mejor, cariñito. —Y sin dar tregua, exclama—: ¡Vamos, Ambrosius nos espera!

—¿Nos espera? —pregunto alucinada.

Mi abuela asiente y, guiñándome un ojo, cuchichea:

—Acabo de hablar con él por teléfono y está deseoso de verme.

Coral sonríe. Yo no lo hago, porque me encuentro entre dos aguas.

Nos subimos todas en el coche de Tifany y, en el camino, la abuela Ankie nos explica que el local es un sitio de músicos, donde quien quiere puede cantar.

Ambrosius es un viejo cantante de country nacido en Dallas. Sonrío al pensar que las raíces musicales de mi abuela determinan también sus amistades.

El lugar se encuentra a las afueras de Los Ángeles y, al llegar, vemos que la puerta está llena de motos de gran cilindraje. Tifany se me acerca y murmura:

—No he oído hablar bien de este lugar.

—¿Por qué?

Antes de que ella me pueda responder, la puerta del bar se abre de golpe y un rubio grande como un ropero y con más músculos que Schwarzenegger saca a un hombre borracho y grita:

—¡Si vuelves a entrar, lo vas a lamentar, estúpido!

Todas nos quedamos paradas al oírlo y, al vernos, el rubio nos pregunta con cara de mal humor:

—¿Van a entrar, señoritas?

Tifany y sus amigas tiemblan como chihuahuas asustados, pero mi abuela, plantándose ante el tipo, dice:

—Busco a Ambrosius Ford.

—¿Quién lo busca? —pregunta él con brusquedad.

Sin inhibirse, mi valerosa abuela lo mira de arriba abajo y responde:

—Dile que ha venido Ankie *la holandesa*. Él sabrá.

De pronto, el enorme bicho cambia la expresión y, con voz aterciopelada, murmura:

—¿Tía Ankie, eres tú?

Mi abuela lo mira y, sorprendida, exclama:

—¡¿Dewitt?! Pero, criatura de Dios, ¡qué grande te has hecho!

Me quedo anonadada cuando veo que mi pequeña abuela y ese gigante se abrazan y besuquean, mientras Coral comenta divertida:

—¡Vaya con la abuela! Ésta nos da la vuelta.

Ankie nos presenta una a una al desconocido y nos informa de que es el hijo de su amigo Ambrosius. Las Topladies se han quedado mudas y el tal Dewitt, encantado, nos hace entrar en el local, mientras va apartando con rudeza a los moscardones que se nos acercan.

¡El Cool and Hot es la onda!

Ni lujos ni nada. El techo está tapizado de billetes y las paredes llenas de guitarras y fotos de cientos de cantantes. De pronto, del fondo del local aparece un hombre maduro de pelo cano. Tiene una pinta de vaquero total y más con el sombrero que lleva. Mi abuela y él se miran, se sonríen y finalmente se funden en un abrazo, tras darse un picazo en los labios que dura más de lo que yo estimo necesario.

¡Qué intensoooooooooo!

La alegría de mi abuela es evidente y nos vuelve a presentar. El hombre, al saber que soy su nieta Yanira, dice:

—Es tan linda como tú, Ankie.

Ella, con voz aterciopelada, le da un golpe cariñoso en el antebrazo y replica:

—Oh, tonto... Tú que me miras con buenos ojos.

Durante más de diez minutos, veo a mi abuela reír como nunca antes. La veo coquetear, parpadear y hacer ojitos.

Coral cuchichea:

—Carajo con Ankie, ¡es toda una Lobacienta!

Asiento y sonrío. Ver a mi abuela así para mí es de lo más curioso y me quedo fascinada contemplándola, hasta que me fijo en Tifany y sus amigas. Parecen estacas de lo tiesas que están, mientras los hombres que pululan por el local les dicen infinidad de cosas. En un momento dado, Tifany le suelta a uno:

—Selecciónate y suprímete.

Ellos se doblan de risa ¡y no es para menos!

Como puedo, me meto en la conversación de mi abuela y Ambrosius y le pido a él que nos lleve a donde nos podamos sentar.

Una vez entramos en lo que él considera la zona vip, me relajo. Es un pequeño espacio con sillones de lo más ordinario, pero al menos allí los hombres no nos acosan. En ese preciso instante, oigo a Ashley susurrar:

—Estoy superasustada.

No sólo la oigo yo, también mi abuela, que, agarrándola del brazo, dice:

—Pues déjate el susto para otro momento, niña, y si alguno se acerca a ti con fines no muy buenos, le arrancas los dientes. Que altura y manos no te faltan, jovencita.

Ashley cierra el pico. Creo que ahora la que la asusta es mi abuela.

Me río con ganas. Una mesera con grandes pechos y una cortísima minifalda de mezclilla nos sonríe y se acerca a nosotras. Ambrosius nos la presenta como Tessa, la mujer de su hijo, y le dice:

—Tráeles seis desarmadores. —Después nos mira y, guiñándonos un ojo, explica—: ¡Es nuestra bebida estrella!

—Yo... yo prefiero un Shirley Temple con dos cerezas —dice Ashley.

¡*Pa* matarla!

La joven mesera la mira. Sin duda alguna debe de estar pensando de dónde habrá salido, y con paciencia infinita le explica:

—No tengo, cielo. Pero el desarmador te aseguro que te gustará. Me salen muy buenos.

—¡Desarmadores para todas! —exclama mi abuela.

Cuando la mesera se va, Coral, que está a mi lado, murmura:
—Éstas se nos hacen caquita hoy aquí.
Las miro. La verdad es que me dan pena. Resoplo y digo:
—Éste no es su ambiente. Hay que entenderlo.
Pero cuatro desarmadores más tarde, han cambiado de actitud y hasta parecen pasarla bien.
Como era de esperar, mi abuela, acompañada por Ambrosius, sube al escenario y nos deleita con la canción *Sweet Home Alabama*. Los demás nos lanzamos a la pista de baile, moviéndonos al son de la música.
Cuando acaban la canción, les pedimos un bis y mi abuela me anima a subir al escenario. Canto con ella y con Ambrosius. Al ver cómo se miran entiendo por qué mi abuela siempre incluye esa cancioncita en sus actuaciones.
¡Qué calladito se lo tenía!
Cuando termina la música, me bajo del escenario mientras la gente aplaude y, cuando mi abuela se va a bajar también, Ambrosius la toma de la mano, la hace sentarse en un taburete y él se sienta en otro.
¿Qué van a hacer?
A una seña de él, las luces del local bajan y Ambrosius dice:
—Amigos, hoy es un día muy... muy... muy... especial para mí. La preciosa mujer que está sentada a mi lado fue, ha sido y será hasta el día en que me muera mi único y verdadero amor. ¡Mi chica!
Encantados, todos aplauden y vitorean, mientras yo, descolocada, bebo un trago de mi desarmador. Ambrosius continúa:
—He conocido muchas mujeres, incluida a la madre de mis dos hijos, que un día se fue para no volver, gracias a Dios. —Todos ríen, aunque yo no le veo la gracia—. Pero mi preciosa Ankie es la única que me robó el corazón y nunca me lo ha devuelto. Hace ya varios años nos reencontramos por casualidad en un concierto en Londres. Ella actuaba con su banda y yo con la mía y, amigos, ¡las chispas saltaron de nuevo! —La gente silba—. Pero por aquel entonces cada uno tenía su vida y decidimos proseguir con ellas. Aunque ante ustedes reconozco, y ella lo sabe, que pese a que desde en-

tonces no nos hayamos visto más de diez veces, la adoro con todo mi corazón.

—Oh, *porfaplisssss*... ¡Qué bonitoooooooo! —murmura Tifany, mirándome.

—Cuqui, ¡es ideallllll! —afirma Ashley con su desarmador en la mano.

Yo, descolocada, sonrío. Coral, acercándose a mí, susurra:

—¿Ha dicho *porfaplis*?

Asiento, pero no puedo prestarle atención. Estoy pendiente de mi abuela y de Ambrosius, que me están volviendo loca.

Pero ¿qué me he perdido?

Ella sonríe con coquetería y Ambrosius le retira el pelo de la cara y dice:

—Hay una canción que el primer día que la escuché supe que era para que la cantáramos mi chica y yo —explica, señalando a Ankie—. Se la envié por esas modernidades que hay hoy en día del Facebook para que la escuchara y un día, en una de nuestras conexiones por Skype, la animé a que la cantáramos juntos. —Mi abuela sonríe y él pregunta—: ¿Te atreves a cantarla esta vez mirándome a los ojos, cielo?

¿Mi abuela sabe lo que es Skype?

Con una sonrisa, ella asiente.

¡Carajo... carajo... carajo con mi Lobaabuelacienta!

Acabo de descubrir en quién pensaba todos estos años cuando cerraba los ojos y cantaba. Sin lugar a dudas, ahora entiendo muchas cosas.

Ambrosius sonríe mientras todos los miramos y, cuando un foco amarillento los ilumina, dice:

—La canción se llama *If I didn't Know Better*.

Comienza a tocar la guitarra y, tras los primeros acordes, mi abuela comienza a cantar en un tono de voz bajo:

If I didn't know better I'd hang my hat right there.
If I didn't know better I'd follow you up the stairs.

Con la boca abierta, me siento en una silla a escucharlos.

No conocía esta lenta y pausada canción. Pero escucharla me resulta, como poco, embriagador.

Tifany, emocionada, me mira y me susurra que esa canción salió en una serie llamada *Nashville*. No la conozco. No la he visto, pero la buscaré y la veré.

Una vez mi abuela calla, Ambrosius comienza a cantar y suspiro al entender la letra, que habla de una pasión oculta por una amistad, de un amor duro y descarnado.

¡Vaya historia... vaya historia!

Observo cómo mi abuela y su amigo cantan mirándose a los ojos una más que sensual canción, mientras se hablan a través de la música y la mirada.

—Aquí hay tema que te quemas —cuchichea Coral.

Asiento. Aquí hay tema, temazo y retemazo, y no sólo yo me estoy dando cuenta. En el escenario, mientras cantan, Ambrosius y Ankie no ocultan lo que sienten el uno por la otra y yo no sé si reír, llorar o salir corriendo.

Cuando la canción acaba se hace el silencio en el local. La gente casi no respira, hasta que finalmente estallan en aplausos y yo consigo reaccionar.

—Me ha superencantadooooooo —aplaude Tifany.

—¡Qué monadaaaaaaaaaa! —elogia Ashley.

Coral, con su para mí habitual gesto de burla, va a decir algo cuando, mirándola, le ordeno:

—Cierra el pico, Gordicienta.

Minutos después, mi abuela por fin baja del escenario y se dirige hacia nosotras. Todos le dan la enhorabuena y cuando llega hasta mí, nos miramos y, sin que yo diga nada, murmura:

—Sí, cariño. Él es el amor de mi vida.

A las cuatro de la madrugada, tras una noche de lo más divertida, plagada de desarmadores, bailes mil y canciones sobre el escenario, dejamos a Ashley y a Cloe en sus casas con una borrachera más que considerable. Creo que cuando se den cuenta de todo lo que han bailado y cantado sin pudor, me van a odiar. Pero, bueno, ya cuento con ello.

Acompañamos también a Tifany, que no está en condiciones de manejar, y después Coral, mi abuela y yo tomamos un taxi hasta mi casa.

Una vez allí, mi abuela, aún en su nube particular, se va a dormir, y Coral y yo nos dirigimos a la cocina. Abrimos el refrigerador y ella, al ver una botella de champán con etiqueta rosa, la toma encantada y dice:

—¡Éste! Me han hablado muy bien de él.

No sé de lo que habla, pero accedo. A mí me da igual el color de la etiqueta.

Nos sentamos en el suelo de la cocina y nos apoyamos en los muebles. Coral empieza a hablar del increíble lugar en que estamos y yo, cansada y con varias copas de más, le hago saber lo mucho que odio esta cocina y esta casa. Cuando le confieso el porqué de mi odio, ella, boquiabierta, me pasa la botella y dice:

—¿Cómo que no vas a denunciar a esa zorramplona? ¡Te quiso matar!

Bebo un trago del pico y luego digo:

—No empieces tú también con eso.

Durante un rato, escucho cómo protesta sobre lo mal que hago al no denunciarla, pero yo estoy a lo mío. Miro la mesada roja y no puedo dejar de imaginar a Dylan y a Caty sobre ella haciendo el amor.

¿Por qué? ¿Por qué me hago esto a mí misma?

Irritantes imágenes de mi chico mordiéndose el labio y lo que no es el labio pasan por mi mente y, furiosa, me levanto.

—No quiero hablar más de ello.

—Floricienta, relájate.

—Bastante tengo con tener que vivir en esta casa y con esta cocina. Veo estas putas mesadas rojas y siento... siento ganas de vomitar y...

—Nadie te dijo que fuera fácil estar con un hombre como Dylan. Y, además, te vas a casar con él.

Me vuelvo a desplomar en el suelo, a su lado, y, dando otro trago a la botella de champán, contesto:

—Ya te digo... pasado mañana.

Coral murmura divertida:

—Te envidio y, aunque no hayamos tenido una despedida de soltera de las que a mí me gustan, con hombres musculosos y granujientos, tengo que decirte que Dylan es un hombre estupendo y sólo hay que ver cómo te mira para saber que está total y completamente enamorado de ti. Ojalá se hubiera fijado en mí y no en ti. Si es que hasta para eso tienes suerte, cabrona.

—Lo sé. —Sonrío al pensar en mi chico—. Dylan es el hombre más maravilloso, atento, romántico, irresistible, apasionado y ardiente que he conocido en toda mi vida. Y lo reconozco: ¡lo quiero todo para mí! Absolutamente todo. Me estoy volviendo una posesiva increíble.

—Haces bien. Porque te aseguro que si lo sueltas, lo pesco yo.

Ambas reímos y en ese momento se enciende la luz de la cocina. Es mi abuela Ankie, que no puede dormir. Tras un rato charlando las tres, Coral se va a la sala, se tira en el sofá y se queda dormida.

Una vez solas ella y yo, mi abuela me mira y dice:

—Quise a tu abuelo con todo mi corazón. Conocí a Ambrosius en un viaje que hice a Estados Unidos cuando era jovencita. ¡Oh, qué guapo y joven era! Lideraba una banda de country y yo una de música pop. Tuvimos un romance maravilloso, pero cuando regresé a Holanda, una discográfica nos contrató a mí y a mi grupo y decidí olvidarme de sentimientos y seguir mi camino con la música. En esa época no existían ni Facebook, ni Skype, ni nada para mantener el contacto y, cuando dejé de recibir sus cartas, pensé que se había olvidado de mí.

»Años más tarde, conocí a tu abuelo y con el tiempo decidí casarme con él y seguir con mi música. El tiempo pasó, tuve a tu padre, luego llegó la enfermedad de tu abuelo y, hace diez años, cuando estuve en Londres con mi banda, la vida volvió a poner frente a mí a Ambrosius. Y, oh, Yanira..., verlo fue brutal. Electrizante. Increíble. Fue mirarnos, reconocernos y sentir lo mismo que habíamos sentido cuando éramos unos chavos. Y bueno... tras tres días juntos, ocurrió lo que tenía que ocurrir entre nosotros.

»No me siento orgullosa de haber engañado a tu abuelo, pero él estaba enfermo y...

—No tienes por qué justificarte, Ankie.

Ella sonríe y, mientras me sujeto el pelo con un pasador, dice:

—Lo sé, cariño. Lo sé. Pero quiero y necesito contártelo. Tu abuelo estaba enfermo. Nuestra vida de pareja siempre fue muy limitada y, cuando me reencontré con el amor de mi vida, mi cuerpo se rebeló y mi mente se nubló. Te juro, Yanira, que no vi más.

Sonrío. Entiendo de lo que habla. A eso yo lo llamo «pasión».

Ver a esa persona que adoras y no poder resistirte. Es lo que yo sentía y siento por Dylan y si no pudiera estar con él, cada vez que nos reencontráramos, siempre acabaríamos igual.

—Luego murió tu abuelo y Ambrosius y yo nos hemos visto siempre que hemos podido. ¿Recuerdas las veces que he viajado a Barcelona, Roma u Holanda? —Asiento y ella prosigue—: Era para estar con él. Cada cual tiene su vida y sus responsabilidades, pero sin lugar a dudas Ambrosius y yo tenemos nuestra particular historia de amor. Por eso, y a pesar de lo que sé que te gusta cantar, si realmente quieres a Dylan como sé que lo quieres, no desperdicies el tiempo. Vive, cariño. Disfruta. Saborea la vida como si fuera tu último día. En cuanto a lo de cantar, ¡no lo abandones! Lucha por tu sueño. Pero nunca dejes de guiarte por el corazón o algún día lo lamentarás.

Cuando de madrugada subo a la habitación, ésta está a oscuras, pero siento la presencia de Dylan. Con cuidado, me pongo un liviano camisón amarillo, pero estoy torpe. He bebido más de la cuenta. Mis ojos poco a poco se adaptan a la oscuridad y una sonrisita me asoma a los labios al oír que mi amor se mueve. No dice nada, pero sé que está despierto y me observa. Me espera.

Miro el reloj digital de números naranja que está sobre el buró. Las cinco y dieciocho. Me acerco a la cama. Dylan está boca arriba. Lo miro. Tiene el torso descubierto y los ojos cerrados.

¡Qué sexy y tentador es!

Me subo a la cama e, impaciente, me siento a horcajadas sobre él. Sonrío al ver que se le curvan las comisuras de los labios.

¡Qué cabrón! Ya sabía yo que estaba despierto.

Me acerco a él despacio. Me encanta su olor varonil. Le beso la frente, la mejilla izquierda, la derecha, la punta de la nariz, la barbilla y, finalmente, acercándome a su boca, murmuro:

—Eres mío. Sólo mío.

Sonríe.

Sé que le gusta oírme decir algo tan de él.

Abre los ojos y, como siempre, su mirada me hace arder.

—¿Has ligado mucho? —pregunta.

Honestamente le tendría que decir que sí. En el bar de Ambrosius me han tirado la onda, y todo lo habido y por haber, pero contesto:

—Con nadie tan maravilloso como tú.

Me da un azote que suena a hueco e insiste:

—Entonces, es cierto, has ligado.

Sin ganas de que se enoje por esa tontería, respondo:

—Teniéndote a ti no necesito a nadie más.

Deja que devore su boca y, cuando nos separamos, cuchicheo:

—¿Qué te parece si nos sentamos en ese sillón que nos espera junto al jacuzzi y hacemos un trío? Tú, él y yo.

No responde. Sé que lo enloquece la propuesta. Lo noto temblar y, apretándome contra él, murmura:

—Mmmmm... estás juguetona.

Asiento y digo mimosa:

—Juguemos a «Adivina quién soy esta noche».

Sus manos vuelan por mi cuerpo y sonríe. Sin duda, ese juego morboso y caliente, durante el cual dejamos de ser Yanira y Dylan para convertirnos en otras personas, cada vez nos gusta más. Responde:

—Estoy tan caliente, tan receptivo, tan loco por ti, que en este instante sería capaz de abrirte las piernas para que otro te cogiera mientras yo observo y...

—¿Lo harías...? —lo corto, excitada por lo que oigo.

Los tríos son algo que ambos hemos experimentado por separado y yo espero que algún día podamos vivirlo juntos. Imaginar lo que ahora me propone me excita. Dylan lo sabe, lo intuye, lo nota y, tras soltar un jadeo, musita:

—Por ti soy capaz de hacer muchas cosas..., conejita.

Intenta moverse para controlarme, pero yo no se lo permito. Clavo las rodillas con fuerza en la cama y murmuro, tomando las riendas:

—No... no... hoy mando yo.

Con sensualidad, levanto los brazos y me quito el pasador. Mi rubia melena que a Dylan tanto le gusta cae sobre mis hombros y él rápidamente me la acaricia. Mimosa, busco su mano con la boca y se la beso con dulzura mientras noto mis latidos acelerados.

Dylan me aviva el corazón. Nadie lo hace como él.

Me estremezco bajo su mirada e, inclinándome, lo incito a que me bese los pechos. Dylan lo hace por encima del camisón. Me los mordisquea hasta que el juego le sabe a poco y, bajando la tela con urgencia, accede a mis pezones, que devora con su boca caliente.

Oh, Dios, ¡qué gustazo!

Me arqueo hacia él. Me entrego. Su lengua juega con mis pezones, poniéndomelos erguidos, mientras yo imagino que su locura se debe a lo que he propuesto del trío. Con fervor, me lame, chupa y muerde con deseo. Con descaro, yo muevo las caderas sobre él y siento su enorme erección crecer debajo de mí.

¡La boca se me hace agua!

Cuánto lo deseo.

—Esto me estorba —lo oigo decir.

Y, de un jalón, me quita el camisón, que cae a un lado de la cama. Sonrío.

Su locura es mi locura, mi pasión es su pasión... y cuando su boca abandona mis pezones y se acerca con urgencia a la mía, sé que voy a perder el combate y que él va a tomar las riendas de la situación. Experimento un espasmo de placer al notar su dominio.

Sólo me toca... Sólo me besa... Pero es tal su posesión que mi cuerpo y toda yo ya nos hemos rendido a él.

Con un rápido movimiento, me coloca debajo de él. Caigo sobre el colchón y, mientras Dylan se pone sobre mí, lo oigo decir:

—Te extrañaba, cariño.

Ardo...

Me quemo...

Me abraso entre sus brazos...

Disfruto de sus caricias y un mundo plagado de dulces y atractivas tentaciones me incendia mientras mis gemidos son mi única válvula de escape.

¡Qué placerrrrrrrrrrrr!

—Esto me estorba también —vuelve a decir.

Entonces, da de nuevo un jalón, y yo sonrío. Acaba de romper mis calzones.

¡Adiós conjuntito!

Menos mal que era de los baratos...

Su boca, su exigente boca, baja por mi vientre dejando a su paso cientos de dulces besos. Lo que siento es insoportable. Oh, sí. Mi amor me abrasa, me hace arder, me calcina y yo disfruto mientras lo dejo hacer.

—Esta noche no jugaremos a «Adivina quién soy», conejita.

—¿Por qué? —pregunto, dispuesta a todo.

Dylan sonríe y murmura:

—Porque esta noche quiero tener a mi caprichosa.

Con pasión, me muerde, me besa, me lame y, cuando llega entre mis piernas, exijo entre temblores de deseo y pasión:

—¡Hazme tuya!

Dylan levanta la cabeza. Me mira, sonríe y, subiendo por mi ardiente y entregado cuerpo, llega hasta mi boca y musita:

—Todavía no.

¡¿Cómo que todavía no?!

Pero no puedo protestar. Su boca se apodera de la mía con fiereza y explora cada rincón, haciéndome vibrar.

Oh, sí... adoro que haga esto.

—Un día seré capaz de realizar esa fantasía del trío con otro hombre —musita—. Ese día, te amarraré las manos para que no lo toques y te exigiré que abras las piernas para él...

—Sí... sí...

Mi voz susurrante y febril lo incita y, entregada a sus caricias, me arqueo hacia él. Cuando siento que me separa las piernas con las rodillas y que toca mi humedad, vuelvo a jadear, impaciente.

—Eso es... Así... Húmeda te cogeremos ese hombre y yo y tú disfrutarás, ¿verdad, conejita?

—Sí... Oh, sí... —gimo, al borde del orgasmo.

Durante varios minutos, Dylan me susurra cosas calientes y morbosas. Sin duda alguna, mi futuro marido y yo lo vamos a pasar muy bien.

—Me vuelve loco oír tus jadeos —murmura.

Lo beso. Me lanzo a su boca y ahora soy yo la que con afán disfruta de cada milímetro de su lengua y de él. Lo adoro. Lo quiero. Lo necesito.

Nuestro instinto animal, ese que nos enloquece en la intimidad, está a flor de piel mientras jugamos y nos damos placer de mil y una maneras. Su miembro está duro, preparado, abultado, mientras yo estoy caliente, húmeda y abierta para él.

Deseosa y anhelante por recibirlo en mi interior, me muevo hasta notar la punta de su pene en la entrada de mi temblorosa vagina.

¡Sí, cariño...! ¡Oh, sí!

¡Lo quiero dentro y lo quiero ya!

Dylan lo sabe, lo intuye, lo imagina. Agarra su miembro y lo introduce en mi interior, pero sólo un poco. Un poquito. Mi respiración se acelera a la espera de más y me aferro a sus hombros mientras abro las piernas y muevo las caderas para facilitarle el acceso, dispuesta y loca por sentir sus embestidas duras, rápidas y posesivas.

¡Las necesito!

Pero Dylan no me lo da. Se dedica a tentarme, a volverme loca, a martirizarme. Y cuando ya no puedo más, con todas mis fuerzas lo recuesto sobre la cama hasta quedar de nuevo sentada a horcajadas sobre él.

Sorprendido por ese salvaje ataque, sonríe y murmura:

—Nena... estás muy caliente. ¿Qué has bebido?

Por supuesto que estoy caliente y bebida y encantada del momento.

—Un poco de todo —contesto.

Dispuesta a dar satisfacción a mi deseo, le agarro el pene, pero cuando voy a encajarme sobre él, me sujeta con fuerza por las caderas para mantenerme en el aire, mientras murmura:

—Todavía no.

—Dylan, lo necesito —le pido excitada.

Él sonríe y susurra:

—Hoy quiero ampliar las seis fases del orgasmo a siete. Quiero que conozcas un nuevo nivel que llamaré fase estrellada.

Sonríe y, mientras yo me vuelvo loca con lo que me dice, él exclama con voz ronca y cargada de deseo:

—Quiero que tras tu fase homicida veas las estrellas.

Resoplo y me río. Mi chico y su particular sentido del humor me hacen feliz.

La sangre se me acelera. Lo deseo.

No puedo esperar más, pero cuando voy a volver a protestar, Dylan me deja caer sobre su miembro y el placer que siento es único, irrepetible e inigualable, y ¡veo las estrellas!

Un largo jadeo cargado de deseo sale de mi interior y apenas me puedo mover. La excitación ha sido tal que sentirlo por fin dentro me deja sin aliento. Él, sin soltar mis caderas, entra y profundiza mientras se recrea mirándome y apretándose contra mi cuerpo.

—¿Te gusta así? —lo oigo preguntar.

Asiento.

—¿Has visto las estrellas?

Suelto un gemido de placer y, con un hilo de voz, respondo:

—Y todo el firmamento.

Sonríe mientras yo me muerdo los labios para no gritar de placer y despertar a toda mi familia. ¡Qué vergüenza!

Mi cuerpo es una bomba nuclear llena de terminaciones nerviosas que disfrutan más cada segundo. Sin dejar de mirarme a los ojos, sus embestidas se aceleran al tiempo que yo, sin fuerzas, dejo que me mueva. Entonces veo que se muerde el labio inferior y me pide:

—Di mi nombre, cariño.

Tomo aire y murmuro mimosa:

—Dylan...

Su cuerpo se contrae y el empellón profundiza más en mí cuando vuelve a insistir, loco de deseo:

—Otra vez.

—Dylan...

La locura se apodera de él tanto como de mí y el Dylan posesivo y territorial que me gusta hace acto de presencia en nuestra intimidad. Enloquecida, oigo sus jadeos y los míos mientras él entra y sale de mí. Pierdo el control y le clavo las uñas en los hombros.

Al ver que me muerdo los labios para no gritar, acerca la boca a la mía mientras su miembro palpita en mi interior.

—Así, cariño... así... veamos las estrellas juntos.

Lo hago. Lo hace. Lo hacemos.

Sin duda que lo hacemos, mientras su boca me devora y un nuevo empellón penetra más profundamente y una nueva oleada de placer me toma y siento cómo nuestros fluidos nos empapan.

Mi placer lo enloquece y el suyo me hace perder la razón. Me agarra el trasero con las manos y comienza a moverme de atrás hacia delante, imprimiendo un agónico movimiento que lo lleva finalmente al clímax.

¡Oh, sí! Quiero verlo llegar al éxtasis.

Minutos después y cuando ambos recuperamos el aliento, sigo tendida sobre su pecho. No me suelta. Le encanta tenerme así y a mí me encanta que me tenga. Es tan cariñoso que me pasaría la vida encima de él.

Pero debemos asearnos, ambos estamos empapados. Estiro la mano, tomo los kleenex que hay sobre el buró y, sacando un par de ellos, lo beso y murmuro:

—Toma, límpiate.

Luego, mi chico me besa en la frente, me acurruca de nuevo sobre él y pregunta:

—¿Lo has pasado bien en tu despedida de soltera?

Asiento. Mientras disfruto de sus mimos, susurro:

—No veo el momento de casarme contigo, cariño.

El cuerpo de Dylan se mueve al reír y, abrazándome para que me duerma, dice:

—Descansa, amor mío... Sin duda has bebido de todo un poco.

Suavemente

~~

Llega el tan esperado día de la boda.

Por Dios... por Dios, ¡qué nervios!

Dylan, empujado por mi madre y la abuela Nira, se va a casa de su hermano Omar para vestirse. Pobre... He visto por su cara que no quería irse, pero ha obedecido y no ha dicho ni mu. Según mi madre y mi abuela, no es bueno que nos veamos antes de la ceremonia.

Sé que se resiste a dejarme. Algo que me indica que no confía totalmente en mí. ¿Temerá que salga corriendo?

Sonrío y, para que se vaya más tranquilo, le digo:

—No me perdería nuestra boda por nada del mundo.

Cuando se va, siento un gran vacío. ¿Por qué mi madre y mi abuela son tan pesaditas con las tradiciones?

Sólo permito que mi madre y Coral me ayuden a vestirme. Quiero que ambas disfruten de este momento al máximo. Y así es. Lo veo en sus caras, en cómo sonríen. Se emocionan mil veces y, cuando la peluquera me coloca el velo, mi madre llora.

—Ay, mi niñaaaaaaaaaa. Ay, mi Yaniraaaaaaaaaaaaaaaaaa.

—Mamá, por favor —me río—, que se me corre el rímel si lloro.

—Ay, mi niña, ¡qué bonita estás! ¿Llevas lo azul, lo nuevo, lo viejo y lo prestado?

Sonrío. Lo nuevo es el vestido. Lo viejo es la llave que la madre de Dylan le regaló y que él me entregó a mí; me la he cosido al liguero azul. Y lo prestado es el conjunto de aretes y collar que mi madre llevó en su boda.

—Sí, mamá, tranquila. Ya me lo has preguntado siete veces.

Adivina quién soy esta noche

—Increíble, Yanira. Hasta pareces buena —suelta Coral.

Eso me hace reír. Es lo mismo que pensé yo cuando me vi vestida de novia la primera vez. No sé si será por el pelo rubio o los ojos azules, pero, vamos, así vestida soy la virginidad personificada.

—Estás preciosa, cariño, ¡preciosa!

—Superdivinaaaaaa —se burla Coral.

Con los ojos anegados en lágrimas, mi madre entra en el baño para enjugárselas y que no se le arruine el maquillaje y Coral, mirándome, cuchichea mientras me toma las manos:

—Siempre había pensado que este día sería al revés. Yo vestida de novia y tú ayudándome a vestirme, pero...

—Ya llegará tu momento —la corto—. No seas tonta.

Ella sonríe y, suspirando, murmura:

—Me he vuelto muy selectiva. Ahora, o me hacen llegar a las seis fases del orgasmo por todo lo alto o directamente los descarto.

—¿Y si te digo que hay siete fases?

Coral me mira y, acercándose, susurra:

—Dime ahora mismo cuál es esa fase, Floricienta, o de aquí no sales viva.

Nos miramos y, entre risas, murmuro:

—La séptima es la fase estrellada. —Y al ver cómo me mira, aclaro—: Tras la homicida, que es la sexta, Dylan me ha enseñado a ver las estrellas.

—Carajo con la pila de Dylan... —se burla mi amiga y, sin perder su humor, añade—: Al final va a ser verdad eso de que los maduritos tienen su morbazo.

—Te lo aseguro.

—Okey... si tú has visto esa fase, yo también la quiero ver. Por lo tanto, ya te informaré de mis progresos orgasmales.

Nos estamos riendo cuando mi madre vuelve con nosotras.

—Ya verás cuando te vean tu padre, tus abuelas y tus hermanos —dice—. Ay, qué guapa estás, cariñoooooooooooooo.

Contenta, me miro al espejo. Esa que está ahí reflejada soy yo y aún no lo creo. Parezco una estrella de Hollywood con este peinado y este vestido, y espero que Dylan se quede tan impresionado como mi madre.

Cuando salgo de la habitación, el primero al que veo es a mi hermano Garret esperando abajo, en el vestíbulo. Nos miramos y sonrío al ver que va de caballero Jedi. Está muy guapo. No esperaba menos de él, aunque no me quiero ni imaginar el disgusto de mi abuela Nira.

Con parsimonia, bajo la escalera y Garret viene a mi encuentro. Me toma la mano y, tras besármela, me dice:

—Hoy será un día largamente recordado por mí. Siempre has sido hermosa, mi princesa, pero hoy tu perfección se supera a sí misma.

—Amor... me superencantaaaaaaaaaaaa —exclama Coral.

Me río. Mi hermano es la onda y mi amiga, la peor... y, como si él fuera de la realeza, hago un asentimiento de cabeza y respondo:

—Caballero Jedi Garret Skywalker, me honran tus halagos, pero he de decirte que tú sí que estás increíblemente guapo.

—Me superencanta tambiénnnnnnnnnnnn —se burla Coral.

Mi madre pone los ojos en blanco y nos apremia:

—Vamos, déjense de tonterías y bajemos a tomarnos las fotos.

Entre risas, agarro la mano de Garret y entramos juntos en la sala, donde está el resto de mi familia que, al verme, se quedan sin habla.

—Bueno, ¿tan fea estoy? —bromeo.

Mi abuela Nira se echa a llorar mientras mi abuela Ankie corre a besarme. Mi padre se queda paralizado sin dejar de mirarme, mientras Argen sonríe y Rayco dice:

—Estás que paras el tráfico, hermanita. Espero que en la fiesta haya bellezas como tú.

Poco después, todos felices, nos tomamos las fotos y cuando una Hummer blanca e impresionante viene a buscarnos, mi abuela Ankie, besándome, sentencia:

—Eres la novia más guapa del mundo, cariño.

Sonrío y la beso yo también.

Subimos todos al coche. Mis hermanos y Coral están alucinados. No quiero ni imaginármelos cuando vean a algunos de los invitados.

Cuando llegamos a la 540 South Commonwealth Avenue me sorprendo al ver la iglesia tan bonita. Sólo había estado aquí una vez y era por la tarde. Nunca la había visto a la luz del día.

Mi familia baja del coche y comienzan a subir la escalera. Yo espero junto a mi padre a la Tata y a la pequeña Preciosa.

La niña corre a abrazarme. Está guapísima con su traje de tul, elegido por Tifany, y yo, encantada, me la como a besos. Cuando la suelto, la Tata me abraza. Me murmura al oído que espera que sea muy feliz y cuando se aparta, le dice a la pequeña:

—Pórtate bien, Preciosa. Y recuerda, tienes que ir delante de Yanira echando pétalos en el suelo, ¿okey?

La niña asiente y le dice adiós con la mano cuando la Tata entra en la iglesia.

—Hoy es uno de los días más felices de mi vida, resoplidos —dice mi padre mirándome sonriente—. Hoy te voy a entregar en matrimonio y espero que seas tan feliz como yo lo soy con tu madre.

Me emociono y resoplo.

Mi padre es de pocas palabras, pero lo que dice siempre me llega al corazón. Lo beso en la mejilla y noto en su abrazo lo emocionado que está. De pronto, mi abuela Ankie y Coral bajan la escalera y mi abuela dice:

—Si antes te he dicho que eres la novia más guapa del mundo, espera a ver al novio. ¡Impresionante, mi niña! ¡Ese muchacho está impresionante!

—Mamáaaaa... —la regaña mi padre con cariño.

De la mano de mi abuela, Coral interviene divertida:

—En serio, Yanira... qué guapo, ¡qué guapo! Estoy por ponerte la zancadilla, quitarte el vestido y entrar yo del brazo de tu padre. Como se te ocurra decir que no cuando el cura te lo pregunte, te juro que me caso yo con él y veo las estrellas. Qué hombre más guapooooooooooooooooooooo.

Mi abuela suelta una carcajada. Al final, las dos me guiñan un ojo y se vuelven a la iglesia.

Cuando desaparecen de nuestra vista, mi padre me mira y pregunta:

—¿Preparada, cariño?

Asiento y tras animar a Preciosa a que camine delante de nosotros, los tres comenzamos a subir la escalera. Cuando llegamos a la puerta, me siento cohibida. La iglesia está a rebosar de gente y el órgano comienza a sonar. Preciosa me mira y yo murmuro:

—Ahora tienes que ir hasta la Tata despacito y echando pétalos de la cesta, ¿okey?

La niña asiente y yo recorro el pasillo del brazo de mi padre, mientras los invitados, actores, músicos y cantantes me sonríen y yo les sonrío a ellos. Esto no tiene nada que ver con lo que propuse de Las Vegas, pero me gusta. Reconozco que me gusta. Sin embargo, cuando veo a Dylan, oh, Dios, ¡oh, Dios!, ya no puedo mirar a nadie que no sea él.

Madre mía, qué pedazo de hombre, de tipo, de machote, ¡de todoooo! Y es mío, ¡sólo mío!

Está guapísimo con su frac negro.

¡Guauuu... cuánto me gusta!

¡Lo adoro! ¡Lo amo! ¡Lo necesito!

Su sonrisa y ver cómo me mira me llenan de felicidad. Por el amor de Dios, pero si hasta creo que me va a dar un infarto de placer. Nos vamos a casar. Estoy totalmente enamorada de Dylan y él lo está de mí. ¿Qué más puedo pedir?

Cuando llegamos ante el altar, la Tata toma a Preciosa de la mano y la lleva junto a los Ferrasa. Yo los miro sonriente y ellos me sonríen también y me guiñan un ojo. Tifany asiente contenta con la cabeza y leo en sus labios:

—Me superencantaaaaaa.

Mi padre me besa en la mejilla y en ese momento siento la mano de Dylan sobre la mía. Me agarra con fuerza, con seguridad y, acercándome a él, me susurra al oído:

—Si no estuviéramos donde estamos, te arrancaría el vestido. Esta noche voy a poseer con deleite cada milímetro de tu cuerpo, caprichosa.

Guau, ¡qué calor!

¿Cómo me puede decir eso en un momento así?

Diablos, ¡que estamos en una iglesia!

Me humedezco al oír sus palabras y el muy granuja sonríe con cara de no haber roto un plato.

¡Para matarlo!

Pero feliz y contenta le guiño un ojo y él me lo guiña a mí. Después miro hacia delante y la ceremonia comienza.

¡Allá vamos!

Burbujas de amor

—¡Vivan los novios! —grita la escandalosa Coral cuando Dylan y yo salimos del brazo por la puerta de la iglesia, y cientos de pétalos de rosa caen sobre nosotros, acompañados del típico arroz.

La gente nos separa. Nos besa, nos apapacha, nos felicita y yo sólo puedo sonreír... sonreír y sonreír.

¡Me acabo de casar con Dylan!

La prensa nos toma fotos. Se ha casado el hijo de la famosa Luisa Fernández, ¡la Leona! Lo miro alucinada. Se matan por fotografiarnos a nosotros y a los asistentes.

Finalmente, mi recién estrenado marido llega como puede hasta mí, me agarra de la mano con fuerza y yo me siento más segura. Apenas conozco a la gente que nos rodea, pero estoy impresionada ante la gran cantidad de famosos que, encantados, nos besan y nos desean la mayor felicidad del mundo.

¡Por favor, pero si hasta está Dwayne Johnson, el Rey Escorpión!

Cuando Coral lo vea, le da un infarto.

Atónita, veo que Michael Bublé se nos acerca y nos felicita también. Nos desea toda la felicidad del mundo, mientras yo sonrío como una tonta. No sé si por ver a Bublé o por lo feliz que me siento en ese momento.

Pero ¿qué amigos tiene Dylan?

Después, todos nos dirigimos al hotel donde va a tener lugar la celebración, el Regent Beverly Wilshire. Cuando llegamos, me quedo sin habla al ver que es el hotel de la película *Pretty Woman*.

¡Qué alucine!

De nuevo la prensa nos espera. Fotos, fotos y más fotos. Al entrar en el hotel, me encuentro con mis hermanos, que están alucinados. No dan crédito a la expectación que ha levantado la boda y menos aún al verse rodeados de tantos famosos. Divertida, los miro tomarse fotos con ellos. Son peores que la prensa.

—Yaniraaaaaaaaaaa, he visto al guapo de los dientessssssss. ¡Al Rey Escorpión! —grita Coral, estupefacta—. ¡Qué increíble, qué increíble! Pero ¿tú has visto qué tipazo? —No me deja responder y dice, alejándose—: Voy a tomarme fotos con él, ¡luego te veo!

Me río. Sabía que se pondría así en cuanto viera a Dwayne Johnson.

Entramos en un salón, donde nos sirven un aperitivo. Tengo un hambre atroz y doy buena cuenta de la comida, que está fenomenal.

Entre canapé y canapé saludo a Marc Anthony, a Luis Fonsi, a Ricky Martin y alucino al máximo cuando mi recién estrenado maridito me presenta al cantante que escuchamos casi siempre que hacemos el amor, Maxwell. Es un tipo encantador, muy simpático y rápidamente veo la buena sintonía que tiene con Dylan.

Unos tres cuartos de hora más tarde, abren las puertas de otro salón y los invitados comienzan a entrar. En ese instante, Anselmo, mi suegro, junto a Omar, la pequeña Preciosa, Tifany y Tony, el otro hermano de Dylan, nos paran y nos llevan hacia un costado. Dylan sonríe y, entregándome un sobre, Anselmo dice:

—Esto es de mi Luisa. Hace años, y por motivo de sus viajes, metió tres sobres en la caja fuerte de casa por si le ocurría algo. Un sobre para cada hijo. Me dijo que si ella no estaba, el día de la boda de cada uno de ellos yo debía entregárselo a la mujer del desposado. Así que aquí lo tienes.

Miro a Anselmo sorprendida y en ese momento Preciosa se acerca a Tifany, que pone cara de circunstancias. Pero la niña la toma de la mano y las dos se van juntas. Vaya, al final hasta se llevarán bien. Me quedo sola con los cuatro varones Ferrasa, que me miran emocionados. Yo los abrazo uno a uno. Sé que necesitan este abrazo.

Sin duda alguna, Luisa era una mujer que pensaba en todo y quería estar presente en cada momento especial de las vidas de sus hijos. ¡Bien por ella!

Dylan, que está a mi lado, murmura:

—Llevo años queriendo saber qué hay en ese sobre, pero papá nunca me dejó abrirlo.

Anselmo, más tranquilo, sonríe y dice:

—La orden era entregárselo a tu mujer el día que te casaras.

—El mío ya lo leyeron —interviene Omar.

—Dos veces —puntualiza Tony divertido.

Tras una carcajada general que relaja la tensión, hago lo que con sus miradas me están pidiendo los cuatro. Abro el sobre y leo en voz alta.

Mi querida hija:
Estoy segura de que hoy es uno de los días más felices de mi maravilloso hijo Dylan y quiero darte las gracias porque, sin duda, eso se debe a que ha encontrado a la mujer de su vida, tú, y que le ha entregado la llave de su corazón.
Les deseo una larga y compenetrada vida y espero que recuerdes estos consejos.
El primero en pedir perdón es el más valiente.
El primero en perdonar es el más fuerte.
El primero en olvidar es el más feliz.
Cuida de mi hijo, como su padre, sus hermanos y yo cuidamos de él.
Dylan es un ser lleno de luz, amor y sentimientos.
Los quiere,

Mamá Luisa

P. S. Dile a Anselmo que sonría más. Cuando lo hace está muy guapo.

La voz se me rompe al finalizar y, emocionada, me llevo la mano a la boca. Miro a los cuatro hombretones, que ahora mismo son de gelatina.

Dylan tiene los ojos vidriosos, como yo, y lo abrazo. Escuchar las palabras de su madre sin duda lo ha conmovido, igual que a Anselmo, a Omar y a Tony.

Cuando me separo de él, me limpio una lágrima que corre por

— Adivina quién soy esta noche —

mi mejilla y, sonriendo, le toco la barbilla a Anselmo, que se seca los ojos con un pañuelo.

—Plan A —digo—: esperemos un par de minutos a que se nos pase la lloradera. Plan B: entremos tal como estamos y...

—Señora Ferrasa, apoyo el plan A —me interrumpe Dylan, sonriendo, mientras aprieta el hombro de un emocionado Omar.

En silencio, miro a los Ferrasa. Tan grandes y tan tiernos. Es increíble cómo estos cuatro hombretones, cada uno a su manera, aún añoran a Luisa. Cada día me queda más claro que debió de ser una grandísima mujer.

Recuperada de mi debilidad, le entrego a Dylan la carta, que se guarda en el bolsillo interior del frac, y digo:

—Diablos... diablos...

Los cuatro me miran sin entender de qué hablo y, divertida, les explico:

—Es lo que decía una famosa de mi país cuando salía ante las cámaras para no manifestar sus sentimientos.

Ellos sonríen y yo señalo:

—¿Lo ven? ¡Diablos!

Entramos finalmente en el impresionante salón y los invitados prorrumpen en aplausos. Los cinco sonreímos y, cuando nos dirigimos hacia nuestra mesa, la cena comienza.

Ni que decir tiene que se sirve lo mejor de lo mejor, ¡y en cantidad! No queremos que nadie se quede con hambre y necesite ir después a comerse una hamburguesa.

Una vez acabada la cena, Anselmo y mis padres se suben a una tarima y brindan por nuestra felicidad. Es el momento más emotivo de la cena y los invitados ríen ante las ocurrencias de los tres. Cuando terminan sus discursos, da comienzo la fiesta. Una orquesta de lo más glamourosa, cuyos miembros van ataviados con saco blanco y pajarita negra, empieza a tocar y aplaudo al ver que Michael Bublé sube al escenario.

No me lo puedo creerrrrrrrrrrrrrrrr. ¡Va a cantar para nosotros!

Saluda a todos los asistentes. El hombre es un gentleman maravilloso que se nos mete a todos en el bolsillo en décimas de segundo con su enorme simpatía. Incluso hace un esfuerzo por hablar español para que mi familia lo entienda. ¡Qué ricuraaaa!

Luego se dirige a mí y me pregunta:

—Yanira, ¿qué canción quieres bailar con tu flamante marido?

Todos me miran y noto que las mejillas me arden. Mi mirada y la de mi hermano Argen se encuentran y ambos sonreímos. Sin duda él sabe qué canción quiero que cante. Tras asentir en dirección a mi hermano, miro al amor de mi vida y su expresión lo dice todo. No le gusta ser el centro de atención, pero, dispuesta a disfrutar de este mágico, único y exclusivo momento, miro a Michael y le pido:

—Por favor, canta *You Will Never Find*.

Luego, divertida, vuelvo a mirar a Dylan e imagino que hará lo posible para no bailar. ¡Pobrecillo! Pero me sorprende tomándome de la mano y llevándome con él al centro de la pista, donde, acercándome con gesto posesivo, susurra:

—Por nada del mundo me perdería nuestro primer baile.

Tan romántico como siempre. Lo adoro.

Abrazada a él, me dejo llevar por la música. Me encanta esta canción y juntos la bailamos mientras Michael, entregado, canta bajo la atenta mirada de cientos de personas. Una vez termina, Dylan me besa y todos aplauden.

Por el amor de Dios, ¡esto es de películaaaaaaaaaaaa!

Instantes después, Michael baja del escenario y la orquesta toca otra canción. La pista se llena de gente. Durante tres horas, todo el mundo baila y disfruta de la música. Yo, encantada, los veo divertirse y cuando Coral me mira mientras baila con su Rey Escorpión, no puedo menos que soltar una carcajada. No es la loca ni brutal fiesta que yo esperaba, pero todos disfrutamos y con eso me basta.

A las doce de la noche se acaba.

¡Oh... qué pena! Con las ganas de juerga que tengo.

Adivina quién soy esta noche

Los invitados se despiden y yo, feliz y enamorada, les digo adiós de la mano de mi flamante marido.

Preciosa está agotada y la Tata, junto con Omar y Tifany, se la lleva a su casa. Anselmo y Tony también se van con ellos. Coral, mis padres y mis hermanos toman un taxi. Dylan les da las llaves de nuestra casa y, tras besarnos y desearnos una buena noche, se van. Argen y Patricia también parten.

Cuando nos quedamos solos, miro a Dylan y veo que tiene una pestaña en la mejilla. La tomo con cuidado entre dos dedos y, acercándola a él, digo:

—Cuando a alguien se le cae una pestaña, tiene que soplar y pedir un deseo.

Extrañado, sonríe y no hace nada. Yo insisto:

—Vamos, sopla para que la pestaña desaparezca y se te conceda el deseo.

Así lo hace y cuando la pestaña ha volado de mi dedo, lo beso con ardor. ¡Soy tan feliz...! Una vez me separo de él, me dice con gesto divertido:

—Arráncame otra pestaña, que quiero otro deseo.

Suelto una carcajada. ¡Será bruto...!

Nos dirigimos hacia el mostrador de recepción tomados de la mano y Dylan, mirándome, susurra:

—¿Te he dicho ya lo preciosa que estás?

—Como un millón de veces, cariño —me burlo.

Dylan me atrae hacia él, pasa la nariz por mi pelo y murmura:

—Me encanta que seas la señora Ferrasa.

Excitada por sus palabras, me imagino desnudándome y dándolo todo.

Oh, sí, nene... ¡hoy no te la vas a acabar!

Estoy deseando tener una estupenda noche de sexo en nuestra fantástica suite con mi recién estrenado mariditio.

—¿Lo has pasado bien en la fiesta? —me pregunta él.

Asiento más feliz que una lombriz, cuando de pronto se para y dice:

53

—Tengo una última sorpresa para ti. —Y sacando un pañuelo negro del bolsillo, explica, enseñándomelo—: Pero para ello tengo que taparte los ojos.

Me entra la risa. ¿Me va a tapar los ojos en mitad del vestíbulo del hotel?

¡Qué atrevido!

Sin duda, la noche de sexo va a ser colosal y lo apremio:

—¡Tápamelos ya! Quiero esa sorpresa.

Lo hace tras darme un rápido beso en los labios y luego me carga diciendo:

—Muy bien. Vamos por esa sorpresa, pues.

Noto el aire en la cara. ¿Salimos del hotel?

Instantes después, me sienta en el asiento de un coche y murmura en mi oído:

—Ahora descansa, caprichosa, porque dentro de un rato te aseguro que no lo vas a poder hacer.

Sonrío excitada y el vehículo arranca.

¿Adónde me llevará?

Siento la boca de mi amor sobre la mía. Me besa, me devora, me muerde los labios. Me come entera y yo lo disfruto y me entrego a lo que quiera, sin saber adónde vamos, ni quién maneja ni nada.

No sé cuánto tiempo estamos en el coche, sólo sé que sus manos corren por mi cuerpo, mientras me susurra cariñosas palabras de amor y yo lo disfruto, ¡lo paladeo! ¡Lo gozo!

Pero quiero más. El problema es el vestido, tanto tul no deja que sus manos lleguen con facilidad hasta donde yo quiero y eso me frustra.

Quiero que me arranque el vestido y me haga suya. ¡Lo necesito!

De pronto, el coche se para. Dylan abre la puerta, sale del vehículo y me vuelve a tomar en brazos.

El lugar está silencioso y no oigo nada. Entonces, me deja en el suelo.

—¿Preparada para tu sorpresa? —me pregunta al oído.

Asiento como una niña. Sí, quiero sexooooooooooo.

Pero de pronto oigo el punteo de una guitarra eléctrica. ¡No puede ser!

Cuando Dylan me quita el pañuelo de los ojos y veo a mi abuela Ankie con su grupo en el escenario y a algunos de la anterior fiesta, grito y empiezo a saltar de felicidad mientras todos aplauden.

—Las amigas de tu abuela no han querido venir a la boda para darte esta sorpresa —me dice Dylan al oído—. Han llegado esta mañana

Miro a Pepi, a Cintia y a Manuela y les tiro un beso con la mano. Ellas sonríen y me lo tiran a mí también.

—¡¿Adivina quién me ha traído en moto?! —grita Coral, plantándose ante mí.

Sin duda alguna, por lo excitada que está, pienso que habrá sido el Rey Escorpión, pero ella dice:

—¡Ambrosius, el novio de tu abuela! ¡Dylan lo invitó!

Miro a mi chico, que sonríe y murmura:

—Ankie me lo pidió y no pude decirle que no.

Mi abuela sonríe y, acercándose al micrófono, dice:

—Esta canción va para los recién casados. Vamos, muchachos, acérquense a la pista, agárrense con fuerza, bésense con amor y disfruten. —Todos aplauden y mi abuela añade—: Quiero a todo el mundo en la pista meneando el trasero. ¡Ya!

Y sin más comienza a tocar con su guitarra la canción de Santana *Flor de luna*. Miro a mi abuela y le guiño un ojo. Ella sabe que me encanta esta canción. De camino a la pista me cruzo con mi familia y con la de Dylan, que sonríen encantados. Tifany se me acerca y cuchichea:

—Cuqui..., no te lo podía decir. Era una *surprise*.

Me río mientras reconozco la casa de Omar. Estamos en el enorme salón de fiestas. Y mirando a la alocada y fresa de mi cuñada, contesto, entrando en su juego:

—¡Me superencantaaaaaaaaaa!

De la mano de Dylan, llego a la pista y empiezo a bailar. El lugar se llena y observo las caras de admiración hacia mi abuela.

¡Bravo, mi Ankie!
—¿Te ha gustado la sorpresa? —me pregunta Dylan.
—Sí, mucho.
—Tu única condición para la boda fue una superfiesta y ¡aquí la tienes! Ahora mi única condición es que no te olvides de mí. No veo el momento de estar a solas contigo en el hotel.

Miro a mi morenazo con todo el amor del mundo y, sonriendo, digo:
—Eres el mejor, cariño. El mejor.

Dylan sonríe y contesta:
—¿Acaso pensabas que la fiesta brutal era la del hotel? De ninguna manera querría cargar con ese reproche el resto de nuestra vida.

Me río. Cómo me conoce.
—Si por mí fuera —añade—, ya estaría con mi conejita en la suite, haciendo lo que más me gusta, pero sé lo mucho que deseas esto, de modo que baila, canta y desfógate. Eso sí, ¡nada de chichaítos! Te quiero lúcida y sólo para mí cuando lleguemos a la suite.

Lo beso enamorada y cuando me separo de él, le digo en voz baja:
—Prometo ser la conejita más caliente y morbosa del mundo. Te aseguro que esta noche no la vas a olvidar.

Dylan sonríe y, tras besarme de nuevo, responde:
—Disfruta de la fiesta y luego hazme disfrutar a mí.

Bailamos abrazados al son de esa bonita canción y, tras esta primera, mi abuela y sus locas amigas tocan cuatro canciones más de su repertorio. Los músicos, actores, productores y cantantes presentes las miran admirados y yo estoy encantada.

Cuando Ambrosius aparece, me besa en la mejilla, saluda a Dylan y nos da la enhorabuena por la boda. Después, me dice que tengo que subir al escenario, pues mi abuela quiere que cante con ella. Lo hago sin dudar.

Tres horas más tarde, por el escenario ya han pasado todos. Incluidos Coral, que canta la *Macarena*, y Dylan, que con Tony y Omar se echan una salsita de su madre que me deja loca.

Adivina quién soy esta noche

Pero buenoooooooooooo, ¡qué bien canta mi marido! Y qué ritmo tiene. Sin duda alguna, es cierto ese dicho de que «Quien baila bien, en la cama y en el sexo es un rey». ¡Viva mi rey!

Cuando baja del escenario lo aplaudo. ¡Desde ya soy su fan *number one*!

Sonríe; saber que está contento con su familia y amigos me hace feliz. Me gusta verlo en su salsa y decido observarlo y disfrutar. Pocas veces ha estado tan desinhibido. También me fijo en Omar. Su descaro al acercarse a una pelirroja me deja sin palabras. No cabe duda de que la relación de mi cuñado y Tifany es, como poco, peculiar.

De pronto veo a mis padres a punto de brindar y corro hacia ellos.

—¿Qué toman?

Mi madre me mira divertida y responde:

—Creo que se llama chichaíto. Algo típico de Puerto Rico, me ha dicho la mesera.

Oh, no... ellos no pueden pasar por lo que yo pasé y, quitándoles los vasos de las manos, les digo:

—Créanme, no tomen más de dos o mañana no podrán levantarse de la cama en todo el día.

—¡Qué exagerada eres, resoplidos! —ríe mi padre; agarra el vaso y bebe encantado.

En ese instante, mi hermano Rayco me toma de la mano y grita:

—Vamos a echarnos un bailecito, princesa.

Vamos hacia la pista, pero antes les grito a mis padres:

—¡Quedan advertidos!

Comienzo a bailar con el creído de Rayco y me río al ver que mis padres brindan y se beben el chichaíto de golpe.

¡Madre, cómo van a terminar!

Cuando la canción se acaba y consigo estar dos segundos a solas, observo que Argen y Patricia se besan. Cómo me gusta ver a mi hermano tan feliz. Sin duda alguna, Patricia llena ese vacío que siempre he visto en él.

Coral baila con un moreno. No sé quién es, pero lo que sí veo es que mi amiga la está pasando de maravilla. Sonrío. Quiero verla tan feliz como se merece.

Mi abuela Nira habla con Anselmo, mi suegro. Parecen a gusto. Qué razón tiene Luisa. Está mucho más guapo cuando sonríe.

Garret, el Jedi de la familia, está observando como siempre, pero me sorprendo al ver que mira a una chica que hay al fondo de la sala y que ella lo mira a él.

¿Están haciendo ojitos?

Dos minutos después, mi hermano se le acerca, se sienta a su lado y comienza a hablar. ¡Increíble! Es la primera vez que lo veo acercarse a una mujer, a excepción de sus amigas frikis.

De pronto, boquiabierta, me doy cuenta de que mi abuela Ankie desaparece tras una puerta con Ambrosius; están besándose.

Pero ¿es que se ha vuelto loca?

Como la vea mi padre se va a disgustar, y con razón.

¡Carajo, que es su madre!

En ese instante, Tony me agarra de la mano y me saca de nuevo a la pista. Tocan una salsa y, sin dudarlo, nos lanzamos a bailarla, mientras observo cómo Dylan habla con su amigo Maxwell y los dos se ríen.

Cuando la canción acaba, comienza otra y en esta ocasión bailo con Omar. Está claro que Luisa, su madre, enseñó muy bien a bailar a sus hijos. Una vez acabo, bailo varias piezas más con todo el que me lo pide hasta que mis ojos se encuentran con los de Dylan, que me hace un movimiento con la cabeza para que nos vayamos. Me niego.

¡No quiero que la fiesta termine!

Le hago puchero y él sonríe claudicando. ¡A divertirse!

Una vez acabo de bailar con un amigo de Tony muy simpático, me acerco al mostrador de las bebidas y de pronto Tifany me aborda.

—Cuquita, estoy superdisgustada con el viejo cascarrabias.

Sé quién es «el viejo cascarrabias» sin necesidad de preguntar. Desde luego, cuando se lo propone, Anselmo es un auténtico tirano y con Tifany me consta que lo es. Miro hacia la pista y veo a Dylan hablando con unos hombres, mientras Omar le da un beso en el cuello a la pelirroja. ¡Qué cabrón!

Rápidamente, tomo con una mano una botella de champán, con la otra dos copas y, mirando a la mujer que siempre es tan cariñosa conmigo, digo:

—Sígueme, Tifany.

Nos sentamos a una mesa apartada de la fiesta, donde nadie nos encontrará. Descorcho la botella, lleno las copas y, entregándole una a la rubia que me acompaña, propongo:

—Brindemos por el amor.

—¿Eso qué es? —se burla la pobre.

Sin contestar, choco mi copa con la de ella y bebemos.

—¿Te han dado ya la carta de Luisa? —Asiento y dice—: La mía ya la habían leído. Al ser la segunda mujer de Omar, ni caso me hicieron.

—¿Y qué decía?

Tifany se rasca el cuello y murmura:

—Básicamente que quisiera mucho al bichito, que tuviera fuerza y que, sorprendiéndolo, lo haría feliz. Pero vamos a ver, ¿con qué voy a sorprender yo a un hombre que lo tiene todo?

—Pues con algo que no tenga y que no se pueda comprar con dinero.

Mi cuñada bebe un sorbo de su copa y suelta:

—Sin duda alguna la pelirroja que se ha traído a la boda sí que lo debe de sorprender cuando se lo tira. Maldita zorra y maldito mandril cogelón.

¡Madre mía!

¿Mi cuñada ha dicho «zorra» y ha llamado a su bichito «mandril cogelón»?

¡Qué cabrón! ¡Qué cabrón!

Oírla hablar así me deja sin palabras, pero ella, mirándome, insiste:

—Mi matrimonio es una caquita.

—¿Y por qué lo aguantas?
—Porque lo quiero.

Me da pena. Se la ve sincera. Tifany es extremadamente diva divina, pero cada día que pasa me demuestra que tiene un corazón enorme y que es una buena chica.

—Te aseguro que si Dylan me hace algo así, como aparecer con otra en un evento, lo mato —le digo.

—Uy, cuqui, ¡no seas brusca!

—¡¿Brusca?! —murmuro alucinada, mientras la música de Bob Esponja resuena en mi mente—. Pero si no se reprime en traer a... a... Carajo, Tifany, que ésta es tu casa y la ha traído aquí. ¿Cómo se lo puedes permitir?

—Ya te lo he dicho, porque lo quiero. Adoro a mi bichito, aunque sepa que no es totalmente mío. —Tras un significativo silencio, en el que veo el dolor que ella siente, añade—: Lo único que me reconforta es que el ogro sabe que no estoy con él por dinero. Mi familia está bien situada y...

—Deberías dejarle las cosas claras a Omar —la corto—. Como te diría mi abuela, más vale estar sola que mal acompañada.

—Soy cobarde. Ésa es la realidad. ¿Qué puedo hacer yo sin él?

Eso me enerva. Que una mujer piense así no va conmigo y respondo:

—Para empezar, muchas más cosas de las que crees. Y bajo mi punto de vista, lo único que tendría que primar es que seas feliz con alguien que te quiera como tú lo quieres a él. Deberías comenzar a apreciarte más a ti misma y hacerte valer. Me dijiste que eras diseñadora. ¿Por qué no retomas tu profesión y dejas de depender de Omar?

Tifany me mira. Se toca un rizo rubio y, con una mueca, responde:

—Yo no soy como tú. Papá y mamá me enseñaron que hay que ser una buena esposa y...

—¿Y por eso tienes que dejar que te humillen en público? ¿Acaso tus padres ven bien lo que está pasando? —Por su gesto veo que sí. ¡Increíble! Finalmente, lleno de nuevo mi copa y le pido perdón—: Disculpa. Creo que me estoy metiendo donde no me llaman.

Tifany se bebe su champán de golpe y dice:

—Gracias por tu sinceridad, pero por lo pronto las cosas están así. Y en cuanto a mis padres, mejor no hablar. Sus vidas no han sido las más ejemplares.

Pobre. Intuyo que su familia no es como la mía. Y su educación implica aguantar y aparentar. Bebo de nuevo. No cabe duda de que es su vida y si ella lo permite, yo no soy nadie para reprochárselo. Tras un silencio, mi rubia cuñada pregunta:

—¿Por qué a ti te respeta el ogro y a mí no? ¿Qué has hecho?

Sé muy bien lo que hice y respondo:

—Darle batalla y ser tan desagradable con él como lo era él conmigo.

—¡Yo no sé hacer eso! Y me molesta que piense que soy simplemente una rubia tonta. ¿Tú también lo crees?

Me atraganto.

¡Diablos qué mala soy! Con lo buena que es Tifany, ¿cómo puedo pensar eso? Intentando ser de nuevo sincera con ella, le digo:

—Creo que deberías cambiar tu actitud con todos los Ferrasa y hacerte valer.

Me mira, asiente y contesta:

—Como dice Rebeca, nací princesa porque zorras ya había bastantes.

Suelto una carcajada y luego replico:

—No tienes que ser una zorra para ganarte al ogro ni a Omar, pero sí algo más astuta y dejarles ver que tienes carácter y que luchas por las cosas que quieres. Quizá un respondón cuando no lo esperen, o plantarles cara los haga mirarte de otra manera.

—Qué angustia me entra sólo de pensarlo —lloriquea—. Soy incapaz de decirle a ninguno de los dos «¡Selecciónate y suprímete!».

Sonrío. Sin lugar a dudas ¡Tifany es Tifany!

—Cuando el ogro me mira con esos ojos de villano, ¡me aterroriza! No tengo remedio. Para él siempre seré la rubia tonta que se casó con su hijo mayor.

Pobrecilla. Me da pena que piense así. Pero sé que eso es lo que piensa realmente Anselmo de ella y me duele. De entrada, Tifany puede parecer insustancial y vacua, pero cuando se la conoce, te das cuenta de que además es dulce, tierna, simpática y que tiene un gran corazón. Estoy convencida de que eso fue lo que enamoró a Omar cuando la conoció.

—¿Qué te parece Preciosa? —le pregunto.

—Como su nombre indica, una preciosidad.

—¿Y ella como persona? —insisto.

—¡Qué intenso, soy su madrastra! Qué mal suena eso, ¿verdad? —Sonrío y pregunta—: ¿No te suena a mala de la película? Ay, cuqui..., seguro que la niña me odia por ser la madrastra de su cuento. Qué daño hizo Disney con algunas películas.

Me carcajeo con ella sin poderlo remediar y, llenando de nuevo las copas, insisto:

—¿Qué piensas de la pequeña?

—Es una lindura de nena. —Sonríe—. Siempre me lo ha parecido, aunque cuando supe que mi bichito tenía una hija, me llevé un gran disgusto. Pero cada vez que vamos a Puerto Rico a verla, me enamoro más de ella. Es tan dulce y menudita que es imposible no quererla. —Y bajando la voz, murmura—: Omar no quiere hijos, pero Preciosa le ha robado el corazón.

—Y tú ¿quieres hijos?

Tifany asiente y, encogiéndose de hombros, contesta:

—¡Me encantaría! Pero soy consciente de que si el bichito no quiere, no puedo hacer nada. —Y sonriendo para cambiar de tema, continúa—: Preciosa es ideal. Tiene los ojitos oscuros de Selena Gómez, el color de pelo de Penélope Cruz y los labios de Angelina Jolie. ¡Es perfecta!

La miro sorprendida por lo que dice. Está claro que para ella la apariencia física es fundamental.

Al pensar en la pequeña, alucino, pues realmente tiene los labios de la Jolie. ¡Qué linda!

Aunque estoy cada vez más perjudicada por la bebida, vuelvo a beber y, mirando a mi superdivina cuñada, digo:

—Si no sabes encararte con el ogro, gánatelo por otro lado. Quiere a Preciosa. El hecho de que tú la quieras y la niña te quiera a ti te aseguro que hará que Anselmo cambie de opinión. Para él, el amor es importante. Más importante de lo que deja ver.

Tifany se queda perpleja.

—Yanira... soy su madrastra. ¿Crees que me querrá?

—Pues claro que sí —afirmo.

Ella sonríe encantada y yo concreto:

—La niña está falta de cariño y de amor, y sólo con que te lo propusieras, ella no querría vivir sin ti. Vamos, Tifany, si tú eres muy cariñosa.

Se llena de nuevo la copa, acaba la botella y la pone boca abajo en la hielera.

—Tengo un problema, cuqui. No sé cómo cuidar a un niño. Ay, Yanira, ¡qué difícil es ser yo!

Resoplo.

Plan A: le doy dos madrazos para ver si reacciona.

Plan B: cambio de tema y le hablo del bonito vestido que lleva, para que sonría y se olvide del mundo.

Plan C: continúo con el rollo para ver si llegamos a buen puerto.

Elijo el plan C. Mi cuñada se lo merece y Preciosa también.

Sé que ella puede ser una buena madre para la niña. Sin duda alguna, en el instante en que conecten todo en su vida va a cambiar. Sólo hay que encontrar la forma de que ambas se encuentren y no puedan vivir la una sin la otra.

—¿Qué hacen aquí las dos tan solas?

Ambas miramos atrás y vemos al guapísimo de Tony acercándose. Se sienta junto a nosotras y pregunta, mirando la botella de champán:

—¿Se la bebieron ustedes solas?

—Solititas —afirma Tifany.

Él sonríe y contesta:

—Mis dos cuñadas juntas, ¡qué lujo de rubias! —Y, mirándome a mí, añade—: Mi hermano te busca. Creo que quiere que se vayan.

Estoy a punto de protestar cuando Tifany sonríe y cuchichea:

—Tengo una amiga ideal, Tony... ideal para ti.

Él se levanta y, sonriente, dice mientras se aleja:

—Adióssssssssssssss.

Ambas nos reímos y cuando Marc Anthony comienza a cantar en el escenario, nos levantamos y corremos a bailar.

Un buen rato después, abandono la pista sedienta y me tropiezo con mi suegro que, al verme, dice:

—Por el amor de Dios, ¿esa abuela roquera tuya conoce la decencia?

Oh... oh... me temo que el ogro la ha visto con Ambrosius.

—¿Qué ocurre?

Mi suegro baja el tono de voz y responde:

—Me la he encontrado saliendo del baño con ese amigo suyo y por su aspecto desaliñado no se podía pensar nada bueno.

Carajo con mi abuela.

Me río sin poderlo remediar. Mi Ankie tiene una vitalidad tremenda.

Agarrada del brazo de mi suegro, me dirijo con él a beber algo.

En la barra nos encontramos con mi hermano Garret. Sigue hablando con la chica con la que antes lo he visto ligar y eso me sorprende. Pero la sorpresa desaparece cuando oigo que hablan entusiasmados de las películas de *La guerra de las galaxias*.

¡¿Otra friki como él?!

Como se suele decir, «Dios los cría y ellos se juntan».

Cuando mi hermano pasa por nuestro lado, dice:

—Que la fuerza los acompañe, humanos.

A mí me entra la risa y el padre de Dylan me mira, niega con la cabeza y, sonriente, comenta:

—Si tú ya me parecías pintoresca, tu hermano y tu abuela ¡ni te cuento!

Desde luego, quien conozca a mi familia debe de pensar que a muchos nos falta un tornillo. Mi hermano Garret, con treinta y pico años, es un frikazo de campeonato, vestido en mi boda de caballero Jedi. Rayco es un ligador de pe a pa, y mi abuela, una heavy en toda regla, incapaz de contener sus impulsos sexuales.

Lo reconozco. Mi familia es peculiar. Pero, vamos, como todas las familias del mundo. ¿Quién no tiene un rarito entre los suyos?

Animada por mi candorosa abuela Nira, subo al escenario para cantar una canción de mis islas. Mi preciosa tierra canaria. Invito a Pepi, a Cintia y a Manuela a que me acompañen. Ellas mejor que nadie lo pueden hacer y, tras los primeros acordes, yo me arranco con el pasodoble *Islas Canarias*.

Todos escuchan. Les gusta el ritmo meloso de la canción, aunque sé que muchos no la entienden, pues canto en español. Mis padres bailan agarrados y mi abuela Nira anima a Anselmo a hacerlo con ella.

Ay, Canarias
la tierra de mis amores
ramo de flores
que brota del mar.

Vergel de belleza sin par
son nuestras islas Canarias
que hacen despierto soñar.
Jardín ideal siempre en flor,
son sus mujeres las rosas.
Luz del cielo y del amor.

¡Ay, Dios, que me emociono al cantar esta bonita canción! Estar lejos de mi tierra aún me va a hacer llorar.

Sin poderlo remediar, unas lágrimas brotan de mis ojos, sin embargo, sonrío. Quiero que todo el mundo sepa que son lágrimas de emoción. Adoro mi patria. Estoy convencida de que seas chicharrero, gomero, canarión, herreño, majorero, palmero, conejero, extremeño o andaluz, la letra de este pasodoble te remueve el corazón si estás fuera de tu tierra.

Sonrío al mirar a mi abuela Nira. Sé lo feliz que la hace que cante esta canción y los recuerdos maravillosos que trae a su mente. Me lo dice su mirada y yo le guiño un ojo con complicidad. Cuando busco a Dylan entre el público, veo que él me mira y siento su amor. Sé que entiende mis lágrimas y sonrío cuando me tira un beso y leo en sus ojos las palabras «Te quiero».

Al acabar la canción todos aplauden. Y una vez bajo del escenario, mi abuela Nira y mamá me abrazan emocionadas y mi amor se acerca, me agarra por la cintura y me besa en la frente.

—¿Qué te parece si ahora nos vamos tú y yo y montamos nuestra propia fiesta?

Por un lado me encantaría, pero lo estoy pasando tan bien que respondo:

—Espera un poco más, cariño... Porfi... porfiiiiiii.

En ese instante, Omar se acerca a él y le cuchichea al oído, mientras la pelirroja va hacia la barra por bebida.

—Vaya con tu abuela y el vaquero que va con ella —dice mi cuñado entonces, dirigiéndose a mí—. Acabo de hablar con ellos y pasado mañana les he dicho que los espero en el estudio de grabación. ¡Son la onda!

—Pero ¿qué dices?

Dylan, al oírlo, frunce la entreceja y murmura:

—Omar, cuidado con lo que haces.

Él me guiña un ojo y, divertido, responde, justo antes de irse:

—Tranquilo, hermano. Tranquilo.

Yo los miro sin entender. No sé si la advertencia de Dylan ha sido por la pelirroja o por mi familia.

En ese instante, llega un guapo actor de moda cuyo nombre no recuerdo y, tomándome de la mano, me invita a bailar con él. Dylan resopla y yo le lanzo un beso divertida.

En la pista, mis padres están bailando como locos y por cómo se mueven presiento que han bebido demasiados chichaítos. Pobres... pobres... pobres.

A cada hora que pasa, la fiesta se vuelve más loca y divertida. Y cuando salgo a cantar *La bomba* con Ricky Martin, se prenden todos.

¡Baila hasta el apuntador!

Estoy desatada y tras esta canción, Ricky y yo nos echamos la de *La copa de la vida* y todos gritan con las manos en alto.

Tú y yo
Ale Ale Ale
Go Go Go Ale Ale Ale

Cuando terminamos, entre risas me tiro a los brazos de Dylan, que me abraza contento, me besa el cuello y murmura:

—¿Nos podemos ir ya?

Mi mirada lo dice todo y, separándome de él, insisto:

—Un poco másssssssss.

Pasan las horas; los más mayores abandonan la fiesta y nos quedamos los más juerguistas. La mirada de Dylan me persigue a la espera de que yo decida irme. Pero carajo, ¡lo estoy pasando tan bien con todos que no quiero que esto termine todavía!

A las seis de la mañana, los que quedamos llevamos una buena borrachera y, esta vez sin preguntar, Dylan me echa al hombro y, ante la aclamación de los presentes, me mete en un coche y nos vamos al hotel.

Entre besos y proposiciones subidas de tono, llegamos a la impresionante suite y cuando Dylan cierra la puerta, me echo a sus brazos y le meto la lengua en la boca en busca de morbo y pasión.

¡Quiero sexo!

Lo beso, me besa y, de pronto, tengo que apartarme de él y correr al baño.

Dylan me sigue, se apoya en el quicio de la puerta y, mirándome con resignación, pregunta:

—¿Chichaítos otra vez?

Niego con la cabeza mientras a cada segundo me encuentro peor y lo oigo decir con resignación:

—Okey. Entonces de todo un poco, ¿no es así?

Asiento con la cabeza, porque no puedo hablar.

¡Menuda noche de bodas! Cuando ya no me queda nada para sacar, Dylan me toma en brazos y me lleva a la habitación. Me baja el cierre del vestido, que cae a mis pies. Apenas puedo mantener los ojos abiertos. Acto seguido, me tumba en la cama y ya no recuerdo nada más.

Te despertaré

A la mañana siguiente, cuando me despierto, estoy sola en la habitación y desnuda. Me noto la boca seca y un sabor agrio y asqueroso.

—Carajo...

No puedo creer que me haya saltado a lo bestia la noche de bodas para dormir mi borrachera. Me quiero morir.

¡Pobre Dylan!

Me toco la cabeza y me noto el pelo tan enmarañado, que me levanto a mirarme al espejo asustada.

Mi aspecto no puede ser peor. Con el rímel corrido, el maquillaje cuarteado y en la cabeza lo que parece un nido de pájaros abandonado. ¡Por Dios, qué pinta!

Sin lugar a dudas, soy la antítesis de la belleza y el glamour.

¡Qué penita me doy!

Entro en el baño y, con cuidado, me voy quitando los pasadores. Pero ¿cuántos me pusieron en el pinche chongo?

Cuando me parece que ya no queda ninguno más, me meto bajo la regadera mientras pienso dónde puede estar Dylan.

¿Estará enojado?

¿Y si me ha abandonado por borracha y juerguista y me pide el divorcio?

No. Eso no va a pasar.

Salgo de la regadera, me desenredo el pelo mojado y, cuando vuelvo a la habitación, Dylan sigue ausente. Comienzo a valorar en serio la posibilidad del divorcio y me angustio. Tomo mi celular y lo llamo. Suena en el buró de al lado.

¡Mierda, se lo ha dejado aquí!

Me preocupo. ¡No sé cómo ponerme en contacto con él!

Miro a mi alrededor y veo mi vestido de novia en el suelo. ¡Qué lástima, con el dineral que costó y ahí está, tirado como un trapo! Sin querer pensar en ello, me pongo unos calzones limpios que tomo de una pequeña maleta que dejamos en el hotel con ropa el día anterior. Después vuelvo a ponerme el vestido de novia y los zapatos. Quiero que cuando Dylan regrese me vea así. De novia.

Cuando acabo, veo un sobre encima del buró. Es el de Luisa, que ayer me dio Anselmo. Vuelvo a leer la carta que la madre de mi marido me dejó y sonrío. Qué gran mujer tuvo que ser. Abro la pequeña maleta, saco mi bolsa y guardo la carta en ella. Sin duda será uno de nuestros tesoros.

Hay un carro con comida, veo frutas, bollos, café y leche. Tomo una especie de dona y me la como asomada a la ventana, mientras pienso dónde estará mi amor.

De pronto, la puerta de la habitación se abre y lo veo aparecer con una bolsa negra. Corro hacia él y me tiro a sus brazos. Dylan me abraza y murmura:

—Vaya... mi conejita borracha ha recobrado la conciencia.

Avergonzada, lo beso en el cuello y, cuando me separo de él, digo:

—Lo siento, cariño...

Él no dice nada. Sólo me mira.

Me aparto un poco más y lo miro con ojos de perrito abandonado, haciendo un puchero. Sus cejas se juntan y hace eso que tanto me gusta: pone su cara de perdonavidas y dice con voz grave:

—Anoche no pude poseer cada centímetro de tu cuerpo como tenía planeado. Esperé a mi conejita caliente, esa que me prometió una increíble noche de bodas, pero no apareció...

—De verdad que lo siento —insisto.

Dylan se aleja de mí. Deja la bolsa sobre la cama y, dispuesta a compensarlo, digo mimosa:

—Ya que no te pude dar la increíble noche de bodas que quería, déjame darte la increíble mañana de bodas que te mereces. Como ves, llevo el vestido de novia puesto.

Sonríe... sonrío.

¡Qué guapo es mi moreno!

Me acerco a él y lo beso. Responde rápidamente a mi beso y nos abrazamos. Con cariño, me mordisquea los labios despacio. ¡Oh, Dios..., cómo me gusta que haga esto!

Entre risas murmura que está loco por mí.

Comienza a subirme el vestido de novia, pero con la enorme falda de tul, esto no se acaba nunca. Al final, su mano llega a donde ambos deseamos. Me toca por encima de los calzones y, sin apartar los ojos de los míos, susurra:

—Señora Ferrasa, estás húmeda.

—Es que me pones cardíaca, señor Ferrasa. No lo puedo remediar.

Veo que se desabrocha el jean con la mano libre y sonrío al ver su ya dispuesto y duro pene.

¡Biennnnnnnn!

Sin hablar, me da la vuelta, me hace inclinarme y poner las manos sobre la cama, sube la falda de mi vestido y, bajándome los calzones hasta las rodillas, se introduce en mí. ¡Oh, sí!

Con movimientos suaves y pausados, me hace suya. Mueve las caderas y me aprieta contra él, y yo, entregada, jadeo por su delicadeza.

—¿Te gusta, cariño?

Con la boca seca y casi pegada a las sábanas, respondo prácticamente escondida debajo de la falda de tul:

—No pares, por favor... no pares.

Me da una nalgadita y yo sonrío. Le encanta tenerme así.

Su pene está tremendamente duro y lo siento hasta el fondo. Grito de placer.

Sin prisa pero sin pausa, continúa su particular baile en mi interior, mientras noto que acelera el ritmo y con ello aumenta mi placer. Las piernas se me doblan, pero él me sujeta. Me mantiene firme al tiempo que una y otra vez me da lo que le pido y toma lo que anhela. Y cuando me siento a punto de un increíble orgasmo, Dylan sale de mí rápidamente y se aparta.

¡Ahí va, mi madre!

¡¿Qué ha pasado?!

Sin entender nada, me incorporo y veo que entra en el baño. Me subo los calzones como puedo para no darme el madrazo de mi vida al caminar y lo sigo. Está lavándose el pene en el lavabo y le pregunto:

—¿Por qué no has continuado?

Él toma una toalla, se seca y, tras tirarla en el bidet de mal talante, responde subiéndose el cierre del pantalón:

—Porque quiero que te sientas como me sentí yo anoche.

Alucinada por su respuesta, voy a protestar cuando añade:

—Pero, tranquila, no pasa nada. Ayer tú me dejaste a medias y hoy te dejo yo a ti. ¡Ahora estamos empatados!

Plan A: ¡lo mato!

Plan B: lo remato.

Plan C: apechugo y cargo con las culpas de mi error.

Tras mirarlo, me decanto por el plan C. Si alguien se emborrachó ayer y pospuso el regreso al hotel una y otra vez, fui yo.

Dylan me mira y yo, con una mueca compungida, me excuso:

—Cariño, era nuestra boda. Lo celebré y...

—¡Basta! —grita, cortándome.

Pero ¿por qué me habla así?

Desconcertada, lo sigo con la mirada mientras sale del baño. Se acerca a la ventana y mira fuera. Voy a su lado, pero cuando lo voy a tocar, se retira. Eso me enerva.

Me mira. Me está provocando y, sin querer hacer un drama, digo:

—Okey, ayer lo hice mal.

—Muy mal —matiza.

Sin duda tiene ganas de discutir, pero a mí no se me antoja, así que resoplo y, retirándome un mechón de pelo de la cara, continúo:

—Lo asumo. No pensé en ti. Pero creía que no te enojarías tanto.

—Yo sí pensé en ti y nunca habría creído que preferirías la compañía de los demás a la mía —murmura.

Bueno... bueno... bueno...

Desde luego, lo que yo nunca habría imaginado es mi primer día de casada con esta mala onda. Sé que en cierto modo tiene razón. Recuerdo que vino a buscarme muchas veces y yo lo rechacé todas, hasta que me llevó.

Dios, ¿cómo pude hacerlo tan mal?

Sin ganas de que el día siga mal, doy un paso hacia él y, poniéndome de puntitas, lo beso. Lo necesito. Dylan se mueve para apartarse de mí, pero yo lo sigo. Vuelvo a besarlo. Esta vez no se mueve, aunque tampoco abre la boca para recibirme. Simplemente, se limita a quedarse ante mí como una estatua, mientras yo intento seducirlo con mi boca.

—Bésame, cariño —le pido.

—No.

—Bésame, por favor —insisto.

Él niega con la cabeza y eso me frustra.

Aborrezco estar pidiéndoselo y que me lo niegue. ¡Lo odio... lo odio!

Me mira sin decir nada. Tiene la mandíbula tensa y no sé qué hacer ni qué decir. De pronto da dos pasos, corre las cortinas de la ventana y la habitación se oscurece.

¡Esto pinta mejor!

Luego se acerca a mí y, con un gesto brusco, me da la vuelta y se acerca a mi espalda.

—No te mereces un beso ni un abrazo —me dice al oído—. Te mereces un castigo por tu mal comportamiento.

Sonrío. Sin duda mi lobo feroz está hambriento y yo musito, deseosa de jugar con él:

—Castígame.

No veo su cara, pero su respiración se hace más profunda. Pasa la nariz por mi pelo aún mojado y tengo un escalofrío al oír cómo rechina los dientes.

¿Tan enojado está conmigo?

Pensar en el castigo que me tiene reservado me excita. Sé que no me hará daño. Sé que nuestro juego me llevará al máximo placer y cuando voy a decir algo, baja las manos por encima de mi vestido de novia hasta llegar a mi pubis, que aprieta mientras murmura:

—En el juego de hoy no habrá música ni romanticismo. No te voy a permitir gritar ni venirte, porque quiero castigarte. Estoy furioso y quiero que sientas la impotencia que sentí yo anoche. ¿Estás de acuerdo?

Excitada, asiento y él añade:

—En esa bolsa hay cosas que voy a utilizar contigo. Y tú lo vas a permitir, ¿verdad que sí?

Vuelvo a asentir, mientras noto que sus labios recorren mi cuello y cierro los ojos dispuesta a permitir nuestro morboso juego.

Me desabrocha el precioso vestido por la espalda y éste cae al suelo. Me quedo sólo con los calzones de suave encaje blanco.

Dylan se separa de mí. Me rodea sin dejar de observarme y finalmente murmura:

—Siéntate en la silla.

Hago lo que me pide. De la bolsa, saca unas cintas de piel negras y, sin decir nada, me toma primero una mano y luego la otra y me las ata al respaldo. Después me ata los tobillos a ambas patas de la silla y, mirándome, musita mientras acerca el carro del desayuno:

—Ahora vas a comer.

¿Me va a dar de desayunar?

Estoy a punto de decirle que me he comido una dona, pero desisto. No digo nada, este juego me desconcierta. Veo que Dylan prepara un café con leche, le echa azúcar y masculla:

—Abre la boca y bebe.

Lo hago y, cuando retira la taza de mi boca, un poco de líquido me cae por la barbilla. Él lo observa y finalmente acerca su boca y me chupa el mentón con delicadeza.

Mmmmm... ¡Me gusta!

Después de eso, me hace comer un croissant. Está exquisito y cuando me lo termino, veo que toma un plátano. Lo pasea por mis pechos, por mi boca, por encima de mis calzones y al final, retirándolo, lo empieza a pelar.

Estoy excitada. Muy excitada.

Su expresión mientras hace todo esto me calienta aún más y, cuando deja la piel del plátano sobre un plato, acerca la fruta a mis muslos y la pasea por ellos. Mi respiración se acelera mientras sube el plátano por mi estómago hasta mis pezones, lo restriega por ellos y finalmente me los chupa.

¿Sabrán a plátano?

Cuando tengo los pezones duros como piedras, baja de nuevo el plátano hasta mis calzones.

Lo pasea por encima de ellos y cuando lo aprieta sobre mi íntima humedad y yo siento su rigidez, jadeo.

Dylan para, me mira y, retirando el plátano, pregunta, fulminándome con la mirada:

—¿Te he pedido que jadees?

—No.

Acto seguido, se levanta. Deja la fruta sobre el carro del desayuno de malas formas y se desabrocha el cierre del pantalón. Su erecto pene rápidamente hace acto de presencia y, sin decir nada, con una mueca de placer contenido, lo introduce en mi boca. Me agarra la cabeza con las manos y me la mueve en busca de su propio placer.

Enloquecida de deseo, paso los labios por su enorme erección mientras percibo sus envites y siento que con sus arremetidas me va a llegar hasta la campanilla.

Estoy maniatada y no puedo tocarlo, pero lo siento temblar. Intento mirarlo. Alzo los ojos y veo que tiene la cabeza echada hacia atrás y la boca abierta por el placer, cuando un golpe de cadera seco me hace tener una arcada.

Se para. Se aparta y me mira. Cuando ve que se me pasa, se vuelve a introducir en mi boca y prosigue con su castigo. Aunque esta vez, al mirarlo, veo que me observa y controla la profundidad de las arremetidas.

Sometida a él, le hago una felación mientras sus dedos se enredan en mi pelo y lo oigo decir con voz ronca:

—Sí... así... toda... Caprichosa. Eso es...

Su voz seca me agita, me apasiona. Lo que hacemos es salvaje. Rápido. Fuerte. Pasional.

Me vuelvo loca y aprieto los labios sobre su pene esperando darle el máximo placer. Muevo la cabeza hacia atrás. Saco el pene entero de mi boca y lo vuelvo a introducir hasta el fondo. Dylan jadea mientras el disfrute le hace cerrar los ojos.

Noto que le tiemblan las piernas. Siento sus palpitaciones en los labios, en la lengua, e intuyo que su orgasmo es inminente. La respiración se le acelera, al tiempo que incrementa la velocidad de sus arremetidas, hasta que lo oigo soltar un bronco gruñido y entonces sale de mí, pues sabe que no me gusta el sabor del semen, y noto cómo su semilla baja por mi cuello.

Lo miro con la respiración agitada y excitada por lo ocurrido. Dylan me mira también, se agacha y me besa con fuerza. Su lengua entra en mi boca y la recorre hasta que, sin decir nada, se incorpora y se va hacia el baño, dejándome sola y maniatada. Oigo la regadera e imagino lo que hace sin que yo me pueda mover de la silla.

Yo también tengo calor. Estoy sudada, manchada y me quiero bañar.

Callada, espero su regreso. Él entra en la habitación con una toalla alrededor de la cintura y otra en la mano y, sin hablarme, me limpia el cuello. Se lo agradezco. Después tira la toalla, se acerca a la bolsa negra que ha traído y la vuelca sobre la cama. Veo varios juguetes sexuales y Dylan dice tomando uno:

—Esto es un plug anal de gelatina suave de nueve centímetros de longitud y dos de diámetro, y en breve estará entero dentro de tu bonito trasero.

Oh... oh... eso no me gusta.

—Dylan, creo que...

—¿Te di permiso para hablar? —me corta, levantando la voz.

Niego con la cabeza y él prosigue:

—Anoche tú no me dejaste hablar. Yo estaba mirándote sin poder hacer nada. Por lo tanto, cállate, ¿entendido?

Asiento. Su gesto es tan sombrío que no digo más. Cualquiera le lleva la contraria a éste en el estado en que está.

—Y esto —da un golpe en la cama— es un látigo de tiras cortas con el que voy a disfrutar enrojeciéndote el trasero mientras me pides perdón por lo ocurrido.

No sé si asustarme o no. ¿He de hacerlo?

Sus palabras así lo sugieren, pero sus ojos me indican que esté tranquila. Dos segundos después, me desata sin miramientos, me levanta de la silla y me lleva hasta la mesa de madera oscura que hay en la suite.

—Date la vuelta, agárrate a la mesa y pega el pecho a ella. Quiero ver el trasero que anoche meneabas para todos excepto para mí.

Bueno... bueno... bueno... ¡me parece que se está pasando!

Tiemblo, pero hago lo que me pide. Mi trasero, aún cubierto por los calzones, queda totalmente expuesto a él, que me da una nalgada con la mano y dice:

—No sabes cuánto te deseé ayer.

Otra nalgada seca llena la estancia y añade:

—Y ahora lo vas a pagar.

Me humedezco. Siento que mis calzones se mojan rápidamente y mi vagina tiembla ante lo que me dice.

¡Seré morbosa!

No puedo mirarlo. Mi postura no me lo permite, recostada sobre la mesa y agarrada a ella. En ese momento, siento que toma mis calzones y, de un fuerte jalón, los rompe.

Resoplo. Qué pena de calzones. Con lo bonitos que eran.

Acto seguido, me unta un líquido en el trasero y sé lo que es. Me asusto. Va a cumplir lo que ha dicho con ese juguete sexual.

—Relájate —exige al notarme tensa.

Lo intento, pero el juego está dejando de gustarme. No me gusta sentirme así. No me gusta no poder protestar. No me gusta lo que está ocurriendo.

Sin hablar, sus manos se pasean por mi trasero y mete un dedo en mi vagina. El placer me puede. Creo que me empieza a gustar lo que está ocurriendo.

Para no gemir ni jadear, me muerdo los labios. Un zumbido llena la estancia y cuando siento que con su mano libre me abre los labios vaginales y coloca lo que produce el zumbido sobre mi clítoris, resoplo. El placer que me proporciona es intenso. ¡Oh, Dios!

Sí... sí... sí. Tiemblo con descaro y oigo que Dylan me dice al oído:

—No quiero que te vengas, ¿entendido?

Carajo... ¿cómo me dice eso y se queda tan tranquilo?

Vamos... ni que yo fuera una especialista es contener mis orgasmos, y menos clitoriales.

No respondo y, acto seguido, él aparta el maravilloso aparatito, saca los dedos de mi interior y se para. Mi respiración parece una locomotora. Me da la vuelta con brusquedad, me sienta primero sobre la mesa y luego me recuesta hacia atrás. Su mirada lujuriosa lo dice todo.

Una vez echada, me hace subir las piernas a ella y me abre los muslos.

Mmmm... cómo me mira. ¡Qué locura!

Eso me gusta... me gusta mucho.

Su boca va directo a mi húmeda vagina y me muerde, chupa, succiona con avidez, mientras yo le permito que lo haga. Lo disfruto mientras pierdo el sentido, entregada a él con exaltación.

Oh, sí, Dylan... No pares.

Me muevo... me acoplo en su boca y ¡jadeo! No me importan las consecuencias. Mi nuevo jadeo lo alerta y para.

Me baja de la mesa y, con gesto sombrío, toma el látigo de tiras. Me lo enseña. Me obliga a abrir las piernas y me golpea con él entre ellas, mientras murmura:

—He dicho que no jadees.

Me duele.

El látigo vuelve a golpearme y, cuando voy a protestar, añade:
—No quiero verte disfrutar.
No puedo más. ¡Hasta aquí he llegado!
Si tomo el látigo, le cruzo la cara con él, o mejor, le doy en su duro pene, a ver qué le parece.
El juego rudo con él me gusta, pero no pienso continuar con esto sin darle batalla. Así que resoplo, lo empujo y murmuro:
—Te estás pasando.
Dylan levanta las cejas y responde:
—Tú te pasaste ayer.
—No voy a permitir que...
Sin dejarme acabar, me agarra y yo forcejeo con él. Como un lobo hambriento, se tira en la cama conmigo, encantado con el giro que ha dado el juego. Sin miramientos, intento quitármelo de encima, pero su fuerza es superior a la mía y cuando me tiene a su merced, digo enojada:
—Puedo entender que estés molesto conmigo por no haber tenido la perfecta noche de bodas que soñabas, pero no voy a consentir que...
No puedo continuar. Su boca devora la mía. Me besa con pasión, con entrega, con exigencia y yo le respondo igual. Lo deseo con locura.
Cuando minutos después se separa de mí, dice:
—Nunca haría nada que tú no quisieras, cariño. ¿Todavía no te has dado cuenta?
Lo sé. Sé que dice la verdad y, embelesada por lo que me hace sentir, musito:
—Hazme tuya... Lo necesito.
Con la respiración agitada, contesta:
—No te lo mereces.
Carajo... carajo... carajo... ¡Al final vamos a tener un lío! Incapaz de quedarme callada, balbuceo:
—Pues si yo no disfruto, tú tampoco. Aquí o jugamos todos o no juega nadie.

Dylan sonríe.

¡Qué canalla es mi marido!

Por fin sus facciones se suavizan y, acercando con peligro su boca a la mía, cuchichea:

—Caprichosa...

Intenta besarme, pero ahora soy yo la que retiro la cara. Yo también quiero jugar. Quiero ser mala. Muy mala.

Eso lo aviva, lo acelera, lo aguijonea y, como un lobo hambriento, me inmoviliza en la cama. Con una mano me toma la barbilla y, abriéndome la boca, introduce su lengua con fiereza y me hace el amor con ella.

Sucumbo a su beso excitada.

¡Adoro su posesión!

Su boca abandona la mía mientras sus manos me estrujan los pezones. Me besa la barbilla, el cuello, los pechos, el estómago, hasta que entierra la cabeza entre mis piernas y yo enredo los dedos en su pelo y por fin sé que puedo jadear y gritar de placer.

Abandonada a sus caricias, permito que mi amor me chupe, me lama, juegue con mi clítoris y lo jale, hasta que el devastador orgasmo me hace convulsionarme y respirar con fuerza en busca de aire.

Poniéndose sobre mí, Dylan me penetra con urgencia y rotundidad, mientras siento cómo mi ansiosa y lubricada vagina lo succiona y un nuevo e increíble orgasmo se apodera de mí.

¡Oh, Dios, qué placer!

Vuelve a besarme y, enloquecida, le araño la espalda mientras me posee con fiereza y me hace ver las estrellas y todas sus constelaciones. Me penetra sin descanso una y otra vez, con su boca sobre la mía, mirándonos ambos a los ojos.

Mirarlo es excitante y cuando ya no puede más, se tensa, ruge de placer y se queda acostado sobre mí en la cama.

Cuando nuestra respiración se tranquiliza, Dylan se echa a un lado y me jala hasta colocarme encima de él. Agotada, dejo caer la cabeza sobre su pecho, cuando lo oigo decir:

Adivina quién soy esta noche

—Recuerda... tratándose de sexo, nunca haré nada que te desagrade.

Sonrío. He conseguido el final que necesitaba y murmuro:

—Lo sé.

Dylan sonríe y, besándome, dice divertido:

—Me ha encantado forcejear contigo en la cama. Creo que tenemos que jugar a esto más a menudo. Ha sido excitante.

Suelto una carcajada. Sin duda alguna ese jueguecito de malos nos ha gustado a los dos.

—Siento lo de anoche —me disculpo entonces—. No controlé, bebí de más y...

—Sin duda alguna lo hiciste. Sólo espero que con lo que te he hecho hayas sentido la frustración que yo sentí anoche.

Me abraza, me estrecha contra él y cierro los ojos. Me encanta estar así. Sentirlo tan mío, tan entregado.

Huele maravillosamente. A sexo, a hombre, a pasión y, al cabo de un rato, digo, tomando el látigo que ha soltado en nuestro forcejeo:

—Quiero ser tu conejita temerosa.

Dylan sonríe y mirándome contesta:

—Mmmm... no me tientes.

—Quiero tentarte.

—¿Por qué?

Divertida por su pregunta, respondo:

—Porque eres mi mayor fantasía sexual.

Mi respuesta le gusta y a mí me provoca.

—¿Te acuerdas del juego al que jugamos en el barco la última noche que estuvimos juntos? —pregunto. Dylan asiente y prosigo—: Creo que esa noche ya nos dimos cuenta de que a los dos nos gustaban los jueguecitos algo rudos, ¿no crees?

Mi amor asiente. Entiende lo que digo y, mientras me coloca a su lado en la cama, murmura:

—Quieres jugar un poco más.

Asiento y, con cara traviesa, digo:

—Y ver las estrellas.

Sonríe. Con él quiero jugar a todo; me mira como un lobo y contesta, haciéndome reír:

—Conejita, bajo las estrellas, el lobo te va a comer.

Detrás de ti, detrás de mí

Mi familia regresa a España una semana después de la boda y el día en que lo hacen se me rompe el corazón. Una parte muy importante de mí se va y lloro sin poderlo evitar.

Papá llora. Mamá llora. La abuela Nira llora, mientras el resto intenta mantener el estilo y yo sollozo como una niña.

¿Por qué de pronto soy tan sentimental?

Con disimulo, observo a mi abuela Ankie despedirse de su vaquero. Ambos sonríen y, tras darle él un delicado beso en los labios que los deja a todos, excepto a Coral y a mí, sin palabras, Ambrosius nos mira, se toca el sombrero a modo de saludo y se va.

Mi padre mira a su madre en busca de una explicación y mi abuela dice:

—Soy mayor de edad, ¿verdad, hijo?

Mi padre asiente y ella aclara:

—Ambrosius me gusta. Soy viuda, no estoy muerta y no hago daño a nadie porque disfrute de mi sexualidad. ¿O te hago daño a ti?

Mi padre lo piensa, niega con la cabeza y finalmente sonríe. Qué bonachón es mi papi.

Con cariño me despido de todos ellos y, cuando llego a mi abuela Ankie, ésta me dice:

—Cuídate y cuida a Dylan. Lo creas o no, él es y será siempre el centro de tu vida. Ah... y si puedes, visita de vez en cuando a Ambrosius. Le encantará saber de ti y a mí me encantará que le eches un ojito a ese cabrón.

Eso me hace sonreír. Genio y figura... ¡Ésa es la abuela Ankie!

Cuando me despido de mi más que llorosa Coral, Dylan le recuerda que la llamará. Conoce a varios hosteleros que le podrían dar trabajo en algún buen restaurante. Eso me hace feliz. ¡Tener a Coral cerca sería alucinante!

Una vez que parten, tras decirnos adiós mil veces y lanzarnos millones de besos, Dylan me abraza y, besándome en la frente, murmura:

—Vamos, cariño. Regresemos a casa.

Los días pasan... Dylan se incorpora del todo a su trabajo en el hospital. Añoro a mi familia. No hemos podido viajar a Tenerife por el trabajo de él y en Los Ángeles todo es diferente. Ni mejor ni peor. Sólo diferente.

La Navidad lejos de España no me parece Navidad, pero decido disfrutarla con el hombre al que adoro y que veo que se desvive por hacerme feliz.

Anselmo y la Tata vienen con la pequeña Preciosa desde Puerto Rico y, junto con Tony, celebramos la Nochevieja en casa de Omar y Tifany.

Sin lugar a dudas, ésta ha decidido seguir parte de mi consejo y me encanta ver cómo la pequeña Preciosa va tras ella y está contenta a su lado. Tifany me mira sorprendida. ¡Han conectado! Se ha dado cuenta de que la niña no se lo pone difícil; al contrario, le facilita las cosas. Preciosa entrega cariño a raudales y eso, a la superlinda de mi cuñada, le llega al corazón. La conmueve y emociona. No me cabe la menor duda de que será una buena madre para la pequeñita.

Omar las contempla con orgullo y yo sonrío. Espero que también él las quiera como se merecen y deje de comportarse como el calentón que demuestra ser cada dos por tres.

Anselmo, por su parte, las observa con recelo. Sin duda, no da el brazo a torcer con mi cuñada. Pero algo ha cambiado en él. Al menos ahora incluye a Tifany cuando habla de Omar y la niña, y eso para él ya es mucho.

Durante la cena, Omar plantea de nuevo traerse a la pequeña a Los Ángeles, pero Anselmo se niega. Se ha tomado muy en serio lo de ejercer de abuelo y sólo permitirá que la niña se vaya de su casa cuando comience el año escolar, no antes.

Tras mirar a Tifany, Omar asiente y seguimos cenando en paz y armonía.

A finales de enero, un día voy al hospital a buscar a Dylan. Quiero ver dónde trabaja y pasa tantas horas lejos de mí. Al verme aparecer, mi amor sonríe y, encantado, me presenta a todo el mundo. Contenta, saludo a infinidad de personas, aunque la sonrisita se me borra al instante al ver cómo muchas enfermeras me miran de arriba abajo.

Son mujeres como yo y nos entendemos. ¡Vaya si nos entendemos!

Dylan me presenta al superjefe, el doctor Halley. Es un hombre mayor y de pelo blanco, que sonríe mientras me estrecha la mano. Durante un rato, hablamos con él amistosamente, pero algo me dice que él me mira con recelo. Me olvido del asunto y, una vez nos quedamos solos, Dylan me lleva a su despacho.

Éste es increíble. Sin duda alguna, el doctor Ferrasa está muy bien considerado en el hospital y me gusta saberlo. Una vez salimos de su despacho, me enseña el centro y, al pasar por oftalmología, comento que me encantaría operarme de la miopía y así olvidarme de los lentes y los lentes de contacto.

Al instante, Dylan entra en la consulta de su amigo, el oftalmólogo Martín Rodríguez, y le comenta el asunto. Rápidamente me hacen un estudio de los ojos y cuando salgo del despacho, ya tengo fecha para operarme una semana después.

Increíble. ¿Por ser la señora Ferrasa todo es así de fácil?

Durante la semana estoy histérica perdida y cuando llega la mañana de la operación no sé dónde meterme de los nervios que tengo. Una vez entramos en el hospital, Dylan se queda conmigo. Me echan unas gotitas en los ojos y, cuando unas enfermeras vienen a buscarme, me besa con cariño y me dice con una sonrisa:

—Te esperaré aquí, cariño. No puedo entrar.

Entro en una sala poco iluminada donde Martín me saluda con su encantadora sonrisa, me tranquiliza y, tras hacerme recostar en una camilla que parece la nave *Enterprise*, me sujeta la cabeza y, despierta pero con la zona de los ojos dormida, me opera primero un ojo y después el otro. La intervención no dura ni quince minutos y no duele absolutamente nada.

Cuando el doctor Rodríguez acaba, una enfermera me ayuda a levantarme de la camilla y me acompaña a una sala. Me dice que me quede allí unos minutitos tranquila y que cuando yo me sienta segura ya me puedo ir.

Espero un rato y luego abro un poco los ojos. Me los noto como con arenilla, pero veo. ¡Bien! Ciega no me he quedado.

Permanezco allí sentada un poco más. Quiero encontrarme bien cuando vea a Dylan. De pronto, oigo unas voces de hombre que proceden del despacho de al lado. Reconozco la del jefe de Dylan, el doctor Halley, que pregunta:

—¿Has operado a la mujer del doctor Ferrasa?

—Sí —contesta el doctor Martín Rodríguez, el oftalmólogo.

—¿Y qué tal todo?

—Bien —responde Martín—. Todo normal.

Tras unos segundos de silencio, oigo decir al doctor Halley:

—Espero que Dylan sepa con quién se ha casado. Esa jovencita no es lo que le conviene a un reputado doctor como él. Confiemos en que esa cantante no provoque ningún escándalo.

—¿Cantante? —repite el oftalmólogo—. Dylan no me ha comentado nada.

—Normal —afirma Halley con voz seca—. No creo que esté muy orgulloso de la profesión de ella.

Me tenso. Pero ¿quién es ese idiota para pensar así de mí?

Me levanto del sillón y, abriendo los ojos con cuidado, salgo de la habitación y regreso a donde he dejado antes a Dylan.

—¿Te encuentras bien, cariño? —me pregunta él.

Asiento sin decir nada. Aún estoy asustada, y no sólo por la operación. Me acompaña hasta el coche. Una vez allí, me enseña las recetas que le ha dado el doctor Rodríguez y me explica lo que tendré que hacer hasta la próxima visita. Yo no digo nada de lo que he oído. No quiero preocuparlo.

Cuando llegamos a casa, se empeña en que me meta en la cama. No me resisto, porque estoy agotada. Los nervios apenas me dejaron dormir anoche, pero ahora no puedo parar de dar vueltas a lo que he oído.

¿Tan malo es ser cantante?

¿O lo realmente malo es casarse con un reputado doctor?

Rendida y con dolor de cabeza, finalmente me duermo. Horas después, Dylan me despierta. He de tomarme los medicamentos y me echa unas gotas en los ojos. Tras darme un beso, se va y yo me vuelvo a acostar en la habitación a oscuras. Me duermo. No quiero pensar.

Así me paso dos días. Dylan no va a trabajar. No se separa de mí y es un enfermero increíble. El mejor. Al tercer día me levanto de la cama y al salir al pasillo alucino de lo bien que veo.

Feliz y contenta, abrazo a mi chico y, encantada con mi nueva perspectiva de la vida, le murmuro al oído:

—Gracias, doctor Ferrasa.

—¿Por qué?

Sonriendo, lo miro a los ojos y digo:

—Por cuidarme como a una reina y por quererme como me quieres.

Los días pasan y mi vida se normaliza. Veo superbién y hasta distingo los carteles de la carretera cuando voy en coche.

El día de San Valentín, Dylan me sorprende con una maravillosa cena para dos en casa. La ha encargado a un conocido restaurante y cuando llego, tras haber estado con Tifany y sus insoportables amigas, me lo encuentro todo preparado y de fondo, música de Maxwell.

¡La noche promete!

Como lo conozco y sé que es el hombre más romántico del mundo, tengo un regalo para él. Le he comprado una camisa de rayitas azules a juego con una corbata con las que va a estar increíble. Pero su regalo me supera.

Me ha comprado una preciosa bolsa negra de noche de Swarovsky que un día vi en una tienda yendo con él y dentro hay una nota que dice «Vale por un fin de semana en Nueva York».

Me lo como a besos. ¿Cómo puedo tener un marido tan maravilloso?

Dos fines de semana después, nos vamos a Nueva York, ciudad que disfrutamos al máximo y adonde nos prometemos regresar.

El 4 de marzo, me despierto y veo que mi amorcito no ha ido a trabajar. Es el día de mi cumpleaños y quiere pasarlo conmigo. Emocionada por tenerlo un día entero para mí, lo disfruto un montón mientras él me colma de regalos y caprichos.

Mi familia y la de Dylan llaman para felicitarme y yo sonrío al ver los regalos que mi marido tenía escondidos y que me da de parte de ellos.

Tras hacer el amor con tranquilidad, nos vamos a la playa, donde paseamos y luego comemos en un bonito restaurante. Por la noche lo celebramos con los amigos de Dylan, que ya son mis amigos. A la fiesta vienen también Omar y Tifany, y mi cuñadísima me regala una preciosa pulsera de Cartier. Un rato después aparece Martín Rodríguez, el oftalmólogo que me operó y al que no cabe duda de que le caigo bien. Sólo hay que ver cómo me mira.

Encantada con mi fiesta, bailo, canto y lo paso genial.

En un momento dado, mientras Dylan habla con unos amigos, yo me acerco al oftalmólogo y le digo:

—¿Puedo comentarte una cosa?

—Claro, Yanira —asiente Martín.

—Pero tienes que prometerme que no le dirás nada a Dylan.

Sorprendido, me mira y contesta:

—Me estás preocupando. ¿Qué ocurre?

Acercándome un poco más, para que nadie pueda oírme, le digo:

—El día de mi operación, oí lo que el doctor Halley te dijo sobre mí.

Él asiente. Sabe de lo que hablo y pregunto:

—¿El problema es que sea joven o cantante?

Martín sonríe y niega con la cabeza.

—El problema es que Halley querría que Dylan estuviera las veinticuatro horas del día en el hospital. Y en cuanto a lo de armar escándalo, es porque hace años él se casó con una actriz. Tres años después se separó y el hospital estuvo lleno de periodistas molestando día y noche. A Halley no le gustó, eso es todo. No le des más vueltas.

—Eh... Rodríguez, ¿ligando con mi mujer? —pregunta Dylan, acercándose.

Divertida, miro a mi chico, que, tras brindar con su amigo con la cerveza que tiene en la mano, añade:

—Lo siento, compadre, pero yo la vi antes.

Entre risas y besos me olvido de la conversación y vuelvo a disfrutar de la fiesta y de los regalos. Pero según pasan las horas sólo ansío uno que mide metro ochenta y siete, es moreno y se llama Dylan Ferrasa. Él es mi mejor y mayor regalo.

Al llegar a casa, Dylan teclea en el panel y desconecta la alarma. Una vez dejo todos los paquetes sobre la mesa del comedor, me toma por la cintura y murmura:

—Tengo un último regalo para ti.

Su gesto provocador me hace sonreír, y poniéndose rápidamente un bigote de mentira, me mira y dice con acento francés:

—Adivina quién soy esta noche.

Suelto una carcajada. Qué gracioso está con bigote.

Nos besamos y su mirada me indica que está caliente, muy caliente, y que vamos a jugar. Instantes después, me toma la mano y me la besa con galantería diciendo con el mismo acento francés:

—Encantado de conocerla, señorita...

Rápidamente pienso «¡Soy francesa!» y respondo:

—Claire. Claire Lemoine.

Dylan me besa la mano y dice:

—Encantado, señorita Lemoine. Yo me llamo Jean-Paul Dupont.

Me entra la risa. Mi marido no deja de sorprenderme. Entonces, se encamina a la cantina y me pregunta:

—¿Qué desea tomar?

—Un whisky solo.

Boquiabierto por mi petición, va a decir algo cuando añado:

—Sólo un dedito.

Prepara las bebidas y a continuación se dirige a una estantería donde tiene su colección de música. No puede negar que le gusta y, poco después, cuando unos primeros compases suenan por los altavoces, me mira y pregunta:

—¿Le gusta la música, señorita Lemoine?

Hago un gesto de asentimiento con la cabeza y respondo:

—Un poco.

Mi moreno sonríe y yo le devuelvo la sonrisa. Cuando jugamos a «Adivina quién soy esta noche», nunca pone a Maxwell. La música de éste es para cuando somos Yanira y Dylan.

—¿Qué ha puesto? —pregunto.

Acercándose a mí con una sensualidad que me seca la boca, dice:

—The Pasadenas. Un grupo inglés muy identificado con el sonido Motown de los años sesenta. Mezclaban el funky con el rhytm & blues y el pop. Eran muy buenos. —Y deteniéndose frente a mí, pregunta—: ¿Y qué hace una joven como usted, sola en este lugar?

Tomo el vaso que me tiende y, tras beber un trago que me sabe a rayos, respondo:

—Estoy de viaje y he decidido salir a tomar una copa.

—¿Sola? —insiste.

Loca porque me toque y me bese, me acerco un poco más a él y murmuro:

—Sola no, estoy con usted.

Dylan sonríe. Sabe que he entrado en el juego y, tras beber un sorbo de su bebida, dice:

—¿Sabe, señorita? A mí me gusta ver y admirar cosas bonitas.

—Vaya...

Mi amor asiente y repite:

—Sí, vaya...

Durante un rato nos miramos sin decir nada. Ambos estamos deseosos de dar el siguiente paso.

—Señorita Lemoine, ¿quiere bailar conmigo?

—Por supuesto, señor Dupont. Pero llámeme Claire. Es más íntimo.

Me entrego a sus brazos y, cuando acerca su cuerpo al mío, pregunto al oír cómo comienza otra canción:

—¿Esta canción también es de The Pasadenas? —Dylan asiente y yo digo—: ¿Y cómo se llama?

—*Enchanted Lady*.

Bailamos. Disfruto de la maravillosa música y de la sensualidad con que se mueve mi amor. Noto cómo su peligrosa boca pasea por mi oreja y el vello se me pone de punta cuando murmura:

—Baila muy bien, señorita Claire.

—Usted tampoco lo hace mal, señor Dupont.

—Llámeme Jean-Paul. Es más íntimo.

Madre mía... madre mía... ¡Cómo me está poniendo el jueguecito! Me dejo llevar.

—Me está excitando nuestra cercanía, ¿a usted también? —dice.

Asiento. No puedo ni hablar; posa las manos en mi trasero y cuchichea:

—Al fondo del local hay un hombre que no le quita ojo. Sin duda le atrae tanto como a mí. —Sus manos comienzan a subirme el vestido y cuando las introduce debajo, musita—: ¿Le importa que la toque mientras él nos mira?

Niego con la cabeza. Estoy tan excitada que no me importa nada. Mientras seguimos bailando al compás de la sensual canción, noto sus grandes y calientes manos en mi trasero. Me lo estruja y yo gimo con descaro.

Dios, ¡qué morbo!

Dylan sonríe y, pasando un dedo por el borde inferior de mi tanga, prosigue:

—Tiene una piel sedosa, Claire, y me enloquece el olor de su cabello.

No digo nada. Sigo sin poder hacerlo. Si le digo lo que a mí me enloquece, se acabará el juego allí mismo, por lo que sigo bailando en silencio. Dejo que sus ávidas manos se adentren cada vez más bajo mi tanga. Mete un dedo en mi vagina y lo mueve con delicadeza. Me masturba mientras me habla en francés al oído. No comprendo lo que dice. Sólo entiendo su seguridad, su erotismo y su pasión para llevarme a la cumbre más alta del placer, mientras lo oigo susurrar:

—*Je t'aime... Je t'aime...*

¡Eso sí lo entiendo!

Cuando creo que voy a explotar de amor, de felicidad y de gusto, Dylan retira el dedo de mí y, sin decir nada, me empieza a desabrochar los botones del vestido. Lo miro y su boca va derecho a la mía, pero no me besa. Pasea los labios por los míos y, cuando no puedo más, la tentación me hace morderle el labio inferior. No lo suelto mientras él sigue desabrochándome los botones.

Cuando mi vestido cae al suelo y me quedo sólo con el brasier y la tanga, le suelto el labio y él dice:

—*Tigresse passionnée.*

Creo que me ha llamado «tigresa apasionada». ¡Qué lindooooo!

Miro su bigote y me río al ver que se le despega de un lado. Se lo pego de nuevo. Parece que se va a reír él también, pero entonces sus manos van al cierre delantero de mi brasier, lo suelta y, cuando mis pechos quedan descubiertos ante él, exclama:

—*Oh là là...! Précieux!*

Ambos sonreímos y, tras chuparme los pezones hasta ponérmelos duros, mientras yo jadeo como una loca, baja la boca hasta mi ombligo y me lo besa. Sus manos rodean mi cintura y me llena de besos calientes e íntimos. Yo jadeo y, cuando su boca se desliza más abajo, hacia mi tanga, depositando dulces besos sobre la tela, lo oigo decir:

—*Souhaitable.*

No sé qué ha dicho. No sé francés, pero me importa un pepino. No quiero que pare. Quiero que continúe. Tiemblo ante sus caricias y entonces, levantándose, susurra cerca de mi boca, mientras noto que se desabrocha el pantalón:

—Claire, date la vuelta, separa las piernas y sujétate al sillón que tienes detrás. Voy a cogerte como nadie lo ha hecho nunca.

¡Guau, qué morbo!

Hago lo que me pide. En cuanto separo las piernas, me posa una mano en la zona de los riñones y aprieta hacia abajo, mientras, sin hablar, acerca la punta de su pene a mi húmeda vagina y de un solo empellón me penetra.

Ambos gritamos ante la ruda intromisión. Oh, Dios, qué calientes estamos. Mi amor rota las caderas para entrar más y más en mí y siento cómo mi cuerpo lo acepta gustoso.

Agarrándome del pelo, me hace echar la cabeza hacia atrás con suavidad y me murmura al oído:

—Así, Claire... muy bien. Arquéate para que pueda entrar más en ti. Te gusta... te gusta así.

Como puedo, respondo:

—*Oui*...

—*Mon amour* —murmura él entre dientes—. Un poco más. Permíteme entrar un poco más. Así... así... Ahhhh...

El alcance de su penetración hace que ambos temblemos. Sin duda alguna, Jean-Paul quiere dejarme huella.

—Toda... así... toda —gime.

—Dylan...

Una nalgada me hace regresar a la realidad. Se para y dice:

—Soy Jean-Paul. Dylan no tiene cabida en este juego. ¿Entendido?

Asiento. Se me ha ido el avión. Para que todo funcione, no he de salirme del juego.

Vuelve al ataque. Arremete contra mí como un loco y lo oigo gemir, mientras noto que su pene llega hasta el final de mi vagina y yo me arqueo para darle toda la profundidad posible.

—Eso es... Eso es...

—Mmmm —jadeo.

—Así, Claire... Muy bien, pequeña... Déjame que te coja.

Mi gemido y mis súplicas lo avivan. Sabe que disfruto con lo que me hace y no duda en repetirlo. Una y otra vez se hunde en mí sin piedad, dispuesto a arrancarme cientos de gritos de lujuria, hasta que pasa una mano por mi vientre y, bajándola hasta mi sexo, lo abre, lo toca y murmura con voz apasionada, mientras su dedo me acaricia el clítoris:

—He invitado al hombre que nos miraba a unirse a nuestro juego. ¿Te parece bien?

—*Oui* —contesto excitada.

Esto me pone cardíaca y Dylan lo nota, porque murmura en mi oreja:

—Ahora seremos tres. Ábrete más de piernas... más. —Me obliga a hacerlo—. Deja que él te chupe. ¿Lo notas? ¿Notas cómo te succiona el clítoris con la boca, mientras yo te cojo y te hago mía?

No puedo responder. El placer, el morbo, la lujuria del momento me invaden mientras farfulla en francés:

—*Je ravis de vous avoir. Vous êtes délicieuse.*

Prosigue su asedio como un loco, mientras yo grito y jadeo de placer, exigiéndole que no pare y que me coja más fuerte.

Mi último regalo está siendo especial, increíble y no quiero que acabe nunca.

Esa noche, Jean-Paul y un invitado le hacen el amor a Claire en varias ocasiones y cuando ellos dos se van, mi amor y yo nos metemos en la cama, felices y satisfechos tras nuestro morboso juego.

Y sólo se me ocurre amarte

Al día siguiente, tras nuestra increíble noche de sexo, Dylan vuelve a su trabajo y eso me provoca una gran tristeza. Lo añoro. Lo extraño. Quiero seguir jugando con él, pero entiendo que la vida no sólo se compone de sexo. ¿O sí?

Me río al pensarlo y, aunque me cuesta, soy consciente de que el doctor Dylan Ferrasa trabaja y que yo me he de acostumbrar a ello.

Los días pasan y visito a Ambrosius siempre que puedo, sola o con Dylan. Le encanta vernos. Sin duda alguna no necesita vigilancia, es un hombre que tiene muy claro lo que quiere y lo que quiere es a mi abuela. Me habla de ella. Me enseña fotos de los dos y yo sólo puedo mirarlas y alucinar al ver que las cosas que mi abuela me contó, como que había conocido a Elvis Presley o a los Beatles eran verdad.

Con mi cuñada Tifany y sus amigas intimo cada día más. Son las únicas amigas que tengo aquí, aunque sean tan cursis. Pero es lo que hay y me río con ellas. Una mañana voy con Cloe, Ashley y Tifany a Rodeo Drive y hay un momento en que creo que la cabeza me va a explotar.

¡Socorro!

Entre ellas se llaman «cuqui» o «amor» y aunque al principio me parecía gracioso, tras haber oído mil veces eso de «Cuqui... es ideal», «Amor... te superquiero» o «Cuqui..., escúchame», estoy a punto de agarrarlas a todas y matarlas.

¡¿Cómo pueden ser tan extremadamente fresas?!

Rodeo Drive es precioso. Un lugar bien cuidado, exclusivo e increíble. Pero cada vez que miro la etiqueta de cualquier cosa me pongo enferma.

¿De verdad esto cuesta este dineral?

Incrédula, veo que Ashley se gasta una barbaridad en un vestido y unos zapatos que hasta creo que me voy a marear. Por favorrrrr... pero si ese dinero no lo he ganado yo en mi vida.

Mi mentalidad de persona normal y no ultrafresa no me permite gastarme 2.000 euros en unos zapatos cuando sé que puedo encontrar unos por 20. Soy consciente de que he de cambiar el chip. De que mi poder adquisitivo tras la boda con Dylan ha cambiado, pero si hay algo que no lo ha hecho son los valores que a mí me han dado mis padres, y desde luego en esos valores no entra gastarme ese dineral.

Entre todas me animan a que me compre algo, pero yo me resisto. No quiero utilizar la tarjeta de crédito de Dylan, pese a que él me animó a hacerlo. Pero me niego a tirar el dinero de esta manera, con el desempleo que hay en mi país. Una cosa es hacerlo un día por algo especial y otra, por norma.

Aun así, consiguen que me pruebe un precioso vestido rojo y cuando me miro al espejo me siento increíble, guapa y poderosa.

Madre mía, ¡menudo mujerón estoy hecha! El vestido me queda como anillo al dedo.

—¡Estás super... superdivina! ¡Qué superideal... Cuqui! —dicen ellas.

—Si Dylan te ve con él puesto, te lo hace comprar —afirma Tifany.

Con gesto amable, la empleada me mira y explica:

—Es un vestido retro con detalles plateados. Está hecho en *shantung* de seda natural y le queda muy bien, señora.

Asiento. La verdad es que nunca me había visto con un vestido así y estoy alucinada. Con disimulo, miro la etiqueta: 8.200 dólares. Mi mente los convierte rápidamente a euros. ¡6.000 euracos! ¡*Pa* alucinar!

No. Ni loca me voy a gastar este dinero.

Sin dejarme embaucar por los piropos de mis acompañantes, me quito esta maravilla y con todo el cuidadito del mundo se lo entrego a la empleada.

¡Qué bonito es!

Pero no, no me lo compro.

Durante un rato, veo a mis tres compañeras probarse y comprarse cientos de cosas, hasta que siento que mi aguante ha llegado al límite y le digo a Tifany:

—Oye... necesito beber algo.

Mi estupenda y fresa cuñada asiente rápidamente y las cuatro salimos de la carísima tienda y nos adentramos en una cafetería, donde estoy segura de que nos van a cobrar por cada paso que demos.

Yo pido una Coca-Cola con extra de hielo, pues me muero de sed. Ellas café con nubecita de leche desnatada, mientras la tal Ashley cuchichea:

—Rebeca se divorcia.

Tifany y Cloe se miran alucinadas. Como yo no conozco a la tal Rebeca, sigo bebiendo tan tranquila.

—¿Qué me dices, amor? —murmura Tifany—. Pero si hace quince días estuvimos de *shopping* con ella y se compró aquel alucinante vestido.

—Te lo juro por mis cosméticos importados —asiente Ashley.

Me tengo que reír. Ashley es cómica. Es tan... tan... tan fresa que no lo puede disimular y sus comentarios son para morirse de risa.

El mesero, que, todo sea dicho, es un tipazo guapo a rabiar, les trae una bandejita con galletas a las del café y todas lo miran parpadeando como quinceañeras. ¡Vaya tres! Cuando él se va, Ashley continúa:

—Me enteré del chismorreo por Lupe, mi empleada, que es amiga de la empleada de Rebeca. Me contó que hace una semana discutieron porque el soso de Bill no quería ir a la fiesta del día 15.

—¿A la cena de gala? —pregunta Tifany incrédula.

—Ay... pobre. Con el vestido tan increíble que se compró en Yves Saint Laurent para esa cena —musita Cloe.

Ashley asiente y comenta:

—Ese Bill siempre ha sido un *waterparty*.

—Ya lo creo que lo es —afirma Cloe—. ¿Se acuerdan cuando no quiso ir tampoco a la inauguración del Shenton?

Todas asienten con gestos de reproche y Ashley sentencia:

—La llamé anoche para saber de ella y me lo contó todo. Definitivamente, se divorcia de Bill.

Yo no doy crédito. ¿Se va a divorciar porque él no quiere ir a una fiesta?

Tifany asiente y comenta:

—Bueno, no creo que Rebeca sufra mucho, al fin y al cabo será su tercer divorcio y nunca sale mal parada. ¿No fue en el último cuando se fue a recuperarse a Tahití?

Las tres «cuquis» se miran y asienten, y Ashley añade:

—Cariñitos, como dice Rebeca, al mal tiempo Donna Karan.

Me río. ¡¿Donna Karan?!

Me doblo de risa con ellas. Si mi Coral estuviera aquí, ya las habría llamado de todo menos bonitas.

—Por cierto, el otro día Omar le dio a Dylan el pase privado para la gala. Aún falta tiempo, pero vendrán, ¿verdad? —me pregunta mi cuñada.

La miro. No sé de qué me habla.

—Cuquita, es la gala que organiza la discográfica de Omar —explica—. Es su decimoquinto aniversario y lo celebran con una estupenda fiesta llena de estrellas. No puedes faltar.

Dylan no me ha dicho nada, pero para no dejarlo mal, afirmo:

—Por supuesto. Claro que iremos.

Mi respuesta la deja satisfecha, pero yo me quedo pensando por qué Dylan no me ha comentado nada. Yo quiero ir a esa gala. Sin embargo, intento permanecer impasible. No quiero que se den cuenta de mi desconcierto.

Una vez decidimos irnos, Cloe se empeña en invitarnos. Ni qué decir tiene que me quedo con los ojos cuadrados al ver lo que cuesta un café en este sitio. INCREÍBLE.

Cuando salimos, tras una hora más visitando todas las tiendas de Rodeo Drive, Cloe y Ashley se van, ¡gracias a Dios!, y yo obligo a mi cuñada a que me lleve a un centro comercial, pues quiero comprarme algo de ropa.

Tifany al principio se resiste, pero al ver que lo digo totalmente en serio, al final acepta y me lleva a uno de tiendas normales. Caras, porque están en Los Ángeles, pero asequibles para mi tarjeta de crédito.

Entramos en varias y ella no se compra nada. Yo, en cambio, me compro unos botines nuevos, unos jeans y un par de camisetas. En una de las tiendas veo dos vestidos de noche increíbles. Uno rojo y otro negro. Decido probármelos y comprarme alguno para la cena del viernes con mi amor. Quiero impresionarlo.

—¿Qué te parece este rojo?

—Era más chic el que te has probado en Rodeo Drive, amor.

—Pero ¿te gusta? —insisto.

—Pruébate el negro —contesta Tifany—. Éste no me llama nada de nada.

Lo hago y al mirarme al espejo me encuentro linda. Pienso que la bolsa de noche que me regaló Dylan el Día de los Enamorados le iría bien. Tiene la falda de gasa y el cuerpo plegado con escote de barco. Tifany se levanta, me mira, asiente con la cabeza y exclama:

—Me superencantaaaaaaaaaaaa.

La miro contenta. Entonces, toma la etiqueta que cuelga de mi manga y, alucinada, cuchichea mirándome:

—¿Sólo cuesta doscientos setenta y tres dólares?

Asiento. Traducido a euros son unos 200. Un precio asequible para mí y en especial para un vestido de noche.

No es un traje de firma supermegacaro, pero me gusta, me siento cómoda con él y para mí eso es lo importante.

—¡Increíble! —exclama Tifany—. Es cuqui... cuqui.

Asiento, y ella me recoge el pelo y dice, haciéndome reír:

—Y si te haces un recogido italiano, ¡estarás *supertruper*!

Me compro el vestido y una vez acabadas las compras, nos sentamos en una terraza del centro comercial a tomar algo. Cuando Tifany va al baño, me suena el celular. Un mensaje.

¿Dónde estás?

Al ver que es Dylan, sonrío y respondo:

Tomando algo con Tifany.

Mi celular vuelve a sonar.

Llevo todo el día pensando en ti. Hoy llegaré pronto a casa. No tardes, preciosa.

Divertida, pregunto:

¿Algún plan?

No tarda en contestar:

Con mi conejita, siempre.

Leer ese apodo con el que sólo me llama él me hace sentir calor inmediatamente. Minutos después, Tifany regresa. Tomamos un café juntas y luego volvemos a nuestros hogares.
Estoy impaciente.
Cuando el taxi me deja en la puerta, sonrío. Detrás de aquella valla está mi amor y mi corazón se desboca. Su coche está ahí. ¡Ya ha llegado!
Al no encontrarlo en la sala, subo corriendo la escalera y oigo música en el baño. Escucha a Bryan Adams. Guardo el vestido en el clóset sin enseñárselo y me dirijo hacia allá.
Al entrar, la vista que me ofrece mi morenazo es impresionante.
Está metido en la tina, con la nuca apoyada en el borde, una copa en las manos y los ojos cerrados.
¡Dylan no es sexy, sino lo que le sigue!
Me ha debido de oír, porque abre los ojos y me mira. Me repasa con la mirada seria y murmura:

—Esa minifalda blanca resalta tu bonito trasero y tus preciosas piernas, ¿lo sabías?

Eso me hace reír y respondo:

—Pues no. Pero me acabo de enterar.

Me sonríe y, tras dar un trago al vaso que tiene en las manos, murmura:

—Desnúdate.

Su voz cargada de sensualidad y la forma en que me mira provocan que me vuelva loca. Sin necesidad de que me lo repita, hago lo que me pide y yo deseo hacer. Me quito los zapatos, la minifalda, el chaleco que llevo, el brasier y los calzones. Cuando me voy a acercar a él, dice:

—No te muevas. Quédate donde estás hasta que yo te lo diga.

Lo miro sorprendida y, sin quitarme la vista de encima, con el dedo hace ese gesto que tanto me gusta para que dé una vueltecita sobre mí misma. Lo hago sonriendo. Cuando nuestros ojos vuelven a encontrarse, Dylan da otro trago a su bebida, después deja el vaso a un lado de la tina y veo que se levanta.

¡Madre míaaaaaaaa!

Es impresionante.

Con ese cuerpo... Su piel morena... Su erecto pene dispuesto para mí ya me tiene atacada y estoy impaciente por ver las estrellas.

Sale de la tina y, empapado, se queda a cierta distancia de mí. Me mira y, con gesto serio, pregunta:

—¿Dónde has estado?

—Con Tifany y sus amigas de compras. Ya te lo he dicho.

Asiente. Se pasa una mano por la barbilla y, cuando voy a hablar, me corta:

—¿Te ha mirado algún hombre?

Su pregunta me sorprende y respondo:

—Pues no lo sé. No me he fijado.

Veo que asiente. Da un paso hacia mí, luego otro... y otro... y cuando su pecho y el mío se rozan, nos miramos y murmura:

—Seguro que alguno ha deseado abrirte las piernas y beber de ti, ¿no crees?

No entiendo de qué se trata y al ver mi cara, insiste:

—Estoy convencido que más de uno te habrá mirado hoy los pechos, el trasero, y habrá deseado levantarte esa falda para meter las manos y la boca entre tus piernas.

Oírlo decir eso me excita. Me estoy poniendo cachonda cuando prosigue:

—Hoy he tenido un par de reuniones en el hospital. Me han presentado a unos hombres, entre ellos estaba un antiguo amigo y he pensado en ti.

—¿Por qué has pensado en mí? —pregunto sorprendida.

Sus manos van a mi pelo. Lo llevo recogido en una coleta alta y, deshaciéndomela, musita:

—Alguna vez compartí con él una mujer y te he imaginado desnuda entre él y yo y me he excitado.

Boquiabierta, voy a hablar cuando él prosigue sin ninguna vergüenza:

—Tras la reunión, he tenido que entrar en el baño de mi despacho y masturbarme.

—Vaya...

Al oír mi exclamación, Dylan sonríe y repite:

—Sí... ¡vaya! —Y, en un tono bajo de voz que me pone cardíaca, añade—: Cuando he salido del baño tenía algo muy claro, preciosa. Me encantan nuestros juegos, me encanta nuestro morbo y deseo ver cómo otro hombre te devora, mientras yo le doy acceso a ti y tú tienes los ojos vendados.

—¿Vendados?

Asiente.

—No quiero que te mire a los ojos. —Me entra la risa, pero él no se ríe cuando continúa—: No prometo más de lo que he dicho. No sé si llegado el momento voy a ser capaz de ver o hacer lo que propongo, pero estoy tan excitado que, si tú quieres, sólo tengo que llamarlo y en veinte minutos estará aquí.

¡Órale!

Menuda bomba acaba de soltar.

Se ha reencontrado con un antiguo amiguito de juergas y quiere compartirme con él.

Me siento excitada, avivada, exaltada, sofocada, alterada y alborotada. Estoy tan trastornada por lo que ha dicho que sólo puedo contestar:

—Soy tu conejita. Soy tuya y, si tú quieres, a mí me parece bien. Sabes que no sería mi primer trío.

Dylan asiente con expresión contrariada, pero alarga la mano, toma su celular del mármol del lavabo y, tras unos segundos, oigo que dice:

—Ya sabes mi dirección.

Cuando cierra el celular, musita:

—Te cogería ahora mismo, pero quiero que estemos muy, muy excitados para lo que va a ocurrir. Ven... quiero prepararte.

Entramos juntos en la enorme regadera, abre la llave y el agua empieza a salir por el moderno techo. Toma el gel, se lo echa en las manos y luego lo esparce por mi cuerpo. Por todo mi cuerpo. Me toca con cariño, pasa las manos, húmedas y resbaladizas, por mi vagina y murmura:

—He disfrutado de otros tríos y hoy quiero hacerlo contigo.

—Lo harás —afirmo excitada.

—¿Te excita lo que vamos a hacer?

—Sí —asiento sin dudarlo.

Dylan me besa. Me desea, pero se reprime. Yo lo tiento, quiero sexo, pero él sonríe y susurra:

—Después, cariño... después.

Entre besos calientes dejo que me lave, que recorra mi cuerpo con cariño y, cuando me toca el clítoris y yo jadeo, murmura:

—Dime que esto siempre será sólo mío, aunque permita que otro juguetee con él y lo saboree mientras disfrutamos de nuestras fantasías.

Asiento. Sus caricias me hacen jadear y, caliente, respondo:

—Es y será sólo tuyo, cariño. Tú dirigirás la fantasía en busca de nuestro placer mutuo. Únicamente tú permitirás que alguien juegue con él cuando tú quieras.

—¿Cuando yo quiera? —Sonríe con voz ronca, ahondando el dedo en mí.

Digo que sí con la cabeza, enormemente excitada.

—Tu conejita siempre está preparada para ti.

Nos besamos. Su beso me sabe a miel, a delicia y, con decisión, tomo su duro pene y, mirándolo, murmuro:

—Dime que esto siempre será mío, aunque algún día permita que otra mujer juegue con él.

Dylan sonríe y murmura:

—Es y será siempre tuyo, cariño.

Cuando salimos de la regadera, ambos estamos sobreexcitados. Hablar nos ha calentado aún más, y de pronto oímos que tocan a la puerta.

Nos miramos. Sabemos quién es y, enrollándose una toalla alrededor de las caderas, Dylan me pregunta:

—¿Estás segura?

Asiento, pero reteniéndolo, pregunto a mi vez:

—Y tú, ¿estás seguro?

Dylan me mira y responde:

—Espera aquí. Yo vendré a buscarte.

Cuando me quedo sola en el enorme baño, los nervios se apoderan de mí. Estoy histérica. Esto va más allá de nuestro juego de «Adivina quién soy esta noche».

Me miro al espejo y rápidamente tomo un peine y me desenredo el pelo. Por Dios, ¡qué alterada estoy! Pero si hasta parezco novata. Dylan tarda. Mi histeria crece y, cuando la puerta se abre y lo veo entrar, me quedo muda, hasta que él dice:

—Está en la habitación azul.

Se lo agradezco. Nuestra habitación quiero que sea sólo nuestra.

Me besa. Su lengua recorre mi boca con deleite y exigencia, y cuando se separa de mí, susurra:

—Estoy tremendamente excitado, cariño.

No sé qué decir cuando veo que sostiene en las manos varias cosas. Entre ellas, unas medias, un antifaz oscuro y unos zapatos rojos de altísimo tacón. Ve que los miro y explica:

—Los he comprado hoy para ti.

Asiento con la cabeza y continúa:

—Ponte las medias.

Lo hago en dos minutos. Son también rojas y cuando el encaje se ajusta a mis muslos, Dylan se agacha y me pone los zapatos.

Una vez termina, se levanta, toca la llave que él mismo me regaló y que llevo colgada al cuello, y murmura:

—Para siempre.

—Para siempre —repito.

Dicho esto, levanta el antifaz oscuro que sostiene y dice:

—Te lo pondré. No quiero que lo mires. No quiero que sepas quién es el hombre que además de mí va a disfrutar de tu cuerpo y te va a hacer gritar de placer. Para eso sigo siendo egoísta, cariño. Una vez entremos en la habitación, te dejaré sobre la cama, y seré yo quien te pida lo que quiero, ¿entendido?

Acepto. Como él, estoy tremendamente excitada y, tras ponerme el antifaz, me toma en sus brazos y, dándome un beso, murmura:

—Disfrutemos, conejita.

Con el corazón a cien, me dejo guiar. Oigo música. Sonrío y, cuando Dylan se para, sé que hemos llegado y que otro hombre además de él me observa. Me deja con cuidado encima de la cama, me da un beso en los labios y se separa de mí.

Durante un momento que se me hace eterno nadie se mueve, nadie dice nada. Sólo sé que me observan, hasta que oigo la voz de Dylan.

—Cariño, abre las piernas y separa los muslos.

Hago lo que me pide, mientras mi respiración se acelera. No veo nada. No siento nada. Pero sé que ahí hay dos hombres deseosos de poseerme y que yo voy a entregarme a ellos.

Nadie me toca hasta que mi amor dice:

—Sepárate con los dedos los labios vaginales y enséñanos tu paraíso carnal.

Sin dudarlo, llevo a cabo su demanda cargada de erotismo. Si algo me gusta y me enamoró de Dylan es su manera elegante de hablar, de pedir las cosas, de amarme. No es vulgar. Es único, especial.

Estoy excitada haciendo lo que me ha pedido, cuando una voz que no reconozco murmura:

—Muy... muy deseable.

Acto seguido, unas manos suben por mis piernas y se detienen sobre el encaje de mis muslos. Tiemblo. Esas manos no son las de mi amor. Lo sé. No las reconozco. Quisiera ver la mirada de Dylan. Quisiera mirarlo a los ojos y saber que está bien y que disfruta con esto, pero no puedo. Él no me deja.

El aliento del desconocido llega a mi vagina. Lo siento cerca. Muy cerca.

Presiento que me observa, que me desea y eso me hace jadear inquieta, hasta que la voz de Dylan suena en mi oído.

—Deseo una conejita descarada, ardiente y entregada. Cariño, te voy a atar las manos como aquel día que estuvimos con mi amigo pintor, ¿de acuerdo? —Asiento—. Abre las piernas, disfruta y hazme disfrutar.

Me toma las manos y hace lo que me ha dicho, y luego lo oigo decir:

—Puedes tocarla.

—¿Sólo tocarla? —pregunta la voz desconocida.

—Recuerda lo que hemos hablado.

Esa extraña conversación me excita. Me calienta. Han hablado de mí y del placer que me quieren proporcionar y eso me pone cachonda. La cama se mueve. Las manos que he notado segundos antes vuelven a mis piernas y, separándome bien los muslos, dice:

—Suculento manjar el que me ofreces, amigo.

—Comienza antes de que me arrepienta.

Su voz ha sonado tensa. No me hace falta verlo para saberlo y lo llamo:

—Dylan.
—Dime, cariño.
Sin verlo, sólo sintiéndolo a mi lado, murmuro:
—Si tú no estás bien, yo no quiero...
Me besa. Toma mi boca despacio y cuando se aparta, dice:
—Tranquila, estoy bien. Disfrutemos.
El desconocido me besa la cara interna de los muslos y jadeo al notar que tiene barba y bigote.

Es una tontería, pero nunca hasta ahora había estado con un hombre con barba o bigote y es una sensación rara, diferente.
—¿Te gusta? —pregunta la voz ronca de Dylan en mi oído.
Asiento y entonces noto que ese hombre me abre los labios vaginales y restriega su barba contra mí.

Dylan vuelve a apoderarse de mi boca, mientras el desconocido toma mi sexo. Los dos me saborean a la vez y yo sólo puedo disfrutar, jadear y entregarme a ellos, dándoles acceso a mi cuerpo, a mi esencia.

Durante varios minutos, mientras lo único que se oye es esta música para mí desconocida, nos dedicamos al disfrute del sexo y yo me abandono a las sensaciones que estos dos hombres me provocan.

Sentir cuatro manos y dos bocas en distintos lugares de mi cuerpo es algo increíble. Morboso y excitante.

La boca de Dylan abandona la mía, baja por mi cuello y acaba en mis pechos.

¡Oh, sí!

Los mima, los chupa, mordisquea mis pezones hasta que su boca vuelve a bajar, ahora hasta mi ombligo, y noto que sus manos me abren los muslos y dice, mientras el desconocido me acaricia el clítoris:
—Estás tensa, cariño... relájate y entrégate.
Lo intento, pero no puedo, y finalmente exijo:
—Desátame las manos. Mientras esté así, no puedo relajarme.
Noto cómo Dylan se mueve y hace lo que le pido.
Liberada de las ataduras, extiendo los brazos, quiero que me abrace. Lo hace, pero entonces lo siento tenso a él.

¿Qué le ocurre?

Vuelve a besarme mientras el desconocido sigue divirtiéndose entre mis piernas y yo disfruto y jadeo por lo que me hace. Dios... qué morbo me provoca.

De pronto, Dylan me baja el antifaz y me mira a los ojos.

—Te gusta lo que te hace.

No puedo contestar. Con su lengua y su dedo el hombre me posee y, tras soltar un nuevo gemido, murmuro encantada:

—Sí.

Con movimientos cada vez más provocadores, el extraño introduce y saca los dedos de mi vagina, mientras mi amor me besa y me mira a los ojos. Pero su mirada me desconcierta. No sé si está disfrutando o no del momento y me tenso sin poderlo remediar.

—No quiero que llegues al orgasmo hasta que yo te lo pida.

—Dylan, no sé si...

—Shhhhhh... lo harás. Obedece.

Convencida de que no voy a ser capaz, me muevo mientras ese desconocido al que no veo continúa su asedio particular. El zumbido de un juguete suena en la habitación y cuando lo coloca sobre mi hinchado clítoris, doy un grito. Intento moverme, pero ellos no me dejan. Me inmovilizan y yo me convulsiono de placer.

—Ahhhhh... —grito.

—No cierres las piernas, muñeca... Así... bien abiertas para mí —pide el hombre al que no veo.

Al oír su voz, miro a Dylan, que me devuelve la mirada con gesto serio.

—Eso es... déjate llevar... humedécete pero no te corras, cariño. No lo hagas todavía.

Enloquecida por lo que esa orden me hace sentir, me obligo a seguir con los muslos abiertos, mientras noto cómo me empapo de mis propios fluidos. Tras apartar el juguete de mi clítoris, el hombre me chupa y yo casi deliro.

—Me encanta el sabor de tu mujer —dice—. Dulce y amargo a la vez. Me pasaría bebiendo de ella toda la noche. Tu muñeca es divina.

—Es exquisita —afirma Dylan con gesto sombrío, mirándome.

Mis jadeos se hacen tremendamente ruidosos y él toma mi boca. Quiero gritar, pero mi amor no me deja. Me besa. Absorbe mis jadeos y susurra, casi como convenciéndose a sí mismo:

—Un poco más... sólo un poco más.

¿Un poco más? ¿Un poco más de qué?

—Eso es, bonita... así... Qué precioso clítoris tienes... me encanta. Te gusta cómo lo devoro...

Noto cómo su lengua me lo golpea y, agarrándome del trasero, me levanta hacia él y me succiona deliciosamente.

—¡Dylan!

Aprieto los dientes. Siento que me voy a venir, pero mi amor insiste:

—No lo hagas... todavía no...

Los temblores se apoderan de mí. Primero las piernas y ahora la vagina, mientras el hombre sigue chupándome sin piedad. Pienso que no voy a poder contenerme, cuando el zumbido suena de nuevo y, acercando otra vez el juguete a mi vagina, oigo decir al desconocido:

—Aguanta, muñeca... No te vengas, pero dame de tu néctar sólo un poquito más.

De nuevo mis fluidos me empapan y la boca de él los chupa.

—Soy un sádico... lo sé, pero necesito sentir que controlo la situación —murmura Dylan, mirándome.

Pero en su rostro no veo lo que quiero. No hay el gozo que yo siento y me desconcierta verme en esa tesitura. Una tesitura en la que doy placer y lo recibo, pero no de mi amor.

De pronto, con un ronco murmuro, Dylan dice:

—Llénala de ti...

Me pone el antifaz y de nuevo todo se vuelve oscuridad. Siento que mi amor se aparta de mi lado, me toma las manos y me las pone sobre la cabeza. Me las sujeta mientras el otro hombre se mete entre mis piernas y segundos después me penetra. Agarrándome de las caderas, entra en mí. Yo jadeo. Está ocurriendo.

Me arqueo en la cama y siento cómo él pasa las manos por debajo de mi cuerpo para acercarme más al suyo. Noto su peso sobre mí y Dylan me suelta las manos. Sin saber qué hacer con ellas, las llevo hasta el hombre que me posee una y otra vez, hasta que de pronto noto que sale de mí precipitadamente y oigo a mi marido decir:

—Fuera... Vete...

Con la respiración entrecortada, me quedo tendida en la cama hasta que oigo que la puerta de la habitación se cierra. Espero sin moverme.

Dylan me quita el antifaz, me mira a los ojos y murmura con gesto abatido y consternado:

—No puedo, Yanira... no puedo.

Ya intuía que algo le pasaba.

Lo abrazo y permanecemos así un buen rato, hasta que oigo que el otro hombre se va. No lo he visto. No sé quién es. Minutos después, Dylan y yo nos levantamos de la cama y nos dirigimos a la regadera de nuestra habitación. Una vez allí, yo lo abrazo con cariño y él confiesa:

—Me odio por lo que he propuesto. No he debido hacerlo.

—Dylan, tranquilo.

—Pensaba que podría. Me excitaba pensar en la situación, pero cuando te he visto con él, yo...

—Tranquilo.

Echándose gel en las manos, dice:

—Déjame lavarte. Necesito quitarte su olor y que sólo huelas a mí.

Asiento y, en silencio, permito que me lave a conciencia. Se lo ve atormentado, me mira a los ojos y no dice nada hasta que tras un dulce beso, murmura:

—Perdóname, mi amor.

—¿Por qué? —pregunto abrazándolo.

Tras sostenerme la mirada unos segundos, finalmente Dylan contesta:

—Por querer incluir algo en nuestras vidas y no ser capaz de finalizarlo. Pensaba que podría. Imaginar lo que quería que pasara no ha tenido nada que ver con lo que he sentido mientras él te poseía. Me excitaba el momento, pero yo...

—Tranquilo, Dylan, cariño.

—No sé qué me ocurre, Yanira. Quiero hacerlo, me excita lo que imagino, pero... pero... luego no puedo... Me vuelvo loco. No puedo.

Emocionada por sus palabras, hago que me mire. Sonrío, lo beso y, finalmente, murmuro convencida:

—Yo sólo te necesito a ti... a ti.

Dylan me toma entre sus brazos, me aprisiona contra la pared y su mirada lo dice todo. Me necesita. Necesita sentirme suya. Hundirse en mí. Y yo, dispuesta a entregarme una y mil veces al hombre que quiero con toda mi alma, digo:

—Te deseo, cariño... Hazlo... lo necesito.

Sin decir nada, me penetra con su duro y erecto miembro y yo jadeo al recibirlo. Agarrada a sus hombros, me acoplo a él y una vez dentro de mí, murmura con furia:

—Sólo quiero sentirte así para mí... solo.

Sus caderas se mueven con rotundidad, mientras su grito de posesión llena el baño.

Lo beso. Nuestros jadeos se mezclan. Quiero que sepa que mi beso es la aceptación total de lo que tenemos los dos, mientras él, con movimientos rápidos y desesperados, me hace el amor.

Con una posesión infernal, se hunde en mí. Tiembla.

Estar con Dylan es lo mejor que me ha ocurrido nunca y, mientras le muerdo el labio inferior, siento cómo su piel y la mía se funden para convertirse en una sola. Su cuerpo es una prolongación del mío y viceversa. Su expresión se va suavizando segundo a segundo. Su rabia se esfuma y yo sólo quiero amarlo y que me ame.

La dureza del inicio pasa a ser compenetración y deseo. Le rodeo la cintura con las piernas para darle más profundidad y con los brazos alrededor de su cuello, musito:

—Soy tuya. Lo sabes, ¿verdad?

Dylan asiente. Me alegra saber que lo tiene claro y comienza de nuevo a entrar y a salir de mí con desesperación, con ansia, con pasión. Nuestros rudos movimientos nos llevan al borde de la locura, mientras el agua cae sobre nosotros y nos esforzamos para no resbalar y matarnos en la regadera.

Lo beso con fiereza. Quiero que sienta que sólo él me hace sentir así y sé que lo he conseguido cuando me mira y esboza una sonrisa.

Con sus manos en mi trasero, me da una nalgadita que me encanta. Ese gesto tonto me tranquiliza. Me mueve arriba y abajo a un ritmo infernal, mientras lo siento vibrar en mi interior y me besa con desesperación.

Se hunde en mí una y otra y otra vez, a cada momento con más fuerza, con más ímpetu, con más fiereza, y cuando veo que echa la cabeza hacia atrás, suelta un bramido de guerrero y rechina los dientes; sé que su orgasmo está llegando y me dejo ir con él. Con mi amor.

Cuando terminamos, Dylan se apoya en la pared de la regadera con cuidado y se deja caer hasta quedar sentado en el suelo, conmigo encima. Cansados, respiramos agitadamente varios minutos, mientras el olor a sexo nos rodea, y, cuando lo miro, sonrío y digo:

—Eres mío y yo soy tuya. No necesitamos a nadie más.

Dylan asiente y, por fin, con su bonita sonrisa me hace saber que todo está bien.

Diles

Al día siguiente, a las seis de la mañana, cuando Dylan se levanta para ir a correr, no lo dejo hacerlo. Lo retengo en la cama conmigo.

Tenemos que hablar de lo ocurrido. Él lo sabe tan bien como yo, y con la cabeza apoyada en la almohada, dice:

—No sé qué me ocurre contigo. Quiero, pero no puedo y...

—Tranquilo —susurro—. Ya te dije que no necesitamos a nadie más. Tu imaginación y la mía pueden con ello, ¿no crees?

Sonreímos y él añade:

—Pero a ti te gusta. Lo vi ayer en tus ojos, en tu boca, en tu cuerpo, en cómo te arqueabas de placer cuando te abrí los muslos y te ofrecí al otro hombre. —Al ver mi gesto apurado, sonríe y dice—: Lo creas o no, yo también lo disfrutaba hasta que algo me bloqueó y tuve que pararlo. Cuando vi la cara de mi amigo, yo...

—Quizá el problema es que era tu amigo, ¿no crees?

Dylan lo piensa y finalmente responde:

—No era la primera vez que ambos compartíamos una mujer.

Noto una punzadita de celos en el corazón, pero digo:

—Quizá ése fue el problema. En otras ocasiones, has compartido con él mujeres por las que no sentías lo mismo que por mí. Piensa que yo soy tu mujer.

—Sí... —contesta—. Creo que tienes razón. Las otras no me importaban como tú y ver cómo te poseía me puso enfermo. —Ambos sonreímos y él musita—: Lo repetiremos con otra persona. No quiero privarte, ni privarme, de algo que nos gusta a los dos.

Voy a hablar, pero él me pone un dedo en los labios y murmura:

—Cariño, me estoy poniendo duro sólo de pensarlo. —Me toma una mano y me la coloca sobre su pene, ya erecto—. Ayer la excitación casi me hace explotar. Verte abierta de piernas para otro hombre y para mí, ser testigo de cómo te humedecías y...

—Me estás poniendo cachonda, doctor —me burlo.

Y mi amor sonríe y, sin decir nada, me da lo que le pido.

Los días pasan. No hemos vuelto a mencionar lo ocurrido, ni a repetirlo, pero sí jugamos a «Adivina quién soy esta noche» y la pasamos increíble. En nuestro morboso juego en el que somos quienes deseamos: policías, médicos, carpinteros, militares, azafatas, recepcionistas..., todo vale para nuestro disfrute particular.

Dylan se sumerge totalmente en su trabajo y cada día lo añoro más. Sus largos turnos en el hospital me matan, pero como diría mi madre, no he de quejarme, pues tiene trabajo, y además uno que le apasiona.

Siempre que voy a buscarlo al hospital, su jefe me saluda con amabilidad, pero sé lo que piensa en realidad. Me ve de la calaña de la actriz con la que se casó y teme que algún día yo triunfe en la música y a Dylan le pase lo mismo que a él.

Durante un tiempo, mi marido tiene que viajar bastante para asistir a distintos congresos. Sin que yo diga nada, me incluye en su viaje, pues, como dice, somos un pack indivisible. Yo sonrío.

Mientras él está en alguna de esas conferencias, reuniones u operaciones, yo me dedico a hacer turismo por la ciudad. Me gusta. Lo paso bien y conozco sitios que nunca pensaba que llegaría a conocer. Y lo mejor de todo es cuando nos reencontramos por la noche en la habitación.

Los días en que no trabaja, se olvida del resto del mundo y se centra total y completamente en mí. Para él sólo existo yo. Me mima, me besa, me ama. Salimos a cenar, a comer, me lleva a conocer Los Ángeles. Organiza románticos fines de semana en hoteles increíbles y yo, la verdad, no puedo ser más feliz. Hace todo lo que puede para demostrarme lo dichoso que es a mi lado y lo mucho que me quiere y me necesita.

No le he comentado nada de la gala de la que habló Tifany aquel día. Me encantaría ir, pero sé lo que piensa Dylan de esos eventos musicales. No le gustan nada y yo, con tal de no arruinar el momento tan bueno que estamos viviendo, me callo. Sólo quiero ser feliz con él. Mi carrera musical ha quedado en un segundo plano.

Pero los días pasan y algunas veces me aburro como un hongo y no sé qué hacer. Leo, escucho música, veo películas. Hablo con mis amigas por Facebook y Twitter. Me atasco comiendo Nesquik a cucharadas. Salgo con Tifany y sus amigas, voy de compras, me inscribo en un gimnasio, pero nada me es suficiente.

¡Necesito hacer algo productivo!

Una mañana, Tony se pasa por casa a visitarme y decido acompañarlo. Va al estudio de grabación, donde tiene una reunión relativa a dos canciones que ha vendido.

Al llegar allí, no me sorprende encontrarme con Omar y algunos directivos de la discográfica. Me saludan con afabilidad y yo sonrío encantada, mientras miro a mi alrededor. ¡Qué increíble estudio!

Cuando se van, animada por Tony entro en la cabina de grabación para no quedarme allí sola, y Stefano, uno de los técnicos de sonido, me explica el funcionamiento de todos aquellos aparatos.

¡Es increíble lo que hacen!

Una de las veces que regreso de la cafetería, veo a Omar con una provocativa morena que le sonríe ofreciéndosele descaradamente. Me da rabia verlo. Pienso en Tifany y en todo lo que está haciendo por ganarse su amor y conservar su matrimonio. Me indigno y me dan ganas de agarrar a Omar por la cabeza y arrancársela.

¡Menudo impresentable!

Rabiosa, decido dejar de mirar, pero antes de hacerlo, soy testigo de cómo mi cuñadísimo le da una nalgadita a la morena, que ríe con lujuria.

Me doy la vuelta y, sintiéndolo mucho por Anselmo, me cago en su padre.

Cinco minutos más tarde, cuando vuelvo a estar en la cabina de cristal, veo pasar a un chico por fuera y alucino al ver ¡que es Kiran Mc!

Carajo... carajo... carajo. A mi hermano Rayco y a mí nos encanta este cantante y en especial su rap llamado *Cosa del talento*. De manera inconsciente, lo empiezo a cantar mentalmente:

> *Volar aún más si cabe*
> *olvidar lo que hay detrás.*
> *Sumergirse en una historia*
> *pa dejar atrás problemas.*
> *Si con eso soy feliz,*
> *qué les importa a los demás.*

Me encanta... Me encanta... Me encanta.

Cuando le diga a mi hermano que lo he tenido a menos de dos metros, ¡va a alucinar!

¡Viva Kiran Mc!

Contenta, suspiro y sonrío. De pronto, se abre la puerta de la pecera y veo entrar a unos músicos. Me quedo sin palabras cuando reconozco a J. P. Parker.

Por el amor de Dios, ¡J. P. Parker a un metro de mí!

Es alto, moreno, con unos espectaculares ojos grises y pinta de creído por lo guapo que sabe que es. Al verme al otro lado del cristal, me saluda. Como una chavita, yo le devuelvo el saludo con una sonrisita de tonta que hasta a mí me avergüenza.

¡Qué increíble, me ha saludado J. P. Parker!

Lo miro trabajar con los ojos abiertos como platos y cuando me doy cuenta ¡han pasado tres horas! Pero esto se acaba y me entristezco.

¡Con lo bien que me lo estoy pasando...!

Cuando el estudio de grabación se queda vacío, Omar me hace

una seña y me invita a entrar. Sabe que todo esto me gusta y no desaprovecha la oportunidad de tentarme con la música. Al salir, nos damos de bruces con Tony. No se lo ve muy contento. Viene acompañado por J. P. Parker y, mirándome, dice:

—Necesito tu ayuda. —Y antes de que yo pueda responder, añade—: Tienes que cantar esto con él.

Me entran los siete males... no, los ocho, y digo con un hilo de voz:

—¡¿Cómo?!

—Es una canción coral que le he compuesto, pero no le convence —explica Tony—. Pero estoy seguro de que si la cantas con él, le encantará.

Lo miro alucinada.

Plan A: salgo corriendo sin mirar atrás.

Plan B: digo que estoy afónica, aunque no me crean.

Plan C: me desintegro.

Tras pensarlo, decido que el mejor es el plan B. Estoy afónica.

—¿A ti te falta un tornillo? —digo—. ¿Cómo la voy a cantar? ¡Estoy afónica!

Tony sonríe y, tranquilamente, responde:

—No digas mentiras, que te va a crecer la nariz.

—Pero, Tony...

—Tienes una voz preciosa —me corta él— y sabes de música. Yo tocaré la melodía al piano para que veas el tono que quiero que le des. Tranquila, te lo explicaré y lo harás muy bien.

—No... no... no. ¿Estás loco?

—Loco estaría si no te lo pidiera. —Y cuchichea—: Tienes la voz que necesito para que J. P. se enamore de esta canción. Por favor, Yanira.

No puedo... ¡no puedo! Y me niego. Pero Omar entra en juego diciendo:

—Si no fuera importante, Tony no te lo pediría. Hazlo por él, por favor.

Molesta, miro y replico:

—Tú también podrías hacer algo por tu mujer, ¿no crees?

Omar me mira, pero no dice nada. Finalmente, me volteo hacia Tony y digo:

—Okey... de acuerdo.

Los dos hermanitos sonríen. Los Ferrasa me llegan. Me acompañan ante un micrófono redondo, Tony se sienta al teclado y J. P., con gesto de enojo, se pone a mi lado.

Yo sonrío, él no, y eso me pone nerviosa. No le late nada tenerme aquí.

Sin amilanarse, Tony toca una vez la canción de principio a fin y también la canta. Tras escuchar sus instrucciones, entiendo lo que quiere y me dispongo a hacerlo bien.

¿Lo conseguiré?

J. P. no está satisfecho con la canción y así lo manifiesta. Habla con Omar y con dos hombres más, mientras Tony me mira y me indica dónde quiere un agudo. Cuando comienza a tocar la melodía por segunda vez, me lanzo y la canto leyendo la letra en los papeles que me han dando.

J. P., Omar y los otros hombres se callan al oírme y me prestan atención. Entonces, el rapero toma los papeles que minutos antes había dejado sobre el piano y comienza a cantar conmigo.

Cuando acabamos, el corazón se me va a salir del pecho, pero J. P. le pide a Tony que la vuelva a tocar. Esta vez será él quien comience y yo quien replique. Así lo hago. Voy agarrando el tono y empiezo a disfrutar. A la sexta vez, J. P. sonríe y, cuando acabamos, choca la mano con Tony y lo oigo decir:

—Quiero esta canción, hermano.

Abrazo a Tony y lo felicito. De pronto noto que alguien me agarra por el brazo. Al volverme, veo que se trata de J. P. que, sonriendo, pregunta:

—¿Cómo te llamas, ojitos claros?

—Yanira.

—Pues, Yanira, me encantaría que cantaras la canción conmigo en la grabación de mi disco. ¿Qué te parece?

Adivina quién soy esta noche

Me bloqueo y no sé qué decir. Diablos, ¡es J. P. Parker!
Al oírlo, Omar dice rápidamente:
—Es la mujer de Dylan. En breve lanzaremos su carrera musical y esto les podría venir muy bien a los dos.
¿Que en breve lanzarán mi carrera musical?
Pero será mentirosoooooooooooooooooo.
Diablos... diablos... ¡que me infarto!
J. P. me mira. Clava sus inquietantes ojazos grises en mí y con una seductora sonrisa, dice:
—Si me lo permites, estaré encantado de apadrinarte.
Me callo. Parezco tonta, pero no sé qué decir. Busco un plan, pero nada... ¡ni planes tengo!
Durante varios minutos, escucho cómo hablan sobre ese asunto. Sin duda alguna, que este cantante tan de moda me apadrinara sería para mí un bombazo mediático. Tony me mira y, guiñándome un ojo, me dice:
—Sabías que esto pasaría tarde o temprano, ¿verdad? —No respondo—. J. P. te puede abrir el mercado inglés. Un mercado competitivo, pero si gustas, tienes mucho ganado.
Me hago chiquita, salimos del estudio de grabación y entramos donde están los técnicos. Nos sentamos y Omar, tras sonreírle a la morenaza, que le lleva un café, le dice al técnico:
—Stefano, pásalo para que la oigamos.
Me quedo alucinada cuando escucho mi voz por los altavoces. ¿Han grabado la canción?
Ha quedado unida al rap de J. P. y el resultado es impresionante y original.
Guau, ¡qué bien canto!
Un rato después, cuando salgo del estudio con Tony y me subo a su coche, lo miro y digo:
—En menudo lío me has metido, Tony.
—¿Por qué? —Y al ver mi expresión asiente—. Ah... okey... Dylan.
—Sí, Dylan... —repito yo.

—Escucha, Yanira, mi hermano no es tonto y sabe que tú quieres dedicarte a esto. ¿Qué mal le ves?

—Le prometí tiempo, Tony. Tiempo para estar con él y...

—Y se lo estás dando.

—Lo sé y lo hago encantada porque me gusta. Soy tan feliz a su lado que no necesito nada más. Nada más.

—Te comprendo y me alegra saberlo. Dylan se merece ser feliz y me consta que tú le das esa felicidad, pero no puedes pasarte los días encerrada en casa, esperando que regrese del hospital. Tú no eres así. Eres una chica joven, dinámica, con un gran potencial. Y debes aprovecharlo. Y sé que mi hermano lo sabe. Lo sabe aunque no diga nada.

—Gracias por tus palabras, pero ahora no quiero hacer más que...

—¡No digas tonterías, Yanira! ¿Cómo no vas a querer conseguir tu sueño?

Molesta por su insistencia y empeñada en mi propia necedad, voy a responder de malos modos cuando él se me adelanta.

—Okey, Yanira... Me callo.

Y no dice más. Pobre. En el fondo sé que tiene razón.

Estoy siendo demasiado complaciente con Dylan en relación con mi profesión, pero también sé que los últimos meses han sido los más felices de mi vida. Sin embargo, dispuesta a intentarlo, miro a mi cuñado y digo:

—Le contaré a Dylan lo de esta canción con J. P. Parker.

Tony sonríe, asiente y, cuando ve que resoplo, se burla:

—Dylan no se come a nadie.

Pero esa noche, cuando llega a casa, soy incapaz de decírselo. Le comento que he visto a Kiran Mc y que J. P. Parker me ha saludado, pero nada más. Es nuestra noche de cine de terror y viene tan contento del trabajo por una exitosa operación, que no quiero que la alegría que veo en su rostro se oscurezca.

Pedimos comida china y cenamos entre risas, besos y apapachos. Cuando terminamos y metemos los platos en el lavavajillas, Dylan me mira y, sentándose a mi lado con una bolsa, dice:

—Muy bien, cariño, comencemos nuestra noche de cine de terror.
—¡Biennnnn!
Abre la bolsa y saca cuatro películas.
—He comprado *Expediente Warren*, *El último exorcismo*, *Scream 3* y *Saw*. ¿Cuál prefieres?
—Vaya... sí que son terroríficas —contesto, riéndome.
—¿Las has visto?
—No.
—Yo tampoco —dice él—. No es el tipo de película que más me gusta.
—Entonces las veremos todas —afirmo feliz.
—¡¿Todas?!
Asiento con altanería y él murmura:
—Yo había pensado ver una y luego darte un...
—Será una noche de terror total —lo corto. Y al ver su expresión, pregunto—: ¿Eres miedica?
—No soy miedica —replica.
Lo miro con burla y canturreo bailando por la sala:
—Miedica... Dylan es miedicaaaaaaaaaaaaaa.
Entre risas, finalmente elijo *Expediente Warren*. El título me llama la atención.
Antes de ponerla, decidimos preparar palomitas. Dylan también sirve algo de beber y, muy valiente, yo lo obligo a apagar las luces de la casa. Estas películas son para verlas a oscuras.
Pero a los pocos minutos de empezar, grito, me tapo los ojos, me sobresalto y me arrimo a Dylan. En definitiva, ¡me muero de miedo! Él se dobla de risa al ver mis reacciones.
La película es de esas que sólo la musiquita ya te pone los pelos de punta y la tensión no te deja vivir. ¡Y encima es un hecho real!
¡En qué momento he pedido que apagásemos las luces!
Cuando acaba la película, estoy sentada encima de él, que, sin encender las luces, pregunta:
—¿Te ha gustado, cariño?

Aún impresionada y con el corazón a dos mil asiento con la cabeza y Dylan dice:

—¿Cuál quieres ver ahora?

—¡¿Otra?!

Con una encantadora sonrisa, susurra, besándome el cuello:

—¿No querías una noche terrorífica?

Tiene razón. Llevo días machacándolo con la pinche noche de terror y ahora no me puedo echar atrás.

—Pon... pon la que quieras —digo en voz baja.

Sorprendido por mi docilidad, Dylan me mira y hace ademán de levantarse, pero yo no lo dejo.

—¿Adónde vas?

—Necesito ir al baño un segundo, cariño.

—¡¿Ahora?!

Él me mira y pregunta:

—¿Eres miedica?

—Noooooooo.

—¿Tienes miedo de quedarte sola? —se burla.

—No digas tonterías —contesto, mientras me quito de encima de él, liberándolo. Pero cuando se levanta, pregunto—: ¿Encendemos las luces?

—No. Déjalas así —responde él—. Es más emocionante.

Asiento, trago saliva e intento tranquilizarme.

Dylan se va y yo me quedo sola en la sala a oscuras. No se oye más ruido que el zumbido de la televisión. Lo miro y de pronto me acuerdo de *Poltergeist*. Uf... ¡tengo taquicardia!

Madre mía... madre mía. Pienso en la película que acabamos de ver. ¡Qué miedo! Si eso me ocurriera a mí en una casa, al primer susto me moriría. ¡Qué horror!

Noto un movimiento a mi derecha, pero al mirar no veo nada. Trago saliva. Otro movimiento a mi izquierda me vuelve a alertar. No hay nadie. Muerta de miedo, me levanto del sofá. Me encojo y el corazón me late a cien por hora. Miro detrás del sillón, pero no veo nada.

Estoy sola y de pronto las luces se encienden y se apagan. De un salto, me siento otra vez en el sofá y agarro un cojín para taparme.

¡Menuda defensa es un cojín!

Cuando consigo dejar de temblar como un caniche, estiro el cuello por encima del respaldo y, con un hilo de voz, llamo:

—Dy-lan.

Nadie responde.

La musiquita de terror se me ha metido en la cabeza y ahora hasta siento como si alguien me respirase en el cuello. Me estremezco.

No sé para qué veo películas de miedo, si luego siempre me pasa igual. Me gustan y me río cuando las veo, pero después lo paso fatal.

—Dylan, contesta, carajo —insisto.

Espero que lo haga, pero no dice ni mu.

¿Dónde demonios se ha metido?

Oigo un ruido que viene del fondo del pasillo. Mi mente comienza a recrear escenas de la película que acabo de ver.

¡Qué mala vibra... qué mala vibra!

El corazón se me va a salir del pecho. Oigo que me late con fuerza y también oigo mi respiración.

Con el control remoto como arma camino lentamente hacia el pasillo, con la espalda pegada a la pared. Le doy al interruptor de la luz, pero no se enciende. Quiero gritar. ¡Tengo miedo!

¡Me va a dar un infarto, por Dios!

Debería salir de la casa, pero no puedo. No sin Dylan. Y entonces, hago lo mismo que hacen todas las idiotas de las películas: subir al piso de arriba en busca del ser amado, yo con el control de la tele aún en la mano.

¿Por qué estoy haciendo lo que luego critico?

Una vez en el piso de arriba, me dirijo al baño mientras vuelvo a llamar:

—Dy-lan...

Nada, sigue sin contestar. Mi mente comienza a jugarme malas pasadas.

¿Por qué no contesta? ¿Lo habrán asesinado?

Por favor... ¡no quiero ni pensarlo!

¡Dios, se me va a salir el corazón por la boca!

De pronto, una mano se posa en mi hombro y cuando me doy la vuelta, me encuentro con la horripilante máscara de Saw alumbrada por una linterna. Grito como una loca e intento escapar, pero al hacerlo me doy contra la pared. Reboto contra la de enfrente y en mi desesperada huida acabo en el suelo, gritando, mientras con el control remoto lanzo golpes a diestra y siniestra.

Alguien me agarra y, con la adrenalina a toda velocidad, comienzo a dar patadas y codazos como una mala bestia, mientras grito enloquecida hasta que oigo:

—Cariño..., para... para, ¡que soy yo! ¡Cariñoooooooooooooooo!

Dylan se quita rápidamente la máscara de Saw y, mientras yo tengo ganas de matarlo, él pregunta:

—¿Quién es la miedosa ahora?

—Pero ¡¿tú eres idiotaaaaaaa?! —grito, soltando el control de la televisión.

—Cariño...

—¡Idiota! —voceo descompuesta—. ¡Imbécil! ¡¿Cómo has podido hacerme esto?!

Dylan se dobla de risa mientras yo me llevo la mano al corazón y vuelvo a gritar:

—¡Idiota! ¡Casi me da un infarto! ¡Imbécil!

Vaya historia. Lo estoy regañando y el chico no hace más que carcajearse.

Con el corazón en la boca, dejo que me abrace mientras lo oigo reír y cuando al fin comprendo lo ocurrido, me río yo también.

Carajo... carajo... carajo... ¡qué susto me ha dado!

Con cariño, mi chico me toma en brazos, me lleva a nuestra habitación y, una vez allí, murmura divertido:

—Vaya, vaya, mi caprichosa se ha asustado.

Me río de la vergüenza que siento y al ver cómo disfruta, digo, llevándome la mano al corazón:

—Dylan, no lo vuelvas a hacer nunca. En serio, casi me da un infarto.

Él suelta una carcajada y pregunta:

—¿Te has hecho daño en la caída?

—No, sólo ha sido un golpe sin importancia, pero...

—¿Seguimos viendo películas o podemos pasar a mi plan B?

Sin duda alguna, no quiero más miedo esta noche y pregunto:

—¿Tu plan B?

Él asiente y, rozando mi nariz con la suya, contesta:

—Había pensado que tuviésemos una terrorífica noche de masajes, ¿qué te parece?

—Una más que excelente idea.

Cuando se va a separar de mí, lo agarro con desesperación y pregunto:

—¿Adónde vas?

—A conectar de nuevo la luz. La he quitado para asustarte.

—¡Serás bobo!

Lo acompaño entre risas. No quiero quedarme sola ni un segundo más.

Dylan se me echa al hombro como un costal de papas y se pasea así conmigo por toda la casa, entre risas y jaleo. Cuando regresamos a la habitación, me suelta en la cama y pone música. Es Maxwell; la noche será apoteósica. Pero cuando enciende las luces de los burós y veo que los focos son rojos, no puedo parar de reír.

—Vaya, este color es...

—Sexy, como tú —finaliza él.

Encantada, le hago un gesto hasta que me doy cuenta de que estoy sentada sobre unas sábanas negras que parecen de plástico.

Dylan, al ver mi expresión sorprendida, me besa el cuello y pregunta:

—¿Qué te parecen los masajes?

—Me encantannnnnnnnnnn.

—Lo sé, caprichosa —responde, mientras me muerde el lóbulo de la oreja—. Por eso he comprado unos increíbles aceites para masaje con olor a manzana y mi intención es relajar a mi preciosa mujercita tras el miedo que acaba de pasar viendo esa horrible película. ¿Qué te parece mi plan?

—Muy bueno —contesto con una risita tonta. Estoy deseosa de recibir ese masaje y en especial de sentir sus manos sobre mi piel.

Sin perder tiempo, él me desabrocha los jeans, me los quita y, acto seguido, también me quita la sudadera. Cuando me quedo en ropa interior, sonríe satisfecho y, con un gesto de perdonavidas que me llega al alma, me desabrocha el brasier, que deja caer al suelo, y luego se agacha para sacarme los calzones.

Una vez desnuda ante él, acerca la nariz a mi pubis y la restriega contra él. Tras darme un dulce beso, murmura:

—La idea era un masaje, pero ya comienzo a querer otra cosa.

Ambos sonreímos. Incorporándose, Dylan se desnuda y luego dice:

—Acuéstate boca arriba.

Hago lo que me pide. Se sienta en una esquina de la cama, se echa un aceite de color naranja en las manos y se las restriega.

—Empezaré por los pies; así tu piel y tú se irán acostumbrando al masaje.

—No me hagas cosquillas, por favor.

—Te lo prometo —contesta, sonriendo mimoso.

Con gesto seguro, me toma el pie y comienza a masajeármelo. Cuando me convenzo de que no me va a hacer cosquillas, cierro los ojos y disfruto del roce de sus manos, del contacto de su piel con la mía, mientras me dejo llevar por la sensual música de Maxwell y escucho cómo Dylan tararea.

El masaje es suave e increíblemente sensual, y lo disfruto encantada. Sus manos suben hasta mis tobillos, luego a mis rodillas y siguen avanzando por la parte externa de los muslos. Cuando se dirigen a la parte interna, se me pone la carne de gallina.

Oh, Dios, ¡no sé cuánto voy a aguantar!

—Tranquila, caprichosa —dice él sonriendo. Y posando las manos en mi vientre, murmura—: Esto es un masaje erótico, no te voy a masturbar. No... Me saltaré esa zona para regresar más tarde, ¿qué te parece?

—Fatal.

Dylan me tienta, me excita como sólo él sabe hacerlo y prosigue su sensual masaje.

Su tacto es suave y el ritmo lento, sin prisa, pero yo me acelero. Sentir sus manos sobre mi piel hace que desee algo más que un masaje. ¡No tengo remedio!

Se sienta a horcajadas sobre mí. Abro los ojos y veo que se vuelve a echar aceite en las manos y se las vuelve a frotar.

—Dicen que no es bueno verter el aceite directamente sobre el cuerpo. Es mejor calentarlo en las manos antes de aplicarlo. —Y posa las palmas en mi estómago y comienza a frotarlo—. ¿Qué te parece? —pregunta.

—Bien. Me parece bien —consigo responder, sintiendo su erección sobre mi vientre.

Miro sus pupilas y veo que las tiene dilatadas. Las mías deben de estar igual cuando, posando sus aceitosas manos sobre mis pechos, murmura:

—Dicen que hay cientos de maneras de dar un buen masaje. Pero el más clásico es realizando cierta presión, como si estuvieras amasando.

—Eso haces con mis pechos —susurro, al notar el movimiento.

Él asiente y, cuando uno de sus dedos me aprieta un pezón, musito:

—Me encanta lo que me haces.

Dylan sonríe y contesta meloso:

—¿Te gusta mucho?

Asiento con la cabeza y luego respondo con voz de loba:

—Me encantaría que volvieras al lugar que te has saltado antes.

Él baja una mano hasta mi sexo y, tocándome con suavidad, pregunta:

—¿Aquí?

Asiento, asiento y vuelvo a asentir.

¡Sin duda es ahí!

Mi respiración se acelera y Dylan, sentándose de nuevo a los pies de la cama, me toma una pierna, la posa sobre uno de sus hombros y comienza a masajeármela.

Estoy excitadísima y noto que sus ojos miran el húmedo centro de mi deseo. Sube las manos hasta casi tocarlo, pero antes de hacerlo desciende haciéndome rabiar. Veo cómo las comisuras de su boca se curvan hacia arriba.

Está disfrutando con mi frustración, hasta que de pronto doy un salto al notar uno de sus dedos en mi interior.

¡Oh, sí... sí!

—La conejita está muy caliente —lo oigo decir.

—Ardo —afirmo.

Subiéndome la otra pierna a sus hombros, Dylan se me acerca y yo suelto un suspiro de satisfacción cuando su pene entra completamente dentro de mí. Encantada, comienzo a moverme, pero él sale y se aprieta contra mi clítoris.

Jadeo.

Mi amor sonríe. Baja mis piernas de sus hombros, me sujeta las clavículas y, apretándomelas con ternura, susurra:

—Caprichosa...

Sé que no se va a resistir a besarme. Lo hace. Le muerdo el labio inferior y así lo retengo junto a mí. Nos miramos a los ojos a escasos centímetros y Dylan me entiende. Sin soltarle el labio, noto cómo sus manos van a mi húmedo sexo y mete un dedo en mi interior.

El jadeo hace que le suelte el labio y él se acuesta sobre mí separándome las piernas con las suyas. Me penetra lentamente hasta que estamos como quiero.

Cierro los ojos y me dejo llevar por la lujuria, mientras Dylan entra y sale de mi cuerpo con su habitual dominio.

¡Es un gustazo!

Sus manos recorren mi piel con ansia, se detiene en mis pechos, juega con ellos, los acaricia, me besa y me lame, volviéndome loca.

Nuestras respiraciones son como una composición musical, mientras el hombre que adoro embiste, elevando mi temperatura y provocándome un ardor increíble.

—Me vuelves loco, cariño —dice.

Sonrío y, atrapándolo con las piernas por la cintura, me muevo y, cuando lo veo morderse el labio inferior de esa manera que tanto me gusta, exijo:

—Más.

Con movimientos suaves, me hace suya una y otra vez, y yo me abro para recibirlo y sentirlo totalmente dentro. Como siempre, nuestra parte animal aflora. Él me agarra con fuerza, se hunde en mí profundamente y yo no lo dejo salir, mientras le araño la espalda.

El éxtasis nos embarga. La locura se apodera de nosotros y el orgasmo nos alcanza, rompiendo nuestra armónica respiración y llenando la habitación de placenteros gemidos.

¡Qué maravilla!

Extenuados tras el asalto, permanecemos quietos mientras nuestras bocas se saborean.

—Has desbaratado mis planes de masaje.

—Lo sé —contesto divertida.

Veo a mi lado el bote de aceite, lo tomo y, con Dylan recostado sobre mí, lo vacío sobre su espalda y murmuro, mientras el líquido resbala por su cuerpo:

—Quiero una noche aceitosa.

A partir de ese momento, las risas, los besos y el sexo caliente y feliz nos embarga y pasamos una gran y divertida noche, en la que el lobo y la conejita se comen mutuamente.

Quisiera ser

Los días pasan y Dylan sigue sin decirme nada de la gala de música. Yo tampoco pregunto. No quiero hacerlo.

Por mi parte, no le he dicho nada de la grabación con el rapero y me alivia ver que ni Omar, ni Tony, ni nadie se lo ha dicho. Tengo que hacerlo yo. Lo que no sé es cuándo.

Una noche, después de la cena, hablo con Dylan sobre el tema de redecorar la casa. Ha llegado el momento. No soporto seguir viviendo en ella tal como está. Él está de acuerdo y sugiere contratar a un decorador. Pero yo me niego. Tengo tiempo libre y quiero hacerlo yo. Y justo cuando voy a comentarle lo de la grabación, le suena el teléfono y nos interrumpe.

¡Mierda!

A la mañana siguiente, como cada día, cuando regresa de correr se baña y, tras desayunar juntos, se va a trabajar. Cuando me quedo sola me pongo ciega de cucharadas de Nesquik y luego decido irme de compras a un centro comercial que hay cerca de casa.

Lo primero que voy a hacer será cambiar el color de nuestra habitación. Quiero que sea NUESTRA.

Al llegar a la tienda de pinturas, me vuelvo loca. ¡No sé cuál escoger! Al final decido llevarme tres colores diferentes y probar.

Tengo todo el día por delante hasta que regrese Dylan, de modo que, cuando llego a casa, me recojo el pelo en una coleta alta, me pongo ropa cómoda y que se pueda manchar y, sin la ayuda de nadie, aparto muebles, descuelgo cuadros y cubro el suelo y las puertas para que no se manchen.

Vamos, lo mismo que he hecho en casa con mis padres siempre que hemos pintado.

Menuda paliza me doy, pero me gusta, ¡así tengo algo que hacer! Encantada de estar ocupada, saco todos mis CD de música de Alejandro Sanz y los escucho uno a uno mientras canto.

> *Quisiera ser el aire que escapa de tu risa.*
> *Quisiera ser la sal para escocerte en tus heridas.*
> *Quisiera ser la sangre que envuelves con tu vida.*

Adoro a mi Alejandro Sanz. Tantos años escuchándolo y cantando sus canciones, hacen que ya sea parte de mí y de mi vida. Su voz ronca y esa manera de cantar y componer son admirables, y yo, como cantante y como su fan, me rindo a él.

Por la tarde, cuando Dylan llega de trabajar con su impoluto traje gris y sube a la habitación, lo oigo preguntar:

—Pero ¿qué ha pasado aquí?

Encantada, sonrío y pregunto, señalándole la pared:

—¿Qué color te gusta más? ¿El Afternoon Tea, el Frosted Mulberry o el Khaki Green?

Dylan no me contesta y entra en la habitación.

—¿Has movido tú sola los muebles? —pregunta.

Asiento sin darle importancia y, mirando los colores, musito:

—Creo que voy a elegir el Frosted Mulberry.

—¿El rosa?

—No es rosa. Es un lila violáceo.

—¿Se puede saber por qué estás haciendo esto sola? —gruñe molesto.

—Porque tengo mucho tiempo libre, cariño. ¿Te gusta el color?

Dylan lo mira y murmura:

—Lo sigo viendo rosa.

Vaya, no está del mejor humor posible, pero, pese a todo, yo insisto:

—He pensado que unos muebles blancos y de color café podrían ir muy bien con el tono de la pared. Te aseguro que nos quedará una habitación estupenda. ¡Ahora sí que será nuestra habitación!

Pero cuando él se empecina en algo, es un hueso duro de roer y pregunta:

—¿Dónde vamos a dormir esta noche?

—Pues en cualquiera de los otros cuartos. Por Dios, Dylan ni que la casa fuera pequeña y...

—Pero, Yanira —insiste—, estas cosas no se hacen así. Uno no puede ponerse de reformas un día porque sí y...

—Será en tu pueblo, guapo —respondo mientras me prendo—. Tengo todo el puñetero día libre para poder hacer reformas y todo lo que me venga en gana. ¿Dónde está el problema? —E intentando suavizar mi tono por las enormes ganas que tenía de verlo, añado—: Vamos, cielo, sólo te estoy pidiendo opinión del color. Así mañana podré pintar la pared y...

—Yanira —me corta—, tengo suficiente dinero como para pagar a profesionales que hagan esto. No sé por qué tienes que hacerlo tú.

Ese comentario me molesta. Tengo en la mano el rodillo empapado en pintura, según él, rosa, y, sin inhibirme, se lo paso por la impoluta pechera. Le acabo de arruinar el traje, la corbata y la camisa.

Me mira alucinado por lo que he hecho y exclama:

—Pero ¿por qué has hecho esto?

Soltando de mala gana el rodillo en el suelo, respondo:

—Tranquilo. Tienes bastante dinero como para comprarte otro traje.

El silencio se apodera de la habitación y, retirándome el pelo de la cara, explico:

—Si pinto la habitación yo misma es porque necesito hacer algo. No me puedo pasar el día entero tirada en el sofá, esperando que tú vuelvas del trabajo. Hay noches que llegas y yo ya estoy en la cama. ¿Qué pretendes que haga? ¿Ponerme como una foca de comer pizzas, papas y Cheetos mientras espero a que tú aparezcas?

No responde. Se limita a mirarme.

Adivina quién soy esta noche

Nos retamos, como siempre, y cuando ya no puedo más, me doy la vuelta. Tengo ganas de llorar, pero no pienso hacerlo. No, no voy a llorar.

De pronto, noto algo que sube desde mi trasero por mi espalda y al volverme veo a Dylan con el rodillo de pintura en la mano.

—Al ver este color en ti ya me gusta más.

Su expresión se ha suavizado. La mía también, pero cuando se va a acercar a mí, murmuro:

—Ni un paso más o llamo a la protectora de animales.

Dylan murmura:

—Vamos, cariño... sonríe.

Pero sin querer ponérselo fácil, lo miro y suelto:

—Mira, guapo, tienes una voz muy sexy y los ojitos más increíbles que he visto nunca. Si quieres que sonría, ¡échale ganas!

Acto seguido, Dylan me toma entre sus brazos, me besa hasta robarme el aliento y cuando me suelta, afirmo:

—Así me gusta, que te lo trabajes. —Mi amor sonríe y entonces yo cuchicheo mimosa—: Cariño, perdóname por haberte manchado el traje, pero...

—Sólo por oírte llamarme «cariño», vale la pena que me manches.

Ambos nos reímos y, mirando la pared, asevera con convicción:

—Sin duda, el mejor color para la habitación creo que es el Frosted Mulberry.

Esa noche, tras salir de la regadera y cenar, cuando estamos metiendo los platos en el lavavajillas, suena el teléfono. Es Argen.

—¿Cómo está mi rubia preferida?

—Argennnnnnnnnnnnnnn.

Al ver que se trata de mi hermano, Dylan sonríe y se sienta para ver la televisión. Sabe que nuestras conversaciones son eternas. Tras diez minutos en los que le pregunto por toda mi familia, por su diabetes y por todo lo habido y por haber, Argen suelta:

—Tengo que darte una noticia que te va a dejar sin palabras.
—¿Te casas?
—No —ríe Argen—. Pero sí, desde ayer oficialmente estoy viviendo con Patricia.
—Pero ¿qué me dices? ¿En serio?
—Sí y prepárate, hermanita, porque dentro de siete meses vas a ser tía.
—¡¿Cómooooooo?!
—Que vas a ser la tía Yanira.

Me emociono. Se me llenan los ojos de lágrimas y Dylan me mira preocupado, pero yo exclamo:

—Ay, Dios, Dylan, ¡vamos a ser tíos!

Mi chico da una palmada y, en dos zancadas, me quita el teléfono de las manos y empieza a hablar con mi hermano. Yo sólo puedo sonreír mientras la emoción me embarga.

¡Voy a ser tía!

Cuando Dylan me pasa el teléfono, estoy más serena y consigo decir:

—Cuéntamelo todo. Quiero saberlo todo. ¿Cómo está Patricia? ¿Cómo se ha tomado mamá la noticia? ¿Y papá? ¿Y las abuelas? ¿Y los frikis?

Mi hermano suelta una carcajada y me explica todo lo que le he preguntado. Patricia está bien y mis padres, abuela y hermanos, encantados con la noticia.

Seguimos hablando un buen rato de eso y de mil cosas más y cuando cuelgo estoy contenta. Haber oído a Argen tan alegre me indica que todo va bien y eso me llena el corazón de felicidad.

Al día siguiente, cuando Dylan se va, regreso a la tienda de pintura. ¡He dicho que pintaré la habitación y la pintaré! Pero de pronto mi entusiasmo desaparece al encontrarme con Caty.

¡Carajoooooooooooo!

Ella se sorprende tanto como yo y, tras mirarnos unos segundos, murmura:

—Lo siento. Yo... yo...

—Aléjate de mí, ¿entendido?

Hago ademán de irme, pero Caty me sujeta del brazo y, al voltearme, dice:

—Me volví loca. Dejé de tomar la medicación y...

—Mira, guapa —murmuro, acercándome a ella—, da gracias de que no me pasara nada, porque, si no llega a ser así, te aseguro que estarías en un buen lío con Dylan y todos los Ferrasa; lo sabes, ¿verdad?

Se le llenan los ojos de lágrimas y contesta:

—Supe que Dylan regresaba a Los Ángeles comprometido y el destino, o lo que sea, hizo que nos encontráramos en aquel restaurante y...

—Y decidiste hacer la mayor tontería del mundo a la salida del bar, ¿no es así?

Asiente.

Pero vamos a ver, ¿por qué me da pena? ¿Cómo es que soy tan rematadamente idiota?

¿Qué hago hablando con ella si intentó mandarme al otro lado?

Tras un tenso silencio, resoplo y, tratando de mantenerme firme, digo, señalándola con un dedo:

—Creo que lo más aconsejable será que tú continúes tu camino y nosotros el nuestro. Será lo mejor para todos, ¿no crees?

Caty asiente, me mira y dice:

—No los volveré a molestar. Aunque no me creas, no soy una mala persona. Cuida a Dylan, es un hombre increíble y se merece a alguien muy especial a su lado.

Plan A: le arranco los pelos.

Plan B: me agarro a madrazos con ella.

Plan C: me callo y no hago nada.

Elijo el plan C. Sin duda es el mejor para todos.

Tras una triste mirada que me vuelve a tocar el alma, ella se da la vuelta y se va.

Con el corazón a dos mil por hora, me apoyo en una de las estanterías de la tienda. Lo crea o no Caty, cada día entiendo más su reacción. Perder a un hombre como Dylan no ha debido de ser fácil para ella. No quiero ni imaginarme qué haría yo si me pasara. La reacción de Carrie, la de la película, sería un juego de niños al lado de la mía.

Pasados unos minutos y repuesta de mi encontronazo, prosigo mi camino y me acerco a donde están las pinturas. Compro varias latas del color que hemos elegido y después entro en una tienda de muebles, donde encargo una enorme cama de hierro forjado blanco que me enamoró el primer día que la vi. Tiene una cabecera preciosa y estoy convencida de que a Dylan le va a gustar.

Tras escoger varios muebles más para la habitación, me subo al coche y emprendo el camino de vuelta. No quiero pensar en Caty.

Cuando llego a casa, me dispongo a borrar las huellas del pasado. Lo necesito. Pinto durante horas y la habitación ya va pareciendo otra. Mientras lo hago, canto, bailo y me divierto sola.

El teléfono suena y es Tony para decirme que J. P. está muy emocionado con la nueva canción. Suspiro y asiento. He de decírselo a Dylan.

Por la tarde, ya le he dado dos capas de pintura a la habitación. Ha quedado espectacular y lo celebro poniendo a todo volumen *Rolling on the River*, de Tina Turner.

*And we're rolling, rolling,
rolling on the river.*

Deschongada, bailo y canto con voz desgarrada al más puro estilo Tina. Sacudo el pelo, muevo el trasero, alzo los brazos y giro con un gesto de lo más sexy. Con la brocha en la mano, disfruto de la música y, cuando acaba la canción, agotada, oigo unos aplausos.

Al darme la vuelta, me encuentro a Dylan en el umbral de la puerta.

Cuando me acerco a él, me para y dice:

—Deja la brocha en el suelo lentamente. Me gusta mucho este traje.

Lo hago divertida y cuando me acerco, dice sin tocarme:
—Eres un espectáculo, cariño.
Me río y, señalando a mi alrededor, pregunto:
—¿Qué te parece?
Dylan se quita el saco, se desanuda la corbata y, estrechándome entre sus brazos sin importarle si lo mancho, murmura sonriente:
—Tú, estupenda. Vamos, quiero bañarme contigo.
Esa noche, tras la cena, mientras vemos una película tirados en el sofá, de pronto me da un sobre.
—Omar me dio esto para este viernes; ¿te gustaría ir?
Abro el sobre y leo.
—Gala: Cena música y más. —Y, como si no supiera nada, pregunto—: ¿Qué es esto?
—Es una cena de gala por el decimoquinto aniversario de la discográfica.
El corazón me palpita. ¡Es la invitación de la que me habló Tifany!
Debería decirle lo de la grabación. Estoy tentando a la suerte y al final voy a meter la pata con todo el equipo.
—Hablando de música —digo—. Tengo algo que comentarte.
Dylan me mira receloso, pero, decidida a ser sincera, continúo:
—El caso es que hace un tiempo, Tony vino una mañana y lo acompañé al estudio de grabación de Omar y...
—Y allí conociste a J. P. Parker, ¿verdad?
¡Carajoooooooooooo! ¡¿Me espía?!
Lo miro alucinada y él prosigue:
—¿Por qué has tardado tanto tiempo en contármelo?
—No lo sé...
—¿Acaso crees que te voy a comer?
—No lo creo.
Y tras un tenso silencio en el que no me quita ojo de encima, pregunto:
—¿Cómo lo sabes?

—Hace unos días, me llamó mi padre para comentármelo. Omar se lo explicó a él y él a mí. ¿De verdad creías que tratándose de ti no me iba a enterar?

Me hundo en el sofá sintiéndome fatal. Soy lo peor. ¿Cómo se lo he podido ocultar?

Intento buscar una explicación lógica, pero finalmente desisto y respondo:

—Dylan, no sé por qué lo hice. Bueno, sí... En realidad te lo oculté porque me daba miedo arruinar el buen momento que estamos pasando. Yo te amo, te necesito y no quería que esto enturbiara las pocas horas que pasamos juntos. Pero estoy tanto tiempo sola, que... bueno... la verdad es que me puse muy contenta cuando me lo propusieron y...

—Y dijiste que sí, ¿verdad?

—Sí.

Me muerdo los labios nerviosa. No tengo escapatoria. Dylan me tiene acorralada en el sofá, contemplándome con su mirada de perdonavidas. Finalmente suspira y, apoyando la cabeza en el respaldo, dice:

—Soy consciente de tus metas en la vida y sabía que, con la familia que tengo, tarde o temprano esto iba a suceder. Y aunque sabes que no es lo que yo habría querido para nosotros, también quiero que sepas que no voy a poner impedimentos para que lo hagas, porque deseo que seas feliz, cariño.

Oírlo decir eso me quita cien años de encima y me echo sobre él. Me lo como a besos. Cuando nuestras bocas se separan, me pregunta:

—¿Algo más que deba saber y que no me hayas contado?

Resoplo. Está visto que hoy acabamos discutiendo y contesto:

—Esta mañana me he encontrado a Caty y...

Se levanta de un salto del sofá y, mirándome, inquiere:

—¿Te ha hecho algo?

—Nooooooooo. Pero hemos hablado y...

—Pero ¿tú qué tienes que hablar con ella?

Su voz de mando me molesta y respondo:

—Básicamente lo que me dé la gana. Y para que te quedes tranquilo, ella se ha mostrado correcta, yo también y todo ha quedado claro. No creo que tengamos más problemas.

Dylan maldice. Luego cierra los ojos, pero cuando los abre, su tono se ha dulcificado y dice:

—Siento haberlo hecho tan mal, cariño. Y quiero que sepas que, aunque no me gusta que te hayas encontrado a Caty y tampoco que me ocultaras lo de la canción con J. P., en cierto modo te entiendo.

—¿Me entiendes?

—Sí. No te lo he puesto fácil. Soy consciente del gran esfuerzo que haces por agradarme y...

—No es ningún esfuerzo, Dylan —lo interrumpo—. Lo hago feliz y contenta porque te quiero.

Sonríe y, acariciándome la mejilla, murmura:

—Soy egoísta y te quiero sólo para mí.

Sus palabras me conmueven y, acercándome a él, afirmo:

—Me tienes toda para ti, y lo sabes. Pero no puedo seguir así o cualquier día tiraré un muro para ampliar la sala o excavaré un socavón en la entrada para hacer una alberca.

Dylan sonríe. Me toma en brazos, me sienta sobre él y, mirándome, dice:

—No quiero que haya secretos entre nosotros, ¿de acuerdo?

—Te lo prometo.

Nos besamos y luego comenta:

—La canción es preciosa y tú la cantas maravillosamente bien. El único pero que pongo es el tal J. P. No tiene muy buena fama con las mujeres y no me gusta mucho que quiera ser tu padrino musical, ni que esté cerca de ti.

—¿Celoso?

Dylan asiente y, divertida, cuchicheo:

—Tranquilo, cariño... no te llega ni a la suela del zapato.

Tras oír la carcajada de felicidad del hombre que adoro, pregunto:

—¿Has escuchado la canción?

—¿Lo dudabas?

Me río y, al pensar lo que ha dicho, le aclaro:

—J. P. no es el tipo de hombre que me atrae. No dudo que guste a millones de mujeres, pero yo te aseguro que estoy total y completamente enamorada de mi marido y que no tengo ojos para nadie que no sea él.

—Mmmm... qué suerte tiene tu marido —se burla.

Durante un rato, nos dedicamos a lo que más nos gusta. A besarnos y a hacernos mimos. Saber que Dylan está enterado de lo de la grabación me quita un gran peso de encima y me sorprende ver que se lo ha tomado tan bien. Cuando me vuelvo a sentar a su lado en el sofá, miro otra vez la invitación y Dylan pregunta:

—¿Has visto quiénes asistirán a la cena?

Yo leo entonces los nombres y exclamo:

—Ay, Dios mío, cariño, voy a conocer a Beyoncé, a Justin Timberlake, a Kiran Mc, a Alejandro Fernández, a Adele, a Shakira. ¡Oh, Dios! ¡Oh, Diosssssssssss míooooooooooooooooooo!

Dylan se dobla de risa. Sigue alucinándolo mi manera de sorprenderme y dice:

—Podrás conocer a todo el que quieras. Omar, Tony o yo te los presentaremos encantados. Ya conoces a Marc Anthony, a Maxwell y...

—Pero no se acordarán de mí.

Él sonríe y después, poniéndose serio, afirma:

—Para mi desgracia, se acordarán. Sólo espero que esta vez no me dejes por ellos, como la noche de nuestra boda, ¿de acuerdo, cariño?

Me lanzo a su cuello y lo beso. Mientras, mi chico ríe y murmura:

—Mañana, yo que tú me iba a comprar un precioso vestido y me dejaba de pintar habitaciones.

Pienso en el vestido negro que me compré, pero tiene razón. Necesito un vestido mejor y, sin dudarlo, asiento, mientras pienso que no puedo ser más feliz.

Quiero ser

Ataviada con un glamouroso vestido plateado que me ha costado un ojo y parte del otro, y con unos taconazos de infarto, llego a la gala tomada del brazo de Dylan. Entre tanto cantante y famosito, soy como una niña pequeña en una tienda de golosinas, pero disimulo. Aunque cada vez que veo a alguno de mis ídolos, aprieto con fuerza el brazo de mi pobre marido.

Omar y Tifany vienen a saludarnos. Van tomados del brazo y mi cuñada está impresionante con el modelazo que lleva, guapa y sexy. Tifany es una diosa, no sé cómo el imbécil de mi cuñado le es infiel. Tras saludarlos, me sorprende ver también a mi suegro junto a Tony, que rápidamente me da un abrazo.

—Wepaaa, cuñada, ¡estás preciosa!

—Tú sí que estás guapo —contesto divertida.

Anselmo me guiña un ojo con complicidad y cuchichea:

—¿No abrazas a tu ogro preferido?

Riéndome, me lanzo derechito a sus brazos. Cinco minutos después, rodeadas por los impresionantes Ferrasa, Tifany y yo nos mezclamos con los invitados a la fiesta.

Los nervios me devoran y Dylan sonríe al verme. Miro a mi alrededor curiosa, y no puedo creer dónde estoy.

¡Músicos y cantantes a los que llevo media vida adorando están aquí!

Los Ferrasa saludan a todo el mundo. Dylan, Tony, Omar o Anselmo me presentan a muchos de los asistentes, que veo que son personas de carne y hueso como yo, y me sorprendo al saber que han oído hablar de mí.

Omar sonríe. Dylan, no.

De pronto, veo al fondo de la sala a Marc Anthony, que, al verme, me guiña un ojo y se acerca para saludarnos. ¡Qué simpático es! Además de buen cantante es agradabilísimo como persona. Si antes me encantaba, ¡ahora lo adoro!

Después de él se acercan varios artistazos más y cuando decidimos buscar nuestra mesa para sentarnos, Dylan me mira y, acercándose, me dice al oído:

—¿Ves como se acuerdan de ti?

Sí, eso me ha sorprendido y me hace sentir importante.

A nuestra mesa ya están sentados los tíos de Dylan. Nos saludamos con cariño y, después, tomándome de la mano, Anselmo me presenta a unos hombres que me quieren conocer. Soy la última incorporación a la familia Ferrasa y me muestra con orgullo.

Cuando nos sentamos, Dylan me toma una mano, me besa los nudillos y pregunta:

—¿Todo bien?

Asiento. Cualquiera dice que no. Frente a mí veo a Beyoncé más guapa que nunca y en otra mesa Madonna habla y ríe con Bryan Adams. Esto para mí es el paraíso. Pero cuando casi me muero, pero morirme de muertecita de verdad, es cuando Dylan me lleva hasta un chico moreno y, al darse la vuelta, veo que es mi adorado, querido, amado e insuperable Alejandro Sanz.

¡Oh, Dios, qué momentazo!

Alejandro es tal como siempre me lo había imaginado. Simpático, atento y encantador y, tras hablar con él un rato, nos despedimos, y Dylan me toma de la cintura y murmura divertido:

—Estoy celoso... muy celoso.

Yo sonrío, lo beso y cuchicheo, aún en mi nube:

—Gracias, cariño, gracias por presentármelo.

La cena comienza. Encantada, hablo con Anselmo y con los demás, cuando de pronto J. P. se acerca a nosotros y, mirando a Dylan, le pregunta:

—¿Puedo robarte a tu mujer?

—No —responde él con rotundidad.

J. P. suelta una carcajada y, tras chocar una mano con Dylan en plan compadres, dice:

—Me acaban de decir que Alicia Keys no ha podido venir y yo tenía que cantar una canción con ella. Y, bueno, lo he hablado con Omar y le he propuesto que tú y yo cantemos la canción que grabamos juntos. Te vendrá bien que te oigan cantar muchos de los que están aquí; ¿qué me dices?

—Yo le he dicho que es una idea excelente —afirma Omar.

Con el rabillo del ojo, veo que Dylan mira a su hermano con gesto hosco, aunque disimula. No le hace ninguna gracia esa intromisión.

¡Yo me muerooooooooo!

Mi cara debe de ser de tal alucine que todos sonríen a mi alrededor, mientras a mí me parece que el corazón se me va a parar de un momento a otro.

Niego con la cabeza. No. No puedo hacerlo. Los tíos de Dylan me animan. Tifany también. Anselmo me escudriña con la mirada y Dylan casi no respira. No puedo cantar esa canción así porque sí. No. No. No.

—Lo harás de lujo, Yanira. ¡Vamos! —me aprieta Omar.

—Bichito, no la atosigues —le dice Tifany, al ver mi expresión.

—No lo dudes, cuñada —interviene Tony—. Sabemos que lo vas a hacer muy bien. ¡Vamos, cántala!

Anselmo no dice nada y su silencio es muy significativo para mí.

—No. No es momento —respondo. Y mirando a J. P., que está esperando, añado—: Te lo agradezco, pero no. No hemos ensayado y...

—Pero qué dices, Yanira —me corta Omar, sin importarle la cara de Dylan—. Llevas toda la vida cantando con orquestas y tienes facilidad para amoldarte a cualquier situación sin ensayar. Lo harás de maravilla. Además, J. P. tiene razón, te vendrá bien que te oigan los que están aquí.

Tiemblo. No sé qué hacer. Finalmente, miro al único hombre que allí me importa, Dylan. Está serio, pero al final, presionado por cómo lo miran los otros, se da por vencido y asegura, intentando sonreír:

—Cariño, lo harás genial.

J. P. me toma de la mano, me hace levantar y, jalándome, dice:

—Ven, vamos a hablar con mi grupo. —Mira a Dylan y añade—: Tranquilo, hermano, en veinte minutos te la devuelvo.

—Que sean diez —le oigo decir a él cuando me voy con el rapero.

Sin poder negarme, me dejo guiar por éste, mientras veo cómo se miran mi suegro y Dylan. Sé lo que piensan y me angustia.

Entramos en un cuartucho donde hay varios muchachos de mi edad, vestidos de lo más ordinario. J. P. habla con ellos, que asienten, y el rapero me indica:

—Acompáñame un segundo.

—Oye, J. P. —digo—. De verdad que no tienes por qué hacerlo. Yo no sé si voy a estar a la altura de...

—Pero ¡qué dices! —me corta él sonriendo—. Lo harás fenomenal. Si lo hiciste genial aquel día en el estudio, sin saberte la canción ni el ritmo, ¿cómo crees que te va a salir hoy? Además, preciosa, mi intención es ser tu padrino musical y Omar no da paso sin huarache. Sabe que va a ser un éxito. Vamos... ¡sé positiva, ojitos claros!

Carajo con Omar. Menuda celestina musical está hecho.

Tras ensayar un par de veces la dichosa canción, vuelvo a la mesa. J. P. me avisará cuando tenga que subir al escenario. Al llegar, me siento en mi sitio entre Anselmo y Dylan, miro a mi chico y murmuro:

—Creo que voy a vomitar.

Se ríe. Parece que su humor ha cambiado y responde, dándome un beso en la sien:

—Tranquila, cariño. Lo harás estupendamente.

Pero a partir de ese instante ya no puedo comer. Mirar la comida me pone enferma, a pesar de que veo que el gesto ceñudo de Dylan y de Anselmo ha desaparecido y en cierto modo eso me calma.

Sin embargo, mis nervios se acrecientan cuando distintos artistas suben al escenario a cantar. No puedo disfrutar de nada. Sólo sufro pensando que en breves minutos yo también estaré allí y que todos los presentes me verán hacer el ridículo.

¿Por qué me he dejado convencer? ¿Por qué?

Cuando veo a J. P. salir al escenario, busco con urgencia las salidas de emergencia.

Plan A: me largo de aquí.

Plan B: me meto debajo de la mesa.

Plan C: me da un infarto.

Dios, estoy tan nerviosa que no me decido por el A, el B o el C. No puedo pensar. Pero ¿por qué me meteré en estos líos?

Dylan, que me debe de leer el pensamiento cuando le da la gana, me agarra la mano con fuerza. Yo tiemblo como una hoja, mientras J. P. canta uno de sus éxitos y sus bailarines se mueven por el escenario, llenándolo de luz, sonido y color. Su seguridad mientras canta y baila me fascina, pero cuando acaba la canción y me señala, me quiero morir.

¡Socorrrooooooo!

Un gran foco de luz ilumina nuestra mesa, y cuando J. P. dice mi nombre, todo el mundo aplaude.

¡Carajo... carajo... carajo!

Dylan y todos los de la mesa se levantan también y aplauden, mientras yo me siento chiquititaaaaaaaaaaaaaaaa. Diminutaaaaaa. Pequeñitaaaaa, y no me puedo levantar.

Ay, Dios, que me desmayo y hago el mayor ridículo de mi vida.

Las piernas no me sostienen y mi chico, que es más listo que nadie en el mundo, me toma de la cintura con fuerza, me jala y me acompaña caballerosamente hasta la escalerilla que sube al escenario. Una vez allí, me da un beso en los labios y murmura:

—Ya no hay remedio, así que, ¡cómetelos!

Sé por qué dice que ya no hay remedio, y me angustio. Pero ver que me sonríe y me guiña un ojo me deja algo más tranquila.

Con piernas como de hule subo la escalerilla, mientras J. P. se dirige a los asistentes con desparpajo y me presenta como la mujer de su amigo Dylan Ferrasa y su futura compañera de discográfica.

Todos los allí presentes me miran con curiosidad y no me cabe duda de que, tras esta noche, ya no voy a ser una desconocida para ellos.

J. P. explica cómo nos conocimos en el estudio, cómo le di una lección de positividad, y todos sonríen al escuchar la anécdota. Durante varios minutos, dialogamos sobre el escenario bajo la atenta mirada de todos los invitados. El rapero pregunta y yo le sigo el juego, mientras los asistentes ríen al ver nuestro desenfado y naturalidad.

Intuyo que J. P. me está dando esos minutos para que me calme, y así es. Comienzo a sentirme más segura y noto que la sangre ya me corre por las venas.

«¡Vamos, Yanira —me digo—, tú puedes!» La tranquilidad me va invadiendo y ahora sé que soy capaz de hacerlo.

Cuando suenan los primeros acordes de la canción y los bailarines comienzan a moverse a nuestro alrededor, yo hago lo mismo. Empiezo a bailar a mi bola. De pronto, la increíble voz de J. P. comienza a cantar. Se mueve por el escenario mientras rapea y yo intento acompasar mi respiración. Tiro de profesionalidad, cierro los ojos, me dejo envolver por esta música prendida y, cuando me toca dar la réplica, lo hago tan bien que ni yo me lo creo.

Él rapea y yo canto. La unión de nuestras voces y nuestros dos estilos gusta a la gente y aplauden mientras ambos actuamos con soltura.

Al ver la buena aceptación, me dejo llevar por la música y, olvidándome de los nervios, hago eso que tanto me gusta, que es cantar. Disfruto como llevaba meses sin hacerlo e incluso bailo con J. P.

Intento buscar a Dylan con la mirada, pero los focos son tan potentes que no lo veo. Pero sé que me mira. Lo sé. Lo siento.

La canción habla de amor. De un amor duro y descarnado separado por las clases sociales. El tiempo se hace increíblemente corto y de repente la gente aplaude. Sonrío radiante mientras el rapero me agradece que haya cantado la canción con él. Yo apenas puedo hablar de la euforia que tengo.

Vamos, ¡ni cuatro churros me habían hecho alucinar así en mis tiempos locos!

De la mano de mi compañero de actuación, bajo los escalones y, al llegar abajo, Dylan está esperándome con una resplandeciente sonrisa y, besándome en los labios, murmura:

—Caprichosa, eres la mejor.

Me inflo de orgullo.

Oír decir eso al hombre que me tiene robado el corazón es increíble.

Cuando llego a la mesa, todos me aplauden y mi suegro me dice en el momento en que me siento:

—Has estado fantástica, rubiecita.

Yo me río y él añade, mirándome fijamente a los ojos:

—Ahora, recuerda, los pies en el suelo, Yanira. No lo olvides.

Asiento, mientras la mano de Dylan aprieta la mía y sé que no he de olvidarlo.

El resto de la noche estoy como en una nube. Pero si hasta mi Alejandro Sanz viene a darme la enhorabuena por mi interpretación... ¡Qué increíble!

Todo el mundo me quiere conocer y Dylan sonríe a mi lado, orgulloso. Aunque su cara cambia cuando algunos cantantes jóvenes hablan conmigo y me entregan sus tarjetas para que me ponga en contacto con ellos. Omar observa y disfruta. Ve negocio en mí y sonríe satisfecho.

En varias ocasiones, diferentes cantantes conocidos me sacan a bailar y yo acepto encantada, y mi amor me observa mientras habla con su padre y otros hombres.

En un par de ocasiones, veo que varias mujeres de lo más guapas y espectaculares se acercan a él, pero observo que mi chico se las quita de encima.

¡Viva mi Ferrasa!

La noche es joven y divertida. Hablo con Justin Timberlake y el tipo es un fenómeno. Bailamos una canción y compruebo de primera mano lo bien que se mueve. También me presentan a un grupo de moda llamado One Direction. Sé quiénes son y puedo ver lo agradables que son en persona. Soy tres o cuatro años mayor que ellos, pero nos entendemos la mar de bien mientras bailamos y charlamos.

Al grupo se nos unen J. P. y sus raperos y cuando Dylan se acerca a mí, se burlan de él con cariño. Lo llaman «abuelo» por nuestra diferencia de edad. Él sonríe con su whisky en la mano y no les hace ni caso. Pero lo conozco, por lo que lo defiendo como una loba. Adoro a mi madurito y nadie delante de mí dirá nunca nada que le pueda molestar.

Por la noche, cuando llegamos a casa, el humor de Dylan no es el mejor. Para mi gusto, ha bebido demasiado y sé que él también es consciente de ello.

Hoy tendremos guerra sí o sí. Estoy segura.

Está enojado, y mucho. Es la primera vez que lo siento así conmigo y no sé qué hacer. Por eso, al entrar me voy directo a la cocina. Necesito dos segundos para pensar. Además, tengo la boca seca y quiero beber agua.

Cuando cierro la puerta del refrigerador, Dylan está en la entrada de la cocina, quitándose la pajarita. Me mira con mala cara y pregunta:

—¿Lo has pasado bien? —Cuando asiento me espeta—: Seguramente habrías preferido irte con los de tu edad a continuar la fiesta, ¿verdad?

—No, Dylan, yo...

—No me mientas, ¡carajo! —protesta enojado—. No había más que ver la buena onda que tenías con ellos.

Me callo, creo que será lo mejor. Pero él, señalándome con un dedo, murmura:

—A partir de ahora, esto será siempre así, a no ser que tú lo pares. Piensa qué es lo que quieres, Yanira. Ya sabes lo que quiero yo.

—Dylan, escucha, yo...

—Por primera vez —me corta— he sentido nuestra diferencia de edad. Hoy me he sentido mal. Muy mal.

Vaya. Ya sabía yo que lo de «abuelo» me iba a pasar factura a mí y digo:

—Pero, cariño, yo te quiero y...

—Tienes que parar esto, Yanira... Debes hacerlo.

—¿Y qué puedo hacer? ¿No cantar? ¿Rechazar la oferta que me va a llegar de la discográfica de Omar? —replico—. ¿Acaso he de ser la típica mujercita que se queda en casa tejiendo, mientras su marido trabaja y trae el jornal a casa? Oh, no... yo no soy así, y lo sabes, Dylan. Lo sabes muy bien.

—No te estoy pidiendo eso. Piensa, por favor.

—¿Qué me pides entonces?

—Tiempo.

Su respuesta es tan contundente que no sé qué decir, hasta que murmuro:

—Te lo estoy dando, Dylan. Te lo llevo dando desde que llegué a Los Ángeles, y no me puedes decir que no es verdad. Esta noche no he hecho nada para que estés así conmigo. Sólo he cantado una canción y luego he sido amigable con la gente que hablaba conmigo. Dime, ¿qué debería haber hecho?

—De entrada, no haberme dejado solo.

—Pero, Dylan, yo...

—¡Cállate y piensa! ¿Cómo te sentirías tú si yo hiciera lo mismo en mi gremio? Cuando has venido conmigo de viaje o asistido conmigo a las cenas, nunca, ¡nunca! te he dejado ni un segundo sola. ¿Acaso no lo recuerdas?

Tiene razón. En esos viajes o cenas siempre está pendiente de mí. Lo miro asustada. Nunca lo he visto tan bebido y enojado.

Sin mirarme, camina a grandes zancadas hacia el refrigerador, abre el congelador, saca un par de cubitos de hielo y, tras echarlos en un vaso que toma de un mueble, se va dejándome sola, mientras yo grito a su espalda:

—¡¿No crees que ya has bebido suficiente?!

No contesta, maldita sea. Lo sigo.

Entra en su despacho y yo detrás. Allí, tras tomar una botella, se sirve en el vaso.

Sabe que estoy allí. Ha debido de oírme, pero al no voltearse, lo llamo, dispuesta a aclarar el malentendido.

—Dylan...

No me hace caso. Para testarudos, él.

—Dylan... mírame.

No lo hace. No se mueve. Sólo bebe y luego rellena otra vez el vaso con whisky.

Furiosa y no dispuesta a consentir ese trato, me quito un zapato y se lo tiro. Le doy en la espalda. Esta vez sí se voltea y, mirándome, murmura:

—¿Te has vuelto loca?

—No, mi niño, no me he vuelto loca, pero si eres un pinche desagradable que no me contesta cuando lo llamo, no te enojes si luego te tiro algo.

—¿Cómo crees que me sienta ver a mi mujer bailando y divirtiéndose con todos menos conmigo?

—¡Eso es mentira! —grito.

—¡No, no lo es! —vocea más alto.

Esto parece un festival de gritos por lo que, bajando el tono, añado:

—Claro que me divierto contigo. ¿Por qué crees que no? Pero tú no bailas, odias bailar en público. ¿Acaso yo tampoco puedo hacerlo?

No contesta. Bebe más whisky y suelta:

—Yanira, tengo unos cuantos años más que tú y sé qué es lo que algunos hombres quieren de ti.

—No digas tonterías —protesto—. Nadie se me ha insinuado y...

—¡Les arranco la cabeza si lo hacen! —grita fuera de sí.

Alucinada por el matiz que está tomando la conversación, resoplo y digo:

—Te he visto charlando tranquilamente con tu padre y...

—Qué remedio —me corta él—. ¿Qué querías que hiciera?
—Dylan...

Se quita el saco del traje con brusquedad, lo tira de cualquier manera sobre uno de los sillones y añade:

—Hablaba con ellos mientras te esperaba a ti. ¿Todavía no te has dado cuenta de que sólo te esperaba a ti? Que he ido a esa pinche fiesta por hacerte feliz y que no me gusta el mundo que se mueve en ese ambiente. ¿De verdad todavía no te has percatado de eso?

Tiene razón. Sin duda alguna, si por él hubiera sido no habría ido a ese acto, pero cansada de su mal humor, contesto:

—De acuerdo, lo asumo. Otra vez lo he hecho mal.
—Muy mal, Yanira... muy mal.
—Bueno, tampoco te pases. No dramatices.
—¡No dramatizo! ¡Es la verdad! —sube el tono de nuevo.

Atónita por el giro que están tomando las cosas, pregunto:

—Pero ¿me quieres decir qué debería haber hecho?

Dylan no contesta. Sólo me observa y, cuando ve que me quito el otro zapato, mascula, señalándome con un dedo:

—Como se te ocurra hacerlo, lo vas a lamentar.

Sin dudarlo se lo tiro. ¡Para altanera yo!

Esta vez lo para con el brazo. Menos mal, porque le iba derechito a la cara. ¡Mira que si le saco un ojo...!

Lo oigo maldecir. Deja el vaso de malos modos sobre la mesa y camina hacia mí. No me muevo. Que sea lo que Dios quiera. Y cuando lo tengo frente a mí, antes de que me toque digo:

—Al menos te has acercado.

Con ímpetu animal, me toma entre sus brazos y me besa. Se apodera de mi boca y, cuando siento que me voy a desmayar por falta de aire, me aparta de él y murmura:

—Si entras en la vorágine de la música, ya nada volverá a ser igual. Pero ya te lo dije el otro día, no voy a ser yo quien te lo impida. Quiero que cantes, quiero que disfrutes de tu sueño, pero luego no te quejes si algo cambia entre nosotros.

—Pero ¿qué va a cambiar? —pregunto.

Dylan cierra los ojos, acerca su frente a la mía y susurra:

—Tú. Cambiarás tú, cariño. Y perderte teniéndote a mi lado es lo que más me va a doler.

¿Cómo me va a perder si me tiene?

Intento entenderlo. De verdad que lo intento, pero soy incapaz.

No me va a perder. Si algo me enseñaron mis padres es la importancia de ser feliz con el ser amado, por encima de todas las cosas. Se lo digo como puedo. Dylan escucha, pero su expresión no cambia. A cada palabra, su desesperación crece más y más y cuando ya no puedo soportarlo, murmuro:

—Abrázame.

Me mira desconcertado y yo insisto:

—He dicho que necesito un abrazo.

—No, Yanira... ahora no quiero dártelo.

—¡¿No?!

—No.

—¡Te necesito! —grito furiosa—. ¡Bésame, abrázame, hazme el amor!

Pero Dylan no se mueve.

No me hace caso. No quiere besarme, ni abrazarme, ni jugar conmigo, y cuando no puedo más de indignación, me pongo a gritarle como una loca. Él, sin contemplaciones, me echa del despacho y cierra la puerta.

¡Será idiota...!

Subo furiosa la escalera. Muy furiosa.

Las lágrimas y mi enojo me nublan la razón y al llegar al cuarto me quito el bonito vestido y lo tiro sobre la cama. Abro el clóset para tomar un piyama, pero me detengo. Odio esta puta casa.

Desde que he llegado a Los Ángeles, no he hecho nada más que estar pendiente de Dylan. Vivo en un sitio que odio, que no me da buenas vibras, y con esta absurda discusión he llegado al límite de mi angustia.

Miro los jeans. Sin dudar un segundo, me los pongo. No estoy para piyamas.

Adivina quién soy esta noche

Pero cuando me los abrocho, me siento fatal. Nunca he querido que Dylan se sintiera mal. Maldigo. No quiero estar enojada con él y, deseosa de que lo arreglemos, abro un cajón y tomo mi camiseta de las reconciliaciones, ésa en la que pone «Te cambio una sonrisa por un beso», y sonrío. Sin duda, cuando la vea, no se podrá resistir.

Me la pongo, me calzo unos tenis y bajo a la sala. Necesito hablar con Dylan. La puerta del despacho sigue cerrada. Me paro ante ella y oigo música. En este caso, música clásica. ¿Le gusta este tipo de música?

Sonrío, tomo el picaporte de la puerta y, al intentar abrir, me percato de que la puerta está cerrada por dentro.

¡¿Cómo se atreve?!

Eso me molesta, me molesta y me molesta y grito:

—¡Dylan, abre la puerta!

No responde y yo, olvidándome de que llevo la camiseta de las reconciliaciones, vuelvo a gritar:

—¡Abre la maldita puerta si no quieres que la tire abajo!

Como respuesta, sube la música.

¡Será idiota...!

Eso me enciende la sangre y maldigo. Grito todos los improperios que se me ocurren, pero él continúa sin abrir. Durante un rato lo sigo intentando y cuando ya lo doy por perdido, miro a mi alrededor. Todo lo que hay aquí es ajeno a mí. No me identifico con nada. Si acaso con las fotos de la boda, que están en el marco digital.

Abatida, conecto el marco y durante varios minutos miro las fotos de nuestra boda. En ella se nos ve felices, sonrientes, y ahora sonrío también al verlas. Me encanta ver a Dylan tan feliz. Las fotos van pasando una y otra, hasta que no puedo mirarlas más y decido sentarme en el sillón de terciopelo negro de la sala sin saber qué hacer.

El tiempo pasa y al no obtener ninguna respuesta de Dylan, molesta como nunca en mi vida, abro el perchero, tomo una chamarra blanca de piel, mi bolsa y salgo de la casa. Un poco de aire fresco me vendrá de maravilla.

Emocional

Camino por las calles desiertas sin saber adónde ir. Emocionalmente estoy fuera de juego. No puedo ir a casa de Omar y Tifany, pues allí está Anselmo y avisará a Dylan. Si llamo a Tony, ocurrirá lo mismo. No quiero que nadie opine ni se meta en nuestra discusión.

De pronto aparece un taxi y no lo dudo: lo paro, me subo y cuando el taxista me pregunta adónde vamos, no sé qué decir. Al final, sin saber por qué, le contesto que me lleve a Santa Mónica.

Una vez llegamos, me bajo del taxi, pero al hacerlo veo que el lugar está muy poco concurrido y le pido al hombre que espere unos segundos. Voy a un cajero que hay cerca y saco dinero. Quiero tener dinero en efectivo por lo que pueda ocurrir.

Cuando acabo, me voy a meter de nuevo en el taxi, pero veo un bar abierto. Pago la dejada y me encamino hacia allí. Al entrar, varios hombres me miran, pero yo me dirijo a la barra sin hacerles caso.

Me atiende una morenaza impresionante que, con una amable sonrisa y voz profunda, pregunta:

—¿Qué te sirvo?

Tras pensarlo, contesto que un ron con Coca-Cola.

Dos minutos después, tengo el vaso ante mí y me lo bebo, sumida en mis pensamientos. Pido otro. La morenaza, de habla hispana, me la sirve y entonces me fijo en las manos tan grandes que tiene y, cuando se da la vuelta, en su minifalda de mezclilla. Menudas piernas tan bien torneadas.

Durante un buen rato, observo su rostro con disimulo mientras bebo. Sin duda esa nariz y esos labios tan perfectos no son naturales. Sin importarle mi escaneo, ella sonríe. Cuando voy a pedir la tercera cuba, dice:

◆ *Adivina quién soy esta noche* ◆

—Lo siento, cielo, pero ya hemos cerrado. Si quieres seguir bebiendo, te tendrás que buscar otro sitio.

Pago y salgo del local.

En la calle no hay un alma. Tampoco veo ningún taxi y me quedo allí parada. No soy miedosa, pero reconozco que tampoco soy la mujer más valiente del mundo para ir sola por esas calles y a esas horas. No sé qué hacer y me siento en un banco que hay junto al bar.

Parece mentira que horas antes estuviera rodeada de lo más glamouroso de la música mundial y que ahora esté sola y desamparada en esta calle oscura.

Pienso en lo ocurrido con Dylan. ¿Cómo ha podido echarme de su despacho? ¿Cómo ha podido negarse a hablar conmigo? Eso me enerva. De pronto, las luces del bar se apagan y todo queda negro como boca de lobo.

Me levanto del banco alarmada. Debo irme de aquí cuanto antes. Este sitio no me da buena espina, pero no sé adónde ir. De repente, una voz pregunta:

—Pero ¿qué haces aquí todavía?

Al volverme, me encuentro con la morenaza, que lleva unos impresionantes zapatos de tacón. Resoplando, respondo con voz algo agitada:

—Necesito un taxi, pero no veo ninguno.

Ella sonríe y, mirándome, contesta:

—Por aquí no pasan a estas horas. Tendrías que caminar un par de cuadras para encontrarlo.

—¿Hacia adónde?

Señala con el dedo y yo la miro y consigo balbucear:

—Gracias.

Cuando comienzo a caminar, me pregunta:

—No serás española, ¿verdad?

Me paro, la miro y asiento como un perrito abandonado.

—Sí.

La mujer, con una encantadora sonrisa, abre los brazos.

—¡Yo también!

Como si hubiera tenido enfrente a una amiga de toda la vida, camino hacia ella, la abrazo y, al separarme, pregunto:

—¿De dónde eres?

—De Madrid. ¿Y tú?

—De Tenerife, mi niña.

Tan emocionada como si me hubiera ganado la lotería, añado:

—Me llamo Yanira.

—Yo soy Valeria. —Y sin quitarme ojo, dice—: ¿Y qué hace una chica rubiecita y con clase como tú en un sitio como éste a estas horas?

Sonrío. Lo de con clase me parece gracioso y, tras resoplar, respondo:

—Pensar. He discutido con mi marido y...

—Oh... Oh... ¡No me digas más!

Suspiro, me encojo de hombros y continúo, mientras reanudo el paso:

—Ha sido un placer conocerte. Otro día volveré por aquí.

Mis pasos resuenan en el silencio de la noche.

—Yanira, sube en mi coche —me indica Valeria—. No es bueno que camines por estas calles a estas horas. Te llevaré hacia la calle principal para que puedas tomar un taxi. Vamos, ven.

Ni lo pienso. Estoy tan asustada de tener que caminar por esas oscuras calles, que no temo subirme al coche de una desconocida. Ella arranca y, mientras nos dirigimos a la calle principal, me mira y pregunta:

—¿Llevas mucho tiempo casada?

—Meses.

Valeria sonríe y comenta:

—Oh, cariño, entonces la reconciliación será apoteósica.

Eso me hace sonreír. No quiero ni imaginarme la que se va a armar cuando Dylan se dé cuenta de que no estoy en casa. Al ver mi expresión, ella dice:

—Sea cual que sea el problema que tengas con él, espero que se solucione, y rápido. —Y entonces añade—: Mira, allí tienes una parada de taxis.

Miro hacia donde me indica y murmuro:

—Gracias por tu amabilidad.

Cuando voy a salir del coche, me toma el brazo e inquiere:

—Ahora irás a tu casa, ¿verdad?

Con decisión, niego con la cabeza.

—Creo que esta noche buscaré un hotel.

En el coche se hace el silencio, hasta que ella dice:

—Yo vivo en un aparthotel no muy caro. No tiene grandes lujos, pero está limpio y es respetable. Aunque está lejos de aquí. Si quieres llamo y pregunto si tienen habitaciones libres.

No sé qué responder.

No conozco a esta chica de nada. No sé si debería confiar en ella, pero lo hago. Necesito una amiga y digo que sí con la cabeza. Ella sonríe, habla con alguien por teléfono y cuando cuelga explica:

—Isabella, que es la dueña, me ha confirmado que tienes habitación.

—Perfecto.

No sé adónde me lleva. Sólo sé que es un barrio al que con Dylan no he ido nunca. Una vez llegamos al hotel, veo que, efectivamente, el sitio parece limpio y decente. Fuera pone APARTHOTEL DOS AGUAS. Tras pagar en efectivo y por adelantado la noche que voy a pasar aquí, y saludar a Isabella, una italiana muy graciosa, ésta me entrega la llave de mi habitación. Es la 15.

Cuando Valeria y yo caminamos hacia allá, ella se para ante la número 12 y pregunta:

—¿Quieres entrar o prefieres estar sola?

Sin duda alguna, no quiero estar sola. Me invita a su habitación y, al entrar, veo que aquel sitio es un pequeño hogar. Todo es de reducidas dimensiones, una cocina americana en la sala, baño y, separada por una puerta, una habitación.

—¿Mi alcoba también es así?

Valeria sonríe y, dejando su bolsa sobre un sofá de color naranja, responde:

—No, reina. Isabella me hace buen precio y yo tengo una doble. Como ves, he construido aquí mi pequeño paraíso. Soy peluquera y maquilladora, y mis clientas vienen aquí a que yo las ponga divinas.

Sonrío al ver sus uñas estupendas y su bonito corte de pelo. Sin duda, debe de ser buena en su trabajo y, encantada, observo lo que me rodea. No falta de nada y todo se ve cómodo, limpio y, sobre todo, hogareño.

—Voy a cambiarme.

Cuando desaparece en la otra habitación, miro con curiosidad las fotografías que tiene colgadas en la pared y sonrío al reconocer la famosa Puerta de Alcalá de Madrid. Hay fotos de personas que no conozco, que seguramente deben de ser su familia, pues Valeria se parece mucho a un par de ellos.

Cuando sale de la habitación, trae ropa cómoda. Un vestido de color gris que le llega a mitad de los muslos y unas pantuflas.

Sin preguntar, saca de su pequeño refrigerador unas bebidas y, entregándome una, dice:

—Sólo tengo cerveza, lo siento.

Encantada, la tomo y le doy un trago. Me sabe a gloria. Nos sentamos en el cómodo sofá naranja y durante una hora charlamos sobre nuestra vida y de por qué hemos acabado en Los Ángeles. Yo le comento que conocí a Dylan en un barco y que nos enamoramos. Poco más. No sé quién es y no quiero darle excesiva información.

—Bueno, ya sabes que yo estoy en Los Ángeles por amor. ¿Y tú? —le pregunto.

Valeria da un trago a su cerveza y, encogiéndose de hombros, responde:

—Digamos que me quité de en medio para que mi familia viviera tranquila.

—¿En serio?

—Totalmente en serio.

—¿Y no saben dónde estás?

—Soy la oveja negra de la familia y estoy convencida de que cuanto más lejos me tengan, mejor para ellos.

Oírla decir eso me parece muy duro. Se supone que la familia es tu refugio. Tu casa. Me duele y murmuro:

—No sabes cuánto lo siento, Valeria.

Ella sonríe y, tocándose su bonita mata de pelo negro, responde:

—Yo lo sentí en su momento, pero, chica, a todo se acostumbra una.

Valeria se va al baño. Miro el celular, las dos y doce de la madrugada. No tengo ninguna llamada perdida, ningún mensaje. Dylan debe de continuar encerrado en su despacho.

¡Será testarudo!

De pronto, suena el celular de Valeria y, al mirarlo, veo que en la pantalla sale un nombre: Gemma Juan Giner. Sin saber por qué, lo tomo, me acerco al baño, con la puerta abierta de par en par, y, al mirar dentro, me quedo alucinada.

Valeria se levanta de la taza y... y... y...

Carajo, ¡¿qué es eso?!

¡¿He visto lo que he visto?!

¿Qué le cuelga a Valeria entre las piernas?

Nuestras miradas se encuentran y ella, al ver mi expresión, explica:

—Por esto precisamente soy la oveja negra de la familia.

La miro alucinada. Ni en mis más delirantes pensamientos habría imaginado esto de ella y murmuro confusa:

—Lo siento. Ha sonado el teléfono y yo... yo...

Ella sonríe, se baja el vestido, se lava las manos y cuando pasa por mi lado, me dice, tomándome del brazo para que nos sentemos en el sofá:

—Ven, no he sido totalmente sincera contigo.

—Valeria, por Dios —contesto apurada—. No tienes que contarme nada.

—Hace años que me planteé dejar de mentir.

Una vez nos acomodamos de nuevo en el sofá, ella, recogiéndose en una coleta su pelazo oscuro, explica, mientras se quita el maquillaje con una toallita:

—Desde pequeña supe que me ocurría algo. Tenía que jugar con los chicos, pero yo me moría por hacerlo con las muñecas de las chicas. Las Barbies me encantaban y se las quitaba a mis vecinas siempre que podía para peinarlas a mi gusto. Soy hija única y en mi adolescencia siempre estaba nerviosa y me volví rebelde y contestona. Para mí fue muy traumático descubrir que estaba atrapada en un cuerpo que no me correspondía y que nadie, absolutamente nadie, me entendía ni me podía ayudar.

»En casa, la situación se volvió tan insoportable que afectó a todo, a la normalidad de mi hogar, a los estudios y, al final, mi padre, cansado de mi actitud, decidió sacarme del colegio y ponerme a trabajar. Durante un año estuve en el bar de uno de mis tíos, pero allí todo empeoró. Tenía que soportar que se burlaran de mí día sí y día también y cuando cumplí los dieciocho dejé ese trabajo, me independicé e intenté buscarme la vida como mejor pude o supe.

»Mi madre no me lo puso fácil y mi padre es militar, imagínate. Para él soy una vergüenza.

—Lo siento.

—Traté de hablar con ellos mil veces y hacerles entender lo que me ocurría, pero con llamarme «maricón» o «degenerado» lo resolvían todo. Para ellos siempre seré Juan Luis, el hijo varón que tuvieron, y no Valeria, la persona que verdaderamente soy.

—Valeria —murmuro, tocándole la mano—. Debió de ser terrible pasar por todo eso sola.

Asiente. Da un trago a su cerveza y añade:

—Fue más que terrible. El rechazo lo sufres por todos lados. Por la familia, por los amigos y, en cuanto a lo laboral o social, sólo ves desprecio y marginación. Para muchos eres un bicho raro y para otros, un degenerado.

»Cuando decidí irme de Madrid, estuve viviendo en Extremadura. Allí encontré empleo en un local de copas por la noche y por la

mañana estudié peluquería. Con paciencia y pensando en mí, empecé un tratamiento psicológico y hormonal en el Servicio Público de Salud. Nunca ha sido fácil, pero la vida no es fácil, ¿verdad?
—Asiento y ella prosigue—: He intentado hacer las cosas bien porque soy Valeria, una mujer responsable y dispuesta a luchar para salir adelante.

Doy un trago a mi cerveza y pregunto:
—¿Y cómo has terminado en Los Ángeles?
—Hace cinco años me enamoré de un americano. Él era de Chicago y, bueno, cuando llegué, me encontré con la sorpresita de que estaba casado y era padre de familia.
—Pero ¡qué cabronazo!
—Claro que sí, querida. Pero tras un tiempo de estar hecha una mierda, la guerrera que hay en mí salió a flote y me mudé a Los Ángeles. Desde entonces, ahorro dinero para mis operaciones, que me voy haciendo a medida que me las puedo permitir. Aunque me falta la más cara. La CRS: cirugía de reasignación de sexo.

»Una vez me la haga, mi vida será por fin la que yo he querido siempre. Y aunque ya no creo en el amor, ni en los príncipes azules por los golpes que me he llevado, sí creo en mí y quiero ser feliz.

La miro sobrecogida.

Lo que me ha contado es duro y terrible, pero sin duda alguna tengo ante mí a una mujer de los pies a la cabeza, con ganas de vivir y de ser feliz, a pesar de todas la complicaciones que la vida le ha puesto por delante.

¡Bien por Valeria! Tras su sonrisa, nunca habría imaginado su terrible historia. Charlamos durante un rato más, y cuando nos despedimos y me voy a mi habitación, me echo en la cama, me hago bolita y, con el corazón dolorido, me quedo dormida. Lo necesito.

Si de amor ya no se muere

El sonido de mi celular me despierta. Miro el reloj, las seis y cuarto. Contesto sin pensar.

—¿Sí?

—¡¿Dónde diablos estás?!

Al oír el grito de Dylan, mi mente se reactiva. Me siento en la cama y de pronto soy consciente de dónde estoy y por qué. No contesto y él vuelve a gritar:

—¡Dime dónde estás e iré a buscarte ahora mismo!

—No quiero hablar contig...

—Yanira, no me enojes más. ¿Dónde estás?

—Déjame en paz.

Dicho esto, cuelgo. Pero el celular vuelve a sonar. Es él otra vez y grito para que me escuche:

—¡No quisiste hablar conmigo. Me echaste de tu despacho y ahora yo no estoy dispuesta a escucharte, ¿me entiendes? ¡Además...!

—Dime dónde carajo estás —me interrumpe con brusquedad.

—¡Ni loca!

Vuelvo a cortar la comunicación y esta vez le quito el sonido al celular. No quiero hablar con él. Me niego.

Pero ya no puedo dormir. Me siento en la cama y durante horas observo cómo mi teléfono no deja de vibrar. Al final, opta por enviarme mensajes.

He sido un idiota. Llámame.

Sin duda alguna, ha sido un idiota.

Cariño, no me hagas esto. Toma el teléfono.

Que se chingue. Él me ignoró y se encerró en su despacho.

Te quiero... Por favor, dime dónde estás.

Uno tras otro leo todos sus mensajes. En ellos veo su arrepentimiento, noto su desesperación, soy consciente de su gran molestia, pero no, no hablaré con él. Él tampoco quiso hablar conmigo. No me dio la oportunidad y ahora no se la voy a dar yo a él.

A las nueve de la mañana, los ojos se me cierran y, sentada en la cama, noto que me duermo. Unos golpes en la puerta me despiertan, sobresaltándome. Miro el reloj. Las doce y veintitrés del mediodía. Me acerco a la puerta con cuidado y me tranquilizo al oír:

—Servicio de habitaciones, ¿desea limpieza?

—No, gracias —respondo.

Tengo hambre. Mucha hambre. Llamo a recepción y les pido que me traigan unos sándwiches de la máquina y algo de beber. Media hora después, llega mi pedido, que yo devoro mientras mi teléfono sigue vibrando.

Yanira, contéstame el teléfono. Por favor. Por favor. Por favor.

Resoplo. ¿Por favor? Me echo a llorar.
¿Ahora lloro?
No hay quien me entienda.
Al veinte para las tres de la tarde estoy a punto de estrellar el teléfono. Dylan no para. No quiero ni imaginar cómo debe de estar. De pronto, miro el teléfono y veo una llamada de Tony. Tras dudarlo, finalmente lo contesto.

—Por el amor de Dios, Yanira, ¿dónde estás? —me pregunta mi cuñado.

Plan A: se lo digo.
Plan B: no se lo digo.

Sin duda alguna, el plan B. Es un Ferrasa y se lo contará a su hermano, así que respondo:

—Intentando dormir si tu hermano y tú me dejan.

—Yanira, no sé qué ha pasado, pero Dylan está como loco. Me ha llamado hace horas para decirme que no estabas en casa. Que discutieron y...

—¿Que discutimos? —lo corto—. Más bien discutió él, después se encerró en su despacho y no quiso hablar conmigo. ¡Que se chingue!

—Es tu marido, Yanira. No puedes ignorarlo.

—Pues lo siento, pero hoy lo haré.

—Sé cómo es Dylan —dice Tony, y noto que sonríe—, y tiene muchos defectos, pero se puede hablar con él.

De nuevo los ojos se me llenan de lágrimas y, entre sollozos, contesto:

—Eso es mentira... No se puede hablar con él.

—Yanira...

—Me echó de su ladoooooooooo.

—¿Estás llorando?

—¡Sí! —grito desesperada—. Sabes que adoro a tu hermano, pero... pero...

—No me hagas esto, cielo —murmura Tony—. No te quedes llorando sola. Por favor, dime dónde estás y llegaré en cinco minutos. Yo...

—No... no llegarás en cinco minutos, porque estoy lejos... muy lejos... —miento.

Oigo que resopla. Siento que se preocupa.

—Da igual lo lejos que estés, iré. Dime dónde estás.

—No. No quiero que vengas tú ni ningún Ferrasa.

Dicho esto, cuelgo e, instantáneamente, el teléfono vuelve a sonar. Dylan.

Agotada, meto el aparato en el frigobar de la habitación. En ese momento tocan a la puerta y reconozco la voz de Valeria. Abro y, mirándome atónita, pregunta:

—Pero ¿qué te pasa, cariño?

Como un sauce llorón. Así me siento. Deshecha en sus brazos, dejo que mi nueva amiga me abrace y me dé cariño. Ella que ha necesitado tanto me lo da sin conocerme, sin pedir nada a cambio, y aguanta mis llantos, mientras yo le cuento todo lo ocurrido.

—Debes hablar con él —me aconseja, recogiéndome el pelo en una coleta alta—. Contéstale el teléfono. Seguro que está tan destrozado como tú.

—Pues que se chingue. Él se lo ha buscado.

Valeria sonríe y, retirándome el pelo de la cara, contesta:

—Pero ¿no ves que te quiere, que lo quieres y que están haciendo el tonto los dos perdiendo así el tiempo? Deben verse y darse la oportunidad de explicarse.

—No, no quiero.

Finalmente, desiste y me pregunta:

—¿Has comido algo?

Asiento con la cabeza, señalándole los envases de plástico de los sándwiches.

—Eso no es comida —dice ella—. Vamos. Empiezo en el bar en menos de una hora. Te vienes conmigo y allí te daré algo decente.

—No... no quiero. No tengo hambre, de verdad.

Valeria me mira, sopesa lo que he dicho, me da un beso en la frente y responde:

—De acuerdo. Ahora tengo que irme a trabajar. Cuando regrese esta noche pasaré a verte. Si no abres cuando toque, entenderé que estás durmiendo. —Y apuntando algo en un papel, añade—: Aquí tienes mi número de celular. Cualquier cosa que necesites, me llamas. ¿De acuerdo, Yanira?

Asiento. Estoy sorprendida de lo buena persona que es y de cómo se preocupa por mí. Finalmente, cuando se va y me quedo sola, me acuesto en la cama. Necesito dormir. Quiero dormir.

A las diez y doce de la noche me despierto de pronto.

Tengo los ojos hinchados y sé que mi aspecto debe de ser como mínimo deplorable. La habitación está oscura y en silencio. Eso me gusta. Pienso en Dylan, en su desesperación por encontrarme, y siento que lo necesito. Lo extaño tanto...

Me levanto, saco el teléfono del refrigerador y leo los últimos mensajes.

Me estoy volviendo loco. ¿Dónde estás, cariño?

De nuevo vuelvo a llorar.

Tengo la culpa de todo... de todo. Por favor, deja que me explique. Te quiero.

Sigo llorando durante las siguientes dos horas y cuando miro el celular, está apagado. Intento encenderlo, pero la pila se ha agotado. No me extraña. Dylan y los demás Ferrasa no han parado de llamar. A las doce de la noche, decido pedir en recepción un cargador de celular. Por suerte tienen para mi modelo de teléfono y me lo suben junto con una botella de agua.

Lo conecto a la corriente y, nada más hacerlo, recibo una llamada de él, de mi amor. A la una de la madrugada, más serena y necesitada de escuchar su voz, lo tomo y oigo:

—Cariño, escúchame y no cuelgues. —Hago lo que me pide por pura necesidad de oír su voz—. Siento todo lo que dije y en especial mi absurdo comportamiento. Perdóname y dime dónde estás. Por favor, necesito saber dónde estás.

—¿Por qué te encerraste en el despacho y me echaste?

—Porque soy un idiota.

—Me dolió que no me abrieras y que, en cambio, subieras la música.

—Lo sé, cariño, nunca me lo perdonaré.

Resoplo, cierro los ojos y apoyo la cabeza en la almohada.

—¿Dónde estás, Yanira? —pregunta.

—Lejos —vuelvo a mentir.

—¡¿Lejos, dónde?! —sube la voz.

—No te lo voy a decir y si empiezas a gritar, te colgaré.

Oigo que maldice, pero bajando el tono de voz, prosigue:
—Sé que sacaste dinero del cajero en Santa Mónica anoche. Dime, por favor, por favor, dónde estás. Tenemos que hablar.
—Te he dicho que estoy lejos, Dylan.
Lo oigo resoplar.
—Te necesito, cariño... necesito verte o me volveré loco.
—Yo no quiero verte a ti.
—Pero necesito tenerte conmigo —replica—. ¿Es que no lo entiendes?
Con toda la tranquilidad que puedo, murmuro mientras siento unas terribles náuseas:
—Me tuviste y me echaste de tu lado.
—Lo sé, cariño... Lo sé y nunca me lo perdonaré.
—Voy a cortar la llamada.
—No se te ocurra colgar —ruge como un lobo.
Su tono y mi altanería son una mala combinación y grito:
—¡¿Quién me lo va a impedir? ¿Tú?!
—Yanira... —gruñe, pero luego se contiene. Tras un angustioso silencio por parte de los dos, insiste:
—Dime dónde estás. Iré a buscarte y lo resolveremos todo. Te prometo que...
—No. No quiero verte y, por favor, déjame descansar.
—¡Me volveré loco si no me dices dónde estás! —grita.
—Pues lo hubieras pensado antes de juzgarme y tratarme como me trataste.
Dicho esto, vuelvo a colgar y corro al baño.
El teléfono sigue sonando y yo me encuentro fatal.
¡Vaya mal momento para encontrarme mal!
Cuando salgo, pongo la tele y busco el canal MTV a ver si la música me alegra un poco. Durante un buen rato, no quito los ojos de la pantalla. Distintos videoclips, distintas voces, distintos cantantes me hacen disfrutar de su arte y parece que me relajo un poco. Pero de pronto comienza una canción que siempre me ha parecido tremendamente romántica y me echo a llorar como una tonta.

Michael Bolton canta *How Am I Supposed to Live Without You*. Una bonita historia de amor que se rompe por las discusiones, mientras él, desesperado, se lamenta preguntándose cómo se supone que va a vivir sin su amor.

Lloro y lloro y lloro mientras me regodeo en mi propia tristeza. ¿Cómo voy a vivir yo sin Dylan?

De pronto, suenan unos golpecitos en la puerta y por la manera de tocar sé que es Valeria. Corro a abrir y, cuando me ve, su sonrisa se apaga y pregunta:

—¿No habrás estado llorando desde que me he ido?

Tengo la cabeza como un bombo y la nariz como un jitomate, pero hago un gesto de negación y ella me enseña una bolsa y dice:

—Vamos, deja de llorar, que te vas a deshidratar. Tienes que comer.

Al abrir la bolsa, sonrío al ver unos recipientes de plástico transparente. Valeria me los acerca y explica:

—Sopa, ternera en salsa y tarta de queso con arándanos. En el bar tenemos un excelente cocinero, aunque la gente que va allí no sepa apreciarlo. Vamos, dame el gusto de verte comer.

El teléfono sigue sonando y yo le quito el timbre y lo meto de nuevo dentro del frigobar. Valeria, al verlo, comenta:

—Desde luego, fresquito va a estar.

Sin muchas ganas de hablar, tomo la sopa y, tras dos cucharadas, sonrío. Está exquisita. Después de eso me como la ternera en salsa y cuando llego a la tarta de queso no puedo más.

Valeria se va por un piyama, y cuando vuelve hace que me lo ponga. Me va bastante grande, pues yo mido 1,68 y ella algo así como 1,75. Cuando salgo del baño con él puesto, me mira y, con una sonrisa maternal, dice:

—Ahora a la cama, a dormir. Mañana tengo turno de día en el bar, por lo que sobre las cuatro de la tarde ya estaré por aquí, ¿okey?

Asiento y sonrío.

Cuando Valeria se va, abro el frigobar y no me sorprende ver vibrar el teléfono. Lo miro y de pronto cesan las llamadas. Extrañada, lo tomo y lo miro. No suena. No vibra. Dylan por fin ha entendido que necesito tiempo y espacio, y me permite descansar. Sólo espero que él descanse también.

Cuando me despierto, la luz del sol me da directamente en la cara. Miro el reloj. Las doce y cuarto.

Vaya... estaré disgustada, pero duermo como un auténtico lirón.

Miro el celular. Hay varios mensajes de Dylan, llamadas de Omar, de Anselmo, de Tony y de Tifany. Todos los Ferrasa han llamado.

El teléfono vuelve a sonar. Esta vez veo que se trata de Tifany. Pienso qué hacer y al final lo contesto y mi cuñada dice:

—En diez minutos te llamo desde otro teléfono. Contéstalo.

Dicho esto, cuelga, sorprendiéndome. Pasados diez minutos, el teléfono vuelve a sonar. Es un número que no conozco, pero decido contestarlo por si es ella. Y lo es.

—Qué angustiada estoy, Yanira... ¿Estás bien, amor?

Se oye ruido de coches y digo:

—Sí, estoy bien. ¿Desde dónde llamas?

—Desde una cabina de Rodeo Drive. Desde aquí puedo charlar contigo con tranquilidad. Bueno, cuqui, cuéntame, ¿qué ha ocurrido?

—Ya lo sabes, Tifany, ¿por qué lo preguntas?

—Lo único que sé es que has desaparecido. Eso es lo único que sé. Según Omar, Dylan y tú discutieron y...

—Exacto. Discutimos y decidí largarme.

—Dime dónde estás, cielote, y me tendrás ahí en cinco minutos.

—No.

La oigo resoplar y en un tono de voz que nunca le había oído antes, refunfuña:

—Mira, Yanira, no me hagas enojar más de lo que ya lo estoy. Estás sola. No conoces a nadie en esta ciudad y sin duda necesitas un abrazo, ¿me equivoco?

No, no se equivoca, aunque tengo una nueva amiga, Valeria. Insisto:

—Tifany, no quiero ver a Dylan, ni a ningún Ferrasa y decirte a ti...

—Decírmelo a mí es decírmelo a mí. ¿Acaso crees que te voy a jugar chueco y voy a llevar hasta ti a alguien de la familia? Por el amor de Dios, cuqui, ¿todavía no confías en mí?

No lo sé. Creo que no, pero consciente de que necesito verla, contesto:

—Quedamos en una hora en la noria de Pacific Park y te juro por Dios, Tifany, que si apareces con alguno de los Ferrasa, será la última vez que te dirija la palabra en toda la vida, ¿entendido?

—Alto y claro, amor.

Cuando cuelgo el teléfono, resoplo. Me la voy a jugar con ella.

Tras darme un baño, me miro al espejo. Mi aspecto no es el mejor, pero da igual, no tengo otro. Tomo un taxi hasta el muelle. En la primera tienda de souvenirs que encuentro al llegar, me compro una gorra azul. Me cubro el pelo con ella y camino hacia la noria, mientras me cruzo con personas felices que comen algodón de azúcar.

Al llegar no veo a Tifany, por lo que la espero a un costado. Necesito ver si viene sola. Diez minutos después, mi estupenda cuñada hace su aparición con unos bonitos zapatos de tacón. Siempre desprende un glamour increíble. La observo durante varios minutos y cuando me aseguro de que está sola, me acerco a ella y digo:

—Vamos a comer algo.

Cuando me mira, lo primero que hace es darme un abrazo fuerte y sentido.

¡Qué linda!

Eso me reconforta, pero cuando se separa de mí, cuchichea:

—Cuquita, qué mala pinta tienes.

Resoplo e, intentando sonreír, contesto:

—Gracias. Yo también te extrañaba.

Trata de llevarme a un buen restaurante, pero me niego. No quiero tentar a la suerte y la obligo a acompañarme al bar donde trabaja Valeria. Ésta tiene turno de mañana y nos colocará en un sitio discreto.

Adivina quién soy esta noche

Cuando entramos, Tifany se horroriza. Sin duda, no es el tipo de sitio al que ella suele ir. Sólo hay que ver cómo lo mira todo. De pronto, Valeria nos ve y, dejando un trapo que lleva en las manos, dice, acercándose:

—Pero, cielo, ¿qué haces aquí?

—Valeria, te presento a mi cuñada Tifany. —Ambas se miran, pero no se acercan la una a la otra—. He quedado con ella para comer y he pensado que aquí...

—Por supuesto —afirma Valeria—. Acompáñenme. Las pondré en una mesita muy linda que hay al fondo del local.

Tifany, boquiabierta al ver sus largas uñas con corazones de colores, me pregunta, mientras caminamos tras ella:

—¿La conoces?

—Sí.

—¿Es de confianza, con esas horribles uñas?

—Sí —afirmo, sin querer entrar en su tontería—. Totalmente.

Nos sentamos al fondo del local y pedimos algo de comer. El teléfono suena. Es Dylan y le quito el sonido. Tifany lo ve y me dice en voz baja:

—Yo nunca le he hecho eso a mi bichito.

—Pues quizá deberías hacérselo alguna vez —respondo.

Ella asiente. Me quito la gorra, descubriéndome el pelo.

—Tienes una ojeras terribles —comenta Tifany—. No te has maquillado, ¿verdad?

—Pues no. No tengo ganas.

—Okey, lo comprendo. No te pongas así, cielote.

Al ver cómo me mira, sonrío y, tranquilizándome, añado en tono más amistoso:

—Necesito comprarme algo de ropa. Sólo tengo la que llevo puesta y...

—Ahora mismo nos vamos a Rodeo Drive.

La miro sin dar crédito. El teléfono sigue vibrando y murmuro mientras me levanto:

—Creo que no ha sido buena idea quedar contigo. Adiós.

Tifany me agarra la mano y, sin soltarme, murmura:

—Siéntate, Yanira... siéntate.

Durante un par de horas, hablamos mientras Valeria está pendiente de nosotras. Le cuento lo ocurrido y Tifany me escucha y creo que me entiende.

Lloro. Llora.

Río. Ríe.

Me enojo. Se enoja.

Sin duda alguna se ha metido en mi piel y me lo confirma cuando dice:

—Por mí, los Ferrasa no sabrán que he estado contigo.

—¿Lo juras?

Mi cuñada asiente y, bajando la voz, dice, mientras enlaza el dedo meñique con el mío:

—Te lo juro por mis cosméticos importados.

Ambas sonreímos, Valeria se acerca a nosotras y se sienta.

—Acabo de terminar mi turno. ¿Qué quieren hacer?

Tifany la mira horrorizada. ¿Ella va a salir con la chica de las uñas con corazones? Pero antes de que diga algo de lo que se pueda arrepentir, comento:

—Necesito comprarme algo para cambiarme.

Valeria dice:

—Tengo un par de amigas que venden ropa.

—¿De qué diseñador? —pregunta Tifany.

Mi nueva amiga la mira y contesta:

—Se la compran a un mayorista gitano.

Alucinada, mi cuñada va a protestar, pero mientras me levanto, digo:

—Vayamos a ver a tus amigas, Valeria.

Me vuelvo a poner la gorra. No quiero que ningún Ferrasa me localice. Sería raro que estuvieran por aquí, pero ¡cosas más raras se han visto!

Vamos a las tiendas de las amigas de Valeria y me encantan. Es el tipo de tienda al que estoy acostumbrada, aunque reconozco que la ropa es demasiado vistosa. Tifany no dice nada, sólo lo mira todo horrorizada. Sin duda, que unos jeans cuesten 45 dólares y se llamen Mersache le pone la carne de gallina.

Yo me río. Si va al mercadito de mi ciudad, le da un infarto.

Me compro un par de camisetas y un par de jeans, que pago en efectivo, y luego nos vamos. Ya es tarde y decidimos regresar al aparthotel.

Valeria nos deja solas para darnos intimidad y Tifany me pregunta, mirándola:

—¿Estarás bien con ella?

—Sí, tranquila. Ya has visto que es un encanto.

Finalmente, asiente y, abrazándome, dice:

—Te superquiero, Yanira. Confía en mí, por favor. Sólo necesito que me des una oportunidad para demostrarte que puedes hacerlo.

Asiento con la cabeza. La oportunidad la tiene.

—Y ahora, escúchame, *porfiplis* te lo pido. Deberías regresar con Dylan, él...

—No, Tifany. No quiero verlo. Todavía no.

—Pero, cuqui... —cuchichea, mirando a Valeria—, no puedes seguir durmiendo en cualquier lado. ¿Y si te da por ponerte uñas de corazones, como a ella?

Me río sin poderlo remediar y respondo:

—No te preocupes, nunca me han gustado las uñas largas y es poco probable que me las ponga.

Levanto una mano y, tras parar un taxi, digo besándola:

—Vamos, vuelve a casa. Si no lo haces, Omar se extrañará.

Ella asiente.

—Sólo dime que me llamarás si necesitas cualquier cosa.

Divertida, enlazo su meñique con el mío y contesto:

—Te lo juro por mi contraseña del *feisbú*.

Ambas nos reímos y nos besamos y cuando veo que su taxi se aleja, me vuelvo hacia Valeria y digo:

—Ya podemos regresar a casa.

Cuando llegamos al aparthotel, me despido de ella y me voy directo a la regadera. Mientras el agua cae sobre mi cuerpo, cierro los ojos e imagino a Dylan aquí conmigo, abrazándome y besándome en el cuello mientras me dice sus maravillosas palabras de amor. Cuánto lo extraño... Lo añoro tanto que hasta me duele.

Cuando termino de bañarme, me pongo una bata que me ha prestado Valeria, vuelvo a la habitación y oigo que me suena el teléfono. Al mirar la pantalla, me sorprende ver que se trata de Ambrosius. Contesto sin dudarlo.

—Yanira, preciosa, me ha llamado Dylan. ¿Qué ocurre?

Maldigo interiormente y respondo:

—Nada. Sólo que he discutido con él. No se lo habrás dicho a Ankie, ¿verdad?

Lo oigo reír.

—No, tranquila.

Suspiro. Sólo me faltaría que mi familia se viera metida en mis problemas. Ambrosius continúa:

—Dylan me ha llamado para preguntarme si sé dónde estás. Al oírlo tan apurado, he preguntado y me ha comentado lo ocurrido.

—Vaya, siento verte metido en mi movida, Ambrosius.

—Más siento yo que no acudieras a mí.

—Sinceramente, no lo pensé. —Suspiro—. Pero veo que hice bien al no hacerlo. Dylan te ha llamado y yo no quiero que sepa dónde estoy.

Lo oigo reír de nuevo y luego dice:

—Típica reacción de tu abuela Ankie, Yanira. Hasta en eso se parecen. Recuerdo una vez que nos enfadamos y desapareció. Estuve sin saber de ella una semana. Igual que tú, sabe bien cómo camuflarse cuando quiere.

Eso me hace sonreír y, tras hablar un rato con él y prometerle que lo llamaré si necesito algo, cuelgo. Ambrosius me ha arrancado una sonrisa.

Me acuesto en la cama dispuesta a descansar, cuando el teléfono suena de nuevo.

¡Qué hartazgo de teléfono tengo!
Miro la pantalla y veo el nombre de mi amor.
Plan A: lo contesto.
Plan B: no lo contesto.
Plan C: lo estrello contra la pared para que deje de sonar.
Sin duda el menos conveniente es el plan C. Me decido por el B, pero termino decidiéndome por el A: lo contesto.
—Cariño...
Su voz suena cansada, atormentada. Yo cierro los ojos mientras respondo.
—¿Qué?
—Te quiero...
—Qué bien. Me alegra saberlo.
Mi frialdad sé que le oprime el corazón y, cambiando de táctica, vuelve con las preguntas:
—¿Dónde estás?
—No insistas, no te lo voy a decir.
—¿Por qué?
—Porque no te quiero ver.
Vaya pedazo de mentira que le acabo de soltar. ¡No me la creo ni yo!
Tras un silencio cargado de emociones, suspira y murmura:
—Me muero por verte. Daría lo que fuera por...
—Odio esa casa —lo corto yo—. Odio esa cocina y la maldita mesada donde sé que hiciste el amor con Caty. No quiero volver porque no la siento como mi hogar y...
—Compraremos otra —me interrumpe—. La que quieras. Tú la elegirás y te juro que no pondré ni un solo impedimento a lo que quieras. Pero, por favor, dime dónde estás o regresa.
—No.
Oigo su desesperación, pero sin cambiar el tono de voz, me suplica:
—Al menos no me cuelgues. Déjame sentirte a mi lado aunque no me hables.

Sentada en la cama con la bata puesta, no me muevo, no hablo... no le cuelgo.

Sentir su respiración al otro lado me tranquiliza. Así estamos diez minutos. Ninguno de los dos dice nada, hasta que Dylan rompe el silencio:

—Te quiero, cariño. Necesito que lo sepas.

Y sin poder soportarlo, cuelgo mientras dos gruesos lagrimones caen por mis mejillas y espero que el teléfono vuelva a sonar otra vez. Pero no lo hace. No suena y yo me hago bolita sobre la cama y me quedo dormida.

Me despierto congelada. He dormido sólo con la bata y además con el pelo mojado. Miro el reloj y veo que son las dos y trece de la madrugada. Me levanto y me miro al espejo.

¡Vaya pinta tengo con el pelo aplastado de un lado!

Me quito la bata húmeda, me visto, me recojo el pelo en una cola y me siento en un sillón. Pongo la televisión y, con el control remoto, cambio los doscientos mil canales disponibles y cuando encuentro la película *Tenías que ser tú*, me quedo viéndola como una tonta.

Me encantan las comedias románticas. Mientras dura la película, me dedico a verla y a negarme en pensar en nada más, pero Dylan, aun sin llamar, está presente en mi vida, en mi cabeza y en mi corazón. Está visto que luchar contra él es imposible. Cuando la película acaba, me seco los ojos con un kleenex.

Sin sueño, busco MTV y me quedo boquiabierta al encontrarme de nuevo con la canción de Michael Bolton. ¿Será una señal? No lo sé, pero vuelvo a llorar.

Necesito otro kleenex. Tomo mi bolsa, la abro y dentro encuentro la carta que Luisa, la madre de Dylan, dejó para que me la dieran el día de mi boda. ¿Todavía está aquí? La abro y la leo un par de veces entre hipidos.

El primero en pedir perdón es el más valiente.
El primero en perdonar es el más fuerte.
El primero en olvidar es el más feliz.

Adivina quién soy esta noche

En este momento, son sus palabras las que me hacen darme cuenta de que esto no puede continuar así, y, sobre todo, que no estoy dispuesta a vivir sin mi amor.

Decido pues poner fin a este absurdo, mientras me toco la llave que llevo colgada al cuello.

Miro el reloj, veintitrés para las cinco. Escribo una nota para Valeria, que le paso por debajo de la puerta, y, una vez he tomado mis pocas pertenencias, pago en recepción y, tras pedir un taxi, le doy la dirección del que es ahora mi nuevo hogar.

Cuando llego, después de que se vaya el taxi, abro el cancel con el corazón a mil. Camino hacia la casa y desde fuera veo una pequeña luz en la sala. Sin hacer ruido, introduzco la llave en la cerradura, entro y cierro la puerta, quedándome unos segundos apoyada en ella.

¡Qué nerviosa estoy!

Tras dejar la bolsa en la entrada, me encamino hacia la sala, donde se encuentra Dylan. Sentado en el sofá, con la cabeza apoyada en el respaldo y los ojos cerrados. Lo observo y, sorprendida, veo que una barba oscura le cubre el mentón.

En el tiempo que hace que lo conozco, nunca lo había visto con barba y me parece sexy y tentador.

Está dormido. Ante él tiene el celular, el marco de fotos digital encendido, una botella de agua abierta y un vaso. Con lo que bebió el otro día, sin duda tuvo más que suficiente, y con las fotos ha debido de martirizarse una y otra vez.

¿Por qué los seres humanos somos tan tontos?

Tenerlo ante mí hace que mi cuerpo se relaje.

Tenerlo ante mí hace que mi vida vuelva a tener sentido.

Tenerlo ante mí es lo que quiero, lo que necesito y lo que no me voy a negar.

Sin hacer ruido, camino hacia él, pero cuando estoy a punto de tocarlo, me paro. Se le ve cansado y ojeroso. Igual que yo.

¡Vaya par!

Me quito la chamarra blanca de piel, miro la camiseta que llevo y sonrío. Me siento a la mesa, delante de él, y lo observo.

Dicen que cuando alguien te observa detenidamente, tu cuerpo se alerta y lo percibe. Quiero ver si es cierto. Pero mi impaciencia me puede y, acercándome a él, poso los labios sobre los suyos y lo beso.

Oh, sí... su olor, su sabor. Cuánto lo he extrañado.

Dylan, al notarlo, abre los ojos y murmura confuso:

—Yanira...

Se despierta y se sienta en el sofá.

—¿Cuándo... cuándo has vuelto?

Enamorada hasta los huesos, susurro:

—Como dice Michael Bolton, cómo se supone que voy a vivir sin tu amor.

Me mira alucinado. El romántico es él, no yo. Debe de pensar que me he vuelto loca o puesto hasta atrás de chichaítos, pero responde:

—Siempre me ha gustado esa canción.

¡Vayaaaaaaaaaaaa, la conoce! Y sin dejar de mirarlo, afirmo:

—A mí también.

Dylan se va a mover, pero yo, sin dejar que se levante, ni me toque, digo:

—Tu madre tenía razón.

—¿Mi madre? —pregunta desconcertado.

—En su carta, decía que el primero en pedir perdón es el más valiente, el primero en perdonar es el más fuerte y el primero en olvidar es el más feliz y...

Pero ya no puedo decir nada más. Mi chico, mi marido, mi moreno, mi amor, ya me ha tomado entre sus brazos y me besa... me besa... y me besa.

Dispuesta a disfrutar de él como él ya disfruta de mí, me aprieto contra su cuerpo y lo beso con locura y desesperación. Así estamos unos segundos, hasta que Dylan me mira y murmura:

—Traes la camiseta de las reconciliaciones.

Sonrío. Nuestra respiración se acelera y contesto:

—Es la misma que llevaba la noche que intenté entrar en tu despacho y no me lo permitiste. Quería que todo acabara bien, pero...

—Lo siento, cariño. Lo siento. Te prometo que nunca más volverá a pasar.

Deseosa de notar sus labios y sus caricias, digo mientras lo beso:

—Lo sé, pero tenemos que hablar.

—Sí.

—Ahora —insisto.

—Luego —responde.

Mi amor me llena la cara, el cuello y la boca de dulces besos, mientras yo hago lo mismo con él. Sin duda alguna, ambos queremos estar bien. Nos necesitamos con urgencia. No queremos discutir. Sólo amarnos y estar juntos. Sólo eso.

Cuando la boca de Dylan se separa de la mía, murmura:

—Tienes razón, debemos hablar.

—Luego —digo ahora yo, excitada.

Él sonríe y, apretándose contra mí, comenta:

—Debería asearme. Creo que...

—Luego... —repito.

Sin apartar los ojos de él, meto las manos por debajo de su camiseta gris y se la quito. Le toco los hombros, se los beso y aspiro el perfume de su piel. Me encanta. Lo necesito.

Extasiado por lo que ve en mi mirada, él me quita también a mí la camiseta y la deja caer al suelo junto a la suya. Después, sin apartar sus bonitos ojos castaños de los míos, me desabrocha el brasier. Mira mis pechos y, tras soltar la prenda interior, me besa.

Le doy acceso a mi cuello y a toda yo, mientras me agarro a él, que me desabrocha los jeans y me los quita.

Me desnuda con urgencia, con pasión, con deleite. Recorre con su excitada mirada mi cuerpo mientras se desprende del pantalón y el bóxer y, una vez los dos estamos desnudos, calientes y deseosos de sexo salvaje, me agarra y me sienta sobre la mesa. Luego me acuesta boca arriba y, quitándome los calzones con gesto posesivo, murmura:

—No sabes cuánto te necesito.

Asiento. Sin duda tanto como yo a él; abro las piernas para que haga lo que le estoy pidiendo sin palabras y digo:

—Házmelo saber.

Dylan se arrodilla frente a mí. Su cara queda a la altura de mi húmeda y tentadora vagina. Sin dilación, posa la boca en ella y hace lo que necesito. Me devora con ansia, con amor, con pasión, mientras yo me abro para él y le entrego cuanto soy. Gimo de placer e, incorporándome, me siento en la mesa para enredar las manos en su cabello y animarlo a continuar mientras me aprieto contra él.

Oh, sí... esto es lo que quiero.

Su asedio es frenético y siento que me hace suya con la boca. Utiliza todas sus armas para volverme loca y cuando tiene mi clítoris terso e hinchado, lo succiona, y yo me derrito de placer.

Gimo de nuevo, tiemblo enloquecida y Dylan me toma en brazos y, poniéndome contra la pared, va a decir algo cuando yo murmuro contra su boca:

—Tu conejita lo pide todo de ti. Exijo que me hagas tuya. Que seas mío. Quiero sentirme viva en tus brazos y olvidar lo que ha pasado. Cógeme, cariño. Cógeme con ansia, con ímpetu, con afán, porque lo necesito.

Sonríe, me encanta su sonrisa, y pasa la boca sobre la mía al tiempo que susurra:

—Caprichosa...

Seguramente tiene razón. Soy caprichosa. Pero caprichosa de él. De nuestro tiempo juntos. De nuestra sexualidad loca y salvaje.

Sin decir nada más, guía su duro y excitado pene hacia mi íntima humedad y, cuando lo introduce totalmente y siento su pelvis contra la mía, ambos gritamos, jadeamos, nos dejamos llevar por el morbo y la satisfacción del momento.

En sus brazos disfruto del deleite que me ofrece, mientras se hunde una y otra y otra vez en mí con desesperados envites y yo lo recibo dispuesta a que no acabe nunca. El calor sube por mi cuerpo y a él le tiemblan las piernas. Sé que su orgasmo está cerca cuando lo oigo decir:

—Dios, cariño... Te deseo tanto que temo ser demasiado bruto.

Una nueva embestida me hace gemir y grito enloquecida:

—Quiero a mi lobo rudo, fuerte, exigente. No pares.
—¿Estás segura?
Asiento y musito:
—Te lo exijo, mi amor... Y cuando acabemos, quiero subir a la habitación y seguir jugando contigo toda la noche. Estoy caliente, receptiva. Te necesito y quiero ver y saber cuánto me necesitas tú.

Excitado por mis palabras, un ahogado rugido sale de su interior, me agarra de los muslos, me los abre sin miramientos y me penetra con fuerza. ¡Oh, Dios, qué placer!

Sí... esto es lo que quiero... lo que exijo... es lo que necesito.

Entre la pared y él me siento totalmente poseída, cuando sus manos me agarran por la parte interna de los muslos y me abren más para darse mayor acceso. Me gusta, lo disfruto y la sensación de tenerlo totalmente dentro es tan devastadora, que, acto seguido, ambos temblamos y llegamos al clímax.

Aturdidos por lo ocurrido pero felices, nos quedamos el uno en brazos del otro contra la pared. Durante varios minutos, nuestros jadeos llenan la estancia, mientras nuestros pechos suben y bajan enloquecidos. Cuando por fin Dylan sale de mí, murmura sin soltarme:

—No permitiré que te vuelvas a ir.

—Yo tampoco me lo permitiré, cariño. Pero ahora subamos a la habitación para continuar, tal como te he dicho. ¿Estás dispuesto?

Sonriendo, me mira, me carga sobre un hombro y, tras darme una nalgada, contesta:

—La conejita ha vuelto juguetona.

Sonrío divertida y mientras la felicidad llena de nuevo mi alma, añado:

—Y muy caliente.

No puedo vivir sin ti

Cuando me despierto tras la increíble noche de sexo que he tenido con mi marido, estoy algo desconcertada. Pero en cuanto miro el color frambuesa de las paredes, sé dónde me encuentro y sonrío. Por primera vez desde que estoy aquí, al abrir los ojos me he sentido en mi casa.

Miro el reloj digital que hay en el buró y veo que son las nueve y cuarto.

La puerta del baño se abre y de pronto sale Dylan, con una toalla negra enrollada en la cintura. Me mira, se muerde el labio inferior y pregunta:

—¿Todavía no estás satisfecha?

Lo miro y, al ver su mirada lasciva, respondo:

—No, y menos si te muerdes el labio así.

Se carcajea e, invitándolo a que se eche a mi lado, cuchicheo:

—El placer no ocupa lugar.

—Dirás el saber... —puntualiza divertido.

Encantada de estar a su lado, resoplo y replico:

—Sin duda alguna, tratándose de ti es el placer.

Dylan, mi romántico marido, acerca la boca a la mía y me vuelve loca cuando tararea:

Tell me how am I supposed to live without you.
Now that I've been loving you so long

Qué voz más bonita tiene. Escucharlo cantar esta canción de Michael Bolton mientras me besa y me mira a los ojos es sexy, caliente y provocador. Muy provocador.

Cuando termina con un beso, estoy a punto de hacerlo mío sin piedad, pero consciente de que es necesario, le digo:

—Tenemos que hablar muy seriamente.

Me pasa un dedo por el óvalo de la cara y murmura:

—Enojada estás muy guapa.

Lo que dice me gusta, pero respondo:

—Y tú eres un cursi.

Dylan suelta una carcajada y sin dejarme ir, explica:

—Te lo acabo de decir cantando. Cómo se supone que voy a vivir ahora sin ti. —La sangre se me revoluciona y, mirándome a los ojos, añade—: No quiero volver a pasar por lo que hemos pasado estos días y te aseguro que, por mi parte, nunca más se va a volver a repetir.

¡Me lo como a besos! Y cuando voy a hacerlo, un sonido interrumpe nuestro mágico momento. Se trata del celular de Dylan. Maldice y no se mueve y al final soy yo quien lo tomo del buró y, cuando se lo entrego, digo:

—Puede ser importante.

Él lo toma con gesto molesto, lo mira y blasfema. Sin duda es importante.

—Tengo que ir al hospital. Uno de mis pacientes...

Le pongo un dedo en la boca. No tiene que darme explicaciones. En sus manos están las vidas de otras personas.

—He hablado con un amigo que tiene una inmobiliaria —dice mientras se viste—. He concertado una cita con él para esta tarde a las cinco y media. A esa hora ya habré terminado en el hospital; ¿qué te parece si pasas a buscarme a las cinco y comenzamos a mirar casas para mudarnos?

—¿Lo dices en serio?

Me acaricia el pelo con cariño y contesta:

—Totalmente en serio. Yo sólo puedo ser feliz si tú lo eres, cariño.

Como siempre, su romanticismo me deja sin palabras y, contenta, asiento con la cabeza.

—Luego podemos ir a cenar —continúa él—. Tenemos que hablar de lo ocurrido y si venimos a casa te desnudaré y no lo haremos. ¿Qué opinas?

—A las cinco estaré en el hospital.

Media hora después, Dylan se va y yo me quedo sola. Lo que va a hacer por mí es muy importante. Sé lo mucho que a él le gusta esta casa y que piense en venderla para comprar otra por mí, me hace muy... muy feliz.

Durante el día, me dedico a hablar con todos los Ferrasa. Menudo clan. Uno tras otro llaman a casa para saber si estoy bien y si nuestra crisis se ha resuelto. Me río al hablar con el ogro. El hombre, emocionado por mi regreso, incluso lloriquea y todo.

Hablo también con Ambrosius. Quiero que se quede tranquilo y también llamo a Valeria, que se alegra de nuestra reconciliación. Quedo en ir a verla un día con Dylan para presentárselo. Ella acepta ilusionada, aunque, cuando cuelgo, tengo la sensación de que no me ha creído. Estoy convencida de que piensa que me voy a olvidar de ella.

Por la tarde, tras ponerme un bonito y sencillo vestido turquesa, llego al hospital un poco antes de las cinco y decido subir al piso donde está el despacho de mi maravilloso marido. Al abrirse las puertas del elevador, lo veo al fondo, hablando con otro médico con su gorrito azul en la cabeza.

¡Qué lindo mi doctor macizo!

No me acerco a él. Parece concentrado mirando con el otro una tablet que lleva en la mano. Se acerca una enfermera y le entrega unos papeles, pero por cómo lo mira, estoy segura de que le entregaría algo más.

Por el amor de Dios, ¿será descarada, la mala víbora?

Pero vamos a ver, ¿es que esa tipeja no ve el anillo que mi marido lleva en el dedo?

No cabe duda de que, cuando nos lo proponemos, las mujeres somos unas auténticas arpías egoístas. Y en este instante ésa lo está siendo.

Sin moverme de mi sitio, observo cómo Dylan mira los papeles, mientras ella le levanta los labios y se toca el pelo de forma coqueta.

¡Al final le cortaré las orejas!

La sangre española me bulle y cuando ya no puedo más con tanto meneo, me acerco a ellos y saludo como un huracán.

—Hola, cariño.

Al verme, Dylan sonríe, me besa en los labios y contesta:

—Hola, tesoro, ¿hace mucho que has llegado?

Contenta al ver que no tiene nada que ocultar, dejo que me toma por la cintura. Él mira a sus compañeros y pregunta:

—¿Conocen a mi mujer, Yanira? —Los dos niegan con la cabeza y mirándome, Dylan me dice—: Ellos son Olfo y Tessa.

Los saludo a ambos con cordialidad, abrazo a Dylan por la cintura y digo:

—¿Te queda mucho? Si quieres, esperaré en tu despacho.

Él sonríe, se quita el gorrito azul y responde:

—A partir de este instante, soy todo tuyo, preciosa.

Sonrío mientras los otros dos me miran. La expresión de Tessa ha cambiado totalmente y me dan ganas de decirle: «¡Chín-ga-te!». Pero en vez de eso, tras una rápida y más que significativa mirada, suspiro y, guiñándoles un ojo, me despido de ellos.

De la mano camino por el hospital y sonrío al reconocer a varios de los médicos. Nos encontramos con Martín Rodríguez, el oftalmólogo, y quedamos en salir otra noche a cenar.

Una vez entramos en su despacho, Dylan cierra la puerta y mientras me besa murmura con urgencia:

—Dios, nena, no veía el momento de que llegaras.

Eso me hace reír y cuchicheo:

—Oye, ¿sabes que estás muy sexy vestido así? Creo que deberías llevarte a casa un gorrito de éstos y una bata, ¿no crees?

Dylan suelta una carcajada y yo añado:

—Me muero de ganas de jugar contigo al médico y la paciente.

Divertido, se quita la bata y entra en un cuartito para vestirse. Lo sigo.

Hay una pequeña cama y, sin dudarlo, me lanzo de nuevo a sus brazos y, dos segundos después, estamos sobre el pequeño camastro. Sin decir nada, le meto la mano en los pantalones y, acariciándolo, murmuro:

—¿Se anima el doctor a echar uno rapidito?

Sonríe dudando. Le tienta la oferta, pero finalmente, se levanta de la cama y comenta:

—La puerta está abierta y todos saben que estamos aquí. Prometo echarte todos los que quieras una vez lleguemos a casa.

Hago un puchero y él cierra la puerta del cuartito y dice, desabrochándose el pantalón:

—Ven aquí, caprichosa.

Me toma entre sus brazos y me apoya contra la puerta que ha cerrado, como para asegurarse de que nadie podrá abrir. Sus manos se meten bajo mi vestido y, sin quitarme los calzones, me las echa a un lado y, mientras me mira, susurra:

—Reprime los gritos o todo el hospital sabrá lo que estamos haciendo.

Me penetra. El placer es intenso, increíble.

Le rodeo la cintura con las piernas y me dejo llevar. Me dejo coger. Me dejo poseer. Yo lo he incitado a que lo haga y ahora simplemente he decidido disfrutar de mi triunfo.

Como bien he dicho, la cosa es rápida, sin preliminares, ¡a lo que vinimos! Cuando acabamos, me suelta en el suelo y, tras limpiarnos, cuchichea divertido mientras abre la puerta:

—Anda, vámonos de aquí antes de que echemos otro no tan rapidito.

—Mmmm... —me burlo—. Ni te imaginas lo que se me ocurre que podríamos hacer tú y yo en esa cama.

—Vamos, provocadora, ¡sal de aquí!

Entre risas, entramos en el elevador y bajamos al estacionamiento, donde agarramos su coche y vamos directos a la agencia de su amigo. Cuando me preguntan cuál es mi ideal de casa, me explayo. ¡Por pedir que no quede! Les digo que me gustaría una con techo de pizarra negra, dos pisos, cuatro o cinco habitaciones, varios baños, cocina espaciosa y que si tuviera alberca, ya sería un sueño.

Nos enseñan tres casas que se ajustan a lo que quiero, pero ninguna me llama la atención. La que tiene una cosa no tiene otras y quedamos con su amigo en que volveremos otro día para ver más. Y, tras despedirnos de él, nos vamos a cenar. El lugar elegido por Dylan está en las afueras. Se trata de un hotel-restaurante llamado California Suite. Sabe que las berenjenas me vuelven loca y dice que las de ahí me van a encantar. Y así es, están de muerte.

—Bueno... —empieza mi chico con determinación—, creo que el turno de palabra lo voy a tomar yo. Lo primero, quiero pedirte disculpas por todo lo que ocurrió. Creo que estoy siendo egoísta en lo referente a ti. Te quiero tener tan en exclusiva que a veces no me doy cuenta de que te mereces más.

—¡¿Más?!

Dylan asiente.

—Mereces alcanzar tu sueño. Tú has nacido para cantar, no para estar en casa pintando paredes y moviendo muebles. —Sonreímos—. Además, una de las cosas que me enamoraron de ti fue tu personalidad y tu bonita voz. Pero tengo miedo de pensar que, quizá, si consigues tu sueño te olvides de mí y...

—Dylan, ¿cómo puedes pensar eso?

—Porque tú, sin querer, en ocasiones me haces dudar de todo. Sé que me quieres, lo sé, cariño. Pero mi madre ha sido una de las mayores artistas del planeta y he visto cómo mis padres se amaban y se odiaban por ello. Y ahora que yo estoy en la misma tesitura, inconscientemente tengo miedo. Miedo de que te centres tanto en tu carrera que te olvides de mí. De que en tus viajes conozcas a alguien o de que...

—Pero ¿qué tontería estás diciendo? —lo corto—. Yo no soy tu madre y...

—Ella fue una gran mujer, dentro y fuera del escenario —me interrumpe—. Pero la fama y su carrera a veces la hacían tomar decisiones no acertadas y...

—Yo no lo haré —afirmo con seguridad.
—Será inevitable, cariño. Créeme, sé de lo que hablo.
—No las tomaré —insisto.

Dylan sonríe, me acaricia la mejilla y dice:

—Sólo quiero que recuerdes que te necesito y te quiero. Únicamente eso.

¡Oh, Dios, oh, Dios!

Si es que me lo tengo que comer a besos.

¿Cómo puede ser tan guapo y además decirme estas cosas tan románticas?

Con una sonrisa, me acerco a él y, recordando la canción de Michael Bolton, murmuro:

—Y tú no olvides que yo ya no puedo vivir sin ti.

¡Ooooooooorale! Cada día mi capacidad de romanticismo se amplía.

Dylan sonríe. Sin duda esa canción es muy especial para nosotros y, tras besarme, continúa:

—Perdóname, por favor. El otro día todo se me fue de las manos. Me sentí celoso durante la fiesta y...

—¿Por qué te sentiste celoso?

Bebe un trago de su bebida y contesta:

—Vi la buena onda que tenías con muchos de los de allí. No puedo obviar que tengo once años más que tú y...

—Y pensaste que con ellos me podía divertir más que contigo, ¿verdad?

No lo niega y, acercándome a él, susurro enamorada:

—Pero ¡qué tonto eres, cariño, con los años que tienes!

Su expresión lo dice todo y, soltando una carcajada, añado:

—Pero ¿tú no recuerdas que una vez te dije que, para mí, la edad sólo es importante para los vinos y el queso? —Al verlo sonreír, añado—: Que te quede claro que nunca me han gustado los chicos de mi edad. Siempre los he preferido más maduritos. Vamos, como tú.

Su gesto de incomodidad no se suaviza e insisto:

—Y... desde que te conocí, sólo tengo ojos para mi maravilloso maridito. —Al ver que no cambia la cara, murmuro—: Y, o cambias el gesto, o te juro que aquí se va a armar la de Dios como me enoje.

Su expresión se modifica de golpe y sonríe. Eso me gusta y, aprovechando el momento, digo:

—Me toca preguntar. ¿Por qué me echaste del despacho y no me dejaste entrar?

—Porque estaba enojado, y cuando me enojo es mejor que me quede solo y me relaje si no quiero estallar. Me conozco, y es preferible que lo haga.

—¿Y va a ser así siempre?

—No. Porque si cuando salga del despacho tú no vas a estar, prefiero estallar ante ti y que tú recojas los pedazos.

—No sé si me convence esa respuesta.

—Pues no hay otra, cariño. Tengo treinta y siete años y durante todo ese tiempo, cuando me ha ocurrido algo, lo he resuelto de igual forma. Solo. Pero ahora no estoy solo y...

—Y no lo vas a volver a hacer, ¿verdad?

Dylan niega con la cabeza.

—Quiero preguntarte otra cosa.

—Tú dirás.

—¿Te has enredado con Tessa?

Desconcertado por el giro que ha dado la conversación, me mira sin entender y yo insisto:

—Tessa, la enfermera del hospital. ¿Acaso no te has dado cuenta de que te mira con ojitos nada decentes?

Dylan sonríe y responde:

—No, cariño. No he tenido nada con ella.

—¿Seguro?

—Segurísimo. No te voy a mentir en algo tan tonto y, por favor, no veas fantasmas donde no los hay. No te voy a negar que ciertas féminas del hospital son algo más simpáticas con unos médicos que con otros, pero, tranquila, la única que me puede esclavizar a su cama y a su antojo eres tú.

—Mmmmm... me encanta —digo contenta, chupando la cuchara de mi helado.

—Me toca preguntar —dice Dylan—. ¿Dónde has estado metida estos días y estas noches?

—En un aparthotel llamado Dos Aguas, con Valeria.

—¿Quién es Valeria? —pregunta sorprendido.

—Una chica encantadora, por cierto de Madrid, a la que conocí la noche que me fui de casa. Se puede decir que es quien ha cuidado de mí estos días y que tengo una amiga en Los Ángeles, fuera del círculo de los Ferrasa. Es más, si quieres, ahora cuando terminemos la podemos ir a ver al bar donde la conocí. Esta mañana he hablado con ella y hoy trabaja de noche. ¿Tienes ganas?

—Sí. Quiero agradecerle que haya cuidado de ti.

—Hablando de agradecer, Valeria tiene un pequeño problema y quizá tú puedas ayudarla.

—Por supuesto —contesta Dylan—. ¿Qué le ocurre?

Le cuento lo que Valeria me explicó y, cuando acabo, él me mira con gesto serio y pregunta:

—¿A eso lo llamas tú «un pequeño problema»?

—Me gustaría que tuviera los mejores médicos y sé que tú se los puedes proporcionar. Lleva tiempo ahorrando y desea acabar de una vez por todas. Quizá tú se lo podrías acelerar. Tienes contactos y estoy segura de que...

—Lo miraré, cariño, ¿okey?

Asiento y entonces Dylan añade:

—Omar me comentó el otro día que los de la discográfica se quieren reunir contigo.

—¿Para?

—Quieren producir tu disco. Están como locos por lanzar tu carrera.

Al decir eso, veo que se ensombrece y murmuro:

—Ahora no... Ahora sólo quiero estar contigo.

Dylan clava sus ojos castaños en mí y, levantando el mentón, responde:

—Sabes que si por mí fuera me olvidaría del tema. Pero quiero que seas feliz a mi lado y no voy a ser un obstáculo en tu camino. Tú has aceptado mi trabajo con mis horarios y mis viajes, y yo voy a aceptar el tuyo. Quiero que grabes ese disco por ti y por mí.

Su seguridad y sus palabras me ponen el vello de punta.

—¿Estás seguro?

Sin apartar la mirada de la mía, asiente y, en tono bajo, susurra:

—Te entregué la llave de mi corazón. Estoy seguro.

Todo en él me enamora y, sin importarme quiénes nos miren, me levanto, me siento en sus piernas y, abrazándolo con adoración, lo beso y digo:

—No vuelvas a echarme de tu lado nunca más o lo vas a lamentar, ¿entendido?

—Lección aprendida, caprichosa.

Ambos sonreímos. Él pide la cuenta y, abrazados, salimos del bonito restaurante. Luego, con el coche de Dylan vamos hasta el muelle de Santa Mónica, donde estacionamos y, tomados de la mano, nos dirigimos al bar donde trabaja Valeria. Al entrar, varios hombres nos miran y cuando ella se da la vuelta y me ve, una amplia sonrisa le ilumina la cara.

Deja una bandeja y se acerca a nosotros tímidamente, y entonces yo la abrazo. Ella me devuelve el abrazo con desesperación y la oigo murmurar:

—Gracias, gracias, gracias, Yanira.

Emocionada por lo que este «gracias» significa para ambas, la miro y, señalando a Dylan, que nos observa, digo:

—Valeria, te presento a mi marido, Dylan.

Él la saluda con afabilidad y, tras darle dos besos, le toma la mano y dice:

—Muchas gracias por cuidar de mi mujer en mi ausencia.

Valeria se ruboriza y responde:

—Lo hice encantada.

Una vez hechas las presentaciones, ella nos pregunta qué queremos tomar.

—Un whisky con hielo —pide Dylan y, mirándome, pregunta—: ¿Dónde está el baño?

—Al fondo a la derecha —le indico.

Cuando nos quedamos solas, Valeria me mira y cuchichea:

—Por el amor de Dios, si me llegas a decir que tu marido está tan bueno, te habría matado y cortado en cachitos para quedarme yo con él. Pero, Yanira, ¡qué pedazo de marido tienes!

Divertida, sonrío y afirmo:

—Es el mejor.

Emocionada, Valeria se va detrás de la barra, toma un par de vasos, prepara lo que Dylan le ha pedido y, sin preguntarme a mí, me pone un ron con Coca-Cola.

—¿Todo se ha arreglado? —me pregunta.

—Sí. Al final decidí dar yo el paso y regresar. Nos queremos y nos merecemos la oportunidad de intentarlo.

—Me alegro, cariño. Pero ata a ese guapo en corto, porque sin duda alguna habrá mucha lagartona que lo quiera atrapar entre sus piernas. —Y echándose aire, añade—: Pero si hasta me he puesto nerviosa yo cuando lo he visto.

Suelto una carcajada y cuando Dylan aparece, los tres mantenemos una amigable charla. Contenta, observo cómo él habla con Valeria sin ningún prejuicio, tratándola como se merece. Se muestra caballeroso, atento y encantador con las dos. Reímos, conversamos y cuando Valeria cuenta que metía el celular en el frigobar, mi chico me besa y sonríe al escucharla.

Así estamos como una hora y media, hasta que decidimos irnos. Con cariño nos despedimos de mi amiga y prometo llamarla otro día. Esta vez su sonrisa me dice que sabe que lo haré, y eso me tranquiliza.

Al llegar a nuestra casa, nos contagiamos del silencio del lugar y cuando Dylan desconecta la alarma y cierra la puerta, lo empujo contra la pared y murmuro:

—Hoy la conejita está mandona y quiere que te desnudes.

—¡¿Ya?!

—Ya.
—Aquí... —ríe Dylan.
—Ajá... aquí. Quiero que esta noche seas mi pornochacho.
—¿Pornochacho?

Me entra la risa. Dylan no tiene ni idea de lo que le hablo y le aclaro:

—En España, se hicieron famosas las pornochachas. Eran mujeres de servicio, vestidas de manera sexy para alegrar a sus contratantes. Pero yo voy más allá. Quiero a mi pornomarido. Deseo que me prepares algo de beber y me lo traigas al comedor totalmente desnudo.

Dylan me mira. No pesca la idea de lo que quiero e insisto:

—Vamos, estoy esperando. Desnúdate y dame tu ropa. Estamos en casa y quiero disfrutar de las vistas que me ofrece mi pornomarido.

Entrando en el juego, finalmente hace lo que le pido. Cuelga el abrigo de piel negra y luego se quita el saco del traje, la corbata, la camisa, los zapatos, los calcetines y el pantalón, pero cuando va a quitarse los calzoncillos, lo paro y digo:

—Esto te lo quito yo.
—Vaya... —ríe Dylan, mientras yo meto los dedos por la cinturilla y, lenta y pausadamente, se los bajo, dejándole un reguero de besos desde su ombligo hasta las rodillas.

Una vez está desnudo y yo con toda su ropa en las manos, suspiro y, con gesto guasón, le digo, levantándome:

—Tengo sed. Tráeme algo de beber.
—¿Qué desea la señora?

Lo miro con anhelo y, una vez le he dicho lo que quiero con la mirada, resoplo y contesto:

—De momento algo fresco. Lo que tú quieras.

Mi amor se encamina hacia la cocina. Entonces me dedico a mirar su duro trasero, sus largas piernas, su ancha espalda tan morena y digo para mí:

—Madre mía..., cómo está...

Cuando desaparece en la cocina, suelto la ropa en el suelo y lo sigo como hipnotizada. Necesito continuar mirándolo. Al entrar veo que abre una alacena, toma dos vasos, los llena con hielo y, cuando se voltea y me ve, le ordeno:

—No te muevas.

Dylan se para con los vasos en la mano. Yo me muerdo los labios y le indico:

—Da un paso hacia mí.

Lo hace. Miro su miembro hinchado y duro y, resoplando, añado:

—Continúa con lo que estabas haciendo, antes de que cambie de idea.

Mi comentario lo enardece, lo excita y, con gesto divertido, abre el refrigerador. Saca una Coca-Cola y cuando pasa por delante de mí de camino a la sala, le doy una nalgada y murmuro:

—Continúa tu camino.

Divertido, hace lo que le pido. Me encanta mirar cómo anda desnudo. Qué clase y estilazo tiene. Las piernas me tiemblan por la excitación que yo sola me estoy provocando y decido sentarme en el enorme sofá negro. Dylan prepara las bebidas mientras yo me limito a mirarlo y a admirarlo. Cuando por fin termina, se acerca a mí y, tendiéndome el vaso, dice:

—Aquí tiene la señora lo que me ha pedido.

Ya ha entrado en el juego de la noche. Cuando tomo un sorbo de mi bebida, Dylan pregunta:

—¿El pornomarido se puede sentar?

Dejo el vaso en la mesa y contesto:

—No.

Sorprendido, me mira y yo digo:

—Báilame algo sexy.

Dylan alucina.

No se mueve y al final yo suelto la carcajada. Lo último que mi amor haría sería echarse un bailecito exótico.

—Deja tu bebida en la mesa y acércate a mí. —Y lo apremio doblando un dedo.

Sentada en el sofá, mi cabeza queda casi a la altura de su duro y erecto pene y, sin miramientos, lo agarro con la mano.

Dylan da un brinquito y sonríe. Yo sonrío también y, sin decir nada, me lo llevo a la boca y lo chupo.

Está duro, muy duro, y delicadamente lo sujeto con las manos mientras digo:

—Hoy serás mi sirviente y yo, tu señora. Harás todo lo que te pida, ¿de acuerdo?

Asiente excitado. Vuelvo a meterme su pene en la boca y, tras hacerlo estremecer con varias lamidas que sé que lo enloquecen, me levanto, lo miro y murmuro, empujándolo sobre el sofá:

—Siéntate.

Mientras Dylan hace lo que le pido, yo comienzo a desvestirme. Prenda a prenda lo caliento y cuando estoy totalmente desnuda, me siento a horcajadas sobre él y lo veo sonreír. Ya sabe que me tiene, el muy cabrón. Mimosa, le sonrío también y cuando paso mi húmeda vagina por su duro y erecto pene, murmura:

—Señora, no sé si voy a ser capaz de no tomar el mando de la situación.

Niego con la cabeza y, chasqueando la lengua, respondo:

—Ni se te ocurra.

Nuestras miradas cargadas de pasión nos hacen saber cuánto nos deseamos el uno al otro. Sin pudor, poso la boca sobre la suya e introduzco la lengua. Rápidamente, Dylan la acoge en su húmeda cavidad y juguetea con ella. Se deleita con mi sabor y yo lo disfruto. Me vuelve loca.

Dispuesta a prender a mi pornomarido y sirviente al máximo, hago la tentativa de introducir su pene en mi interior. Mmmm, ¡qué tentación! Él está lleno de deseo, pero creo que yo lo estoy aún más. Así que para no acabar con el juego tan rápido, me levanto de sus piernas y, desconcertándolo, digo:

—Vamos, sígueme.

Se levanta y, entre besos y apapachos, subimos hasta nuestra habitación. Al ver la cama, sonríe. Qué rufián.

Plan A: me lo echo.

Plan B: me lo echo.

Plan C: me lo echo.

Plan D: me lo echo.

Plan E: me lo echo.

Al final decido cumplir el abecedario entero: ¡me lo echo!

Pero dispuesta a seguir el caliente juego, pregunto:

—¿Qué te parece tu señora?

—Tentadora y deseable —me contesta mirándome apasionado.

¡Bien! Sin duda me ha dicho lo que quería escuchar y exijo:

—Siéntate sobre la cama.

Dylan lo hace y vuelvo a tentarlo con roces de lo más pecaminosos. Como es lógico, me ataca como un lobo hambriento, pero cuando me toca, le doy un manotazo y, regañándolo, le digo:

—Soy tu señora, no me toques sin permiso.

Mi amor resopla, se contiene y con su habitual gesto de perdonavidas, murmura:

—Disculpe, señora.

Sentada sobre él a horcajadas, le agarro el pene con la mano y sin quitarle los ojos de encima paseo su tentador músculo por mi vagina.

Dylan tiembla mientras yo creo que voy a entrar en erupción de un momento a otro.

—Señora, me está volviendo loco —dice con un hilo de voz.

—¿Muy loco?

Asiente y clava los ojos en mí.

—Loquísimo.

¡Wepaaa...! ¡Sin duda, eso es lo que pretendo!

La boca se me hace agua al imaginar lo que podemos hacer si se lo permito y, sin poder evitarlo, lo introduzco en mí.

Sí... ¡Bendita locura!

Dylan posa las manos en mis caderas y, tras dos embestidas que me saben a gloria y avivan mis ganas de sexo, musito:

—¿Tu señora te ha pedido que hagas eso?

Da otra nueva embestida que me hace jadear de placer y responde con ímpetu:

—No.

Voy a moverme, pero no me deja. Nuevas arremetidas me poseen y finalmente me lo dejo hacer, aunque, cuando se para, salgo de él con rapidez. Eso lo desconcierta. A mí me molesta, pero lo hago. He de seguir con mi papel de «señora».

Me levanto y camino hacia la terraza.

—Ven —lo llamo.

Una vez estamos los dos en la terraza cubierta, miro el sillón negro de los tríos que Dylan compró para jugar y, con toda la picardía, le indico:

—Prepáramelo; voy a jugar con él yo sola.

Su semblante se ensombrece. Lo último que quiere es sentirse excluido del juego. Pero dispuesto a continuar, asiente y yo, deseosa de excitarlo aún más, declaro:

—Tú mirarás.

Noto que aprieta la mandíbula y las venas del cuello se le tensan. El asunto no le gusta nada, pero no se queja. Encaja el derechazo que le acabo de dar y calla dispuesto a dejar que yo lleve las riendas.

Con descaro, me echo en el sillón boca arriba. Vamos, ni la reina más reina del porno lo hace como yo. Coloco los pies en los laterales del sillón y, bajo su atenta mirada, me abro de piernas con desfachatez para que vea lo húmeda que estoy.

—Coloca en el brazo articulado un pene grueso —le ordeno.

Lo hace sin rechistar. Pobrecito, mi niño. Es un santo. Me pide a mí eso y le suelto un berrido que lo dejo temblando.

Lo miro cada vez más excitada por el juego y cuando acaba de colocar lo que le he pedido, exijo:

—Enciende la máquina e introdúceme lentamente el pene del sillón. Quiero que controles las acometidas y me hagas alcanzar las siete fases del orgasmo. ¿Entendido?

Resopla. No lo dice, pero se tiene que estar acordando de toda mi familia.

Con el ceño fruncido, piensa en lo que le he pedido. Duda, no sabe qué hacer, pero al final obedece y cuando el vibrador del sillón comienza a moverse y sus dedos tocan mi vagina para introducírmelo, grito:

—¡Para!

Lo hace aunque no entiende nada, y me mira desconcertado. Me levanto del sillón, le tomo la mano y hago que se acueste boca arriba.

Sonríe.

Mimosa, me siento a horcajadas sobre él y, besándolo, murmuro:

—¿De verdad creías que iba a permitir que una máquina fría e impersonal hiciera lo que tú haces mil veces mejor que ella?

Su sonrisa se ensancha mientras yo me deslizo por su pene.

¡Diablos, qué placer!

De pronto, me da una nalgada sonora y seca. Lo miro a los ojos y Dylan murmura con deleite:

—Esto por perversa... señora.

Sonrío. Me inclino sobre su boca y, dispuesta a todo, cuchicheo mientras me muevo en busca de nuestro mutuo placer:

—Ahora vas a saber lo que es ser perversa.

Muevo las caderas sin descanso, provocándole oleadas de placer. El juego lo ha excitado más de lo que él imaginaba y, sin poderlo evitar, queda totalmente a merced de mis caprichos.

Me sujeta por la cintura, me quiere sobre su pene. Mis acometidas son tan certeras que se arquea y se deja llevar por el deleite que le ocasiono.

Oh, sí... así quiero tenerlo.

Meto y saco su pene de mi cuerpo mientras me agarro a sus hombros; yo soy la que marca el ritmo en todo momento. Arriba... abajo... arriba... abajo. Al ver que se muerde el labio inferior, cambio de movimiento y me restriego contra él. De nuevo las fuerzas le fallan y sólo puede jadear y entregarse a mí con lujuria.

Mis jadeos apenas se oyen. Quedan eclipsados por los de mi amor y eso me provoca aún más. Aprieto con fuerza las rodillas contra sus costados y sigo moviéndome con rotundidad.

Dylan se estremece y, mirándome, consigue murmurar:

—Me estás volviendo loco... caprichosa.

Se acabó el juego. ¡Adiós señora y pornochacho! Volvemos a ser nosotros.

Su voz, cargada de pasión y erotismo, me excita sobremanera; lo miro y murmuro con un quiebro de cadera que lo hace gritar:

—Eres mío y nadie te hará el amor como yo.

—Sí —ruge.

—Sí —afirmo yo.

Sus temblores son cada vez más patentes y salvajes. Lo estoy llevando al séptimo cielo. No puedo besarlo. Si lo beso, la fuerza que estoy haciendo se debilitará y no quiero eso. Quiero ver cómo se corre, exijo todo su placer para mí, como otras veces él ha hecho conmigo.

Un nuevo empujón y su pene llega hasta mi útero. Ahora me arqueo yo. La profundidad es extrema y lo veo estremecerse mientras mi vagina lo absorbe con deleite.

—Oh, sí... sí... —jadea frenético.

—Termina para mí —exijo.

—No pares, conejita... no pares —reclama entre dientes.

Enloquecida al verlo así, acelero mis acometidas y le sujeto las manos; lo tengo totalmente a mi merced. Las venas del cuello se le hinchan, un sonido ronco y varonil sale de su garganta y, tras un último envite que la propia convulsión de su cuerpo provoca, noto cómo su simiente me llena y nuestros fluidos se mezclan para convertirse en uno solo.

Dylan se sacude de placer. Nunca he sido testigo tan directo de su orgasmo y me encanta. Me vuelve loca. Me hace sentir poderosa y ahora entiendo por qué a él le gusta someterme y verme en la misma tesitura.

Cuando sus temblores de placer cesan, relajo la presión de mis rodillas, me inclino hacia su boca y lo beso con cariño. Paladeo su deliciosa boca y sus últimos jadeos son para mí, sólo para mí, mientras lo oigo decir:

—Prepárate, perversa conejita, porque en cuanto el lobo cruel se reponga, te va a dar su merecido.

Sonreímos y sé que ambos somos felices.

La distancia

En marzo, Dylan tiene que viajar a Canadá a un congreso médico. Me propone que lo acompañe y yo acepto, pero tras hablarlo con la discográfica veo que es imposible. Debo estar esos días en Los Ángeles para grabar con J. P.

—Serán sólo cuatro días, ¿no puedes retrasar la grabación? —le pregunto a Omar.

Tras mirar a Dylan, que lo observa con gesto serio, mi cuñado responde:

—Lo siento, Yanira, pero no puede ser. Esto es un negocio y los demás no estarían de acuerdo. J. P. tiene una agenda muy apretada y debemos grabar los días acordados. De verdad que lo siento.

Miro a mi amor compungida y él, encogiéndose de hombros, me guiña un ojo. Cuando salimos del estudio, al ver mi mal humor, me besa y murmura:

—Tranquila.

—Carajo, tu hermano podría haberlo arreglado. Son sólo cuatro días.

—No depende de él —contesta Dylan abrazándome— y piensa que, además, J. P. viene desde Londres para grabar el disco. Como te ha dicho Omar, esto es un negocio, uno que mueve millones de dólares, y ahora que la maquinaria se ha puesto en marcha, no se puede parar. Como te comenté en su día, todo tiene su parte buena y su parte mala.

Dos días después, mi amor y yo nos tenemos que despedir. Veo la pena en sus ojos, pero no dice nada. Al contrario, intenta sonreír y hacerme sonreír a mí. Los dos primeros días lo extraño muchísimo, pero el trabajo que tengo con la canción al final consigue distraerme y me centro en ello.

Hoy es el día de la grabación y estoy hecha un manojo de nervios. Casi no he podido dormir y, al levantarme, siento un ligero mareo. No puedo comer. No se me antoja ni siquiera el Nesquik directo y seco que suelo tomarme cada mañana.

Ay, madre, ¡qué malita estoy!

Añoro a Dylan cada segundo, cada instante del día. Si estuviera aquí me animaría y, sobre todo, me tranquilizaría. Nadie lo hace como él.

Cuando llego al estudio, la secretaria de Omar, ésa a la que se tira entre reunión y reunión, me dice que tengo una llamada en espera. Intrigada, tomo el teléfono y contesto:

—Sí, dígame.

—¿Cómo está mi preciosa conejita?

Es Dylan. Al oírlo casi lloro de la emoción. Con todo su amor, me dice mil veces que me va a salir genial, me tranquiliza y me pide que cierre los ojos, que me concentre en lo que quiero hacer y que lo haga.

Cómo me conoce.

Después de hablar con él más de veinte minutos, cuelgo y sonrío con las pilas recargadas. Sin duda alguna, Dylan es el centro de mi vida.

Tony me abraza al verme. Sabe que he hablado con su hermano y lo feliz y especial que Dylan me hace sentir, y lo disfruta como si fuera su propia felicidad.

Diez minutos más tarde, Omar entra en la sala y me saluda. Detrás de él vienen J. P. y su séquito. Hablamos sobre lo que vamos a cantar e intento mostrarme lo más profesional que puedo. Lo consigo, e incluso me lo creo yo misma.

Durante una hora, ajustamos voces con sus raperos y cuando J. P. está satisfecho, procedemos a la grabación.

Grabamos la canción por partes. Hay una que a él no le gusta cómo queda y al final paramos para el almuerzo. Por fin mi estómago se ha relajado y consigo comer algo y tranquilizarme. No me está saliendo tan mal.

Mientras estamos comiendo, se acerca a saludarnos Sandy Newman, una cantante que le gusta mucho a mi madre. Le pediré una foto y se la enviaré. Le encantará. Al presentarnos, Sandy dice:

—Vaya, vaya, así que tú eres la famosa Yanira.

¡Alucino! ¿Sabe quién soy?

—Sí, efectivamente —afirma mi cuñado Omar—. Es mi nueva representada.

Ella, tras mirarme con detenimiento con sus bonitos ojos, pregunta:

—¿Tú también eres de las que menean el trasero mientras cantan, como todas las vocalistas de ahora?

Ese tono de desprecio no me gusta y respondo:

—Me encanta menear el trasero mientras canto. ¿A ti no?

—¡Por Dios, qué vulgaridad! Yo creo que en el escenario hay que demostrar elegancia. Nunca se me ocurriría hacer algo así. Si algo está claro es que en mis espectáculos no admito el mal gusto ni la vulgaridad.

De repente esta diva me cae fatal y mi madre se queda definitivamente sin su foto.

—Tu estilo y el de Yanira no tienen nada que ver, Sandy —opina Tony.

La madura cantante arruga la nariz y, con maldad, afirma:

—Por suerte para mí.

¡Será imbécil la tipa!

—Sandy —interviene Omar—, esta nueva generación de cantantes bailan y cantan. Por suerte, son muy completas y...

—Y eso marca la diferencia entre una artista como yo y personajillos como ellas —finaliza.

Me sale humo por las orejas y, si no hablo, reviento. Por muy Sandy Newman que sea, me está colmando la paciencia y cuando ya no puedo más, suelto como víbora:

—¿Sabes, Sandy? Mi madre era muy fan tuya. Te escuchaba cuando estaba embarazada de mí.

Oigo que Tony suelta una exclamación en voz baja.

¡Toma derechazo, Sandy Newman!

Mis cuñados sonríen y la mujer, tras mirarme con verdadero odio, se da la vuelta y se va. Una vez nos quedamos solos, miro a los de la mesa, que intentan contener la risa, y pregunto:

—Pero ¿qué le pasa a ésta?

Tony suelta una carcajada y cuchichea:

—Mi madre tiene que estar riéndose en el cielo, Yanira. Sandy y ella no eran precisamente muy amigas.

Omar, divertido, pone una mano sobre la mía calmándome.

—Tranquila, Yanira —dice—. La envidia es muy mala.

Asiento. Ya lo creo que es mala.

Acabada la comida, retomamos la grabación, pero J. P. sigue sin estar satisfecho. Lo veo hacer arreglos con Tony y observo cómo mi cuñado se desespera. No consigue dar con lo que el rapero quiere, hasta que, harta de oír quejarse al divo del rap, lo tomo del brazo y digo:

—¿Puedo proponer una cosa?

Él me mira con superioridad y, tras contemplarme de arriba abajo, responde:

—Por supuesto, ojitos claros.

—Canta conmigo. Tú no pares y continúa, mientras yo te muestro lo que se me ha ocurrido para esa parte de la canción. —Señalo los papeles que tenemos delante y añado—: Ahora esta estrofa la haré yo mientras tú cantas; no rapees la mía, ¿okey?

J. P. asiente. No pierde nada con probar.

Tony nos observa y comenzamos a cantar juntos. Al llegar a la parte conflictiva, con un movimiento de mano, hago que J. P. se calle y rapeo yo. ¡Guau, ya sé rapear! Y cuando acabo, le pido que él cante mi estrofa.

Al terminar, J. P. me mira. No sé si le ha gustado lo que he sugerido, pero finalmente esboza una gran sonrisa y exclama:

—¡Eres buena, ojitos claros!

Sin duda ya me he quedado con el apodo. Satisfechos con la solución, Omar y el séquito de J. P. al otro lado del cristal levantan los pulgares. Les ha gustado mi idea y, tras probarla un par de veces más, procedemos a grabar esa parte.

Cuando por fin acabamos, el rapero se quita los audífonos y propone:

—¿Qué tal si esta noche tú y yo salimos a tomar unas copas?

Lo miro sonriendo y respondo:

—Gracias, pero no. Tengo planes.

Sin embargo, él se acerca más a mí. ¡A que lo golpeo! Y entonces, Tony entra en escena y dice para cortar el momento:

—J. P., hay un periodista de la revista *Rolling Stones* que te espera para hacerte una entrevista.

Mi mirada y la del rapero se encuentran y éste dice:

—Te debo una cena, ojitos claros. Me gusta trabajar contigo y quiero tenerte cerca.

Cuando desaparece, miro a mi cuñado y le guiño un ojo. Tony sonríe y murmura:

—No fastidies a Dylan.

Entre risas y desmadre, pasamos a la cabina, donde el técnico nos pone lo grabado. Omar y Tony me miran, y yo sonrío.

¡Estoy emocionada!

Las voces de J. P. y la mía suenan de maravilla juntas y cuando me oigo rapear, me doblo de risa.

Acabada la entrevista, el rapero entra de nuevo en el estudio. Volvemos a escuchar la canción y él me guiña un ojo mientras afirma que la canción es la onda.

Tras brindar con champán J. P. y los suyos se van y yo cierro los ojos emocionada al pensar en lo que acabo de hacer.

Comento que me voy a casa, pero Tony me pide que lo espere. Tiene que terminar una cosa con otro cantante y, mientras tanto, decido sentarme en la pecera a verlo trabajar.

Un par de horas después, Omar me entrega unos contratos para que les eche un ojo. La discográfica cada día me presiona más para que firme con ellos. Todo lo que leo me suena a chino, y entonces siento que alguien me besa en el cuello. ¡J. P. se acaba de pasar un montón! Pero al voltearme para darle un madrazo al osado, me quedo sin palabras. Es Dylan.

Como movida por un resorte, doy un grito, salto por encima del sofá y me lanzo a sus brazos, mientras Omar y Tony sonríen, confabulados con su hermano.

Emocionada por tenerlo a mi lado, no lo suelto y Omar le pone lo que hemos grabado hoy con J. P.

Dylan escucha atentamente la canción y, cuando ésta termina, me mira y dice:

—Es imposible hacerlo mejor, cariño.

Lo beso conmovida, mientras él me acaricia la rodilla por debajo del vestido. Tras hacerle una seña a la morena, Omar me aprieta:

—Dime qué día quieres que tengamos la reunión con los de la discográfica. Nos morimos de ganas de ficharte. Además de uno de tus jefes, seré tu mánager y velaré por tus intereses. ¡Eres una Ferrasa! No tienes que preocuparte de nada.

—Omar, mira que eres pesadito —respondo y omito decir que en realidad soy una Van Der Vall.

—No, Yanira, pesadito no —se defiende él—. Cuando la canción de J. P. salga a la luz, te van a llover infinidad de propuestas y mi deber es ficharte antes que otros. ¡Carajo, que eres de la familia!

No puedo evitar sonreír ante lo de la lluvia de propuestas. ¡Qué increíble! Dylan no dice nada. Deja que sea yo quien decida, pero intuyo que él ya ha hablado con sus hermanos. Omar añade finalmente:

—Yanira, esto es un negocio y, si nos dejas, podemos conseguir que triunfes en el mundo de la música, como siempre has deseado. Tienes voz, talento, personalidad y presencia. ¡No te falta nada!

—Y sé mover el trasero —añado, haciéndolos reír—. ¿Tú qué piensas? —le pregunto a Dylan.

—Es tu sueño —responde él mirándome cariñoso—. Tú debes decidir cuándo comenzarlo. —Y, divertido, añade—: En cuanto a eso de menear el trasero... ¡habrá que hablarlo!

Durante unos segundos pienso, pero finalmente me doy cuenta de que estoy retrasando lo inevitable. Deseo ese disco. Actualmente tengo los medios y, con Dylan a mi lado, me siento capaz de todo. De modo que, sin soltar su mano, pregunto:

—¿Estarás conmigo en esa reunión con la discográfica?

—Sí tú quieres, cariño, por supuesto.

—Quiero —insisto.

Él asiente y, tras mirar sus horarios en su tablet, le dice a Omar:

—¿Qué te parece el lunes que viene a las diez de la mañana?

—Estupendo —exclama Tony—. Así tendré tiempo de terminar un par de canciones que estoy seguro de que a Yanira le gustarán.

—Genial —le contesta Omar a Dylan y, pasándole una nota a su secretaria, dice—: Convoca a Jason, a Lenon y a Jack para el lunes a las diez. —Ella asiente y, frotándose las manos, mi cuñado concluye—: Así pues, el lunes a las diez en mi despacho.

La secretaria, de nombre Sherezade, le dedica a Omar una sonrisita de lo más lasciva. Pobre Tifany. Cuando Omar y ella se van, presto a mi marido toda mi atención.

—No te esperaba hasta mañana.

Dylan asiente y, acercando la nariz a mi cuello, responde mientras aspira mi aroma:

—No podía estar más tiempo alejado de ti.

Yo sonrío y me abrazo a él. Tony nos mira y pregunta:

—¿Molesto?

Lo miramos los dos y contesto:

—No, tonto. Tú nunca molestas.

Entonces, propone:

—Vamos, cuñada, ya que estamos solos, date el gusto de grabar la canción que quieras. Sólo dime qué música de fondo necesitas y yo te grabaré la voz.

Titubeo, pero Dylan me anima a hacerlo. Al fin, presionada por ambos, digo:

—Me gustaría *Cry Me Out*, de Pixie Lott.

Tony busca la música y, una vez la localiza, salgo de la pecera. Me voy al otro lado del cristal y, cuando me pongo los audífonos y escucho la melodía, comienzo a cantar en cuanto él me hace una seña.

La letra fluye de mi interior mientras miro a mi moreno, tan guapo e impresionante con ese traje y su corbata oscura.

> *You'll have to cry me out.*
> *You'll have to cry me o-o-out.*
> *The tears that will fall, mean nothing at all.*
> *It's time to get over yourself.*

Me gusta ver su sonrisa, me encanta verlo feliz y sin lugar a dudas en este momento lo es, mientras yo canto la canción para él. Sólo para él.

Cuando minutos después acabo, me quito los audífonos y entro en la pecera. Allí, Tony me pone por los altavoces el resultado de lo que ha grabado.

Me escucho incrédula. Siempre he cantado en orquestas y me he oído por los altavoces, pero nunca había tenido el lujo de grabar algo en un estudio profesional como éste.

La escuchamos encantados y, cuando acaba, Tony abre una carpeta y, tras mirar a su hermano, que asiente, me tiende una partitura y dice:

—Dylan la escribió para ti y yo compuse la música.

¿Dylan escribe canciones?

Alucinada, tomo el papel que Tony me da como si fuera oro puro y, tras echarle una ojeada, le pregunto a mi marido:

—¿En serio has escrito tú esta canción?

Los dos hermanos se miran y Dylan contesta:

—Lo hice cuando te perdí tras nuestra tonta discusión. Sentí la necesidad de plasmar en un papel lo que sentía en ese momento y luego Tony me ayudó y le puso una bonita música. Espero que te guste.

Veo que la canción se llama *Todo* y la leo con manos temblorosas. Cuando acabo, murmuro, besando a Dylan:

—Es preciosa, cariño. Muchas gracias.

Henchido de amor, él me besa, devora mis labios, hasta que oímos:

—Creo que aquí sobro.

Dylan y yo sonreímos y, volteándonos hacia Tony, lo abrazamos.

—Gracias, cuñado —le digo.

—El mérito es de tu marido, yo sólo lo ayudé. Peroooooooooo... tengo otras canciones que espero que te gusten y cuando decidas sacar tu disco, confío en que me las compres.

Sonrío encantada y dos segundos después, animados por Dylan, Tony y yo nos metemos en el estudio de grabación. Él se sienta al piano y comienza a cantar la canción.

Te vi y me enamoré.
Fue tal el flechazo que no supe ni qué decir.
Tu olor, tu piel.
Tu tacto, tu mirada, tu sonrisa, tu boca y todo tu ser.
El cielo, el mar y un barco.
Fue testigo de nuestro amor.

Mientras Tony canta y toca la melodía, no puedo dejar de mirar a Dylan. Esa letra habla de nosotros, de nuestra historia de amor y sonrío... mientras mi cuñado llega al estribillo y canta:

Será la noche que te ilumine.
Será el sueño que nos unió.
Serán tus besos y mis caricias.
Lo que siempre quise, y ahora lo tengo... todo.

Sin quitarle la vista de encima a mi maravilloso marido, que nos escucha al otro lado del cristal, siento que el corazón se me acelera y me lleno de amor. Él, con sus besos, sus caricias, su continuo romanticismo y ahora esta canción, es lo mejor que me ha pasado en toda mi vida y no puedo dejar de sonreír, al tiempo que él me guiña un ojo.

Cuando Tony acaba la canción, lo oigo preguntar:

—¿Qué te parece?

Emocionada, asiento y, levantando la mano, le pido un segundo. Salgo del estudio y me encamino hacia la pecera donde está Dylan. Una vez dentro me lanzo a sus brazos para besarlo con auténtica pasión. Lo que acabo de oír son sus palabras, sus sentimientos, su amor, y una vez finalizo el beso, lo miro y afirmo:

—Te quiero, Dylan Ferrasa.

Tras prodigarnos sin ningún pudor cariño, dulzura y pasión, finalmente salgo y vuelvo junto a Tony, donde cantamos juntos la canción.

Mi cuñado me enseña luego algunas otras composiciones suyas, en concreto una canción llamada *Divina*. Después de que él la cante, le hago unas sugerencias respecto a los tonos y, divertido, comprueba cómo su suave melodía se ha convertido en una canción prendida y bailable.

—¿Te gusta más así? —me pregunta.

Yo lo pienso, miro a Dylan, que está al otro lado del cristal, y pregunto a mi vez:

—¿Cómo te gusta más a ti, cariño?

Dylan abre un micrófono y responde:

—La vas a cantar tú, escoge la versión que prefieras.

Asiento y, mirando a Tony, sugiero:

—Podría comenzarla en un tono bajo y tranquilo y, a partir de esta estrofa, le doy fuerza con onda setentera; ¿qué te parece?

Sorprendido por el cambio, Tony se muestra de acuerdo, le pide a Dylan que grabe y comienza a tocar el piano con las modificaciones apuntadas por mí, mientras yo la canto. Segura de lo que hago, recurro a graves o agudos para dar más fuerza a la canción en distintos momentos y, cuando terminamos, Tony me mira divertido y dice en tono de burla:

Adivina quién soy esta noche

—Eres la onda, «ojitos claros». Cuando la oiga Omar, le va a encantar.

Finalmente, los tres nos vamos del estudio. Tony se despide de nosotros, pues ha quedado con una de sus chicas, y, al llegar al coche, Dylan me mira y pregunta:

—Entonces ¿estás contenta de que esté aquí?

—¿Tú qué crees? —Río abrazándolo.

Nos besamos y, con nuestro beso, nos decimos cuánto nos hemos extrañado. Dylan se aparta de mí y dice:

—Tengo una sorpresa para ti.

—¿Me gustará?

—Creo que sí.

Nos metemos en el coche y él maneja hasta una calle que no conozco. No está lejos de nuestra casa y, tras abrir un cancel, vemos una edificación de dos pisos, con tejado de pizarra negra y grandes ventanales.

—Me hablaron de esta casa y Marc me envió las fotos por email. Al parecer, era de una antigua estrella de cine francesa. Al no tener hijos, cuando murió se la dejó a uno de sus sobrinos, que, simplemente, se olvidó de ella y al final se la quedó un banco. No te dije que vinieras a verla sola porque estabas nerviosa por la grabación y no la habrías apreciado. Pero ahora, ven, tengo las llaves. Vamos a verla.

Tomada de su mano, entramos en la vivienda. El recibidor es amplio y de ahí pasamos a una inmensa cocina vieja y destartalada. Dylan dice:

—Podremos construir la cocina que quieras. Tú sólo piensa en las posibilidades que tiene esta casa, ¿okey?

Asiento con la cabeza. Sin duda alguna he de imaginármela, porque tal como está es una auténtica ruina. La sala y las habitaciones son grandes y, cuando terminamos, Dylan me mira y dice con una amplia sonrisa:

—Es justo lo que querías. Una casa con tejado de pizarra negra, dos pisos, cinco habitaciones, varios baños, una cocina espaciosa, alberca y...

—No me gusta.

Mi rotundidad lo desconcierta y pregunta:

—¿Por qué no?

Miro a mi alrededor. La casa es un desastre. Todo es viejo, está sucia y medio derruida.

—No es que no me guste —explico—, es que la veo tan dejada y necesita tanto trabajo que soy incapaz de imaginar que algún día pueda ser bonita.

Dylan sonríe y, acercándome a él, apoya mi espalda en su pecho y dice:

—Imagínate lo que te voy a explicar, ¿okey? —Digo que sí con la cabeza y enumera—: En la sala pondremos suelos de madera oscura, muebles nuevos y una chimenea en aquel rincón, con una bonita y ancha repisa para tener las fotos familiares. También había pensado abrir una puerta en aquella pared para tener acceso a la alberca desde aquí y no sólo desde la cocina. En aquel rincón podríamos colocar unos cómodos sillones con una mesita y una televisión para nuestras noches de cine. ¿Te lo imaginas?

Asiento con una sonrisa. Tal como lo dice, sí lo imagino y, al ver mi sonrisa, propone:

—Ven, continuemos.

Vamos a la terrible cocina y, al entrar, pregunta:

—¿Cómo te gustaría que fuera la cocina? No pienses en cómo la ves ahora, piensa en cómo la querrías ver.

—Me gustaría que fuera de madera blanca con las puertas de arriba de cristal esmerilado. La mesada de cuarzo negro con motitas plateadas. La vitrocerámica en una isla central y que tuviera encima una bonita campana. Los electrodomésticos de acero inoxidable y que en esa pared hiciéramos todo un ventanal y delante pusiéramos una mesita para comer. ¿Te gusta así?

Dylan me abraza y, con una cariñosa sonrisa, me murmura al oído:

—Me encanta.

Subimos al primer piso, donde el desastre es absoluto, con las ventanas rotas y los suelos totalmente levantados. Es como si por allí hubiera pasado un huracán. La habitación grande la decoramos mentalmente como la nuestra. Entre risas, hablamos de la importancia que tiene para nosotros nuestro jacuzzi y nuestra máquina de juegos. Después entramos en otra habitación y Dylan dice mientras me abraza:

—Ésta y la de enfrente podrían ser las de los niños; ¿qué me dices?

Me atraganto. ¡¿Niños?!

Nunca hemos hablado de ello, pero los niños me gustan y, sin dudarlo, pregunto:

—¿Cuántos quieres tener?

Sorprendido por mi pregunta, camina hacia la ventana y no responde. Divertida al verlo así, digo:

—Supongo que dos o tres sería genial, ¿no crees?

Me mira con una sonrisa, finalmente asiente y, tomándome por la cintura y levantándome del suelo, murmura:

—Comenzaría a fabricarlos ahora mismo, pero está todo tan sucio que...

—Wepaaaa, Ferrasa... ¡que te está saliendo tu vena gay!

Dylan se ríe. Sabe que lo digo por la época en el barco en que yo creía que era gay; me suelta y susurra:

—Quítate los calzones o te los arrancaré yo.

Y, agarrándome del trasero, me acerca a él. Mete la mano por debajo de mi vestido e insiste:

—Tienes dos segundos. —Se quita el saco y lo tira al suelo—. Ya sabes que no me gusta repetir las cosas.

Plan A: le hago caso.

Plan B: le hago caso.

Plan C: le hago caso.

Sin dudarlo, adopto los planes A, B y C mientras él se desabrocha el cinturón y el cierre del pantalón. Mi lobo ha regresado.

Me quito los calzones y, mirando a nuestro alrededor, murmuro:

—Vamos, inauguremos esta habitación.

Loco de deseo, mi amor me quita los calzones de la mano, los guarda en el bolsillo del saco y, alzándome entre sus brazos y sin acercarme a ninguna pared, dice, mientras introduce con urgencia su duro pene en mi ya lubricada vagina:

—Ésta será la habitación de nuestro primer hijo.

El empellón al introducirse en mí de golpe me hace arquear la espalda y, sujetándome con fuerza por el trasero, pide:

—Conejita, rodéame la cintura con las piernas y sujétate a mi cuello.

Hago lo que me ordena; cuando vuelve a entrar en mí, sonríe al ver mi expresión mientras me aprieta el trasero y susurra:

—Te haré el amor en cada estancia de esta casa hasta dejarte sin aliento.

—Sí, hazlo —exclamo, ya entregada al placer.

Me agarro a su cuello para no caerme, y él entra y sale de mi cuerpo con precisión. Tres días sin vernos han sido mucho para nosotros y el deseo nos nubla la razón.

Oír sus jadeos mientras me penetra y sentirlo tan apasionado me vuelve loca, así que lo miro y murmuro:

—Gracias por la canción que me has escrito.

Dylan asiente y, hundiéndose deliciosamente en mí, responde:

—Gracias por quererme.

Ante esas palabras no puedo decir nada. ¿Cómo me puede dar las gracias por eso? Sin detener nuestro morboso encuentro, lo vuelvo a besar y, cuando mi boca abandona la suya y veo que se muerde el labio inferior para hundirse de nuevo en mí, musito:

—Oh, sí... sí...

—¿Te gusta, caprichosa?

—Tanto como nuestra canción —contesto.

Las comisuras de sus labios se arquean. Le gusta lo que ve, lo que oye, y mientras entra una vez más dentro de mí, dice:

—Me voy a venir...

Enloquecida de pasión, me abro para él. No quiero que pare. Adoro su actitud posesiva, cómo me hace el amor, las cosas tan maravillosas que me dice. Pero lo bueno se acaba y, tras un par de empellones más que me hacen alcanzar la séptima fase del orgasmo, los dos temblamos y llegamos al clímax a la vez.

Permanecemos un par de minutos en aquella postura, hasta que el aire que entra por la ventana me hace mirar y digo:

—Las vistas son preciosas.

Dylan mira también y, tras darme un beso en la nariz, me baja al suelo y pregunta:

—Así pues, ¿te gusta la casa?

No cabe duda de que mi percepción de ella ha cambiado y, encantada, lo miro y respondo con picardía:

—Creo que ahora debemos visitar la habitación de la niña.

Que yo no quiero problemas

El lunes, en la reunión con Omar y los de la productora, Tony y yo los dejamos a todos boquiabiertos cuando les enseñamos las canciones en las que trabajamos el otro día. Todos están de acuerdo en que *Todo* y *Divina* tienen un gran potencial para ser un éxito y decidimos que *Divina* sea mi tema de lanzamiento.

Dylan, sentado a mi lado, escucha la conversación y sólo interviene cuando yo le pido ayuda con la mirada. Soy totalmente novata en el tema y aunque sé que Omar no me va a engañar, me gusta que Dylan intervenga en el asunto.

Lo primero que firmo es que Omar sea mi mánager. Dylan revisa el sencillo contrato y todo le parece bien.

Cuando llega el momento de firmar el contrato con la discográfica, vuelvo a pedir la ayuda de mi marido. Él lo revisa, y después de hablar con su padre por teléfono, se lo envía por email. Una hora más tarde, Anselmo, muy puesto en estos temas tras gestionar los de su fallecida mujer, llama por teléfono desde Puerto Rico. Habla por el manos libres con los de la discográfica y pide que eliminen o cambien algunas cláusulas.

Yo observo callada cómo estos tiburones de los negocios hablan, discuten y proponen. Dos horas después, se redacta un nuevo contrato. Lo leo, y también lo leen Dylan y Anselmo, y cuando todos estamos de acuerdo, lo firmo. A partir de ese instante, la discográfica gestionará mi carrera musical durante cinco años.

Tony nos presenta cuatro canciones más y a todos nos encantan. Sin dudarlo, Omar las compra para el disco. Nos hacen faltan tres canciones más, pero están tranquilos, explorarán entre sus compositores y cuando encuentren algo que me pueda gustar, me lo enseñarán. También me dicen que la canción con J. P. Parker se incluirá en el disco.

Hablan de nombres y de mi imagen. Me proponen Yanira Ferrasa, pero yo me niego. No quiero que el apellido de mi marido se mezcle con mi carrera.

Dylan sólo dice que haga lo que yo quiera. Al final, decido ser simplemente Yanira. Un nombre corto y contundente.

¡Madre mía... madre mía!

Con lo que me van a pagar, les voy a poder comprar a mis padres una casona mucho más grande que la que tienen y los voy a mimar como se merecen. Eso me hace feliz.

Omar me dice que pronto tendré que viajar. J. P. ha pedido que a finales de abril actúe en dos de sus conciertos, en Londres y Madrid. Quiere que cante con él la canción que grabamos juntos y la discográfica aprovechará para incluir en ese espectáculo un par de mis temas para ir calentando el ambiente. J. P. está de acuerdo, por lo que yo no puedo decir que no.

Miro a Dylan. No sonríe, pero me guiña un ojo con actitud comprensiva.

Pero cuando se habla de la gira de promoción de cuando salga el disco, ahí sí que lo veo incómodo. Se remueve inquieto en la silla y noto que arruga la entreceja. ¡Mal asunto!

Están hablando de una gira que incluya Europa, Estados Unidos y Latinoamérica. La discográfica quiere apostar fuerte. Según ellos, soy un buen producto.

¡Carajo! ¿Producto? Me siento como si fuera un bote de cátsup cuando hablan así de mí pero no digo nada. Luego discuten sobre el mercado al que puedo llegar y afirman que sin duda seré bien acogida por el público.

Yo los escucho en silencio, con la mano de Dylan tomada por debajo de la mesa. Seguro que muchas cosas de las que aquí se dicen, como que soy atractiva, agradable a la vista, picarona en mis movimientos y tremendamente sexy no le gustan, pero se calla. No protesta. Sólo escucha sin soltarme la mano.

Cuando salimos de la reunión, mi morenazo está serio. Sé lo que no le ha gustado, pero también sabe que si quiero despegar en el mundillo musical he de viajar y promocionar mi trabajo.

Al llegar a casa, necesito hablar con él del tema y cuando me propone darnos un baño juntos en el jacuzzi, acepto. Creo que es un buen lugar para dialogar. Preparo unas bebidas y en el momento en que entro en el baño, él ya está esperándome en la gran tina redonda.

Guiñándole un ojo, me quito la bata, me meto en el jacuzzi y me refugio entre sus brazos. Dylan me estrecha contra él y murmura:

—¿Cómo es que hueles siempre tan bien?

—Creo que es porque te gusto mucho —sonrío.

Nos damos mil besos y nos hacemos cientos de apapachos y, cuando nos miramos llenos de deseo, pregunto:

—¿Estás bien?

Mi amor me acaricia con la mirada y, sonriendo, contesta:

—A tu lado siempre estoy bien.

Me abraza en silencio y siento la desesperación en su piel.

—No quiero verte mal.

—No lo estoy.

—No mientas, Ferrasa, te lo noto.

Dylan resopla, me suelta y dice:

—Por ti superaré cualquier cosa. Si tú has sido capaz de dejar tu tierra para casarte conmigo y comenzar aquí de cero, creo que lo justo es que yo te apoye en tu carrera musical, ¿no crees?

Sin duda tiene razón. ¡Sería lo justo!

El problema serán las giras, las ausencias..., lo sé. No hace falta que Dylan me lo diga. Desde que nos hemos vuelto a reencontrar, lo máximo que hemos estado separados han sido tres días.

Pero no estoy dispuesta a ponerme blanda y tontorrona, y digo:

—Así me gusta. Verte positivo.

—Lo intento.

—Debemos pensar cuál es el mejor momento para lanzar el disco al mercado. Quiero hacer las cosas bien y...

Mi amor suelta una carcajada y, tomándome de nuevo entre sus brazos, comenta:

—Sea cuando sea, vas a tener que trabajar mucho. No creas que todo será divertido.

—Lo imagino.

—No. No lo imaginas.

—Eh... quiero positividad —lo regaño.

Sonríe y, colocándome sobre él, murmura:

—De momento te puedo dar sexo; ¿qué te parece?

Sentir su pene debajo de mí provoca que de inmediato me sienta excitada y llena de deseo.

—Me parece lo mejor de lo mejor. —Y anhelante y juguetona, añado—: Quiero que me cojas.

—¿Quieres que te coja? —repite Dylan.

—Sí.

Mi propuesta le ha gustado y, mientras me mira con esos ojos castaños que adoro, pregunta con voz cargada de sensualidad:

—¿Y cómo quieres que lo haga?

Me muevo sobre él y susurro:

—Como tú sabes que me gusta, pero...

—¡¿Pero?!

Me entra la risa. Carajo, ¡me estoy volviendo una malota de mucho cuidado!

Lo que estoy a punto de decirle en cierto modo me da hasta vergüenza proponérselo. Pero estoy dispuesta a disfrutar de él de todas las maneras posibles, y continúo:

—En nuestro juego de hoy no quiero que seas educado con las palabras. Yo seré tu muñeca y tú serás mi muñeco.

—Vaya... —sonríe Dylan.

—Quiero que utilices un vocabulario más agresivo. Más...

—¿Vulgar?

Asiento. Menuda zorra me estoy volviendo. Él me sujeta la barbilla, se muerde el labio inferior y, excitado por lo que le pido, acerca la boca a la mía y murmura:

—Muñeca, ¿quieres que te meta la verga y te coja hasta reventarte?

Guau, ¡lo que me ha dicho! La sangre se me reactiva en décimas de segundo. Siento el jacuzzi demasiado caliente y contesto:

—Exacto, muñeco. Eso es lo que quiero.

Me mira pensativo y, finalmente, dice:

—Interesante.

Su expresión lo dice todo. Está claro que este nuevo juego que le propongo le gusta. Le da morbo.

—Sal del jacuzzi —me ordena—. Volveremos luego.

Lo hago y él sale detrás de mí. Mientras ambos chorreamos agua, me acerca a su cuerpo y, pasándome la nariz por el cuello, cuchichea:

—Me vuelves loco con tus juegos, pero te voy a dar lo que me pides. —Acto seguido, toma mi mano, la lleva hasta su pene y susurra—: ¿Te gusta mi verga?

La toco. Está dura, tersa, preparada. Como a mí me gusta, por lo que asiento y murmuro:

—Sí.

Dylan sonríe. Me agarra por los glúteos, me levanta y entonces pregunta:

—¿Deseas que te coja con rudeza ahora mismo?

—Sí.

—Una respuesta demasiado breve y concisa. No, muñeca, no. Quiero lo mismo que tú me pides —replica.

Sofocada de vergüenza por lo que espera que diga, tomo aire y respondo:

—No veo el momento de que me abras de piernas y me la metas hasta el fondo.

—Mmmmmm... me gusta —murmura.

Dylan camina hasta nuestra cama y, dejándome encima, dice, mientras me mira:

—Por lo pronto, me la vas a chupar.

Y, sin más, toma mi cabeza y me la lleva hasta su enorme virilidad. Como la mañana de nuestra boda, el exigente Dylan aparece y yo hago lo que me pide, mientras él, con sus dedos enredados en mi cabello, me obliga a ello.

Sus acometidas son suaves. Mueve las caderas en busca de profundidad, cuando lo oigo decir:

—Así, muñeca, así. Me encanta cogerte la boca.

Disfrutando de lo que me hace sentir, lo miro y veo que cierra los ojos. Le agarro el duro trasero y lo empujo hacia mí, con lo que me introduzco más su enorme erección en la boca. Lo oigo jadear. Dispuesta a ser su conejita más caliente del momento, llevo una mano a su escroto y con los dedos se lo amaso suavemente.

—Oh, sí... no pares —pide.

Siento un placer infinito ante sus acometidas, mientras le succiono la enorme verga y noto cómo vibra. Al cabo de unos minutos, se me cansa la mandíbula, pero cuando voy a retirarme, Dylan me sujeta y masculla:

—Ni hablar, muñeca, continúa con lo que estás haciendo. Estoy a punto de venirme en tu boca.

Con una mano en su trasero y la otra en sus testículos, atrapo de nuevo su duro pene entre los labios, subiéndolos y bajándolos por su miembro, haciéndolo vibrar.

En un momento dado, Dylan me agarra con fuerza la cabeza y murmura:

—Así... muy bien... muy bien... ¿Te gusta que te coja la boca? —pregunta luego.

No puedo responder.

—Chúpala toda, muñeca... Vamos, así... así.

Suelta mi cabeza y respiro, pero mi exigente amor me agarra entonces del pelo y vuelve a meterse en mi boca, aunque esta vez el ritmo de sus acometidas es frenético. Lo noto temblar. Sé que está a punto del clímax.

—Me voy a venir —murmura.

Y, sin más, su esperma comienza salir a borbotones y siento su sabor en la boca. ¡Qué asquito! Cuando sale, su simiente cae sobre mis pechos. Al verlo, Dylan se agarra el pene y, acercándolo a mis pechos, lo mueve entre ellos.

—Ahhh... Ahhhh...

Extasiada, dejo que lo haga, mientras sus caderas arremeten y sus piernas tiemblan. Cuando se vacía y deja de tiritar por lo ocurrido, nuestras miradas se encuentran. Ambos tenemos la respiración agitada. El deseo que veo en sus ojos es enorme y murmuro acalorada:

—Necesito bañarme.

Dylan sonríe y niega con la cabeza.

Estoy mojada de su semilla y él me la restriega por los pechos y dice:

—Quiero que huelas a mí.

Dejo que me esparza su semen por la piel y, cuando termina, me levanto y voy al baño. Pero justo cuando me voy a meter en la regadera, lo siento detrás de mí; me empuja contra el lavabo y masculla:

—Aún no he terminado contigo, muñeca. Pon las manos en el lavabo.

Me resisto. Me gusta ese juego de resistencia entre nosotros; Dylan me da una nalgada y murmura mientras me sujeta con fuerza:

—Quietecita...

Vuelvo a moverme, intento zafarme, pero Dylan me da otra nalgada, consigue pararme y susurra en mi oído:

—Apóyate en el lavabo y separa las piernas. —Lo hago. Nuestras miradas se encuentran a través del espejo y, extasiado, dice—: Te voy a volver a coger y quiero que veas mi cara mientras lo hago, mientras te penetro y disfruto de tu cuerpo.

Excitada al ver que continúa con nuestro loco juego, miro el espejo. Sus manos van directas a mis pechos, que amasa y aprieta.

—Tienes los pezones tiesos y duros; ¿tan excitada estás?

—Sí.

Sus caderas se restriegan contra mi trasero.

—Vamos, mueve tus preciosas nalguitas para mí. Así... así... muy bien...

Adivina quién soy esta noche

Sin necesidad de que me lo repita, pego mi trasero a su cuerpo y me froto con descaro contra él. Su respuesta es rápida. Siento cómo su pene crece y se endurece y, cuando está en todo su esplendor, me mira a través del cristal y pregunta:

—¿Mi verga es la más gorda que te han metido?

Por el amor de Dios, ¡qué vulgaridad!

Asiento y lo veo sonreír. ¡Menudo machito! Sin duda alguna, Dylan es el hombre más fornido, sexy e impresionante con el que he estado nunca. No puedo decir que Francesco u otros no estuvieran bien dotados, pero él es el mejor. El más. El único.

Me sujeta con fuerza empotrándome contra el lavabo, sin dejar que me mueva. Una de sus manos abandona mi pecho y baja hasta tocar mi palpitante humedad. Jadeo. Luego me introduce uno de sus dedos con fuerza y lo mueve.

—Más... quiero más —exijo histérica.

—Más ¿qué?

Sé que sabe a qué me refiero, pero igualmente respondo:

—Quiero más profundidad.

—¿Así?

Un grito escapa de mis labios ante su embestida. Lo miro a través del espejo y, cuando voy a responder, vuelve a decir:

—¿O así?

Grito y me contraigo de placer. Ahora son dos los dedos que tiene en mi interior, moviéndose para mi deleite.

—Así... cógeme... cógeme con tus dedos.

Sin descanso, hace lo que le pido, mientras me susurra al oído las mayores vulgaridades que nunca le he oído decir. Cuando creo que voy a alcanzar el éxtasis, se para. ¡Lo mato! Saca los dedos y, dichosa, veo que es para introducir su dura erección.

—Es esto lo que quieres, ¿verdad, muñeca?

—Sí... sí... sí —balbuceo extasiada.

Tengo los nudillos blancos de la fuerza con que me sujeto al lavabo mientras él me coge con gusto y con las manos me abre el trasero con descaro.

—Ahora toda mi verga está dentro de tu panocha, pero luego te la voy a meter por atrás; ¿qué te parece?

No hablo. No puedo, el placer sólo me permite gritar.

Él me da una nalgada, y exige:

—Vamos, muévete.

Lo hago. Busco mi propio placer y jadeo al encontrarlo. Durante varios minutos, Dylan me embiste una y otra vez, mientras me ordena que lo mire en el espejo. Mi cuerpo se mueve a cada arremetida y su salvaje instinto me vuelve loca.

—¿Te gusta?

Embestida.

—Sí.

Grito.

—¿Cuánto, muñeca?

Nueva embestida.

Me arqueo hacia atrás para recibirlo, no una, sino dos mil millones de veces, y respondo:

—Mucho. Me gusta sentirte dentro de mí. Me gusta tu posesión y...

—Despacito, preciosa —me corta—. Déjame sentirte en tu interior. Así... así... Mmmm... me encanta cómo palpitas. Estás caliente y receptiva.

Pero mis trembleques me exigen más y aumento el ritmo. Dylan suelta un varonil gruñido al notarlo y, agarrándome las caderas con fuerza desde atrás, me da lo que le pido.

—Qué placer me estás dando... Sigue. No pares.

—¿Te gusta así?

Siento que me traspasa con su enorme pene y digo:

—Me voy a venir. No pares.

En el espejo veo que Dylan sonríe y, con voz ronca y llena de pasión, murmura en mi oído:

—Eso es, muñeca. Termina. Empápame de ti.

Un grito de placer sale de mi boca y presiento que me han debido de oír hasta en Tenerife. Dylan me muerde un hombro. Sus últimas palabras me han vuelto loca, mientras siento cómo el interior de mi cuerpo lo succiona y se contrae. Cuando se ha asegurado de que yo he alcanzado el clímax, sale de mí.

—Vamos a refrescarnos.

—¿Y tú? —pregunto, al ver que no se ha venido.

—Tranquila, tengo planes.

Nos damos un regaderazo rápido y, cuando sus besos se vuelven de nuevo posesivos, murmura:

—Volvamos al jacuzzi.

Lo sigo. Dylan entra y cuando veo que se sienta en el agua, con una sonrisa pícara, yo lo hago en el borde y, abriéndome de piernas ante él, digo provocadora:

—Sigo deseándote.

Él me mira, sonríe y contesta:

—Decididamente... eres insaciable.

—Tratándose de ti no lo dudes.

Azuzada por el deseo, me separo con los dedos los labios vaginales y me introduzco un dedo. Dylan me mira sin moverse. Me observa mientras yo me masturbo sin ningún tipo de pudor.

—Ahora quiero que me chupes tú a mí.

Mi moreno sonríe y pregunta:

—¿Y dónde quieres que te chupe?

—Aquí —insisto embriagada.

—Ese «aquí» tiene un nombre, ¿verdad?

—Sí.

—Pues quiero que lo digas y, por favor, con vulgaridad.

Me entra la risa. Reconozco que el que él haya llamado «verga» a su pene me ha puesto cardíaca, pero inexplicablemente, utilizar la palabra «panocha» me da vergüenza.

Dylan no me quita ojo. Espera que diga lo que él quiere y finalmente murmuro:

—Quiero que metas la lengua en mi panocha y me cojas con ella.

Mi chico asiente y, acercándose a mí, se burla:

—¡Qué vulgaridad!

Me río de nuevo. Pero cuando la punta de su lengua me toca el hinchado botón del placer, cierro los ojos y jadeo. Dios, cómo me gusta que me haga esto. Instantes después, me rodea el trasero con las manos y, sin un ápice de duda, comienza a devorarme con auténtica pasión.

¡Qué gustazo!

Me agarro con fuerza al borde del jacuzzi, mientras noto que sus labios atrapan mi inflamado clítoris, me lo chupa, lo rodea con la lengua y lo jala. Un grito extasiado sale de mi boca y exijo:

—No pares... por favor, no pares.

Dylan no lo hace. Como un loco hambriento me chupa hasta llevarme a la decimoquinta fase del orgasmo. Introduce un dedo en mí, dos, tres y murmura mientras los mueve:

—Estás muy húmeda, cariño... mucho.

Me arqueo enloquecida mientras me masturba. Su boca en mi clítoris y sus dedos en el interior de mi sexo me vuelven loca. Sin duda alguna, Dylan sabe lo que hace, y yo me dejo llevar. Ambos disfrutamos. ¿Qué más se puede pedir?

—Sube las piernas a mis hombros. —Lo hago, y él me mira y añade—: Algún día te quiero ver en esta postura tan indecente con otro hombre. Yo te abriré para él y tú disfrutarás.

Suelto un gemido. Pensar en eso me excita.

—Te quiero totalmente en mi boca —dice Dylan.

Con las piernas en sus hombros y mi sexo en su boca, entierro los dedos en su pelo y le aprieto la cabeza con exigencia contra mi humedad. Sus manos me sujetan por el trasero, estrujándomelo, y siento uno de sus dedos rozándome el ano, rodeándomelo. Lo tienta y poco a poco introduce el dedo en él.

Yo doy un brinco, pero Dylan continúa chupando, al tiempo que su dedo profundiza más y más en mi trasero, dándome placer. Las otras veces que lo ha hecho ha debido ir abriendo camino y ahora resulta más fácil. Cuando su dedo ya no puede entrar más, lo saca y esta vez introduce dos. Entran con facilidad y los mueve mientras yo, enloquecida por todo, disfruto y tiemblo gozosa.

El sexo con Dylan es apasionante. Compartirlo con alguien que te da tanto como recibe es una delicia y estoy encantada de haber encontrado a un hombre tan caliente y juguetón como yo, que no se asusta por nada.

No sé cuánto tiempo estamos así. Sólo sé que termino en su boca y que él no se aparta de mí. Al contrario, me succiona una y otra vez, a la espera de exprimirme aún más. Lo quiere todo para él y yo se lo doy. Cuando mis orgasmos cesan, con cuidado bajo las piernas de sus hombros y Dylan me mete en el jacuzzi.

Con los ojos cerrados, disfruto del agua que me rodea, cuando siento su boca en la mía. Me besa. Sabe a sexo, a mi sexo. Los abro y veo que sostiene un bote de lubricante:

—Voy a hacer mío tu trasero. Date la vuelta.

Lo miro sorprendida y murmura:

—Estás preparada. Date la vuelta y relájate.

Sin decir nada, hago lo que me pide, pero muy despacio. No estoy segura. Él lo sabe y, mimoso, susurra mientras unta los dedos en el lubricante y lo pasa por mi ano bajo el agua:

—Ahora no seré vulgar contigo. A partir de este instante, Dylan y Yanira son los que juegan y todo será suave, lento y cuidadoso. Tranquila, confía en mí —añade.

Sin duda lo hago. Si confío en alguien es en él. Siento sus dulces besos en mi cuello, sus manos que me rodean bajo el agua, apretándome contra él. Después, con una me toca el clítoris y la otra va a mi trasero.

De rodillas en la tina, disfruto mientras me entrego al placer del sexo y mi amor goza conmigo.

De nuevo tiene dos dedos en el interior de mi ano. No me duele; al contrario, me gusta. El lubricante facilita la penetración y murmura:

—Estás muy dilatada, cariño. Y eso me anima a hacerlo.

Agarrada al borde del jacuzzi, muevo el cuerpo, y en especial las nalgas, suavemente, mientras disfruto del placer que me está dando. Sigue besándome, sus palabras de amor no cesan y, cuando siento que retira los dedos de mi trasero y en su lugar noto la cabeza de su pene, se me hace un nudo de emociones en la garganta.

Con cuidado Dylan se introduce en mí y siento que la piel de mi ano se estira y abre como nunca antes lo había hecho.

—¿Duele?

Niego con la cabeza, aunque apenas respiro.

Va entrando muy lentamente. Es una sensación extraña. Placer y dolor. No sabría decir cuál prima. Sólo sé que el efecto es embriagador y no quiero que pare mientras cada vez lo noto más y más en mi interior.

—¿Todo bien, cariño? —pregunta con un hilo de voz, temblando de excitación.

—Sí... sí... —respondo agitada.

El dolor poco a poco desaparece y Dylan comienza a moverse con más comodidad.

—Arquea las caderas y levanta el trasero, caprichosa.

Lo hago.

—Eso es... despacio... despacio... —murmura entre dientes, mientras sé que se contiene para no dar una buena embestida.

Jadeo y dejo caer la cabeza. Lo que siento es indescriptible y cuando vuelvo a gemir, lo oigo decir:

—Algún día te cogeré junto con otro hombre y tú disfrutarás de esa total posesión.

—Sí —respondo con lujuria.

—Será nuestro disfrute. —Me da una sonora nalgada—. Gozarás para mí, mientras los dos te cogeremos por delante y por detrás.

Un ruidoso gemido sale de mi boca al pensar lo que dice. Mi imaginación vuela y la escena que visualizo es delirante y pecaminosa.

De pronto, Dylan se detiene. Mi gemido lo ha vuelto loco. Sus manos tiemblan y todo él también, ¿o quizá soy yo la que se estremece de placer?

Adelanta las caderas con suavidad para introducirse más en mi ano y de nuevo me duele. Se lo digo y él se mueve con cuidado hasta que algo parece romperse en mi interior y Dylan entra en mí del todo. Mi grito es atronador. Él no se mueve y, apretándome contra su cuerpo, murmura en mi oído con voz íntima y serena, mientras yo tiemblo y respiro con dificultad:

—Ya está, cariño... ya está. No te muevas y acóplate a mí. Es tu primera vez. —Jadeo. Dylan susurra—: Tranquila. Shhhhh. El dolor cederá, sentirás el calor y por fin gozarás. Tranquila, mi vida... tranquila... respira.

Lo hago. Tomo aire mientras siento que el dolor cede y el calor me inunda.

Carajo, ¡qué calor!

El dolor me ha recordado cuando perdí la virginidad, a los diecinueve años. La diferencia es que Dylan sabe lo que hace y me conforta con sus palabras, con sus manos y sus actos, y el idiota que me desvirgó sólo pensaba en su propio placer.

Ahora el placer me hace gemir embriagada y comienzo a mover poco a poco las caderas.

—Despacio, cariño... despacio.

Su voz, como siempre tan cargada de erotismo, me vuelve loca, mientras un intenso calor se concentra en mi estómago y me abrasa por dentro. Necesito moverme. Lo hago y, cuando no puedo más, exijo:

—Cógeme...

Las manos de Dylan me sujetan con fuerza la cintura y, mientras se mueve contra mí, murmura exaltado:

—Dios, estás tan apretada...

—Más fuerte, por favor...

No lo hace. Va con cuidado y, cuando entra y sale de mi ano, me dice:

—No quiero hacerte daño. Tranquila.

—No lo harás —replico con un gemido.

Me besa la espalda y yo lo animo a acelerar sus movimientos. Poco a poco, va moviendo las caderas más deprisa y, embriagado por el momento, pregunta:

—¿Quieres que te coja?

Asiento. Lo quiero, lo necesito, lo exijo.

Siento cómo su erección entra y sale de mí cada vez con más brío, con más ímpetu, mientras con un dedo me acaricia el clítoris. Grito. Mi gemido extasiado excita a mi amor y ya sin freno, nos movemos ambos en el interior del jacuzzi. El agua sale por los bordes sin que eso nos importe, mientras Dylan se hunde en mi ano una y otra... y otra vez, para darme lo que le exijo y él desea.

—Me voy a venir —dice.

La lujuria me puede, el fervor me enloquece, el fuego me consume y Dylan me apasiona. A cada segundo le pido que las acometidas sean más fuertes y nuestros jadeos se vuelven más salvajes y roncos. Nunca habría imaginado que el sexo anal pudiera producir tanto placer y, tras un último empellón en el que siento que Dylan se retiene para no hacerme daño, nos arqueamos y nos dejamos llevar.

Pasados unos segundos, sale de mí y, tomándome en brazos, me sienta sobre él.

—¿Estás bien?

Me siento dolorida, pero sonriendo, contesto:

—Creo que no me voy a poder sentar en un mes, pero por lo demás, ¡genial!

Esa noche, cuando nos metemos en la cama, estamos extenuados. Ha sido una tarde estupenda de sexo, morbo y desenfreno. Adoro a mi amor y sé que él me adora a mí.

Dylan me abraza y me besa la frente.

—Recuerda que te quiero, caprichosa. Nunca lo olvides.

Sé por qué lo dice y qué es lo que le preocupa. Cada día ve más próximo mi sueño, y lo teme. No dice nada pero yo lo sé. Por ello, apretándome contra él, respondo, segura de lo que digo:

—Y tú nunca olvides lo mucho que yo te quiero a ti.

Si tú me miras

La canción que grabé con J. P. Parker se oye en todos lados y a partir de ese momento mi vida da un giro increíble. Todo el mundo me busca, todo el mundo quiere saber quién es la Yanira que canta con el rapero y Omar se encarga de informarles de ello.

Alucinada, me doy cuenta de que mi cuñado tenía razón. Me llueven miles de propuestas de productores, discográficas, cantantes, que yo contemplo sin habla. Dylan me observa divertido, pero sé que su diversión no es total. Le preocupo y él me preocupa a mí.

La discográfica quiere trabajar ya en mi disco. Me asusto, intento aplazarlo, pero tras meditarlo, finalmente accedo a comenzar la grabación de los temas. Creo que, visto lo visto, es lo mejor.

Mis jefes me piden que me ponga en forma. ¿Me están llamando gordita? Por si acaso, hago el esfuerzo de madrugar y salir cada mañana a correr con Dylan. Los primeros días es una tortura china para mí. Me paro cada dos por tres, me quejo, digo groserías, me ahogo, pero mi chico, que es un superman, me anima y acorta su recorrido para poder ir conmigo.

Me hace de entrenador personal y yo me río cuando le digo que ir detrás de él es como ponerle a un burro una zanahoria delante. Con tal de pescar ese cuerpo, lo sigo al fin del mundo. Él sonríe y me besa.

Día a día va alargando nuestro recorrido y puedo ver en qué buena forma está mi maridito y, en especial, cómo lo miran las mujeres al pasar.

¡Serán lagartonas!

Cuando regresamos a casa, estoy exhausta. Dylan se ríe y, tras bañarnos y darme la recompensa que le exijo por el esfuerzo realizado, él prepara el desayuno mientras yo termino de arreglarme. En la mesa, nos sentamos el uno frente al otro y, mientras hablamos, él come deliciosos panqués o croissants y yo un tazón de leche y de fibra sin mi adorado Nesquik.

Eso me cambia el humor. Estar a dieta no es lo mío. Dylan no dice nada, ha decidido no meterse en eso, pero me deja muy claro que no cree que necesite adelgazar, porque opina que estoy muy bien como estoy.

La nutricionista que me ha puesto la discográfica me explica que la dieta y los ejercicios son para ponerme en forma, porque cuando comience la gira necesitaré estarlo. Lo bueno de todo esto es que pronto veo mis progresos, noto que mi cuerpo comienza a estar tonificado y, en especial, me encanta cómo me quedan ahora los jeans.

Vaya nalguitas paradas más lindas que se me están poniendo.

De lunes a viernes, Dylan se va hacia el hospital a las ocho de la mañana y yo, tras hacer trampa con la dieta y zamparme a escondidas mi par de cucharadas de Nesquik seco y directo, sobre las nueve me voy a la discográfica. Allí está Tony y me gusta trabajar con él.

Omar, que es un tiburón de su negocio, nos mete presión. Quiere el disco en la calle lo antes posible.

Cuando Dylan no sale muy tarde del hospital, me va a buscar a la discográfica. Desde allí, encantados y felices, nos vamos a ver las obras de nuestra nueva casa. Van viento en popa y está quedando preciosa. No veo el momento de que todo termine para podernos instalar allí.

En este tiempo, mi relación con Tifany y Valeria se ha reforzado. Cada una a su manera, me han demostrado ser unas amigas estupendas y nos vemos siempre que podemos.

El día que Valeria se entera de que yo soy la Yanira que canta en la radio con el rapero J. P. casi le da un ataque. Se pone tan nerviosa que no le cuento que voy a sacar un disco. Ya se lo diré más adelante.

Coral viene a Los Ángeles con un contrato para un excelente

restaurante de autor. Dylan le ha conseguido el trabajo y ella no puede estar más feliz. Los primeros días se queda en nuestra casa, con nosotros, pero, dado que Coral es muy independiente, a la segunda semana se va ya para vivir por su cuenta.

El sábado siguiente, Dylan tiene programada una operación importante, por lo que quedo para comer con ella y las que ahora son mis amigas. Quiero que se conozcan. Cuando llego con Coral al restaurante, el mesero me reconoce. ¡Menuda euforia!

Nos tomamos fotos. Le firmo un autógrafo en una servilleta y después nos pone en una bonita mesa en la terraza exterior. Hace un día estupendo.

Tras el mesero, salen dos chicas de las cocinas. Están emocionadas. Ambas quieren su foto conmigo y yo, encantada, les doy el gusto. ¡Sin lugar a dudas, la fama está padre!

Cuando ellas se retiran tan contentas, Coral me dice en voz baja:

—¿Qué se siente ser famosa?

Me encojo de hombros. Realmente es algo raro y exclamo:

—¡Está padre!

—Ay, mi Famocienta —se burla ella.

Después de que el mesero nos traiga algo fresquito para beber, Coral dice:

—¿Puedes creer que ayer fue a comer al restaurante Antonio Banderas?

Sentada a su lado, tomando el sol, respondo con sorna:

—Me lo creo. Estamos en Los Ángeles, Gordicienta.

Coral se mira el reloj y musita:

—No me entiendo. Hoy es mi día libre y extraño trabajar. ¿Me estaré volviendo loca?

La miro divertida y, encogiéndome de hombros, digo:

—Eso es que te gusta tu trabajo, o bien que hay un guapísimo en el restaurante que te encanta, ¿a que no me equivoco?

Ella sonríe y contesta:

—El guapísimo todavía no ha aparecido, pero mira, ahí viene tu cuñada. ¡Qué estilazo tiene la chica!

Miro al frente y veo llegar a Tifany. Como siempre, el glamour que desprende es increíble y, cuando llega hasta nosotras, saluda:

—Holaaaaaaaaaaaa.

Me levanto, le doy dos besos y pregunto:

—¿Te acuerdas de mi amiga Coral?

Por supuesto que se recuerdan y Tifany contesta:

—Claro que sí, amor. Hola, Coral, encantada de tenerte de nuevo por aquí. Me ha dicho Yanira que estás trabajando en un restaurante estupendo. ¿Todo bien por allí?

—De lujo. ¿Y tú, qué tal?

Tifany se sienta en una de las sillas y, retirándose el pelo de la cara, suelta:

—Pues justamente hoy... ¡fatal!

—¿Por qué? —pregunto sorprendida.

Mi cuñada se quita sus glamourosos y caros lentes oscuros y puedo ver sus ojeras. ¿Qué le ocurre? Coral y yo nos miramos y, finalmente, Tifany musita:

—Estoy tan mal que no sé si cortarme las venas o fundir la Visa Oro.

—Me perfilo más por la Visa Oro —se burla Coral.

Tifany suelta un gemidito quejumbroso y prosigue:

—He pescado a mi bichito cogiendo como un mandril con la puta de su secretaria sobre la mesa de su despacho. ¡Oh, Dios! ¿Cómo me puedes hacer esto, bichito? Oh, bichito...

¿Mi cuñada ha dicho «cogiendo» y «puta»?

Coral me mira desconcertada y yo le aclaro:

—Bichito es su marido.

Gordicienta pone los ojos en blanco, sé lo que piensa y yo miro de nuevo a Tifany y pregunto, mientras poso una mano en su brazo:

—¿Estás bien?

La pobre niega con la cabeza y dice entre lágrimas:

—Esa perra de tinte negro barato no le da mis mensajes cuando lo llamo. Ayer lo estuve esperando durante dos horas y media para ir a cenar a un restaurante estupendo. Era nuestro aniversario. Organicé una cena romántica, le compré unas mancuernillas ideales de platino, y va ella y no le da mi mensaje. Como no apareció y no me contestaba el teléfono, muy ofuscada, me dirigí a la discográfica y... y...

—Y te encontraste al mandril y a la puta de su secretaria sobre la mesa del despacho —concluye mi amiga.

Tifany asiente, se derrumba y nos cuenta todo lo que vio. Pobre... pobre...

Coral, que se apunta siempre a las causas perdidas, rápidamente saca un kleenex de su bolsa y, mientras consuela a mi cuñada, pone pinto a Omar. «Mandril» es desde luego lo más suave que sale por su boca. Sin duda tiene razón. Lo de mi cuñado no tiene nombre. Cuando veo al mesero y voy a pedirle agua, oigo:

—Holaaaaaaa, ¡ya estoy aquí!

Es Valeria, otra alma caritativa, que, al ver llorar a Tifany, suelta su bolsa en la silla y murmura, tomándole las manos:

—Pero, bonita mía, ¿qué te ocurre?

Tifany, desesperada, se deja abrazar por todas. Las tres nos miramos sin saber qué hacer, mientras ella maldice y suelta un millón de barbaridades. Se pone en tal estado de nervios, que finalmente Coral le da un bofetón que nos deja a todas temblando y Valeria acaba tomando las riendas de la situación:

—Ahora mismo nos vamos las dos al baño, te lavas la cara y te tranquilizas —dice levantando a Tifany.

Acto seguido, desaparecen en el interior del local. Coral me mira y yo pregunto:

—¿Se puede saber a qué ha venido ese bofetón?

—Estaba histérica.

—Pero ¿tenías que darle tan fuerte?

—Había que pararla —contesta Coral.

Tiene razón. Aunque el bofetón ha sido demasiado.

—No me digas que el mujerón que acaba de llevarse a Tifany es Valeria. —Asiento y ella murmura—: Increíble. Pero si está más buena que yo.

Dos minutos después, Valeria y Tifany, dos mujeres de lo más diferentes en estilo, vida y experiencias, regresan junto a nosotras y yo digo:

—Coral, ella es Valeria. Valeria, ella es Coral.

Ambas se sonríen y sé que se han caído bien. Como diría Coral, de no mames, y mirando a Tifany, que tiene el rímel corrido, pregunto:

—¿Estás mejor?

Mi cuñada niega con la cabeza y Coral dice:

—Discúlpame por el bofetón.

Tifany asiente pero no dice nada. Pobre, creo que ni se ha dado cuenta. Me da pena, y bueno, nos da pena a todas.

Valeria, tras pedirle algo de beber al mesero, que nos mira desconcertado, abre su bolsa, saca un estuche y, retirándole a mi cuñada el pelo de la cara, dice:

—Deja de llorar. Ningún hombre, y menos uno infiel, se merece que una mujer llore. Con lo guapa que eres, que llore él por ti.

Tifany asiente, se deja retocar el maquillaje por ella y contesta:

—Ojalá... ojalá fuera capaz de decirle: cómprate unas acuarelas y píntate tu mundo, bichito.

Coral, al oírla, suelta:

—Mejor déjate de acuarelitas y dile que se vaya a la chingada.

—¡Coral! —la regaño.

Mi amiga, tras intercambiar una sonrisa con Valeria, toma la mano de la triste Tifany y dice:

—Como diría mi madre, «Dios le da pañuelos a quien no tiene mocos». —Y al ver cómo la mira la otra, aclara—: Que es como decir, tu marido no te merece, cariño.

—Qué razón tiene tu madre, hija mía —afirma Valeria, cerrando el estuche de maquillaje. En un tris ha dejado a Tifany impecable. ¡Qué artistaza!

Mi cuñada asiente, pero parece desconcertada.

—Coral, Valeria, ¿por qué no van un momento a pedir algo de

comer? Tifany y yo queremos ensalada verde con jitomate y sin cebolla.

—¿Ensalada tú? ¿Estás enferma? —alucina Coral.

Sin ganas de explicárselo en este momento, le echo una miradita y al final se levanta con Valeria y se van. Cuando me quedo sola con mi cuñada, digo:

—¿Por qué lo aguantas?

—Porque lo quiero y sé que si me separo de él, no lo volveré a ver nunca. Y yo... yo estoy demasiado enamorada de él como para tomar esa decisión. Además, luego... luego está Preciosa.

—¿Preciosa?

Con una dulce sonrisa, me mira y explica:

—Tenías razón. La niña es lo mejor que tiene Omar. La adoro tanto como ella a mí y si acabo con Omar, los Ferrasa, en especial el ogro, me prohibirán verla y entonces me moriré de pena.

La lucidez de sus palabras me llega al corazón. Al abrirse a Preciosa, Tifany está recibiendo de la niña un amor puro y desinteresado y eso la ha desconcertado.

—Entiendo lo que dices, pero tienes que hacer algo. No puedes seguir así. Tienes que quererte a ti misma para que él te quiera. Pero ¿no ves que siendo buena y sumisa no te valora?

—¿Y qué pretendes que haga?

—No sé qué es lo que tienes que hacer, pero desde luego, no lo que estás haciendo. Ser la perfecta mujercita, con Omar Ferrasa no te funciona. Aunque, bueno, debes ser tú quien decida si quieres vivir así o de otra manera. —De pronto recuerdo algo y pregunto—: ¿Qué te decía Luisa en la carta que te dieron en tu casamiento?

Tifany se seca los ojos y responde:

—Cosas como que Omar era bueno, amable, arrogante y...

—El día de mi boda me dijiste otra cosa —la corto, azuzándola.

—Ah, sí... también me decía algo así como que para ser su mujer había que darle batalla y ganarle, además de sorprenderlo y...

—¡Ahí lo tienes!

—¡¿El qué?! —pregunta, mirando a ambos lados.

Me desespero. Tifany parece que tenga siete años en vez de casi treinta. Pero con paciencia, acerco mi silla a la suya, le retiro el pelo de la cara y digo:

—Si algo he llegado a saber de los Ferrasa en este poco tiempo es que quien mejor los conocía era Luisa. Y si ella en su carta dice eso, es que Omar es un tipo por el que no hay que dejarse amedrentar. ¡Hazlo! ¡Sorpréndelo! Deja de ser tan buena con él, de llamarlo bichito y enséñale que tú también tienes potencial como mujer y como persona.

—Ay, amor, ¿y eso cómo se hace?

Sin lugar a dudas, Coral tiene razón. Mi cuñada es un caso perdido.

—Pues no lo sé, Tifany, pero haz algo —replico—. Vuelve a tus raíces. Me dijiste que eras diseñadora de moda, ¿verdad? —Asiente—. Pues ya lo tienes. Sé independiente. Búscate otro bichito y...

—Nooooooooooooo... No puedo hacer eso, ¡yo no soy así! —balbucea con desesperación—. ¡Lo quiero demasiado!

Pobre. Me da pena oírla decir eso y más lo que le he propuesto. ¡Seré mala y víbora! Intentando arreglarlo, continúo:

—No te digo que te busques un amante, sólo que le des celos y se dé cuenta de que eres una mujer muy apetecible para los hombres. Necesitas que se percate de que él, con su comportamiento, ya no es el centro de tu mundo y que sienta, si realmente te quiere, lo que tú sientes cuando él te hace daño. Eres una mujer joven y muy guapa y no creo que te cueste encontrar con quién dárselos.

Tifany sonríe por primera vez y afirma:

—Te aseguro que no. Si algo me sobra son moscones que coman de mi mano.

Ahora sonrío yo. ¡Qué listas somos las mujeres cuando queremos! Y añado:

—Crea tu propia empresa. Lo tienes todo, medios, dinero y potencial. ¿Por qué no lo intentas?

—Conozco mis limitaciones, Yanira. Y para eso soy un desastre. Mi madre me educó para ser una buena esposa y...

—A la mierda con eso, ¡carajo! —exclamo malhumorada—. ¿Acaso quieres seguir siendo la cornuda de los Ferrasa? Y que conste que, como Dylan o el ogro se enteren de lo que te estoy diciendo, ¡me matan! Por el amor de Dios, Tifany, ¡quiérete un poco! Y dale a probar a Omar de su propio chocolate o sepárate de él.

Su expresión cambia. Piensa lo que le digo y finalmente pregunta:

—¿Realmente crees que yo puedo hacer eso?

—Absolutamente. No subestimes el poder de una mujer guerrera y luchadora. Y tú, querida cuñadita, vas a poder con esto y con más.

Siento que nadie ha creído nunca en ella y que mi confianza le gusta. Tras retirarse el pelo de la cara, levanta el mentón cual Juana de Arco y dice:

—Me acabas de abrir los ojos, Yanira.

—¡Bien! —aplaudo.

—Estoy muy enojada y a partir de hoy nada será igual entre mi bichit... entre Omar y yo. Y lo primero, ¡se acabó llamarlo bichito!

Asiento. Me parece una buena idea y al pensar en los Ferrasa, y en especial en el ogro, digo:

—Aprovecha este momento para hacerle ver a tu querido marido y a su padre que eres rubia, pero no tonta. En cuanto a Omar, enséñale que vales una barbaridad como mujer y que si lo dejas, más va a perder él que tú.

Tifany asiente y, cuando voy a continuar, Valeria viene corriendo hacia mí muy exaltada.

—¿Es cierto que vas a sacar un disco al mercado?

Coral viene tras ella. ¡La mato!

Resoplo y luego, sincerándome con Valeria, cuchicheo para que nadie me oiga:

—Sí. Pero baja la voz, por favor. Y tranquila... no es algo inmediato, ¿okey?

—Será en un futuro próximo —afirma Coral.

¡La remato!

Valeria se sienta, se muerde la mano y ahoga un grito. Todas la miramos y cuando termina ese extraño ritual, dice:

—¡Tengo una amiga famosa! —Su entusiasmo me hace reír y luego añade—: Recuerda que soy peluquera y maquilladora. Si necesitas que te peine y te ponga divina para cualquier momento, ¡dímelo!

Mi mente empieza a trabajar a toda velocidad. Valeria es peluquera y Tifany, diseñadora. Desde mi nueva posición, seguramente les puedo echar una mano. Las miro y digo:

—Tifany, si te pido que me hagas unos diseños para lucir en mi gira, ¿aceptarías?

Mi cuñada se queda de a cuatro y, antes de que se desmaye, mientras el mesero nos trae las ensaladas y los bistecs con papas de Valeria y Coral, aclaro:

—Hace días, Omar me comentó que necesitaba encontrar un look más sexy y atrevido y estoy convencida de que entre tú y yo lo podemos conseguir. ¿Qué te parece?

Su expresión cambia y se torna pensativa. Luego, emocionada, pregunta:

—Cuqui, ¿crees que yo sabría hacerlo?

Coral, al oírla, asiente.

—Con tu glamourazo y las ideas de Yanira, no lo dudes, amorrrrr...

Tras parpadear, mi cuñada se lleva la mano a la boca y exclama:

—Me superencantaaaaaaaaa.

—¡Genial! —Aplaudo, tomando una papa frita del plato de Coral. Luego miro a Valeria, que está temblando, y digo:

—Necesito mi propia pelu...

—¡Sí... sí... sí! —grita, abrazándome.

Encantada, Tifany se une a nuestro abrazo y cuando mis ojos se encuentran con los de Coral, ésta dice divertida:

—Yo prometo hacerte pasteles con crema de los que te gustan, pero deja mis papas, lo tuyo es la ensalada.

Sí te vas

A mediados de abril sale el disco y la locura se apodera de mi vida.

Entrevistas, reportajes, fotos, cenas, actuaciones... No paro y Dylan me acompaña a todo lo que puede.

Divina es una canción funky llena de ritmo para que la gente baile y se divierta. La discográfica apuesta fuerte por ella y arrancamos en la lista de ventas en el número 6. ¡Detrás de Beyoncé!

¡Menuda euforia!

Mi amor disfruta conmigo de lo que está pasando y yo se lo agradezco. Me facilita la vida todo lo que puede, a pesar de que yo sé cuánto le cuesta, en especial porque ya no podemos salir a la calle como hacíamos. Vayamos a donde vayamos, la gente me rodea para tomarse fotos conmigo o para que les firme autógrafos.

Promociono *Divina* en las radios y cuando me preguntan cuál es mi canción preferida del álbum, no digo que es *Todo*. No explico que Dylan me la escribió, ni siquiera que es nuestra historia de amor, porque adoro esa canción por encima de todo y sé que es especial.

Hablo con mis padres, que están emocionados. Nos telefoneamos muy a menudo y Garret me cuenta que en junio viajará a Los Ángeles para la convención de los frikis de *La guerra de las galaxias*. No se la quiere perder por nada del mundo.

Rayco, por su parte, promete ir a verme a Madrid cuando actúe con J. P. El chico está como loco por conocer a su ídolo. Argen y Patricia continúan en su burbuja de amor, embarazo y vómitos particular.

En cuanto a mis abuelas, tengo a una contenta y a la otra, no tanto. Y, por sorprendente que parezca, la contenta es la abuela

Nira y la descontenta, Ankie. Cuando hablo con ella por teléfono, me dice:

—Dylan es tu vida, no se te ocurra dejarlo para ir de gira.

Sorprendida, contesto:

—Ankie, parece mentira que seas tú quien me diga eso.

Maldice y suelta unas cuantas groserías en holandés, como siempre que despotrica, y cuando acaba me explica:

—Estoy contenta porque estás haciendo lo que quieres, pero mi consejo es que le des importancia a lo verdaderamente importante en esta vida. Yo no se la di. Dejé a Ambrosius por mi carrera musical y, aunque soy feliz por haberme casado con tu abuelo y haber tenido a tu padre, nunca he dejado de pensar cómo habría sido mi vida si lo hubiera elegido a él.

—Abuelaaaa..., la diferencia entre tú y yo es que yo ya vivo con Dylan. Soy su mujer, ¿lo has olvidado?

De nuevo suelta algo en holandés, que no entiendo, y cuando para, dice:

—Hagas lo que hagas, ten prioridades, mi niña. Y tu prioridad debe ser Dylan. No lo olvides.

Cuando cuelgo, tras haber hablado con toda mi familia, sonrío. Son magníficos y los quiero y, mientras me baño, esperando que llegue Dylan, pienso en lo que mi abuela me ha dicho. Más o menos es lo mismo que Anselmo, a su manera, también me dijo.

El 24 de abril estoy en el aeropuerto con Dylan. Viajaré a Londres y después a Madrid para cantar con J. P. Tifany me acompaña y se lo agradezco. También vienen Omar y Sean, otro productor.

Cuando me despido de Dylan me siento fatal. No me quiero ir y él por su trabajo no me puede acompañar. Estaré fuera diez días. ¡Diez días con sus correspondientes diez noches sin mi amor!

¿Qué va a ser de mí?

Dylan me besa y permanece en silencio mientras Omar y Sean entregan nuestros boletos y hacen el *check-in* de nuestros equipajes. Nos miramos y, sonriendo, murmuro:

—Te voy a extrañar mucho.

Mi Ferrasa particular asiente y, acercando la nariz a la mía, contesta:

—No tanto como yo a ti, caprichosa.

Nuestras bocas se encuentran y también nuestras lenguas, con pausa y con deleite. Quiero retener su sabor, su dulzura, su pasión todo el tiempo que pueda. Y cuanto más lo beso, menos ganas tengo de irme. Cuando finalmente Omar y Sean acaban, nos dicen a Tifany y a nosotros:

—Cuando quieran, podemos pasar a la sala vip.

Dylan entra con nosotros sin problema. Entre los ejecutivos que hay por allí trabajando con sus computadoras de última generación uno se levanta de pronto y se funde con Dylan en un abrazo. Cuando se sueltan, bromean entre sí y mi marido me mira y me informa:

—Este tipo altivo y feo que ves aquí es el cirujano plástico Jack Adams. Jack, ella es mi mujer, Yanira.

El mencionado, que de feo tiene lo que yo de morenaza, me toma la mano con galantería, me la besa y dice:

—Encantado de conocerte... Yanira.

—Jack —le advierte Dylan, posesivo—. Es mi mujer, no lo olvides.

—A partir de ese instante lo tendré grabado a fuego —se burla el otro.

Dylan sonríe mientras Jack saluda a Omar, a Tifany y a Sean y se alegra al enterarse de que vamos en el mismo vuelo a Londres.

Sin soltarme de Dylan, observo agobiada cómo los minutos pasan a una velocidad de vértigo. El momento de separarnos se acerca y, cuando por fin nos llaman para abordar, mi maravilloso moreno acerca los labios a los míos y, mirándome a los ojos, murmura:

—No te has alejado de mí y ya te añoro, caprichosa.

¡Me derrito!

¡Me deprimo como una margarita marchita!

¡No me quiero ir!

Mi cara debe de hablar por sí sola y Dylan, tras besarme con adoración, me guiña un ojo y pregunta:

—¿Te has tomado la pastilla para el mareo?
—Sí.

Mi respuesta es tan escueta, que mi chico musita para animarme:

—Vas a dejarlos a todos con la boca abierta. Pásalo bien en Londres y en Madrid y, cuando vayas a Tenerife, saluda a tu familia de mi parte.

—Lo haré.

Pero mi voz suena tan abatida, que mi amor cuchichea:

—Los días pasan enseguida, cuando regreses estaré aquí como un clavo para recogerte, ¿de acuerdo?

Asiento. Me dan ganas de llorar.

Dios mío, pero ¿qué me pasa?

Estoy contenta por lo del disco y la promoción. Feliz porque voy a aprovechar para ver a mi familia tras la actuación de Londres, pero estoy desolada por separarme de Dylan.

¿Alguien me puede explicar qué me ocurre?

Él, que ya me conoce, al ver que no respondo ni resoplo, me vuelve a abrazar y susurra:

—Vamos, cariño, piensa que estás haciendo lo que te gusta. Lo que quieres. Si te viera mi madre, te diría que lo disfrutaras para que los demás también lo puedan disfrutar.

Tiene razón. Debo cambiar el chip. Y, forzándome a sonreír para no dejarlo peor de lo que está, respondo:

—Te llamaré en cuanto aterrice.

—No importa la hora. Llámame hoy y todos los días, ¿de acuerdo, cariño?

Asiento de nuevo, lo abrazo y me alejo de la mano de Tifany, no sin antes voltearme mil veces para decirle adiós, mientras él se queda allí de pie, sin moverse.

Ya en el avión, me instalo junto a mi cuñada. Desde que ésta pescó a Omar en pleno acto mandriloide con su secretaria, no se acerca a él, que protesta, pero lo acepta. Yo me acurruco en el asiento y creo que antes de despegar ya me he dormido. Es lo mejor que puedo hacer.

Adivina quién soy esta noche

Cuando me despierto, veo que Tifany está dormida. Necesito ir al baño y, con cuidado de no despertarla, me levanto y me voy. En cuanto vuelvo del baño, mis ojos se encuentran con los de Jack, que está despierto y me invita a sentarme junto a él.

Vamos en business class y esa parte del avión no está muy llena. Cuando me siento, Jack llama a la azafata para que me traiga un jugo. Durante un buen rato, hablamos y me entero de que Dylan y él se conocieron en sus años de universidad. Divertida, escucho anécdotas de mi marido, mientras descubro que Jack tiene un enorme sentido del humor.

—¿En serio eres cantante?

Afirmo con la cabeza.

—Voy a actuar con J. P. Parker en sus conciertos de Londres y Madrid.

—¿Cantas con el rapero J. P.? ¿Dylan se ha casado con una rapera? —pregunta sorprendido.

Me entra la risa y le explico:

—Mi estilo es diferente, pero bueno, se puede decir que rapeo un poquito con J. P. en su canción, pero yo soy más de funky.

Seguimos hablando un buen rato de lo que hago, hasta que él pregunta:

—¿Cómo conociste a Dylan?

—En un barco. Yo cantaba en la orquesta que amenizaba el viaje y...

—Se encontraron.

—Exacto —respondo, sin querer dar más detalles—. Nos encontramos.

En ese instante, oigo un golpe seco. Al mirar, veo que Tifany se ha despertado y Omar se aleja con la mejilla roja y cara de pocos amigos. Sin entender nada, observo que mi cuñada se toca la mano y deduzco lo que ha pasado. Rápidamente, me levanto, me disculpo con Jack, voy a sentarme junto a Tifany y le pregunto:

—¿Qué ha ocurrido?

Alterada, ella responde:

—Me he despertado y estaba metiéndome mano por debajo de la cobija; ¿te lo puedes creer?

Me entra la risa y cuchichea:

—Le he dado un buen bofetón al bichi... a Omar. Si se cree que soy como la facilona de su secretaria, ¡está equivocado!

Entiendo su indignación, pero digo yo que algún día tendrán que hablar y decidir qué hacen. Tengo la impresión de que siguen viviendo juntos pero en habitaciones separadas. Por cómo veo a Omar, creo que la situación lo está comenzando a superar, mientras que Tifany parece tranquila e incluso más centrada y con más fortaleza.

Poco después nos volvemos a quedar dormidas y nos despertamos cuando ya estamos aterrizando en el aeropuerto de Heathrow, en Londres.

Nos despedimos de Jack, que, tras tomar unos pases vip para el concierto, que le entrega Omar, se va. Segundos después, dos enormes guardaespaldas casi albinos se presentan ante nosotros, recogen nuestros equipajes y nos llevan hasta una bonita limusina negra.

Son las nueve de la noche en Londres y desde el coche llamo a Dylan. Su voz me relaja y su risa también, pero cuando cuelgo, un extraño desasosiego crece en mí.

En Londres nos hospedamos en el London Hilton, de Park Lane. Alucinada observo esa enorme torre con luces azules. Es impresionante. Lo miro todo a mi alrededor mientras los demás hacen el *check-in* en el hotel.

Veo que Sean, el otro promotor, se va y de pronto oigo a Omar gruñir:

—Tifany, vas a alojarte conmigo.

—Ni lo sueñes. Te dije que quería una suite sólo para mí.

Mi cuñado blasfema y ella añade:

—Quiero intimidad. Tengo planes y tú no entras en ellos.

—¿¡Planes?! ¿Qué planes? —pregunta el Ferrasa.

Atónita, oigo que Tifany responde:

—Por lo pronto, mañana, cuando termine la actuación, tengo una cuquicita.

—¿Con quién tienes una cuquicita? —casi grita Omar.

Con una gracia que no se puede aguantar, la rubia de mi cuñada sonríe, le guiña un ojo a su marido y contesta:

—Con alguien tan especial para mí como para ti la perra de tu secretaria.

Diablos... diablos... diablos. ¿Dónde está Tifany, me la han cambiado?

Omar da un manotazo sobre el mostrador de mármol de la recepción. Su expresión es de enojo total. Muy Ferrasa. Va a decir algo, pero en ese momento suena el teléfono de Tifany y la oigo decir mientras se aleja:

—Hola, cuquitooooooooooooo.

La miro boquiabierta, igual que hace su marido, y cuando me recupero, me encuentro con los enojados ojos de Omar fijos en mí. Encogiéndome de hombros, musito:

—Tú te lo has buscado, machote.

—No me chingues, Yanira.

—Yooooooooo —me burlo—. Líbreme el Señor. No tengo tan mal gusto.

Él resopla y no contesta. Bastante tiene ya. Su actitud posesiva me recuerda tanto a la de Dylan que se me encoge el corazón. Pero no hace nada. Sólo mira a Tifany mientras ésta habla y ríe al teléfono.

Cinco minutos después, mientras seguimos en recepción, mi cuñada se acerca y murmura de modo que también la oiga Omar:

—Mañana, cuando termines de actuar, te vienes conmigo a una cenita con unos amigos. ¡Lo pasaremos genial! Y, tranquila, a donde te llevaré no te conocerá nadie.

Asiento. No tengo nada mejor que hacer.

Dos segundos más tarde, Tifany toma una de las tarjetas que el recepcionista coloca sobre el mármol y, tras mirar a su marido, dice:

—Que pases una buena noche.

—Tifany, por favor... —suplica él en un tono de voz bajo.

Sin duda alguna, siente algo por ella. Lo dicen sus ojos y cómo la mira. Pero ella, dejándonos de nuevo a los dos boquiabiertos, lo mira, sonríe, le pasa con delicadeza una mano por la mejilla y murmura:

—No, Omar... ya no.

Me siento incómoda al estar presenciando todo esto en primera fila.

Omar la agarra por el codo, la acerca a él con brusquedad y refunfuña:

—Eres mi mujer, ¿lo has olvidado?

—No, Omar, no lo he olvidado —susurra Tifany con voz melancólica, y añade—: Aunque tú lo olvidaste hace tiempo.

Mi cuñado se acerca más a ella y musita, acercándose a su boca:

—Soy tu bichito, ¿no lo recuerdas?

¿Tendrá cara dura el mandril, por no decir el cabronazo?

Tifany parpadea y, recomponiéndose, sonríe y responde:

—Me encantaba que fueras mi bichito, pero no, ya no lo eres. Como te dije el otro día en casa, soy consciente de que tengo un marido de cara a la galería, pero en la trastienda, igual que haces tú, tendré todos los amantes que quiera. Buenas noches, Omar.

El gesto de mi cuñado se descompone. Sin lugar a dudas, eso ha sido un derechazo hecho y derecho.

¡Bien, mi Toplady!

Sin más, las dos nos dirigimos hacia el elevador con dos botones que llevan nuestro equipaje. Una vez se cierran las puertas, mi cuñada se ríe y, mirándome, cuchichea con un hilo de voz:

—¿A que lo he hecho bien?

¿Estaba actuando? Y antes de que yo pueda decir nada, prosigue:

—Por un momento he temido ceder. Cuando mi bichi... Omar me habla en ese tono íntimo y sensual, me deja sin voluntad —murmura acalorada.

La entiendo. El sexo y la intimidad con el ser querido son lo mejor de lo mejor y comprendo su debilidad. Si me pasara lo que a ella y Dylan me hablara como sé que me gusta y me excita, no sé cómo reaccionaría.

—Mañana —continúa, dándose aire con la mano— he reservado para cenar en un restaurante que conozco, muy íntimo y bonito. Sólo tú y yo. ¿Qué te parece?

Sonrío. Qué artistaza se está perdiendo Hollywood.

—Me parece genial —respondo.

Cuando llegamos a nuestro piso, nos besamos en la mejilla y cada una se dirige a su habitación sumida en sus propios pensamientos. Sin duda alguna, distintos Ferrasa los ocupan.

Cuando entro en la suite y el botones se retira, me quedo mirando a mi alrededor como una tonta sin saber qué hacer.

La habitación es preciosa, muy lujosa, grande e increíble. Al mirar la enorme cama, sonrío y pienso en Dylan. Lo que disfrutaría ahí con él.

Voy al baño y me quedo perpleja al ver un enorme y redondo jacuzzi.

Sin dudarlo, abro las llaves para llenarlo. Antes de dormir, un bañito me vendrá de lujo.

Del frigobar tomo una bolsita de papas fritas y una cerveza. Me lo tomo mientras recorro la bonita y lujosa suite. Veinte minutos más tarde, cuando el jacuzzi ya está como yo quiero, decido desnudarme.

Pero acabo de hacerlo, cuando alguien llama a la puerta. ¿Quién será?

Rápidamente, tomo la bata, me la pongo y, al abrir, me encuentro a un botones con un precioso ramo de rosas rojas. Lo acepto sorprendida y, cuando cierro la puerta, saco la tarjetita y leo:

Pásalo bien, caprichosa. Piensa en mí y disfruta de tu éxito.
No olvides que te quiero.

Dylan

Sonrío; ¡qué cariñoso es mi Ferrasa!

Aspiro el perfume de las rosas y cierro los ojos pensando en él. Con las flores en la mano, entro en el baño y las dejo sobre el mármol. Quiero bañarme y mirarlas para pensar en Dylan. Cuando me meto en el agua, suelto un gemido de placer y pulso los botones haciendo que empiece a burbujear.

Encantada de la vida, apoyo la cabeza y toco la llave que llevo colgada al cuello. La beso y, al mirar la pared que tengo al lado, veo que hay música ambiental. Alargo la mano y lo enciendo. La música suave y sugerente es lo único que me faltaba para disfrutar más de todo esto.

Durante varios minutos, me dedico simplemente a gozar de la sensación del agua alrededor de mi cuerpo, mientras pienso en mi amor. Con los ojos cerrados imagino que está fuera del jacuzzi, contemplándome, y su mirada me hace suspirar.

Tengo la cabeza echada hacia atrás, los ojos cerrados y la boca entreabierta. Mi deseo, mi morbo y mis fantasías se avivan al pensar en Dylan. Pero él no está aquí y no me he traído a *Lobezno*. ¡Mierda!

Mis manos, hasta ahora quietas, van derechas a mis pechos y me los masajeo. Los aprieto, los amaso. Los pezones se me ponen erectos y cuando me los toco y los siento duros, murmuro:

—Para ti, mi amor.

Lentamente bajo una mano de mi pecho a mi estómago y después a mi vientre. Me gusta la sensación de fantasear e imaginar. Mi caricia continúa hasta llegar a mi pubis. Trazo circulitos sobre él, mientras separo las piernas para darme a mí misma mayor acceso y mis caderas empiezan a oscilar. Sin duda estoy caliente y quiero guerra.

Con los dedos pulgar e índice, me agarro el clítoris y me lo acaricio con suavidad. Mmmm, ¡qué placer! Durante un rato continúo con mi jugueteo, hasta que la presión que ejerzo me incita a seguir. Me abro los labios vaginales para dejar totalmente expuesto mi botón del placer, y comienzo a darle ligeros golpecitos con un dedo, que me proporcionan un íntimo placer.

Esto es justo lo que necesitaba. El ardor, la fogosidad y la excitación recorren mi cuerpo, que demanda más. Quiere más. Con seguridad, introduzco un dedo en mi interior y después dos para masturbarme bajo el agua, mientras mis caderas se mueven adelante y atrás, proporcionándome un sinfín de deliciosas sensaciones.

Mi fantasía consigue que visualice los ojos de mi amor sobre mí y, sin dudar, me masturbo para él, pero no culmino. El placer se me resiste. Necesito más... algo más.

Arrebatada y delirante, salgo del jacuzzi, me pongo la bata y rebusco en mi maleta. Encuentro lo que busco y después me tiro en un lado de la cama. Allí me deshago de la bata e introduzco los dedos en mi palpitante vagina con avidez, mientras la voz de Dylan me susurra al oído: «Eso es, caprichosa... mastúrbate para mí».

Su voz, su mirada. ¡Imaginación al poder!

Excitada por su recuerdo, me humedezco y tiemblo a cada acometida que yo sola llevo a cabo en busca de mi placer. Pero quiero más... necesito más.

Con la respiración entrecortada, miro la bata que está a mi lado. Lo tomo, lo enrollo y lo poso sobre la cama. Desnuda, me siento sobre él con el sexo bien abierto, para sentir el roce. Agarrándome a la cabecera de la cama, comienzo a mover las caderas adelante y atrás con avidez. Mis pechos se mueven mientras me restriego contra la bata y siento cómo mis fluidos escapan de mí, mojándome. El calor me envuelve mientras «me cojo» la bata y mi respiración se acelera con su dureza, que presiona mi vulva y mi clítoris.

¡Es maravilloso!

El olor a sexo en la habitación, mis gemidos, mi imaginación y mis movimientos me llevan al placer. ¡Oh, sí!

Durante un rato, continúo con mi particular baile de autosatisfacción hasta que agarro lo que he sacado de la maleta. Es mi cepillo de dientes eléctrico, crema labial incolora y un pañuelo de seda.

Hace tiempo, leí en una revista cómo fabricar un vibrador casero y hoy que me siento MacGiver lo voy a hacer.

Acalorada y sin bajarme de mi improvisado potro del placer, mientras continúo moviendo las caderas, enrollo el cabezal del cepillo eléctrico al pañuelo de seda. El cabezal queda cubierto, grueso pero no punzante, y pruebo si funciona. Y sí, la vibración se nota. ¡Bien!

Con el interior de mi vagina inflamado por el frotamiento con la bata, me acuesto sobre la cama, poniéndome éste debajo de las caderas, que así quedan más altas que el resto de mi cuerpo.

Ansiosa, excitada y muy muy caliente, separo las piernas. La postura y mi deseo son excitantes y murmuro:

—Quiero terminar. Necesito terminar.

Con una mano intento abrirme los labios vaginales, pero los tengo húmedos, hinchados y resbaladizos y se resisten. Cuando lo consigo, los jalo como hace Dylan para exponer mi palpitante clítoris. Lo noto latir y, con la yema del dedo, le doy unos suaves toques que me enloquecen. Ansiosa del todo, abro el botecito de crema labial y con dos dedos tomo una buena porción y me la unto en el clítoris. Dios, ¡qué sensación!

Acto seguido, coloco mi improvisado vibrador casero sobre mi húmedo e hinchado clítoris y, al sentir su vibración, en breves segundos el fuego de mi cuerpo combustiona y sale de mi boca un más que deseado grito de placer.

Cierro las piernas. Me retuerzo, pero oigo que Dylan me pide que las abra. Quiere ver cómo me vengo para él. Lo exige. Le hago caso y, al hacerlo, mi gustazo se duplica, mientras muevo mi invento de arriba abajo.

Guau... me gusta... me gusta... me gusta mucho.

Tiemblo. Toda yo tirito. Mis piernas tienen vida propia, mis caderas, enloquecidas, se levantan y, cuando localizo el punto exacto de mi gozo, dejo de mover mi invento. El calor sube... sube y sube y, cuando llega a mi boca, me contraigo presa de un orgasmo devastador que me obliga a convulsionarme y a gemir como una loca.

Agotada por lo que acabo de hacer yo sola en la suite de este carísimo hotel, cierro los ojos y suelto el cepillo de dientes mientras mi respiración se acompasa. El calor es delirante, mi vagina palpita y tengo la boca seca.

Pero, Dios, ¡qué gusto!

Cuando las piernas dejan de temblarme como gelatina, me levanto, me acerco al frigobar, tomo una botella de agua y me lo bebo de un jalón.

¡Qué sed tenía!

Miro hacia la cama y veo los restos de la fiestecita privada que me he armado. La bata, el cepillo eléctrico, el pañuelo, la crema labial... Suelto una carcajada, negando con la cabeza y murmuro:

—Dylan, ya no puedo vivir sin ti.

Todo cambió
~∞~

Al día siguiente todo es una locura.

Atiendo a la prensa y a distintas televisiones y todavía no puedo creer que esto me esté pasando a mí.

¡Qué exitazo!

Tras la comida, vamos a la radio, donde nos encontramos con J. P. y todo su séquito. Me saluda con cariño y de pronto soy consciente de su idiotez. ¿Qué le ocurre? Sin duda alguna, este idiota total no es el mismo hombre que conocí en el estudio de grabación.

Antes de empezar, el locutor nos dice que la entrevista se puede seguir en vivo por *streaming*. ¡Mierda! Qué pena no haberlo sabido antes. Se lo habría dicho a Dylan y a mi familia.

Cuando empezamos, yo me siento junto a J. P. y la conversación es distendida. El concierto es esta noche en Londres e invitamos a que la gente no se lo pierda. El locutor habla de la música de J. P. y aprovecha para presentarme, promocionar mi álbum «Divina» y recordar que esta noche cantaré junto a J. P. en el estadio de Wembley. Ponen mi música y J. P. me mira y dice, mientras mueve los hombros al son de la melodía:

—Qué buena eres, ojitos claros. Me excita oír tu voz.

Alucinada, estoy a punto de mandarlo a freír espárragos, pero sonrío porque estamos en vivo. Creo que lo mejor que puedo hacer en este caso es seguirle el juego y aguantar.

Cuando se acaba mi canción, el locutor, que es muy simpático, nos pregunta cómo nos conocimos. Se lo contamos y me sorprende que J. P. comente que, de no ser por mí, él nunca habría escogido esa canción que cantamos juntos. Eso me alegra. Durante un rato, nos dedicamos a hablar maravillas el uno del otro. Hacernos la barba se nos da de lujo y al locutor parece encantarle.

Luego J. P. canta un trocito de una de sus canciones en vivo. Es una balada y cuando se me acerca más de lo normal para cantarme al oído, me siento incómoda, pero sonrío. Cuando acaba, todos aplaudimos y me quedo boquiabierta cuando empieza a tirarme la onda en vivo.

Disimulo las ganas que tengo de partirle la cara por las cosas que me dice. Y más, cuando me toma una mano y comienza a darme besos hasta llegar a mi hombro, y porque lo paro.

¡Menos mal que no he avisado a Dylan de que lo siguiera en vivo! Seguro que el comportamiento del rapero no le habría gustado nada.

Cuando la entrevista se acaba y salimos del estudio, estoy dispuesta a cantarle unas verdades, pero su séquito se interpone entre nosotros y lo pierdo de vista. Al final me tranquilizo y voy hacia el hotel. El concierto será por la noche y quiero estar bien.

Cuando llegamos al lugar donde se celebra el evento, veo desde mi limusina las largas colas de personas que esperan para entrar y la palabra «increíble» se me queda corta. Sonrío al pensar que en apenas cuatro días en Madrid veré a mi hermano Rayco, que asistirá al concierto.

Me sorprendo al ver el improvisado camerino que me ceden, lleno de ramos de flores. Sonrío. Sin lugar a dudas son de mi chico. Tomo una tarjeta y leo:

Disfruta del concierto y, si luego se te antoja, disfruta de mí.

J. P.

Suelto la tarjeta y me dan ganas de ponerle las flores por sombrero. ¡Será asqueroso!

Veo otros tres ramos de flores. Tomo otra tarjeta y en esta ocasión dice:

Hoy es el primer día del resto de tu carrera.
Disfrútalo y llevaremos el nombre de Yanira a lo más alto.

Omar y discográfica

Sonrío. Sin duda, mi cuñado es todo un profesional en lo suyo. Me quedan dos ramos. Saco otra tarjeta.

Para la mujer con los ojos más bonitos que he conocido. ¡Suerte!

Jack Adams

Vaya, qué atento el amigo de Dylan.
Y por fin me queda un solo ramo. Tomo la tarjeta y leo:

Siento lo de esta tarde en la radio, ojitos claros, pero había que calentar al público.

J. P.

Suelto la tarjeta y casi hago un puchero. ¿Cómo es que Dylan no ha tenido el detalle de enviarme flores, con lo detallista que es?
Instantes después, Omar, Sean y Tifany entran en el camerino. Están emocionados y saben que este concierto va a ser una buena promoción para mi carrera.
Tifany, al ver mi gesto serio, se sienta a mi lado y pregunta:
—¿Qué ocurre?
Señalo los ramos de flores y, sin enseñarle las tarjetas, musito:
—Ninguno es de Dylan.
Ella sonríe y, abrazándome, dice:
—Cuquitaaaaaaa, él ya sabe que en el camerino se reciben varios ramos y es muy probable que no quiera que el suyo sea uno más. Estoy segura de que cuando regreses al hotel, tu superbonito ramo de flores estará esperándote allí en exclusiva. —Sonrío y ella añade—: Vamos, ¡arriba las pestañas! Hoy es tu día, Yanira.

Omar, que no ha parado de hablar por teléfono, me dice:

—Vamos, Yanira, tenemos que hacer la prueba de sonido.

Lo sigo hasta el escenario y cuando subo a él, me acobardo. El estadio de Wembley es enorme. Yo estoy acostumbrada a actuar en hoteles y antros pequeños, y esto es intimidante. Pero claro, J. P. es una estrella de la música y tiene millones de seguidores que con seguridad llenarían este estadio y un par más.

Un técnico de sonido viene hacia mí, me toma del brazo y me dice, señalando el suelo:

—Puedes moverte con el micrófono por todo el escenario y bailar. No habrá problemas, ¿entendido, preciosa?

Asiento aunque creo que acabo de perder completamente la voz. ¡Me he quedado muda!

¿Cómo voy a ser capaz de cantar tres canciones?

De pronto, la música comienza y yo tengo la lengua pegada al paladar. Debo cantar, pero no puedo.

SOCORRO. ¡Estoy bloqueada!

Los músicos paran. Yo los miro con una sonrisa congelada y les pido disculpas. Asienten y vuelven a empezar como si no hubiera ocurrido nada. Oigo los acordes de mi canción y hago lo de siempre: cierro los ojos, me dejo envolver por el sonido y, cuando me toca cantar, esta vez lo hago. Me transformo. Canto y bailo al compás de la melodía en este escenario enorme y me doy cuenta de que sería genial tener bailarines a mi alrededor. Sin duda, ellos me darían un calorcito humano que en este instante me falta.

Una vez termino la canción, los de sonido me indican que todo está bien. Canto las otras dos, esta vez sin bloquearme. Ya me he calentado y estoy dispuesta a cantar lo que me echen. Cuando termino mi tercera canción en solitario, J. P. llega al escenario. Me guiña un ojo con coqueteo y, segundos después, se oye la música de la canción que cantamos a dúo. Su voz suena primero por el altavoz y después la mía. Cantamos la canción, pero yo estoy distante y más tiesa que un palo. No me acerco a él ni loca y cuando terminamos, me pregunta:

—¿Qué te ocurre?

No respondo. Sólo lo miro con reproche y él insiste:
—¿Has recibido mis flores, ojitos claros?
—Sí.
—¡¿Y?!
Furiosa, mascullo:
—¡No quiero disfrutar de tu cuerpo, imbécil! Y no me gusta que me llames «Ojitos claros».

J. P. suelta una carcajada. No sé qué le parece tan gracioso. Ya estoy por darle cuatro madrazos en medio del escenario, cuando suelta divertido:

—¿Has creído que yo...? —Y vuelve a doblarse de risa. Cuando por fin se calma, me mira y dice—: Tranquila, ojitos... Tranquila, sólo te lo he puesto para bromear. No se me ocurriría acercarme a ti teniendo el marido que tienes. Aunque no lo creas, valoro mi vida y Dylan no sólo me arrancaría el pescuezo, ¡me lo comería! —Esto último me hace sonreír y él añade—: Lo único que me importa es que captaras el otro mensaje que te envié. La gente paga para ver un espectáculo, ojitos claros. Y que tú y yo les hagamos creer que tenemos una excelente conexión les encantará. La música es placer y disfrute. Si quieres triunfar en este mundo, métete eso en la cabeza y haz disfrutar a tus seguidores mientras tú también lo haces. Hazles soñar canción a canción.

Sus palabras cargadas de sentido me tranquilizan. Sin duda tiene razón. Qué novata soy. ¡Y yo que me creía tan profesional! De pronto, su mirada vuelve a ser la del J. P. que conocí en el estudio.

—Yo no deseo nada sexual contigo, a no ser que tú lo quieras —se burla y prosigue—: Pero sí quiero que el público vea química entre los dos.

—Okey, ahora ya lo entiendo.

Uno de su séquito se acerca a nosotros y, tras darnos dos botellitas de agua, J. P. concluye:

—Recuerda, ojitos claros, cuando cantes con alguien, entre ustedes tiene que haber magia, conexión. Tiene que parecer verdad lo que cantas para que le llegue a quien te escucha; ¡no lo olvides!

asiento. En realidad es lo mismo que hacía cuando cantaba en las orquestas, pero con una realidad que allí no hacía falta demostrar. Tras beber un poco de agua, le guiño un ojo y pregunto:

—¿Qué te parece si volvemos a ensayar la canción?

Esta vez, cuando la cantamos todo cambia. Me divierto en el escenario. Bailo con el rapero, me acerco a él, hago muequitas, lo provoco con mis movimientos y, al terminar, Omar aplaude.

—Perfecto, ¡lo que acaban de hacer es perfecto!

A las once de la noche tengo las pulsaciones a dos mil por hora. Me parece que el corazón se me va a salir del pecho, que me voy a morir en vivo, que no voy a volver a ver a mi pobre Dylan y le voy a dar un disgusto de mil demonios.

El concierto ha comenzado hace una hora y J. P. está entregado a su público, dando todo lo bueno que tiene. Lo miro, lo observo y puedo sentir cómo disfruta. Sin duda, eso es lo que me quería hacer entender en la prueba de sonido.

La gente está rendida a sus pies y baila, canta, grita y se divierte mientras él, moviéndose por el escenario, rapea, canta y también se divierte.

Entre bambalinas, miro el concierto mientras me retuerzo las sudorosas manos y mi mente intenta relajarse, pues me toca cantar con él la siguiente canción.

Nerviosa, me toco el pelo. La peluquera que han contratado me lo ha ahuecado de tal manera que me siento el Rey León. Me miro en un espejo lateral y me observo con mi traje de piel negra y mi chamarra de piel roja. ¡Qué malota parezco!

Es un traje corto muy del estilo de la esplendorosa Beyoncé, diseñado por Tifany. Es elegante a la par que sexy y con él me siento arrebatadora. Lo hemos complementado con unas botas rojas de altísimo tacón que me llegan hasta los muslos. Ni que decir tiene que el día que Dylan lo vio, no parecía muy contento, pero no dijo nada. Lo aceptó como parte de mi vestuario.

Estoy nerviosa. Muy nerviosa. Se puede decir que infartada.

Plan A: huyo.

Plan B: me desmayo.

Plan C: canto.

El que más me tienta es el plan A, pero estoy tan nerviosa que creo que va a ser el plan B. Pero en ese momento, J. P. termina su canción, mira hacia donde yo estoy y explica que tiene el honor de ser el padrino musical de una nueva estrella.

Como me llame en público «Ojitos claros», lo mato. Me pone por las nubes y cuando dice mi nombre, me decido por el plan C. Ya no hay marcha atrás.

Con una espectacular sonrisa, salgo al escenario, donde los focos de luz me ciegan y donde el rapero me agarra de la mano para infundirme seguridad. Se lo agradezco.

J. P. me mira, bromea y le pregunta al público si les parezco sexy. Un rotundo «Síiiiiii» se oye en todo Wembley. Sonrío. Tiemblo y me acojono.

¿Cómo he llegado yo aquí?

De pronto, el rapero me da un beso en la cabeza y la música de nuestra canción comienza a sonar. J. P. me suelta la mano y, moviéndose con soltura por el escenario, comienza a cantarla mientras la gente grita. Me siento las piernas como si no fuesen mías. Me pesan dos mil kilos cada una y no dudo que es por lo nerviosa que estoy.

Como si de una película se tratara, observo cómo le da al público lo que quiere, mientras yo tomo aire y siento que se me aflojan las rodillas y bailo tímidamente.

Por favorrrrr, ¡sé hacerlo mejor!

Cuando me toca cantar, entro en tiempo y sonrío mientras señalo al público y muevo las caderas con elegancia y sensualidad. La canción lo pide a gritos. Habla de un amor entre una chica de clase acomodada y un chico de la calle. El ritmo me puede y a partir de ese instante bailo y disfruto de la música.

J. P. se acerca por detrás y, micrófono en mano, canta a mi oído. Dice que le gusta hacer el amor conmigo y yo, entregada a la actuación, me doy la vuelta y me contoneo ante él. Encantado por la conexión que hay entre nosotros, posa la mano en mi espalda y, acercándome, cantamos juntos el estribillo. Sin duda alguna hay sintonía entre los dos. Disfruto y hago disfrutar, y la sonrisa de J. P. y la locura de la gente me indican que voy por buen camino.

Nuestra interpretación gusta. La gente aplaude mientras baila y canta con nosotros. Es increíble oír el griterío en Wembley. Todo el mundo se sabe la canción y ¡eso prende!

Los bailarines de J. P. se mueven por el escenario. Bailan, saltan, hacen piruetas y yo, alucinada, canto junto a su jefe mientras me deleito con la música y, como diría Sandy Newman, muevo el trasero.

Una vez acabamos la canción, la gente estalla en aplausos. Yo sonrío y J. P. también. Todo ha salido genial. Cuando el griterío se calma un poco, el rapero se toma un descanso y me toca a mí continuar con el espectáculo.

Madre mía... madre mía... ¡me infarto!

Pero como siempre me ocurre, me crezco en las situaciones difíciles. Me acerco el micrófono a la boca y grito:

—¡¿Quieren seguir bailando?!

La gente grita de nuevo que sí y, tras mirar a los músicos y darles mi señal, la música de *Divina* comienza a sonar. Siempre he sido una profesional, así que me muevo con soltura por el escenario. Bailo, canto, meneo las caderas y, cuando los bailarines de J. P. se lanzan a acompañarme, me siento increíblemente bien y arropada.

La gente se une a la canción e, incrédula, me doy cuenta de que se la saben. ¡Guau! Como el animal escénico que soy, me meto totalmente en mi papel y, dejándome la piel, lo hago lo mejor que puedo. Cuando acabo y la gente aplaude, sonrío radiante mientras doy las gracias.

De nuevo la música vuelve a sonar. En esta ocasión, me quito la chamarra roja de piel con sensualidad y el griterío es impresionante. No cabe duda de que tengo al público donde quiero. Dejo caer la chamarra al suelo, tomo el micrófono y me arranco de nuevo. Los aplausos son atronadores y disfruto como una loca.

Tras esa canción, va la tercera y la gente definitivamente cae rendida a mis pies. Cuando acabo me siento poderosa y feliz al oír que corean mi nombre.

La sensación es increíble. Nunca me he sentido así tras acabar de cantar.

J. P., que se ha quedado entre bambalinas en un costado del escenario viéndolo todo, se acerca a mí, me agarra de la cintura y grita mi nombre. El público sigue aplaudiendo y yo, tras lanzar mil besos al aire, tomo mi chamarra roja del suelo y me voy con una euforia monumental, mientras el espectáculo continúa.

Una vez dentro, me encuentro a mi cuñado Omar, que me abraza y dice entusiasmado:

—Lo sabía. Tú vales mucho, Yanira.

Me siento feliz. Increíblemente feliz.

Tifany, emocionada, me comenta lo bien que lo he hecho y lo sexy que he estado moviéndome en el escenario, mientras caminamos hacia el camerino.

Omar y Sean, exultantes, no paran de hablar por teléfono. Sin duda alguna esto ha superado sus expectativas y yo casi no sé qué decir.

El camerino se llena de gente felicitándome. No sé quiénes son, pero sonrío y me dejo fotografiar. Cuando Omar los echa a todos, Tifany me da una botella de agua y dice:

—Dylan ha llamado a Omar cuando estabas actuando. Ha dicho que lo llames cuando termines.

Más que contenta, tomo mi celular y veo que tengo un mensaje de él. Pero resoplo al leer:

¿A qué se debía ese coqueteo con J. P. en la radio, «Ojitos claros»?

¡Mierda!
¡¿Me ha oído?!
¿Quién le ha dicho lo del *streaming*?
Carajo... carajo... No quiero ni imaginarme qué habrá pensado al

ver que J. P. me besaba desde la mano hasta el hombro. Menudo enojo debe de tener.

Marco su número y aunque da varios timbrazos, no me contesta. Mi sonrisa se desvanece. Lo intento algunas veces más, pero el resultado es el mismo. Al final, opto por dejarle un mensaje de voz.

—Hola, cariño. Te estoy llamando pero no me contestas. Lo de la radio ha sido una tontería de J. P. Por lo demás, todo ha salido genial... genial... genial y no me he caído en el escenario. —Sonrío—. Llámame cuando puedas, ¿okey? Te quiero. Te quiero y te quiero.

Cuando cuelgo, mi cuñado, que está más feliz que una lombriz, abre una botella de champán y brindamos. Sin lugar a dudas, éste ha sido un buen día para todos.

Una hora después, Dylan no me ha llamado. Eso me extraña, pero pienso que si no lo hace sus motivos tendrá. Cuando se termina el concierto y nos disponemos a irnos, el rapero me intercepta en el pasillo y, abrazándome, dice:

—Has estado fantástica, preciosa. ¡Felicidades!

Sonrío. Sin lugar a dudas ambos estamos contentos, y añade:

—Esta noche doy una fiesta con unos amigos; ¿se te antoja venir?

Miro a Tifany, que está a mi lado sin decir nada, y aunque me encantaría asistir a esa fiesta, respondo:

—Te lo agradezco, pero tengo planes.

J. P. me guiña un ojo y, tras darme un beso en la frente, contesta:

—Nos vemos en Madrid, ojitos claros.

Cuando salimos por la puerta trasera, un coche nos recoge y pasamos junto a la multitud que sale del concierto. Miro sus caras y observo que se los ve felices y eso me alegra. Sin duda lo han pasado bien.

Al llegar al hotel, Omar propone:

—¿Qué les parece si vamos a cenar todos juntos?

—Imposible —responde Tifany—. Nosotras hemos quedado para cenar con unos amigos.

Él refunfuña, pero no dice nada, mientras mi cuñada y yo entramos en el hotel para cambiarnos de ropa. Una vez sola en la suite, marco de nuevo el teléfono de Dylan. Sigue sin contestar. Vuelvo a dejarle otro mensaje. Pero necesito saber por qué hace eso y llamo al hospital. Allí me dicen que el doctor Ferrasa está operando.

Okey. Ahora me quedo más tranquila.

Media hora después, tras bañarme y conseguir que mi pelo regrese a la normalidad, me pongo un bonito vestido minifaldero azul, junto con unos zapatos de tacón. Tifany, por su parte, está como siempre: impresionante. Lo de esta chica es de escándalo. Un simple vestido negro en ella es como la mayor joya del reino. Desde luego, no se puede ser más guapa, ni tener más estilo.

Cuando pasamos por recepción, Omar está hablando con un grupo de hombres, pero no se le escapa que nos vamos. Yo le digo adiós con la mano, pero Tifany ni lo mira. ¡Bien por ella!

Pero antes de llegar a la puerta, se para. Fuera está lleno de periodistas, y ella me mira y sugiere:

—Tenemos que salir por la cocina; si no, creo que nos seguirán.

Hacemos lo que ella dice y luego bordeamos el hotel, pero al llegar a una parada de taxis, una limusina negra se detiene a nuestro lado y oigo que me llaman por mi nombre.

Al mirar, me encuentro con el amigo inglés de Dylan. ¿Qué hace aquí?

—Hola, Jack.

Él sale de la limusina, nos besa a Tifany y a mí y dice:

—Lo siento. No he podido asistir al concierto y he venido a excusarme. ¿Cómo ha ido todo?

—Superbién —responde Tifany—. Increíble. Ha sido todo un exitazo. Te has perdido un gran espectáculo.

—Increíble —digo yo, aún emocionada—. Ha sido uno de los mejores momentos de mi vida.

Jack sonríe.

—¿Van a alguna fiesta?

Mi cuñada y yo nos miramos y respondo con sinceridad:

—Íbamos a cenar algo.

—¿Solas? —Asiento—. ¿Y Omar?

Tifany resopla y luego responde:

—Omar y yo no estamos pasando por el mejor momento y a veces más vale estar sola que mal acompañada.

Entre lo que Jack vio en el avión y esta respuesta, sin lugar a dudas entiende bien lo que sucede y, con galantería inglesa, propone:

—Señoras, ¿me permiten invitarlas a cenar?

Miro a Tifany. Haré lo que ella quiera. Al fin y al cabo, es quien había reservado para cenar. Al ver que asiente, sonrío y Jack nos ayuda a subir a la limusina.

En el camino vamos charlando hasta llegar a un bonito restaurante. Tras bajar del vehículo, nos toma de la cintura y los tres nos encaminamos juntos hacia el restaurante.

Nada más entrar, Tifany suelta un gritito de felicidad. Sin duda alguna es la clase de sitios que le gusta. En mi caso, ya sé que me voy a quedar con hambre. Varias personas se levantan para saludar a Jack. A mí no me conocen. Y se agradece. No quiero ni imaginar la cara que pondrían muchos de éstos si supieran que soy la del traje de piel y las botas hasta los muslos, que hace unas horas ha cantado con J. P. en su actuación.

Jack nos presenta al dueño del local, Joshua, un hombre canoso bastante atractivo, que cuando ve a Tifany se queda alelado. Mi cuñada, consciente de su encanto, parpadea con gracia y lo invita a unirse a nosotros. Joshua no lo duda y accede de inmediato.

Durante la cena, los cuatro mantenemos una amigable charla. En varias ocasiones miro mi celular, pero nada. No hay ningún mensaje de Dylan, que debe de seguir en el quirófano. Tras la cena, los hombres proponen ir a tomar algo y Tifany contesta encantada en nombre de las dos.

Está claro que el canoso le gusta tanto como ella a él y eso me preocupa.

Vamos a un local con mucha clase, donde nos tomamos unos cocteles. Están buenísimos y de pronto suena mi celular. Al ver que es Dylan, me aparto del grupo en busca de un poco de intimidad.

—Hola, cariño —lo saludo contenta.

—¿Dónde estás?

No es el saludo que yo esperaba y respondo:

—Okey, vida, yo también te extraño.

—¡Llevo llamándote un buen rato y no me contestas! —grita—. Incluso he llamado al hotel, pero me han dicho que no estás en la habitación. Luego he hablado con Omar, que me ha explicado muy enojado que Tifany y tú no han querido cenar con él y que se han ido con unos desconocidos. ¿Quiénes diablos son?

Suena muy enojado. Primero lo de J. P. y ahora esto. ¡Está cabrón!

—Cariño —mantengo la calma—, te he llamado, ¿no has oído mis mensajes?

—Los he visto al salir de una operación. Todavía no me has contestado. ¿Con quién carajos estás?

Diablos... diablos... diablos... ¡Dylan ha dicho una grosería! Sólo las dice cuando está muy enojado. Es evidente que no se va a calmar. Conociéndolo, sé que no va a ceder, así que explico:

—Íbamos a cenar con unos conocidos de Tifany, pero...

—Pero ¿qué? —me corta y, al no responderle, murmura—: Yanira, ¿con quién carajos estás?

—Con Jack.

Su grito de frustración me hace apartarme el teléfono de la oreja.

—¿Qué diablos haces con Jack? —maldice—. Toma ahora mismo a Tifany y vete hacia el hotel, ¿entendido?

Su tono dictatorial me molesta y más cuando ni siquiera me ha preguntado cómo me ha ido la actuación.

—Oye, guapo, relájate o la vamos a armar.

—Por supuesto que la vamos a armar —replica enojado.

—Vamos a ver —digo—, ¿qué tal si me preguntas cómo me ha ido la actuación?

Tras un tenso silencio, contesta:

—Sé que ha ido todo bien. Omar me lo ha dicho y, además, he visto algo subido en YouTube.

—¿Subido en YouTube? —repito alucinada.

¿Yo estoy en YouTube?

Pero Dylan no quiere hablar de eso e insiste con necedad:

—Yanira, ¡quiero que te vayas al hotel ya!

Molesta por su tono y por su desinterés por mi trabajo, respondo:

—Lo siento pero no. No estoy haciendo nada malo, sólo me estoy tomando una copa y no voy a consentir que...

—¡¿No vas a consentir qué?! —grita fuera de sí.

La esperada llamada telefónica se está convirtiendo en un calvario y, molesta, musito antes de colgar:

—¿Sabes qué? No estoy dispuesta a seguir aguantando tus gritos. Por lo tanto, adiós. —Y corto la llamada.

Nada más hacerlo, cierro los ojos. Acabo de tentar a la suerte. ¡Menuda furia debe de tener en este instante mi Ferrasa!

Como es lógico, el celular vuelve a sonar. Si Dylan tiene algo es que es insistente. Pero consciente de que no me va a decir nada bonito ni romántico, no le contesto. Le quito el sonido, me lo meto en la bolsa de mano y regreso junto al grupo. Pero entonces alguien me reconoce y me pide que me tome una foto con él. Lo hago, y a partir de ahí ya no me dejan en paz.

Cuando por fin consigo deshacerme de ellos y volver junto a Tifany, me doy cuenta de que está algo bebida y acercándose demasiado al tal Joshua, por lo que, con disimulo, cuchicheo:

—Te estás pasando. Y si sigues así, este tipo se lanzará.

Mi cuñada suelta una carcajada y con voz de loba responde:

—Me superencantaaaaaaaaaa.

Bueno... bueno... bueno... ya me veo sacándola de aquí a rastras. Otra como mi amiga Coral, ¡o todo o nada!

La gente comienza a arremolinarse a nuestro alrededor. No me dejan en paz.

Me siento incómoda y estoy pensando cómo escapar de esta situación, cuando Jack se me acerca y me pone un mechón de pelo detrás de la oreja.

Lo miro. Yo no le he permitido esa intimidad y, sobre todo, a Dylan no le gustaría. Al ver mi expresión, sonríe y, acercándose más a mí, murmura:

—Tienes unos ojos increíbles.

—Gracias. —Intento sonreír, pero no me gusta el giro que están tomando las cosas.

Jack parece percatarse de lo que pienso y cuchichea a mi oído:

—Si no fueras la mujer de Dylan... —Y deja la frase en el aire.

Ay, madre... ¡Qué peligro tiene este hombre!

Él sonríe al ver que no contesto. Bebe de su copa sin apartar la vista de mí, haciéndome sentir acalorada. Sin lugar a dudas, he bebido más de la cuenta.

En ese instante, aparece una mujer que lo saluda y, por la manera de mirarse, intuyo que son antiguos compañeros de cama. Para mi suerte, él deja de mirarme para centrarse en ella y yo al fin puedo respirar.

Jack es un hombre muy atractivo, eso no lo puedo negar. Pero tengo claro que no lo toco ni loca. Yo sólo deseo a Dylan. A mi Ferrasa particular.

Aprovechando la intromisión, agarro a mi cuñada del brazo, le quito la copa de la mano y digo con determinación:

—Vamos, nos tenemos que ir.

Al ver mi seguridad, no protesta y asiente. Seguramente el canoso está entrando en acción y ella se está empezando a asustar. Cuando nos despedimos, Jack y Joshua, como dos caballeros, se empeñan en llevarnos al hotel.

Quiero gritar que no, quiero perderlos de vista, pero al final no me queda más remedio que aceptar. La gente nos mira y no me gustaría armar un numerito.

Cuando llegamos ante el hotel, Joshua baja de la limusina y le abre la puerta a Tifany para que salga. Cuando yo voy a hacer lo mismo, Jack me toma del brazo para retenerme. Intenta besarme, pero me aparto con rapidez. Si lo vuelve a intentar, le doy una bofetada.

Sonríe al ver mi expresión y, con voz íntima, me mete una tarjeta en la bolsa.

—Me gustaría verte otra vez, a solas. Llámame.

—Estás loco.

Mi negativa parece gustarle.

—Dylan no tiene por qué enterarse. Será algo entre tú y yo.

Este tipo es un tonto de campeonato y murmuro:

—Por mí te puedes ir a la mierda.

Y bajo rápidamente del coche. No quiero discutir con él.

Unos fotógrafos apostados delante de la puerta del hotel comienzan a hacer fotos. Sin perder tiempo, Joshua se mete en la limusina y se van.

Nosotras dos entramos en el hotel sin mirar atrás y Tifany dice:

—¡Qué lindos!

—Lindísimos —resoplo, convencida de que esos dos son un par de depredadores.

Al entender mi guasa, mi cuñada sonríe y cuchichea:

—Si los Ferrasa se enteran de que hemos estado solas con esos monumentos, nos vamos a meter en un buen lío.

Eso me angustia, ¡porque los Ferrasa ya se han enterado! Yo misma se lo he dicho a Dylan y, además, con tanta foto no habría habido manera de ocultarlo.

Tras despedirme de Tifany, me encamino a mi habitación y al entrar me quedo sin palabras al verla llena de ramos de rosas rojas. Dejo la bolsa sobre una mesita y, dirigiéndome a uno, tomo la tarjeta.

Eres la mejor.
Te quiero

Dylan

Ramo tras ramo voy mirando la tarjeta y en cada una de ellas me dice algo bonito cargado de pasión. ¡Dios, cuánto lo quiero!

De pronto recuerdo que le he colgado el teléfono y se me pone la carne de gallina. Voy hasta la bolsa, la abro, tomo la tarjeta de

Jack y la tiro a la papelera. No me interesa ese imbécil. Miro el celular y tengo veinte mensajes y cuarenta y seis llamadas perdidas de Dylan.

Me quiero morir. ¡Qué mala persona soy!

Leo los mensajes, que no son muy románticos. Más bien feroces, autoritarios y enojados. Vaya furia que tiene mi amorcito. Me desnudo, me pongo una camiseta para dormir y me tiro en la cama sintiendo la necesidad de llamarlo. Lo hago y, tras el primer timbrazo, lo oigo decir:

—Ni te imaginas lo enojado que estoy, Yanira.

—Creo que sí. Me lo imagino —respondo, apoyándome en la cabecera de la cama.

—Yo no me río —murmura.

—Yo tampoco —replico.

Mi respuesta lo enerva aún más y lo oigo resoplar.

—Llevo cerca de dos horas esperando que me llames.

Deseosa de un poco de mimos, cierro los ojos y contesto:

—Escucha, Dylan, llevo un par de días sin verte y estoy que me muero. En cuanto a lo de J. P. y la entrevista, yo misma no entendía a qué venía lo que ha hecho. Luego lo he hablado con él y me ha explicado que fue para animar a la gente para que viniera a vernos y crear expectativa. Nada más. Y en cuanto a lo de ojitos claros, ¡él me llama así!

Tomo aire y prosigo:

—He cenado y tomado una copa con tu amigo Jack y no ha pasado nada. ¡Nada! —Omito que ha intentado besarme. ¿Para qué contárselo?—. Aparte de eso, he tenido un día increíble. He subido a un escenario y he cantado ante un estadio lleno de gente. Todo el mundo me ha felicitado, sonreído y halagado, pero yo sólo necesito, quiero y ansío que tú, el hombre al que adoro, me diga que me quiere, me halague y me dé mimos. Así que deja de gruñir y dime que me extrañas tanto como yo a ti y que ya queda menos para que nos veamos.

Cuando termino, no contesta. Creo que tras la parrafada que le he soltado lo he dejado sin palabras. Vaya, vaya, mi vena romántica cada día es más apasionada.

Durante unos segundos que se me hacen eternos, ninguno de los dos dice nada, hasta que oigo la voz de Dylan:

—Te quiero, caprichosa.

¡Sí! Éste es mi chico.

—Y yo a ti, cielo —contesto—. Si he cenado con Jack es porque nos lo hemos encontrado a la salida del hotel. Tifany y yo no teníamos nada planeado y...

—¿Ha intentado algo contigo?

Carajo... carajo y carajo al cuadrado, cómo conoce a su amigo. Pero dispuesta a no quemarlo más de lo que ya lo está, respondo:

—No, cariño. Te respeta y me ha respetado a mí.

Wepaaa, ¡qué mentirosa soy! Pero es una mentira piadosa. No me siento mal por decirla.

No sé si me cree o no, pero a partir de ese instante su tono de voz es más conciliador. Está claro que confía en mí tanto como yo en él.

Luego me acuesto sonriente y duermo feliz.

A la mañana siguiente me despierta el sonido del teléfono del hotel. Es Omar para decirme que en media hora desayunaremos todos en mi habitación. Me levanto, me visto y, cuando llegan él, Sean y Tifany, sus caras son de felicidad.

Me entregan varios periódicos y Omar dice:

—Lo hemos conseguido, Yanira.

Leo los titulares y me quedo boquiabierta. «Un ciclón rubio llamado Yanira», «Nueva reina del funky», etcétera.

Me tiemblan las manos, estoy infartada mientras miro cientos de fotos mías en el escenario cantando con J. P.

Sonrío. Ésa soy yo. ¡No lo puedo creer!

Los teléfonos de Omar y Sean no paran de sonar y los veo apuntar en sus agendas miles de datos. Una vez Sean cierra su celular, dice:

—Eran promotores de Alemania, Portugal e Italia, que quieren contratar espectáculos contigo.

—¡Sí! —grita Omar.

Parece feliz y contento. No hay más que ver cómo sonríe.

—Felicidades, Yanira —aplaude Tifany, echando el contenido del sobre de Nesquik en la taza que tengo delante—. Va, cómetelo, ¡te lo mereces, por cuqui!

Al ver el polvo de cacao que tanto me gusta, tomo una cucharita y me doy el gustazo. Mmmmm, ¡qué placer!

Una vez acabo con mi cacao y los demás con sus cafés con leche, Omar dice:

—Hoy, día completo. Tienes varias entrevistas. A la once vienen los de *Rolling Stones*. Te encontrarás con ellos en un salón privado del hotel. A la una, en un local llamado Music, he quedado con los de la revista *Billboard*, para entrevista y sesión de fotos. Y a las seis volveremos a repetir, esta vez en Trafalgar Square, con los de la revista *Popular 1*.

Alucino... alucino... y requetealucino.

¿Yo voy a salir en esas revistas?

Como dijo Dylan un día, cuando la maquinaria se pone en marcha, ya no se para, y Tifany, que parece acostumbrada a todo esto, exclama, mirándome:

—¡He contratado a una peluquera y maquilladora divinísima!, que te cambiará el look para las distintas entrevistas. —Y bajando la voz, añade—: Para el siguiente viaje tiene que venir Valeria sí o sí. —Asiento, sorprendida al ver cuánto la aprecia—. También he localizado a Peter, un amigo diseñador, y entre lo que él nos traiga y nuestra ropa, creo que las sesiones de fotos serán purito glamour.

Estoy sin habla. ¡Sin duda esto marcha!

El día es agotador y siento lo que deben de sentir las modelos en sus largas sesiones, con la diferencia de que yo tengo tres en distintos lugares y para distintas revistas. Contesto a todas las preguntas que me hacen, pero, como me aconsejó Omar, pienso las respuestas antes de darlas. Sé que lo que diga será revisado con lupa y no quiero malos entendidos, en especial cuando me preguntan por el hombre que me acompañó al hotel en la limusina oscura.

Pero ¿qué diablos están insinuando?

Durante las sesiones de fotos, al principio me muestro tímida. Eso de hacer muequitas, posturitas y caritas de malota o de niña bien me inhibe, pero reconozco que cuando le pesco el truco hasta me lo paso bien.

Esa noche, cuando regresamos al hotel, estoy destrozada. Nunca habría imaginado que un día de prensa pudiera agotar tanto. Cuando hablo con Dylan, no lo encuentro de mejor humor, pero, aun así, cuando cuelgo sonrío.

Mi tierra

El lunes tomamos un avión que nos lleva a Madrid. Omar y Sean se quedan allí para arreglar unas cosas y Tifany y yo tomamos otro vuelo a Tenerife, donde nos quedaremos hasta el 1 de mayo. Cuatro días para estar con mi familia y relajarme. Es justo lo que necesito.

Cuando bajo del avión y piso mi tierra, me dan ganas de agacharme y besar el suelo, como hacía Juan Pablo II cuando viajaba. Me contengo, porque creo que nadie lo entendería.

¡Estoy en Tenerife!

Al salir por la puerta del brazo de mi cuñada esperando ver a mi familia, me encuentro con un batallón de periodistas que casi me meten el micro en la boca, y de jovencitos que gritan mi nombre. Los miro alucinada y sonrío al ver que me tratan como si yo fuera Mariah Carey.

¡Alucino! ¡Alucino al mil!

Al fondo veo a mi padre y a mi hermano Argen. Ambos me indican que no tenga prisa, que pueden esperar.

—La discográfica debe de haber avisado de tu llegada —cuchichea Tifany y, al ver mi expresión, añade—: Tranquila, que con los fans yo haré de arpía antipática y te los quitaré de encima.

Tras atender a la prensa, los chicos y las chicas quieren tomarse fotos conmigo. Durante un buen rato estoy con ellos, y me entregan ramos de flores y me abrazan, hasta que Tifany, en plan sargento, me arranca de su lado y me lleva a donde se encuentra mi familia.

Cuando consigo acercarme a mi padre y a mi hermano, nos fundimos en un abrazo y, emocionado, mi padre me susurra al oído:

—Qué alegría tener a mi preciosa resoplidos en casa.

Me emociono, lloriqueo y Argen, divertido, dice:

☞ *Adivina quién soy esta noche* ☜

—No llores, o saldrás en el noticiario moqueando como un chimpancé.

Miro a la derecha y veo una cámara de la televisión de la isla enfocándonos y, tras sonreír y contestar unas últimas preguntas, mi padre toma la maleta y, agarrada de su brazo y del de Tifany, me voy con ellos hacia el coche.

Cuando llego a casa, me siento como en la película *Bienvenido, Mister Marshall*. Todo mi vecindario me espera y sólo les falta llevar una pancarta que ponga WELCOME!

Al bajar del coche, aún sorprendida por todo esto, de nuevo reparto besos, abrazos y me hago fotos con mis vecinas, hasta que Tifany vuelve a hacer de mala y consigue meterme en casa.

Una vez dentro, mi madre me abraza, llora, me besa, y yo a ella. Luego lo hacen mis abuelas y mis hermanos. Todos están tan alucinados como yo por lo que está ocurriendo. Sin duda esto es un reencuentro con todas las de la ley, aunque no sea con turrón y por Navidad.

¡Ni que me hubiera muerto y resucitado!

Tifany, que permanece en un segundo plano, está emocionada. Sin duda le conmueve ver la unión de mi familia y, como mi madre la abraza y mis abuelas la miman, no puede parar de sonreír.

El teléfono no deja de sonar. Mi padre contesta y toma nota de los mensajes que llegan para mí. Esto parece un *call center*. Omar llama a Tifany y le dice que nos irá a recoger un coche a casa de mis padres para llevarme a una emisora de televisión para una entrevista de sobremesa.

La entrevista sale bien. Los presentadores son simpáticos conmigo y yo con ellos, mientras hablamos de mi vida en Los Ángeles y mi trabajo discográfico. Intento evitar hablar de Dylan, creo que a él no le gustaría y, aunque los del programa me azuzan con gracia, yo los toreo y, al final, me gano las dos orejas y el rabo.

Cuando acabamos, el coche de producción nos lleva de nuevo a mi casa, donde me esperan Arturo y Luis con su pequeño y al verme gritan:

—¡Tulipana!

Yo sonrío. Cuánto los he añorado.

Dos horas después, cuando tengo un segundito de paz, llamo a Dylan. Le encanta saber que estoy en Tenerife con mi familia y lo noto contento. Comento lo de las fotos que han publicado de mí con el hombre de la limusina y, tras aclararle que era un amigo de Jack, no le da mayor importancia.

Le hablo también de todo lo que ocurre. Se ríe y me dice una y otra vez que disfrute de mi familia los días que voy a estar aquí con ellos y que ignore entrevistas y compromisos.

Asiento. Así lo haré.

Después de decirle un millón de veces que lo quiero, y él a mí, cuelgo y me dispongo a disfrutar de mi familia, de mi hogar.

Pero las cosas no son como yo esperaba. Al día siguiente, Omar ha concertado una entrevista en la televisión de Las Palmas de Gran Canaria por la mañana y otra por la tarde en Fuerteventura. Lo llamo por teléfono.

—Omar —le digo—, he venido aquí a ver a mi familia, no a andar de tele en tele.

—Lo sé, preciosa, lo sé —contesta—, pero creo que el hecho de que te vean en tu tierra te beneficia. Es promoción. La gente quiere saber quién es Yanira, la artista que está reventando las listas de éxitos, ¿no lo entiendes?

Eso me hace sonreír y me sube el ego. ¡Guau! Yo reventando las listas de éxitos.

Al final, asiento y me paso el día de avión en avión. Cuando llego a casa, Tifany se va a acostar, dormirá conmigo en mi cuarto, y yo me acurruco en brazos de mi padre y me quedo con él viendo una película en el sofá. No hablamos. No nos hace falta.

Al día siguiente, la prensa vuelve a estar en mi puerta, y lo que al principio nos pareció divertido comienza a agobiarnos. Aunque mi hermano Rayco disfruta de ello. Como hermano mío, sale en todos los noticiarios y los demás nos reímos de él.

Con lo ligador que es, ¡lo que le faltaba!

Adivina quién soy esta noche

Las vecinas hablan de mí en la tele como si formase parte de su familia y, cuando mi abuela Nira ve a su archienemiga en un programa hablando de su nieta, grita:

—¡Guerra! A esa bruja le arranco los cuatro pelos que tiene como la vea mañana en el mercado.

—¡Abuela! —río al escucharla, mientras la abuela Ankie niega con la cabeza.

—Mamá —dice mi madre—, no ha dicho nada malo de la niña.

—Para hablar de mi nieta, aunque sea bien, esa naca tiene que lavarse antes la boca —mascula la abuela, con una sartén en la mano.

Me río sin poderlo remediar. Pero la risa se me corta de golpe cuando veo aparecer a Sergio, mi ex, en la tele. No dice nada, pero los periodistas lo persiguen.

Estoy pasmada. Pero ¿qué quieren de Sergio?

Esa noche, mis padres han reservado para cenar en el guachinche de unos amigos que cocinan de maravilla y me alegro al ver que Omar no llama para nada. Aunque salir de mi casa es una odisea. Al final, lo conseguimos, pero nos siguen los fotógrafos.

En el restaurante estos amigos nos acomodan en un costado para que podamos tener más intimidad. Sin embargo, antes de la comida, las cocineras y meseras me piden tomarse una foto conmigo.

Yo acepto encantada.

Una vez me siento, comienzan a traer platos a la mesa. Oh, Dios, ¡qué rico todo! Hay pescado fresco, carne de cabra, costillas con papas y piña, tollo, papas arrugadas y garbanzas.

¡Todo muy *light*!

Sin duda, mis padres han tirado la casa por la ventana y yo, mi supuesta dieta. Pero cuando me vuelvo loca es cuando me ponen un plato de gofio delante.

Alucinada, Tifany mira cómo lo devoro y pregunta, mientras mi padre nos sirve un vinito del valle de la Orotava:

—¿Qué es eso?

Mi madre, que habla muy bien inglés, le explica:

—El gofio es el alimento canario por excelencia. Es harina de grano tostado y se come con casi todos los platos. Pruébalo, te gustará.

Tifany lo prueba, lo paladea y, bajo la atenta mirada de todos, sonríe y afirma:

—Está riquísimo.

Nos comemos todo lo que nos sirven y cuando acabamos, llegan los postres. Ricos flanes, frangollo, tarta de chocolate y quesillo.

Bueno... bueno... bueno... hoy engordo todo lo que he adelgazado en estos meses.

Cuando termino la cenita con un café y un licor, me siento como si fuera a reventar, pero no importa, habrá valido la pena.

Por la noche, cuando regresamos, todo está tranquilo y podemos entrar en casa con normalidad, pero al día siguiente, igual que en la película esa de *Hechizo del tiempo*, todo se repite. La gente en la puerta, los periodistas a la espera y yo desconcertada sin saber qué hacer.

Sólo me queda un día de estar aquí. Al día siguiente vuelvo a Madrid para el concierto junto a J. P. Por la mañana, tras asumir que no puedo salir con Argen a surfear, quedamos con él en una palapita de la playa. Tifany, Rayco, Garret y yo nos dirigimos hacia allá, pero lo que suele ser un paseo de cinco minutos se convierte en uno de dos horas y, cuando llegamos, Argen ya se ha ido a su taller.

Lo llamo y me disculpo. Mi hermano se ríe al escucharme. Entiende que su hermanita ahora es famosa y tiene que atender a sus fans. Voy al taller a verlo y pasamos juntos un buen rato a pesar de que la prensa me espera fuera.

Esa última noche, mis padres cierran antes la tienda para que podamos ir todos a cenar a casa de mi hermano Argen y de Patricia. Pero, cuando vamos a salir, Omar llama por teléfono y oigo a Tifany discutir con él. Al final, ella me pasa el teléfono y cuchichea para que Omar no la oiga:

—El bichito quiere que vayamos a una entrevista. Le he dicho que no, pero creo que deberías decírselo tú también.

― *Adivina quién soy esta noche* ―

Dispuesta a decirle unas cuantas cosas, tomo el teléfono y, sin dejarlo hablar, digo:

—Omar, quiero disfrutar de esta última noche con mi familia.

—Te entiendo, cielo, pero lo que te pido es importante.

Tifany se pasa un dedo por el cuello, como degollándose y yo sonrío. Pero Omar insiste:

—Lo siento, Yanira, pero soy tu mánager. Tenemos un contrato y esto es una buena oportunidad con una televisión italiana. Será una conexión en vivo y...

—No.

Sin embargo, tras varios minutos hablando con él, al final cedo. Cuando cuelgo, Tifany niega con la cabeza y musita:

—El bichito te ha convencido.

Sin duda alguna es así: me ha convencido.

Mis padres se enojan y mis abuelas se quejan de que no tienen tiempo ni para besuquearme. Los únicos que me animan son mis hermanos. Ellos me entienden.

Tras escucharlos a todos, le digo a mi familia que Tifany y yo iremos directamente a casa de Argen tras la entrevista. Con la desilusión pintada en los ojos, acceden. Yo me siento fatal, como si los estuviera decepcionando, pero ¿qué puedo hacer?

Cuando llegamos al hotel, me sorprendo al ver el tinglado que han montado allí los italianos, pero disfruto al sentirme tan bien tratada. En ese instante, para ellos soy la reina del momento.

Cuando la entrevista en vivo acaba, los de la televisión italiana me dicen que han reservado para cenar en el mejor restaurante de Tenerife y que, al enterarse de ello, unos promotores musicales italianos y franceses que están en la isla de vacaciones se han unido para conocerme.

Dios, ¿qué hago? Mi familia me espera.

Miro a Tifany en busca de una solución y ella, encogiéndose de hombros, dice:

—Si Omar o cualquiera de los de la discográfica estuviera aquí, te diría que tienes que ir a esa cena, pues esos promotores son importantes para tu trabajo. Pero, decidas lo que decidas, yo te apoyaré.

Se lo agradezco, pero me encuentro en un dilema: ¿mi familia o el trabajo? Sin duda alguna, mi corazón me dice que la familia, pero la razón me grita que el trabajo. Al final gana la razón.

Llamo a mi hermano Argen para contarle lo que ocurre y él, sin titubear, me dice que vaya a cenar con ellos. Así son los negocios.

Cuando cuelgo, respiro hondo y sonrío.

La cena es divertida. Los promotores vienen con sus mujeres y el buen ambiente reina entre todos. Hablamos de próximas posibles galas o conciertos. Me siento aturdida cuando ya quieren cerrar fechas conmigo. Yo llamo a Omar y les paso el teléfono. Soy novata en esto y no quiero meter la pata.

Luego me pasan el teléfono y Omar, feliz, me comenta que ha cerrado dos conciertos en Italia y en Francia para septiembre.

Aplaudo contenta. La noche ha sido productiva.

Tras la animada cena, decidimos tomar una copa allí mismo para así no tener que desplazarnos, y los del restaurante cierran las puertas y ponen música. Bailamos, tomamos unas copas y nos divertimos y yo, encantada, enseño a un italiano y a un francés a bailar salsa.

Tifany y yo regresamos a casa sobre las cuatro de la madrugada, algo alegres. Por suerte, no hay prensa y nos vamos directas a la cama.

A la mañana siguiente, alguien me despierta con brusquedad. Es mi abuela Ankie, que me enseña un periódico y me reprocha:

—¿Sólo llevas casada unos meses y ya haces esto?

Le quito el periódico y leo el titular «La cantante Yanira, sola y sin marido, se divierte en la noche de Tenerife». En la foto se me ve entre dos hombres en una posturita nada angelical.

¡Horror, pavor y estupor!

Pero ¿esto qué es? ¿Quién me tomó esta foto?

Tifany, que está durmiendo en la cama supletoria, levanta la cabeza y me mira. Le enseño el titular. No lo entiende porque está en español, pero no hace falta. La foto habla por sí sola y ella se lleva las manos a la cara y murmura:

—Ay, cuqui, a Dylan no le va a gustar nada.

Seguro que no. Por el amor de Dios, pero si parece que estoy haciendo un trío con esos hombrones.

¡Menuda bronca me espera!

Ya totalmente despejada por el susto que tengo en el cuerpo, me retiro el pelo de la cara y mi abuela sigue con sus reproches:

—¿Te parece bonito?

—Ankie, no hice nada. Yo... yo sólo bailaba. Les estaba enseñando a bailar salsa y... y...

—Y algún listillo tomó esta foto y la ha vendido.

No sé qué decir. Sin duda alguien ha colado con mala onda esta foto a la prensa.

—O controlas esto desde el principio —dice mi abuela— o no te va a deparar nada bueno.

Al oírla pienso en Dylan. Algo así me dijo él la vez que discutimos y me fui. Mis padres aparecen en la puerta de mi habitación y yo, todavía en piyama, los miro y murmuro:

—Papá, mamá, les prometo que no es lo que parece.

Ambos asienten. Prefieren no opinar, pero intuyo que me creen, aunque sé que esta foto de tan mal gusto no les gusta nada. Me preguntan a qué hora sale mi avión y yo les prometo pasar por la tienda para despedirme.

Me besan con cariño y se van a abrir su negocio de souvenirs.

Miro mi reloj. Dylan aún debe de estar durmiendo y no habrá visto esto. No quiero ni imaginarme su reacción cuando lo vea.

Carajo... carajo... carajo... el disgusto que se va a llevar, y con razón.

Me agobio y mi abuela, que me lo debe de notar en la cara, dice:

—Tienes que ser lista, hija. Te has metido en un mundo de tiburones y tú eres un dulce pececillo.

Asiento. Me siento como *Doris*, la inocente amiga de *Nemo*. Ankie tiene más razón que un santo y prosigue:

—A partir de ahora tienes que controlar todo lo que haces. Ya no puedes ser la Yanira loca y desinhibida de siempre. Ahora debes hacerle ver a tu marido que puede confiar en ti aunque salgas de fiesta.

El celular de Tifany suena. Al mirar la pantalla y ver quién es, me lo enseña: Omar. Tifany le cuelga. No quiere hablar con él. Sin duda, estas fotos tampoco le habrán gustado.

—Escucha, Yanira —continúa mi abuela—, debes establecer unas prioridades en tu vida. Y, recuerda, ante todo, debes respetar a la persona que te quiere o le harás daño.

—Pero, Ankie —protesto—, pero si no hice nada. Es más...

—No me des explicaciones —me corta ella—. Yo simplemente hablo de lo que veo, y lo que veo es que Dylan es un hombre y este tipo de foto o titular no le va a gustar.

Ni que decir tiene que lo sé. Se me acelera el corazón. Entra mi abuela Nira y Ankie masculla:

—No puedes decir que sí a todo lo que tu discográfica quiera. Yo lo hice y perdí a Ambrosius. ¿Quieres que te ocurra a ti lo mismo? —Niego con la cabeza—. ¿Adónde va a ir a parar tu vida si no sabes decir que no? Plantéate lo que te digo o, al final, vas a hacerle daño a Dylan.

—Ni hablar, abuela —protesto.

—Que Dios te agarre confesada, mi niña —musita la abuela Nira, persignándose.

Aunque no sé si lo dice porque he llamado a Ankie ¡abuela! O por lo que dice la prensa.

Causa y efecto

Æl resto de la mañana es delirante. La misma foto sale en varios medios digitales con titulares de tan mal gusto como «Un trío de lo más divertido» o «Yanira le da al francés y al italiano».

¡Qué horror!

Y cuando una hora después suena mi celular y miro la pantalla, me dan ganas de llorar. Es Dylan. Como ha dicho mi abuela Nira, ¡que Dios me agarre confesada!

Decidida a hablar con él y a aclarar el malentendido, me voy a mi habitación y, cuando cierro la puerta, descuelgo y oigo:

—¿Qué chingados estabas haciendo con esos hombres?

De nuevo ha soltado una grosería. ¡Decir que está enojado es decir poco!

—Escucha, Dylan eso que ves no...

—Lo que veo es a mi mujer entre dos tipos. ¿Qué diablos estabas haciendo? ¿Acaso he de creer eso del trío?

La sangre se me hiela en las venas. Por favor, ¡que no crea eso!

—¿Trío? ¿Cómo se te ocurre pensarlo...?

—¿Cómo no lo voy a pensar, cuando sé que es algo que has probado y que te gusta? —murmura con crueldad.

Estoy por soltarle cuatro gritos. ¡Será imbécil...!

Pero no debo hacerlo. Está enojado por algo que hice mal y he de entenderlo. Si yo viera unas fotos suyas en esa actitud con dos mujeres, no estaría enojada, estaría muy... muy furiosa. Así que, moderando mi tono de voz, respondo:

—Cariño, nunca haría eso sin ti.

—¿Seguro?

Eso me ofende y afirmo:

—Segurísimo, Dylan. ¿Cómo puedes dudarlo?

Lo oigo maldecir, y luego añade:

—Estoy muy molesto, Yanira.

—Lo sé.

—Muy muy molesto —insiste.

—Dylan, por favor —suplico—. Confía en mí, te lo ruego. La prensa se ha inventado ese titular. Te prometo por lo que más quieras que ni por asomo hice nada de lo que ahí se da a entender.

El silencio entre los dos se vuelve incómodo. Nuestras respiraciones se oyen agitadas y finalmente dice:

—Tengo que dejarte, debo entrar en quirófano. Ya hablaremos.

Y sin más, cuelga sin decirme nada cariñoso. Consternada, me quedo mirando el celular. La ansiedad en su voz me inquieta. Sin duda, debido al oficio de su madre está acostumbrado a oír cientos de calumnias, pero aun así me siento fatal.

¿Cómo no pude percatarme de que me tomaban esa foto?

Qué boba y novata soy en todo esto. Sin duda me voy a tragar más de una de éstas como no me ande con un poquito de cuidado.

Estoy a punto de llorar cuando entra Tifany diciendo:

—Ha llamado Om... ¿Qué te ocurre? —se interrumpe.

Y al enseñarle el teléfono, que tengo aún en la mano, murmura:

—Has hablado con Dylan, ¿verdad? —Asiento y ella me abraza y susurra—: Tranquila, cuqui. Dylan ya sabe cómo funciona esto y no es tan tonto como para creer lo que se insinúa.

Lo creo, o al menos quiero creer que es así. Dylan tiene que confiar en mí. Me seco los ojos y Tifany dice:

—Omar ha llamado. Quiere que adelantemos el regreso a Madrid. Ha concertado un par de entrevistas para que puedas aclarar lo ocurrido.

¡Ni lo pienso!

Es lo mejor. Preparo el equipaje a toda velocidad y llamo a Arturo y Luis. Se apenan porque casi no nos hemos visto y nos despedimos. Después beso a mis abuelas, que se quedan consternadas por mi precipitada partida. Ni Garret ni Rayco están y no me puedo despedir de ellos, pero sí lo hago de Argen. Mi hermano acude rápidamente a mi llamada y, al ver mi cara, dice, tomándome el mentón:

—Tranquila, princesa. Estoy seguro de que Dylan entenderá que todo esto es un montaje de cuatro idiotas aprovechados. No te agobies, ¿okey? —Al verme sonreír, me da un beso en el cuello y añade—: Estoy encantado de tu triunfo, resoplidos. Y nunca dudes de que todos estamos muy orgullosos de ti.

Lo abrazo y, tras darle mil besos y decirle que me despida de Patricia y de mis hermanos, subo al coche con cristales polarizados que viene a buscarnos y nos dirigimos hacia el Paseo Marítimo. De mis padres me tengo que despedir le pese a quien le pese.

Para que no se arme en grande si me ve algún fan, Tifany sale del coche y los avisa. Ellos entran en el vehículo y, tras abrazarnos y despedirnos más rápido de lo que a todos nos gustaría, Tifany y yo nos vamos al aeropuerto, donde un vuelo nos lleva derecho a Madrid.

Una vez allí nos recoge otro coche y nos lleva al hotel Silken Puerta de América.

Están previstas un par de ruedas de prensa. En ellas, Omar habla más que yo y, cuando acabamos, me duele la cabeza.

—Ve a descansar, no tienes buena cara —dice mi cuñado.

Hago lo que me dice y, una vez en mi cuarto, miro a mi alrededor. Es una habitación muy bonita y moderna. De decoración minimalista, todo blanco. Pero no veo ningún ramo de rosas de Dylan, lo que me hace saber que sigue enojado.

Lo llamo por teléfono, pero tiene el celular apagado. Quiero pensar que está ocupado con alguna operación y le dejo un mensaje recordándole cuánto lo quiero y lo añoro. Cuando cierro el celular, veo al fondo una tina ovalada y pienso en darme un baño, pero estoy tan agotada que donde me meto es directamente en la cama.

A la mañana siguiente, mi estado de ánimo no ha mejorado. Miro mi celular, pero no he recibido ni un mensaje ni una llamada de Dylan. Lo llamo. No me contesta.

Alguien da unos golpecitos en mi puerta y al abrir veo que es Tifany.

—¡Arriba esas pestañas! —me dice abrazándome.

Sonrío. Sin duda ella y su cariño son lo mejor de este viaje. Tras vestirme, bajo a un salón del hotel, donde nos espera la prensa. Durante horas, J. P. y yo, con nuestra mejor sonrisa, nos dedicamos a atenderlos y a esquivar las preguntas comprometidas o malintencionadas. ¡Carajo con los periodistas, cómo les gusta el morbo!

Tras la comida, llega mi hermano Rayco del aeropuerto. ¡Está loco de alegría! Vamos todos juntos al Palacio de los Deportes. El concierto tendrá lugar allí a las diez de la noche y debemos hacer las pruebas de sonido.

Rayco se toma mil fotos con J. P. Éste, al saber que es mi hermano, platica y se lo lleva con su séquito. Se lo agradezco, porque yo no tengo un buen día.

A las cinco y media estoy de regreso en el hotel y, cuando cierro la puerta de la habitación, tengo claro que necesito un baño antes de que el espectáculo comience. Abro la llave y empiezo a llenar la tina.

Enciendo la televisión y busco el canal MTV. Cuando lo encuentro, la voz de Justin Timberlake inunda la habitación. Veo el videoclip *Mirrors* y sonrío. Justin es genial. Aún recuerdo cuando lo conocí en la gala de la discográfica y lo divertido que fue bailar con él. Una vez se llena la tina, me desnudo y me meto dentro, mientras la música suena y yo tarareo con los ojos cerrados, y así no pienso en nada. Estoy mentalmente agotada.

De pronto, oigo que se abre la puerta de la habitación y dos segundos después me quedo boquiabierta al ver ante mí al hombre que es mi vida.

Nos miramos en silencio y cuando creo que me voy a desintegrar ante la bronca que me va a caer en décimas de segundo, mi amor suelta el equipaje que lleva en las manos, se acerca, se agacha y me besa.

Su beso me agarra tan de sorpresa que no sé qué hacer, hasta que mis brazos rodean su cuello y lo atraigo más hacia mí.

Nos besamos y cuando su boca se separa de la mía, murmura, enseñándome el teléfono:

—Caprichosa, aquí estoy.

Sus labios vuelven a pegarse a los míos y me ofrece su lengua, que yo saboreo con deleite, pausadamente. Luego me besa las mejillas, el cuello, la barbilla, me levanta por las axilas y, aunque estoy chorreando, me saca de la tina.

Con las manos mojadas, le quito el suéter gris que lleva y cae al suelo, y mientras lo beso, le desabrocho la camisa, que cae también al suelo.

Nuestras respiraciones se aceleran, nuestros cuerpos se reclaman y no hablamos. Estamos tan hambrientos el uno del otro que sólo nos prodigamos mil caricias, mientras nos besamos, chupamos y lamemos con ansiedad y la locura se apodera como siempre de nosotros.

Dylan me toma en brazos y me aprieta contra él. Hunde la nariz en mi pelo y aspira mi aroma. Una vez se llena de él, me posa sobre la cama. Lo miro excitada cuando, sin quitarse el pantalón, se arrodilla y, sujetándome por la cintura, se inclina sobre mí y me besa los pezones. Luego su caliente boca baja por mi vientre, por mi ombligo y acaba en mi pubis.

Hechizada por él como siempre, un gemido gozoso sale de mi interior cuando sus manos me tocan la cara interna de los muslos. Me los besa, los muerde y finalmente me los separa y me posee con la lengua.

Arqueo las caderas para recibirlo, extasiada por lo que me hace sentir. Desnuda y totalmente entregada, siento cómo mi vagina se lubrica mientras él da unos golpecitos a mi clítoris con la lengua y luego lo succiona.

El latigazo de placer que siento hace que me incorpore y gimo desesperada. Sentada al borde de la cama, restriego frenéticamente mi sexo contra la boca de mi amor, mientras él me abre más los muslos y me da lo que necesito.

Lo miro enajenada por el placer. Él levanta la vista para mirarme también y, trastornada por la fogosidad que veo en sus ojos, le sujeto la cabeza y lo aprieto más contra mí.

Quiero que me coma, que me muerda, que me haga el amor con la lengua. Lo quiero todo y lo quiero de él.

Durante varios minutos en los que grito como una posesa, él se dedica a darme todo el placer que puede, mientras yo me contraigo sobre su boca y me vengo por y para él.

De pronto, me suelta, se levanta y se desabrocha el pantalón. Sonrío mientras me dispongo a recibirlo. Le gusta la expresión de mi cara y su voz suena ronca cuando dice:

—Ahora voy a cogerte como nos gusta.

Se quita el pantalón y el calzoncillo y su erecto pene se presenta tentador ante mí. Estoy a punto de lanzarme hacia él cuando Dylan se sube a la cama y, como un dios griego, me separa las piernas con su cara de perdonavidas, coloca la punta de su miembro en la entrada de mi vagina y me penetra hasta casi partirme en dos.

¡Oh, sí... sí!

Luego me agarra de los hombros y, empujando todo lo que puede, se hunde más y más en mí y ambos gritamos extasiados.

El placer que nos damos es exquisito, embriagador, apasionado, y jadeamos acoplándonos como locos, mientras mi vagina lo succiona y su pene profundiza hasta tocar mi útero.

Me agarra por los hombros y acerca las caderas todo lo que puede. De nuevo gritamos los dos, enajenados por el placer.

Después de eso comienza a moverse en mi interior mientras sus manos me agarran los pechos, que estruja, amasa y oprime, al tiempo que sus fuertes acometidas hacen que nos movamos sobre la cama y el ruido seco del choque de nuestros cuerpos suena como un tambor en la habitación.

¡Es tan excitante!

Mis pechos se bambolean ante él y nos unimos el uno al otro con una perfección máxima y, entre gemidos, movemos nuestros cuerpos a un ritmo caliente y enloquecedor.

El rostro de Dylan se contrae apasionado, y una y otra vez se hunde en mí con una fuerza increíble, mientras me mira con deseo y con lujuria.

—Eres mía —murmura—. Mía.

Asiento. Sin duda alguna lo soy y quiero serlo.

Antes de estar con Dylan, nunca había creído en ese extraño sentimiento de la propiedad, tan exclusiva de las parejas, pero ahora lo siento en mí y quiero tenerlo. Quiero ser tan suya como deseo que él sea mío. Sólo mío.

—Estoy a punto de estallar.

—No... —exijo— un poco más.

Dylan prosigue hundiéndose en mí con fiereza. Su gemido gutural y seco me hace saber que se está controlando para poder darme lo que pido, cuando murmura en un tono ahogado:

—El próximo será más largo.

Sonrío. Sin duda alguna, éste no va a ser el único.

—Quiero cogerte —dice ahora, hundiéndose en mí—. Quiero poseerte, sentirte totalmente mía. —Arremete de nuevo y, extasiada, grito.

Su afán de posesión...

De propiedad...

Su exigencia...

Todo ello unido a sus palabras y sus actos, consiguen el efecto deseado y el ardor de mi cuerpo sube y sube hasta que estalla en mi interior y mis gritos de placer lo llevan a él al séptimo cielo, mientras nos convulsionamos y alcanzamos el orgasmo al unísono, entre jadeos y enloquecidos gemidos.

Cuando se deja caer, agotado, me encanta notar su peso sobre mi cuerpo. Lo abrazo para que no se aparte. Cubierta por él me siento más suya que nunca y la sensación me arrebata.

Pero al cabo de unos segundos, Dylan rueda en la cama y, poniéndome sobre él, como sé que le gusta, murmura:

—Bésame y dime que te alegras de verme.

Mimosa, así lo hago. Disfruto de las caricias de mi amor y cuando nuestros labios se separan tras un morboso beso, musito:

—Verte aquí ha sido mi mayor felicidad.

Agarrándome el trasero con gesto posesivo, me lo estruja, me da una nalgadita y dice:

—Necesitaba ver qué estaba pasando con mi mujer.

Sonrío y me deleito besándolo de nuevo.

Tras este primer asalto llegan dos más y cuando, agotados, nos dirigimos hacia la moderna regadera de pizarra negra y nos metemos bajo el agua, Dylan comenta:

—Yanira, tenemos que hablar.

Oh... oh... ese «tenemos que hablar» no me suena nada bien.

Agarrándole la cara para que me mire, digo:

—Te juro por mi familia que no hice nada de lo que tengas que avergonzarte.

Dylan no dice nada y yo insisto:

—Créeme, por favor. Te quiero demasiado como para hacer lo que la prensa insinúa. Yo... yo no he hecho ningún trío con nadie. ¿Cómo te atreviste a decirme eso por teléfono?

—Estaba enojado... y aún lo estoy.

Nos miramos y susurro con un hilo de voz:

—No lo he hecho, créeme.

Por fin, mi amor sonríe y, mimoso, me levanta el trasero para acercarme a él y murmura:

—El trío lo vas a hacer conmigo.

Lo miro sorprendida, y primero no digo nada, pero dispuesta a aclararlo, insisto luego:

—Contigo haré lo que quieras, pero dime que me crees.

Dylan baja la boca hasta la mía, me muerde los labios con deseo y contesta:

—Te creo y confío en ti, caprichosa. Sé que si quisieras hacer un trío lo harías conmigo y no con otros. —Se separa de mí y añade—: Pero debes tener cuidado. La prensa es feroz y, aunque te dará grandes alegrías, también te dará grandes dolores de cabeza. Fotos como la tuya con esos dos hombres nos pueden traer muchos problemas a ti y a mí, además de una mala prensa.

Sonrío. Que Dylan confíe en mí es fundamental y lo beso con amor.

Cero

Esa tarde noche, cuando Dylan baja conmigo a recepción, Omar, al verlo aparecer, lo abraza sorprendido. Tifany también. Después, mi cuñada me mira y, al ver mi cara de felicidad, sonríe y me guiña un ojo. Recibo un mensaje de Rayco. Sigue con J. P. y vendrá a verme en el concierto.

Cuando salimos del hotel, unos periodistas me agobian con preguntas impertinentes. Dylan, protegiéndome, me los quita de encima.

En un coche con cristales polarizados llegamos hasta el Palacio de los Deportes de Madrid. Las colas para entrar son increíbles y, apretando la mano de Dylan, murmuro:

—Gracias por venir.

Él se deleita besándome, y cuando Omar intenta hacer lo mismo con Tifany, veo con el rabillo del ojo que ella lo rechaza. Eso me hace sonreír. Cuando bajamos del vehículo, la prensa nos espera, y alucino cuando oigo:

—Doctor Ferrasa, ¿qué le parecen las escandalosas fotos de su mujer?

«¡Carajo!», estoy a punto de gritar ofendida.

A Dylan se le endurece el gesto, pero sin responder, me acompaña con la mano en la espalda y entramos en el Palacio de los Deportes.

Llegamos al camerino sin decir nada y entonces aparece mi hermano Rayco. Está entusiasmado y me cuenta su gran día con su ídolo. Cuando ve a Dylan, lo abraza encantado y, segundos después, cuando a mí me van a peinar y maquillar, deciden irse juntos. Aunque antes de hacerlo, mi amor me mira y, acercándose, me susurra:

—Regresaré en una hora para desearte suerte. Y en cuanto a lo que ha dicho ese periodista, no te preocupes por nada, ¿okey?

Asiento como un osito abandonado. Me he quedado horrorizada cuando he oído a ese imbécil, pero las palabras de Dylan me tranquilizan.

Una hora después, peinada, maquillada y vestida con mi traje de piel y mis botas, estoy hablando con Tifany cuando se oyen unos golpes en la puerta. Al abrir, vemos que traen un ramo de rosas rojas de tallo largo. Lo agarro encantada y al sacar la nota, leo:

Estoy y estaré siempre a tu lado, cariño. Te quiero,

Dylan

Le enseño la nota a Tifany, que, al leerla, exclama:
—¡Qué cuquiiiiiiiiiiii!

Yo me río y doy saltitos como una tonta. Su romanticismo me vuelve loca y siento que mi marido es lo mejor de lo mejor.

Vuelven a tocar a la puerta. Otro ramo, esta vez de rosas amarillas. En la nota, pone en inglés:

He venido de Londres a Madrid sólo para verte. ¿Cenas conmigo esta noche?

Si accedes, te prometo una velada muy... estimulante.

Jack

La sangre se me hiela en las venas. ¿Qué diablos hace Jack aquí?

Tifany, al ver mi cara, me quita la nota y, después de leerla, exclama:
—Pero, buenooooo, qué tontazoooo...

Estoy a punto de salir en busca del inglés y meterle las flores por el trasero. Pero ¿qué se ha creído? De pronto, la puerta se abre y aparece Dylan, que al verme preparada, sonríe y, mirándome de arriba abajo con lujuria, murmura:

—No sé si te voy a dejar salir así al escenario, caprichosa.

Me entra la risa nerviosa y lo abrazo. Si después de lo que ha dicho ese periodista, ve la notita de Jack, aquí se va a armar, y grande.

Tifany tiene la tarjeta en la mano cuando entra Omar.

—Vamos, tortolitos. Dejen los besos para más tarde. Yanira, tienes que subir ya al escenario. Dos canciones más y sales tú.

—Okey —digo y, mirando a mi marido, le pido—: Deséame buena suerte, cielo.

Dylan sonríe y, dándome un último beso, dice:

—Mucha mierda. —Eso me hace reír—. Me voy a ver tu actuación con tu hermano entre el público. Como decía mi madre, ¡ahí se vive más!

Cuando se va, me doy la vuelta y veo a Omar como un loco, con la nota de Jack en las manos.

—Tifany, ¿quién diablos es Jack?

Mi cuñada me mira y responde con tranquilidad:

—Un amigo, y devuélveme la tarjeta.

Omar, celoso, lee en voz alta:

—«Te prometo una noche estimulante». Pero ¿este tipo es idiota o qué?

Arrancándole la tarjeta, Tifany contesta:

—No, Omar. Este «tipo» es sexy, caballeroso y morboso. Y sin duda alguna, me da algo que tú eres incapaz de darme.

Bueno... bueno... la historia que se está inventando la rubia.

—¡Eres mi mujer, carajo! —grita Omar—. ¿Cómo crees que me sienta saber que ese hombre quiere estar contigo esta noche?

Con una altanería más propia de Coral, mi cuñada se acerca a él y replica:

—Espero que te siente mal y ojalá revientes cuando me imagines cogiendo con él sobre la mesa de cualquier despacho.

Wepaaaa... ¡Una cucharada de su propio chocolate!

Aún no doy crédito a lo que acaba de decir, cuando Omar murmura:

—Tifany... me estás enojando y mucho.

—Uy, no veas qué preocupación tengo —se burla ella.

Tomándola del brazo, Omar insiste:

—Ese Jack de Londres es el amigo de Dylan, ¿verdad?

¡Diablooooooos! ¡Qué bien hila!

—Pues sí. ¿Algo que objetar?

A él casi le sale humo por las orejas cuando Tifany se aparta y, tomándose de mi brazo para venir conmigo al escenario, añade:

—Tranquilo, Omar. Tú lo pasas bien con tus amantes y yo con los míos. ¿Dónde está el problema? Ah, sí... en que antes sólo disfrutabas tú y ahora disfrutamos los dos. Ay, cuqui, ¡qué egoistón!

Con los ojos como platos, me alejo con ella, mientras mi cuñado maldice y la llama a gritos. Caminamos juntas hasta desaparecer de su campo de visión y entonces Tifany murmura, tocándose el pecho:

—Uf, creo que se me va a salir el corazón. Nunca me había enfrentado al bichi... a Omar así. —Y, sonriendo, dice—: Oye... casi me ha gustado.

Me quedo muda. Esto me supera.

Le doy un beso y subo por un costado al escenario. Con la cabeza como un bombo, miro a J. P., que canta, baila y sonríe al verme. Yo observo encantada cómo se involucra con el público y, cuando termina, tras los aplausos oigo que me presenta.

Cantamos la canción como hicimos en Londres. Al mirar hacia abajo, veo a Dylan y a Rayco en las primeras filas y eso me gusta. Bailo, canto y me dejo la vida en el escenario.

Cuando acabo, me los he metido a todos en el bolsillo. Les he gustado. Los aplausos son atronadores y yo, tras abrazar a J. P., lanzar un beso al aire y guiñarle un ojo a mi marido, me voy encantada del escenario.

En el costado me espera Tifany, que aplaude al verme.

—Super... superbién.

Emocionada, bebo agua, pues estoy sedienta. Entre risas, regresamos juntas al camerino, pero entonces ella dice:

—Voy a hablar con Lucía. Quiero preguntarle qué marca de sombra de ojos lleva, ¡es fantástica!

Asiento y continúo mi camino, cuando de pronto una mano me retiene y al volverme veo que se trata de Jack. Asustada, miro a mi alrededor. No quiero que Dylan lo vea.

—Has estado fantástica —sonríe él, abrazándome.

Rápidamente, me suelto de su abrazo y con mala cara, refunfuño:

—¿Cómo se te ocurre venir aquí y enviarme las flores?

—Nuestra cita en Londres se me hizo corta.

Frunzo la entreceja y respondo:

—Aquello no fue una cita. Fue una cena casual y nada más.

—Por eso estoy aquí, quiero algo más.

Alucino. Estoy a punto de sacar mi vena impresentable, pero consciente de que no debo armar un escándalo, me acerco a su cara y mascullo:

—Vete de aquí. No voy a tener nada contigo.

—Puedo darte lo mismo que Dylan te da en la cama y más —insiste él.

Definitivamente voy a sacar mi vena impresentable, cuando unas chicas se me acercan y me piden unos autógrafos. Sonrío. Se los firmo y, tras ellas, llegan otras más. En un momento dado, Jack me quita la pluma, me toma la mano y, apuntando su teléfono en mi piel, dice, poniendo también una «J»:

—Llámame. Quiero cenar contigo.

Voy a protestar cuando oigo:

—Maldito idiota, ¿qué haces tú aquí?

Y Omar, ni lento ni perezoso, le da un puñetazo a Jack en toda la cara, que lo hace caer hacia atrás. Las chicas que están a mi lado se apartan y yo sujeto a mi cuñado como puedo, mientras él le grita a Jack que se aleje de su mujer. Su perplejidad es absoluta. ¡No entiende nada!

Tifany, que regresa en ese instante, al ver la situación corre a ayudar a Jack y, sin dejarle abrir la boca, llama a dos de seguridad y rápidamente se lo llevan.

¡La telenovela ha estallado!

Cuando ella y yo nos miramos, nos tenemos que aguantar la risa. Suelto a Omar, que mirando a su mujer, murmura:

—Espero que esta noche sea de todo menos estimulante.

Cuando se va, Tifany y yo entramos en el camerino y, tras cerrar la puerta, nos doblamos de risa. El pobre Jack pagó el pato y no del Ferrasa que se merecía.

Cinco minutos después, aún estamos riendo cuando entra Dylan, que, ajeno a todo lo ocurrido, me abraza y besa orgulloso y me dice:

—Increíble, cariño. No podías estar mejor.

Está feliz. Me lo dicen sus ojos y su sonrisa. Nos besamos y Tifany, saliendo, dice discretamente:

—Esperaré fuera por si me necesitas, Yanira.

Sin separarme de Dylan, le digo adiós con la mano, mientras me entrego al devastador y posesivo beso de mi marido.

Luego murmura:

—No te imaginas lo orgulloso que estoy de ti.

Eso me alegra el alma.

—Gracias, cariño.

Tras varios besos más y dulces palabras, me siento ante el espejo y comienzo a desmaquillarme mientras charlamos, hasta que, de pronto, me agarra la mano y pregunta:

—¿Y este teléfono?

Oh... oh... ¡Mierda!

Busco una mentira rápida y verosímil, pero Dylan, que es muy listo, insiste con cara de pocos amigos:

—¿Quién es J?

—Nadie importante.

—¿De quién es este número de teléfono? —pregunta, sin dejarse distraer.

—Bah... de verdad que no es nada —respondo sin cesar de sonreír.

Entonces, sin soltarme la mano, Dylan dice:

—En ese caso, ¿puedo llamar yo?

Mierda... mierda... mierdaaaaaaaaaaaaaaaaaaaaaaaaaa.

Y antes de que pueda contestar, Dylan ya está marcando. Al instante, ruge al ver el nombre que sale reflejado en su pantalla.

—¿Por qué tienes el teléfono de Jack apuntado en la mano?

Okey. Ya la hemos armado. Resoplo. Resopla. Nos miramos y, finalmente, dispuesta a decirle la verdad, explico:

—Ha venido a Madrid. Quería que saliera a cenar con él.

—¡¿Cómo?! —vocifera, levantándose.

—Le he dicho que no y...

La furia es inevitable. Me mira enojado y refunfuña:

—Dijiste que en Londres fue sólo una cita casual.

—Y lo fue, te lo juro. Lo que no entiendo es por qué ha venido y...

—¡Pues está claro, Yanira! —grita—. Para acostarse contigo.

Se me acelera la respiración. Entiendo sus dudas, y entonces pregunta:

—¿Hubo algo entre él y tú en Londres?

—No.

—¿Le diste algún tipo de esperanza?

Me levanto ofuscada y grito:

—¡Noooo! Pero ¿qué estás diciendo?

En ese instante, Dylan aprieta el botón de llamada de su celular y masculla furioso:

—Maldito cabrón. Vuelve a acercarte a mi mujer y te mato.

Una vez dice esto, cuelga.

El silencio llena el camerino cuando entra Omar.

—Yanira, fuera hay dos periodistas que te quieren entrevistar.

Enojado, Dylan me mira. Omar también y yo digo:

—En dos minutos salgo y los atiendo.

—No, no saldrás —ladra Dylan.

Omar nos mira sin decir nada.

—Dylan, serán sólo unos minutos —digo yo.

Pero él, con una furia monumental, grita:

—Estamos hablando de algo importante, ¡no te irás!

—¡Es la prensa! —interviene Omar.

—Hermano, ¡vete a la mierda! Estoy hablando con mi mujer —le espeta Dylan.

—Cariño, por favor —intento calmarlo, pero él replica:

—¿La prensa es más importante que yo?

—En absoluto, pero...

—Si sales... —me corta Dylan con gesto sombrío—, estarás tomando otra decisión equivocada, Yanira.

¡Diablos, qué presión! ¿Qué hago? Últimamente me veo sometida a una tensión que nunca habría imaginado y digo:

—Omar, ahora no puedo. Diles que...

—Tienes que recibirlos —me interrumpe mi cuñado—. Estamos aquí para eso. Ya solucionarán sus problemas matrimoniales más tarde.

Miro a Dylan pidiéndole ayuda con los ojos, pero no me responde. Se limita a observarme con gesto impasible y, antes de que pueda retenerlo, sale del camerino con dos zancadas y se va. Corro tras él, pero Omar, sujetándome del brazo, murmura:

—No me jodas, Yanira. Luego lo verás en el hotel.

Asiento angustiada. ¡Carajo, qué mala onda! Esto está siendo mucho más duro de lo que yo esperaba.

Omar hace entrar a la prensa, mientras yo intento adoptar una expresión menos sombría.

Esa noche, cuando vuelvo al hotel tras despedirme de mi hermano Rayco, que se va a primera hora de la mañana a Tenerife, estoy ansiosa por llegar a la habitación. Al entrar, me encuentro a Dylan sentado en el sofá con su laptop encendida, hablando por teléfono. Me mira. Le sonrío, pero él a mí no.

Tras dejar mi bolsa sobre la mesa baja, me siento en la butaca que hay frente al sofá y espero pacientemente a que cuelgue. Cuando lo hace, apoya la cabeza en el respaldo del sofá, me mira y dice:

—Hola.

—Hola —respondo y, consciente de mi error, murmuro—: Lo siento.

—Yo también lo siento.

Esperanzada por su respuesta, sonrío, pero él sigue serio. El silencio me incomoda y finalmente dice:

—Si no hubiera visto ese teléfono apuntado en tu mano, ¿me habrías dicho lo de Jack?

No esperaba la pregunta y rápidamente respondo:

—No. No quería preocuparte con algo que...

—¿No querías o no podías porque ocultas algo? Conozco a Jack, Yanira, no lo olvides.

Madre mía... en qué desmadre que me estoy metiendo por ese imbécil. Y, tras resoplar, contesto:

—Dylan... yo...

—Te dije que tomarías decisiones equivocadas, como hacía mi madre, y esta noche has tomado dos: ocultarme lo de Jack y anteponer la prensa a mí.

Voy a contestar, pero con un gesto tajante me ordena callar y prosigue:

—He esperado fuera del camerino para ver si salías a buscarme, pero no lo has hecho. Los periodistas han entrado. Está claro que ellos son más importantes para ti que yo.

—No, cariño, eso no es así —susurro, horrorizada por la verdad tan grande que está diciendo.

Sonríe con frialdad y, sin dejar que me explique, pregunta:

—¿Mañana tienes entrevistas?

—Sí. Omar ha convocado a varios medios y...

—Mi avión sale a las siete de la tarde. Me vuelvo a Los Ángeles.

Desconcertada, contesto:

—El mío sale pasado mañana. ¿No puedes quedarte un día más?

Dylan me mira. Claro que puede, pero responde:

—Pasado mañana mi jefe da una cena y quiero asistir. Yo también tengo compromisos y no, no te puedo esperar.

Dicho esto, se levanta, pasa por mi lado sin mirarme y comienza a desnudarse. Yo lo observo. Como siempre, ver su cuerpo me excita y se me reseca la boca. Quiero tocarlo, pero creo que no lo va a aceptar.

Si algo he aprendido de Dylan, es que cuando está enojado hay que darle espacio.

Una vez desnudo, se acerca, me da un rápido beso en los labios y dice:

—No te acuestes tarde. Debes descansar.

Y, sin más, se mete en la cama.

Durante varios minutos no sé ni qué decir ni qué hacer, hasta que decido seguir su consejo. Me desnudo y me meto también en la cama. Cuando me siente cerca, siempre me abraza y me estrecha contra él, pero ahora no lo hace. Está boca abajo, mirando hacia el lado contrario y no se mueve.

Sé que está despierto y digo:

—Dylan.

—¿Qué? —responde sin mirarme.

—Te quiero.

No responde. Al cabo de un rato, finalmente dice sin mirarme:

—Yo también te quiero. Duerme.

Ya no hablo más. Apago la luz y me dedico a mirar el techo hasta que el cansancio me vence y me quedo dormida.

A la mañana siguiente, cuando suena mi despertador me doy cuenta de que estoy sola en la cama. Me levanto rápidamente y veo el equipaje de Dylan. Eso me tranquiliza.

Omar me espera a las nueve en recepción para las entrevistas, así que me baño, me maquillo y me pongo glamourosa. Tocan la puerta. Es un mesero con el desayuno. Cuando se va, me tomo un café. Tengo el estómago cerrado y no puedo comer nada.

Al bajar al vestíbulo, me encuentro con Omar y Tifany. Al acercarme, veo que él sonríe de una manera especial. Mi cuñada me besa y yo les pregunto por Dylan, pero me dicen que no lo han visto.

Cuando llegan los de la prensa, Omar, tras guiñarle un ojo a Tifany, los acompaña a una salita que nos ha dejado el hotel. Yo, mirando a mi cuñada, pregunto:

—¿Qué ha pasado aquí?

Ella sonríe y cuchichea:

—Ay, cuqui, anoche, cuando llegamos al hotel, sin pensarlo me presenté en su suite y fui mala malota.

—¿Te lo tiraste?

Tifany asiente y, con una risita, dice:

—Fui una tigresa de Bengala, ávida de sexo caliente y morboso.

Me río al imaginarme a la tigretona y musita:

—Hemos pasado la noche juntos y no hemos dormido casi nada, ¿se nota? —pregunta, mirándome con su preciosa cara.

Sin lugar a dudas, no. Soy consciente de que yo tengo peor pinta que ella, incluso tras haber dormido algo, y respondo:

—Estás guapísima.

—Eso mismo me ha dicho el bichito hace unos segundos. —Sonríe feliz—. Es tan lindo cuando está cariñoso.

Vaya, qué rápido la conquista el bichito.

—Entonces ¿han fumado la pipa de la paz?

Encogiéndose de hombros, se toca la punta de la nariz y murmura:

—No lo sé, cuqui. Por lo pronto ocurrió esto, el resto ya se verá.

En ese momento, Omar nos llama para que vayamos. Debemos comenzar ya.

A partir de ese instante, me dedico a atender a la prensa con la mejor de mis sonrisas. Todo el mundo me felicita por el éxito obtenido y, como siempre, toreo las preguntas comprometidas lo mejor que puedo. A la una de la tarde, cuando paramos para comer, Dylan aún no ha aparecido. ¿Dónde estará? Desesperada, miro a Omar.

—¿Tenemos entrevistas esta tarde?

Él mira su agenda y responde:

—Sí. Hay dos medios que vendrán a las cinco y a las seis y media respectivamente.

Durante un rato, pienso qué hacer. El avión de Dylan sale a las siete y si quiero ir con él, tengo que comprar un boleto. Así pues, le digo a Omar:

—Adelántalas. Dylan se va en el avión de las siete y me quiero ir con él.

Mi cuñado me mira, pero antes de que diga nada, añado:

—Me importa un bledo lo que digas. Adelántalas o cancélalas.

Tras pensarlo un momento, se levanta y comenta:

—Voy a hacer un par de llamadas.

Cuando se va, Tifany me guiña un ojo. Dos segundos después, su marido regresa y dice:

—En media hora, una de ellas vendrá aquí y a continuación la siguiente.

¡Estoy a punto de dar saltos de felicidad!

—Necesito un boleto para el vuelo de las siete de la tarde —digo—, el que va directo a Los Ángeles.

Rápidamente, Omar hace otra llamada.

—En veinte minutos te traerán tu boleto al hotel —me comunica al colgar.

Sonrío, me levanto y, dándole un beso, musito:

—Gracias, cuñado. Te debo una.

Él niega con la cabeza y, divertido al ver cómo su mujer y yo nos reímos, responde:

—Eso, no lo olvides. Me debes una.

Cuando subo a la habitación tras la última entrevista, son las cuatro de la tarde. Dylan no está, pero me ha dejado una nota.

Te veo a tu regreso a Los Ángeles.

Dylan.

Más impersonal no puede ser. Ni un simple beso. Sin duda sigue molesto.

Sin tiempo que perder hago el equipaje y, cuando termino, llamo a Tifany. Ella se encargará de todo. Yo sólo me llevaré lo básico.

Adivina quién soy esta noche

Omar me consigue un coche para ir al aeropuerto y a las seis ya estoy allí. Voy justa, porque el avión sale a las siete, pero me tranquilizo, pues Omar me ha dicho que no me van a poner ningún impedimento. ¡Soy Yanira! La famosa cantante.

Con el pelo oculto bajo una gorra oscura y la cara tras unos enormes lentes de sol, me encamino hacia el arco de seguridad. Espero que nadie me reconozca ni me pare.

Una vez dentro, busco mi puerta para abordar y corro hacia allá. Cuando llego estoy sin aliento. De pronto, veo a Dylan apoyado en el cristal, mirando los aviones. Parece pensativo y enojado. No hay más que ver su entreceja fruncida. Sin moverme de donde estoy, lo observo y decido llamarlo por teléfono. Veo que se saca el celular del bolsillo de los jeans y que lo mira dubitativo, pero finalmente contesta.

—Hola, cariño —lo saludo.

—Hola —contesta. Ni cariño ni nada. Y antes de que yo pueda decir algo, añade—: Te he dejado una nota en la habitación, ¿la has visto?

—Sí. ¿Por qué no me has buscado para despedirte de mí?

Su semblante se ensombrece, vuelve a mirar hacia la ventana y responde:

—Estabas trabajando y no quería molestar.

—Tú nunca molestas.

En ese instante, anuncian por los altavoces el vuelo con destino a Los Ángeles. Dylan, al oírlo también a través del teléfono, mira a su alrededor y cuando me ve por fin, sonríe. ¡Oh, sí!

Camino hacia él y, sin colgar el teléfono, pregunto:

—¿De verdad creías que te ibas a ir sin mí?

—Sí.

—Eres tonto... un tonto muy tonto, pero te quiero.

Su mirada me escudriña. Viene hacia mí y, cuando estamos a sólo a un paso, colgamos los teléfonos y nos abrazamos y besamos con pasión. La gente nos mira y sonríe ante nuestra efusividad, pero no nos importa. Estamos juntos y, como siempre, eso es lo único que cuenta para los dos.

How Am I Supposed to Live Without You

La noche de la cena con el jefe de Dylan, me pongo guapa y elegante. Me recojo el pelo en un chongo alto y, al mirarme al espejo, sonrío al ver el resultado. Vestida así, sin duda soy la digna mujercita del doctor Ferrasa.

Al llegar al restaurante, están casi todos los médicos del hospital, que me saludan encantados y se toman fotos conmigo. Está claro que para ellos soy una celebridad y Dylan, orgulloso, sonríe y lo disfruta.

Hace sólo unas pocas horas que hemos regresado de nuestro viaje y cada instante estoy más feliz de haberme vuelto con él. Dylan es mi vida.

Y, aunque hemos vuelto cansados del vuelo, aquí estamos, dispuestos a cenar con sus compañeros médicos y a demostrar que seguimos juntos y bien a pesar de lo que ha salido en la prensa.

Una de las veces en que voy al baño, oigo a unas mujeres hablar de mí. Cuchichean sobre lo que han leído en la prensa. Las escucho encerrada en el escusado y me molesta oírlas compadecer a Dylan por su error al estar conmigo, o que digan que no se merece algo así.

Me dan ganas de salir y gritarles que nada de lo que se dice es verdad. Que quiero a mi marido, lo adoro y daría mi vida por él. ¿Por qué todo el mundo tiene que desconfiar de mí?

Al oír que se van, yo también salgo y respiro hondo antes de regresar al comedor junto a Dylan.

Cuando llego a su lado, lo beso y, sin palabras, le agradezco la confianza que tiene en mí. Al llevarme allí, con todos sus compañeros, así me lo demuestra.

Estoy segura de que Dylan también se percata de las miraditas que nos dirigen algunas personas y eso me entristece. No me cabe duda de que mi marido es mil veces mejor persona que yo y empiezo a pensar si verdaderamente me lo merezco.

Su jefe, el doctor Halley, se muestra cordial conmigo. Y, aunque supongo que está enterado de los chismes, como todos, intenta tratarme con afabilidad. Espero que me dé una oportunidad para hacerle cambiar de opinión o, al menos, como se suele decir, para que «el tiempo ponga a cada uno en su lugar».

Durante el coctel anterior a la cena, he podido ver cómo varias mujeres seguían a Dylan con los ojos. No se lo reprocho. Con este traje está impresionante y la primera en mirarlo con deseo soy yo.

En la cena, me sientan junto a un médico colombiano llamado Carlos Alberto Gómez. Me cuenta que es de Medellín y la paso de maravilla hablando con él. Dylan está sentado frente a mí junto a María, la esposa del doctor Gómez, y los cuatro charlamos desde el principio distendidamente. A la izquierda de Dylan hay una mujer algo mayor que yo, que parece muy feliz por estar sentada junto a mi marido.

Sonríe seductora y alarga el cuello como presumiendo de él. ¡Ni que Dylan fuera un vampiro! Pero cuando ve que a mi chicarrón no lo impresiona ese movimiento, se dedica a exhibir el canalillo de los pechos. Eso empieza a molestarme a mí.

Dylan se da cuenta y, medio dándole la espalda a la mujer, se centra en hablar con María. Satisfecha por su gesto, continúo charlando con el doctor Gómez.

Cuando nos traen los postres, Dylan sonríe al ver que es pastel de crema. Pero no sé si son los nervios de sentirme el centro de los chismes, que ni lo toco.

Sorprendido, mi amor me mira y me pregunta:

—¿No tomas postre?

Niego con la cabeza y él insiste divertido:

—¿Te encuentras bien?

Suelto una carcajada y Dylan ríe conmigo. Es la primera vez que me resisto a un pastel de crema.

Luego, varios médicos del hospital suben a un podio para hablar. Cada uno a su manera, da las gracias a todos por la hermandad que hay entre ellos y luego empiezan con estadísticas. Si digo que ese rato me divierto es que estoy mintiendo. ¡Menudo rollazo sueltan algunos!

Cuando sube Dylan suspiro. Es tan guapo... Y qué bien habla. Cuando acaba, aplaudo como su fan número uno.

El último es el jefazo. Dice unas escuetas palabras agradeciéndonos a todos la asistencia a la cena y nos invita seguir disfrutando de la velada en la sala contiguo. Allí, veo encantada que hay una orquesta, todos ellos con saco blanco, y comienzan a tocar música swing. Son muy buenos y cada vez que terminan una pieza, les aplaudo entusiasmada. ¡Vivan las orquestas!

Un rato después, algunos de los invitados me piden que les cante una canción. Al principio me resisto. No he venido aquí para eso. Ya estoy demasiado en el punto de mira. Pero al ver que Dylan me anima a hacerlo, subo encantada al pequeño escenario.

Pienso qué puedo cantar, y decido que no sea ninguna de mis canciones. En esta fiesta no pega. No veo yo a los médicos bailando mucho funky. Bajo la atenta mirada de los presentes, hablo con los músicos, que están emocionados por tenerme junto a ellos.

Buscamos una canción que vaya en consonancia con la elegante velada y propongo la que a mí me gusta de Michael Bolton. Ellos aceptan encantados y ajustamos tonos para que todo quede perfecto.

Tras mirar al jefazo Halley, que me observa convencido de que voy a meter la pata, sonrío, tomo el micrófono y digo:

—Muchísimas gracias al señor Halley por esta maravillosa velada. —Todos aplauden y él sonríe. Luego prosigo—: Voy a cantar una canción que estoy segura de que ya la conocen. Es una romántica e increíble canción, que espero que les llegue al corazón. Para todos ustedes, y en especial para mi marido —lo miro con amor y él sonríe—, el maravilloso doctor Dylan Ferrasa, *How Am I Supposed to Live Without You*.

Los músicos empiezan a tocar y suenan de maravilla. Consciente de lo que este tema representa para Dylan y para mí, comienzo a cantar, dispuesta a que todos se queden encantados, y mi marido el primero.

Mientras me muevo por el pequeño escenario, varias parejas salen a la pista y se disponen a bailar, mientras yo interpreto la canción pensando en Dylan, con la intención de repetirle una y mil veces cuánto lo quiero y lo necesito a mi lado. Su sonrisa me indica que capta mi mensaje.

> *Tell me how am I supposed to live without you*
> *now that I've been lovin' you so long*
> *how am I supposed to live without you*
> *and how am I supposed to carry on*
> *when all that I've been livin' for is gone.*

Todo, absolutamente todo lo que digo en esta canción es lo que siento por él. Por mi amor. Por Dylan. Sin duda alguna, tras conocerlo ya no sabría vivir sin él y el corazón se me parte si pienso en que alguna vez nos tuviéramos que separar.

Totalmente metida, me dejo llevar hasta tal punto por la intensidad de lo que canto y siento que hasta se me eriza el vello. Con los ojos cerrados, noto el terrible desasosiego de las últimas horas en Madrid, cuando él estaba enojado conmigo, y mi interpretación se hace más intensa. Más cruda y desgarradora.

Pero cuando abro los ojos, mi angustia desaparece al verlo allí, frente a mí, observándome y diciéndome con la mirada que no me preocupe, porque él me quiere tanto como yo lo quiero a él.

Cuando suenan los últimos acordes de la canción, los presentes estallan en aplausos y yo sonrío agradecida.

Dylan me ayuda a bajar del escenario, me besa ante la atenta mirada de muchos curiosos y me murmura al oído:

—Yo ahora ya tampoco puedo vivir sin ti, cariño.

¡Ay, Dios mío, que voy a llorar!

Me contengo. Nuestra reconciliación ya era más que evidente, pero esta canción y su intensidad lo han aclarado todo. Deseo besarlo con descaro, pero al ver cómo nos mira el doctor Halley, me reprimo, no quiero parecer una descarada.

Durante un buen rato, seguimos en esta sala repleta de gente, charlando con ellos. En todo el rato, Dylan no me suelta ni un segundo. Su tacto me encanta y presiento que él necesita sentirme cerca.

En varias ocasiones me invita a bailar. Aprovechamos esos instantes para decirnos dulces palabras de amor y, al final, de uno de los bailes, mientras vamos a buscar algo para beber, Dylan murmura a mi oído con voz tensa:

—Te deseo.

—Soy tuya —respondo sonriendo—. Sólo tienes que decir dónde y cuándo me quieres poseer.

Sus pupilas se dilatan al instante y yo siento que mi vagina se lubrica en décimas de segundo.

¡Vaya par!

Lo veo mirar alrededor y morderse el labio. De pronto, tirando de mí, dice:

—Ven, sígueme.

Lo hago y, agarrada de su mano, cruzamos el salón, donde la música continúa y la gente habla, baila y se divierte. Por culpa de mis altos tacones, tengo que ir dando saltitos para caminar deprisa y hasta yo me río de mí misma por lo ridícula que se me debe de ver.

Cuando salimos del salón, Dylan se dirige hacia el estacionamiento. Una vez allí, vamos hacia nuestro coche, pero lo pasamos de largo y, sorprendida, veo que abre de un manotazo la puerta de los baños.

Tras comprobar que está vacío, Dylan me mete en uno de los minúsculos cubículos y con urgencia me aprisiona contra la pared y me besa con desesperación. Yo respondo a su beso y, cuando le paso una mano por la entrepierna y lo encuentro duro y dispuesto, con gesto guasón susurra:

—Creo que la cosa va a ser rápida, cariño.

—Mejor rápida que nada —respondo encantada.

Mi pasión es desmedida y la suya descontrolada. Se desabrocha el pantalón para liberar su erecto pene y después me sube el vestido y me arranca los calzones con ferocidad. Me mueve para colocarme y me penetra. No puedo evitar gemir.

—¿Cómo sabías lo de la canción?

No lo entiendo y pregunto con la voz ronca:

—¿Qué canción?

Dando rienda suelta a sus más bajos instintos, Dylan aprieta las caderas contra mí con fogosidad y musita contra mi boca:

—La que has cantado.

Sin parar de tocarlo y besarlo mientras me posee, murmuro, adelantando la pelvis para recibirlo nuevamente:

—¿Qué pasa con la canción?

Jadeamos al movernos y cuando nos recuperamos, responde:

—Cuando te fuiste, no paraba de escucharla mientras pensaba cómo se suponía que podía vivir sin ti.

Un placentero grito me sale del alma ante su nueva arremetida.

—¿En serio?

Vuelve a embestir y, mirándome a los ojos, afirma:

—Totalmente en serio.

A partir de ese instante ya no podemos hablar.

Una ardorosa vehemencia se apodera de nuestros cuerpos, mientras nos acoplamos el uno al otro, nos poseemos con dureza y alcanzamos el clímax antes de lo que deseamos.

Cuando dejamos de temblar y nuestra respiración se calma, Dylan me baja al suelo y, tomando papel, me lo da para que me limpie.

El lugar está en silencio y, sin duda, si alguien ha pasado por aquí, seguro que nos habrá oído.

Río y Dylan también ríe. Somos felices.

Diez minutos después, cuando regresamos al salón, yo sin calzones, disfrutamos de la fiesta como si no hubiera pasado nada.

Vi

Al día siguiente, en YouTube han subido la canción que canté con la orquesta.

Omar llama para decírnoslo y, alucinados, Dylan y yo vemos que tiene nada menos que dos millones de visitas en menos de veinticuatro horas.

¡Increíble!

Los días pasan y mi popularidad sube como la espuma. Me invitan a distintos programas de televisión, donde canto y promociono mi disco, y donde también me piden que cante la canción de Michael Bolton. Les encanta.

A finales de mayo comienzo mi gira. Contratamos a cinco bailarines. Liam, Mike y Raúl, que aparte de tener unos cuerpazos de infarto bailan que te dejan con la boca abierta, y dos chicas, Selena y Mary, que además de bailar me hacen los coros.

La gira por Estados Unidos es la onda y acabamos el 12 de junio. El público me adora y me reciben como a toda una estrella allá adonde voy. Y no me permiten terminar los conciertos sin cantarles la canción de Michael Bolton. Al final, la incluyo en mi repertorio, junto con otras más.

Los periodistas me siguen, me acosan, me inventan romances con todo bicho viviente, pero yo estoy tranquila, porque Dylan confía en mí. Cree en mí.

Durante el tiempo que estoy de gira, me visita siempre que puede. Y cuando el trabajo no se lo permite, nos conformamos con hablar por Skype cuando llego al hotel.

En junio, mi hermano Garret viaja a Los Ángeles para asistir a su convención de *La guerra de las galaxias*.

¡Yo me la voy a perder!

Como yo estoy fuera, Dylan se ocupa de él y Garret disfruta a lo grande. ¡Es el hermano de Yanira, la cantante de moda, y cuñado de Dylan Ferrasa! Se toma fotos con David Prowse, el que hizo del villano Darth Vader, y con Peter Mayhew, que dio vida al extraterrestre Chewbacca. Según me cuenta Dylan, Garret lo pasa genial y él sonríe mientras me explica lo curioso que le ha resultado asistir a ese tipo de evento. Cuando acabo la gira americana, Dylan me recibe en el aeropuerto con un gran ramo de flores. Los periodistas nos rodean y él, dejándoles claro que no se cree las tonterías que publican, me abraza y me besa delante de todos ellos. Los titulares del día siguiente son: «Romántico reencuentro de Yanira y su marido, el doctor Dylan Ferrasa».

Unos días después de mi llegada, llamamos a Valeria. Tenemos que hablar con ella de su operación y viene a casa. Durante mi ausencia, Dylan le ha concertado una visita con un colega para al cabo de dos días. La cara de la pobre es de perplejidad e incluso se marea de la impresión. Dylan y yo nos asustamos y la atendemos rápidamente, y cuando se recupera, llora y llora y nos da las gracias. Yo la abrazo. Sé lo importante que es para ella.

Dos días después, Coral, Tifany y yo la acompañamos al hospital. Las cuatro nos hemos hecho muy amigas. Aguardamos en la sala de espera, mientras una enfermera nos mira con cara agria. Especialmente a mí. Sin duda debe de haber oído los chismes y, por su actitud, ya me ha crucificado.

Coral, al verla, quiere decirle unas cuantas cosas, pero la freno. Ella murmura:

—¡Además de antipática, fea! Lo tiene todo, la compañera.

Nos reímos las tres y la enfermera nos hace un gesto para que nos callemos. ¡Ni caso! La ignoramos. Media hora más tarde, cuando Valeria sale de la consulta, nos mira y, enseñándonos un papelito, dice contenta:

—Tengo que hacerme estos estudios y, si todo sale bien, ¡el 17 de julio me operan!

Las cuatro nos abrazamos y gritamos, mientras la enfermera protesta de nuevo y ordena que nos callemos, aunque no lo consigue.

Nos vamos a celebrarlo a casa de Valeria. Desde que soy tan conocida, no puedo caminar por la calle con normalidad. Allí, brindamos por la pedazo de mujer que es Valeria.

¡Bien y bien por ella!

Pocos días después, me voy a Filadelfia. Tengo una actuación en una gala de beneficencia. Dylan viene conmigo y, una vez en la ciudad, salimos a cenar con unos amigos suyos. Al final de la noche, tiene un encontronazo con un periodista y terminamos discutiendo cuando yo intento mediar. El titular del día siguiente dice: «Dylan Ferrasa discute con su mujer. ¿Ruptura a la vista?».

Pero ¿cómo pueden ser de esa manera?

Cuando regresamos, decidimos mudarnos a nuestra nueva casa. Ya está terminada y ya podemos vivir en ella.

Los primeros días, el caos se apodera de nuestras vidas y Dylan se desespera. Odia el desorden y no encontrar sus cosas, pero cuando poco después todo está en su sitio y nos sentamos en la sala, en nuestro sofá de los abrazos, no puede estar más contento.

La otra casa la ponemos en venta y espero que pronto desaparezca de mi vida.

Día a día, habitación tras habitación, la vamos inaugurando haciendo el amor en todas ellas. No se salva ni una sola.

Por las noches, cuando Dylan llega del hospital y yo no estoy de viaje, me encanta estar en casa para recibirlo. A veces me animo a cocinar. En ocasiones la cosa resulta comestible, pero otras, mejor ni mencionarlas. Los días que no trabajamos, no salimos de casa. Aquí tenemos todo lo que necesitamos y salir a la calle supone no poder ser yo. Leemos, escuchamos música, hablamos, Dylan prepara ricas comidas y, por las noches, antes de irnos a la cama, bailamos abrazados a la luz de las velas, con la preciosa música de Maxwell.

Todo es perfecto...

Todo es maravilloso y romántico...

Todo es tan increíble que empiezo a temer que no pueda durar.

Organizamos una fiesta de inauguración, a la que viene mucha gente. Famosos a los que conocemos, médicos del hospital de Dylan, toda la familia Ferrasa y, por supuesto, mis incondicionales Coral, Valeria y Tifany. Sin ellas nada sería igual.

Preciosa viene también desde Puerto Rico con la Tata y Anselmo. Al verme, la pequeña me abraza, pero tras soltarme, se lanza a los brazos de Tifany y ya no se separa de ella. Sin duda alguna, la niña la quiere tanto como mi cuñada la quiere a ella, e incluso ya la llama «mamá».

Mi mirada se encuentra con la de mi suegro. Su gesto es hosco, pero yo me acerco a él y espeto:

—Tifany es una buena madre para Preciosa, digas lo que digas.

No responde, se hace el duro, pero al final sonríe. Seguramente el cambio de Tifany es visible también para él.

La fiesta es un éxito y al día siguiente hablan de ella en las crónicas de sociedad de muchos noticiarios y, alucinados, Dylan y yo vemos publicadas fotos de nuestro hogar. Sin lugar a dudas, alguno de los invitados nos jugaron chueco.

Una tarde, cuando voy a salir para visitar a una locutora de televisión con la que he hecho bastante amistad, suena mi teléfono. Es Coral.

—Holaaaaaaaaaaaaaaaaaa, Divacienta.

—Hola, Locacienta —respondo sonriendo.

—¿Estás en casa?

—Sí, pero no.

—Okey. Pues no te muevas que voy para allá.

—No —digo—. Salgo en este mismo instante. He quedado con Marsha Lonan.

—¿Con la supermegafamosa presentadora Marsha Lonan?

—Sí. Me ha llamado mil veces para tomar un café y siempre le digo que no y...

—Pues llámala y dile que hoy tampoco. Tengo que hablar contigo.

Eso me descoloca, pero le propongo:

—¿Qué tal si nos vemos y hablamos mañana?
—No, tiene que ser hoy.
Su exigencia me molesta y cambiando de tono de voz, digo:
—Carajo, Coral, hoy no puedo. Te estoy diciendo que...
—Y yo te estoy diciendo que tiene que ser hoy.
Resoplo.
Plan A: la mando a la mierda.
Plan B: intento convencerla de que no puede ser.
Plan C: me enojo.
Sin duda el plan B. Si escojo el plan A, me va a mandar al mismo sitio y si me decido por el C, ella también se va a enojar conmigo, así que insisto.
—Hacemos una cosa, te vienes a cenar esta noche y...
—No. —Y con mala baba, añade—: ¿Qué pasa, que esa Marsha es más importante que yo?
—No digas tonterías, Coral. Pero entiende que ya he quedado con ella y...
—Muy bien. ¡Que se joda!
Y sin más me cuelga el teléfono.
«¡¿Cómo?! ¡¿Me ha colgado?!»
Alucinada y molesta por ese gesto tan feo, me guardo el celular en el bolsillo del pantalón y tomo la bolsa. Luego me encamino hacia la puerta, pero mi conciencia no me deja continuar.
Me paro, suelto la bolsa y la llamo. No puedo estar enojada con Coral. Contesta y la oigo gritar como una posesa:
—¡Mira, diva de la música, me parece muy bien que tengas tiempo para todo el mundo, menos para mí. Con eso me dejas claro que no soy ni tan linda, ni tan cuqui como tus nuevas y glamourosas amiguitas. Si te llamo y necesito que sea hoy es porque la cosa es tremendamente importante!, ¡idiota! Pero si prefieres irte a tomar cafecito con la tal Marsha... vas, corre, no vayas a llegar tarde.
—¿Has terminado? —pregunto molesta cuando se calla.
No responde y yo, aún boquiabierta por ese ataque de celos, le digo:

—Has ganado. Te espero en mi casa. Y como se te ocurra volver a llamarme «diva» como lo has hecho, te juro por mi madre que lo vas a pagar.

Sin más, cuelgo. Llamo a Marsha, me disculpo con ella y quedo para otro día.

Cuarenta minutos más tarde, mi amiga aparece. Nos miramos y, antes de que yo pueda decir nada, abre la tapa de una caja blanca que lleva en las manos.

—Pastel de crema del que te gusta. —No digo nada y ella prosigue—: Tienes dos opciones, comerla o tirármela a la cara.

—No me tientes —murmuro.

Coral sonríe y, una vez entra, deja la tarta sobre un mueble, me toma de la mano, me lleva hasta la sala y, señalando el sofá, pregunta:

—Éste es el sofá de los abrazos, ¿verdad?

Asiento. Así lo bauticé con Dylan. Y, abrazándome Coral hasta caer las dos encima del asiento, dice:

—Perdóname... perdóname, por favor... perdóname.

Sin poder continuar molesta con la loca de mi amiga, le doy un beso para que sepa que no hay problema y una vez nos soltamos, pregunto con voz cariñosa:

—Muy bien, ¿qué ocurre?

Coral resopla, se retira el pelo de la cara y suelta:

—Salgo con un hombre desde hace tiempo.

—Ahhhh... ¿Y por qué no me lo habías dicho? —me quejo.

Ella me mira y contesta:

—¿Le tengo que recordar a la señora diva que no ha parado de viajar y no ha tenido tiempo para mí?

—Ni para ti ni para nadie —aclaro en mi defensa.

Coral asiente y, olvidándose de lo dicho, prosigue:

—Pues bien, entró a trabajar un nuevo cocinero en el restaurante y al segundo día, cuando lo vi amasando el pan y me preguntó «¿Dónde está la harina?», te juro que me quedé sin aliento.

—¿Por qué? —pregunto sorprendida.

Coral, sin responder a mi pregunta, continúa:

—Al tercer día coincidí con él en la parada del autobús, pero no me habló. Yo lo saludé, pero él se limitó a asentir con la cabeza. Pero yo sólo recordaba sus manos amasando el pan y sus palabras «¿Dónde está la harina?». —Parpadeo confusa. No sé adónde quiere llegar—. Nos veíamos en el restaurante todos los días, pero luego, cuando nos encontrábamos en el autobús, no me decía ni mu. Total, que tomé cartas en el asunto y al final le hablé yo. Y de eso pasamos a quedar tras salir del restaurante y, ¿sabes?, ¡al cabo de una semana no se había lanzado! Y yo me preguntaba, «¿Tan feacienta soy?».

Voy a decir algo, pero Coral me corta:

—Pero dos días después, lo invité a cenar a mi casa, porque ya no podía más del calentón que tenía y me lancé yo... Y, ¡oh, Dios mío!, le pedí que me amasara y me dijera una y mil veces eso de «¿Dónde está la harina?». Y lo hizo... —gesticula, haciéndome reír—. Sólo te puedo decir que, con él, las fases del orgasmo han subido a ocho.

—Pero ¿qué me estás diciendo? —contesto divertida.

—Lo que oyes... Joaquín me ha hecho descubrir la fase gravitatoria.

»Tras la séptima fase en la que veo las estrellas, la octava me hace gravitar a través de ellas durante minutos y minutos y minutos, mientras él me amasa y me reboza en harina. Por el amor de Dios, Yanira, mi astronauta me hace tener unos orgasmos increíbles y larguísimos, mientras me pregunta eso de «¿Dónde está la harina?».

Me doblo de risa. ¿Harina? ¿Astronauta? Ver su cara de alucine y escucharla es para carcajearse.

Pero entonces, Coral añade:

—En definitiva, ¡que la he cagado! Que estoy en fase enamoracienta y ya me veo llamando al maravilloso David Tutera para que me organice una boda perfecta donde el tema central sea ¡la harina!

No puedo parar de reír.

—Se llama Joaquín Rivera, es peruano y te aseguro que cada vez que me va a hacer el amor, grito «¡Viva Perú!».

Me duele el estómago de tanto reír.

Coral me enseña una foto que lleva en el celular del tal Joaquín, el astronauta, y, cuando me tranquilizo, pregunto:

—¿Éste es él?

—Sí.

Incrédula, insisto:

—Pero si no es tu tipo de hombre.

Coral asiente, mira la foto con ojitos soñadores y murmura:

—Pero es el hombre que me hace gravitar orgasmalmente como ningún otro. ¿Y sabes lo mejor? Que me dice dulces y maravillosas palabras de amor sin avergonzarse y que nos entendemos hasta con los silencios.

Wepaaaaa... ¡esto me hace ver que la cosa va en serio!

Vuelvo a mirar la foto. Parece mayor que Dylan, no muy alto, nada guapo e incluso regordete. Al ver mi cara, Coral dice:

—Lo sé, el abdomen de lavadero se deshizo y no es precisamente Brad Pitt. Pero Dios, ¡Dios!, me tiene loca... loca de atar con su abdomen de lavadero desdibujado.

Vuelvo a reírme y ella, guardándose el celular, explica:

—Nunca pensé que yo me pudiera fijar en alguien que no fuera un muñeco jovencito, pero, mi niña, de pronto ha llegado Joaquín con esos ojos, con esa boca, con esa nariz redondita y respingona, ¡y no puedo dejar de pensar en él!

—Te has enamoradoooo —canturreo divertida.

Coral no lo niega y responde:

—Hasta el infinito y más allá. Es todo lo que siempre quise en un hombre. Atento, cariñoso, galante, romántico y, oye, ¡yo ya lo veo hasta guapo y potente! —Nos reímos—. Cada vez que tenemos una cita, me hace sentir especial. Es tan cuqui...

—¿Has dicho «cuqui»?

Las dos soltamos la carcajada porque se la haya escapado algo tan de Tifany, y, para rematar, Coral añade con gracia:

—Me superencantaaaaaaaaaaaaaa.

No puedo parar de reír.

—Mi urgencia por venir a verte —sigue Coral— es que Joaquín me ha pedido que nos vayamos a vivir juntos. Quiere tenerme para él todas las noches para rebozarme en harina, pero yo dudo. ¡No sé qué hacer! No quiero sentirme de nuevo Gordicienta y...

—Coral, ¡lánzate y disfruta! —la interrumpo—. Lo que te pasó con Toño no tiene por qué volver a pasarte. No conozco a Joaquín, pero por lo que dices es un caballero que sabe mimarte y cuidarte y...

—He dicho que sí —me corta—. ¡La semana que viene me mudo!

La miro alucinada. Pero ¿no me ha dicho que dudaba?

Veo que se levanta tan tranquila y se va por la tarta; luego entra en la cocina, sale con dos cucharas, dos platos y un cuchillo y, cuando se sienta de nuevo, al ver mi cara dice:

—Okey. Soy una angustias, pero necesitaba que tú me dijeras lo que me has dicho para saber que hice bien. ¿Sabes qué me dijo cuando acepté ir a vivir con él? —Niego con la cabeza. De Coral ya no sé nada—. Me preguntó la hora y luego dijo: «Ahora siempre sabré a qué hora morí de amor». ¡Oh, Dios! ¡Oh, Dios! ¿Lo puedes creer?

—¿Lo dices en serio? —pregunto atónita. Pues sí que es romántico Joaquín, el astronauta peruano.

Coral asiente. Veo la felicidad reflejada en su rostro y exclamo emocionada:

—Me superencantaaaaaaaa...

Parte dos porciones de tarta y, sirviéndolas en los platos, dice:

—Yo sólo quiero ser feliz con él como tú lo eres con Dylan. ¿Tú crees que lo conseguiré?

Sin duda alguna lo conseguirá o yo misma mataré al peruano astronauta y amasador de harina. Le doy un fuerte abrazo a la mejor amiga que una pueda tener y contesto mientras se me saltan las lágrimas:

—No lo dudes. Vas a ser muy feliz, tontorrona.

Y así permanecemos abrazadas durante un buen rato en mi estupendo sofá de los abrazos.

Lost in Love

La popularidad de los diseños de Tifany crece tanto como la mía. El potencial que tiene mi cuñada es enorme y cada día está más segura de sí misma y también más feliz. Incluso ha recibido encargos de otras personas, que ha aceptado gustosa.

Omar no da crédito a lo que ve, pero no dice nada. Está claro que mi cuñada tiene más empuje de lo que yo creía y se ha embarcado en su nuevo proyecto dispuesta a salir victoriosa.

Cuando hablo con ella de su relación con Omar, me comenta que le ha dado otra oportunidad y que él despidió a la zorra de su secretaria. La veo contenta, pero me llama la atención que no lo ha vuelto a llamar «bichito» en público. No sé si lo hará en privado.

Algo ha cambiado en ella e, igual que yo me he dado cuenta, creo que todo el mundo lo percibe. Sigue siendo la misma Toplady con sus locuras, pero la seguridad que irradia ahora la convierte en otra mujer.

Dylan cada día que pasa tiene más trabajo, más operaciones, más congresos. A veces, cuando llega a casa tras su jornada laboral, lo veo agobiado, pero cuando le pregunto, sonríe y dice que no me preocupe.

Yo le hago caso. ¿Por qué no debería hacérselo?

Un jueves en que sé que tiene programada una operación y que llegará tarde, propongo a mis tres amigas salir a tomar algo y, aunque a Coral al principio le cuesta dejar a su astronauta, al final acepta con la condición de que cenemos en su restaurante.

Valeria me regala una peluca oscura con la que pasaré desapercibida y nadie me reconocerá, dice. En el restaurante, observamos a Joaquín curiosas. No es un hombre impresionante, pero su fuerte es la simpatía que irradia y cómo mira a Coral. La adora, no lo puede negar.

Esa noche, instituimos que los jueves intentaremos que sea nuestro día. Lo bautizamos como el Pelujueves y a partir de ahora todos los jueves que podamos quedaremos las cuatro, saldremos y lo pasaremos bien.

¡Brindamos por el Pelujueves!

Después de cenar, nos despedimos del astronauta enamorado y nos vamos a continuar la fiesta al antro de Ambrosius. A éste, al vernos y reconocerme pese al pelo negro, sólo le falta hacernos la ola. Rápidamente nos hace un hueco en su zona vip, y nosotras, encantadas por la fiesta y el desmadre que hay ahí, bailamos y lo pasamos de lujo mientras tomamos sus famosos desarmadores.

Nadie me reconoce y me puedo permitir ser yo misma. Incluso Tifany baja la guardia y es más accesible con la gente.

A las cinco y media de la madrugada, cuando llego a casa me quito la peluca. ¡Menuda lata es llevarla! Estaciono mi coche y sonrío al ver el de Dylan. Antes de entrar, me ahueco un poco el pelo. Si está despierto, quiero que me vea guapa.

Con cuidado pero algo torpe, subo a nuestra habitación. Me desnudo, pero me dejo la tanga y cuando caigo en la cama, sus brazos me atraen y lo oigo murmurar:

—Ya era hora. Si llegas a tardar un segundo más, habría ido a buscarte.

Encantada de tenerlo a mi lado, me acurruco junto a él y pregunto:

—¿Ha salido bien tu operación?

—Ajá —contesta con voz cansada—. Han sido ocho horas en el quirófano, pero sin duda un éxito.

Me alegro por él y por la persona a la que seguro que le ha mejorado la vida y, sin darme cuenta, ambos nos dormimos agotados.

Por la mañana, cuando me despierto, me derrito al ver al hombre que adoro, frente a mí con una bandeja de desayuno y una tremenda sonrisa.

¡Adoro que sea tan detallista!

Está impresionante con esos jeans y la camiseta blanca. Es todo un lujo para la vista y suspiro encantada. Menudo bombonazo tengo todito todo para mí.

—Buenos días, dormilona —saluda, dejando la bandeja sobre el buró, para después sentarse en la cama.

Me da un beso en los labios y pregunta:

—¿Bailaste mucho anoche?

Yo también me siento en la cama y respondo:

—Se puede decir que sí.

—¿Muchos desarmadores?

Resoplo. Dylan sonríe y, mirando mis pechos, pregunta:

—¿Quieres dormir más?

Plan A: lo desnudo y lo meto en la cama.

Plan B: lo meto en la cama incluso vestido.

Plan C: vestido o desnudo, ¡éste se viene a la cama!

A, B y C, ¡todos juntos! Y agarrándolo de la camiseta para que no se escape, cuchicheo mimosa:

—¿Qué tal si te metes en la cama conmigo?

Dylan suelta una carcajada y, abrazándome, murmura:

—Creo que puedo hacer el esfuerzo.

—Antes de nada tengo que ir al baño.

—¿Para qué?

Sorprendida por su pregunta, me río yo también.

—Para hacer pipí, ¿o pretendes que me orine en la cama?

El muy cabrón me aprieta el vientre.

—¿En serio me vas a cambiar por ir al baño?

A punto de que me explote la vejiga, grito:

—Que me meoooooooooooooo.

Muerto de risa, finalmente me suelta. Este tipo de cosas tan prosaicas sé que no las ha vivido nunca con una mujer y en el fondo sé que le gustan y le divierten.

Corro al baño y, tras hacer lo que necesito, me lavo los dientes mientras pienso en él. Cuando vuelvo a la cama, veo que ya se ha desnudado. Pongo música de Maxwell y, al ver su sonrisa, digo como Mata Hari:

—¿Te gustaría rebozarme en harina?

Me mira sin entender y yo digo:

—¿Qué tal si esta noche jugamos a otra cosa diferente?

—¿Rebozándonos en harina? —pregunta boquiabierto.

Yo me río y, olvidándome de la harina, añado mientras me meto en la cama con él:

—Será un «Adivina quién soy esta noche» pero fuera de casa. Quedamos en un sitio, nos encontramos y nos dejamos llevar por la imaginación. Eso sí... sin salirse del personaje. Fantasía pura y dura de principio a fin.

—¿Me estás pidiendo una cita?

—Sí. Una cita muy muy aventurera.

Dylan sonríe y yo digo en voz baja:

—Te estoy pidiendo una fantasía morbosa y sensual, sin harina, que nos vuelva locos de placer; ¿qué me dices?

Con cara de pillo musita:

—Luego me vas a explicar qué es eso de la harina.

Suelto una carcajada.

—Mejor no. Es algo de Gordicienta.

—¡Uy, Coral! Miedito me da —se burla y, tras darme una nalgada, dice—: Tengo que pasar por el hospital a ver a mi paciente, cariño.

—No importa. Nuestra cita será después.

Dylan, encantado con mi proposición, me sienta sobre él y pregunta interesado:

—¿Hora y sitio?

Contenta por su buena disposición, lo beso y respondo:

—¿Qué tal en el California Suite? He mirado su página web y, además de un buen restaurante, tienen unas habitaciones temáticas increíbles donde pasar un buen rato.

—¿Solos o en compañía?

Su pregunta me llama la atención. ¡¿En compañía?!

Al ver mi cara, mi moreno sonríe y, besándome, cuchichea:

—Me excita ver a un hombre observándonos mientras te hago mía.

No lo dudo. Quiero... quiero... quiero.

—Mmmm... me parece una idea muy interesante. Yo me encargo de ello.

—¿Tú?

Dispuesta a no ceder afirmo:

—Sí, yo. Las otras veces lo has hecho tú. ¿Por qué no yo?

—Eres un personaje público. Si alguien te toma una foto o...

—Tranquilo, nadie me reconocerá.

Pero su necesidad de control hace que se niegue de nuevo.

—No. Yo lo buscaré.

Sin ganas de discutir, le agarro los testículos, se los aprieto un poco y aclaro, dispuesta a conseguir mi propósito:

—El juego lo he propuesto yo y yo me ocuparé de todo.

Dylan me mira. Creo que me va a mandar a freír espárragos, pero una vez más me sorprende demostrándome la confianza que tiene en mí y asiente.

—Okey, conejita.

—Ah, no..., recuerda que en nuestra cita no seré la conejita ni tú el lobo. Seremos dos desconocidos con identidades morbosas, aventureras e interesantes, ¿okey?

—De acuerdo, caprichosa, intentaré ser aventurero, morboso e interesante.

Contenta por lo que se me ha ocurrido y que espero que le guste, pregunto:

—¿Qué hora es ahora?

—La una y cuarto.

Con cariño, le beso los hombros y digo:

—Muy bien. A las siete, tú y yo nos encontraremos en el restaurante del California Suite.

—¡Perfecto! —asiente mi chico, besándome los hombros—. Allí estaré.

En ese instante suena nuestra canción de Maxwell y él, bajando el tono de voz murmura:

—Mmmm... *Til the cops come knockin'*.

Asiento y mimosa y pregunto:

—¿Qué quieres hacerme mientras escuchamos esta estupenda canción?

—De todo. Pero, de momento, ¿qué tal si te quitas la tanga?

—Quítamela tú.

Dylan, hambriento de mí, me la quita con los dientes. Suelto una carcajada y él dice:

—Conejita, abre las piernas y déjame saborearte.

Hago lo que me pide al compás de la sensual canción y cuando siento su aliento entre mis piernas y cómo su dedo entra en mí, jadeo.

—¿Excitada?

Agarrándome a las sábanas, me arqueo de placer y exijo:

—Chúpame.

Dylan abre más mis muslos y entonces es él quien hace lo que le pido. Lleva la boca hasta el centro del manjar que le ofrezco y lo lame y chupa con deleite. Me vuelvo loca y me entrego a él hasta que lo oigo decir:

—... grita cuanto quieras de placer.

Loca... loca... loca... así me vuelvo. Así me pone. Así me tiene.

Levanto las caderas para que me vuelva a lamer y él lo hace. Chupa, succiona, me perturba y, cuando creo que ya no puedo jadear más alto, me toma de las caderas y con un movimiento seco y contundente, me penetra apretándose contra mí y susurra:

—Así. Todo dentro de ti.

Oh, Dios... cómo me pone que me susurre con esa voz ronca y posesiva.

Durante varios minutos, disfruto su asolador ataque con desesperación hasta que para, abre mi buró, saca a *Lobezno* y, con gesto travieso, pide:

—Date la vuelta.

Lo hago y dice en mi oído, mientras me unta gel en el ano:

—Voy a poner este aparatito sobre tu bonito clítoris y voy a seguir cogiéndote hasta que te vengas una y mil veces para mí.

Me gusta lo que propone y exijo:

—Cógeme... Vamos... hazlo.

El calor y en especial su posesión me excitan. Sentir la vibración de *Lobezno* sobre mi clítoris me vuelve loca. Me empapo. Dylan me dilata el ano con un dedo y cuando percibe que ya me tiene preparada, lo retira e introduce su pene. Grito de placer. Mi amor mueve las caderas con movimientos circulares y yo jadeo, gimo, lo disfruto.

Nunca pensé que el sexo anal me pudiera gustar tanto, pero así es y adoro cómo mi amor me posee.

Una vez su pene está totalmente dentro de mí, comienza a mover las caderas adelante y atrás. Grito y cuanto más grito, más lo animo en sus acometidas.

Bombea en el interior de mi ano y yo tiemblo. Me deshago como la mantequilla. Siento cómo el orgasmo crece y crece. ¡Voy a explotar de placer! Pero cuando estoy a punto, para y me muerde un hombro.

¡Lo mato!

Resoplo y lo oigo reír.

De nuevo comienza a penetrarme. Repite la misma operación. Pone a *Lobezno* sobre mi clítoris, me vuelvo loca con la vibración, y cuando ve que el orgasmo me llega, para.

¡Lo mato... lo mato!

Miro hacia atrás. Su expresión me calienta la sangre y con la mirada le indico que si lo vuelve a hacer, si me vuelve a cortar el orgasmo, se las va a ver conmigo. Mi fase homicida me vuelve agresiva, por lo que le arranco a *Lobezno* de las manos, lo tiro a los pies de la cama, lo agarro por el culo y exijo, apretándolo contra mi trasero:

—Llévame a la fase siete. Si paras otra vez, te juro que te castro.

Lo oigo reír. ¡Qué cabrón!

Nos prende una barbaridad el sexo anal y cuando me ve tan salvaje, aprieta las caderas contra mi trasero y sin descanso se hunde una y otra vez, hasta que le queda claro que he visto todas las estrellas y el firmamento entero. Segundos después, él llega al clímax con un ronco gemido gozoso.

Cuando recuperamos el aliento, sale de mí, se acuesta en la cama y yo lo miro divertida. Entonces cuchicheo, haciéndolo reír:

—Prepárate para nuestra cita... vas a alucinar.

A las cuatro menos cuarto, Dylan se va. Tiene que pasar por el hospital antes de nuestra cita y al quedarme sola, enciendo la laptop. Decidida a encontrar lo que busco, miro en varias páginas de contactos sexuales, pero al final opto por contratar a un profesional. Será lo mejor.

En una página de sexo encuentro a un hombre de unos treinta y cinco años llamado Fabián, que físicamente no está mal. Moreno, ojos claros, buen cuerpo.

Ya que lo busco yo, escojo uno que me prenda.

Durante un rato, observo su foto y me pregunto si Dylan cambiará de opinión.

¿Qué hago?

Dudo, pienso, medito. Pero al final tecleo su número en mi celular y hablo con él. Me da un poco de vergüenza, pero qué diablos. Él trabaja en esto y está acostumbrado.

Una vez soluciono ese tema, llamo a Coral, a Valeria y a Tifany. A Coral le pido que baje a la óptica que hay debajo de su departamento y compre unos lentes de contacto castaños o negros y también pintura negra. Mi amiga alucina, no entiende lo que quiero hacer, pero prometo explicárselo cuando llegue. A Valeria le pido que me maquille y a Tifany, que me lleve un camisón que se compró en Rodeo Drive que parece un vestido.

A las cinco, después de bañarme, me voy derecho al departamento de Coral. Me asegura que Joaquín no está. Quiero cambiar de aspecto y no quiero que nadie, a excepción de mis amigas, me vea.

Cuando llego al departamento Tifany también está allí. Coral, al verme tan contenta, pregunta:

—¿Cómo está mi niña?

—Bien. Estupenda y feliz. ¿Lo has comprado?

Coral sonríe y, señalando un mueble, contesta:

—Ahí tienes tus lentes de contacto de color negro. ¿Para qué los quieres?

—¿Tú qué crees? —Y mirándola, pregunto—: ¿Has conseguido también la pintura?

—Sí.

Divertida por ver su desconcierto, le digo, señalándole la espalda:

—Ve pensando qué me vas a pintar.

Coral ríe. Sin duda debe de pensar que estoy como una cabra.

Tifany se acerca para darme un beso y, señalando el camisón rojo de seda que ha traído, dice:

—Cuqui, este camisón va a volver loco a Dylan.

—Me lo voy a poner de vestido.

—¡¿Cómo?! —grita estupefacta.

—Serás puticienta... —se burla Coral.

Me río por lo que dice y mirando a mi descolocada cuñada, afirmo:

—Esta noche, la tigresa de Bengala con mi maridito voy a ser yo.

—Pero ¡si es un camisón! —insiste.

—Eso sólo lo sabemos tú y yo —río divertida.

—Y yo —afirma Coral.

Una vez dejo claro que me lo voy a poner sí o sí, Coral dice, al ver lo que llevo en la bolsa:

—Valeria está estacionando. Por cierto, ¿ahora te van las pelucas?

Sin ganas de mentir, aclaro:

—Tengo cenita caliente y morbosa con mi marido. —Les cuento mi idea sin hablar de Fabián, sólo de nuestra original cita y de la habitación temática que he alquilado. Ellas me miran boquiabiertas y finalizo—: Y como no quiero que nadie me reconozca, como soy rubia, me pondré morena. Como tengo los ojos claros, los quiero oscuros. Y, sobre todo, quiero hacerle el amor con lujuria y desenfreno a mi guapo marido.

Coral y mi cuñada se miran y, finalmente, mi amiga murmura:

—Me superencantaaaaaaaaa.

En ese instante tocan la puerta. Es Valeria; le vuelvo a contar lo mismo y Tifany ahora dice lo de «puticienta» con gracia. Valeria capta la idea de lo que quiero y dice:

—Siéntate. Cuando acabe de maquillarte, no te va a reconocer ni tu padre.

A las seis y media, estoy ante el espejo y sonrío.

Con la peluca, los lentes de contacto y maquillada así, efectivamente no me conocería ni mi padre.

—Carajo, ¡qué buena estás de morena y qué chichotas te hace ese vestido! —murmura Coral.

—Me superencantaaaaaaaaa —afirma Tifany.

—Lo máximo, Yanira... si pareces asiática —ríe Valeria.

—El dibujo que te he hecho me ha quedado bien chulo, ¿verdad? —pregunta Coral.

Me miro la espalda, satisfecha. Es un dragón que comienza entre los omóplatos y acaba en mi trasero. A uno que yo conozco lo va a dejar boquiabierto. Luego, tomando el celular, escribo:

¿Dispuesto para nuestra cita?

Dos segundos después, el celular me pita.

No me la pierdo ni loco.

Sonrío. No se imagina la sorpresa que le tengo preparada, y escribo:

Recuerda. Seremos dos desconocidos.
Te quiero.

Una vez doy a «enviar», Tifany me mira y exclama:
—Ay, amor, cuando te vea Dylan se va a volver loco.
—Loco es poco —afirma Valeria.
Tras intercambiar una burlona mirada con Coral, respondo:
—De eso se trata, de volverlo loco.

Contigo aprendí

Cuando llego al lugar de la cita, miro mi reloj. Son las siete menos cinco. Soy una maniática de la puntualidad y me he adelantado cinco minutos. Confío en que Dylan no tarde.

Subida a unos impresionantes tacones rojos, camino hasta la barra del restaurante y, apoyándome en ella, le pido al mesero un martini seco.

Él, un atractivo hindú, me repasa entera y asiente. No me ha reconocido como la chica que sale continuamente cantando en MTV y sin duda alguna mi pinta le gusta y por cómo me mira sé que le excita. ¡Bien! Espero conseguir ese mismo efecto en mi amor. Cuando el mesero me pone la bebida delante, bebo un trago. ¡Estoy muerta de sed!

Miro el reloj. Las seis cincuenta y nueve. Sólo queda un minuto para la hora señalada y empiezo a dudar. ¿Y si Dylan al final se ha retrasado en el hospital? Miro de nuevo el buzón de mi celular. No tengo ningún mensaje y me tranquilizo. Cuando se retrasa, él es de los que avisan.

Bebo otro trago. El martini seco está muy bueno. De pronto, al posar la copa sobre la barra, veo pasar por mi lado a un hombre. Lo miro y sonrío al reconocer a Dylan. Está guapísimo con ese traje que lleva. Nunca se lo he visto. Se lo ha debido de comprar. Pero desde luego le queda de parar el tráfico.

Mira alrededor buscándome. No me ha reconocido y eso me da ventaja para observarlo. Mi chico se dirige al mesero hindú y le pide un whisky con hielo.

Divertida tomo mi martini seco y con actitud de vampiresa me acerco a él.

—Buenas noches, caballero.

Al oír mi voz, Dylan se voltea para mirarme y se queda totalmente desconcertado. Con la media melena negra, los lentes de contacto oscuros y este sexy vestido de seda roja le he parecido una desconocida.

—¡Estás preciosa! —murmura boquiabierto.

Me encanta saber que le gusta, pero debo hacerlo entrar en el juego desde el principio. Como si no lo entendiera, pregunto:

—¿Cómo dice, señor?

Mi respuesta le hace recordar lo que le he pedido y, apoyando un codo en la barra, responde:

—Buenas noches, señorita. ¿Con quién tengo el gusto de hablar?

—Mi nombre es Xia. Xia Li Mao. ¿Y usted es?

Con el deseo pintado en su cara, mi amor responde:

—Jones. Henry Walton Jones.

Me aguanto la risa. Ése es el nombre de Indiana Jones en las películas. Sin duda mi chico viene aventurero. Sonrío.

—Encantada de conocerlo, señor Jones.

—Puede llamarme Henry.

Parpadeo coqueta.

—Prefiero llamarlo de usted. Es más excitante.

Acto seguido, me siento en el taburete que hay junto a él y, con sensualidad, cruzo las piernas. Dylan no puede apartar los ojos de mí y en ese instante es consciente de la enorme abertura lateral del vestido. Tras mirar mi pierna con deseo, pregunta:

—¿Y qué hace una preciosa mujer como usted sola por aquí?

Llevándome el martini seco a los labios pintados de rojo, bebo un trago, paseo la vista por su ya abultada entrepierna y respondo:

—Buscar emociones fuertes.

—Vaya...

El vestido-camisón de seda resbala más por mi cuerpo. Soy consciente de que al estar sentada con las piernas cruzadas, enseño más de lo normal, pero sin inhibirme ni taparme, pregunto:

—¿Puedo considerarlo una emoción fuerte, señor Jones?

Dylan observa cómo un hombre que pasa por mi lado me contempla las piernas y, finalmente, tras dedicarle una mirada de advertencia, responde:

—No lo dudes, muñeca.

Con delicadeza me toco el pelo negro. Dylan no me quita ojo. Observa todos mis movimientos igual que los hombres del fondo del restaurante, y sonrío cuando lo oigo decir:

—Señorita Mao, ¿no cree que debería taparse un poco?

Al ver que me mira las piernas, me las toco con cariño y digo:

—¿Tan horribles son?

—No, encanto. Digamos que más bien al revés.

Sonrío, me paso una mano por la rodilla y murmuro:

—Entonces las dejaré visibles para usted.

Dylan se acaricia el pelo y cuando va a contestar, estiro la mano, le tomo la corbata y, jalándolo para poner su rostro frente al mío, digo:

—Me gusta que los hombres me contemplen con ojos de deseo. ¿Desea usted poseerme?

Mi amor no contesta. Su expresión cambia. Me mira con su cara de perdonavidas y creo que lo que he dicho no le ha gustado mucho, pero continúo:

—Me excita usted, señor Jones, y cuando un hombre me excita, hago todo lo posible hasta que sucumbe a mis más ardientes deseos.

Dylan por fin sonríe y contesta:

—La excita saber que la desean.

Pienso mi respuesta. Y cuando la tengo clara, musito:

—Sí. ¿A usted no?

Da un trago a su whisky y responde:

—Me provoca ser observado cuando juego con una mujer. Eso no lo voy a negar.

—¡¿Sólo observado?!

Su mirada se clava en la mía y se reafirma:

—Sólo observado.

—Mmm... excitante. —Y pasando con descaro la mano por su endurecida entrepierna sin importarme quién nos vea, cuchicheo—: Como mínimo es estimulante y provocador.

Dylan mira hacia los hombres del fondo, que no nos quitan ojo, y me advierte:

—Si me busca... me va a encontrar.

—Eso intento, buscarlo.

La situación se calienta por segundos. El deseo comienza a nublarle la mirada y soy consciente de que, como siga por este camino, ni cena ni nada, directos a casa y a nuestra cama. Por lo que, separándome de él, digo:

—¿Cena usted solo?

Mi Ferrasa niega con la cabeza.

—No.

—¿Tiene una cita, señor Jones?

Las comisuras de sus labios se curvan y pregunta:

—¿Cena conmigo, señorita Mao?

Sonrío con picardía y, acercándome a él, respondo:

—Sólo si yo soy el postre.

Dylan traga saliva. Observo cómo se le mueve la nuez, y asiente.

—Me parece estupendo.

Ambos nos levantamos de nuestros taburetes. Dylan me cede el paso con galantería, pero antes de dejar de mirarlo para darme la vuelta, me quito el chal que llevo sobre los hombros y sonrío. Madre mía cuando vea la sorpresa que le tengo preparada en mi espalda.

Mi amor sonríe, su mirada y la mía han conectado, pero segundos después observo que, desconcertado, mira a los hombres que están detrás de mí. Me doy cuenta de que no entiende por qué se les salen los ojos de las órbitas.

Cuando me doy la vuelta, de pronto lo oigo maldecir. Sin duda alguna, ya ha visto lo mismo que los otros. El escote trasero de mi vestido es escandaloso y el dragón de mi espalda perdiéndose en mi trasero lo es aún más.

Moviendo las caderas al más puro estilo Jessica Rabbit llegamos hasta la mesa y me siento en una silla en la que quedo de espaldas a todo el mundo.

—¿No prefiere sentarse en otra silla?

Aguantándome las ganas de reír, respondo:

—No.

La expresión de Dylan me incita a sonreír, pero no lo hago. El mesero nos trae las cartas. Ambos las miramos en silencio, mientras soy consciente de que mi amor, con el ceño fruncido, mira a los hombres que tenemos detrás.

—Señor Jones, ¿qué piensa?

Sin disimulo y con cara de enojado, Dylan responde:

—Pienso en cómo decirles a todos esos hombres que la observan, señorita Mao, que dejen de mirarla.

—¿Por qué? ¿Acaso cree que no deben mirarme?

—Me incomoda —contesta.

Le miro la mano y al ver la alianza en su dedo, digo:

—Ni que fuera su mujer, señor Jones. —Él va a responder cuando lo corto—: Creo que debería calmarse. Su mujercita y mi marido estarán esperándonos en casa cuando regresemos. Relájese y disfrute de la noche. No piense en nada que no sea gozar.

No responde.

Llama al mesero y pide vino. El hombre se va y nosotros volvemos a mirar la carta. Observo a Dylan y lo veo sonreír cuando dice:

—Señorita Mao, si le gustan las berenjenas con miel, aquí las hacen exquisitas.

Dylan sabe que me encantan y que aquí siempre las pido, pero sin saber por qué, arrugo la nariz con desagrado y respondo:

—Prefiero un coctel de camarones.

Sorprendido, sonríe, y minutos después, ambos tomamos el primer plato. Una vez lo terminamos, Dylan vuelve a entrar en su papel, y cuando nos dejan el solomillo en la mesa y lo probamos, pregunto, retirando los pimientos:

—¿Está la comida a su gusto?
—Sí. Todo está exquisito.

Paseo la boca por el borde de la copa y, al ver que va a beber, murmuro:

—Le aseguro que yo también soy exquisita.

Dylan se atraganta. Sin duda, esta comida no la va a olvidar fácilmente. En ese momento, digo:

—Recuerde que espero ser su postre.

Wepaaaa... qué excitación me estoy pescando yo sola con lo que digo.

—¿Qué postre me ofrece?

Dominada por el deseo, me reclino en la mesa y respondo:

—Uno muy jugoso y excitante, que le aseguro que cuando lo pruebe no va a querer soltarlo.

Madre mía, ¡qué zorrota me estoy volviendo!

Le entra calor. Se mete un dedo por el cuello de la camisa y, nervioso, se desabrocha el primer botón.

—¿Eso es una proposición, señorita Mao? —pregunta.

Asiento y, mordiéndome el labio inferior, afirmo:

—Total y completamente indecente.

Paladeo el vino para enfriarme, pero hasta el vino está caliente.

Dylan me mira y, dispuesta a continuar con el juego, me quito un zapato y, por debajo de la mesa, llevo el pie directo hasta su entrepierna. Dylan da un brinco al sentirlo.

—Señorita, éste no es lugar para lo que está haciendo.

—¿Por qué?

Sin pensar, responde con seriedad:

—Simplemente, porque no es lugar.

Sonrío, pero no aparto el pie. Me encanta sentir cómo su pene se endurece por momentos.

—¿Puedo hacerle una pregunta, señor Jones?

—Las que quiera.

Aparto el pie de su erección, me apoyo en la mesa y sin dejar de mirarlo, digo:

—¿Está excitado?

Dylan no responde, sólo me mira. Yo insisto:

—Sea sincero, señor Jones.

Dylan se limpia la boca con la servilleta, se inclina sobre la mesa y responde:

—Si por mí fuera, señorita, la desnudaría, la echaría sobre esta mesa y...

—¿Me cogería?

—Sí.

—¿Y qué le impide hacerlo?

Boquiabierto, mira a su alrededor. El restaurante está lleno de gente cenando.

—El decoro, señorita —responde—. No creo que quienes nos rodean se quedaran impasibles ante lo que yo estaría dispuesto a hacerle.

Sin lugar a dudas, mi chico ya está que arde.

—Creo que vamos a pasar al postre. —Dylan asiente y, dispuesta a volverlo a dejar sin palabras, pregunto—: Si tuviera que elegir a alguien que nos mirara mientras practicamos sexo, ¿a quién elegiría?

Un matrimonio de avanzada edad que tenemos cerca, al oírme, me mira con reproche. Llevan toda la noche pendientes de nosotros. Se están enterando de todo, pero me da igual. Sólo me importa Dylan y él, tras sonreír al ver el gesto incómodo de ellos, dice:

—Sería caballeroso y la dejaría elegir a usted.

Qué lindo es mi amor. Durante un rato, miro por el local y cuando me encuentro con la mirada de los de la mesa de al lado, con todo el descaro del mundo, les guiño un ojo. ¡Serán chismosas...! El hombre se pone colorado y la mujer, azorada, deja de mirar.

Dylan sonríe cuando digo:

—El hombre del saco oscuro que está en la mesa de al lado de la ventana.

Mi marido mira. En esa mesa hay varias personas y al ver que el hombre que le indico va acompañado, comenta:

—No creo que a su pareja le guste mucho saber lo que usted propone, señorita Mao.

Sonrío y desafiándolo, pregunto:

—¿Usted cree que el hombre no accedería?

La expresión de Dylan me gusta, así que digo:

—He de ir al baño.

Me levanto con coquetería. Sé que soy el centro de las miradas de muchos hombres y camino con gracia hacia un lado del restaurante, mientras dejo mi bolsa sobre la mesa. Soy consciente de que Dylan me mira la espalda, que observa mi tatuaje y que se muere por arrancarme el vestido y hacerme suya.

Una vez llego a mi destino, le hago una seña con la mano al hombre con el que he contactado a través de internet. Le doy la llave de la habitación y un sobre con sus honorarios y digo:

—Si en dos horas no te llamo, te puedes marchar.

Cuando asiente y se va, llamo al mesero y le doy otra llave para Dylan.

—Por favor, dígale al señor Henry Jones, que está en la mesa 3, que la señorita Mao lo espera en la habitación 22. Ah... y que no se olvide mi bolsa.

Después corro hacia la habitación 22, de temática oriental. Todo muy acorde. Con rapidez, me tiro en la cama y espero en postura de tigresa de Bengala. Dylan no tardará en llegar. Dos minutos más tarde, cuando abre la puerta, su mirada cargada de deseo conecta con la mía y murmuro:

—Pase, señor Jones, lo estaba esperando.

Sin dudarlo, entra en la habitación y veo cómo la recorre con la vista. Cama redonda, sábanas rojas, cortinas de seda alrededor de la cama, jacuzzi. Vamos, un picadero con clase.

Dylan me enseña la bolsa que lleva en la mano y murmuro:

—Déjelo sobre la mesa y acérquese.

Excitado por lo enigmático que es todo, hace lo que le digo y se acerca a mí, que estoy de lo más sugerente.

—¿Qué hacemos aquí, señorita Mao? —pregunta.

Arrodillándome sobre la cama, me aproximo a él, pego mi cuerpo al suyo y besándole el cuello contesto:

—Tomar el postre.

Dylan se deja besar y, de pronto, tomándome la mano, me señala con un dedo y dice:

—¿Y su marido qué piensa de esto?

Con una encantadora sonrisa, respondo:

—Estoy segura de que le gustaría estar aquí. Mi marido es fogoso, ardiente y muy apasionado. Incluso, en alguna ocasión, ha habido un tercero en la habitación, mirando cómo me hace suya y le ha gustado. ¿Le gustaría a usted que otro nos mirara?

La respiración de Dylan se acelera. Lo que le propongo lo excita. Tal como estoy, con la peluca y los lentes de contacto oscuros, nadie me reconocería si se cruzara conmigo por la calle, y con su cara de perdonavidas, se afloja la corbata y, acercando la boca a la mía, musita:

—Me encantaría.

—Señor Jones, si yo invitara a un tercero, ¿lo incomodaría? —insisto.

—No lo sé —contesta.

Su expresión me hace saber que duda.

—¿Cómo ha conocido usted a ese tercero? —pregunta.

Los celos le rondan. Lo veo en su mirada, por lo que aclaro:

—En internet se puede contratar cualquier cosa. Desde un carpintero hasta un esclavo sexual. ¿No lo sabía?

Durante unos segundos, mi amor me mira. Uy... Uy... creo que se me va a enojar, pero contra todo pronóstico, dice:

—¿Y usted ha...?

—Sí —lo corto—. La señorita Mao contrató a un hombre para que haga realidad todos y cada uno de nuestros deseos.

Me mira sin decir nada. Calibra lo que he hecho y, antes de que pueda protestar, añado:

—Estoy segura de que, con lo morboso que es, con su esposa hizo algo así y usted llamó a quien quiso, ¿verdad?

Adivina quién soy esta noche

Mis palabras lo hacen recapacitar. Entiende que el otro hombre no sabe quién soy. Sólo que soy la señorita Mao, morena, de ojos negros. Y dándome una nalgada, dice, mientras me lo aprieta por encima de la seda roja:

—Es usted muy peligrosa, señorita Mao... Muy muy peligrosa.

Sonrío al ver su aceptación. Tomo mi celular, hago una llamada perdida y tiro el teléfono sobre el buró.

—Va a ser una buena noche para disfrutar —murmuro.

Dylan me besa, me abraza y, metiendo las manos por el escote de la espalda del vestido, murmura:

—Su marido está loco al dejarla salir con esta prenda a la calle. Yo nunca permitiría que mi mujer llevara este vestido sin mi presencia. Soy demasiado posesivo.

Sonreímos y le aclaro:

—Me gusta estar sexy para los hombres posesivos.

Guau, ¡seguro que lo estoy excitando al máximo!

—El dragón de su espalda, ¿dónde acaba?

—Desnúdeme, señor Jones, y lo sabrá.

En ese instante se abre la puerta de la habitación y ante nosotros aparece Fabián. Dylan lo mira con desafío y yo, llevando aún las riendas de la situación, digo:

—Fabián, recuerda lo que hemos hablado.

Él asiente. Se apoya en una de las paredes y se dedica a observarnos mientras comenzamos a besarnos y a desnudarnos. Dylan, ya totalmente metido en el juego, murmura:

—Es usted muy morbosa.

—Tanto como usted.

—¿Y qué planes tiene, señorita Mao?

La situación me prende. Cuando practiqué tríos siempre me dejaron buen sabor de boca y, con voz ronca y sugerente, murmuro, mientras le doy pequeños mordisquitos en los labios:

—Mis planes son que disfrutemos usted y yo de todo lo que se nos antoje. Si quiere que seamos observados, lo seremos. Si desea que el tercero participe, aceptaré. Si prefiere tenerme para usted sola, me tendrá, y si el morbo le hace pedirme que me entregue al otro hombre, me entregaré. Esta noche quiero que sea mágica y diferente.

Al oírme, mi amor sonríe y, apretando las caderas contra las mías, pregunta:

—¿Hará cualquier cosa que yo le pida?

Asiento. Tengo claro que ya estoy entregada.

—Sométame a sus antojos.

La expresión de Dylan ante nuestra morbosa conversación me gusta. Toca mi cuerpo sin censuras, sin límites, sin importarle quién esté allí.

—Entonces, entiendo que desea ser mi deseo, ¿verdad? —Asiento de nuevo y él prosigue—: Mmmm... me excita sobremanera saber que está tan dispuesta a mis antojos.

—Lo estoy —afirmo—. Ambos somos adultos e imagino que hemos jugado a esto, ¿verdad?

—Imagina bien.

Sus pupilas dilatadas por el morbo hablan por sí solas.

—Soy su señorita Mao —murmuro—. La mujer que está dispuesta a cumplir sus fantasías más morbosas. La hembra que se muere por ser poseída y cogida de mil maneras.

Enloquecido, me muerde los pezones. Yo me restriego contra él, me entrego.

—Hágame suya, señor Jones.

Un rudo gruñido sale de su garganta. Cuando sus ojos se detienen en mi tanga de perlas, la agarra y, jalando de un lado para que las perlas se me claven en el sexo, dice:

—Estas bolas me recuerdan a unas que he utilizado con mi mujer.

—¿Lo pasa bien con ellas?

Sin apartar su boca de la mía, me rompe la tanga y afirma:

—Sí... De ese día tenemos un dibujo erótico que nos hizo un amigo mientras yo la hacía mía delante de él.

Al recordarlo me acaloro. Sonrío mientras me toca sin censura y el otro hombre nos mira, nos observa. Nos besamos con lujuria.

Dylan deja caer al suelo la tanga de perlas y nos acariciamos con ansia. Nuestro juego es caliente, loco, devastador.

—Quiero mi postre —lo oigo decir.

Subo las piernas y abro los muslos para él con descaro, y Dylan ataca mi sexo con verdadero fervor. Me chupa, me muerde, succiona. Acostada sobre la cama, me agarro a las sábanas y me arqueo entregándole su postre. Y él lo disfruta. Lo disfruta mucho.

Tras este primer ataque, Dylan me hace ponerme de rodillas sobre la cama y me masturba mientras me besa. Mete uno de sus dedos en mi interior, luego dos y, mientras me asedia bajo la atenta mirada del otro hombre, murmura:

—Eso es... Así, señorita Mao. Sea complaciente.

Me derrito por segundos.

De pronto, siento otras manos sobre mi cuerpo que no son las de Dylan. Rápidamente, abro los ojos dispuesta a decirle unas cuantas cosas a Fabián, cuando oigo a mi marido musitar:

—Señorita Mao, tranquila. —Y al ver mi gesto, pregunta sin salirse de su papel—: ¿Qué le parece que esta noche seamos tres en la cama?

Boquiabierta, no sé qué decir. ¿De verdad ha aceptado un trío? La última vez que él propuso a alguien de carne y hueso salió fatal. Estoy alucinada. No creía que Dylan aceptara tan deprisa algo así. Pero excitada y dispuesta a jugar a lo que realmente quiero, afirmo:

—Acepto siempre y cuando usted disfrute, también.

Nuestras miradas hablan por sí solas. Nos amamos, mientras las manos de un desconocido me acarician los pechos desde atrás. Me los estruja, me los amasa y, con las yemas de los dedos, me retuerce los pezones. Dylan lo observa.

—¿Le gusta, señorita Mao?

Asiento y, bajando la boca hasta mi pezón, Dylan me lo chupa mientras Fabián se lo ofrece.

¡Oh, Dios, qué sensación!

Cierro los ojos y disfruto a más no poder. Estoy con Dylan y con otro hombre en la cama y, enloquecida, me alegro al saber que ambos lo estamos pasando bien. Pero la excitación hace que mi respiración se acelere.

—Relájese, señorita Mao, y sométase a mis deseos.

Aprovecho lo que el momento me ofrece, cuando lo oigo decir:

—Desnúdate, Fabián, y trae algo para lavar a la señorita Mao. Vamos a pasarlo bien los tres.

Sus palabras, como mínimo provocadoras, hacen que la sangre se me revolucione. Estoy desnuda, preparada, entregada, sometida a sus caprichos.

Fabián se desnuda, va al baño, regresa con una toalla y agua y se sube a la cama. Cuatro manos recorren cada recoveco de mi cuerpo y yo me dejo llevar, me dejo manejar, me dejo tocar. Dos bocas me chupan, me exigen, me succionan... y mi excitación va en aumento, mientras mi amor y otro hombre juegan conmigo.

Estoy de rodillas en la cama entre los dos. Me masturban, uno por la vagina y el otro por el ano, cuando Dylan dice:

—Fabián, prepárala y métete entre sus piernas.

Guau, ¡me va a dar algo!

El chico toma la toalla, la humedece en el agua y me lava entre las piernas. Una vez me tiene como desea, se acuesta en la cama boca arriba, sus manos me abren los muslos y su boca va derecho a mi vagina.

Doy un brinco y Dylan, que está a mi lado, murmura posando las manos en mi cintura para que no me mueva:

—Entréguese a él. ¡Hágalo!

Un placentero gemido sale de mi boca al notar los labios de Fabián en mi sexo. Dylan me mira y yo me acaloro. Sonríe y cuchichea, besándome:

—Así, señorita Mao. Muy bien... déjese llevar.

Lo hago. Me dejo llevar.

El momento está siendo mucho más caliente de lo que yo nunca

Adivina quién soy esta noche

habría imaginado. Dylan metido en el juego es ardiente, fogoso y exigente.

Mi cuerpo se rebela. Se aprieta contra la boca del desconocido cuando Dylan, que no me quita la vista de encima, busca mis labios. Sin besarme, sólo pegado a ellos, murmura:

—Eso es... así me gusta tenerla, señorita Mao. Sometida a mis deseos. Vamos... muévase y hágame saber lo mucho que le gusta lo que le hace.

Su voz y lo que dice me hacen jadear de placer. Me arqueo. Fabián ataca mi clítoris con apetito voraz y suelto un gemido. Mi amor introduce la lengua con suavidad en mi boca y lo beso enloquecida, mientras siento cómo él se entrega totalmente a mí con ese beso.

Me dejo llevar por el placer.

El orgasmo me hace gritar. Me tenso. Pero los dos hombres que se han apropiado de mi cuerpo quieren más. Me sujetan y yo grito enloquecida al experimentar un increíble clímax. Cuando mi cuerpo tiembla, mi amor se viene.

Estoy sobre la cama, desnuda y sometida.

—Cógetela —lo oigo decir.

Enloquezco mientras mi respiración vuelve a alterarse.

Fabián sonríe y se pone un preservativo. Dylan me besa, toma mis manos, me las sujeta sobre la cabeza y, con una expresión que casi me hace tener un nuevo orgasmo, ordena:

—Abra las piernas.

¡Oh, Dios! ¿Lo vamos a hacer?

Estimulada por todo, mis piernas se abren instintivamente con descaro. No puedo dejar de mirar a Dylan cuando siento que el cuerpo de Fabián me cubre y se restriega contra mí. Acto seguido, introduce el pene en mi interior mientras lo oigo decir:

—Eso es, señorita Mao.

Me acaloro. No sabe que soy Yanira, la cantante de moda. Menos mal.

Con las manos, me agarra los pezones, me los toca, y, bajando la boca hasta ellos, me los chupa, me los muerde, mientras aprieta su pene sin descanso dentro mí. Cuando se incorpora, comienza a embestir hasta arrancarme un grito de placer.

—Disfrute y hágame disfrutar —exige Dylan a mi lado.

Perturbada por todo esto, levanto la pelvis para darle mayor acceso. Quiero más.

Sin soltarme las manos, Dylan me observa. Disfruta con lo que ve y en sus ojos no veo la angustia que vi la otra vez. En esta ocasión no hay antifaces, no hay oscuridad. Sin duda alguna, el que sea un desconocido y no un amigo ha facilitado el juego.

En esta ocasión sólo hay luz, morbo y fantasía. Fabián no para y yo me entrego como mi amor me ha pedido que haga. A través de mis oscuros lentes de contacto lo observo todo mientras me arqueo en un gesto de puro éxtasis, cuando siento que Fabián llega al clímax y tiembla sobre mí.

—Deliciosa, señorita Mao... Es usted deliciosa.

Pero yo estoy alterada, caliente, excitada y enloquecida. Mirando a Dylan, imploro:

—Hágame suya, señor Jones, lo necesito.

Mi exigencia y mi tono de voz son imperativos, y Dylan no lo duda. Retira a Fabián, echa agua sobre mi sexo para limpiarme sin importarle empapar la cama, se mete entre mis piernas y de una certera estocada me penetra.

—Sí... sí...

De mi garganta sale un grito de placer y, agarrándome con posesión de las caderas, mi loco Henry Walton Jones cuchichea:

—Señorita Mao, ábrase más... Quiero más profundidad.

Fabián, que nos observa, se quita el preservativo y desaparece en el baño. Unos minutos después aparece húmedo, mientras yo me abro todo lo que puedo para recibir las salvajes arremetidas de mi amor.

Una, dos, tres... nueve.

Una y otra vez se hunde en mí, haciéndome sentir esplendorosa, única y especial.

Diez... once... quince...

Oh, Dios, ¡qué placer!

Dylan entra y sale y lo siento vibrar. Disfruta. Su cuerpo, sus ojos, su manera de respirar y de poseerme, me lo dicen. El juego y el trío lo están volviendo loco como nunca imaginó. Por ello, con la respiración entrecortada, pregunto:

—¿Disfruta, señor Jones?

Dylan asiente. Se muerde el labio inferior y, cuando lo suelta, murmura:

—Como nunca pensé, señorita Mao.

Fabián, invitado esta vez por mí, se inclina. Me muerde los pezones, y su mano va a mi sexo. Me toca mientras Dylan me penetra y no nos quita ojo de encima. De pronto, el dedo de Fabián se introduce también en mi vagina.

Dylan suelta un gruñido al sentir aquella intromisión junto a su pene. Lo miro. Cierra los ojos y acelera sus acometidas. Le gusta. Yo me muevo gustosa mientras Fabián me succiona los pezones.

El placer es increíble... Me siento una diosa del porno. Me siento totalmente desinhibida. Y lo mejor es que a mi chico, a mi moreno, a mi marido, le está gustando notar el dedo de Fabián junto a su pene en mi interior tanto como a mí.

No sé cuánto tiempo dura esto. Sólo sé que disfruto de la sensación de posesión y entrega. Dos hombres para mí. Cuatro manos. Dos bocas. Lo que siento es indescriptible y sé que a Dylan le ocurre lo mismo.

Cuando el clímax le llega a mi amor, de un último empellón se introduce en mí y cae sobre mi cuerpo. Segundos después, Fabián retira la mano y, dichosa, abrazo a Dylan mientras le rodeo la cintura con las piernas y lo oigo respirar.

Fabián, a un lado, nos observa. No se mueve. Sabe cuál es su papel aquí.

Abrazada a mi amor, le acaricio el pelo, le beso el cuello, y entonces lo oigo decir:

—Señorita Mao, no sabe lo que acaba de hacer. Mi deseo por usted se ha acrecentado.

—Excelente.

Con cariño, mi moreno mete la lengua en mi boca y, tras besarme, sale de mí.

Fabián, rápidamente toma el agua y la toalla. Me limpia, me asea para él. Una vez me tiene como desea, se pone un preservativo y, haciéndome dar la vuelta, me coloca a cuatro patas y, tras pasar la mano por mi espalda para tocar el dragón, se introduce en mí.

Mi cuerpo lo acepta. Cierro los ojos y Dylan, que se sienta a mi lado en la cama, toca con cariño el tatuaje. Lo besa cuando me abre las nalgas y al ver dónde termina, murmura:

—Nunca pensé que pudiera hacer esto contigo.

Un nuevo empellón de Fabián en el interior de mi vagina me hace gemir. Agarro las sábanas con las manos y las retuerzo. Dylan, al verlo, sonríe y, poniéndose de rodillas en la cama, aferra de nuevo su duro pene y me lo mete en la boca.

Sometida a ellos, me entrego. Para Fabián abro las piernas y para Dylan, la boca.

¡Diablos... esto es increíble!

Chupo y succiono el pene de Dylan con fervor, mientras disfruto y veo cómo él disfruta. Su gesto, su cara, su pervertida y loca mirada lo dicen todo. Ha sido buena idea esta cita y estoy segura de que será la primera de muchas.

Nuestro juego duro y salvaje continúa. Los dos me hacen suya alternativamente. Me entrego a ellos con descaro y sus penes entran y salen de mí en la cama, en el suelo y sobre la mesa, haciéndome gritar.

Dylan, esta noche mi señor Jones, me muestra su lado más vicioso y yo le enseño cómo puedo ser también.

Durante horas, satisfacemos mutuamente nuestros más oscuros deseos sin pudor y con osadía, sólo pensando en obtener el máximo placer.

Una de las veces en que estoy sentada a horcajadas sobre Fabián, cabalgando, siento la respiración de Dylan tras de mí. Sé lo que piensa, lo que mira, lo que desea. Duda. No lo pide, pero yo, inclinándome sobre Fabián, me llevo las manos al trasero y abriéndome las nalgas se lo ofrezco. Lo incito descaradamente a una doble penetración.

¡Qué caliente estoy!

—¿Está segura, señorita Mao? —pregunta en mi oído.

Asiento convencida mientras me muevo sobre Fabián. Dylan me besa la espalda, me toma de las caderas y me acompaña en el movimiento durante unos segundos, mientras su caliente boca me besa el cuello y murmura:

—Eso es... muévase así... así.

Su exaltada voz me hace perder la razón cuando me suelta. Instantes después, noto cómo unta lubricante en mi ano. Introduce un dedo y luego dos. Me dilata y lo siguiente que siento es la punta de su miembro.

¡Oh, Señor...!

Se introduce en mí con cuidado, mientras me susurra al oído lo loco que lo estoy volviendo, y Fabián no para. Jadeo, me dejo llenar completamente por los dos y disfruto, totalmente poseída. Es mi primera doble penetración con dos hombres. Hasta ahora sólo lo había visto en las pelis porno, pero sin duda supera mis expectativas.

—Quietecita, señorita Mao... Sí... así...

Su voz, su tono ronco y excitado me enajena, mientras me entrego a la lujuria del sexo sin tabúes con ellos dos y mis jadeos se acrecientan. No hay dolor, sólo placer y, relajando los músculos para darles mayor acceso a mi interior, disfruto, gozo y los poseo al tiempo que ellos me poseen a mí.

En décimas de segundo el juego se vuelve salvaje y las penetraciones, certeras y hábiles. Muy hábiles. Los dos saben lo que hacen y yo saboreo el gozo que siento, mientras mi cuerpo se contrae y se calienta desenfrenado.

Las horas pasan y nuestro deleite continúa con mil posturas, de mil modos, de mil maneras. Dylan, mi Dylan, me hace suya, me entrega, me abre, me coge, me somete a sus caprichos y goza como nunca pensé que lo haría, mientras yo disfruto de ser la mujer que está con ellos.

A las cuatro y media de la madrugada, tras una noche de lo más explosiva, Fabián se va con un sobre extra y nosotros decidimos regresar a nuestra casa. Estamos exhaustos.

Al llegar, me quito la peluca, los lentes de contacto, y Dylan, al verme, murmura:

—Hola, cariño.

—Hola —respondo mimosa.

Encantada, me abrazo a él y, sin soltarnos, entramos en la regadera. Allí, casi sin fuerzas, me hace el amor con delicadeza, con cariño, con pausa. Estamos agotados y cuando por fin Dylan termina en mi interior, musita bajo el chorro de la regadera:

—Gracias por esta noche.

Sonrío. No respondo.

Cuando nos acostamos, me acurruco contra él y me duermo, feliz de haber tenido esta noche de sexo loco con mi amor. Con mi Dylan.

Dulce locura

Tras ese primer encuentro con Fabián hay varios más. Ataviada con mi peluca y los lentes de contacto quedamos con él en distintos hoteles de Los Ángeles, donde durante horas nos entregamos al disfrute del sexo y los dos me vuelven a hacer suya de mil formas diferentes.

En la discográfica, tengo una reunión en la que me hablan de una gira europea: España, Francia, Italia, Londres, Holanda y Alemania. Ésta comenzará a principios de septiembre y acabará a mediados de octubre. Y otra gira latinoamericana: México, Chile, Perú, Uruguay y Paraguay. Comenzaría a mediados de noviembre y terminaría a mediados de diciembre. Todo el mundo quiere contratarme.

Eso me preocupa. Supone demasiado tiempo lejos de Dylan. Me ha acompañado a la reunión y yo, sin querer mirarlo, tomo una taza de la bandeja y me sirvo un café con leche. Lo necesito.

También me hablan de participar en unos conciertos multitudinarios con más artistas los días 25, 26, 27 y 28 de julio, en Nevada, Wyoming, Montana y Kansas. Serán cuatro días intensos pero la difusión, según Omar, valdrá la pena.

Dylan no dice nada y yo me quiero morir. Estas ciudades están a un tiro de piedra comparadas con Europa. La gira por este continente supondrá que pasaremos largas temporadas sin vernos. Aun así, firmo los contratos bajo su atenta mirada.

Una noche, me pide que me ponga la peluca y los lentes de contacto. Yo sonrío. Ya sé lo que va a pasar. Al entrar en el hotel, Fabián no ha llegado todavía y Dylan me pide que me desnude. Lo hago. Pone música de Eric Roberson y me invita a bailar cuando suena *Just a Dream*.

Desnuda y abrazada a él, bailo, disfruto de cómo pasea las manos por mi piel, cuando murmura:

—Quiero verte con una mujer.

Lo miro.

—No es lo mío. Prefiero un hombre, como tú prefieres una mujer.

—¿Y si no tienes que hacer nada y ella te lo hace todo? —insiste.

Sonrío y, mirándolo a los ojos, susurro:

—¿Tú dejarías que un hombre te lo hiciera todo?

Mi amor niega con la cabeza. Lo beso y, excitada por lo que propone, pregunto:

—Dime, ¿para qué hemos venido aquí esta noche?

—Te lo acabo de decir —responde.

Parpadeo. Nunca hemos hablado de tener sexo con una mujer.

—Tienes razón, cariño —dice—. No es justo que te lo pida, cuando sé que yo nunca permitiría que un hombre me tocase.

Se separa de mí, toma su celular y, cuando va a llamar, se lo quito de las manos y digo:

—Tampoco es justo que seas tú el que siempre me comparta con un hombre y yo nunca a ti con una mujer. No la llames. Déjala que venga y probaremos. —Y, agarrándole el pene, se lo aprieto, mientras lo miro a los ojos y añado—: Pero prométeme que éste siempre será mío, aunque se lo ceda unos minutos a ella.

Dylan sonríe.

—Ya te lo prometí hace tiempo, pero te lo vuelvo a prometer.

Yo le sonrío también al cabrón de mi marido y le pregunto:

—En realidad ¿qué te gustaría ver entre esa mujer y yo?

—Todo. —Y luego añade—. Pero, cariño, si no...

Suenan unos golpes en la puerta, le pongo un dedo en la boca para acallarlo y susurro:

—Por lo pronto, ve a abrir.

Dylan me besa y, cuando me suelta, yo me siento desnuda en la cama. Abre la puerta y aparecen Fabián y una joven más o menos de mi edad. Es de pelo castaño y tiene estilo. Se presenta como Kim y, sin que ninguno diga nada, se desnuda, deja sobre la cama un maletín y lo abre. Alucinada, miro lo que hay en su interior. Me enseña un pene de doble cabeza y me explica:

—El señor Jones me comentó que quería vernos a las dos con esto dentro.

Miro a Dylan, que me observa. Veo las comisuras de sus labios arqueadas y sé que sonríe aunque no lo parezca. ¡Qué cabrón! Curiosa, pregunto:

—¿Qué más dijo el señor Jones que quería ver?

Ella, acercándose un poco más a mí, susurra:

—Quería que los complaciera.

La lujuria que veo en la mirada de Dylan cuando Kim se mete un dedo en la boca, lo chupa y lo dirige a mi vagina es tal, que no me resisto y abro las piernas. Sin duda el juego comienza.

Me siento en la cama junto a la mujer, mientras Dylan se sienta en la butaca que hay frente a nosotras y nos observa, y Fabián se apoya en la pared. Kim me toca, baja la boca hasta mi pecho y, tras darle unos toquecitos a uno de mis pezones, ve que estoy dispuesta.

Cuando me siente mojada y receptiva, se levanta de la cama y, antes de entrar en el baño, dice:

—Tardaré un par de minutos.

Al quedarnos Dylan, Fabián y yo solos en la habitación, los miro y les exijo que se desnuden.

Lo hacen sin dejar de mirarme y luego los animo a acercarse a mí. Posando mis manos en sus caderas, los invito a entrar en mi boca. No desaprovechan la oportunidad. Con uno a cada lado, los agarro y, golosa, introduzco sus penes en mi boca por turnos, mientras ellos enredan los dedos en mi pelo.

Kim aparece y, al ver que ya hemos comenzado el juego, se sube a la cama y se pone detrás de mí. Mientras yo continúo excitándolos, ella me toca los pechos. Se centra en mis pezones y me los acaricia hasta ponérmelos duros como piedras. Después, sus manos bajan hasta mi vagina y, sentada como estoy, me la toca e introduce un dedo. Jadeo y los hombres dan un paso atrás y se retiran.

La joven profesional me abre los muslos desde atrás y murmura en mi oído, excitándome al máximo:

—Está muy mojada y excitada, señorita Mao. Vamos, suba las piernas a la cama.

Lo hago olvidándome de los hombres que nos observan y cuando ella me tiene bien acomodada, me introduce un dedo, que mueve como sólo una mujer saber hacer. Me arranca un gemido que casi me lleva al orgasmo.

Dylan al verlo se sienta a mi lado en la cama y me besa. Kim prosigue su asedio y, subiéndome ambas piernas, ataca mi sexo, que se introduce en la boca para mordisquearlo. Durante varios minutos, me hace algo que nunca me ha hecho un hombre, mientras mi marido me besa y se bebe mis gemidos.

Cuando siento que mi humedad no puede ir a más, oigo que ella dice:

—Señorita Mao, ahora baje las piernas y pose en mi boca lo que quiera que yo le chupe.

Acalorada, bajo las piernas, las abro y acerco de nuevo mi sexo a su boca. Ahora soy yo quien le pide que continúe, que no pare, mientras ella acepta y, gustosa, me chupa. Jalando mi piel, se centra en el clítoris para darme todo el placer posible.

Veo que Fabián se pone un preservativo, se coloca detrás de Kim y la penetra. Ella jadea, pero no para de excitarme.

Mis temblores se hacen más que visibles, y quiero más y más, y Dylan, deseoso de jugar, introduce su erección en mi boca y yo se la chupo.

Durante un largo rato, succiono su pene, mientras Kim juega con el centro de mi deseo y lo hace suyo, y Fabián la penetra de nuevo. Sin duda, los cuatro sabemos a lo que jugamos y cuando el éxtasis toma mi cuerpo, los dos hombres se retiran y yo agarro la cabeza de ella y, como una loca, la aprieto contra mí, dispuesta a que no se aparte nunca más.

A nuestro lado, Dylan nos mira, disfruta de lo que ve. Sin duda buscaba eso y ambas se lo estamos dando. Entonces Kim se da la vuelta, pone su sexo sobre mi cara y, sin que ella se mueva, soy yo quien se lanza a mordérselo.

Paseo la lengua por sus labios vaginales, se los abro, acaricio su interior hasta llegar a su botón del placer. Le doy unos toquecitos con la lengua y la siento temblar. Es la primera vez que lo hago, pero sin duda sé lo que quiero y deseo hacer. Le abro los muslos con las manos y la acomodo mejor sobre mi boca. Juego con ella, que se estremece.

Su lengua y sus dedos me tocan el clítoris con rápidos movimientos, cuando siento que Fabián la vuelve a penetrar. Su escroto me roza la frente cada vez que se hunde en ella. Yo jadeo y de pronto siento cómo la punta del pene de Dylan se introduce en mí, mientras Kim sigue acariciándome el clítoris. ¡Oh, Dios, qué placer!

El juego es extremo y todos jadeamos como locos sobre la cama por lo que estamos haciendo y sintiendo. La lujuria llena la habitación y sólo pensamos en disfrutar sin remilgos.

Dylan mete las manos por debajo de mi cuerpo, me agarra el trasero y, con movimientos circulares, entra y sale de mí mientras Kim me chupa y, de vez en cuando, noto que le chupa también el pene a mi amor.

Así estamos unos minutos hasta que Fabián la levanta y se ponen a nuestro lado para continuar con sus penetraciones. Dylan cae también sobre mí, me agarra con fuerza y murmura:

—Dios, señorita Mao, no para usted de sorprenderme.

Como un loco, se hunde una y otra vez en mí y cuando veo que se muerde el labio inferior por el placer que siente, lo agarro de las nalgas y, clavándole las uñas, lo inmovilizo. Con un bronco gemido, él se hunde todo lo que puede hasta dejarme casi sin respiración. Nos gusta esa posesión brutal. Es nuestra manera de disfrutar, mientras oímos a los otros dos gritar y llegar al clímax. Cuando Dylan afloja la presión, me besa con la respiración agitada y yo murmuro:

—Señor Jones, soy tan suya como usted es mío.

Mis palabras lo avivan, lo aguijonean, lo excitan y, tras una serie de rápidas y certeras penetraciones, el orgasmo se apodera de nosotros dejándonos agotados sobre la cama.

Una vez acabamos, los cuatro pasamos al baño por parejas. No me mojo la peluca ni me la quito. No puedo hacerlo o si no sabrían quién soy. Una vez salimos de la regadera, Kim y Fabián están sobre la cama, esperándonos. Dylan me sube a ella y, agarrando el pene doble de color azulón, la joven murmura:

—Ahora tú y yo. Me muero por cogerte.

Acostada de lado, Dylan me levanta una pierna para tener mayor acceso y Fabián le levanta otra a Kim. Con maestría, los dos hombres nos introducen con cuidado el pene de doble cabeza en la vagina y ambas jadeamos, mientras permitimos que lo hundan en nuestros cuerpos en busca del placer de todos.

—Nos vamos a coger mutuamente, ¿de acuerdo? —musita Kim.

Asiento y ella adelanta las caderas para clavarse en mí.

Rápidamente descubro de qué se trata esto y cuando noto que Kim afloja la presión, aprieto yo para que ella jadee. Así estamos varios minutos proporcionándonos placer, hasta que Dylan y Fabián nos dan nalgaditas para que aceleremos las penetraciones.

—Más rápido —exige mi amor.

Incrementamos el ritmo entre jadeos y gemidos y Kim me toca los pezones y susurra:

—Eso es... Lo hace muy bien, señorita Mao.

Una nalgada de Fabián la hace adelantar la cadera y hundirse en mí mientras seguimos acostadas de lado. Yo grito. Eso me calienta la sangre, y cuando Dylan me da una nalgada, es ella la que grita. Las arremetidas son tremendas y las nalgadas deben de habernos dejado la cola roja.

Los hombres exigen y nosotras obedecemos. Aquello se vuelve delirante y loco. Las penetraciones salvajes y nuestros gritos y jadeos llenan la habitación, mientras ellos nos azuzan para que no paremos.

Adivina quién soy esta noche

Al cabo de unos minutos, observo que Fabián y Dylan intercambian las posiciones y entonces mi amor se pone detrás de Kim y puedo verle la cara. Eso me excita. Entre penetración y penetración, veo que toma un preservativo y se lo pone. Mi respiración se acelera y lo oigo decir:

—Señorita Mao, me la voy a coger a través de su amiga de juegos.

No entiendo bien a qué se refiere, pero da igual. Quiero que lo haga y más cuando, al mirar hacia atrás, veo que Fabián también se está poniendo otro preservativo.

¿Qué irán a hacer?

Acto seguido, siento que Fabián unta lubricante en mi ano y tiemblo. Dylan hace lo propio con Kim y, segundos después, abriéndonos las nalgas, nos penetran. Yo grito. Kim grita. Dylan y Fabián rugen. A partir de ese instante, nosotras no nos movemos, nos mueven ellos con sus acometidas anales, mientras nosotras jadeamos al recibir ese doble placer.

Acostada de lado, mi mirada está fija en la de mi amor. Se le tensan las venas del cuello con cada acometida y, aunque sé que se hunde en Kim, su posesión y su fuerza son para mí, cuando, con sus movimientos, el pene artificial se hunde más en mi interior.

Ver cómo mi marido le hace eso a Kim me ayuda a darme cuenta de la lujuria y posesión que siente él cuando Fabián me lo hace a mí. Alargo una mano para tocarle los labios. Él me la besa mientras mis pechos se bambolean ante cada acometida suya y de Fabián.

Kim acerca la boca a la mía, me quiere besar, pero yo no quiero y entonces ella, sin insistir, inclina la cabeza, se introduce uno de mis pezones en la boca y lo succiona.

Lujuria y abandono. Eso es lo que estoy convencida que sentimos los cuatro jugando sobre la cama, sin inhibiciones y sin privarnos de nada, aunque los dos chicos apenas se rozan.

Mil veces he oído que el sexo para disfrutarlo ha de ser indecente, picante, lascivo y lujurioso. Pues bien, metida en tarea con mi amor, me he dado cuenta de que somos todo eso, y me gusta. Me encanta. Nos movemos desenfrenados y, tras un festival de broncos jadeos y gemidos extasiados, cuando a ellos les llega el clímax, nosotras los acompañamos.

Ha sido bestial.

A partir de entonces, la relación entre los cuatro es caliente y pecaminosa y yo, como novata que soy, disfruto de ello dejándome hacer por todos.

Sin duda, para los cuatro el sexo es un gran juego y nosotros unos grandes jugadores ávidos por experimentar.

Eras tú

El 20 de junio Dylan cumple treinta y ocho años y le organizo una fiesta sorpresa sólo con su familia. Cuando esa mañana lo despierto con la música de Maxwell, me lo como a besos y le hago el amor dispuesta a que empiece bien el día.

Sobre las doce del mediodía, le pido que me acompañe a un hotel para una entrevista, pero es mentira, y al llegar allí nos encontramos con Anselmo, la Tata, Preciosa y Tony, que los ha ido a recoger al aeropuerto. Todos nos abrazamos y mi chico sonríe y me agradece feliz que haya organizado la celebración.

Hablamos durante un buen rato y la niña quiere ver a Tifany. La llamo por teléfono y ella le pide que vaya a buscarla a la tienda, de modo que paro un taxi y la Tata y la pequeña se van hacia allá.

Para mi sorpresa, Anselmo no se niega. Eso me alegra. Por fin, su actitud está cambiando respecto a mi cuñada. Una hora después, también llega Omar y los cuatro Ferrasa se ponen a hablar. He elegido ese lugar porque Omar me lo recomendó y me gusta.

Los escucho feliz y contenta, pero de pronto me encuentro algo indispuesta. ¡Vaya día para ponerme enferma! Lo achaco a los nervios de la gira, a los preparativos del cumpleaños, y no le doy mayor importancia.

Una mesera nos trae unas bebidas y, mientras Omar presume de que soy la número uno en las listas de ventas, Anselmo comenta:

—Yanira es otra leona, hijo. Una leona como tu madre, pero de otra época.

—Sí, papá —afirma Dylan, henchido de orgullo y guiñándome un ojo.

Pasamos un tiempo entre bromas, pero al cabo de un rato, me disculpo precipitadamente y me voy a los baños a vomitar. Al volver, no digo nada, pero Dylan me agarra del brazo y pregunta:

—¿Qué te ocurre?

Sin querer darle importancia al asunto, sonrío y, como si no pasara nada, respondo:

—Nada, cielo, ¿por qué?

—No tienes buena cara —insiste preocupado.

—Tranquilo, doctor —murmuro yo—. No vea males donde no los hay.

Excepto Dylan, ninguno de los otros nota mi malestar y, cuando siento que voy a vomitar de nuevo, digo que voy a llamar por teléfono.

En el baño paso un ratito no muy bueno, pero luego comienzo a encontrarme mejor.

¿Estaré pescando algo?

Al salir de los baños y volver hacia donde están los Ferrasa, me quedo helada al ver a Omar besando a una de las meseras en uno de los pasillos. Los observo furiosa. ¿Cómo puede hacerle eso de nuevo a Tiffany?

Enojada, camino y ellos, al oír pasos, se separan. Sigo adelante sin detenerme y sin decir nada, pero siento en mí la mirada de Omar. Cuando regreso al pequeño salón, Dylan me mira preocupado y, acercándose a mí, insiste:

—¿Te encuentras mal? —No respondo y pregunta—: ¿Has vomitado?

Carajo... sí que es bueno como médico. Sólo con mirarme lo sabe y digo:

—Sí, cariño, pero tranquilo. Me habrá sentado mal el desayuno.

En ese instante, Omar entra junto con la mesera y Dylan, mirándome, murmura:

—No te metas donde no te llaman.

Me muerdo los labios. Ahora entiendo por qué mi cuñado me recomendó este sitio. Me callo o aquí se armará un desmadre.

~ *Adivina quién soy esta noche* ~

Tras abrir el champán que nos traen y llenar las copas, brindamos. Le deseamos a Dylan un estupendo año y luego los Ferrasa le expresan infinidad de buenos deseos. Cuando voy a beber, con disimulo, Dylan me quita la copa de las manos y dice:

—Si no te encuentras bien, mejor déjalo.

Se lo agradezco. No tengo hoy el cuerpo para burbujitas.

Con su acusado instinto protector, no me quita ojo de encima. No se separa de mí y está atento a todos mis movimientos.

Cuando sonrío, para indicarle que se relaje, me acerca a él y, hundiendo la nariz en mi pelo, lo huele, me besa la cabeza y murmura:

—Tienes un pelo precioso.

Sonrío. Siempre le ha gustado mi pelo rubio y, al mirar sus ojos preocupados, insisto:

—Tranquilo. Estoy bien.

En ese momento llegan Tifany, la Tata y Preciosa. Mi cuñada felicita a Dylan y luego nos besa a todos, incluido Anselmo, que la besa también.

Cuando nos sentamos a la mesa para comer, le pido a Dylan que diga unas palabras y él lo hace divertido, mientras a cada segundo que pasa yo me siento mejor. Todo está exquisito y, por primera vez desde que formo parte de la familia Ferrasa, disfrutamos juntos de una buena comida y una excelente sobremesa. Preciosa, por su parte, no se separa de Tifany.

Esa noche, cuando llegamos a casa, veo que Dylan tiene una pestaña en la mejilla. Rápidamente se la quito y, poniéndole delante el dedo con que la sostengo, digo:

—Pide un deseo y sopla.

Mi amor sonríe y lo hace. Luego, acercando la boca a la mía, susurra:

—Ahora quiero mi deseo.

Me besa con pasión y cuando se separa de mí, digo divertida:

—Arráncame una pestaña, que yo también quiero pedir un deseo.

Dylan suelta una carcajada. Su risa me llena de alegría y me besa de nuevo. Cuando sus labios se apartan de los míos, pregunta:

—¿Cómo te encuentras?

—Bien. Como ya te he dicho, supongo que el desayuno me ha sentado mal, pero ahora ya se me ha pasado.

Me besa el cuello, después la coronilla y, mientras nos miramos reflejados juntos en el espejo del baño, su mano baja desde mi pecho hasta mi vientre, donde se para y, sin dejar de mirarme, dice:

—Creo que estás embarazada.

Alucino. No me muevo.

¿Cómo va a ser eso?

Digo yo que me habría dado cuenta antes que él. ¡Diablos, es mi cuerpo! Y, sonriendo, pregunto:

—¿Ahora vas de adivino?

Dylan sonríe y, enseñándome un test de embarazo, responde:

—Háztelo y lo sabremos.

—Pero ¿por qué tienes tú esto? —pregunto sorprendida.

Sin dejar de mirarme a través del espejo, afirma, besándome la cabeza:

—Soy médico. Lo tomé ayer del hospital para ti.

Quitándosela de las manos, miro la cajita.

—¿Y se puede saber por qué crees que estoy embarazada?

Mi amor sonríe y contesta:

—No te gusta la leche y llevas varias mañanas tomándola. —Carajo... es verdad—. El otro día, en nuestra cena del juego de la señorita Mao, había berenjenas con miel y no quisiste comerlas, cuando a ti te vuelven loca. —Asiento y él prosigue—: Y, desde hace días, cuando te toco los pechos te los noto más grandes.

—¿En serio? —pregunto mirándomelos en el espejo, mientras él se ríe de mi reacción.

—Hoy has vomitado y si a eso le sumas que te emocionas hasta con los anuncios de galletas y que en el calendario donde apuntas la regla llevas varios días de retraso... más que obvio...

Me entra la risa tonta. Pero ¿cómo puede ser tan detallista? ¿Cómo puede fijarse tanto en mí y en lo que hago?

—Sería mi mejor regalo de cumpleaños —susurra.

—Te faltan dos tornillos. Y en cuanto al retraso, es normal en mí. Nunca he sido regular. Hay veces que se me retrasa hasta quince días.

Dylan asiente. Ya lo sabe. Pero sin ceder en su empeño, me pasa la nariz por el cuello y dice:

—Hazte la prueba y lo sabremos.

Miro el dispositivo. Nunca en mi vida había tenido que utilizarlo y sonrío pensando en un posible bebé. Algo asustada, me siento en la taza delante de él, lo mojo con mi orina bajo su atenta mirada y luego me levanto y se lo entrego.

Deja el test sobre el mármol del baño y, dándome la vuelta de nuevo de cara al espejo, posa las manos sobre mi vientre. Su gesto es pura ternura y sonrío.

¡Me encantan los niños! Siempre he querido ser madre y no dudo que para Dylan esto puede ser un sueño hecho realidad.

Pero, de pronto, al recordar mis próximas giras, pregunto:

—¿Crees que es el mejor momento para tener un hijo?

Me entiende y responde:

—Para tener a nuestro bebé siempre es un buen momento, ¿no crees?

Tiene razón. Me encanta lo que dice, pero, de repente, el agobio me gana y pregunto:

—¿Y qué voy a hacer si lo estoy?

—Cuidarte.

Okey, sin duda me cuidaré. Entonces, endureciendo el gesto, Dylan añade:

—Por Omar y la discográfica no te preocupes. De ellos me ocupo yo. Como me ocuparé de cuidarte y mimarte para que todo vaya bien.

Ay, ¡qué lindoooooo!

Sin duda, éste es mi chico. ¡Tan cuqui! Me superencantaaaaaa.

Cinco minutos después, cuando comprobamos el resultado del test, vemos dos rayitas de lo más llamativas. Dylan y yo nos miramos. Yo grito de felicidad y él, con una enorme sonrisa, me abraza mientras murmura:

—Gracias por este estupendo regalo de cumpleaños.

Emocionada por la inesperada noticia, no sé qué decir. Sólo puedo sonreír y hundirme en los brazos de mi amor, dejándome llevar por la alegría que siento al saber que voy a ser madre.

Bueno... bueno... ¡cuando se enteren en mi casa...! Y cuando se entere Coral.

¡Estoy embarazada!

Preciosa

Al día siguiente, cuando Dylan llama a su familia, Tifany le dice que sus dos hermanos y su padre están en la discográfica, solucionando un problema con un músico. Ella se ha quedado con la Tata y la niña en casa, porque la pequeña tiene fiebre.

Encantada de darle la noticia, le pido a Dylan que me pase el teléfono y cuando se lo digo se pone a gritar de felicidad.

¡Un bebé!

Cuando se pone la Tata, le paso el teléfono a Dylan y la ilusión que veo en su cara es tal que no puedo dejar de besarlo. Antes de colgar, les pedimos que no digan nada a nadie. Se lo queremos decir nosotros personalmente.

Sin poder esperar para darles la noticia a los Ferrasa, Dylan y yo nos dirigimos hacia la discográfica. ¡Nos morimos de ganas de que lo sepan! Aunque yo sé que a la discográfica y a Omar la noticia no les va a hacer mucha gracia.

Al llegar allí, nos encontramos con Anselmo, Tony y Omar y, cuando nos ven aparecer, Dylan, que no puede más, los mira a punto de estallar de felicidad y dice:

—¡Vamos a tener un bebé!

La cara de los tres es de perplejidad, hasta que Anselmo sonríe y corre hacia su hijo. Lo abraza y después me abraza a mí. Tony hace lo mismo y nos da la enhorabuena, pero Omar, sin moverse del sitio, pregunta:

—Estarán bromeando, ¿no? —Y cuando ve que lo miramos desconcertados, murmura—: Éste no es momento para embarazos ni para bebés. Yanira no puede estar embarazada. ¡Carajo!, estamos en plena promoción del disco y...

—¡Omar! —ruge Dylan, haciéndolo callar—. Como no cierres la bocota, te juro que lo vas a lamentar. Estás hablando de mi mujer y mi hijo. Me importa un bledo si a ti o a la discográfica les parece bien o mal. No tenemos que pedirles permiso para ser padres cuando nos dé la gana.

La tensión se palpa en el ambiente. Está claro que todos nos alegramos excepto Omar y, aunque me molesta, lo entiendo e intento ponerme en su lugar.

En ese instante, el celular me vibra en el bolsillo del pantalón. Al ver que se trata de mi cuñada, contesto.

—Dime, Tifany.

—¡Yanira! —grita alterada—, estoy llamando a Omar y a Anselmo, pero no me contestan. Malditos Ferrasa, ¡qué harta me tienen!

No es muy buen momento para que la pobre llame enojada. Intento apaciguarla y respondo:

—Tranquila, estoy con ellos. ¿Qué ocu...?

—Estamos en el hospital —me corta—. Tienen que venir enseguida.

Miro a los hombres, que siguen discutiendo, y pregunto alterada:

—¿Qué ocurre? ¿Qué ha pasado?

Con voz angustiada y a punto del llorar, Tifany contesta:

—Es Preciosa. La niña no está bien. Por favor, vengan cuanto antes al Ronald Reagan, ¿de acuerdo?

Cuando cuelgo el teléfono, Dylan, acercándose a mí, pregunta:

—¿Qué ocurre?

—Era Tifany. Preciosa no se encuentra bien y están en el hospital.

Al oírme, todos los Ferrasa se callan y Anselmo pregunta:

—¿Qué ha ocurrido?

En ese momento se abre una puerta y veo entrar a la secretaria de Omar. ¿Qué diablos hace la morena aquí? Pero ¿no la había despedido? Enojada, respondo:

—No lo sé. Les ha llamado a ti y a Omar, pero no le han contestado. Vamos, tenemos que ir al hospital.

Lo hacemos en nuestro coche. Dylan maneja y Omar, tras mirar su celular, ve que tiene doce llamadas perdidas. Con cara de reproche, lo miro y murmuro:

—Si yo fuera ella, ya te habría mandado a volar.

No responde. Mejor.

Cuando llegamos al hospital donde trabaja Dylan, dejamos el coche en su plaza de estacionamiento y subimos con el elevador interior hasta Pediatría. Al llegar, vemos a la Tata que, angustiada, viene hacia nosotros diciendo:

—Ay, bendito, qué susto. ¡Qué susto nos hemos dado!

—¿Qué ha ocurrido? —pregunta Omar nervioso.

—La niña tenía mucha fiebre y se nos ha desmayado —explica—. Menos mal que Tifany ha reaccionado enseguida y sin perder un minuto hemos venido al hospital. ¡Qué susto, Anselmo!

Con gesto ceñudo, el ogro asiente y la Tata añade:

—Dylan, ve a donde tienen a la nena y que te explique el médico lo que pasa. Tifany y yo estamos tan nerviosas que somos incapaces de entender nada.

Mi chico cruza una tranquilizadora mirada y se encamina hacia la puerta del fondo.

—¿Dónde está Tifany? —pregunta Omar.

—Con Preciosa, cielo mío —responde la anciana—. La niña no se quiere separar de ella. Qué amores le tiene. Por cierto, tu secretaria la ha llamado para decir que ya venían.

¡Carajo! ¿La secretaria ha llamado a Tifany?

Sin duda se va a armar. Miro a mi cuñado, que, con cara de pocos amigos, me dice:

—Volviendo a lo de su bebé, no es momento. Vas a arruinar tu carrera. ¿No ves que va a ser un estorbo para todo? Hemos invertido mucho dinero para que tú ahora...

—¡Omar, cállate! —grita Tony, cortándolo—. Da gracias de que sea yo y no Dylan quien te ha oído decir eso, porque si es él te arranca la cabeza.

—Vete a la mierda, Omar —murmuro yo, furiosa.

En ese instante, se abre la puerta al fondo y aparece Tifany. Al vernos, en vez de acercarse a Omar, viene hacia mí y me abraza. Yo la estrecho contra mí con cariño y cuando se separa, le dice a su marido con los ojos llorosos:

—¿No me dijiste que habías despedido a la puta de tu secretaria?

—Ay, bendito —susurra la Tata al oírla.

Omar va a responder, pero Anselmo, en su línea, plantándose ante Tifany murmura:

—¿Qué le has hecho a mi nieta?

—¡¿Cómo?! —exclama ella.

—Me has oído muy bien, rubiecita —responde el viejo en tono desagradable.

La pobre Tifany no sabe qué decir y la Tata interviene:

—Anselmo, por el amor de Dios, ¿qué estás diciendo?

Pero él continúa:

—Qué curioso que se ponga enferma cuando está al cuidado de ella, ¿no crees?

—Papá, pero ¿qué estás diciendo? —dice Tony.

¡Lo mato! Juro que acabo con este viejo, aunque sea el padre de Dylan.

Pero ¿cómo es capaz de ser tan cruel?

—¡Es usted el ser más desagradable que he conocido en toda mi vida! —grita Tifany, descompuesta.

—Mejor me callo lo que yo pienso —responde mi suegro con desdén.

—Papá, por favor —gruñe Tony—. Vaya familia que tengo. Un padre que no facilita las cosas y le reprocha a una buena mujer que no cuide como debe a una niña a la que es evidente que adora y luego un hermano idiota que sólo hace y dice tonterías. ¡Estoy más que harto!

—Hijo, por favor —intenta tranquilizarlo la Tata.

Pero Tony, que siempre escucha, observa y se mantiene al margen, grita:

—¡¿Por una puta vez no podemos ser una familia normal y unida? ¿Acaso lo que pido es imposible?!

Le aprieto el hombro con cariño y le pido calma. Pero Anselmo, sin importarle nada, insiste:

—Todos piensan lo mismo que yo.

Se hace el silencio, pero entonces, Omar, con voz dura replica:

—No, papá, en absoluto. Yo no pienso igual que tú y te aseguro que tampoco ninguno de los que estamos aquí.

El ogro se calla y mira a su hijo. Omar parece afectado por lo que ha dicho Tony. Luego mira a Tifany y murmura, acercándose a ella:

—Tranquila, cielo.

Ella, llorosa, se refugia en sus brazos, mientras mi suegro sigue despotricando e incluso discute con Tony.

Yo no puedo callarme y, mirándolo, le digo:

—Anselmo, sabes que, a pesar de los problemas que hemos tenido, te quiero mucho, pero creo que te estás pasando un montón con lo que estás diciendo. A ver si ahora va a resultar que Tifany le ha provocado la fiebre y el desmayo a la niña.

—Pues no te extrañe —suelta él, obcecado.

Tifany, al oírlo, se aparta de su marido y grita con gesto angustiado:

—¡Váyase al cuerno! Sólo las malas personas como usted son capaces de pensar que yo podría hacerle algo a una niña como Preciosa.

Y, sin más, se da la vuelta y echa a andar por el pasillo. Omar va tras ella, pero Tifany se suelta de su mano y grita, señalándolo con el dedo:

—¡Y tú, maldito embustero, no me toques y déjame en paz!

—Tifany.

—¡Ni Tifany ni nada! —grita como una posesa—. Estoy harta de ti, de tu padre, de tus amantes y de que no me contestes el teléfono cuando te llamo. ¡Vete a la mierda!

Omar se detiene, desconcertado por la reacción de su mujer delante de todos y, cuando me mira, yo le digo con sorna:

—El que juega con fuego se quema. ¡Y tú te has quemado, amiguito!

Tifany desaparece pasillo abajo y cuando voy a ir tras ella, Omar me agarra.

—Yo la quiero, pero...

—No, no la quieres —lo corto—. Si realmente la quisieras, no le harías todo lo que le estás haciendo, igual que tampoco quieres a tu hermano Dylan, o no dirías lo que has dicho de su bebé. Ahora, apechuga con lo que venga.

Sin más, me suelto de él y corro tras Tifany. Sin lugar a dudas, mi pobre cuñada necesita consuelo. Cuando la alcanzo y ve que soy yo, se agarra a mí con desesperación y solloza:

—¿Cómo puede pensar el viejo eso de mí, cómo?

—No hagas caso, Tifany. Ya sabes cómo es.

—No puedo más, Yanira. Ni con Omar, ni con la vida que llevo. Cuando me ha llamado esa zorra lo he visto claro. Me dijo que la había despedido, pero no lo ha hecho. Sigue allí.

Asiento. La he visto. No sé dónde la tenía escondida Omar las otras veces que he ido a la discográfica, pero sé que Tifany tiene razón. Y eso sin contar lo de la mesera del hotel. Sin duda, mi cuñado tiene mucho peligro.

Cuando consigo tranquilizarla, me pregunta cómo me encuentro. Le digo que estoy bien y regresamos con los otros. Omar se acerca a nosotras, pero yo le hago un gesto con la cabeza y se para a una prudencial distancia de su mujer.

En ese instante, la puerta del fondo se abre y aparece Dylan. Tifany y yo vamos hacia él tomadas de la mano y cuando llegamos a su altura, pregunto:

—¿Qué le ocurre a Preciosa?

Todos se acercan para escuchar las noticias y Dylan contesta:

—De momento se va a quedar ingresada.

—Ay, mi niña —solloza la Tata.

Dylan la abraza y, dándole un beso en la cabeza, murmura:

—Tata, tranquila. Preciosa se recuperará. —Luego mira a Tony y con un tono que no admite discusión, ordena—: Llévate a papá y a la Tata a casa.

—¡Ni hablar! —saltan los dos a la vez.

Pero Dylan, plantándose ante ellos, explica:

—Ustedes aquí no pueden hacer nada. Vayan a casa y así estarán descansados para poder quedarse con la niña mañana durante todo el día.

—Pero...

—No, Tata —la corta Dylan—, debes descansar. Así serás de más ayuda, ¿de acuerdo?

La mujer asiente a regañadientes, pero Anselmo protesta.

—¿Quién se va a quedar con la niña?

Dylan mira a mi cuñada y dice con cariño:

—Tifany. Preciosa quiere que su mamá esté con ella y no hay nada más que hablar.

Emocionada, Tifany me mira y yo sonrío conmovida. Tengo un marido que es para comérselo a besos.

—Imposible —gruñe el ogro—. Ella no...

—Papá —lo corta Omar—, aquí no mandas tú. Quien decide es Preciosa y, si ella quiere que Tifany esté a su lado, lo estará.

—Hijo, por Dios. Pero ¿tú crees que...?

—Papá —sube la voz Omar—, será mejor que te calles antes de que empeores más las cosas. Yo soy el padre de la niña y mi mujer es su madre. ¡Basta ya!

Esas palabras hacen que Tifany suelte un gemidito. Yo le paso un brazo por el hombro cuando Anselmo, peleonero, insiste:

—Creo que ella no...

—¡Maldita sea, cállese de una vez! —salta Tifany, plantándose ante él—. Le guste o no, me voy a quedar yo porque Preciosa ha decidido que así sea. Quiere que sea su madre y yo quiero serlo, le guste a usted o no. Y si intenta impedirlo voy a armar tal desmadre en el hospital, que le aseguro que vamos a salir en las noticias.

Mi suegro y ella se miran uno a otro. Es un duelo de titanes.

¡Por fin Tifany le ha perdido el miedo!

Al final, el ogro asiente y, dándose la vuelta, se retira. Tony nos guiña un ojo, agarra a la Tata y se va tras su padre.

Cuando nos quedamos solos, Omar se acerca a su mujer, pero ella se aparta y le espeta:

—Vete con tu secretaria o con la que quieras. Yo no te necesito.

Cuando Tifany se va a la habitación con Preciosa, yo miro a mi cuñado y le digo:

—Vas a perderla por idiota y te aseguro que luego lo vas a lamentar.

Tras mirar a Dylan y ver que está de acuerdo con mi crítica, me voy con mi cuñada a la habitación. Seguramente ella me necesita más que el tonto de su marido.

Un rato después, Dylan insiste en que me vaya del hospital. Dice que en mi estado he de descansar, pero yo me niego. Me preocupa Tifany y no quiero dejarla sola.

Sobre las cuatro y media de la madrugada, sentada en uno de los cómodos sillones de la habitación, me quedo dormida. Cuando me despierto, son las siete y media. Tifany sigue sentada con la espalda tiesa, mirando a Preciosa y, al verme, dice:

—Mira quién se ha despertado, la tía Yanira.

La niña me mira; yo me acerco y le doy un beso en la mejilla.

—Hola, cariño, ¿cómo estás?

Asustada al verse en aquella cama, murmura:

—Quiero ir a casa.

La puerta se abre y entran Omar y Dylan, sonrientes.

—¿Cómo está mi chica preferida? —pregunta Omar.

—Papiiiiiiii.

Sin duda alguna, Preciosa quiere a Omar con locura y ver su sonrisa me emociona. Cuando Tifany se va a levantar para que su marido se siente en su lugar, la niña la agarra de la mano y, sollozando, pide:

—No te vayas.

Cariñosa, Tifany la besa en la mejilla y cuchichea:

—Sólo me levanto para que tu papá se siente un poquito. Yo voy a salir un momento, pero enseguida vuelvo, ¿okey?

Sin apartar la vista de ella, la pequeña le tiende los brazos y lloriquea.

—No me dejes solita, mami.

Ay, Dios, ¡creo que voy a llorar!

La niña tiene muy claro quién quiere que sea su mamá y Omar se acerca, la besa en la cabeza y explica:

—Tranquila, vida, mamá no se irá. Pero ahora tengo que hablar a solas con ella un momentito. ¿Podemos, cariño?

La niña, tras mirar a uno y otra, asiente y Omar me pide:

—¿Puedes quedarte un rato con Preciosa mientras llevo a Tifany a la cafetería a desayunar?

Al oírlo, mi cuñada se va a negar, pero Dylan interviene:

—Ve con él, Tifany. Yanira y yo nos quedamos mientras tanto con Preciosa.

Cuando ambos se van de la habitación, mi chico me mira y me guiña un ojo. Sin preguntarle, intuyo que ha hablado con su hermano y le ha dicho lo que yo no le he podido decir.

Preciosa, al ver que Tifany se va, me mira y hace un puchero, pero Dylan se acerca rápidamente a ella y, haciendo el payaso, consigue que sonría. Nunca lo había visto con niños, pero viendo que se ha ganado a la pequeña en décimas de segundo, imagino que será un padre excepcional.

Preciosa es un amor. Una vez se tranquiliza, me pide que le cante su canción y yo, sin dudarlo, entono:

> *No me llores más, preciosa mía.*
> *Tú no me llores más, que enciendes mi pena.*
> *No me llores más, preciosa mía...*

Su cara y en especial su sonrisa al escucharme lo dicen todo. Al cabo de una media hora, vuelven mis cuñados. Omar tiene los ojos enrojecidos y, tras besar a la niña, dice mirándola con cariño:

—Ya hemos vuelto y mamá se va a quedar contigo todo el tiempo que tú quieras, ¿de acuerdo, cariño?

—Okey —asiente Preciosa, agarrando a Tifany de la mano con decisión.

Durante un rato, los cuatro bromeamos con ella y cuando cierra los ojos cansada, Dylan y Omar salen de la habitación. En cuanto Preciosa se duerme, Tifany me hace una seña para que nos acerquemos a la ventana y, una vez allí, murmura:

—Le he pedido el divorcio a Omar.

—¡¿Cómo?!

Llevándose un pañuelo a los ojos para secarse las lágrimas, musita:

—No me quiere... no me necesita y... y...

—Tifany... —digo, tocándole el codo.

—Oh, Dios, Yanira, es la primera vez que he visto a mi bichito llorar y suplicarme que no lo dejara. Eso me ha partido el corazón. Quiere una nueva oportunidad, pero yo no puedo... ya no puedo hacerlo. —Y, mirándome, pregunta al verme llorar—: ¿Crees que hago bien?

Menuda pregunta más difícil. Yo no soy ella. Su situación no es fácil de digerir y, secándome las lágrimas, respondo:

—Aconsejar en algo así es muy difícil. Pero creo que, llegados a este punto, deberías ser un poco egoísta y comenzar a pensar en ti misma.

Mira a la pequeña, que está dormida en la cama y dice, volviendo a llorar:

—Lo siento tanto por Preciosa. La quiero tanto que...

Lloramos las dos, mientras la abrazo y contemplamos a la niña. Siento que, si alguien no pone remedio, esto no va a ser nada fácil para nadie.

Son sueños

Tony llega al hospital con Anselmo y la Tata y nos dice que los periodistas, al saber que estoy aquí, están esperando en la puerta.
Dylan maldice molesto y yo lo tranquilizo.
Cuando se llevan a Preciosa para hacerle unos estudios, ella exige que su mamá la acompañe, pero, tras mirar a Dylan, que niega con la cabeza, el médico no accede.
El ogro vuelve a hacer de las suyas y esta vez es Omar, con gesto hosco, quien pone a su padre en su lugar. Eso me sorprende.
Ante la insistencia de Dylan, dejamos que nos lleve a Tifany y a mí a casa de ésta. Salimos por el estacionamiento de trabajadores y nadie nos ve. Una vez allí, conseguimos que se acueste y descanse. Después, Dylan me acompaña a mí a una de las habitaciones de invitados y, entre mimos, me engatusa para que me acueste en la cama.
Yo caigo rendida. Cuando me despierto son las dos de la tarde.
Tifany, que no sé si ha descansado, está sentada en una silla delante de mí cuando me despierto y sonríe. Dylan no está. Se ha ido al hospital. Mi cuñada, cariñosa, me prepara algo de comer y luego nos acercamos a mi casa. Necesito cambiarme de ropa.
Una vez allí, pienso en darles la noticia del embarazo a Coral y a Valeria, pero decido posponerlo. Si lo hago, se enterará media humanidad.
A las cuatro, camuflada con mi peluca oscura, llego con Tifany al estacionamiento del personal del hospital. Como no quiero revelarle mi identidad al vigilante por temor a que la prensa se entere, ella pide que avisen al doctor Dylan Ferrasa.
Diez minutos después aparece mi impresionante marido con su bata de médico.

Estoy a punto de gritarle «¡Guapo!», pero no es el momento, ni el lugar.

Dylan habla con el vigilante y, tras abrir éste la valla de seguridad, nos permite pasar. Una vez Tifany estaciona, Dylan le dice que la niña ha pasado una buena mañana y que la fiebre ha desaparecido. Me quito la peluca y la guardo en la bolsa: nadie me debe ver morena sabiendo que soy yo. Dylan, tomándonos a ambas del brazo, nos hace subir hasta su despacho.

No entendemos qué hacemos allí, hasta que entra una doctora que él nos presenta como Rachel, con la que mantiene una amistad desde la facultad, según nos explica. Ella me comenta que le encanta mi música y que suele alegrarle el día. Eso me pone contenta. ¡Alguien que piensa algo positivo de mí en el hospital!

Tras hablar un rato Rachel me pide que me descubra un brazo y me saca sangre para unos análisis.

—Cuando tengas los resultados, tráemelos directamente a mí, ¿okey, Rachel? —Ella asiente y, tras guiñarme un ojo, se va.

Dylan nos hace pasar a otro cuarto donde hay una máquina y, tras cerrar la puerta con llave, dice:

—Acuéstate en la camilla. Voy a hacerte un ultrasonido para ver que todo va bien.

—¿Y por qué cierras con llave? —pregunto sorprendida.

Dylan me mira y después mira a Tifany, que me explica:

—Está protegiéndote, Yanira. Nadie puede saberlo. Si la prensa se entera, o se filtra la noticia, no te dejarán vivir.

No había pensado en eso. ¡Menudo asco!

—Vamos, cariño. Acuéstate.

Lo hago y después, tras untarme un gel frío en el vientre, comienza a mover una especie de aparato arriba y abajo y de pronto dice:

—Ahí lo tenemos. Dile hola a nuestro bebé, cariño.

—Ay, ¡qué cucadaaaaaaaaaa! —aplaude mi cuñada, entusiasmada.

Miro el monitor boquiabierta y veo cómo en mi interior se produce el milagro de la vida. Me emociono y unas lágrimas brotan de mis ojos. Voy a ser madre. Dentro de unos meses, un chiquitín va a depender de mí y me siento muy muy feliz.

Miro a Dylan encantada y no puedo verlo más radiante, ni más feliz. Su rostro refleja lo que está sintiendo en este momento y sonrío. Por mi amor, por mi bebé y por mí.

Durante varios minutos, Dylan sigue manejando la máquina con seguridad y, una vez acaba, me mira y dice:

—Estás de siete semanas. Las medidas son excelentes y no tenemos por qué preocuparnos.

Luego imprime el ultrasonido, me lo da y, besándome, susurra:

—Ahora, mamá, sólo tengo que cuidarte.

Subimos a la planta de pediatría tomados de la mano. Con lo protector que es Dylan, supongo que el embarazo hará que exagere esa característica y, divertida, sonrío y camino a su lado.

Casada, locamente enamorada de mi marido y embarazada. ¿Quién me lo iba a decir?

Al vernos aparecer, Preciosa se pone muy contenta y abraza a Tifany con desesperación. Eso me emociona y, con lo sensible que estoy, me tengo que reprimir para no llorar. Cuando Dylan se va para visitar a sus pacientes, se despide de mí mostrando un inmenso amor.

Sobre las seis de la tarde, se vuelven a llevar a la niña para hacerle más estudios y mientras Tifany, Omar, mi suegro, la Tata, Tony y yo esperamos, sin previo aviso, mi cuñada abre su bolsa y, sacando un sobre, se levanta y se lo entrega a Anselmo.

—Aquí tiene la carta de su mujer que me dieron el día de mi boda —dice—. Désela a la próxima mujer de Omar. A mí ya no me va a hacer falta.

Todos la miramos alucinados, y mi suegro, el primero. Omar, acercándose a su mujer, murmura:

—Tifany... no.

Pero ella se da la vuelta, lo mira directamente a los ojos y responde con determinación:

—No mereces que te quiera ni que te hable y mucho menos tener la hija y la familia que tienes. Y aunque el corazón se me parte por tener que separarme de Preciosa y de ti, he de hacerlo por respeto a mí misma. —Luego, mirando a mi suegro, añade—: Disfrute de este momento, señor. Usted ha ganado. La rubia tonta le devuelve a su hijo y ya no tendrá que verme nunca más.

Dicho esto, sale de la habitación dejándonos a todos con la boca abierta. Omar va detrás de ella y la Tata murmura, negando con la cabeza:

—Ay, bendito, ¡qué disgusto!

Yo miro a mi suegro, que sostiene la carta de su fallecida mujer en la mano y digo:

—Es una pena que no hayas querido conocer a Tifany. Te aseguro que te habría gustado y hubieras agradecido su sincero cariño.

Tomo mi bolsa y yo también salgo de la habitación. Me acerco a Omar y a Tifany, que están discutiendo en el pasillo. Tras hacer que Omar la suelte, me la llevo a un elevador, me pongo rápidamente la peluca y nos vamos a buscar el coche.

Me suena el celular. Es Dylan. Contesto y habla angustiado. Su padre le ha contando lo ocurrido. Lo tranquilizo y quedo en llamarlo dentro de un rato. Ahora debo estar con Tifany. Ella me necesita.

La llevo a mi casa, pues no quiere volver a la que compartía con Omar. Durante horas, la pobre no para de llorar. Cuando Dylan sale del hospital y llega, habla con ella. La comprende y, tras decirle que siempre podrá contar con nuestro cariño, le da un tranquilizante y Tifany se duerme.

Luego, Dylan me toma en brazos y me lleva a nuestra habitación. Una vez allí, dejo que me desnude con cariño y que me meta en la cama, donde me quedo dormida abrazada a él. Estoy agotada.

Horas más tarde, me despierto sobresaltada. Me levanto de un salto de la cama y voy a la habitación donde está Tifany. Abro la puerta y me tranquilizo al verla dormida.

—¿Qué ocurre? —pregunta Dylan detrás de mí.

Me volteo hacia él y respondo:

—Nada. Es sólo que me he despertado y necesitaba ver que estaba bien.

Con cariño, mi chico me vuelve a tomar en brazos y me lleva a nuestra habitación. Tras cerrar la puerta con el pie, se acerca a nuestra cama y, cuando me deja encima, no lo suelto. Mirándolo a través de la oscuridad de la habitación, murmuro:

—Hazme el amor.

No lo duda. Su boca va derecho a la mía y me besa con avidez, mientras sus manos recorren mi desnudo cuerpo y me siento florecer.

Me besa la frente, las mejillas, la nariz y los labios. Después enreda los dedos en mi pelo e, inclinándome la cabeza, posa cientos de besos en mi cuello. Luego su boca recorre mis hombros, mis pechos, mi estómago y mi vientre. Cuando veo que continúa su camino, abro los muslos invitándolo a que no pare. Adoro su delicadeza y el amor que pone en esto.

Aún no me ha tocado pero ya siento mi humedad. Su boca rápidamente me saborea y chupa. Me lame, me muerde y, enloquecido, me abre más los muslos. Después introduce la lengua en mi vagina y tras ella un dedo. Yo jadeo. Me masturba al tiempo que su lengua juega con mi clítoris.

¡Oh, Dios, qué placer!

Entregada a sus caricias, me muevo sobre la cama mientras levanto mis caderas y acepto gustosa esa dulce intromisión. Me pasa la mano libre por el cuerpo y, con dos dedos, me agarra un pezón y me lo estruja.

Un extraño dolor hace que me contraiga. Seguramente tengo los pezones más sensibles por el embarazo, pero no quiero que pare y lo animo a continuar.

Cuando su respiración se acelera, sube por mi cuerpo y me besa. Yo me muevo hasta quedar sentada en la cama y lo insto a que haga lo mismo. Luego me siento a horcajadas sobre él y, mientras paseo mi boca por su cara y le beso la frente, los ojos, las mejillas y el mentón, agarro su pene y lo introduzco en mí. Ambos nos estremecemos.

Mi boca busca la suya y, con ternura, intento entregarle el mismo amor que recibo de él. Nunca podré compensarlo. Nadie es más bueno y comprensivo que Dylan. Eso me emociona y noto que se me saltan las lágrimas.

Dylan se da cuenta y, tomándome la cabeza, me mira en la oscuridad:

—¿Qué te pasa, cariño?

Sin poder contener las emociones que me embargan, respondo:

—Nada.

Mi respuesta no lo convence y, tocándome la cara para cerciorarse de que ocurre lo que imagina, insiste:

—Estás llorando. ¿Qué te pasa?

En vez de contestar, busco de nuevo sus labios y lo beso. Devoro su boca, locamente enamorada, y cuando me separo para que ambos podamos respirar, susurro:

—Te quiero tanto, que lloro por eso.

Me abraza, me besa y, cuando mis caderas comienzan a moverse, lo oigo jadear y, deseando de que esto no pare, exijo:

—Sí... jadea para mí.

Sus brazos me aprietan la cintura para agarrarme con más fuerza y yo, enredando los dedos en su pelo oscuro, lo beso y le hago abrir la boca. Él lo hace sin dudarlo. Nuestras lenguas luchan en el interior de nuestras bocas, mientras adelanto las caderas en busca de nuestro placer. Dylan, mi Dylan, tiembla.

Sin parar en mi delirante asedio, cambio el movimiento de mi pelvis. Ahora es rotatorio y observo gustosa cómo mi amor se muerde el labio inferior, mientras echa la cabeza hacia atrás extasiado.

—Mmmmm... no pares, conejita —dice. Cuando no se lo espera, mis movimientos cambian de nuevo y, tras una brusca arremetida que me clava totalmente en él, jadea—: Ahhhh... Ahhh...

Tenerlo entregado a mí de esta manera me enloquece, me excita. Y cuando noto que se va a venir, me agarra con fuerza y murmura:

—Primero tú... primero tú, cariño.

Es galante hasta para eso. En ese instante, toma el mando y lo dejo hacer. El calor de mi cuerpo, que rodea el suyo, sube y sube y cuando el clímax me alcanza, le muerdo el hombro mientras tiemblo.

Instantes después, también él llega al clímax y su simiente me inunda por completo, mientras ahoga un gutural gemido en mi cuello y me empala totalmente en él.

Permanecemos en esa postura varios minutos. No nos movemos hasta que Dylan pregunta:

—¿Te encuentras bien, cielo?

Asiento, sonrío y, besándolo con cariño, contesto:

—Cuando estoy contigo, siempre me encuentro bien.

Menos mal

Al día siguiente por la mañana, cuando Dylan se va al hospital, llamo a Valeria y a Coral. Ambas acuden raudas a mi casa y, aunque se alegran mucho al enterarse de la noticia de mi embarazo, y me juran por lo que más quieren que no hablarán de ello con nadie, les dejo claro que ahora lo importante es Tifany.

Asienten y le prodigan mil mimos a mi cuñada, que se lo agradece de corazón.

Tras la comida, Coral y Valeria la acompañan a su casa para que recoja algo de ropa y yo decido ir al hospital. Seguramente, la pobre Preciosa habrá preguntado por su mamá. Disfrazada con mi peluca, y tras enseñarle al vigilante de seguridad el pase especial que Dylan me ha conseguido, estaciono en el hospital sin levantar sospechas.

Me quito la peluca, la guardo y me meto en el elevador. Cuando entro en la habitación, todos me miran y Dylan me abraza encantado. Preciosa está dormida y la Tata y Tony, tras besarme, preguntan por Tifany. Les digo que está bien y con gente de confianza. Anselmo, que aún no ha abierto la boca, al acercarme a él para darle un beso, con gesto abatido, murmura:

—¿Puedo ayudar en algo?

Asombrada, lo miro y, negando con la cabeza, respondo:

—Ahora ya no, pero gracias.

Omar no dice nada al verme. Ninguno de los dos se acerca al otro. Ambos estamos molestos y enojados.

Cuando se despierta y me ve, la pequeña rápidamente mira la habitación en busca de la persona que quiere ver y, al no encontrarla, hace un puchero y me pregunta por su mamá.

Los miro a todos sorprendida. Ninguno ha tenido el valor de decirle que Tifany se ha ido para no volver, y no dispuesta a ser yo quien le dé la mala noticia, respondo:

—No se encontraba bien, cariño, y el médico le ha dicho que tenía que acostarse un rato. Te manda besitos.

La niña asiente. No sé si me cree, pero al menos deja de preguntar.

El pediatra, al entrar y ver a tanta gente, le pide a Dylan que salga. Eso no me huele bien. Salgo tras él y a continuación lo hacen los tres Ferrasa. La Tata se queda con Preciosa. Al mirar a Dylan, sé que algo no va bien. Me lo dicen sus ojos y el rictus de su boca. Omar mira a su hermano y le pregunta al pediatra:

—¿Qué le pasa a mi hija, doctor?

Éste, tras intercambiar una mirada con Dylan, que asiente con la cabeza, explica que la fiebre se debía a un simple resfriado sin importancia, pero que tras repetirle los análisis de sangre, han descubierto que Preciosa tiene diabetes mellitus tipo 1.

¡Carajo... carajo... carajo! Es la misma enfermedad que tiene mi hermano Argen. ¡Qué mierda!

Todos se miran desconcertados. Ninguno de ellos, excepto Dylan, entiende lo que significa, hasta que Tony pregunta:

—¿Es diabética?

—Sí —asiente Dylan—. Y a partir de ahora habrá que inyectarle insulina para regular la glucosa de su sangre el resto de su vida.

Todos nos quedamos callados y el médico prosigue:

—El desmayo se debió a una bajada de azúcar. Podría haber entrado en coma diabético o haber tenido daños cerebrales, pero tranquilos, todo está bien, gracias a la rapidez con que reaccionó la madre de la pequeña.

Pensar en Tifany me llena los ojos de lágrimas. Omar pregunta entonces, totalmente desconcertado:

—Pero ¿cómo puede ser diabética? Yo no lo soy y nunca he oído que su madre lo fuera.

El pediatra responde con paciencia:

—La diabetes es una enfermedad que...

De pronto, Anselmo se derrumba, se sienta en una de las sillas y se echa a llorar. Yo lo miro incrédula. ¿El ogro llorando? Sin duda las enfermedades lo asustan y que su pequeña tenga una lo ha bloqueado.

Dylan rápidamente se ocupa de él, mientras el pediatra también lo tranquiliza. Le explica en qué consiste la enfermedad y le hace ver que una diabetes controlada no tiene por qué ser un peligro para nadie.

Omar, por su parte, está horrorizado y Tony, con cariño, le pone una mano en el hombro para mostrarle su apoyo.

—Pediremos una segunda opinión —dice el ogro—. Las enfermedades hoy en día se curan y...

—Papá —lo interrumpe Dylan—, he visto los estudios de la niña y sabemos muy bien de lo que hablamos. ¿No confías tampoco en mí?

El pediatra, al ver cómo se miran padre e hijo, dice para tranquilizar los ánimos:

—No te preocupes, Dylan. Me parece bien que pida otras opiniones. —Y mirando a Omar, concluye—: Mi deber es decirle lo que yo he encontrado ahora en su hija, y es una diabetes incurable que le durará toda la vida.

Anselmo no lo puede asimilar. Se toca el pelo con desesperación y yo, sentándome a su lado, le tomo la mano y le explico:

—Mi hermano Argen tiene el mismo tipo de diabetes que Preciosa y te aseguro que está bien a pesar de su enfermedad. Controlándola, puede llevar una vida relativamente normal. Ahora, lo que debemos hacer es enseñarle a Preciosa a vivir su vida tal como se le presenta, ¿de acuerdo?

El ogro asiente después de cubrirse la cara con las manos mientras el pediatra, tras despedirse de nosotros, se va. Todos los Ferrasa están hundidos. Se ve en sus gestos, en sus caras y en su manera de mirarse unos a otros. Así que tomo las riendas del asunto y digo, atrayendo su atención:

—Muy bien, chicos, el plan es entrar en la habitación y que Preciosa no los vea así. Y siento decirles que en esta ocasión sólo hay un plan, que es el A. Son Ferrasa y los Ferrasa pueden con todo. Y Preciosa también va a poder con esto. Por lo tanto, los quiero a todos con una enorme sonrisa en la cara para que la niña los vea tranquilos y bien, ¿de acuerdo?

Mis palabras los hacen reaccionar. Dylan se acerca a mí y, orgulloso, me da un beso en la cabeza. Mi suegro se levanta de la silla y, acariciándome la mejilla, dice:

—Sin duda, tú eres la más Ferrasa de todos. Y en cuanto a lo que diga la prensa, ¡ni caso! No hacen más que inventar. No creo nada de lo que dicen ahora.

Eso me hace sonreír, pero me inquieta. ¿Qué habrán dicho ahora de mí? Segundos después, todos entramos en la habitación, donde Preciosa nos espera con la Tata.

A media mañana, me escapo a la cafetería, aunque antes paso por la tienda del hospital. Me quedo con el ojo cuadrado al ver una foto mía en una revista. En ella estoy con una copa en la mano, riendo junto a Louis Preston, un cantante australiano, y los muy desgraciados han cortado a Dylan, que estaba a mi lado. El titular es: «Louis y Yanira, ¿nueva pareja no sólo musical?». Furiosa, salgo afuera. Necesito respirar.

Minutos después, todavía enojada como una loca, entro en el elevador para regresar a la habitación y en él me encuentro al doctor Halley. Éste, al verme, me pregunta:

—¿Qué tal su sobrina?

—Bien. Tranquila.

El hombre asiente con la cabeza y, mirándome a los ojos, me suelta:

—¿Está usted decidida a acabar con la carrera de su marido?

—¿Cómo dice? —pregunto atónita.

—Mire, señora Ferrasa, sé que me estoy metiendo donde no me llaman, pero debo decirle que su marido ha tenido varios encontronazos con alguna gente del hospital por su culpa.

¡Madre mía, y yo sin enterarme!

—¡¿Qué?!

—Sus continuos escándalos y líos amorosos son muy comentados por aquí y a él ese tipo de publicidad no lo beneficia en nada. Nunca podrá avanzar en su carrera si las cosas siguen así.

En ese instante se abren las puertas del elevador y el muy malandrín se va, dejándome descorazonada y con la boca abierta.

Minutos después, cuando entro en la habitación, miro a Dylan. Parece tranquilo. Sin duda, que Preciosa sea diabética le preocupa más que lo que la prensa dice de mí. Pero yo me angustio al saber que no me ha contado nada y que no lo está pasando bien.

De pronto, la puerta de la habitación se abre y aparece Tifany con Coral y Valeria.

La pequeña grita y abre los brazos emocionada. Con una radiante sonrisa, Tifany se acerca a ella y la abraza. Le besa el pelo con amor y, cuando deja de temblar, le brinda una enorme bolsa llena de cajas de regalo y se dispone a abrirlos junto a ella, y ésta sonríe.

—O la traíamos o la matábamos —cuchichea Coral, acercándose a mí.

Mi suegro la mira boquiabierto. Está tan sorprendido como todos de su presencia y, por la expresión de Omar, parece que éste no da crédito. Durante un par de horas, la habitación se llena de júbilo y algarabía y la niña sonríe como no lo había hecho en todo el día.

Valeria y Coral se retiran. Y detrás de ellas los cuatro Ferrasa. ¿Adónde van?

Angustiada, pienso que van a hablar sobre lo que ha salido en la revista. Pero ¡es mentira! Dylan estaba conmigo esa noche y lo sabe. Eso es lo único que me tranquiliza.

Con el corazón encogido, me quedo con la Tata y con Tifany y ésta me cuchichea que luego le cuente lo que ha dicho el médico. Asiento y sigue jugando con la pequeña. Un par de horas más tarde, regresan los demás. Vienen con semblante serio, pero parecen tranquilos. Miro a Dylan cohibida. Él se acerca a mí y pregunto:

—¿Todo bien?

Mi amor asiente. Está muy serio, pero me besa en la frente. Quiero preguntarle, pero no me atrevo. Sé que no es el momento. Todos están delante y no quiero dejar a Tifany sola con los Ferrasa.

Por la noche, después de cenar, cuando Preciosa se queda dormida, Tifany decide irse. Omar no se ha acercado a ella en todo el día y todos se lo agradecemos.

Veo que mi cuñada toma la bolsa para irse y yo también tomo la mía: me la llevaré a casa. Después de despedirse de Tony y de la Tata, sin mirar a Omar ni a Anselmo, sale de la habitación.

¡Vaya valor le echa al asunto! Yo alucino con su seguridad.

Dylan sale de la habitación con nosotras y le dice a Tifany que vayamos a su despacho y le explicará lo que le pasa a Preciosa. Ella no lo duda ni un segundo. Una vez allí, mi marido cierra la puerta y le explica lo que ha dicho el pediatra. A diferencia de los demás, Tifany no se derrumba, se interesa por lo que hay que hacer para que la niña esté bien.

De pronto, la puerta del despacho se abre y entran Anselmo, Omar y Tony y el viejo declara:

—Necesitamos una reunión familiar.

Dylan mira a su padre y, ofreciéndole su silla, dice:

—Siéntate, papá.

Yo los miro sin dar crédito. ¿Van a ponerse a discutir aquí?

Tifany toma su bolsa para irse, pero Omar la para.

—No me toques —murmura ella.

—Tifany, tenemos que hablar.

—Yo no tengo nada que hablar contigo. Ya lo harán nuestros abogados —responde molesta, dándole un empujón.

Omar se aparta, pero el ogro, que aún está en la puerta, no se mueve y pide:

—Por favor, Tifany, siéntate.

—No. —Y mirándolo a los ojos, le reprocha—: Según usted, nunca he sido una Ferrasa; ¿para qué quiere que me quede?

Sin moverse, Anselmo la mira y responde:

—Mi Luisa, la madre de estos tres muchachos, decía que la medida del amor era el amor sin medida, y eso es lo que tú me has demostrado que sientes por Preciosa y por el imbécil de mi hijo. Por favor, muchacha, siéntate.

Tifany me mira y, señalando la silla que hay al lado de la mía, va hacia ella y se sienta.

Todos lo hacemos alrededor de la mesa y Anselmo dice:

—El primer punto es la prensa y Yanira.

—Papá —murmura Dylan—, ya te he dicho que de eso me encargo yo.

Se me encoge el corazón. Carajo... carajo... carajo... ¿Qué habrán hablado?

—Rubiecita —me dice Anselmo con cariño, ignorando a su hijo—, está claro que han visto en ti a alguien con quien llenar las revistas, pero, tranquila, los Ferrasa estamos contigo, ¿entendido?

Asiento. No puedo hablar. Miro a Dylan y, cuando él también me mira a mí, su gesto se suaviza y murmura:

—No te preocupes por nada, cariño... por nada.

Sonríe y sé que todo está bien. Me tranquilizo.

Anselmo prosigue:

—El segundo punto es Preciosa. Esa muñequita no va a parar de sorprendernos y ahora lo hace con su enfermedad. Por ello, todos los que estamos aquí, incluida la Tata, que está ahora con ella, debemos aprender a cuidarla para garantizarle una buena calidad de vida. Dylan nos puede decir qué hemos de hacer y Yanira nos puede explicar cómo han vivido la enfermedad de su hermano en casa. Por favor, Yanira, ¿serías tan amable de decirnos cómo cuidar a alguien con diabetes?

Vaya mierda me ha caído, pero dispuesta a ayudar en lo que pueda, respondo:

—Si hay algo que recuerdo de pequeña es lo insistente que era mi madre con mi hermano Argen para que nunca, pasara lo que pasase, se quitara la placa en la que se indicaba que era diabético. Aunque no lo crean, esa información le puede salvar la vida en caso de accidente. Por lo tanto, hay que comprarle una a Preciosa.

—Ya está encargada —dice Dylan.

Sonrío ante lo previsor que es siempre y prosigo:

—Habrá que inyectarle insulina varias veces al día para regular los valores de glucosa de su cuerpo, además de controlar la alimentación y el ejercicio. Mamá siempre procuraba que Argen comiera cinco veces al día, sin espaciar las comidas muchas horas para que la glucosa no le bajara y le produjera una hipoglucemia.

Veo que la palabra «hipoglucemia» les asusta tanto como «diabetes», por lo que continúo:

—Una cosa que debemos tener todos desde ahora en nuestras cocinas es una tabla de hidratos de carbono y una báscula para pesar los alimentos. Sin duda, el pediatra les dirá cómo utilizarla.

—Pero ¿puede comer de todo? —pregunta Tifany.

Niego con la cabeza.

—Hay alimentos prohibidos. Chocolate, helados, golosinas, pasteles, Coca-Cola, vamos, cualquier cosa dulce. —Y al ver su expresión, añado—: Pero, tranquilos, alguna que otra vez, Preciosa se podrá dar algún capricho. No se preocupen.

Todos asienten y yo continúo:

—El tema de los piquetes al principio será complicado. Preciosa se enojará con nosotros, llorará y no entenderá por qué le hacemos eso. Pero pasado un tiempo se acostumbrará y lo verá como algo normal en su vida.

—Pero ¿tanto se tiene que picar? —gruñe Anselmo.

—Sí, papá —afirma Dylan—. Será vital que sepamos cómo está su glucosa. Y para ello se tendrá que picar en varias ocasiones.

Anselmo se desespera. Pensar en picar a la pequeña irrita al viejo y, antes de que empiece a protestar, sigo:

—Existen dos tipos de insulina, la rápida y la lenta. La rápida se inyecta antes de cada comida. Y la lenta se pone una o dos veces al día, su efecto dura veinticuatro horas y mantiene los valores durante la noche y antes de las comidas.

Tony no dice nada. Se limita a escuchar con atención y sé que será el primero en aprender todo lo que estoy diciendo.

—¿Dónde hay que picarla? —pregunta Tifany.

—En los brazos, las piernas, la barriga o las nalguitas. Hay que ir cambiando las zonas para evitar lesiones de piel.

—Me tienes alucinado, cariño —me corta Dylan con una sonrisa—. Sin duda alguna eres una estupenda enfermera. Estoy a punto de contratarte.

Sonrío e intento desdramatizar:

—Mi hermano Argen se merecía que todos aprendiéramos a cuidarlo, él lo habría hecho también por los demás.

—Es muy bonito eso que dices, Yanira —comenta Tony—. Sin duda, Argen tiene que estar muy orgulloso de su familia.

—Otra cosa importantísima —prosigo—: El aparato de medir la glucemia siempre con ustedes. A donde vaya Preciosa, va él. Es con lo que le pueden medir el azúcar antes de las comidas y dos horas después y así calcular la cantidad de insulina que se le debe inyectar.

—Dios mío —murmura Omar, desolado—. Todo lo que cuentas es angustioso. Piquetes, controles...

—Al principio te lo puede parecer —respondo—, pero por muy difícil que te resulte de creer, te aseguro que a medida que vaya creciendo, Preciosa aprenderá y será ella misma la que se ocupe de todo antes de lo que te imaginas.

La desolación y la tristeza están presentes en sus caras. Nadie a excepción de Dylan parece entender que con esta enfermedad se puede vivir. Sé que lo que acabo de decir es duro, pero la diabetes es así. Sin duda alguna, Preciosa crecerá y se enfrentará a ella como lo hacen Argen y millones de personas en el mundo diariamente y les demostrará a todos que, pese a eso, es feliz.

Dylan, que ha escuchado pacientemente a mi lado, dice:

—Otra cosa importante: Todos debemos tener en casa una inyección de glucagón en el refrigerador para casos de emergencia. Si Preciosa entra en coma hipoglucémico, hay que ponérsela para que recupere el conocimiento y de ahí directo y rápidamente al hospital, ¿entendido?

Todos asienten, y Omar murmura, hundido:

—No sé si voy a poder con ello... no lo sé.

Tifany responde con voz grave:

—Sin lugar a dudas, eres un flojo. Gracias a Dios que el resto de las personas que estamos aquí sí vamos a poder con ello. ¿Y sabes por qué? —Todos la miran y ella prosigue—: Porque queremos a Preciosa y deseamos verla feliz y contenta; si eso supone estar a su lado las veinticuatro horas del día, lo estaremos hasta que aprenda a manejarse solita y no nos necesite para controlar su enfermedad.

—Muy bien dicho, muchacha —asiente Anselmo—. Así habla una Ferrasa.

Por primera vez desde que he entrado en esta peculiar familia, veo que el ogro y su nuera se miran y sonríen. Luego, Anselmo pregunta, mirando a su hijo:

—Todo lo que nos ha contado Yanira nos lo darán escrito en un papel cuando nos vayamos a casa, ¿verdad? No quiero cometer ningún error con mi nieta.

—No te preocupes, papá —contesta Dylan—. Cuando les den el alta, yo mismo me encargaré de darte por escrito todas las explicaciones que necesites.

En el despacho vuelve a hacerse el silencio y el viejo mira a Tifany y dice:

—Y el punto tres que tratar es Tifany.

—No, papá, eso es asunto mío —replica Omar.

Anselmo asiente mirando a su hijo y, dejándonos a todos sin palabras, suelta:

—Está claro que yo soy un viejo cascarrabias e insoportable que nunca se lo ha puesto fácil a Tifany, pero lo que ha quedado más claro aún es que tú eres un idiota infiel que no te mereces la mujer ni la hija que tienes.

Wepaaaaaaaa... ¡Lo que le ha dicho!

Tifany y yo nos miramos, y Anselmo prosigue:

—Sé que no voy a poder arreglar el daño que te he hecho cada vez que nos hemos visto, pero también sé, como en su momento le dije a Yanira, cuándo tengo que pedir perdón por idiota y desconsiderado. Eres una buena chica y yo no he sabido apreciarlo hasta que te he visto con mi nieta. Los niños nunca mienten y en ellos puedes ver reflejado el amor puro y verdadero. —Me emociono. Voy a llorar. ¡Carajo con mis hormonas!—. Los Ferrasa somos fieles y romanticones, pero lo siento, muchacha, has ido a dar con el que no sabe tener el bicho dentro de los pantalones cuando ve pasar unas faldas por delante de él. Y mira lo que te digo, Omar —lo señala—: si tu madre estuviera aquí, ya te habría matado a palos. Lo que haces no tiene vergüenza ni perdón y creo habértelo reprochado en más de una ocasión, ¿no es así? —Omar asiente—. Dylan, Tony y yo somos hombres de palabra y de ley. Y precisamente porque lo somos, sabemos dar la importancia que se merece a la mujer que está a nuestro lado, cuidándola y protegiéndola. No como tú, hijo, que ves unas faldas y te olvidas completamente de quién está en casa esperándote.

Sonrío. El hombre no está dejando nada bien a su hijo, pero aún no ha terminado, y prosigue:

—Por ello, y viendo que Omar es un caso perdido, te pido ayuda, Tifany. Ayuda para criar a Preciosa y también que, por favor, no dejes de quererla como la quieres. Para ella eres su mamá, la persona más importante que hay en su vida, y quiero que siga siendo así. El hecho de que te divorcies del idiota de mi hijo no te privará de ser la madre de Preciosa y te prometo que, como abogado, me encargaré de asegurarlo todo para que la niña sea feliz.

Ay, Dios mío, ¡me quedé helada!

Miro a Dylan con los ojos anegados en lágrimas y él me guiña un ojo. ¿Qué ha pasado aquí que me lo he perdido?

Tifany, tan alucinada como yo, se retira un mechón rubio y responde:

—Quiero seguir siendo la madre de Preciosa y puede contar conmigo para todo lo que necesite, Anselmo.

Él, estirando la mano, toma la de mi cuñada y, tras darle unas palmaditas, murmura:

—Lo mismo te digo, muchacha. Lo mismo te digo.

Ya nada volverá a ser como antes

Nueve días después, le dan el alta a Preciosa.

La Tata, mi suegro y ella se quedan en casa de Omar con Tifany, mientras que Omar debe buscarse otra casa. Contra todo pronóstico, en el peor momento de su vida, Tifany va a contar con el apoyo de los Ferrasa y eso me alegra. Mi guapa y cariñosa cuñada se lo merece.

Contratan a una mujer acostumbrada a cuidar a pacientes diabéticos. Y, aunque al principio Preciosa no se lo pone fácil a ninguno con el tema de los piquetes, al final vuelve a ser Tifany quien convence a la pequeña y consigue que ésta colabore algo más.

Mi suegro y otro abogado están con el papeleo del divorcio y me río cuando Tifany me cuenta que Anselmo se enojó cuando se negó a que Omar le pasara una pensión. Sin duda alguna, el viejo se debe de estar comiendo sus palabras una tras otra.

Algo que hemos intentado que no cambie entre Coral, Valeria, Tifany y yo es el Pelujueves. Dos jueves al mes salimos a cenar, chismeamos y después siempre terminamos en el local de Ambrosius. Se puede decir que estamos abonadas a los desarmadores, especialmente Tifany. La tipa se los toma que da gusto verla. A mí ya no me dejan beber, y lo acepto, tengo que pensar en mi bebé.

Mis vómitos continúan. Desde que sé que estoy embarazada, mi cuerpo no me da tregua, pero no pienso darme por vencida e intento seguir con mi vida.

En este tiempo intento hablar con Dylan. Le pregunto si en el hospital todo va bien. Él asiente, no quiere hablar de eso. Sólo quiere cuidarme y mimarme, aunque a veces me agobia. Se pone tan pesado con la comida, con las vitaminas y con que descanse, que me tengo que enojar con él.

¡Diablos, que estoy embarazada, no enferma!

La noticia todavía no se ha filtrado a la prensa. Pero no hay semana que no aparezca en alguna portada con motivo de mi «descontrolada» vida. ¡Hasta me han vinculado a Tony! Increíble.

El 17 de julio está programada la operación de reasignación de sexo de Valeria y, como un clavo, sus tres amigas estamos con ella en la habitación para animarla y que sienta que no está sola. Cuando se la llevan, nos emocionamos y yo lloro a moco tendido. El embarazo me hace estar así de sensible.

Dylan viene a vernos. Me besa, me mima y luego me pide que me vaya del hospital. Dice que no es sitio para una embarazada. Me niego. Yo de aquí no me muevo hasta que vea a mi amiga. Al final desiste. Sabe que no voy a ceder.

Paso la mañana entre náuseas y, cuando todo termina y podemos entrar a ver a Valeria por turnos, me tranquilizo. Ella está dormida, pero le doy un beso y prometo regresar al día siguiente.

Al salir, oigo a unas enfermeras hablando en una salita.

—Sí... sí... se la ha relacionado con Tom James, Gary Holt y Raoul First. Vamos, que la chica no para.

—Qué pena, con lo mono que es el doctor Ferrasa. Podría haber continuado con la doctora Caty. Ella sí que lo habría tratado como se merece.

—Pobre doctor, lo que está aguantando.

Sin detenerme, salgo de allí para no armar un lío.

Durante varios días, vamos siempre que podemos a ver a Valeria y yo soy consciente de cómo me observan las enfermeras. La víbora que hay en mí quiere salir y ponerlas en su lugar, pero no lo hago por Dylan. Sólo le faltaría eso. Además, lo importante ahora es Valeria. El día que le dan el alta, nos juntamos las cuatro. La llevamos a su casa y nos ocupamos de que se sienta protegida y querida. Somos su familia. Entre risas, nos enseña el dilatador vaginal que le han dado y todas nos burlamos de lo bien que se lo va a pasar.

El 25 de julio, vamos camino a Nevada y yo estoy hecha unos zorros. Tengo que actuar allí y Dylan se ha pedido unos días libres para acompañarme. En el autobús donde viajamos, todo el equipo me mima y me cuida y me dicen una y mil veces que tengo que descansar.

Tifany no se apunta a esta minigira. Ha decidido quedarse cuidando de Preciosa y de Valeria. Su instinto protector con ambas es mayor que el de una leona y cualquiera le lleva la contraria. Como Valeria está recién operada, contratamos a una amiga suya como peluquera, y rápidamente veo que Omar y ella se hacen ojitos.

¡Sin palabras!

Sé que mis compañeros tienen razón al recomendarme prudencia, y quizá debería bajar el ritmo, pero no quiero darles más quebraderos de cabeza a Omar ni a la discográfica. Mi cuñado no me ha dicho nada, pero lo sé por uno de los socios que dio la cara por mí. Por lo visto, al enterarse de que yo estaba embarazada, tuvieron una bronca monumental. Por eso no he cancelado estas cuatro actuaciones. Cuando acabe, le he prometido a Dylan relajarme hasta que comience la gira de septiembre y, aunque no le convence, acepta. No le queda más remedio.

Antes de llegar a Nevada, paramos en una gasolinera. Mientras, bajamos a estirar las piernas y yo voy con las chicas al baño. Al salir, unos jovencitos me ven y quieren tomarse una foto conmigo. Acepto encantada y luego, uno de ellos me agarra por la cintura y me dice:

—¿Qué tal si me das tu teléfono y quedamos?

Con una sonrisa, me deshago de su mano y respondo todo lo educada que puedo:

—Lo siento pero no.

Dylan, que nos ve, se acerca a nosotros en el momento en que el chico suelta:

—¿Qué pasa, que sólo te acuestas con famosos?

No me da tiempo a responder, porque el puñetazo de Dylan me deja sin habla. Omar se acerca rápidamente y sujeta a su hermano, mientras éste suelta por la boca toda clase de improperios. Como podemos, lo metemos en el autobús, donde consigo tranquilizarlo.

Cuando llegamos al hotel estoy sin fuerzas y nada más entrar en la habitación, me acuesto en la cama. Quiero dormir. Necesito descansar. A las siete y media tocan a la puerta. Es Omar para que vaya a hacer la prueba de sonido. Cuando Dylan cierra la puerta, me mira y dice:

—No deberías ir. ¿No ves que no estás bien?

No le contesto. No quiero volver a discutir. Últimamente discutimos demasiado y siempre por el mismo tema.

Me levanto con esfuerzo, entro en el baño y me doy un regaderazo. Él no me sigue y casi se lo agradezco. Tras el baño, me encuentro mucho mejor y al salir sonrío:

—Vamos, cariño, cambia esa cara. Me encuentro genial, ¿no me ves?

Dylan me mira con atención y al ver que yo le guiño un ojo, finalmente sonríe y musita:

—No sé qué voy a hacer contigo.

Dos horas después, tras la prueba de sonido, regresamos al hotel. El macroconcierto empieza a las doce de la noche y yo soy la séptima en actuar. El malestar vuelve a apoderarse de mi cuerpo, pero no me dejo vencer. Si lo hago, si demuestro mi debilidad, Dylan comenzará de nuevo con su cantaleta y volveremos a discutir.

A las once y media, vestida y maquillada, bajo a la recepción del hotel y mi amor, al verme, susurra:

—¿Te he dicho que me encanta cómo te queda ese pantalón?

Sonrío, giro sobre mí misma y, tras darle un rápido beso, respondo:

—Esta noche cuando regresemos, te lo recordaré.

Entre risas, subimos al coche de la organización que va a llevarnos al lugar del concierto. El sitio está a rebosar de gente dispuesta a pasarlo bien. Me encuentro con distintos artistas que conozco y hablo con ellos. Dylan también lo hace y parece relajado. Casi tres horas más tarde, me toca actuar. Le doy un beso y salto al escenario, donde todo el mundo me recibe con aplausos.

Feliz de estar aquí, canto dos canciones mientras me muevo con mis bailarines y el público y la paso bien. Tras cantar la tercera, intento despedirme, pero todo el mundo pide *How Am I Supposed to Live Whithout You*, del grandísimo Michael Bolton y, tras mirar a Omar y éste asentir encantado, les hago una seña a mis músicos y la interpreto mientras busco a Dylan con la mirada en un costado del escenario y la canto para él. Sólo para él.

Cuando termino, la gente aplaude a rabiar y yo me despido lanzando mil besos al aire. Al bajar, Dylan me espera, me toma en brazos y dice:

—Ahora a la camita. Lo necesitas.

Me acurruco contra su pecho y noto varios flashes a mi alrededor. Nos fotografían mientras yo lo beso llena de amor.

Al día siguiente, cuando bajamos para desayunar con el grupo, Omar levanta un periódico y dice:

—Dylan, creo que te va a llegar una demanda.

Miramos las fotos. En una se me ve a mí y al chavo de la gasolinera hablando, mientras él me tiene sujeta por la cintura y en la siguiente se ve a Dylan atacándolo. El titular es «El doctor Ferrasa pierde los nervios con su mujer». Leemos el artículo, en el que se dice que Dylan se puso celoso al verme excesivamente cariñosa con el chico.

¡Serán embusteros!

Me pongo nerviosa y Omar me enseña otro periódico en el que se ve otra foto mía en brazos de Dylan, besándonos. El titular dice «Yanira y su marido. Pasión en el concierto». Ahora me río. Dylan también y, besándome, murmura:

—No te preocupes por nada.

No contesto, pero me preocupo y mucho al pensar en cuando su jefe vea todo eso.

Sobre las ocho y media de la mañana, todo el equipo nos dirigimos en el enorme autobús hacia Wyoming. Nuestra segunda actuación es allí. Cuando llegamos, repetimos lo del día anterior, con la diferencia de que esa noche yo me encuentro genial. Cuando llego a la habitación del hotel, mientras me baño con Dylan, me acerco a su oído y susurro:

—Adivina quién soy esta noche.

Divertido, me mira y yo lo tomo del pelo y lo hago agacharse. Se arrodilla delante de mí mientras yo lo miro desde arriba y le digo:

—Soy Eleonora, tu dueña, y harás todo lo que te mande.

Dylan ríe juguetón. Cierro la llave de la regadera y, agarrándolo otra vez del pelo, lo hago levantarse y ordeno:

—Sécame.

Sin dudarlo, toma una bata, me la pone y, cuando va a atarme el cinturón, yo lo saco de las presillas y, pasándoselo a él alrededor del cuello, lo ato y, una vez lo tengo sujeto, murmuro:

—Sígueme...

—Debes dormir, cariño... dentro de seis horas salimos de viaje.

—Shhhhh... ¡a callar! —exijo.

Lo llevo hasta el sofá de la bonita habitación de hotel y, tras quitarme la bata y hacer que ambos nos sentemos sobre ella, digo, entregándole el control de la televisión:

—Busca cine porno.

—Pero si no te gusta, cariño.

Al oír eso, le agarro el pene y, apretándoselo, murmuro:

—¿A Eleonora, tu ama, le has dicho «cariño» y te atreves a desobedecerla?

Resopla con el ceño fruncido y, tomando el control, cambia hasta encontrar el canal de paga. Introduce nuestro número de habitación y unas tórridas imágenes aparecen ante nosotros. Vemos que hay tres canales porno y yo le ordeno cambiar hasta que decido con cuál quedarme.

—*Un revolcón bestial*, ¡buen título!

Dylan pone los ojos en blanco y yo sonrío divertida.

Por raro que parezca, a él no le atraen esas películas. Le parecen burdas y un mal reflejo de lo que es la sexualidad. Pero no chista y la comenzamos a ver. En ella se ve a una joven pareja llegando a un hotel. Una vez en la habitación, él la desnuda y tralará, ¡lo de siempre! Se acabó el guion.

Mientras la miramos, me abro de piernas e incito a Dylan a que me chupe. Está excitado y no lo duda. Yo lo disfruto, hasta que de pronto, los de la tele adoptan una postura que yo no he probado nunca, así que lo agarro del pelo, lo hago mirar y digo:

—Eleonora te exige que le hagas eso.

Dylan mira la tele y, sonriendo, responde:

—No sé si Eleonora será tan flexible.

Vuelvo a ver la tele. La chica tiene la cabeza y los hombros en el suelo, la espalda en la parte de abajo del sillón y las piernas dobladas sobre ella como una bolita, mientras el chico se la coge. ¡Vaya posturita!

Sin pensarlo dos veces, pongo la bata en el suelo mientras Dylan protesta:

—Cariño, por Dios, ¡que te vas a lastimar!

Me río. Está claro que hoy somos incapaces de entrar en el juego de «Adivina quién soy esta noche» y, levantando las piernas y dejándolas caer sobre mi cabeza, digo:

—Vamos... ¡házmelo!

Desde el suelo, miro la cara de él. ¡No da crédito!

—Caprichosa, que te vas a hacer daño —repite—. Ponte bien.

Pero yo quiero hacerlo así e insisto sin moverme al ver su pene erecto.

—Inténtalo al menos. Si veo que me lastimo, te lo digo.

Dylan resopla. Pone una pierna a cada lado de mi cuerpo y, agachándose, guía su miembro hasta mi vagina y me penetra.

Ambos jadeamos. La postura promete. De nuevo se hunde en mí, que casi me ahogo, y cuando se empieza a animar, no aguanto el dolor de cuello y digo:

—Dylan... cariño... para, que me partes el cuello.

Rápidamente se detiene. Me ayuda a levantarme y, entre risas, me siento en el sofá. Con delicadeza me toca el cuello, me lo palpa, y cuando ve que estoy bien y llena de deseo, dice:

—Ven aquí, Eleonora, que te voy a dar lo tuyo.

Mi risa le gusta y, corriendo, entro en el baño. Consigo llegar hasta la regadera, donde, juguetones, forcejamos y cuando me tiene de rodillas en el suelo mirando la pared, con una rodilla me abre las piernas y, penetrándome, murmura mientras jadeo:

—Así está mejor, ¿no crees, fierecilla?

Asiento. Con la cara pegada a la pared de la regadera, siento las fuertes embestidas de mi amor mientras nuestros jadeos llenan la estancia. Pasándome un brazo por la cintura, me sujeta para que no me pueda mover y, mientras da una serie de embestidas fuertes, certeras y rápidas, me dice al oído:

—Imagina que detrás de mí hay otro hombre más, dispuesto a cogerte. Nos está mirando y espera a que yo acabe contigo para poseerte. Te meterá su dura verga y te penetrará para que grites de placer y yo lo oiga. Le he pedido que te coja como sé que te gusta y cuando acabe contigo, seré yo de nuevo quien entre en ti, y así sucesivamente hasta que ya ninguno de los dos pueda más.

Loca, enajenada por la situación que me describe, alcanzo el clímax con un grito delirante e instantes después él me sigue. Desde que hicimos aquellos tríos, ambos deseamos repetirlo, pero con el embarazo todo se ha frenado.

Esa noche dormimos abrazados y agotados.

¡Cuando suena el despertador me quiero morir!

No tengo fuerzas, pero sin quejarme, me levanto y, tras arreglarnos, bajamos al restaurante del hotel para desayunar. Apenas hemos descansado tres horas y estoy exhausta. En el autobús vomito varias veces y, angustiado, Dylan sufre por mí. Pobrecillo, lo mal que se lo estoy haciendo pasar. Omar se interesa por mi estado y ambos hermanos intercambian unas palabras no muy agradables. Al final tengo que poner paz. Sólo me falta oírlos discutir.

Al llegar al hotel, no tenemos tiempo de descansar. Omar nos apresura para que vayamos a la prueba de sonido y Dylan vuelve a discutir con él y le dice si no ve cómo estoy. Omar me mira. Me pregunta qué quiero hacer y, sin dudarlo, yo contesto que iré a la prueba de sonido.

Dylan se desespera.

Durante la prueba, tengo que parar dos veces para vomitar y cuando paro la tercera vez, Dylan sube al escenario y me hace bajar entre gruñidos. Omar nos mira, pero no dice nada. Sin duda sabe que su hermano tiene razón.

Cuando llegamos al hotel, Dylan me obliga a meterme en la cama mientras grita como un poseso que esa noche no hay actuación. Está muy enojado y me quedo callada. No puedo con mi alma. Pero sin que me vea, cuando entra en el baño, tomo mi celular y me pongo una alarma para despertarme. Debo actuar, le guste o no.

Cuando la alarma suena y me despierto sobresaltada, Dylan, que está a mi lado, para el sonido y, besándome en la frente, murmura:

—Descansa. Lo necesitas.

Es lo que me pide el cuerpo y no me muevo, pero un par de minutos después me levanto y, al ver su cara de enojo, digo:

—No me mires así. Tengo que actuar.

—No. He hablado con Omar y he suspendido tu actuación.

—¡¿Qué has hecho qué?! —grito incrédula.

Dylan, acariciándome la cara, insiste:

—Estás embarazada, cariño, y no te encuentras bien.

Enojada por lo mal que me encuentro y por lo que él ha hecho, grito:

—¡¿Quieres hacer el favor de no ser tan negativo y ayudarme?!

—¿Qué? —pregunta sorprendido.

—Te pido ayuda para salir de esto.

Ofuscado, me mira y vocea fuera de sí:

—¡Cuídate y déjame cuidarte. Cancela los conciertos y las pinches giras y saldrás de esto!

—¿Ésa es tu solución?

—¡Sí! —grita.

Resoplo. Sin duda lo de las giras lo martiriza y murmuro:

—¿Quieres dejar de ser la nota discordante y molesta de mi carrera?

Nada más decirlo, me arrepiento. Si alguien está al cien por cien conmigo ése es Dylan. No es justo lo que acabo de decir y murmuro:

—Lo siento, cariño... no pensaba lo que he dicho.

Cierra los ojos. Seguro que está contando hasta mil y, cuando los abre, responde:

—Si quieres que te perdone, acuéstate y descansa.

Niego con la cabeza y Dylan suelta un bufido de frustración.

—Maldita testaruda.

No contesto. Sé que tiene razón, pero me pongo en marcha. Llamo a Omar y le digo que actuaré. Increíblemente, mi cuñado dice que no, que no estoy bien. Pero es tal mi insistencia, que al final cede.

Cuando viene la amiga de Valeria a maquillarme, lo hace en silencio. Sin duda, el gesto adusto de Dylan la intimida; cuando acaba, se va lo más rápido que puede. Una vez nos quedamos solos en la habitación, me vuelvo hacia él y digo:

—Cariño, estoy bien, ¿no lo ves?

—No, no lo veo. Deberíamos tomar un vuelo directo a casa, donde deberías meterte en la cama y descansar.

Su instinto protector, como siempre, prima sobre todo, así que me acerco a él y murmuro:

—Abrázame.

Lo hace. El placer de sentir sus brazos a mi alrededor calma momentáneamente las molestias del embarazo y se lo agradezco. Me besa el pelo y dice:

—Vámonos a casa. Yo hablaré con Omar y los de la discográfica y lo solucionaré todo. Vamos a tener un bebé y deberías cancelar la gira. Aún estás a tiempo.

—No, Dylan, no me pidas eso —contesto, apartándome de él—. No me pidas que renuncie a mi sueño.

Adivina quién soy esta noche

Desesperado me mira y gruñe:

—No te pido que renuncies a tu sueño, sólo te pido que lo pospongas. ¿No te das cuenta de que en tu estado es muy difícil hacer lo que pretendes?

—¡Sólo serán unos meses!

—Mírate, Yanira, ¿acaso estás bien? —pregunta enojado. No contesto, no quiero mentirle—. Si estuvieras bien, yo no te diría lo que te estoy diciendo. Piensa en lo que haces, cariño, piénsalo antes de que sea demasiado tarde.

—¿Demasiado tarde para qué?

Me mira con el ceño fruncido y cuando va a contestar, tocan a la puerta. Es Omar. Me pregunta si estoy bien y yo asiento. Dylan no dice nada, se mete en el baño y cierra de un portazo.

Esa noche se niega a acompañarme a la actuación. Molesta por su berrinche, yo también salgo dando un portazo e, inspirando hondo para contener las náuseas, me meto en el coche. Horas después, cuando subo al escenario, intento dar todo lo que puedo. Canto y bailo, pero me noto floja, muy floja. Aguanto como puedo y, cuando acabo, tras sonreír y saludar, me voy a la parte trasera del escenario, donde Omar me agarra y, al ver mi estado, exclama:

—¡Por Dios, Yanira! Deberías haberte quedado en el hotel. Dylan me va a matar.

—Tranquilo —digo sonriendo—. Primero me matará a mí.

Cuando llegamos a la habitación y Dylan ve cómo estoy, rápidamente me acuesta en la cama y, medio inconsciente de cansancio, lo oigo gritarle a su hermano todas las barbaridades que se lleva guardando hace tiempo. Discuten y, sin fuerzas para protestar, oigo que Dylan le dice a Omar que cancele todas las giras. Que no voy a ir.

Esa madrugada, me despierto sobresaltada. El corazón me late a mil y tiemblo como una hoja. Dylan está a mi lado, trabajando con la computadora, y rápidamente me pregunta:

—¿Qué te ocurre?

Asustada, respiro con dificultad y me toco el corazón. En realidad, no sé qué me ocurre, pero sé que me pasa algo. Dylan me pide que me explique, pero no puedo. De pronto, siento que algo caliente me corre por los muslos y, apartando la sábana, veo la sangre entre mis piernas. Bloqueada, me quedo mirándola sin moverme, hasta que Dylan me acuesta en la cama y su expresión me indica que está tan asustado como yo. Pero mantiene la calma y dice:

—Cruza las piernas y tranquila, cariño. Llamaré una ambulancia.

Lo siguiente que recuerdo es la ambulancia, la cara de Omar, las palabras de amor de Dylan y la oscuridad.

Tengo todo excepto a tí

Cuando me despierto, estoy en una cama de hospital. Dylan se encuentra a mi lado y cuando abro los ojos, me murmura con cariño, mientras me retira el pelo de la cara:

—Hola, preciosa.

Con la boca pastosa, contesto:

—Hola...

Los recuerdos se abalanzan sobre mí como un tsunami y los ojos se me llenan de lágrimas. Intuyo lo que ha pasado y Dylan, con gesto abatido, me besa la frente con ternura mientras me dice:

—No te preocupes, cariño... tendremos otro bebé.

Esa tarde, cuando el médico viene a hablar con nosotros, la única explicación que nos da de lo ocurrido es que la naturaleza es muy sabia y que, si ha pasado, es porque algo en el feto no iba bien.

Al día siguiente regresamos a Los Ángeles, y una vez en casa, me encierro en la habitación, donde lloro y lloro. Dylan se muestra muy cariñoso conmigo. Hablo con mi familia y se apenan tanto como yo por lo ocurrido. Mi madre quiere venir a verme, pero yo no la dejo. Deseo regresar cuanto antes a mi vida.

Todos me consuelan, pero yo no consigo sobreponerme. Me culpo de lo ocurrido. Tendría que haberle hecho caso a Dylan. Tendría que haber descansado, pero no lo hice y el resultado ha sido catastrófico.

Mis amigas se turnan para no dejarme sola cuando Dylan se va a trabajar. No me dejan ver la televisión ni leer la prensa. La noticia de mi aborto está en todos los titulares y, aunque creen que no los veo, desde mi celular me martirizo leyendo las terribles cosas que insinúan.

Cuando llega Dylan por las noches, se desvive por mí, pero lo noto distante. Intuyo que en su interior guarda algo que tarde o temprano tendrá que salir. Desde que ha ocurrido lo del bebé, trabaja más que antes. No sé si lo hace porque verdaderamente tiene mucho trabajo o porque no quiere estar conmigo.

Una tarde, llega antes de lo habitual, se baña y se pone un esmoquin. Sorprendida, entro en la habitación.

—¿Adónde vas?

Con gesto serio y sin mirarme, responde mientras se ajusta la pajarita:

—Hay una gala en el hospital para recaudar fondos para la nueva sala de neonatos.

—¿Por qué no me lo has dicho? —pregunto—. No lo sabía, aún no me he vestido y...

—Tú no vienes, Yanira.

Su voz, su tono tan serio, me inquietan.

—¿Por qué no? —Como él no responde, abro un clóset e insisto—: Si me das media hora, prometo estar lista y...

—Si no te lo he dicho es porque no quiero que vengas.

Su rotundidad y su frialdad, me dejan tan atónita que cierro el clóset y no digo nada más. Salgo de la habitación y, un rato después, tras darme un fugaz beso, se va.

La brecha entre nosotros ya es totalmente visible. Incomunicación total.

Lloro angustiada y soy consciente, sin que él me lo diga, de que me quiere lejos de su trabajo y de sus compañeros. Seguramente se avergüenza de mí.

Cuando llega de madrugada, me hago la dormida mientras lo veo desnudarse y meterse en la cama. No lo toco ni me toca, y una lágrima corre por mi mejilla.

Con todo lo que yo estoy llorando por lo ocurrido, a él no lo he visto soltar ni una lágrima delante de mí. ¿Sufrirá? Sabía que era duro, pero nunca pensé que pudiera serlo tanto. Su actitud me recuerda a veces a la de su padre y eso me produce un escalofrío.

Al día siguiente, se va a trabajar sin que hablemos nada. Sabe que estoy molesta por lo ocurrido, pero no pregunta. No se interesa por mí. Intento comprenderlo, intento no reprocharle nada. Pero necesito que me hable, que me grite o se enoje conmigo Necesito que nos comuniquemos, como siempre hemos hecho, pero él no quiere.

Varios de los responsables de la discográfica se ponen en contacto conmigo. Todos menos Omar. Aunque Dylan les pidió que cancelaran la gira, no le hicieron caso e insisten en que la haga. Dudo. Ahora ya no estoy embarazada y no sé qué responder.

Llamo a Omar. Hablo con él y me dice que entiende a su hermano y que, por una vez, no se va a meter. Yo he de decidir sola qué hago con la gira.

Esa noche, tras la cena, se lo comento a Dylan y, con mala cara, dice:

—Yanira, ese tema ya lo dejé concluido. Anulé la gira.

Su rotundidad sin importarle lo que yo piense, me subleva, y respondo molesta:

—La última palabra la tengo yo, no tú. Es mi gira, mi trabajo. Tú tomaste esa decisión en un momento de coraje y...

—He tomado la mejor decisión para nosotros.

—¡¿Para nosotros?! —grito nerviosa—. Dirás para ti.

Mis palabras, cargadas de tensión, hacen que me mire y, con gesto impasible, responde:

—Tranquilízate, estás muy alterada.

Sin hacerle caso, vuelvo a gritar:

—¡¿Cómo me voy a tranquilizar con lo que dices y haces?! ¿Qué te ocurre? No me hablas, no me tocas, no me miras. ¿Tanto me odias por lo ocurrido?

Él deja la servilleta sobre la mesa y murmura con gesto de enojo:

—Mira, Yanira, yo no te odio, pero haz lo que quieras. No es mi intención ser la nota discordante de tu carrera. Toma tú tus propias decisiones, tanto si son acertadas como si no.

Su voz...

Su gesto...

Su respuesta...

Veo la rabia que guarda en su interior y digo:

—¿Por qué nunca me has dicho que tienes problemas en el hospital por mi culpa? ¿Por qué?

Dylan me mira sorprendido y pregunta:

—¡¿Qué?!

—Sé que llevas tiempo aguantando comentarios, habladurías y...

—Lo que yo aguante en mi trabajo o fuera de él es cosa mía. Tú no tienes por qué preocuparte.

—¡Te equivocas! —grito, al ver que me lo confirma—. Me preocupo. Eres mi marido y me inquieto. Nuestro mundo perfecto se está desmoronando y... y... ¡carajo! Pero si hasta me excluyes de tu vida social como si fuera la peste y no me cuentas que...

—¿Qué quieres que te cuente? —sube la voz, cortándome—. ¿Que tengo que soportar cómo se burlan de mí mis compañeros cada vez que te atribuyen un nuevo romance o dicen que te han visto en una fiestecita? ¿O te comento lo feliz que me hace ver que mi mujer es la comidilla de las enfermeras, o quizá te explico lo mal que me sienta ver los putos titulares de la prensa? Mira, Yanira, no me enfurezcas más, que bastante aguanto ya por ti.

Sin duda, tenemos una conversación pendiente y decido que sea aquí y ahora. Así que me recuesto en la silla y digo:

—Estoy recuperada. Dime lo que me tengas que decir.

Dylan frunce el ceño y pregunta:

—¿A qué te refieres?

—Sé que el problema no es sólo lo que has mencionado. Hay más, ¿verdad?

—¿De qué hablas?

Lo miro con dureza.

—Sabes muy bien a lo que me refiero. Vamos, ¡dímelo!

Su gesto impasible me pone el vello de punta.

—Yanira, déjalo.

—¡No! —grito levantándome—. No quiero dejarlo. Quiero que me digas lo que tienes guardado dentro. Deja de huir de mí quedándote en el hospital o encerrándote en tu despacho. Sé sincero y enfréntate a ello.

No responde. Se pasa la mano por el pelo, enojado, pero no habla y por eso yo grito:

—¡Sé que piensas que yo tuve la culpa de la pérdida del bebé. Sé que piensas que si te hubiera hecho caso nada de todo esto habría pasado y... y...!

Me echo a llorar. Dylan se levanta para abrazarme, pero yo, deteniéndolo, grito:

—¡Dímelo!

Se resiste. Noto que sus sentimientos lo carcomen por dentro y finalmente susurra:

—No pienso nada de lo que dices. No sé por qué crees que yo...

—¡Mentiroso!

La furia de Dylan sube como la espuma y cuando ya no puede más, grita también, con ojos furiosos:

—¡No creo que tuvieras la culpa de la pérdida del bebé, esas cosas pasan. Pero sí creo que deberías haberte cuidado un poco más! —Y antes de que yo pueda responderle, añade—: Si me hubieras hecho caso, quizá...

—Quizá no habría pasado, ¿verdad? —finalizo su frase—. ¿Lo ves? Lo piensas. Me culpas de ello.

Dylan se toca la frente. Sin duda se acaba de dar cuenta de que tengo razón y se da la vuelta para irse. Yo lo miro sin decir nada y, antes de llegar a la puerta, se para, se voltea y, mirándome, dice:

—La última vez que tuvimos una discusión, te prometí que no me iba a aislar, te dije que pasara lo que pasase, tú recogerías los pedazos.

Asiento. Es verdad, aunque en este instante no se me antoja recoger nada. Nos miramos con dureza a los ojos. Esta ilusión perdida sin duda se va a llevar parte de nosotros con ella y, con gesto duro, Dylan dice:

—Estoy muy dolido al pensar que antepusiste esos conciertos a nuestro bebé. Estoy atormentado porque no me dejaste cuidarte. Estoy harto de verte en la prensa y de que todos en el hospital me miren compadeciéndose o riéndose de mí. Estoy molesto por ser la nota discordante en tu carrera. Estoy triste porque yo quería a ese bebé tanto como tú. Y estoy furioso porque no sé cómo superar el dolor y la decepción que siento sin estar enojado contigo.

Sus palabras son muy duras y no sé qué responderle.

Sólo estamos a dos metros de distancia, pero es como si estuviésemos a cinco mil. Nunca en todo el tiempo que llevamos juntos he tenido esta sensación de vacío tan tremenda y, sin saber qué decir, paso por su lado y me voy a la habitación a llorar.

Me quiero morir.

Esa noche, Dylan no duerme a mi lado. Se queda en su despacho hasta que al día siguiente se va a trabajar.

Eso

Pasamos los siguientes días como mejor podemos. Apenas nos vemos y, cuando lo hacemos, casi no hablamos. Entre nosotros se ha abierto un abismo tan grande que ninguno de los dos es capaz de saltarlo. La desconfianza, junto con la decepción y el dolor, nos está matando como pareja, y ninguno hace absolutamente nada por arreglarlo.

No le cuento a nadie lo que pasa. Me lo guardo para mí. Es tan doloroso lo que estoy viviendo que no quiero que nadie más lo sepa, ni intente opinar.

Dylan se va de viaje cinco días a una convención en Washington. No me propone que me vaya con él y casi se lo agradezco. Pero al segundo día estoy que no me aguanto ni yo. Lo extraño.

La soledad me hace buscar amistades. Coral, entre su trabajo y su astronauta, no puede salir siempre que yo se lo pido. A Tifany, entre sus encargos y Preciosa, le pasa más o menos lo mismo, y Valeria tiene que recuperarse de su operación.

Angustiada por salir de casa, voy a fiestas a las que me invitan. Estar rodeada de gente que no me pregunta cómo estoy o por mi vida me relaja y lo disfruto. En una de esas fiestas me encuentro con mi cuñado Tony, que, sorprendido al verme sin Dylan, me pregunta si todo va bien. Yo asiento. No sé si me cree.

Dylan regresa de su viaje y la frialdad de nuestro reencuentro pone de manifiesto que cada vez vamos a peor. Seguimos sin hablar, sin besarnos, sin abrazarnos, sin hacer el amor. Los días pasan. Cada vez más alejados, yo comienzo a hacer mi vida, como hace él. Sólo compartimos casa y, cuando estamos los dos en ella, reina el silencio y se hace insoportable. Creo que por eso procuramos estar lo menos posible.

Tras mi aborto, la prensa ahora no sólo me persigue a mí, también acosan a Dylan en la puerta del hospital y allá adonde va. Sin que nosotros digamos nada, seguramente se están percatando de que nuestra vida está cambiando. Ya no salimos juntos, nunca nos ven sonrientes y titulares como «Una rubia explosiva llamada Yanira sola en la noche» copan las revistas todas las semanas.

Me invitan a una gala de cuatro noches en Acapulco. Acepto encantada. Durante esos días, todos los artistas contratados nos alojamos en un hotel impresionante, donde descanso y tomo el sol. Las dos primeras noches, para evitar a los periodistas, no salgo y me quedo en la habitación, y la segunda noche, cuando abro mi laptop para conectarme a internet, la sangre se me hiela en las venas cuando veo a Dylan en un local, tomando una copa con gente. Alucinada, observo varias fotos en las que se lo ve hablando y sonriendo a la misma morena. El titular es: «El marido de Yanira se divierte en buena compañía».

Furiosa, cierro la pantalla de la laptop y creo que, por primera vez, siento la indignación que él ha debido de sentir durante meses.

Al día siguiente salgo a navegar con unos amigos. Lo pasamos bien, bailamos, bebemos, pero la fiesta se acaba para mí cuando un tal James, tras tomarme por la cintura, me da un beso en la boca y, furiosa, yo le doy un rodillazo en los huevos que lo dobla en dos.

Esa noche, canto en la gala con el guapísimo Luis Miguel. ¡Madre mía, qué lujazo! En el escenario, mirándonos a los ojos para representar la letra de la canción, entonamos:

Tengo todo excepto a ti y el sabor de tu piel.
Bella como el sol de abril,
qué absurdo el día en que soñé que eras para mí.
Tengo todo excepto a ti y la humedad de tu cuerpo.
Tú me has hecho porque sí,
seguir las huellas de tu olor, loco por tu amor.

Mientras canto pienso en Dylan. Efectivamente, lo tengo todo excepto a él, y aunque continúo adelante con mi vida, nada, absolutamente nada me motiva, ni tiene emoción si él no me necesita.

¿Habrá dejado de quererme?

Esa noche, tras acabar las actuaciones, desesperada por lo que siento, me voy a tomar una copa con varios de los artistas. Necesito desconectar y pasarlo bien o me volveré loca. Bailo, canto, bebo, me desfogo y, esta vez, al ver unos flashes, soy consciente de que saldré bailando en alguna portada con mi escueto vestidito celeste.

¡Váyanse todos a la mierda!

Cuando regreso a casa dos días después, Dylan no está. Me baño, me pongo cómoda y me echo en el sofá de los abrazos a escuchar música con mi iPod.

Cuando él llega esa noche, a diferencia de otras veces, camina hacia mí agitando una revista, me arranca los audífonos de los oídos y pregunta furioso:

—¿Desde cuándo eres tan amiguita de Raoul Prizer?

Miro la portada de la revista y no me sorprendo. Allí estoy yo con mi vestidito celeste y el tal Raoul, bailando, y en otras fotos se nos ve entrando en el hotel. El titular es «Yanira y Raoul, una bonita pareja en Acapulco».

Carajo, ¿ya me han vuelto a vincular con otro?

—¿Es esto cierto? —insiste Dylan.

Sorprendida de que me dirija la palabra, lo miro y contesto:

—Ni que a ti te interesara...

Un rugido sale de su boca. Su indignación es tal que, sorprendida, pregunto:

—¿Se puede saber por qué te pones así?

—¡Responde! ¡¿Es cierto?! —grita.

—No. ¿Cómo voy a hacer eso, acaso no me conoces? —No responde e insisto—: Se supone que tú sabes más que yo cómo es la prensa. —Y al ver cómo me mira, añado, refunfuñando con furia—:

Espero que tú disfrutaras la otra noche. Vi una foto en la que parecías pasarla de maravilla con una morena.

Dylan no contesta. Me mira, resopla y pregunta:

—¿Cuándo lo has conocido?

—¿A quién?

—¡A Raoul! Aquí dice que cenaron juntos y...

—Cenamos un grupo de gente y luego fuimos a tomar una copa —me defiendo—. No sólo estábamos él y yo.

Con gesto dolido, va a decir algo seguramente hiriente, pero me adelanto:

—Es sólo un amigo. Nada más.

—¿Un amigo?

—Sí.

Dylan sonríe. Ay... ay... esa sonrisa no me gusta y, con gesto de altanería, me suelta:

—Éstos no son tus amigos, sólo gente que quiere ser vista contigo. Aprovechados que se acercan a ti con el único fin de promocionar sus carreras.

Luego, con una sonrisa fría e impersonal, sale de la sala y segundos después oigo la puerta de la calle al cerrarse.

Cuando me quedo sola, me hundo en el sofá de los abrazos, me tapo los ojos y sollozo sin que nadie me consuele.

Al jueves siguiente salgo con las chicas. Las añoro tanto que casi lloro cuando me llaman para nuestra salida del Pelujueves. Me pongo la peluca y sonrío al ver su buen humor y positividad ante todo. Oculto mis sentimientos y, cuando me preguntan por Dylan, les respondo feliz y contenta y me doy cuenta de que soy una excelente actriz.

En la cena, Tifany nos sorprende cuando nos dice que mi suegro, su exsuegro, la está ayudando mucho en la adaptación de Preciosa a Los Ángeles. Y que el próximo fin de semana la ha invitado a ir con la niña a Villa Melodía y que ha aceptado. Vamos, lo nunca visto.

Coral nos cuenta que Joaquín y ella se irán a pasar el fin de semana a Nueva York y yo me alegro horrores por ella, aunque siento una terrible punzada en el corazón al recordar el maravilloso fin de semana que pasé con Dylan en esa ciudad.

Y Valeria nos habla divertida de sus progresos con su dilatador vaginal. Todas nos reímos mientras bromeamos y lo bautizamos con el nombre de *Espartano*.

Cuando me toca a mí contar algo, me invento que Dylan y yo nos reímos juntos en la cama viendo los titulares de la prensa y los romances que nos atribuyen cada vez que hablamos con alguien. Todas me creen. De verdad, ¡pedazo de actriz que soy!

Tras la cena, nos vamos al local de Ambrosius y me pongo fina a desarmadores. Sobre las dos de la madrugada, y ya algo alegres, Valeria se empeña en enseñarnos a todas cómo va su operación. Entre risas, nos metemos en el baño, ella se baja los calzones y, alucinadas, la miramos mientras se abre de piernas.

—¡Carajo, qué panocha más bonita te han dejado! —exclama Coral.

—Alucinante —afirmo yo.

—En serio, Valeria, ¡es una cucada! —dice Tifany, incrédula.

Encantada, ella nos mira desde arriba mientras nosotras, agachadas, observamos su vagina y pregunta:

—¿Les gusta cómo está quedando?

Coral asiente, la mira y dice:

—Está mal que yo lo diga, ya que no me gustan las mujeres, pero, chica, mirándotelo me he alborotado.

Suelto una escandalosa carcajada. Todas me miran y yo digo:

—Okey... he bebido demasiado.

Cuando salimos del baño, las cuatro, animadas, vamos bailando hasta la pista. Allí, un tipo me toma por la cintura y yo le doy un manotazo para que me suelte. Al hacerlo se me descoloca la peluca, pero rápidamente me la pongo bien. Sólo faltaba que me reconocieran y la prensa me descubriera con mi disfraz. Eso sería el fin de mi privacidad.

El tipo, al ver que Ambrosius le hace una advertencia, levanta los brazos en señal de disculpa y Coral, mirándome, dice:

—Ése es un pito loco.

Ambas soltamos una carcajada. Cuando acaba la canción, Tifany y Valeria siguen en la pista, mientras que Coral y yo nos vamos hacia la barra. Estamos sedientas.

Pedimos un par de desarmadores y, tomando el mío, lo levanto y digo:

—Brindemos por la vagina nueva de Valeria.

Coral y yo chocamos nuestros vasos y, después de beber, ella me mira y pregunta:

—¿Estás bien?

—Sí.

Mi amiga me escudriña con intensidad y dice:

—Hay algo en ti que me desconcierta. No sé qué es, pero...

—¿Quizá la peluca oscura? —la corto.

Ella sonríe y, antes de que diga nada más, la animo a salir de nuevo a bailar. Está claro que Coral comienza a ver algo en mí que yo no quiero que descubra.

Brisa

Sigo sin dar una respuesta a la discográfica respecto a la gira y me consta que están muy enojados. Omar, presionado por ellos, viene a verme a casa. Lo escucho con paciencia y sigo sorprendida al ver su cambio de actitud respecto a mí y mi carrera.

Antes de irse, me dice que el lunes tengo que responder sin falta. Asiento, le doy un beso y se va.

Estoy viendo la tele tirada en el sofá, con el bote de Nesquik en la mano, cuando en un programa del corazón salen unas imágenes mías en las que se me ve en un barco en Acapulco.

Ay, madre... ¡Ay, madre!

Son imágenes de cuando estábamos en alta mar. Se nos ve a varios bailando, divirtiéndonos y bebiendo. Y cuando ponen la siguiente, me quiero morir. Me encuentro junto al tal James, en el momento en que él me tiene tomada por la cintura y me besa. Congelan la imagen cuando su boca se posa sobre la mía, dando a entender que fue un beso tórrido y apasionado.

¡Carajooooooooo! Lo que me faltaba. Pero si lo que hice fue darle un rodillazo en los huevos. De los nervios, me da un calambre en una pierna. Me levanto, doy unos saltitos y consigo que el calambre se me pase. Cuando puedo volver a posar el pie en el suelo, mi mirada va directa a una foto en la que Dylan y yo estamos riendo.

Madre mía. ¿Cómo se va a tomar esas imágenes del barco si las ve?

Angustiada, me acerco a la foto, la tomo y sonrío. Qué días tan bonitos pasamos en Toronto. Tras dejar la foto en la repisa de la chimenea, miro otras y me pongo nostálgica al ver esa sonrisa de Dylan que tanto me gusta y que tanto añoro.

Me vuelvo a sentar en el sofá mientras pienso en él. Lo extraño. Necesito tenerlo a mi lado, necesito que me abrace, que sonría, que me diga cosas románticas y, sobre todo, necesito que me necesite.

La carta de su madre me viene a la mente. «El primero en pedir disculpas es el...» Sin duda alguna, Luisa tiene razón. Seguir con esta actitud fría y distante no nos beneficia a ninguno de los dos y menos aún situaciones como la del barco.

¡Malditos sensacionalistas!

Tomo el teléfono para llamarlo y explicarle que eso no fue así, pero cuando voy a marcar, pienso que necesito mirarlo a los ojos, por lo que decido ir a verlo.

Me escondo el pelo bajo una gorra azul y, después de ponerme unos lentes de sol, me dirijo al hospital. Subo en el elevador hasta su despacho. No sé si estará ahí u operando. Pero da igual, lo esperaré en el despacho y tarde o temprano aparecerá.

Cuando nadie me ve, me meto dentro y cierro la puerta. Sin hacer ruido, me siento en una de las sillas, decidida a esperar el tiempo que haga falta.

De pronto, oigo un murmullo que proviene del fondo, del cuarto donde Dylan tiene aquella pequeña cama. Me levanto y me acerco con sigilo. Oigo la voz de Dylan y de una mujer. Se me para la circulación.

Por favor... por favor... Jesusito, que no sea lo que estoy imaginando.

Respiro con dificultad y, al acercarme más, distingo la voz de Dylan que dice:

—Sigue... no pares ahora. Aguanto.

Dios... Dios... Dios...

Que me infarto... que me infarto... que me infarto...

Mierda... mierda... mierda...

Oigo una risita femenina, mientras siento que el corazón me va a mil por hora.

¿Qué hace Dylan con una mujer a solas en ese cuarto?

Procurando no desmayarme, miro por la rendija de la puerta entreabierta y los veo a los dos sentados en la cama. Dylan está desnudo de cintura para arriba y ella está sentada frente a él, demasiado cerca, tocándole la cara. La reconozco. Es la doctora que me hizo el análisis de sangre.

¡Perra!

No me muevo. Los observo.

¿Se irán a besar?

Plan A: los mato.

Plan B: los asesino.

Plan C: los aniquilo.

Elimino esos planes de mi cabeza, pero tiemblo. Dios mío, ¿serán amantes? ¿Se habrán acostado?

Mi cabeza, esa que me ayuda a imaginar lo que yo quiero, comienza a armar su propia película de infidelidades y, cuando ya no puedo más, con una mala onda tremenda, abro la puerta de un manotazo.

Ellos me miran y se levantan de la cama de un salto. Yo murmuro furiosa:

—Ahora no me digas eso de «¡Esto no es lo que parece!».

Me doy la vuelta para irme, cuando siento que Dylan me agarra de la mano, reteniéndome.

—Claro que te voy a decir que no es lo que parece.

—¡Suéltame! —Forcejeo.

Pero, claro, medir mi fuerza con la de Dylan es una tontería. Me acerca a su cuerpo y murmura en mi oído:

—Tranquilízate, Yanira.

No lo veo a él, pero sí a ella. ¡Maldita zorra! Rabiosa al imaginar lo que estaban haciendo, le doy una patada en la espinilla a Dylan con todas mis fuerzas y me suelta con un alarido de dolor. Al voltearme, grito, mientras él sigue agachado:

—¡¿Que me tranquilice?! ¡No puedo! Maldito mentiroso. Te la estás tirando, ¿verdad?

Ella, con gesto asombrado, me mira y, desafiante, dice:

417

—Oye, tranquilita, guapa, que aquí no ha pasado nada.

Miro la placa que lleva en su bata y leo su nombre.

—Eres una puta, doctora Rachel Nelson. Sabes que está casado ¡y, aun así, te enredas con él! —grito de nuevo y, mirando a Dylan, que continúa agachado, frotándose la espinilla, refunfuño—: Ahora entiendo por qué trabajas tanto últimamente y no te acercas a mí ni con un palo. Tienes a esta zorrita a tu disposición y cogen... cogen ¡como mandriles! —concluyo, acordándome de Tifany.

Al oír eso, Dylan se incorpora de pronto, furioso. Yo, perdiendo todo el aliento, pregunto, bajando la voz:

—¿Qué te ha pasado en la ceja?

Su expresión dura me hace saber lo enojado que está.

—Me di un golpe y...

—De eso nada —lo interrumpe la doctora. Y, mirándome, aclara—: Que sepas que, cuando has entrado, le estaba cosiendo la ceja. Y no se ha dado un golpe, mejor dicho, se...

—¡Rachel, cállate! —vocea Dylan.

La doctora sonríe y, mirándome, continúa:

—Debes saber que tu marido ha tenido un encontronazo no muy suave con el doctor Herman, tras ver unas imágenes tuyas que han salido en televisión de un barco.

¡Mierda! Las ha visto.

—¡Diablos, Rachel, cállate! —insiste Dylan.

Yo los miro boquiabierta. Dios mío, cuánto daño le estoy haciendo a Dylan en su vida y su carrera. Asustada por ello, voy a hablar cuando él, mirándome, ordena:

—Siéntate en esa silla y no te muevas. —Y mirando a la doctora, murmura—: Y tú, Rachel, termina de coserme de una santa vez y cierra la boca.

En silencio, observo horrorizada lo que le hace en la ceja. Dylan no se queja, no se mueve y, cuando termina, ella corta con las tijeras el hilo y, dándole un par de golpecitos en el hombro, dice:

—¡Arreglado! —Luego, me mira a mí y añade—: Y no, yo no

cojo con tu marido, porque tengo el mío. Simplemente somos compañeros y amigos sin derecho a roce.

Pongo cara de circunstancias y le pido disculpas con la mirada y, como ella me dedica una sonrisa, entiendo que me perdona.

Una vez nos quedamos solos, sobre la cama veo ropa de Dylan manchada de sangre. Sin mirarme, él abre un pequeño clóset, saca una camisa limpia, se la pone, y encima de ella una bata. Cuando acaba, le pregunto preocupada:

—¿Qué ha pasado?

Dylan resopla y contesta de mal talante:

—Que he explotado, nada más.

Me siento fatal, culpable y aclaro levantándome de la silla:

—No lo besé, Dylan. Te lo juro. Él lo intentó y yo...

Con gesto furioso, clava sus almendrados ojos en mí y mascula:

—¡Cállate!

Lo hago. Cierro el pico.

—He visto fotos —refunfuña ante mi cara—, cientos de fotos que no me han gustado, pero siempre, ¡siempre!, he confiado en ti. Pero lo que he visto hoy han sido imágenes, imágenes reales y en movimiento, que me demuestran lo poco que piensas en mí cuando te vas de viaje.

—Pero si no hice nada, ¡te lo prometo! Estaba furiosa, Dylan. La noche anterior vi unas fotos tuyas con una morena y sentí celos. Perdí un poco la cabeza, pero te aseguro que no ocurrió nada entre nosotros, ¡nada!

—¿Sabes, Yanira? Llevo meses viendo fotos tuyas y tragándome los celos —puntualiza—. Pero lo que yo y media humanidad hemos visto hoy en televisión es cómo te contoneabas, te restregabas y lo pasabas bien con ese tipo en un barco. Sabe Dios hasta dónde han llegado. Y no... ahora no puedes decir que eso no sucedió y que no lo estabas pasando bien. ¿Te acostaste con él? ¿Jugaste con él?

—Noooooooooo.

Nos miramos en silencio y Dylan, con su franqueza de siempre, añade:

—Pues yo sí que me he acostado y he jugado con otra mujer.

¡Tierra, trágame!

Me dejo caer en la silla y siento que me falta el aire en los pulmones.

No puedo creer lo que ha dicho. Dylan, mi Dylan, ¿ha estado con otra? Me entra mucho calor y me abanico con la mano. Lo miro. Su frialdad me descoloca y lo que acabo de escuchar me hunde. ¿Cómo ha podido hacerlo? ¿Cómo ha podido entregarle a otra lo que es sólo mío?

—¿A qué has venido? —pregunta, sin importarle mis sentimientos.

Aún descolocada por lo que me ha dicho, respondo:

—Quería verte y...

—Me puedes ver cuando llegue a casa.

Bloqueada, parpadeo cuando añade:

—En cuanto a mi trabajo, quiero que sepas que al hospital vengo a trabajar, no a coger, como tú has dicho.

Nuestras miradas se encuentran y no veo en la suya ni un ápice de ternura, de necesidad. ¿Dónde está el Dylan que me quería?

Tras un incómodo silencio, dice:

—Vete a casa. Aquí no haces nada y yo tengo que trabajar.

Pero yo sigo anonadada y pregunto con un hilo de voz:

—¿En serio te has acostado con otra mujer?

—Sí —contesta furioso—. Simplemente hago lo mismo que tú.

¡Se ha acostado con otra!

Dylan, el amor de mi vida, el hombre por el que habría puesto las manos en el fuego, me ha engañado con otra. Una y otra vez esas palabras dan vueltas en mi cabeza, haciendo que sea consciente de que mi cuento de hadas se ha acabado. La realidad me supera y, dispuesta a ser tan fuerte como siempre he sido, lo miro y digo:

—En este momento te diría los peores insultos que te puedas imaginar, cabronazo de mierda. Estoy furiosa, rabiosa y muy muy molesta contigo. He venido aquí para que hablásemos, para intentar solucionar lo nuestro, a contarte que el lunes tengo que dar una respuesta a la discográfica sobre lo de la gira, y...

—¿En serio todavía no tienes claro si irte o no de gira?

No respondo y en tono cortante, dice:

—Vete.

Como no entiendo a qué se refiere exactamente, no me muevo, y Dylan se levanta, cierra los ojos y, colérico, murmura señalando la puerta:

—Vete del hospital, vete a esa pinche gira y vete de mi vida.

Okey... hoy no es mi día y él está dispuesto a matarme de un disgusto.

La respiración se me acelera cuando grita:

—¡Nuestra relación está pasando por su peor momento. Apenas hablamos, apenas nos vemos ¿y tú aún dudas de si hacer esa jodida gira?! —Niega con la cabeza y añade—: Te dije que tomarías decisiones equivocadas y...

—Tú también has tomado decisiones equivocadas —reacciono al fin—. Me has sido infiel, has jugado con otra, y eso es algo que yo nunca te he hecho a ti.

Sus ojos están llenos de rabia, de furia y de dolor, sin embargo responde:

—Estoy harto de rumores, de habladurías. Empachado de titulares indignantes. Agotado de que la prensa me persiga con preguntas impertinentes. ¿Y sabes lo peor?, he dejado de confiar en ti. Tú ya no me ofreces esa seguridad y me estás destrozando, Yanira. Me estás destrozando porque te quiero tener y te he perdido.

Esas duras palabras me pescan tan desprevenida que no puedo reaccionar.

Dylan me acaba de decir cosas terribles. ¡Esto tiene que ser un mal sueño!

—¡Lárgate! ¡Vete! —pide, acercando la cara a la mía en actitud intimidante—. Te he engañado con otra mujer mejor que tú, que me ha dado todo lo que tú no me das. ¡Vete!

No me muevo. No puedo. Estoy enojada, indignada, alterada pero, al mirarlo, de pronto, me doy cuenta de que miente. No ha estado con ninguna otra mujer. Dylan nunca me compararía con nadie y menos con la relación sexual tan apasionada que teníamos. Él no me haría algo así. Me lo dicen sus ojos y me aventuro a preguntar:

—No me has engañado con otra, ¿verdad?

Mis palabras lo sorprenden.

—No quiero estar contigo, Yanira. Vete, aléjate de mí.

Sin mirar atrás, sale de la pequeña habitación y yo me quedo aterrorizada. No me puedo mover. Casi ni respiro. No puedo creer lo que acaba de pasar.

Lo oigo moverse por su despacho y, de pronto, entra de nuevo en el cuartito y cierra la puerta, me toma entre sus brazos y me besa. Me devora. Su boca ávida invade la mía con locura y desesperación, mientras yo la abro para recibirlo y me entrego a él sin reservas.

Aprisionada contra el pequeño clóset, Dylan mete las manos por debajo de mi vestido y me desgarra los calzones. Es la primera vez que tenemos contacto tras el aborto y tiemblo. Lo necesito.

Sin soltarme, se desabrocha el pantalón y una vez saca su duro pene, de una tremenda embestida se introduce totalmente en mi interior mientras me besa. Me abro para acoplarme a él y, agarrada a sus hombros, adelanto la pelvis para recibirlo.

No me ha engañado. Lo sé. Lo percibo. Mi sexto sentido de mujer me grita que lo dice para que me vaya porque está harto y cansado de mí.

Hacemos el amor con furia y desenfreno. Cuando retira la boca de la mía, me mira. Yo lo miro también. Observo sus ojos apenados y la herida de su ceja. Siento la necesidad de besársela, pero no puedo. Nuestros movimientos son tan rotundos que pienso que lo voy a lastimar. Una y otra y otra vez nos acoplamos el uno al otro, mientras nuestros fluidos nos empapan y, cuando le muerdo el labio inferior, temblamos de placer e, irremediablemente, antes de lo que habría deseado, llegamos al clímax.

Permanecemos abrazados unos segundos con la respiración entrecortada, hasta que Dylan me suelta. Me da una toalla de papel y, sin decir nada, nos limpiamos.

—Vete —dice luego.

Niego con la cabeza. No, no puede ser cierto que me lo esté diciendo y, al ver que no me muevo, insiste:

—He dicho que te vayas.

—No, Dylan —sollozo—. No quiero. No creo lo que dices. Estás furioso por lo que has visto y...

—Mira, Yanira —refunfuña desesperado—, quiero dejar de ser la parte negativa de tu carrera y necesito que tú dejes de amargarme la vida y la existencia.

—No. —Me sigo negando sin moverme.

Él me toma del brazo con fuerza y, mirándome con rabia, masculla:

—Vete, no eres buena para mí.

Sus duras palabras me destrozan, me rompen el corazón. Cierra los ojos para no ver mis lágrimas y cuando los abre, dice:

—Hablaré con mi padre para que nos prepare los papeles del divorcio.

—No... No lo hagas. Yo te quiero —suplico.

No me escucha. Dylan no me escucha y prosigue:

—Quédate con la casa. Yo volveré a la que tenía antes, es lo mejor.

—No digas eso, por favor... No... —Y a punto de que me dé un infarto, murmuro, intentando abrazarlo—: No haré esa gira. No iré. La cancelaré.

Desasiéndose de mis manos, contesta con voz rota:

—Eso ya no me sirve. Ya no tiene valor para mí.

—Dylan...

—Vete, Yanira... Fuera de mi vida.

Su voz suena tan rotunda que pienso que nada de lo que diga o haga lo va a hacer cambiar de opinión. Quiero gritarle que lo quiero, que sé que me quiere, pero una vez se abrocha el pantalón, sale de nuevo del cuartito y esta vez oigo que se va de su despacho dejándome sola y desconsolada.

El corazón se me va a salir del pecho. ¿Cómo hemos podido llegar a esa situación?

Diez minutos después, cuando consigo dejar de temblar, tomo mis calzones rotos del suelo, los guardo en la bolsa y salgo del despacho, del hospital y, cuando llego a nuestro hogar, definitivamente sé que me acaba de echar de su vida.

Dylan ya no regresa a nuestra casa, ni esa noche, ni al día siguiente. No llamo a nadie. No aviso a nadie. Quiero estar sola, rumiando mi desgracia.

El lunes, tras un fin de semana de soledad, llamo a la discográfica. Haré la gira europea y latinoamericana. Necesito irme y olvidar.

Sueños rotos

La noticia de nuestra separación cae sobre todos como un jarro de agua fría. Mi familia no lo entiende, la suya tampoco y mis amigas no dan crédito a lo que ocurre.

¿Cómo se los he podido ocultar?

La prensa es otro cantar. En algunos medios hablan de que nos separamos por mis continuos coqueteos amorosos con otros hombres y en otras sacan fotos de archivo de Dylan con distintas actrices.

Por decir, se dice de todo. Pero todo es mentira. Yo lo sé y espero que él lo sepa también.

Los periodistas se instalan a las puertas de mi casa y no se mueven, pero lo que más me agobia es cuando me cuentan que también lo están haciendo en la casa de Dylan y en el hospital. Su jefe, el doctor Halley, debe de estar contento conmigo, y Dylan también.

Pasa un día, dos, tres, cinco, nueve, catorce, diecisiete y veinte y no lo veo ni sé nada de él.

Veinte tortuosos, terribles, largos y crueles días con sus respectivas noches. La tristeza que me embarga es infinita, pero intento no dejarme vencer por ella. Cada rincón de esta enorme casa es de los dos. Mire a donde mire lo veo. Lo siento. A veces incluso me parece oír su voz cuando me llamaba desde el piso de arriba. Duermo con su ropa sobre la cama. Conserva su olor y la necesito para conciliar el sueño. Es mi placebo para descansar.

Dylan no pasa por casa para recoger nada. Con eso me deja claro que no necesita nada que tenga que ver conmigo y me duele, me duele mucho. Nunca quise ser tan perjudicial para él, pero al parecer lo he sido. Y me martirizo al pensar que debería haber cumplido esa regla que se impuso de no casarse con una cantante como su madre. Pero lo hizo, se dejó llevar por el corazón y el tiempo le ha demostrado que se equivocó. O eso creo yo. Que no venga a verme, que no me llame y que no regrese me hacen pensar eso.

Escucho una y otra vez nuestras canciones, que bailábamos a la luz de las velas, enamorados y felices, y canto nuestra canción, mientras grito desesperada cómo se supone que voy a vivir ahora sin él.

Veo nuestros videos, miro nuestras fotos, lloro sola en el sofá de los abrazos, me atasco a cucharadas de Nesquik, me visto con sus camisetas y me torturo todos los días pensando lo mal que lo he hecho.

Siento haber perdido el bebé, pero sin lugar a dudas, más siento haberlo perdido a él. Nunca me perdonaré haberle amargado la vida y la existencia. No haber sido buena para él. Esas palabras se han quedado grabadas en mi roto corazón y soy incapaz de digerirlas.

En esos días, si no fuera por mis amigas no sé qué sería de mí. Tifany me acuna, Coral me consuela y Valeria me mima. Cada una a su manera intenta que jale para adelante y al final Valeria, la que está más libre de todas, se muda a mi casa para tenerme más cerca. No debo quedarme anclada en el pasado o nunca me recuperaré. Si alguien me puede enseñar a ser fuerte, sin duda es ella.

Omar me llama un día emocionado: he sido nominada a los American Music Awards en la categoría de mejor artista extranjera. Cuando me lo dice, me sorprendo y alegra. Pienso en Dylan. Me encantaría darle la noticia, pero no tiene sentido. A él no le importaría.

A mediados de agosto, mi suegro nos cita a los dos en un despacho de abogados. Ya tiene los papeles del divorcio preparados. Con la angustia en el rostro, acepto y voy.

Temblando como una hoja, llego sola. Pregunto por Anselmo Ferrasa y me acompañan a una sala. Al entrar me encuentro a Dylan y a su padre, junto con un empleado del despacho. Por fin veo a Dylan, después de tantos días. Tiene ojeras, está más delgado y su gesto es serio. Demasiado serio. Anselmo, al verme, me abraza con semblante triste y, tras darme un beso, murmura:

—Estás demasiado delgada, rubiecita.

Sonrío. No puedo dejar de mirar a mi amor y, finalmente, él se acerca a mí, me da dos besos rápidos en las mejillas y se aleja como si lo quemara. Su olor... su cercanía... inundan mi cuerpo y quiero abrazarlo. Necesito hacerlo, pero no debo. Está claro que él no me aceptaría.

—¿Nos sentamos? —pregunta Anselmo.

Lo hago y Dylan toma asiento frente a mí. Anselmo comienza a hablar y a explicar los términos del divorcio.

Miro a Dylan con disimulo. Ya tiene la ceja curada. No me mira. Está atento a lo que dice su padre. Por favor, que me mire. Sé que si lo hace, todo esto puede acabar. Sé que me quiere y yo lo quiero a él. ¿Qué estamos haciendo?

No sé cuánto tiempo paso sumida en mis pensamientos, pero de pronto veo que Anselmo le pone a su hijo unos papeles delante y dice:

—Yanira pasa a ser la propietaria de la casa donde vive y tú de la que ya tenías. Las cuentas del banco ya están separadas y como ninguno quiere nada del otro y no hay hijos, sólo tienen que firmar debajo de donde están sus nombres.

Carajo... carajo... el corazón me late a toda velocidad.

Dylan se saca del bolsillo interior del saco el bolígrafo que yo le regalé en nuestro viaje a Nueva York.

Vaya... Quién me iba a decir a mí que le estaba regalando el bolígrafo con el que firmaría nuestro divorcio. ¡Qué puta vida!

Sin mirarme y con decisión, firma las tres copias, mientras mi suegro me observa con ojos tristes. Pobre, ¡qué disgusto le estamos dando!

Una vez acaba Dylan, le entrega los papeles a su padre y éste me los pasa a mí.

Cuando los tomo, los miro.

¡Carajo, son los papeles de mi divorcio!

Firmar esto supone el fin de mi vida con Dylan. Lo miro y me sorprendo al ver que me está mirando. La tristeza que veo reflejada en sus ojos es comparable a la mía. Me entrega el bolígrafo para que firme. Me lo exige y yo lo tomo con frialdad.

Maldito amor. Maldito romance. Maldita mi vida.

Antes de firmar, abro mi bolsa y saco la carta que el día de mi boda me entregó Anselmo. La miro y, mientras me quito el anillo de su madre, digo:

—Estas cosas son tuyas. Creo que yo ya no las debo tener.

—Y para martirizarme un poco más, añado—: Espero que encuentres a la mujer que verdaderamente te haga feliz y se las entregues a ella.

Su gesto se descompone. Se debilita.

Siento que mis palabras le duelen tanto como a mí. Pero sin hablar, sin decirme que estamos haciendo una locura, toma la carta y el anillo y se los guarda en el bolsillo del saco.

Durante unos segundos, lo miro esperando que me diga que no firme los papeles, que los rompa, pero como no lo hace, al final pongo mi nombre y se los paso a Anselmo.

—Esperen aquí. Les traeré una copia sellada a cada uno —dice mi suegro, levantándose.

Sale del despacho, acompañado del hombre que ha ejercido de secretario y el silencio se apodera del lugar. Ninguno se mueve de su sitio. Nos miramos desde nuestros asientos y finalmente digo sin poder remediarlo:

—Sé que no me engañaste. Lo sé.

Él no contesta. Permanece inexpresivo, e insisto:

—¿Cómo se supone que voy a vivir ahora sin ti?

Dylan cierra los ojos, respira hondo y, al abrirlos, responde:

—Deja de decir cosas que no te corresponden. Te recuerdo que aquí el romántico siempre fui yo. No sobreactúes. Y en cuanto al divorcio, tranquila, lo superarás. Esos amigos tan maravillosos que tienes seguro que estarán encantados de ayudarte.

Su frialdad me desconcierta y cuando entra su padre, se levanta, toma una de las copias y se va sin despedirse.

Afligida, me miro las manos y veo la marca blanca que me ha

dejado el anillo. Me toco el dedo y cierro los ojos para no llorar. ¿Cómo puedo ser tan tonta?

Anselmo se sienta a mi lado y, tras un rato en silencio, dice:

—Felicidades por la nominación a los American Music Awards. Te lo lleves o no, estar nominado ya es un premio.

Sonrío con tristeza y respondo:

—Gracias. Aunque, sinceramente, Anselmo, eso en este momento es lo que menos me importa.

Creo que me entiende y me pregunta con cariño:

—¿Estás bien, rubiecita?

Niego con la cabeza. No quiero mentir. Estoy desolada.

—Te puedo asegurar, y lo sé de buena fuente, que el testarudo de mi hijo está fatal —dice—. Sé lo que está pasando y lo que está sintiendo en este mismo instante. Pero hasta que recapacite, no se va a dar cuenta de lo que ha hecho.

Resoplo, me encojo de hombros y, acalorada, me levanto el pelo.

—Todavía no puedo creer que esto haya ocurrido.

Mis manos rozan algo y de pronto me doy cuenta de que llevo en mi cuello la llave que Dylan me regaló. Con un movimiento reflejo, voy a quitármela, pero Anselmo me detiene y me dice:

—No, muchacha, no. Ya se la darás a él cuando lo veas.

—Dudo que nos volvamos a ver nunca.

—Yo no. Dylan te quiere.

—Y si me quiere, ¿por qué se divorcia de mí? —pregunto con tristeza.

Él cabecea y, tras pensar, responde:

—Porque todo esto lo ha superado, Yanira. No es fácil ser el marido de una artista y sé de lo que hablo. A ti y a mi hijo les ha pasado como a mi Luisa y a mí. Demasiada pasión entre ustedes, demasiados titulares y trabajos muy diferentes.

No respondo. Me toco la llave que llevo al cuello y él añade:

—Me divorcié de Luisa dos veces y me casé tres veces con ella.

—¿Y?

Sonríe.

—Pues que conozco bien a mi hijo y te quiere demasiado, rubiecita. Te ama como yo amaba a su madre y regresará a buscarte. Y lo sé porque Dylan es como yo, un hombre apasionado al que no le basta cualquier mujer. Sólo la ideal.

—Yo no tengo nada de ideal.

—Tú para él lo tienes todo, preciosa —afirma.

—Por mi culpa ha sufrido en su vida, en el trabajo y se olvidó de la regla número uno de no casarse con alguien como yo —replico desolada.

—El amor, como el destino, es caprichoso, Yanira. ¿Sabes lo que me decía Luisa siempre que nos reconciliábamos? —Niego con la cabeza y continúa—: Decía que el amor debe ser como el café. A veces fuerte, otras dulces, a veces solo, otras acompañado, pero nunca frío.

Al oírlo, sonrío y, tomando las manos del ogro gruñón que ya no es mi suegro, murmuro emocionada:

—Me habría encantado conocer a Luisa.

—Y a ella, sin duda, le habría gustado conocerte a ti —afirma, abrazándome con cariño.

Pero me acuerdo de tí

Tras firmar los papeles del divorcio, decido irme a Tenerife unos días. Estar con mi familia y sentir su calorcito sin duda me vendrá bien. Hablo con ellos y alquilo una casa impresionante, con vistas al mar. Me lo puedo permitir.

Una vez allí, me llevo a toda mi familia a ese lugar idílico. Es el único sitio donde los periodistas no pueden entrar.

Durante el día, cuando estamos juntos en la piscina o sentados a la mesa, reina una aparente normalidad y brindamos por mi nominación a los premios de la música. Yo sonrío, quiero que me vean contenta.

Pero cuando llega la noche, se turnan para entrar en mi cuarto y me hablan de Dylan. Intentan entender lo que ha pasado entre nosotros. Yo los escucho y no digo nada. No quiero decepcionarlos y decirles que, en cierto modo, yo lo he perdido. Sólo lloro, lloro y lloro. La más dura es la abuela Ankie. No me perdona no haber antepuesto a Dylan al resto, aunque cuando me ve llorar, me consuela.

Hablo con mis padres. Quiero comprarles una casa mejor y más cómoda que la que tienen, pero se niegan. No quieren mudarse ni de casa, ni de barrio. Insisto. Pero al final me rindo. Me doy cuenta de quién heredé la necedad.

Algunas tardes, cuando estamos en la piscina, observo a mi hermano Argen con Patricia. Me encanta ver el amor que se profesan y, con cierta envidia, miro la pancita de mi cuñada. Ya está de seis meses y medio y sabemos que va a ser un niño. La felicidad que irradian me alegra, pero me destroza el corazón.

Una de tantas noches en que no consigo conciliar el sueño, me siento a la computadora y veo que ha llegado a mi correo una noticia de Google. Tengo una alerta de Dylan Ferrasa para recibir todo lo que salga sobre él y me quedo sin habla cuando veo la noticia.

En ella se ve a Dylan sonriente, cenando con una mujer. Maldigo. No la conozco, no sé quién es, pero sí sé que esa foto es actual y no de archivo. Ver cómo le sonríe despierta mis celos, me provoca náuseas. Imaginar que le hace el amor como me lo hacía a mí me vuelve loca. Sin duda, ha decidido retomar su vida y me doy de cabezazos contra el buró.

Acorto dos días mis vacaciones y decido regresar a Los Ángeles. Mi familia me asfixia, o quizá me asfixio yo sola. Debo retomar mi vida cueste lo que cueste.

Con las pilas recargadas después de haber descansado unos días en Tenerife, de regreso retomo los ensayos de mi gira y, cuando me subo al escenario y canto, siento que me quito un peso de encima. Sin duda cantar me hace bien.

La gira europea es un éxito. Visitamos España, Francia, Inglaterra, Holanda, Alemania e Italia. Y así como en España veo a mi familia y en Holanda a la familia de mi abuela, cuando llego a Italia me encuentro con Francesco. Ceno con él y su novia Giulia y, tras tomar unas copas, me proponen subir a la habitación conmigo.

Acepto.

Una vez allí, cuando los dos se acercan a mí y me empiezan a tocar, me siento mal, incómoda y, tras apartarme de ellos, les pido que hagan el amor para mí. Quiero observar. Acceden. Francesco desnuda a su novia con delicadeza y luego se desnuda él. Yo me siento en una silla para mirarlos.

Nunca he sido espectadora tan directa de algo así, pero hoy quiero hacerlo. Francesco se acuesta en la cama y Giulia acerca la boca a su pene y se lo empieza a chupar. Le hace una felación que dura varios minutos.

Luego, Giulia se pone de pie en la cama. No sé qué va a hacer hasta que la veo clavar la punta de su tacón en el pene de él. Francesco jadea. Eso lo vuelve loco y ella lo repite una y otra vez, mientras mi amigo tiembla de lujuria.

Tras arrancarle varios gemidos, se sienta sobre él y observo cómo lo besa en la boca y luego se desliza por su cuerpo hasta sus pezones. Se los muerde y Francesco disfruta, se entrega a ella. Giulia se introduce entonces el pene de él en la vagina y, de forma lenta, comienza a cabalgar sobre su cuerpo.

Pienso en Dylan, en su tremendo disfrute cuando yo le hacía eso. Cierro los ojos y revivo esos increíbles momentos con él. Pero cuando los abro maldigo.

¡He de superarlo!

Desde donde estoy, veo cómo las manos de Francesco sujetan el trasero de su novia y la mueve a su antojo. Así me movía Dylan a mí. El italiano la restriega sobre él, la aprieta y ambos jadean.

Giulia se agacha y pasa los pechos por la cara de él hasta metérselos en la boca. Francesco se los chupa, los succiona, se los muerde como mi amor me los mordía a mí.

No quiero participar. Sólo pienso en Dylan mientras ellos juegan y disfrutan del sexo como en otro tiempo yo lo disfrutaba con mi amor, con mi marido.

Una fuerte nalgada me baja de mi nube y oigo que Francesco le dice a su novia:

—Date la vuelta.

Se mueven. Cambian de posición. Ella se pone a cuatro patas y él, agachándose, mete la boca entre sus piernas y la chupa desde la vagina hasta el ano. Giulia jadea mientras él la hace suya con la lengua y los dedos.

—Ven —dice Francesco mirándome.

Niego con la cabeza y no insiste.

Acto seguido, introduce su duro pene en la vagina de su novia y comienza a moverse a un compás lento y sensual, mientras con un dedo le dilata el ano. Giulia jadea, Francesco gime y yo los observo.

El gemido de ella cuando él se aprieta contra su cuerpo es de puro éxtasis. El mismo éxtasis que yo sentía cuando Dylan, mi amor, mi marido, mi dueño, se apretaba contra mí.

El ritmo de las acometidas se acelera. Mi corazón también. Francesco la agarra por la cintura y le da una serie de rápidas embestidas, saca el pene y se lo vuelve a introducir de nuevo hasta el fondo. Giulia grita. Yo me acaloro al recordar lo que sentía cuando Dylan me hacía eso.

El sonido del choque de sus cuerpos atrae de nuevo mi atención. Los observo. Veo cómo el trasero de Francesco se contrae a cada embestida y, sacando de nuevo el pene del todo, lo vuelve a introducir en la vagina de ella. Siguen repetidas penetraciones y esta vez, agarrándola del pelo, la hace arquearse hacia él. Los gemidos de Giulia suben de volumen y cuando el éxtasis estalla en ella, Francesco sale de su cuerpo, le da la vuelta y le introduce el pene aún duro en la boca.

Como una poderosa diva del sexo, Giulia lo chupa con avidez y sin descanso, deseosa de que se venga. Recorre con la lengua el tronco del pene y succiona la punta con ansia mientras le acaricia el escroto. Francesco, enloquecido, incrementa sus acometidas. Agarra la cabeza de su novia y le introduce el miembro entero en la boca, mientras tiembla y musita:

—Chúpame hasta la última gota.

Después de eso, el alarido de Francesco es brutal y, mientras ella sigue chupando, veo cómo el semen cae por su barbilla. A diferencia de mí, que no me gusta el sabor del semen, a Giulia parece encantarle y, como una chica dócil, se lo traga todo y se relame lo que le queda en los labios.

—Buena chica... buena chica —oigo que musita Francesco, mientras ella no para de chupar y lamer con gusto.

Cuando se da por satisfecha, se sienta en la cama y él, mirándome, sonríe y dice:

—Giulia, ve a asearte y vístete.

Sin decir nada, ella toma su ropa y pasa al baño. Está claro que en esa relación él propone y Giulia obedece. Nada que ver con mi relación con Dylan, en la que jugábamos y proponíamos a partes iguales. Tras limpiarse lo poco que Giulia ha dejado, Francesco se viste y, cuando acaba, se sienta frente a mí y pregunta:

—¿Estás bien, Yanira?

Niego con la cabeza. No, no estoy bien; dejo que me abrace y lo oigo decir:

—*Bella*, debes recuperarte de tu divorcio.

—Lo haré —asiento convencida—. Lo conseguiré.

Francesco y yo hablamos un poco y luego Giulia aparece y nos despedimos. Cuando se van, miro la cama que segundos antes estaba ocupada y, tras quitar la colcha donde han hecho el amor, me desnudo y me acuesto.

Quiero dormir y soñar con Dylan.

Cal y arena

El 19 de octubre, una vez acabada la gira europea, llegamos a Los Ángeles y Coral y Tifany están esperándonos. Cuando Valeria y yo bajamos del avión, sonreímos al verlas, pero antes de abrazarnos a ellas, la prensa ya me ha rodeado.

Acabo de regresar a la realidad.

Esa noche, mis amigas cenan todas en mi casa. Hablamos durante horas y nos contamos lo que nos ha ocurrido en ese último mes. Lo pasamos muy bien, pero cuando a las dos de la madrugada ellas tres se van, yo me quedo sola en esta enorme casona.

Miro a mi alrededor y veo que todo está como siempre. Nada fuera de lugar. Ahí siguen las fotos de Dylan y mías. Furiosa, las recojo y las quito. Quiere que lo olvide, que lo odie; pues muy bien, ¡lo voy a intentar!

Una vez he eliminado todas sus huellas de la sala, subo a mi cuarto y, al entrar en él, la añoranza me vuelve a asediar. Sin poderlo evitar, recuerdo nuestros bonitos y mágicos momentos en esa estancia. Maldigo.

Camino hacia el clóset y, al abrirlo, su olor me invade.

¡Dylan!

Su ropa continúa colgada en las perchas. La toco, la huelo. Pero mi mente me grita que debo acabar con eso o nunca conseguiré salir adelante. Bajo al garaje, tomo unas cajas vacías, las subo a la habitación y meto su ropa en ellas. Se las enviaré a su casa y que él haga lo que le dé la gana. Cuando voy a cerrar las cajas con cinta selladora, saco una camiseta para quedármela. Necesito su olor.

Tras cerrar las cajas, las bajo al garaje y, una vez cierro la puerta, miro el reloj y veo que son las cinco de la madrugada. Despejada, regreso a la sala y, dispuesta a seguir martirizándome, busco un CD, lo pongo y, cuando comienza a sonar la canción, me dejo caer al suelo y, desesperada, miro el techo y murmuro:

—Cómo se supone que voy a vivir ahora sin ti.

Dos días después, Omar me ha preparado una entrevista en la televisión, en un programa de máxima audiencia. Será en vivo y por la mañana. Cuando me levanto, me baño y, al salir, me miro en el espejo. De mi cuello todavía cuelga la llave que tanto significaba para nosotros. Durante varios segundos la observo, la toco y, con todo el dolor de mi corazón, finalmente me la quito. La dejo encima del lavabo y la miro.

Una vez me visto, meto la llave con su cadena en un pequeño sobre, llamo por teléfono a un mensajero y, cuando llega, se lo entrego. Observo con pena cómo el hombre lo mete en la parte trasera del vehículo y se va.

Cuando llego al estudio, dejo que me maquillen, pero a diferencia de otras veces, no me visto sexy ni provocativa. Esta vez quiero que la gente conozca a la verdadera Yanira.

La presentadora, de nombre Angelina, se interesa por mi gira y su éxito, y yo respondo encantada. Durante más de veinte minutos, la entrevista se centra en mi carrera y la periodista, al verme tan receptiva, pregunta:

—¿Contenta por estar nominada a los American Music Awards?

—Mucho. Te mentiría si te dijera que no me siento feliz.

—Y, Yanira, ¿cómo llevas ser de nuevo una mujer soltera?

Sonrío. Hace un buen rato que espero esas preguntas.

—Adaptarse a cualquier cambio en la vida siempre cuesta —respondo—. Pero como no soy ni la primera ni la última persona que se divorcia, estoy segura de que lo superaré.

Angelina sonríe.

—¿Crees que la prensa tuvo mucho que ver en tu separación?

Niego con la cabeza y sonrío con tristeza.

—Cuando dos personas se separan, la culpa es sólo de ellos. Y aunque la prensa no me dio respiro, y tampoco me ayudó, no los puedo culpabilizar de algo que fue seguramente sólo un problema mío.

—Me consta que tu exmarido, Dylan Ferrasa, es un reconocido profesional de la medicina y un hombre muy atractivo para las mujeres.

—Sí —afirmo, reprimiendo mi dolor—. Es un gran médico y una excelente persona y estoy segura de que encontrará una mujer que lo sepa valorar como se merece.

—¿Eso quiere decir que tú no supiste hacerlo?

Carajo con la tipa y sus preguntitas. Pero sin querer ponerme a la defensiva, respondo:

—No valorar a Dylan Ferrasa habría sido un error. Simplemente, yo no era la mujer que él necesitaba.

—Entonces ¿se puede decir que se les rompió el amor?

Cuando la oigo decir eso, me acuerdo de la canción de la gran Rocío Jurado y pienso «se nos rompió el amor de tanto usarlo», pero contesto:

—El tiempo que estuvimos juntos fue increíble. Me quedo con eso.

—¿Lo volverías a repetir aun sabiendo el final?

Mi mano va inconscientemente a mi cuello. No encuentro lo que busco y respondo:

—Sí.

—Entonces, Yanira, ¿sigues creyendo en el amor?

Suelto un carcajada y con falsedad suelto:

—Por supuesto y espero volver a enamorarme.

La presentadora, encantada con mi respuesta, mira a la cámara y dice:

—Pues ya saben, hombres del mundo, Yanira busca el amor.

¡Hija de su madre!

Pero ¿cómo se le ocurre decir eso a esta atontada?

Cuando la entrevista acaba, Angelina me pregunta si me he sentido cómoda. Con una sonrisa tan falsa como su lozanía contesto que sí, me despido de ella y me voy a mi casa. Allí me encierro y me tiro en el sofá. No tengo nada mejor que hacer.

Horas después, suena el timbre. Son mis amigas. Han visto mi entrevista y, aunque yo les miento diciéndoles que lo tengo superado, vienen a mi rescate.

¡Qué lindas son!

Las cuatro nos sentamos en el sofá y hablamos de mi entrevista. Miento como la peor mientras me río y afirmo que estoy dispuesta a conocer a otros hombres. Y para acabar de convencerlas, les muestro que ya no tengo las fotos de Dylan en la sala y hago que me acompañen al garaje donde les enseño las cajas con su ropa. Eso veo que las sorprende. ¡Bien!

Cuando regresamos a la sala, Tifany dice.

—Hoy he ido de compras y le he comprado a Preciosa una película de Disney.

—¿Cuál es? —pregunta Valeria.

Tifany abre la bolsa, la saca y nos la enseña:

—*Frozen*, ¿la han visto? —dice.

Todas negamos y mi excuñada y cuqui profesional comenta:

—Yo tampoco. ¿Quieren que la veamos?

—¿Una de Disney? ¡Qué hueva! —se queja Coral.

—Sí —aplaude Valeria.

A mí, sinceramente, me da igual. Preparamos palomitas, servimos algo de beber y nos tiramos en mi sofá de los abrazos para ver *Frozen*.

La película es preciosa. Está basada en el cuento de la Reina de las Nieves, de Hans Christian Andersen, y nos enamoramos de la pequeña Anna cuando canta eso de:

Hazme un muñeco de nieve, o lo que sea, me da igual.

Al final, las cuatro lloramos como niñas y cuando acaba la película, una emocionada Coral murmura:
—Qué bonita... qué bonita... ¡mañana me la compro!

Mi entrevista en el programa de Angelina provoca un aluvión de invitaciones de hombres. Ahora que todos saben que soy una mujer divorciada, sola y receptiva, no pierden la oportunidad.

Al principio alucino. No doy crédito a lo que está pasando. Desde luego, el poder de la televisión es increíble y, para convencer totalmente a mis amigas de que tengo superado lo de Dylan, decido quedar con alguno de ellos.

Almuerzo con guapos actores, ceno con interesantes modelos, voy a fiestas con impresionantes ejecutivos... en definitiva, ¡me divierto! Aunque ninguno traspasa el umbral de mi habitación. Me niego. No puedo meter a nadie en mi cama. Mi apetito sexual se lo llevó Dylan, ¡maldito sea!

De nuevo, la prensa vuelve a la carga. ¡Soy Lobocienta! Pero esta vez me tratan con más suavidad. Parecen arrepentidos de lo que han hecho con mi anterior vida. Aun así, no confío en ellos ni un pelo.

Una noche en que estoy cenando con un atractivo modelo portugués, Dylan aparece en el restaurante junto a una mujer. El corazón se me paraliza al verlo. Nos miramos unos segundos y, cuando desaparece de mi vista, por fin puedo respirar.

Esa noche, en mi enorme cama sueño con él. Estamos los dos en el barco *Espíritu Libre*, donde nos conocimos, y cuando va a besarme, me despierto sobresaltada.

¡Diablos ya ni en sueños consigo que me bese! Qué frustración.

Dos días después, asisto a una gala de beneficencia con un productor de cine y allí me lo vuelvo a encontrar.

Por el amor de Dios, ¿tan pequeño es Los Ángeles?

Esa noche tampoco se acerca a mí. Ni siquiera me mira. Yo a él sí. Está guapísimo con traje oscuro y camisa gris y parece divertirse con su grupo. Extasiada por su presencia, sonrío cuando lo veo sonreír, y un gusanillo picantón recorre mi cuerpo cuando lo escaneo en profundidad.

Carajo, ¿por qué no puedo parar de mirarlo?

Vuelve a pasarme lo mismo que cuando lo conocí en el barco. Yo lo miro y él a mí no. Me ignora. Aunque ahora que lo pienso, me dijo que, aunque por aquel entonces no me miraba, controlaba todos mis movimientos.

¿Estará haciendo de nuevo lo mismo? ¿O realmente le soy indiferente?

Durante horas, disfruto no quitándole ojo y, cuando me descubre, miro hacia otro lado y me hago la tonta. Bailo con mi acompañante y me muevo como una auténtica zorra. Quiero que me vea feliz y contenta, como yo lo veo a él.

Esa madrugada, cuando llego a mi casa me suena el celular. Un mensaje. Al leerlo, me quedo con los ojos cuadrados al ver que es de Dylan.

El vestido que llevas es el que compramos en Nueva York.
Estás preciosa con él.

Alucinada, me dejo caer al suelo de la entrada de mi casa y, allí sentada, leo el mensaje mil millones de veces, mientras pienso si contestarle o no. El celular me vuelve a sonar.

¿Cenarías conmigo mañana?

¡No lo puedo creer!

La respiración se me acelera. Dylan, mi Dylan, me pide una cita.

Me muero por decirle que sí, pero de pronto las palabras «¡No eres buena para mí!» y «¡Me estás amargando la existencia!» cruzan por mi mente y dejo de sonreír.

Por mucho que lo quiera, no puedo hacerle eso. Otra vez no. Al final no contesto, borro los mensajes y, levantándome, meto el celular en un vaso con agua.

Al día siguiente me cambio de número y de teléfono. Debo comenzar de cero e intentar no joderle de nuevo la vida.

Una semana después, estoy en un restaurante cenando con mis amigas y, cuando voy al baño, me quedo de a cuatro al verlo sentado a una mesa del fondo.

¿Desde cuándo está allí?

Boquiabierta, veo que está solo. Se levanta y camina hacia mí. Acelero el paso, pero él me intercepta en el pasillo.

—Hola, Yanira.

Intimidada por lo que mi cuerpo siente cuando lo ve, trago el nudo de emociones que tengo en la garganta y respondo a su saludo:

—Hola.

Durante varios segundos nos miramos en silencio, hasta que decido acabar con aquello. Me doy la vuelta, entro en el baño y cierro la puerta. El corazón me palpita, me llevo la mano a él y murmuro:

—Tranquilízate... tranquilízate.

No sé cuánto tiempo estoy ahí. Pienso en mis amigas. ¿Acaso no se dan cuenta de que tardo en volver? Y cuando creo que él se habrá ido, me atrevo a salir y lo encuentro apoyado en la pared.

—Vi tu entrevista en el programa de Angelina —me dice.

Poniéndome a la defensiva por el ataque que seguramente me va a lanzar, pregunto:

—¿Y?

Levantando un dedo, se acerca a mí, me lo pasa por el óvalo de la cara y susurra:

—Yo también volvería a repetir.

Bueno... bueno... bueno...

Sé a lo que se refiere. Mi corazón se acelera. Mi cuerpo se rebela. Dios mío, ¿esto está ocurriendo de verdad?

Qué razón tenía Anselmo en cuanto a que su hijo era como él. Pero ¿de verdad quiere volver a sumergirse en otra locura conmigo? Y cuando va a posar la boca sobre la mía, lo paro.

—¿Qué estás haciendo, Dylan?

Sus ojos van de mi boca a mis ojos y viceversa, pero no se mueve. No se retira. Nuestras respiraciones agitadas se entremezclan y murmura:

—Esperaba que me contestaras a los mensajes.

—Vamos a ver, Dylan —murmuro como mejor puedo—, tú y yo no vam...

—Tenías razón. Nunca te engañé con nadie, caprichosa.

¡¿Caprichosa??

Oh, Dios... ¡me acaba de llamar «caprichosa»!

Creo que me voy a caer redonda de un momento a otro, pero con la fuerza que él me ha enseñado a tener con su dureza, repito:

—¿Qué estás haciendo?

Lleva una mano a mi espalda y recorriéndomela entera con un dedo, contesta:

—Recuperar lo que nunca debí perder.

Ay, Dios... ay, Dios, ¡que me infarto!

Mi cuerpo se revoluciona y mi corazón me grita que me lance a sus brazos, que lo bese, que le haga el amor, pero no dispuesta a lastimarlo de nuevo, respondo mientras tiemblo:

—Aléjate de mí y recuerda que no soy buena para ti.

Sus ojos, esos que tanto conozco, se endurecen. De un empujón, lo aparto de mí y, sin mirar atrás, me voy y lo dejo allí. Cuando llego a la mesa, mis amigas siguen cotorreando y riendo. Ninguna parece haberme extrañado y yo no les cuento lo ocurrido. Debo prepararme para el ataque de Dylan y no ceder. No puedo destrozarle la vida otra vez.

Al día siguiente, a partir de las nueve de la mañana, cada hora llega un ramo de rosas rojas sin tarjeta. Sé de quién son y, aunque me halaga, me destroza. Dos días después, mi casa parece una sucursal de Interflora. Cada vez que suena el timbre, me acuerdo de todos los antepasados de mi ex.

¿A qué está jugando Dylan?

El fin de semana me escapo y me voy a Puerto Rico. Lo siento por el pobre florista.

¡Que se lleve las rosas a su casa!

Tifany va a llevar a Preciosa y, tras hablar con Anselmo, me animo a acompañarlas. La Tata y él se alegran de verme. Me quieren tanto como yo a ellos y se lo agradezco.

En un momento dado los descubro hablando de Caty. Al verme se callan y yo no pregunto. No quiero preguntar. ¿O sí?

Tras un maravilloso día en el que compruebo por mí misma que mi exsuegro y mi excuñada han limado asperezas y ahora se entienden perfecto, de madrugada, como no consigo conciliar el sueño, bajo a la cocina. Me encuentro con *Pulgas* y lo acaricio. Al igual que el ogro, ése al final ha resultado ser más mimoso de lo que aparenta. Le doy una salchicha que saco del refrigerador y él se la come encantado.

Sé dónde guarda la Tata el Nesquik, así que lo tomo y comienzo a meterme cucharadas en la boca.

¡Menuda ansiedad tengo!

Lo ocurrido con Dylan me la provoca.

De pronto, la luz de la cocina se enciende. Me asusto. El Nesquik se me va por otro lado y me ahogo. Anselmo, al verme, mueve la cabeza, toma un vaso de agua, me lo da y, mientras bebo, gruñe:

—Por el amor de Dios, ¿aún sigues haciendo esa cochinada?

Cuando se me pasa el ahogo y puedo volver a respirar, me limpio el chocolate de la boca y, sonriendo, murmuro:

—Hay cosas que no cambian, por mucho que otros se empeñen.

Él sonríe, se sienta frente a mí e, incapaz de callarme, pregunto:

—¿Qué comentaban la Tata y tú de Caty?

Él cabecea y, tras pensarlo, responde:

—Vino a visitarnos hace dos semanas.

—¿Caty vino aquí? —pregunto alucinada.

—Sí —asiente—. Parece que vuelve a controlar su vida y, avergonzada, vino a disculparse por lo ocurrido contigo hace meses. —Al ver mi expresión, añade—: Tranquila, rubiecita, no me la comí, pero me encargué de decirle unas cuantas cositas bien dichas. También vino a despedirse. Se marchaba a trabajar a la India indefinidamente. Por lo tanto, no creo que los vuelva a molestar ni a Dylan ni a ti.

Saber que ha estado rondando a los Ferrasa no me hace especialmente feliz; Anselmo dice:

—Me pidió que la despidiera de Dylan. No te preocupes, a él no se ha acercado.

No respondo y él, tomándome la mano, cuchichea:

—Hoy ha llamado Dylan. Sabe que estás aquí y...

—Si viene él, me voy yo —puntualizo.

El viejo sonríe y contesta:

—Tranquila, rubiecita, no vendrá. Quiero tener un fin de semana en paz con mis dos exnueras y mi nieta.

Alucinada veo que sonríe. ¿Está disfrutando con esto? Y como no confío en él un pelo, murmuro:

—Como me estés engañando y mañana aparezca tu hijo por esa puerta, te prometo que me voy a enojar mucho contigo y...

—Recuerda —me interrumpe—. Te dije que Dylan era como yo y ya se ha dado cuenta de su error, ¿verdad? —No respondo—. Se muere por volver contigo, rubiecita. Tú eres su mujer, su ideal y, por mucho que te niegues, no va a parar hasta conquistarte.

—La tiene difícil, Anselmo. ¡Muy difícil! —gruño.

Él musita convencido:

—No subestimes el poder de un Ferrasa, hija.

—No subestimes tú el poder una Van Der Vall —resoplo.

Anselmo se ríe. Le encanta mi respuesta y cuchichea:

—Tu empecinamiento redoblará su empeño. ¿No lo conoces?

Lo conozco y precisamente por eso refunfuño:

—Parece mentira. Tú, como su padre, deberías recordarle que ya incumplió la regla número uno una vez y no le salió bien. ¿Acaso no se lo vas a recordar esta vez?

—No.

¡Carajoooo con los Ferrasa!

—Yo la incumplí tres veces con mi Luisa, hija mía —se ríe—, y porque la vida nos separó... Si no, seguro que la habría incumplido unas cuantas más.

Sus palabras y en especial su sonrisa me hacen sonreír. Me encanta este ogro risueño y le aclaro:

—Yo no soy como Luisa.

Suelta una carcajada y afirma:

—Pero Dylan sí es como yo y seguirá la tradición contigo.

Al día siguiente por la noche, me llevo a Tifany a bailar salsa y a tomar chichaítos. Eso sí, los controlo. La prensa me vigila y sólo quiero que me vean pasarla bien.

No me ames

El lunes, cuando regreso, la casa huele de maravilla. Eso es lo que tiene ser la sucursal de Interflora en Los Ángeles. A los diez minutos de llegar, tocan a la puerta y al abrir no lo puedo creer. Allí tengo al florista con su sonrisa. Tras tomar el ramo, cierro la puerta y me suena el celular. Un mensaje.

> Bienvenida a casa, cariño. Hoy estás preciosa. Te quiero.

¡Diablos! ¿Me vigila?

¿Cómo ha conseguido mi nuevo número de celular si sólo lo tienen cuatro personas?

Mañana me lo vuelvo a cambiar.

Al final sonrío. Dylan Ferrasa es pesado... muy pesado.

El jueves siguiente no salimos a celebrar nuestro Pelujueves. Temo encontrármelo. Preparo una cenita y mis amigas vienen a casa. Cuando entran, alucinan. Creo que nunca han visto tantas rosas juntas en un mismo espacio. Y todas, ¡todas!, ponen pinto a Dylan por hacer eso. La peor, Coral.

Y cuando tocan a la puerta y entro en la sala con otro ramo de rosas, Tifany pregunta:

—¿Qué dice en la tarjeta?

Sorprendida, veo que ese ramo sí trae tarjetita en un lateral. La abro y leo para mí:

> Nunca fuiste mala para mí.
> Eres lo mejor de mi vida y nunca te engañaría con nadie.
> TQ

¡Qué lindooooooooo!

Pero ante ellas pongo cara de asco y, soltando las flores, digo:

—Carajo, qué pesadito.

Valeria me quita la tarjeta y, después de leerla, me la devuelve y dice:

—Éste es un idiota y en su casa no se lo han dicho.

—Es un Ferrasa; ¿qué esperabas, cuqui? —comenta Tifany.

Oír eso me molesta, pero me callo. Si algo es Dylan es un caballero. Nada que ver con Omar.

Coral me arranca la tarjetita de las manos y, rompiéndola ante mis narices, dice:

—A la mierda este tipo. Él sí fue algo malo para ti.

A partir de ese instante, se genera un debate entre las tres de lo más absurdo. Se dedican a destripar mi relación con Dylan y yo las escucho muda. Nada de lo que dicen es cierto. Él siempre ha sido romántico, amable con los míos, comprensivo y, sobre todo, me sentí muy... muy querida por él a pesar de nuestro final. Pero por lo visto mis amigas han visto otra película. Lo tachan de machista, antisocial... y cuando Coral, que es la peor, dice que era un golfo, ya no puedo más y estallo:

—Todo eso es mentira. Hablan sin saber. Y sí, todo acabó, pero quizá yo lo provoqué no controlando mi carrera ni a la prensa. Creía que podría con ello, pero ¡el mundo pudo conmigo! Y como diría mi abuela Ankie, no supe darles valor a las cosas verdaderamente importantes y lo arruiné todo. ¡Todo! Dylan es un hombre excepcional, romántico, cariñoso, protector y, simplemente, no pudo más, explotó y...

—Y te dio la patadita en la cola y te engañó con otra. ¡No me chingues, Yanira! —insiste Coral.

Su dureza me pone enferma y aclaro:

—La patadita se la di yo a él antes, cuando no supe tomar decisiones acertadas.

—¿Te recuerdo que te puso los cuernicientos, Tontacienta? —insiste.

—No lo hizo. Siempre lo supe y hace poco me lo confirmó —suelto.

—Cuquita... no creas todo lo que un Ferrasa te dice. Recuerda a mi mandril. Él también negaba que me los ponía y yo iba rayando los techos.

—¿Acaso piensas comparar a Dylan con Omar? —murmuro furiosa.

—Los dos son hombres y los dos se apellidan Ferrasa —puntualiza Valeria.

Alucinada por la negatividad que veo en ellas a la hora de hablar de Dylan, respondo:

—Si alguien se tiene que culpar de muchas cosas soy yo, únicamente yo. Y aunque les moleste y les repatee, lo sigo queriendo, necesitando y amando con todas mis fuerzas y si no vuelvo con él es porque no soy la mujer que le conviene. Nunca podré ser la buena y plácida mujercita que un médico necesita. Y no lo puedo ser porque me gusta cantar. Adoro subirme a un escenario para hacer vibrar a la gente y... ¡carajo...! —grito, tras haber desnudado mis sentimientos—. ¿Por qué les tengo que contar esto?

Las tres se me quedan mirando como si yo fuera una aparición mariana y Tifany dice:

—Ay, cuqui, que me vas a hacer llorar.

—Diablos, Divacienta, ¿tan enamorada sigues de él? —pregunta Coral sorprendida.

Con tristeza asiento con la cabeza y respondo:

—Soy una buena actriz, Coral, ¿todavía no te has dado cuenta?

—Te mataría por tu gran actuación —suelta ella—, pero el problema es que luego te extrañaría.

Sonrío. Valeria, acercándose a mí, me abraza y dice:

—Te mereces ser feliz. Muy feliz, cariño. Y sin duda ese hombre te merece tanto como tú a él. Cambia el chip y piensa en positivo. Mira todas estas flores. Dylan te quiere. Tú lo quieres. ¿Por qué te resistes a volver con él?

—No quiero amargarle de nuevo la existencia. Nuestros mundos son diferentes. Le volvería a destrozar la vida y no puedo permitir que eso suceda otra vez.

El debate sobre mi vida sentimental se retoma de nuevo. La más cruel sigue siendo Coral. Pero ¿qué le pasa con Dylan? ¿Por qué le ha tomado tanta manía? De madrugada, cuando mi límite de tolerancia no puede más, digo:

—No me maten, pero necesito dejar de escucharlas.

—Oh... oh... Amargacienta nos echa de su casa.

Desconcertada por la mala vibra que veo todo el rato en Coral, murmuro:

—Mira, Idiotacienta, yo que tú cerraba el pico porque me estás molestando, y mucho.

El sábado siguiente, mis tres locas pasan a buscarme. Saben que necesito divertirme y no me abandonan.

¿Cómo no las voy a querer?

Nos vamos a cenar y después, como siempre, ¡a tomar desarmadores! Varios hombres nos abordan, pero los ignoramos. Cada una de nosotras tiene su motivo y el mío es que ninguno me atrae sexualmente.

Sin duda, tras el huracán puertorriqueño llamado Dylan, me va a costar bastante encontrar sustituto.

En el bar de Ambrosius, bailamos, nos divertimos y bebemos, cuando de pronto me quedo sin palabras al ver a Dylan. ¿Desde cuándo va al local de Ambrosius? Sorprendida, veo que está con unos amigos médicos a los que conozco y en cuanto Coral lo ve, suelta:

—A éste le corto yo los huevos. ¿Qué carajo hace aquí?

Dos segundos después, Dylan se acerca a nosotras y, mirándome, pregunta:

—¿Bailas conmigo?

Plan A: sí.

Plan B: sí.

Plan C: sí.

Al final, elijo el plan nanay de la China y, mirándolo, contesto:

—No.

A continuación, tomo mi bolsa y, seguida por mis dignas amigas, salgo hecha una furia del local.

¿Por qué Dylan no ve que no quiero volver con él?

Yo no me doy por vencido

La gira latinoamericana dará comienzo en breve y los ensayos son más intensos. Queremos sorprender a nuestro público y nos esforzamos en que el espectáculo sea magnífico. Y aunque en la discográfica protestan, omito la canción *How Am I Supposed to Live Without You*. Para mí tiene demasiado significado y me niego a cantarla.

Bastante tengo con cantarla en casa, como para hacerlo también en público y demostrarles a mis miles de seguidores lo desesperada que estoy. No. ¡Definitivamente suprimida!

La noche antes de comenzar la gira salgo con unos amigos y Valeria. Vamos a cenar y a celebrar el cumpleaños de Justin, un modelo que me tira la onda, y luego tomaremos algo en un bar al que ya he ido en otras ocasiones con mi exmarido. Cuando estamos cenando, de pronto el mundo se detiene. Acaba de entrar Dylan acompañado de una mujer.

Pero vamos a ver, ¿cómo sabe siempre dónde estoy?

Valeria, que lo ve, me agarra la mano por debajo de la mesa y murmura con disimulo:

—Tranquila, cielo. Él no te ha visto.

Asiento. Él no, pero yo sí. Desde donde estoy, observo sus manos, esas hermosas manos que me volvían loca cuando me tocaban, y ya no puedo comer.

¡Qué calentón me estoy dando con sólo pensar!

Mis acompañantes no se dan cuenta de lo que me ocurre, excepto Valeria. Yo intento disimular, sonrío y me integro en la conversación, pero, en realidad, ni sé de qué hablan. Sólo puedo mirar la espalda de Dylan y ver las sonrisas de la idiota que está sentada frente a él.

¡Le arrancaría toda la dentadura!

Cuando terminamos la cena, me excuso y voy al baño con Valeria. Una vez allí, me echo agua en el cuello mientras ella me da aire.

—Respira, que me estás asustando.

Vuelvo a echarme agua en el cuello.

—Qué mala suerte tengo, ¡mierda!

—¿Por qué?

Más que convencida de que Valeria entiende por qué lo digo, contesto impaciente:

—Porque cuanto más hago por no verlo, más me lo encuentro. Pero si ya he cambiado de número de teléfono cuatro veces. ¡Carajo, ¿qué más tengo que hacer?!

La pobre no sabe qué decir y, tomándome las manos, susurra:

—Tranquila.

Asiento. Por supuesto que asiento.

Pero cuando salimos del baño, me quiero morir al ver a nuestro grupo hablando con Dylan y musito horrorizada:

—No... no... no... qué mala suerte.

—Pues sí, cielo para qué te lo voy a negar —afirma Valeria.

Plan A: salgo por la puerta de atrás.

Plan B: me meto en el baño hasta que cierren el local.

Plan C: me uno al grupo como si nada.

Elijo el plan H: salgo por la ventana del baño.

Junto a una incrédula Valeria, que no para de protestar, salimos como dos ratas por esa ventanita desollándonos las rodillas. Una vez en la calle, nos echamos a reír. Desde luego, me estoy volviendo loca.

¡Si me ve algún periodista, alucina!

Una vez fuera y recompuestas, vamos a la entrada del restaurante para esperar a los demás. Cuando salen nos miran sin dar crédito. ¿Por dónde hemos salido?

Feliz por haber escapado de Dylan y furiosa por haberlo dejado allí con aquella mujer, camino con el resto del grupo, mientras me comentan que lo han visto. Yo me hago la sueca, aunque soy española, y respondo con calidez:

—¿Ah... sí? Pues yo no lo he visto. Si no, lo habría saludado.
Justin, el cumpleañero, agarrándome por la cintura dice:
—Me alegra saber que te llevas tan bien con tu exmarido.
—Somos adultos y civilizados —respondo.
En ese instante, suena mi celular. Mensaje. Dylan.

Dile al idiota ese que te suelte.

Mierda, acabo de decir que somos civilizados. Me deshago instintivamente de la mano de Justin y miro a ambos lados, pero no hay nadie. Apago el celular. ¿Cómo ha conseguido mi número nuevo? ¿Acaso me ha puesto un microchip?

Justin, que no se ha percatado de nada, sigue con la conversación:

—Yo con mi exmujer me llevo a matar. Tienes suerte de estar tan bien con él. A mí me encantaría algo así, pero ella no quiere. Por cierto, los he invitado a él y a su acompañante a la fiesta. Quizá luego se acerquen un ratito.

Valeria me mira y yo resoplo. Carajoooooooooooooo...

—¡Qué cuqui! —suelta ella.

Al llegar al local donde se celebra la fiesta de Justin, todos tenemos ganas de pasarla bien. Yo la primera. Una orquesta ameniza el evento y, dispuesta a olvidar todo lo que me está pasando, bebo y me dejo llevar por la música.

Pero un rato después, cuando estoy bailando un merengue con uno de los chicos, Valeria, que está con otro cerca de mí, me dice con disimulo:

—Lo siento, reina, el Ferrasa ha llegado con su acompañante.

¡Yupi! ¡Ya estamos todos!

Dios mío, ¡quiero salir corriendo de allí!

¿El baño tendrá ventanita?

Mi amiga, que parece que me ha leído el pensamiento, levanta un dedo y murmura:

—¡Ni se te ocurra otra vez!

Adivina quién soy esta noche

No quiero mirar, me niego. Pero la morbosa que hay en mí al final lo hace y veo llegar a Dylan a la barra de la mano de aquella mujer, mientras saluda a varios de los presentes.

Cuando la canción acaba, con otro amigo bailo un perreíto, el baile más calentito que hay y que es lo que yo necesito para desfogarme. ¿O no? Cuando la música termina, mientras me dirijo hacia mi mesa, mis ojos se encuentran con los de Dylan. Me saluda con un movimiento de cabeza y yo hago lo mismo.

Uf... qué calor, por Dios. Y eso que sólo nos hemos saludado.

A partir de ese instante, mi paz interior, exterior y mundial se acaba. Cada vez que lo miro está observándome y eso me pone cardíaca. Sé lo que hace, lo conozco, intenta ponerme nerviosa para provocarme y que me acerque a él. Pero no lo va a conseguir. ¡No me acerco a él ni loca!

Una hora después, veo que la pesada de su acompañante toma su bolsa y casi aplaudo de alegría. ¡Se van!

Pasan por mi lado sin despedirse, y yo los sigo con la mirada clavada en su espalda hasta que salen del local.

—Ea, reina... ahora a disfrutar —dice Valeria saliendo a bailar.

Asiento. Sin duda ahora sí voy a disfrutar de la fiesta. Pero cuando Dylan desaparece de mi vista, cierro los ojos y siento ganas de llorar. No hay quien me entienda. Me siento incómoda cuando me mira, pero cuando se va la desolación me consume.

Más liberada por no tenerlo cerca, por fin me puedo apartar del grupo y voy hasta la barra para pedir un martini seco.

Mientras me lo preparan, me estoy tocando mi dedo sin anillo, cuando oigo a mi espalda:

—¿Bebes lo mismo que una tal señorita Mao a la que conocí una vez?

Se me hiela la sangre. ¿Dylan está aquí?

Me doy la vuelta y lo veo detrás de mí, más cerca de lo que yo esperaba. No se mueve y yo tampoco y, cuando el mesero deja mi bebida sobre la barra, le doy la espalda.

¿Por qué ha vuelto?

¿Por qué no ceja si me ve incómoda?

¿Por qué me tiene que recordar lo de la señorita Mao? ¿Por qué?

Dos segundos después, ya está a mi derecha. Lo miro con el rabillo del ojo mientras bebo y veo que me observa.

Su olor...

Su cercanía...

—¿Por qué has apagado el teléfono?

—A ti te lo voy a decir —me burlo.

Veo que cabecea. Llama al mesero y pide una botella de agua sin gas. De ésas caras que tanto le gustan. Observo la etiqueta. No la conozco. Dylan se la sirve en el vaso y dice:

—¿Sabes?, el agua aclara las ideas y te hace ver las cosas con mayor nitidez. Si quieres, puedo pedir otro vaso para ti, aunque ya sabes, con agua no se brinda o atraeremos a la mala suerte.

Sorprendida porque recuerde eso, lo miro mientras dejo mi martini seco.

—¿Quieres un poco de agua?

Lo que quiero es beberla de su boca, pienso, mientras le miro los labios, pero niego con la cabeza.

Sonríe, bebe y, cuando deja el vaso, dice:

—Enhorabuena. Me enteré de que estás nominada a los American Music Awards.

Asiento, e intentando reponerme del calentón global que estoy sufriendo por tenerlo tan cerca, respondo al ver que Valeria me hace señas con la mano para que me aleje de él:

—Gracias. Estoy muy contenta.

—Es para estarlo.

Vuelvo a asentir y de pronto me percato de que lleva colgada al cuello la llave que yo le devolví. La llave de su corazón. La miro y leo «Para siempre». Siento necesidad de tocarla, pero no muevo un dedo.

Por el amor de Dios, ¡parezco tonta!

En silencio, vuelvo a tomar mi martini seco mientras él me sigue observando.

Carajo... carajo... carajo... ¡que me infarto!

Dylan me toma un mechón de pelo y lo acaricia. Se recrea en él. El corazón se me desboca y lo oigo decir:

—Siempre me gustó tu pelo.

Oh, Dios... ¡Oh, Dios! Estoy perdida. Totalmente perdida. El huracán puertorriqueño viene directo hacia mí y si sigue así me va a destrozar.

Acerca la boca a mi hombro desnudo y, sin tocarlo, murmura mientras yo noto su aliento:

—También, siempre me gustó tu piel.

Bueno... bueno... bueno... ¡que me infarto!

Estoy nerviosísima y para cortar ese momento tonto, pregunto, retirándome:

—¿Tu acompañante no tarda mucho? —Y al ver cómo me mira, añado—: Lo digo por si la pobre se ha quedado encerrada en el baño y está pidiendo auxilio para salir.

Dylan sonríe y, con voz íntima, susurra:

—O quizá se haya ido por la ventana del baño.

Increíble. ¿Cómo lo sabe? Pero antes de que yo responda, dice:

—Ariadne sólo es una amiga que me ha acompañado para acercarme a ti. Ahora he vuelto solo, a buscarte.

Wepaaaaaa, ¡un momento! ¿A buscarme?

Definitivamente, me voy a infartar. De pronto, hace ese gesto que siempre me vuelve loca: se muerde el labio inferior y me mira con intensidad. ¡Será cabroncito! Lo miro extasiada. Lo contemplo, lo disfruto. Mi pinche mente calenturienta recuerda las veces en que se ha mordido el labio mientras me hacía el amor.

¡Qué calor!

Finalmente, consigo salir de mi burbujita rosa y, acalorada, oigo que dice:

—Recibí tu envío.

—¿Qué envío?

Tocándose la llave que lleva al cuello y que yo ya he visto, susurra:

—Sólo tú tienes el acceso a mi corazón. ¿Por qué me devolviste la llave?

Mis ojos recorren su piel tostada con deleite y respondo:
—Es tuya. Tu madre te...

Me pone un dedo en los labios para acallarme.

—Tú eres la única propietaria de mi corazón y lo sabes, conejita.

Buenooo, ¡al final la armamos!

Tiemblo. Me siento como Caperucita Roja al ver al lobo dispuesto a comerme.

Tengo que ser fuerte. Tengo que resistirme a sus encantos. He de hacerlo por los dos.

«¡Vamos, Yanira, que tú puedes!», me animo.

Aunque él sea un Ferrasa, yo soy una Van Der Vall. ¡Qué par!

La música del local cambia y se vuelve íntima. ¡Diablos! La voz de Luis Miguel comienza a sonar por los altavoces y yo maldigo mientras oigo:

Tengo todo excepto a ti y el sabor de tu piel.
Bella como el sol de abril...

Mi expresión es de agobio total. Ay, Luis Miguel, con lo que te quiero, ¡no me hagas esto! No, por Dios, ¡esta canción ahora noooooooooo!

—¿Bailas? —pregunta Dylan, tendiéndome la mano.

Niego con la cabeza. No. ¡Ni loca voy a abrazarme a él con esta canción!

Él, que me conoce como nadie en el mundo, se acerca y murmura, mirándome a los ojos:

—Como dice la canción, tengo todo excepto a ti.

No respondo, no puedo. Al final noto que se me va a bajar la presión aquí mismo. ¡Mucho, mucho!

Sin dejar que me recupere de su ataque, observo que retira algo de mi cara. Al enseñarme la pestaña que tiene entre los dedos, sonrío sin querer. Es algo tan nuestro, tan íntimo, que me quiero morir cuando susurra:

—Pide un deseo y sopla.
Lo hago.
Sin duda, el deseo ya lo tengo delante y, cuando la pestaña desaparece, Dylan murmura:
—Espero que se te cumpla.
De pronto, me da un dulce beso en los labios como siempre hacía. Parpadeo con el ojo cuadrado.
¿Me acaba de besar?
Y antes de que yo pueda protestar, pide:
—Arráncame una pestaña. Yo también quiero pedir un deseo.
Suelto una carcajada. La conversación, desde luego, es de bobos. Por el amor de Dios, ¿es que Dylan no va a parar?
Sin dejar de mirarme, pregunta:
—¿Te han salido muchos pretendientes tras la entrevista?
Bueno... bueno... bueno.
—Vi cómo Angelina animaba a los hombres a cortejarte —prosigue.
No respondo. Me niego. ¿A qué viene esa preguntita?
—Espero que ninguno se propase, o tendré que partirle la cara —añade.
Asombrada, lo miro y murmuro:
—Tú te vas a estar quietecito.
Dylan chasquea la lengua.
—Lo siento, cariño, pero si tocan lo que es mío, lo van a lamentar.
¡¿Y ahora «cariño»?!
Ese sentimiento de posesión me excita. ¡Carajo, qué imbécil soy! Y añade para rematar:
—Me pone enfermo pensar que alguno, por mi idiotez, pueda disfrutar del sabor de tu piel y de tu boca.
—Mira, Dylan —lo corto, excitada y molesta a partes iguales—, lo que yo haga o deje de hacer con otros no...
Me besa, ¡y vaya besazo!, mientras Luis Miguel sigue cantando.

Su beso me deja sin fuerzas. Introduce la lengua en mi boca para desarmarme como sólo él sabe hacerlo y, cuando se separa de mí, susurra:

—Dime que mi beso no te ha gustado. —No digo ni pío y él insiste—: Dime que no sientes por mí lo que yo siento por ti, cariño.

Con la respiración entrecortada, no contesto y miro para otro lado para reponerme.

Carajo... carajo... carajo...

Plan A: lo requetebeso.

Plan B: lo requetemato.

Plan... Plan... Plan... ¡No logro decidirme por ninguno!

Atraída como por un imán, siento que mi cuerpo se muere de ganas de acercarse al suyo, pero me resisto. Intento reprimir el deseo que siento por él, cuando dice:

—No puedo vivir sin ti, caprichosa.

—Dylan, no —replico enojada.

—Sí, cariño... sé que aún me quieres. Me lo dicen tus ojos, tus besos y tu piel. Me acerco a ti y tus pupilas se dilatan tanto como las mías. Cometí el error más grande de mi vida el día que me empeciné en olvidarte, y me equivoqué. Pero estoy dispuesto a recuperarte como sea... Como sea —repite.

Bloqueada, alucinada, en un viaje por estar oyendo eso que tanto necesitaba oír cuando me daba cabezazos contra el sofá de los abrazos, susurro:

—La respuesta es no.

—Conseguiré que sea un sí —contesta él.

Resoplo, me irrito, pataleo por dentro y, cuando logro calmarme, digo:

—¿Sabes qué, Dylan?

—Dime, cariño.

—¡No me llames «cariño»!

El muy cabroncito, sonríe y responde:

—De acuerdo, cariño.

Lo mato. Juro que lo mato. Lo que no sé es si a besos o a puñetazos.

Si alguien sabe enamorarme y enojarme ése es Dylan Ferrasa. Suelto molesta:

—No vas a conseguir un sí, porque no quiero amargarte la vida otra vez. No soy buena para...

Su boca cubre la mía, silenciándome. Me pega a su cuerpo y me besa con locura, con pasión, con deseo. Su cuerpo y el mío se acoplan a la perfección e, incapaz de apartarme, de resistirme al huracán Dylan, me dejo besar y lo disfruto. Cuando segundos después separa la boca de la mía, murmura a escasos milímetros:

—Eres lo mejor de mi vida.

—No... No...

—Me equivoqué, cariño.

Ahora soy yo la que se lanza como un tsunami a su boca. Sólo quiero besarlo y que me bese. El resto en ese instante me da igual. Su actitud posesiva y cómo me agarra me recargan las pilas como hace tiempo nada me las recargaba, cuando oigo que dice:

—Cásate conmigo.

Dios mío... Dios mío... Anselmo tenía razón.

¿Dylan quiere volver a incumplir su norma?

Me revuelvo para soltarme entre sus brazos. Esto no puede estar pasando. No puedo ser tan facilona de nuevo con él. Me niego. Pero me vuelve a besar y me vuelve a vencer. Ante su asedio devastador estoy totalmente perdida. Soy facilona... soy tan facilona como quiera.

Mi respiración se acelera. La suya ya es como una locomotora, y siento que me toma en brazos, me lleva hasta la parte trasera del bar, cierra la puerta con la llave, que está puesta, y repite:

—Cásate conmigo.

Cuando voy a protestar, me aprieta contra su cuerpo y me besa.

¡Cuánto he llegado a añorar sus besos. Su masculinidad. Su todo...!

Acabado el beso, pasea la boca por mi rostro mientras murmura, volviéndome loca:

—Te deseo. Te deseo con todo mi ser.

Con el vello de punta y sintiendo lo mismo que él, dejo que me siente sobre una mesita.

—La primera vez que te hice mía fue en un almacén, ¿lo recuerdas? —murmura.

Asiento y ya tengo claro que esta última vez también será en un almacén.

Segundos después, mi vestido cae al suelo junto a su camisa, sus pantalones y nuestra ropa interior. Cuando estamos desnudos, soy capaz de musitar:

—¿Qué estás haciendo, Dylan?

—Lo que tendría que haber hecho hace tiempo —responde, mirándome con amor.

Los pezones se me endurecen ante su respuesta. Lujurioso, me los toca, los estruja, los acaricia, mientras yo no puedo dejar de mirar su duro y tentador pene, que ya deseo dentro de mí. Sin hablar, me abre las piernas, introduce un dedo en mi interior y, cuando ve mi gesto de aprobación, lo empieza a mover mientras se muerde el labio inferior.

Dios... ¡cómo me pone eso!

Excitada y olvidándome de todos mis reproches, agarro su pene y lo estrujo en la mano. Oh, Dios... su tacto...

—Si continúas así —tiembla—, dejaré lo que estoy haciendo para poseerte con urgencia.

Sonrío, eso es lo que quiero.

Cuando su dedo sale de mí y me toca el clítoris, siento una enorme descarga eléctrica y suelto un jadeo gozoso, de deseo, de anhelo y lujuria. Y entregándome al hombre que me hace perder la razón, murmuro:

—Poséeme como quieras, pero hazlo.

Dylan asiente, mientras su dedo continúa excitándome el clítoris para darme más placer. Me conoce. Sabe lo que me gusta y, cuando lo aprieta y yo vuelvo a jadear, susurra contra mi boca:

—Cásate conmigo, caprichosa.

—No —consigo responder.

—Eres mía. —Su tono posesivo y sus palabras me llegan al alma, pero niego con la cabeza.

Un bufido de frustración sale de su garganta, mientras cubre mi boca con la suya y su dedo sigue en mi clítoris.

Me muevo, tiemblo, me derrito en sus manos y cuando me tiene totalmente bajo su voluntad, se agacha. Besa mi sexo, lo muerde y, acto seguido, su lengua roza el botón que ha preparado y el placer me estremece y hace que me empape aún más.

—Oh, sí... no pares —susurro en voz baja.

Gozosos espasmos recorren mi cuerpo ante lo que Dylan me hace. Su boca y su dedo exploran mi interior y yo aprieto mi sexo contra su boca entregándome a él.

Enajenada por el momento, me acuesto sobre la mesa y, arqueando la espalda, le dejo ver lo mucho que disfruto, mientras lo siento temblar y sé lo mucho que él disfruta de mí.

Cuando aparta la boca, me toma con cuidado del cuello y, tras un beso con sabor a sexo, me vuelve a sentar. Pasa las manos por debajo de mis rodillas para abrirme a él. Coloca la punta de su erecto pene en mi más que húmeda vagina y, jalándome, me arrastra hacia él hasta hundirse totalmente en mi interior.

—Ahhhh... —gimo.

Mi voz...

Mi gemido...

Mi cuerpo...

La unión de todo esto veo que lo enloquece y, asiéndome con más fuerza aún, se vuelve a hundir otra vez en mí.

—¿Te gusta esto, caprichosa?

—Sí —jadeo, con el corazón acelerado.

—Y esto también, ¿verdad?

Me vuelve a penetrar con otra potente embestida que me nubla la mente.

—Sí.

—¿Y esto?

Un grito de placer sale de mi boca, mientras siento que la piel me arde y él murmura:

—No voy a permitir que ningún hombre te posea como te poseo yo. Cásate conmigo.

—No... No...

Apretando con las caderas entre mis piernas, insiste:

—Cásate conmigo.

Grito. Mi vagina lo succiona. Ella parece decir que sí y lo veo sonreír. Posa las manos en mi trasero, me aprieta contra él y no me deja que me separe.

Su pene está totalmente en mi interior y, mientras yo jadeo por estas sensaciones que tanto necesitaba, él murmura sobre mi boca, temblando:

—Eres mía y yo soy tuyo. Lo notas, ¿verdad?

Me tiembla la barbilla mientras echo la cabeza hacia atrás a punto del desmayo, cuando Dylan afloja. Pero después de eso, me penetra sin parar una y otra vez. Se adentra en mí con una mezcla de locura y posesión y dice:

—No hay nada más hermoso que tú.

Nos miramos a los ojos. Con cariño, le rodeo la cintura con las piernas y, con los dedos en su pelo, reclamo su boca. Me la da, me la entrega y yo la devoro mientras me levanta de la mesa y sigue.

Sin soltarme y con una posesión irreverente, me hace suya una y otra vez, mientras yo me abro para él y disfruto de nuestro morboso juego. Su fuerza redobla la mía y, avivada por la llama de la pasión como llevaba tiempo sin sentir, susurro:

—Apriétame.

Dylan me entiende. Siempre nos hemos entendido en materia de sexo; agarra mis hombros, adelanta las caderas y se aprieta contra mí con fuerza, mientras estallamos de placer.

Somos dos animales en celo en nuestros encuentros y, sin duda, éste está siendo glorioso. En la relación sexual para nosotros no existen límites, ni tiempo, ni nada. Sólo disfrutamos sin fronteras, ni tabúes.

Vuelve a apretarse contra mí y gimo gozosa, mientras noto cómo mi cuerpo lo absorbe y se contrae para él. Segundos después, nuestros gritos y el sonido de nuestros cuerpos al chocar nos llevan al límite del placer.

Se nos oye jadear en la minúscula estancia, mientras los dos, desnudos, nos abrazamos e intentamos respirar. Nos miramos. No hablamos. Sólo nos miramos y cuando me deja en el suelo, nos vestimos todavía sin decir nada.

—Cásate conmigo —insiste él luego, y yo tiemblo.

—Noooo.

—Dime que sí.

—Pero ¿tú estás loco?

—Estaría loco si no te lo pidiera. Te acabo de hacer el amor. Te acabo de demostrar cuánto nos deseamos, nos necesitamos, nos queremos. Estamos hechos el uno para el otro, ¿no lo ves? Cariño, me faltas tú. Te necesito. ¿Qué más necesitas para decir que sí?

Dios, ¿por qué vuelve a ser tan romántico conmigo?

Pero dispuesta a no ceder a pesar de lo que acaba de pasar entre nosotros, respondo:

—No te quiero, Dylan. Ya no.

—Mientes. Me quieres con toda tu alma. Lo sé.

—Serás creído... —contesto.

Él sonríe y, acercándose a mí, murmura:

—Te conozco y sé cuándo mientes, y ahora lo estás haciendo, cariño.

Niego con la cabeza. Intento apartarme, pero no me lo permite.

—Dylan. No... no soy buena para ti.

Con una media sonrisa que desarmaría a cualquiera, asegura:

—Lo correcto sería decir que tú eres demasiado buena para mí y que fui el hombre más idiota del mundo al presionarte para que nos divorciáramos.

Me derritooooooooooooo.

Pero no podemos volver a destrozarnos la vida, así que le doy un empujón y lo aparto.

—No, Dylan... otra vez no.

Le doy vuelta a la llave, abro la puerta y salgo igual que un toro a la plaza. Con mirada desesperada busco a Valeria, que, al verme, corre a mi lado. Sin que yo se lo cuente sabe lo que ha pasado. Sólo hay que ver mis pelos y mi cara.

Dylan nos persigue y, cuando salimos del local, sin importarle que Valeria esté delante, dice:

—No voy a desistir hasta que digas que sí.

En el coche de Valeria, ésta lo pone pinto ante mí. Yo me callo. No quiero decir nada. Al final, ella desiste.

Es lo mejor.

Puede ser

Al día siguiente, estoy con mi grupo en el aeropuerto para iniciar nuestra gira latinoamericana.

Estoy desconcertada. No he podido descansar pensando en Dylan, en lo que pasó anoche entre nosotros y en las cosas que me dijo y me pidió.

¿Se ha vuelto loco? ¿Cómo nos vamos a casar otra vez?

De pronto suena mi celular. Un mensaje de él.

> Que tengas un buen viaje. Piensa en lo que te dije.
> Te quiero, cariño.

¡Alucino! ¿Es que no se va a dar por vencido?

Tengo que apretar la boca para no soltar una burrada. Me pongo las manos en la cintura y niego con la cabeza. Estoy a punto de contestarle y mandarlo a freír espárragos, cuando el celular vuelve a sonar.

> Con las manos en la cintura estás preciosa.
> Cásate conmigo.

Alucinada, me quito las manos de la cintura y miro a mi alrededor. No lo veo. ¿Dónde está? De pronto lo localizo sentado en una de las cafeterías del fondo, con una gorra oscura y unos lentes de sol. Cuando nuestras miradas se encuentran, sonríe, se baja los lentes y puedo ver sus bonitos ojos.

«Te comería a besos y te mataría a partes iguales», pienso al verlo.

—¿Qué te ocurre? —pregunta Tifany, acercándose a mí.

Valeria, que camina a su lado, mira hacia donde yo miro y dice:
—Oh... oh... Dylan Ferrasa. Sexta mesa a la derecha y al fondo.
Coral, que nos ha venido a despedir, mira con rabia hacia allá y murmura:
—Al final le cortaré los huevos por *pesaíto*.
—¡Coral, basta ya! —digo.
Tifany, al oírme, se mira las uñas que Valeria le ha pintado y pregunta:
—¿Qué no nos has contado, Puticienta?
Me río; mi excuñada habla ya como Coral y lleva las uñas como Valeria, ¿quién se lo iba a decir? Después miro a ésta con reproche, seguro que les ha contado lo que ocurrió anoche, pero me callo. Bastante humillante es para mí saber que he caído bajo su redes.
Omar se acerca a nosotras.
—¿Qué les ocurre? —pregunta.
Valeria y Tifany me miran a la espera de mi respuesta y yo digo quitándole importancia:
—Nada. Creía que había visto a un amigo.
Mi excuñado sonríe, mira a Tifany y cuchichea:
—Hay un par de periodistas camuflados tras la columna, tengan cuidado. Por cierto, Tifany, ese falda te queda muy bien.
Ella sonríe, se toca el trasero lentamente y responde:
—Lo verás pero no lo catarás.
Omar cambia el gesto y se va. Sin duda, ya no tiene nada que hacer con su ex.
Angustiada, busco a Dylan con la mirada. Por favor, que no lo vea la prensa o su tortura comenzará de nuevo. La mesa donde estaba sentado ahora está vacía. Valeria me dice en voz baja:
—Se ha ido cuando ha llegado Omar.
Segundos después, nos despedimos de Coral, que nos besa con cariño, y abordamos. El celular suena otra vez y leo:

No voy a parar hasta que digas que sí.
Te quiero, no lo olvides.

Horas más tarde, cuando estamos en pleno vuelo, mis amigas, que se han sentado conmigo, me miran fijamente y yo les cuento lo que me atormenta.

Tifany me pregunta:

—Pero vamos a ver, cuqui, si tú lo quieres y él te quiere, ¿dónde está el problema?

—No puede ser. Volvería a salir mal.

—Si no me equivoco, sus padres se divorciaron dos veces y se casaron tres, ¿verdad? —ríe Valeria y luego añade—: Quizá sea tradición familiar.

Me río. Me hace recordar a Anselmo y respondo:

—Pues esa tradición conmigo no va a continuar.

Valeria, convencida de que me falta un tornillo, pregunta:

—¿Por qué le dijiste que no lo quieres?

—Porque la mentira a veces es un antídoto, Valeria.

—¿Un antídoto para qué? —salta Tifany.

Con el corazón desbocado y una extraña felicidad al saber que Dylan se muere por mí, respondo:

—En mi caso para que me olvide. Yo no soy buena para él.

Veo que ellas dos se miran y, cuando Tifany se levanta para ir a hablar de nuevo con un ejecutivo con el que no ha dejado de coquetear, Valeria dice:

—Pues lo tienes difícil, guapa. Si el Ferrasa es como creo, ¡lo tienes difícil!

Resoplo, pero en mi interior sonrío. En el fondo pienso como ella: ¡lo tengo difícil!

Una y mil veces

Y, efectivamente, ¡lo tengo difícil!

Si hay alguien empeñado en conseguir mi amor ése es Dylan Ferrasa.

No paro de recibir mensajes en el celular, a cuál más bonito, romántico y maravilloso. Cuando llego a las distintas ciudades, siempre hay un hombre anuncio apostado en la puerta del hotel con un mensaje que dice «Dime que sí». O autobuses parados frente a la salida de mis conciertos, tapizados con pancartas que ponen «Tengo todo excepto a ti» u otros que dicen «Eres mi amor, dime que sí».

Los periodistas se vuelven locos preguntándose quién será mi enamorado. Indagan, investigan, me preguntan, pero yo no suelto prenda. Hablan de mil hombres y yo sonrío, en el último que piensan es en el serio y reservado doctor Dylan Ferrasa.

Sin duda, mi loco enamorado sorprendería a más de uno si lo conocieran. Eso es lo que más me gusta de él: lo sorprendente que es.

Allá adonde vaya, me encuentro con mil ocurrencias suyas, a cuál más bonita y romántica.

En la habitación de cada hotel donde paro en las distintas ciudades de la gira, me espera un impresionante ramo de rosas rojas. En todos, la nota es la misma:

Cásate conmigo.
TQ.

No firma nunca con su nombre para evitar que algún chismoso lea la tarjeta y lo filtre a la prensa. Yo sonrío divertida al saber nuestro secreto. En realidad, con su insistencia me está ganando y no puedo parar de sonreír.

La gira latinoamericana está siendo apoteósica. La gente se lo pasa bien en los conciertos y nosotros disfrutamos de este público entregado. Me río al ver que, durante mis conciertos, hay pancartas en las que pone: «Yanira, ¡dile que sí!».

Al llegar a Chile, Dylan me sorprende una noche con su visita. Abro la puerta y lo veo vestido como un empleado de mantenimiento. Y cuando se abre el traje y veo que lleva una camiseta en la que pone «Te cambio un Sí por ese No», me desarma.

¿Se ha hecho su propia camiseta de las reconciliaciones?

Incapaz de rechazarlo, lo agarro de la pechera y lo meto en mi habitación. Menuda nochecita de sexo y morbo que nos pegamos.

Al día siguiente regresa a Los Ángeles, pues tiene que trabajar. Sin que nadie lo vea, el serio y romántico doctor Ferrasa se va y yo no puedo parar de sonreír. Sin duda, Dylan viene por mí con toda su caballería, y tengo claro que si sigue así no me voy a poder resistir.

A partir de ese día, con tal de estar conmigo un rato, hace verdaderas locuras y me empiezo a preocupar. Casi vive en los aviones y me agobia pensar que le pueda ocurrir algo y, en especial, que se desentienda de su trabajo por estar conmigo. Mi preocupación le gusta y sonríe mientras me besa y murmura:

—Lo estoy consiguiendo.

Cuando llegamos a Uruguay, Omar y yo recibimos varias llamadas de la organización de los American Music Awards, la AMA. Saben que estamos de gira y, como soy una de las nominadas a mejor artista internacional, quieren que participe en el espectáculo y cante alguna canción. Acepto encantada y lo preparamos todo.

Durante varios días, decidimos qué canción cantar. Él propone unas y yo otras, y no llegamos a un acuerdo. Al final, al recordar los últimos premios, se me ocurre algo que a Omar lo emociona. Lo consulta con la organización, les parece una excelente idea y lo preparamos. Para ello necesitamos a los bailarines y a nuestros músicos. Tras ensayarlo varias veces, ¡ya tenemos nuestro número preparado para los AMA!

El concierto en México es apoteósico, y cuando regreso a la habitación sonrío al ver el ramo de rosas nada más entrar. Esta vez, además de una nota, hay un sobrecito. Al abrirlo me llevo la mano a la boca al ver que es el dije de la llave.

> Caprichosa, sólo tú tienes mi corazón.
> Cuando nos veamos, por favor, dime que sí y me harás el hombre más feliz del universo.
> Te quiero.

Sonrío con el dije en la mano.
Es imposible luchar contra Dylan.
Sin duda alguna, de nuevo el Ferrasa ha podido conmigo y vamos a tomar el relevo en la familia en eso de divorciarse y casarse con la misma persona.

Me río. Nunca imaginé que a mí me pudiera ocurrir algo así, pero la verdad es que desde que Dylan entró en mi vida, nada es como lo había imaginado. Él me ha vuelto romanticona, posesiva, salvaje en el sexo, me he casado una vez con él y ya estoy decidida a hacerlo otra vez.

Adoro a Dylan y es una tontería seguir negando la evidencia. Cuando lo vea, le voy a decir que sí con todo mi corazón.

Sí... sí... sí... ¡SÍ!

No quiero volver a cantar eso de «Tengo todo excepto a ti». Escribiré una canción que diga «Tengo todo y te tengo a ti». Está visto que no podemos vivir el uno sin el otro. Es mi media naranja, o toronja o como se quiera llamar.

Con cariño, me cuelgo de nuevo la llave del cuello y la beso, decidida a descansar. Al día siguiente por la noche, tengo la actuación en los AMA y Dylan me dijo que acudiría con nuestras familias para apoyarme.

¡Los quiero dejar alucinados!

Espero que la actuación que he preparado con tanto cariño para ellos los emocione tanto como a mí.

Cuando, feliz, voy a comenzar a desnudarme, tocan la puerta. Reconozco esos golpecitos, suelto un gritito de alegría y, al abrir, me encuentro al hombre que, definitivamente, quiero sólo para mí. Tan guapo y espectacular como siempre y, sin decir nada, me tiro a sus brazos, lo beso... lo beso y lo beso y cuando me aparto de él, digo:

—Sí.

Él cierra los ojos y hace el signo de la victoria. Y yo sonrío cuando murmura:

—Wepaaaaaa.

Henchido de felicidad, entra en la habitación, cierra la puerta, me toma en brazos y me da un par de vueltas que me marean. Cuando para y me vuelve a besar, dice:

—Espera... espera... que estas cosas no se hacen así.

Entonces veo que se saca el anillo de su madre del bolsillo, se arrodilla ante mí y, con esa mirada que adoro y que siempre adoraré, me pregunta:

—Cariño, ¿me harías el honor de ser una vez más mi mujer?

Enamorada hasta los huesos de este loco romántico, asiento.

—Una y mil veces.

Cuando el anillo que meses atrás le devolví está puesto de nuevo en mi dedo, Dylan se levanta y me vuelve a besar. Me abraza y, al ver el dije en mi cuello, dice:

—Ahora ya vuelves a ser totalmente mía.

Emocionada, voy a decir algo, cuando él me corta:

—Toma el pasaporte.

Lo miro sin entender, y explica:

—Vamos. Nos esperan en el aeropuerto.

Alucino. ¿Quién nos espera en el aeropuerto?

—Dylan, no me puedo ir —le digo—. Mañana tengo la gala de los AMA y viene mi familia desde Tenerife. —Y, frunciendo el ceño, añado—: Si vamos a empezar con problemas por mi trabajo yo...

No puedo decir nada más. Me besa y, cuando separa la boca de la mía, contesta:

—Es la una de la madrugada. Los AMA comienzan a las siete de la tarde. Te prometo que estaremos de regreso para esa hora.

—Pero ¿adónde vamos? —pregunto desconcertada.

Dylan sonríe, me pone una gorra para ocultar mi pelo y con seguridad responde:

—A Las Vegas, cariño. ¡Nos vamos a casar!

Suelto una carcajada. Aún recuerdo cuando le propuse que celebrásemos nuestra primera boda en Las Vegas y él se negó.

Salimos por las cocinas y nadie nos ve.

En el aeropuerto, alucino aún más cuando me encuentro a Tifany, a Valeria y a Coral. ¡¿Coral?! Ellas, al verme aparecer, gritan enloquecidas y, tras besuquearme, Coral dice:

—Desde luego, Floricienta, tú ya llevas dos bodas y yo ninguna. ¡Qué injusticia! —Ambas nos reímos y, abrazándome con cariño, mi amiga me susurra—: Que seas, muy muy muy feliz. Sin duda, este moreno es tu media naranja.

Asiento y sonrío cuando Tifany comenta:

—Más vale que regresemos a tiempo o el mandril nos descuartizará.

Tras cerca de cinco horas de vuelo, en las que me entero de que las chicas estaban al día de todos mis acercamientos con Dylan, río al ver lo brujas que son todas y cada una de ellas. Ahora entiendo por qué siempre me encontraba allá adonde fuera y conseguía mis nuevos números de celular. Estaba en complicidad con Coral. La muy perra me hacía ver que lo odiaba, pero en realidad era ella la que lo tenía al día de todo y la que lo ha ayudado a preparar lo que vamos a hacer.

Cuando llegamos a Las Vegas estoy nerviosa. Mucho más nerviosa que la vez que me casé en la iglesia, rodeados de famosos y con miles de asistentes. Llevo muchas horas sin dormir, pero la euforia que tengo creo que me ha quitado el sueño.

Dylan ha reservado habitaciones en un hotel para las chicas y una impresionante suite de recién casados para nosotros. Me sorprendo al verlo. Sinceramente, no sé para qué tanta opulencia cuando apenas la vamos a disfrutar.

Cuando Dylan se va, Valeria saca mi peluca oscura y yo me río. Según ellas, he de ponérmela si no queremos que alguien me reconozca y la noticia se filtre a la prensa. Acepto. Una vez me maquilla, me muero de risa cuando me entregan los lentes de contacto negros de la señorita Mao y el camisón rojo. Coral explica que Dylan le pidió que lo buscara y, cuando nadie nos oye, susurra:

—Espera a vernos vestidas a nosotras, Puticienta.

Encantada, me pongo los lentes de contacto y el camisón. Sin duda, esta boda va a ser algo muy nuestro. Divertido y loco.

Pero cuando minutos después veo a Coral vestida de Lara Croft, a Valeria de Tormenta, de los X Men, y a Tifany de Supergirls, me muero de risa.

¿Cómo podemos ser tan ordinarias?

Cuando salimos del elevador, la gente nos mira y sonríe. No me reconocen y yo, encantada, pienso que me voy a casar con mi amor con esta pinta. Nos subimos en la limusina que Dylan ha alquilado para nosotras y cuando llegamos a la capilla y veo a mi futuro marido esperándome, ¡me derrito de amor!

Ante mí tengo al Indiana Jones más guapo que ha habido y habrá sobre la faz de la Tierra.

Cuando me acerco a él, sonrío y, divertida, murmuro:

—Creo que estamos locos.

—Bendita locura —contesta él, enamorado.

Me besa, mira al oficiante, que lleva unas patillas a lo Elvis, y dice:

—Ya puede empezar.

Tras darnos una pequeña charla de la que no nos enteramos porque no podemos parar de mirarnos y sonreír, a las nueve de la mañana, Dylan vuelve a ponerme el anillo que le devolví y el oficiante nos declara marido y mujer. Nos besamos con deleite y pasión, mientras las superheroínas nos lanzan arroz y pétalos que han comprado en la entrada.

Un rato después, tras fotografiarnos muertos de risa, el de las patillas nos da unos papeles que ambos tenemos que firmar. Dylan saca el bolígrafo que yo le regalé en Nueva York y me burlo:

—Menudo uso más original le estamos dando.

Mi amor sonríe. Sabe por qué lo digo y musita:

—Lo volveremos a utilizar cuando nos volvamos a casar por la Iglesia, esta vez en Tenerife. En tu tierra.

Sin duda lo tendremos que hacer, o mi abuela Nira me retira la palabra para el resto de mis días. Tras desayunar con mis superamigas, ellas se van al casino con sus disfraces, sin descansar en el hotel. Dylan les recuerda que a las doce tenemos que estar en el aeropuerto para tomar el avión a México. Ella asienten y se van, dispuestas a disfrutar de esas tres horas de locura.

Al quedarnos solos en el vestíbulo del hotel, Dylan me abraza y, sacando un sobre del bolsillo, murmura:

—Esto es tuyo.

Abro el sobre y sonrío al ver la carta de la madre de Dylan. La releo y digo, mirándolo:

—Qué razón tenía tu madre al decir que el primero en pedir perdón es el más valiente, el primero en perdonar es el más fuerte y el primero en olvidar es el más feliz.

Mi amor asiente y, besándome, contesta:

—Vuelves a ser la señora Ferrasa.

—No vuelvas a echarme de tu lado o lo vas a lamentar.

Con cariño, mi amor me acaricia la cara y susurra:

—Aún lamento los meses que no te he tenido. Pero, tranquila, esta vez he aprendido la lección.

Permanecemos abrazados durante un rato, disfrutando de nuestro reencuentro, de nuestro tacto y de nuestro amor, cuando mi marido dice:

—Estarás agotada. ¿Quieres dormir estas tres horas?

—¿Y perderme mi apasionada y morbosa mañana de bodas? ¡Ni loca! —contesto.

Dylan suelta una carcajada y me enseña dos tarjetas:

—En la habitación 776 hay una cama para dos. En la habitación 777 hay una cama para tres. Tú decides a lo que quieres jugar, cariño.

Encantada, sonrío y, quitándole una de las llaves de la mano, murmuro con sensualidad:

—Aprovechemos estas tres horas. —Y añado—: Señor Jones, qué placer volver a encontrarme con usted.

Dichoso, me toma la mano con galantería y responde:

—Señorita Mao, el placer es mío. ¿Qué hace usted por aquí?

Me toco el pelo negro con coquetería.

—He venido a visitar a unos familiares.

—¿Desayunaría conmigo, señorita Mao?

—Encantada, señor Jones.

Tomados del brazo, vamos hacia los elevadores y, al entrar en el primero que llega, Dylan se acerca a mí con seguridad y, besando la mano donde llevo el anillo de casada, dice:

—¿Le parece bien que antes pasemos por mi habitación? Quiero enseñarle algo.

Hechizada y llena de deseo hacia mi señor Jones, asiento.

Cuando el elevador para en la planta 14, camino del brazo de mi marido hacia una habitación en la que hay un hombre también vestido de aventurero junto a la ventana. Nos mira. Dylan cierra la puerta y, tomándome por la cintura, dice:

—Señorita Mao, le presento a Joseph.

Mi vagina se humedece por segundos y, quitándome el chal de los hombros para que se vean mis marcados pezones bajo el camisón de seda, murmuro:

—Es un placer, Joseph.

Él me besa la mano con galantería y Dylan, sentándose en la cama, dice:

—Señorita Mao, venga aquí.

Cuando estoy delante de él, me abraza a la altura de las piernas. Así me tiene unos segundos, con su nariz pegada contra el camisón.

—¿Lleva usted aquella tanga de perlitas? —pregunta. Mete las manos por debajo de la falda y, tras tocarla, murmura—: Está muy húmeda, señorita Mao.

Asiento. Estoy húmeda, caliente, mojada. ¡Cardíaca y deseosa de jugar!

Dylan abre una caja que hay sobre la cama.

—Tengo estas perlas para usted. Si me permite, estaré encantado de introducírselas en su bonito trasero una a una antes de desayunar.

Sin dudarlo y con mirada de vampiresa, me inclino sobre la cama y coloco el trasero a su disposición. Dylan me sube el vestido, pasea la lengua por mis piernas, por mis nalgas, por mi ano y, tras darme una nalgadita que resuena en la habitación, dice:

—Joseph, tráeme el lubricante.

Mi respiración se agita. Estoy en esa postura, con el vestido subido y dispuesta a que me introduzcan unas bolas anales la mañana de mi boda. ¡Sí!

Joseph le entrega el gel a Dylan, mientras éste le ordena:

—Quítale los calzones.

El otro hombre lo hace y los deja sobre el buró. Está claro que allí el macho alfa es Dylan. Mi amor abre el gel y, tras untármelo en el ano con cariño y complacencia, dice, enseñándome una ristra de bolas unidas por un cordel:

—Son diez bolitas, señorita Mao. Voy a introducir la primera.

Una a una las mete todas y, cuando termina, me toma las nalgas, me las aprieta y, tras sobarlas e invitar a Joseph a que me pellizque, me da la vuelta y murmura:

—Pensaba desayunar, pero voy a hacerla mía en este mismo instante.

Asiento.

—Señor Jones, encantada de ser su desayuno.

Dylan me quita el vestido, que cae a mis pies y, acostándome en la cama, me abre los muslos y me come, me desayuna. Su boca impetuosa me arranca gemidos de placer ante la mirada del otro hombre, y mi marido me hace suya con la lengua, mientras, con los dedos, me agarra y excita los pezones.

Instantes después, sube hasta mi boca, me aplasta sobre la cama y murmura, permitiéndose salirse un poco del papel:

—Te quiero, mi vida.

Ambos sonreímos. Volvemos a estar juntos.

—Te quiero, mi amor —contesto.

Nuestro beso es dulce y lleno de deseo, y cuando su boca se separa de la mía, vuelvo a ser la señorita Mao. Ansiosa de recibirlo, murmuro:

—Cógeme... Cógeme, señor Jones.

El pene de mi amor entra en mí lentamente, y con el ano lleno con aquellas bolas, experimento un placer especial.

Oh, sí... así... así, Dylan... estoy a punto de gritar.

Ambos paladeamos este primer encuentro caliente y morboso tras ser declarados marido y mujer. Dylan me toma las manos, las sujeta por encima de mi cabeza y musita:

—La adoro, señorita Mao...

Sonrío, mientras la lujuria toma mi cuerpo en una serie de rápidas acometidas. Grito enloquecida. Se detiene y vuelve a la carga de nuevo, haciéndome gritar de placer. Se detiene otra vez para tomar aire, antes de hundirse en mí con sensualidad. Y cuando nota cómo tiemblo, mientras jadeo enloquecida, me sujeta, profundiza en mí y, reteniéndome bajo su cuerpo, se clava en mi interior. Yo, frenética, jadeo mientras siento cómo me vengo por y para él.

Su respiración al verme en ese estado se vuelve irregular. Ataca mi boca con avidez, me suelta las manos y me agarra los hombros para hundirse más en mí.

—¿Le gusta así?

—Sí —consigo decir, mientras noto que las bolitas de mi ano se mueven en mi interior.

La cabeza comienza a darme vueltas. Mi vagina se contrae por mi orgasmo, siento a Dylan totalmente clavado en mí e, instantes después, percibo cómo el clímax le llega también y se viene tras un bronco gruñido, mientras a mí se me corta la respiración.

¡Qué placer! Oh, Dios... ¡qué placer!

Cuando nos recuperamos, Dylan me besa, sale de mi interior y, mirando a Joseph, dice, caminando hacia el baño:

—No se mueva, señorita Mao. Joseph la lavará mientras yo me lavo también.

Sin ganas de levantarme, miro a ese hombre al que no conozco y él rápidamente se arrodilla entre mis piernas y me asea sin decir nada. Levanto la cabeza para mirarlo y veo en sus ojos la lujuria que siente en ese momento, mientras me lava, deseando que Dylan le dé acceso a mí.

Instantes después, mi amor sale del baño. Se ha debido de lavar a toda velocidad y eso me hace sonreír. Con lo posesivo que es, lo raro es que me haya dejado sola esos treinta segundos.

Acercándose a mí, me agarra de la mano y, levantándome desnuda, dice:

—Ahora vamos a desayunar.

Me lleva de la mano hasta una mesa y me hace sentar. Al hacerlo, las bolas se clavan en mi trasero, pero no me molestan, al contrario, y reprimo un gemido.

Dylan, al verme, dice:

—Joseph, tú si quieres puedes desayunar debajo de la mesa.

Acto seguido, el hombre desaparece bajo el mantel y siento que me toca las piernas.

—¿Todo bien, señorita Mao? —pregunta Dylan.

Asiento y dejo escapar un gemido cuando Joseph me abre los muslos y se lanza hacia mi sexo.

Lo recibo extasiada y Dylan, al ver mi expresión acalorada, murmura tocándome los pezones:

—Eso es, señorita Mao... disfrute y hágame gozar.

Apoyada en la silla, mi respiración se acelera, mientras el hombre que hay debajo de la mesa me abre el sexo y chupa mi clítoris con avidez. Dylan, al ver mi excitación, se toca el pene.

—¿Le gusta, señorita Mao?

Asiento. ¿Cómo no me va a gustar nuestro juego?

Miro su erección. Quiero sentirlo dentro de mí y se lo exijo. Dylan, levantándose, moja una servilleta en agua, me levanta también y me lava con rapidez. Tira al suelo lo que hay sobre la mesa y me coloca encima para darme lo que le he pedido. Oh, sí.

Instantes después, Joseph sale de debajo de la mesa, observa lo que hacemos y, como Dylan lo invita a jugar, me toca los pechos. Se inclina y me los chupa. Los succiona con avidez mientras yo, lujuriosa, grito por lo que me hace mi marido.

¡Mi marido!

¡Mi Dylan Ferrasa!

De pronto, éste me toma de la cintura, me acerca a su pecho y, de pie, me penetra mientras yo jadeo y me dejo manejar. Joseph, al verlo, se pone detrás de mí y grito cuando siento que jala las bolitas que tengo en el ano. Las saca una a una mientras Dylan, excitado, me coge dispuesto a volverme loca.

—Eso es, señorita Mao... ábrase para nosotros —dice Dylan con la frente húmeda de sudor.

Agotado, se sienta en el sofá, sin salirse de mí y entonces soy yo la que, a horcajadas, me muevo sobre él. Apoyado en el respaldo del sofá, me mira extasiado mientras yo continúo, dispuesta a llevarlo al límite.

En ese momento me abre las nalgas y sé lo que quiere. Asiento sin dejar de moverme sobre él. Dos segundos más tarde, los dedos de Joseph me dilatan el ano mientras oigo su agitada respiración. Cuando sabe que estoy preparada, me da una nalgada que avisa a Dylan. Ambos jadeamos. Instantes después, con un pie sobre el sofá y otro en el suelo, Joseph guía la punta de su pene hasta mi ano y se introduce en mí.

Yo grito y Dylan, abriéndome las nalgas, murmura extasiado:

—Mía, señorita Mao, es usted completamente mía.

Los dos me cogen sin descanso, me hacen suya y yo lo disfruto mientras jadeo sin decoro y pido que no paren. Sus penes en mi interior me arrancan oleadas de placer, mientras mi amor me devora la boca y me dice maravillosas palabras de amor.

Oh, Dios... oh, Dios... ¡creo que nunca había disfrutado tanto con él!

Dylan le pide al hombre que está detrás de mí que se retire. Acto seguido, se levanta conmigo en brazos sin salirse de mí. Me sujeta totalmente abierta tomándome por las rodillas y me impulsa hacia arriba mientras me sigue penetrando. Joseph, animado por nuestra pasión, vuelve a acercarse por detrás y me penetra de nuevo por el ano.

Yo enloquezco entre los dos. Me hacen suya de pie. Entran y salen de mí con total facilidad y yo me dejo manejar, dispuesta a recibir el máximo placer.

Dylan se muerde el labio inferior por el esfuerzo que está haciendo, lo cual me vuelve loca, y más cuando lo oigo murmurar fuera de sí:

—Caprichosa, grita y termina para mí.

Lo beso. Lo amo. ¡Me lo como!

Estos juegos nos hacen saber que en la calle somos una pareja más, en nuestros trabajos, dos profesionales, y en la cama y con nuestras normas, dos fieras calientes a las que les gusta disfrutar del sexo y las fantasías.

Acabado ese asalto, hay un par más sobre el sofá y sobre la cama, donde Dylan, llevado por la lujuria, me penetra por el ano, mientras me abre la vagina para el otro hombre.

No hay descanso. No queremos parar. Sólo deseamos morbo y lujuria. Sexo y desenfreno. En esta habitación todo es ardiente, caliente y adictivo. Sin duda, vuelvo a estar con mi amor, con el hombre que mejor conoce mi sexualidad y con el que me permito ser siempre yo.

A las doce y veinte, cuando abordamos el avión, mis amigas, ya vestidas con normalidad, se quedan dormidas. Yo intento no hacerlo, pero Dylan, con delicadeza y besos cariñosos, me obliga a dormir. He de hacerlo, esta noche tengo una actuación y debo descansar.

O tú o ninguna

Como Dylan prometió, llegamos al hotel de México sobre las cinco y media de la tarde. Entramos por la puerta trasera y mi amor me acompaña hasta mi habitación. Tenemos que separarnos hasta después de la actuación.

—¿Estarán ya aquí tu padre y mi familia? —pregunto.

—Sí. Sus aviones llegaban a la una y a las tres, respectivamente. Yo le dije a mi padre que el mío llegaba más tarde. Seguramente me estará esperando en la habitación con Tony, para ir juntos a los premios. Y en cuanto a tu familia, tranquila, yo me encargo de todo.

Al pensar en nuestras familias, me emociono e inquiero:

—¿Te puedo pedir un favor?

—Tú dirás, cariño.

Mirándome la mano donde nuevamente llevo el anillo que Luisa le entregó a su hijo, pido:

—No les digas a ninguno que nos hemos casado, déjame hacerlo a mí.

Dylan sonríe y, quitándose su anillo, se la guarda en el bolsillo de los jeans.

—Suerte en el premio, cariño —me desea.

En lo último que pienso es en eso y, abrazándolo con amor, afirmo:

—Mi premio ya lo tengo conmigo. En este instante ya lo tengo todo. —Y añado—: Otra cosa más. Omar ya lo sabe, pero mi actuación de esta noche es para los Ferrasa. Espero que te guste.

—No lo dudo ni un segundo —sonríe Dylan.

Besándolo con amor, me dejo abrazar por él y soy todo lo feliz que se puede ser. Varios minutos más tarde me desea suerte de nuevo y nos despedimos hasta después de los premios. No podemos vernos antes o todo el mundo comenzará a hablar.

Esa noche, sentada en el palco que me han asignado junto a mis músicos, observo a los asistentes con mi sensual vestido blanco y localizo la mesa donde están mis amigas, mi familia y los Ferrasa. Coral, Tifany y Valeria se divierten; sólo tengo que mirarlas para saberlo. Sin duda, tengo las tres mejores amigas del mundo. Cada una con su estilo, a su forma y a su manera, han sabido entrar en mi corazón y estoy segura de que será para toda la vida.

Después miro a mi familia y, emocionada, los saludo. Papá y mamá están orgullosos de estar aquí. No hay más que ver sus sonrisas para saberlo. Mis hermanos no se creen que estén rodeados de sus cantantes favoritos y mis abuelas, como siempre, disfrutan del momento. Desde su mesa, me saludan y me lanzan besos. Arturo y Luis también han venido. Se los ve emocionados rodeados de toda esa gente. Me lanzan también un beso, mientras, Luis dice: «¡Tulipana!». Me río. Me encanta seguir siendo su tulipana.

Tras ellos observo a los cuatro Ferrasa. Dylan habla con su padre y con Tony, mientras Omar le sonríe a una joven estrella del pop. Hay cosas que nunca cambian. Menos mal que Tifany se libró del enganche que tenía por él, y ahora sólo piensa en ella y en su niña. En un par de ocasiones durante la noche, mi mirada y la de mi marido se encuentran. Nos amamos. Nos deseamos. Somos felices por lo que ha ocurrido entre nosotros y ninguno de los dos lo puede negar. Nuestras miradas son fugaces, furtivas, pero nos dicen mucho más que otras que podrían durar horas.

No me dan el premio en los American Music Awards, pero no me importa. El único premio que yo necesitaba era Dylan. Mi Dylan Ferrasa. Y ya lo tengo de nuevo conmigo.

El espectáculo es la onda. Artistas como Katy Perry, Lady Gaga, Christina Aguilera o Marc Anthony son la delicia de todos los asistentes y, cuando me avisan de que tengo que prepararme con mi grupo, los nervios me comen.

¡Qué responsabilidad!

En el camerino, me cambio rápidamente y me pongo un vestido corto metálico plateado y, encima, uno largo azulón. Sin duda, esto va a sorprender a mis Ferrasa y a los que no son Ferrasa. Pero sobre todo, quiero sorprender a mi amor, a Dylan.

Cuando nos llamaron para actuar en los premios, recordé que en la gala anterior, Jennifer Lopez había homenajeado a Celia Cruz. Una grande. Y por ello yo he decidido, con el consentimiento de al menos un Ferrasa, homenajear a Luisa Fernández, la Leona, otra grande, y cantar un par de canciones suyas con nuestros arreglos.

El telón está cerrado y la gente de decorado prepara lo necesario para nuestro número. Cuando todo está a punto, se abre el telón y uno de mis músicos toca la guitarra. Acto seguido, salgo con mi vestido azulón y comienzo a cantar una canción que Dylan hace tiempo me dijo que a su madre le gustaba mucho y que hablaba de la preciosa isla de Puerto Rico.

Sin duda, era una mujer muy de su tierra, como yo lo soy de la mía, y entiendo que se emocionara cantando esta bonita letra:

*Yo sé lo que son los encantos
de mi Boriquén hermosa
por eso la quiero yo tanto
por siempre la llamaré Preciosa.*

Con esos primeros acordes, la gente del teatro comienza a aplaudir y yo me emociono al sentir que hemos acertado al elegir esa canción. Con curiosidad, miro hacia donde se encuentran los Ferrasa y los cuatro están emocionados. Ni Dylan, ni Tony, ni Anselmo esperaban esto y en sus caras veo la gratitud.

*Preciosa te llaman las olas
del mar que te baña
Preciosa por ser un encanto
por ser un Edén.*

*Y tienes la noble hidalguía
de la madre España
y el fiero cantío del indio bravío
lo tienes también.*

La canción va tomando fuerza y yo comienzo a bailar. En un momento dado, la música cambia y entran mis bailarines, yo me quito el vestido azulón y aparece el sexy, corto y plateado, y grito:

Aguanilé... Aguanilé.

La gente aplaude, mientras yo bailo salsa y canto, dando todo lo mejor que tengo, mientras me muevo con mis bailarines sobre el escenario y disfruto de lo que hago.

*Aguanilé, aguanilé, Mai Mai
aguanilé, aguanilé, Mai Mai
eh, Aguanilé, Aguanilé, Mai Mai.*

En el teatro, todo el mundo se pone en pie y baila. Eso me hace sonreír. En un momento dado, una foto de Luisa aparece al fondo del escenario, en una pantalla grande. Entonces yo me callo y ella continúa cantando la canción, mientras yo bailo sin descanso con mis chicos. Durante varios minutos, nuestras voces se fusionan y veo a Anselmo secarse los ojos emocionadito.

¡Ay, mi gruñoncito!

Cuando pasados unos minutos acaba mi actuación, el teatro estalla en aplausos. Mi familia grita. Los oigo desde donde estoy y les tiro besos. El clamor es tremendo. Sin duda, aunque mi actuación no ha sido funky, les ha gustado. Volver a disfrutar de la Leona, aunque sólo haya sido de su voz, les ha encantado.

—¡Esto va por ti, Leona! —grito al micrófono, mientras el teatro le dedica una gran ovación.

Miro a mi amor, que está emocionado y con los ojos anegados

en lágrimas. Aplaude como un loco. En su gesto y en su expresión me dice cuánto me quiere y cuánto le ha gustado lo que he hecho para recordar a su adorada madre. Y entonces, divertida, me quito los guantes y, enseñándole a mi suegro la mano para que vea el anillo, le guiño un ojo y sonrío.

Anselmo, al ver eso, abre descomunalmente la boca y suelta una carcajada. Abraza a su hijo y yo, mirándolos, sonrío feliz. Mis padres, al percatarse de lo que significa, no dan crédito, pero Coral se lo confirma.

Emocionados, los Van Der Vall y los Ferrasa se abrazan contentos, porque de nuevo todo va bien.

Mi mirada y la de mi amor se encuentran y leo «Te quiero» en sus labios. Yo le sonrío desde el escenario, tomo la llave que llevo en mi cuello y la beso.

Sé que a partir de este momento volverán los rumores, el acoso de la prensa, las giras, las ausencias por nuestros trabajos, pero también sé que a mi lado tengo a la persona que me ilumina la vida y no dudo que yo se la ilumino a él. Nada podrá con el amor que sentimos el uno por el otro, y lo sé porque, sencillamente, no lo vamos a permitir.

Epílogo

Puerto Rico. Tres años después

Miro por la ventanilla del avión.

Estamos aterrizando en el aeropuerto internacional Luis Muñoz Marín, regreso de mi gira europea y estoy nerviosa. Mis amores estarán allí para recibirme.

Valeria, que viaja conmigo, está también deseosa de tomar tierra. No le gustan los vuelos tan largos y la tengo que llevar medio dopada. Otra como yo. En la gira ha conocido a un francés que la ha seguido por las distintas ciudades por las que hemos actuado y está feliz y en fase enamoracienta. Según ella, su dilatador ya no se llama *Espartano*, ahora se llama Alan Bourgeois, mide metro ochenta y ocho y está buenísimo. Sin duda, ambas sabemos que ha comenzado una bonita historia de amor. ¿Durará? Sólo el tiempo lo dirá.

Tifany, desde que hemos subido al avión en España, no ha parado de coquetear con el segundo piloto. Sin lugar a dudas, mi excuñada retomó su vida siendo la feliz mamá de Preciosa y aún con más fuerza su vida sexual. Pero como dice Coral, para que se lo coman los gusanos, que lo disfruten los humanos.

Omar, que también viaja en el avión, va junto a su nueva novia. Una jovencita con la que me río mucho, pero con la que no va a durar nada. No tienen futuro. En ocasiones, lo veo mirar a Tifany con nostalgia. Sin duda perdió a una buena mujer y, aunque tarde, sé que se ha dado cuenta. Lo siento por él, pero en esta vida las cosas que no se cuidan se pierden, y él la perdió por tonto y mandril.

Cuando el avión se para, el piloto y varias azafatas me piden tomarse una foto conmigo antes de bajar y cuando se abre la puerta, como viajo en business, soy de las primeras en desembarcar. Tengo prisa.

Con ganas de reencontrarme con mis amores, corro por el aeropuerto y, cuando llego a la salida y las puertas se abren, sonrío al ver a mi guapo, moreno y sexy marido con un bonito ramo de flores en una mano y en la otra la carreola doble de bebé, donde mis preciosos y gordos mellizos Aarón y Olga duermen como angelitos.

Los periodistas nos toman fotos, pero no se acercan a nosotros. Desde que hemos tenido a los niños, andan con más cuidado y nosotros se lo agradecemos. Dylan, a quien la prensa le dejó de importar tras nuestra segunda boda, sonríe al verme, me abraza, me besa y me dice:

—Bienvenida a casa, caprichosa.

Lo beso encantada. Llevamos demasiados días sin estar juntos y no veía el momento de regresar a su lado y al de mis pequeños. Acto seguido, me agacho para mirar a mis preciosos niños y, aunque deseo despertarlos para apapacharlos, no lo hago. Les doy un cariñoso beso a cada uno y, del brazo de mi marido y seguidos por Tifany, Omar y Valeria, nos vamos hacia el coche familiar.

Cuando llegamos a Villa Melodía, un lugar al que ha regresado la música, la risa y la algarabía, sonrío al ver que Dylan ha reunido allí a casi todo el mundo que quiero, excepto a mi familia, con la que estuve antes de tomar el avión y que se quedaron en mi bonita tierra. En Tenerife.

Anselmo y la Tata me abrazan. Me regañan porque estoy más delgada y yo sonrío. Mi madre y mis abuelas me han regañado por lo mismo. Y sí, estoy más delgada. Las giras es lo que tienen, pero en cuanto pase cuatro días con Dylan, él se encargará de alimentarme y ponerme en forma. ¡No se pone pesadito ni nada!

Preciosa, tras abrazar a sus papás, en especial a su mamá, se tira a mis brazos. La niña se encuentra muy bien a pesar de su enfermedad y que sea diabética no está generando ningún problema en su crecimiento. Todos sabemos que hay que cuidarla y enseñarle a que se cuide y que allí nos tiene y nos tendrá siempre a todos los que la queremos para ayudarla. Me ha hecho un dibujo de bienvenida y yo se lo alabo encantada, dispuesta a que sienta que para mí sigue siendo mi niña, aunque ahora tenga a los mellizos.

Tras la pequeñita, es Tony quien me abraza y me comenta que tiene una nueva canción para mí. Aplaudo feliz. Es un gran compositor y sé que parte de mi éxito se lo debo a él. También me cuchichea que ha traído una botella de chichaíto para celebrar nuestra llegada. Eso me hace sonreír. Tony es especial, caballeroso, reservado y detallista. Es como Dylan y sé que el día que se enamore, lo hará para toda la vida.

De pronto oigo gritar a mi loca Coral. Rápidamente, me suelto de Tony y me voy hacia ella. Está embarazada de cinco meses y, junto a su Joaquín, ha acudido a Puerto Rico para recibirnos tras la gira.

Como una ametralladora me cuenta sus males, sus antojos, sus vomitaderas. Observo a Joaquín y el pobre mira al cielo. Sin lugar a dudas, ¡el astronauta se lo tiene ganado!

El embarazo los pescó a los dos por sorpresa. Pero claro, como yo les dije, tanta harina... tanto amasar, ¡es lo que tiene! Joaquín está loco con mi amiga y el embarazo. Ha bautizado a su bebé como «bollito» y está deseando casarse con Coral. Algo que ella le ha prometido hacer cuando tenga al bebé y adelgace. De ningún modo se va a casar ella sin cinturita de avispa y un impresionante vestidazo de novia. Quiere estar guapa y especial para su gran día y no dudo de que lo estará.

Esa noche, tras disfrutar del baño de mis niños, cuando éstos se duermen y los miro emocionada en sus cunitas, Dylan me besa en el cuello y murmura:

—Ahora quiero que me mimes a mí.

—¿Ah, sí?

—Estoy necesitado, conejita, muy necesitado.

Eso me hace sonreír.

Plan A: lo mimo.

Plan B: le hago el amor.

Plan C: lo hago mío.

Como soy una egoistona en todo lo que a Dylan concierne, esa noche caerán el plan A+B+C. Mi marido se merece todo eso y más.

En este mes que hemos estado separados nos hemos extrañado muchísimo. Como siempre, aunque me prometió quedarse con los niños, a los quince días apareció en Alemania. Esos días dejó a nuestros pequeños al cuidado de la Tata y de su padre para venir a cuidarme a mí.

Allí lo pasamos de maravilla, no sólo durante el día, sino también de noche. Mi apasionado y juguetón marido, como siempre, puso en práctica todas y cada una de nuestras fantasías y, como siempre, las disfrutamos con pasión.

Enamorada de mi morenazo lo abrazo y lo beso. Dylan me toma en brazos, me saca de la habitación de los niños y me mete en la nuestra. Allí, tras cerrar la puerta con llave para que no me escape, me deja sobre la cama, pone música bajita y yo sonrío. La velada promete.

Como un lobo hambriento regresa a mí y cubre mi cuerpo con pasión, volviéndome loca.

Nos desnudamos despacio. Nos tocamos. Nos damos placer y cuando noto que la ansiedad por el hombre que materializa todas mis fantasías me va a ahogar, me siento a horcajadas sobre él, le agarro las manos por encima de su cabeza y, dispuesta a mimarlo hasta el infinito y más allá, con voz caliente, susurro mientras él sonríe:

—Cariño, adivina quién soy esta noche.

Megan Maxwell es una reconocida y prolífica escritora del género romántico. De madre española y padre americano, ha publicado novelas como *Te lo dije* (2009), *Deseo concedido* (2010), *Fue un beso tonto* (2010), *Te esperaré toda mi vida* (2011), *Niyomismalosé* (2011), *Las ranas también se enamoran* (2011), *¿Y a ti qué te importa?* (2012), *Olvidé olvidarte* (2012), *Las guerreras Maxwell. Desde donde se domine la llanura* (2012), *Los príncipes azules también destiñen* (2012), *Pídeme lo que quieras* (2012), *Casi una novela* (2013), *Llámame bombón* (2013), *Pídeme lo que quieras, ahora y siempre* (2013), *Pídeme lo que quieras o déjame* (2013), *¡Ni lo sueñes!* (2013), *Sorpréndeme* (2013), *Melocotón loco* (2014), *Adivina quién soy* (2014) y *Un sueño real* (2014), además de cuentos y relatos en antologías colectivas. En 2010 fue ganadora del Premio Internacional Seseña de Novela Romántica, en 2010, en 2011 y en 2012 recibió el Premio Dama de Clubromantica.com y en 2013 recibió el AURA, galardón que otorga el Encuentro Yo Leo RA (Romántica Adulta).

Pídeme lo que quieras, su debut en el género erótico, fue premiada con las Tres plumas a la mejor novela erótica que otorga el Premio Pasión por la novela romántica.

Megan Maxwell vive en un precioso pueblecito de Madrid, en compañía de su marido, sus hijos, su perro *Drako* y sus gatas *Julieta* y *Peggy*.

Encontrarás más información sobre la autora y sobre su obra en: ‹www.megan-maxwell.com›.

3 1237 00342 4059